乌托邦大道

[英]大卫·米切尔 著 / 唐江 译

UTOPIA AVENUE

DAVID MITCHELL

上海文艺出版社

献给贝丽尔和尼克

为了那些知更鸟和岁月

天堂就是通往天堂的路

A

放弃希望（莫斯）

木筏与河流（霍洛韦）

暗房（德佐特）

支离破碎（莫斯）

蒙娜丽莎唱布鲁斯（霍洛韦）

放弃希望

迪恩匆匆走过凤凰剧院，躲开一个戴墨镜的盲人，走进查令十字路，超过一名推着婴儿车缓慢前行的妇人，跳过一处脏水洼，拐进丹麦街，在一层黑色冰面上打了个滑。他的双脚飞扬起来。他在半空中停留得时间够久，足以让他看出水沟和天空颠倒了位置，他心想，这一下会挺他妈疼的，随后路面猛然撞上他的肋骨、膝盖和脚踝。真他妈疼。没人停下脚步，扶他起来。见鬼的伦敦。一个蓄着络腮胡、头戴圆顶礼帽、貌似股票经理人的家伙向这个长发笨蛋的不幸报以嗤笑，随即走远了。迪恩小心翼翼地站了起来，无视阵阵袭来的抽痛，祈求着但愿别把哪儿摔折了。克拉克西先生可不会给开病假工资。起码他的手腕和双手还能活动自如。钱呢。他查看了一下自己的银行存折，里面夹着他宝贵的十张五英镑钞票，存折还在他的外套口袋里，安然无恙。一切还好。他一瘸一拐地向前走去。从对街的焦孔达咖啡馆窗口，他看到绰号"一镜过"的里克·韦克曼①。迪恩希望自己能跟里克一起喝杯茶，抽支烟，聊聊阶段性的工作，但礼拜五早晨是交房租的时间，内维特太太会像巨型蜘蛛一样守在她的客厅里。迪恩这

---

① 里克·韦克曼（1949— ），英国演员、编剧。该绰号形容其演技过硬，戏份无须反复重拍。

个礼拜过得还行,哪怕按他自己的标准看也是一样。雷的银行汇票昨天才到,方才他排队取钱,用了四十分钟,于是他继续匆匆前行,从林奇-勒普顿音乐发行公司旁边经过,这儿的林奇先生曾告诉迪恩,他写的歌除了寥寥几首是无聊蠢话,其余全是狗屎。他从阿尔夫·卡明斯音乐产业管理公司旁边经过,这儿的阿尔夫·卡明斯曾把他胖嘟嘟的手放在迪恩的大腿内侧,柔声细语:"我们都知道,我能为你做些什么,你这漂亮的家伙。问题在于:你愿意为我做些什么?"他从"蘑菇棚"录音棚旁边走过,迪恩本应跟"波将金战舰"乐队在这儿录一张小样,结果乐队把他给开除了。

"**救命**,来人呐,我——"一个红脸膛的男人拽住迪恩的衣领,咕哝着说,"我——"他痛苦地弯下腰,"我要不行了……"

"好的伙计,坐在这儿的台阶上。你哪儿疼?"

口水从那人歪扭的嘴巴滴落下来。"胸口……"

"好,我,嗯……找人帮你。"他环顾四周,但人们匆匆走过,衣领高竖,帽子压低,目光闪躲。

那人呜咽着靠在迪恩身上。"啊—啊嘎。"

"伙计,我觉得你需要救护车,所以——"

"出什么事了?"来人跟迪恩年龄相仿,留着短发,穿着一件颇有质感的粗呢外套。他解开歪倒男子的领带,仔细察看他的眼睛。"我说,我叫霍普金斯。我是医生。要是你听明白了,就点点头,先生。"

男子表情扭曲,喘息着,吃力地点了一下头。

"好的。"霍普金斯扭头问迪恩:"这位先生是你父亲?"

"不是,我也是刚见到他。他说他胸口疼。"

"胸口是吗?"霍普金斯摘下一只手套,把一只手按在男子颈部的一根血管上。"严重心律不齐。先生?我觉得你心脏病发作了。"

男子瞪大双眼,新涌来的痛楚又让他皱起眼皮。

"咖啡馆里有电话,"迪恩说,"我去打 999。"

"他们从不会及时赶到,"霍普金斯说,"查令十字路的交通状况糟糕透顶,能要人命。你知不知道弗里斯街?"

"我知道——那儿有家诊所,靠近苏豪广场。"

"没错。你用最快速度跑过去,跟他们说,有个男的在丹麦街的烟草店外面犯了心脏病,霍普金斯医生需要一支担架小队,马上。都记住了吗?"

霍普金斯,丹麦街,担架。"记住了。"

"好伙计。我留在这里做急救。现在像钟舌一样飞奔吧。这可怜鬼就全指望你了。"

迪恩跑过查令十字路,冲进马内特街,经过福伊尔斯书店,穿过"赫拉克勒斯之柱"酒馆下面的短巷。他的身体已经忘记了刚才摔倒时的疼痛。他越过希腊大街上将垃圾桶往垃圾车里倒的清洁工,沿着路中央向苏豪广场冲去,在那儿惊飞了一群鸽子,当他转过弗里斯街的拐角时,差点第二次失足摔倒,他跳上诊所台阶,冲进接待区,一名门房正在看《每日镜报》。头版写着**唐纳德·坎贝尔**[①]**逝世**。迪恩气喘吁吁地说:"霍普金斯医生叫我来……丹麦街上有人心脏病发……需要一支担架小队,马上……"

门房放下报纸。他的小胡子上沾着点心渣。他看起来满不在乎。

"有人要死了,"迪恩说,"你没听见我的话吗?"

"我当然听见了。你当着我的面大呼小叫呢。"

"那就派人救援!你们是见鬼的医院,不是吗?"

门房用力深吸一口气。"你在邂逅这位'霍普金斯医生'之前,从银行取了一大笔钱,对吗?"

"对。五十镑。那又怎样?"

---

① 唐纳德·坎贝尔(1921—1967),英国赛车手,曾打破多项纪录。

门房掸掉翻领上的点心渣。"这笔钱还在吗,孩子?"

"在这儿。"迪恩把手伸进外套,去摸银行存折。钱不见了。应该在的。他又摸了摸别的口袋。一辆电车吱吱嘎嘎地驶过。有个孩子在号啕大哭。"该死——我准是丢在路上了……"

"抱歉,孩子。你让人给坑了。"

迪恩回想起,那人歪倒在自己胸前……"不。不。那真是心脏病。他几乎站立不稳。"他又翻了翻口袋。钱还是不在。

"有个聊胜于无的安慰,"门房说,"你是十一月里第五个上当的。事情已经传开了。伦敦中央区的每家医院和每家诊所,都不再给任何一个叫'霍普金斯'的人派担架了。根本就是白费工夫。那边总是空无一人。"

"可他们……"迪恩觉得想吐,"可他们……"

"你是不是想说:'他们看起来不像扒手'?"

迪恩是想这么说。"他们怎么知道我身上有钱?"

"要是你要去捞一个漂漂亮亮、鼓鼓囊囊的钱包,你会怎么做?"

迪恩想了想。银行。"他们看见我取了钱。然后他们跟踪了我。"

门房咬了一口香肠卷。"你说中了,福尔摩斯。"

"可是……那笔钱一大半我要用来买贝斯,还有——"迪恩想起了内维特太太。"哦,该死。剩下的钱是我的房租。这下我怎么付房租?"

"你可以去警察局报案,但用不着满怀期待。因为对警察来说,苏豪区到处都是些牌子,上面写着'入此门者,放弃希望。'"

"我的女房东是个该死的纳粹。她会把我撵出去的。"

门房滋滋作响地喝着茶。"告诉她,你在努力当一名行善的撒玛利亚人时,把钱给弄丢了。说不定她会同情你。谁知道呢?"

内维特太太坐在高窗边。客厅里弥漫着潮湿和熏肉油脂的味道。

6

壁炉看起来是用木板封起来的。房东太太的账本搁在写字台上打开着。她的编织针咔嗒咔嗒地响着。一盏从不点亮的枝形吊灯挂在天花板上。墙纸上原先的花卉图案已经陷入丛林的阴霾。内维特夫人三任亡夫的照片在他们的镀金相框里怒目而视。"早上好，内维特夫人。"

"勉勉强强吧，莫斯先生。"

"呃，那好吧，"迪恩喉咙发干，"我被人抢了。"

编织针停了下来。"真是太不幸了。"

"还不止呢。我取出了付房租的钱，但是丹麦街上的两个扒手袭击了我。他们准是看到我兑现了我的银行汇票，跟踪了我。光天化日下的抢劫。真的。"

"天呐天呐天呐。真让人意想不到。"

她以为我在编故事骗她，迪恩心想。

"更遗憾的是，"内维特太太继续说道，"你没能在布雷顿皇家打印店坚持下来。那是个合适的地方。在值得尊敬的城区。在梅菲尔区就没有'抢劫'。"

布雷顿的工作是契约式的口交，迪恩心想。"就像我跟您说的，内维特太太，布雷顿的工作没成。"

"不关我的事，我能肯定。我只关心房租。我是不是可以认为，你想要更多的时间来付钱？"

迪恩放松了些许。"说真的，我感激不尽。"

她嘴唇抿紧，鼻孔张开。"那这一次，只有这一次，我把你交房租的截止期限延长——"

"谢谢你，内维特太太。我没法告诉您我有多么——"

"——到两点。可千万别说我不讲情面。"

这老母牛是在耍我吗？"两点……今天吗？"

"这段时间足够你去银行再回来了，毫无疑问。只不过这一次离开的时候，别露了财。"

7

迪恩感到发热，发冷，想吐。"我的账户现在分文不剩了，但我星期一就能拿到报酬。那时候我就能付您这笔钱。"

女房东拽了拽天花板上垂下来的一根绳。她从写字台里取出纸片，"**起居室兼卧室出租——黑人与爱尔兰人勿扰——入内了解。**"

"别，内维特太太，别这么做。用不着这样。"

女房东把纸片塞进窗户。

"那我今晚睡哪儿？"

"你愿意睡哪儿就睡哪儿。但不会是这儿。"

先是没有了钱，现在又没有了容身之所。"我要我的押金。"

"付不起租金的房客失去押金的所有权。这些规矩钉在了每一扇门上。我一分钱也不欠你的。"

"那是我的钱，内维特太太。"

"根据你签过的合同，它不是了。"

"最晚到星期二或星期三，你就能找到新房客了。你不能夺走我的押金。这是偷窃。"

她继续编织着。"你要知道，我从一开始，就觉得你身上有股东区小贩的味儿。但我对自己说，别，给他一个机会吧。毕竟，皇家打印店觉得这个年轻人有潜力。于是我给了你这个机会。然后发生了什么呢？你为了一支'流行乐队'放弃了布雷顿的工作。你让头发长得像姑娘家一样。你把钱花在了吉他和天知道是啥的玩意上，所以到了困难的时候，你就一无所有了。现在你指控我盗窃。好吧，这会让我长长教训。生在贫民窟，就该待在贫民窟。啊，哈里斯先生……"内维特太太同居一处的退伍暴徒出现在客厅门口。"这个——"她瞥了迪恩一眼——"人要离开我们了。马上。"

"钥匙，"哈里斯先生对迪恩说，"两把。"

"我的物品呢？你也要偷走吗？"

"把你的'物品'带走，"内维特太太说，"拿走我还省心。两点

8

还放在你屋里的任何东西,三点就会进救世军商店。走吧。"

"万他妈能的上帝,"迪恩嘟哝着,"但愿你早点死。"

内维特太太没有搭理他。她的编织针咔嗒咔嗒地响着。哈里斯先生从后面揪着迪恩的衣领,把他拎了起来。

迪恩几乎喘不过气来。"你让我窒息了,你这卑鄙的家伙!"

原先的中士把迪恩推进走廊。"回你房间,打包,然后滚蛋。要不然,我可不止会让你窒息,你这娘娘腔的基佬懒汉……"

起码我还有工作。迪恩把咖啡按进金属盒,塞进蒸煮槽卡住,然后拉下手柄。加吉亚咖啡机猛地冒出蒸汽。迪恩的八小时轮班拖了点。他在丹麦街摔倒,擦伤了身体。外面是寒冷的夜晚,但达尔布莱街和布鲁尔街交叉路口旁边的这家埃特纳咖啡馆,温暖,明亮,热热闹闹。郊区来的学生和少年们在交谈,调情,争辩。摩登族①们去音乐演出场地吸毒和跳舞之前在这里集合。衣冠楚楚的年长男子打量着那些皮肤光滑、寻求包养的青年。衣品不佳的年长男子在去看色情电影或逛妓院之前,来此稍事停留,喝杯咖啡。准有一百来号人挤在这里,迪恩心想,他们每个人今晚都有床可睡。既然他的轮班已经开始,迪恩希望能来个欠自己人情的熟人,自己可以跟他讨一张沙发。随着时间推移,他的希望变得愈发渺茫,这会儿已经消失不见了。点唱机大声奏响滚石乐队(The Rolling Stones)的《第19次精神崩溃》(19th Nervous Breakdown)。迪恩曾与肯尼·耶尔伍德一起研究过这首歌的和弦,那还是"掘墓人"的单纯岁月。加吉亚咖啡机的管嘴滴答着咖啡,注满了三分之二杯。迪恩解下金属盒,把咖啡渣倒进桶里。克拉克西先生端着一托盘的脏盘子,从旁边走过。让他早点付钱给你,迪恩第五十次告诉自己。你没有别的选择了。"克拉克西

---

① 英国60年代出现的青少年群体,服装整洁时尚,骑摩托车。

先生，我能不能——"

克拉克西先生转过身去，没注意到迪恩："普鲁，把前面该死的台面擦干净，它们很丢脸！"他横冲直撞地走了回去，露出一名坐在台面前面的顾客，就在冷牛奶分装器和咖啡机之间。三十来岁，秃头，看着像书呆子，穿着犬牙花纹的夹克，戴着时尚的蓝色镜片方框眼镜。有可能是同性恋，不过在苏豪区，谁也看不准。

那名顾客从他的杂志——《每周唱片》——上抬起头，毫不尴尬地迎上迪恩的目光。他皱着眉头，像是在努力把他看个清楚。假如他们在酒馆，迪恩会问：你瞅啥？在这儿嘛，迪恩移开目光，在冷水龙头下面冲干净金属盒，感到那名顾客的目光依然落在自己身上。也许他以为我喜欢他。

莎伦拿来一份新的订单纸条。"九号桌要两杯蒸馏咖啡，两杯可乐。"

"两杯蒸馏，两杯可乐，九号桌，收到。"迪恩朝加吉亚咖啡机转过身，拨动开关，奶泡落在卡布奇诺上。

莎伦绕到台面的他这一侧，给糖罐加满糖。

"抱歉，你不能睡在我家地板上，我说真的。"

"没事。"迪恩把可可粉洒在卡布奇诺上，把它放在台面上给普鲁。"问你这事，我也有点鲁莽，真的。"

"我的女房东半是克格勃，半是女修道院长。要是我把你偷偷领进屋子，她就会把我们逮个正着，然后'这里是一户值得尊敬的人家，不是妓院！'，然后她就会把我扫地出门。"

他灌满咖啡盒，这是一杯蒸馏咖啡。"我明白。没关系。"

"你不会睡在拱廊底下吧？"

"不，当然不会。我还有些伙计，我会给他们打电话。"莎伦笑逐颜开。"那样的话——"她扭摆着腰臀——"我很高兴你先问了我。如果有任何事，我能为你做的话，我就在这儿。"

迪恩对这个甜美却身材矮胖、面团脸、两只葡萄干眼睛挨得很近的姑娘不感兴趣……但在爱情和战争中，一切都是公平的。"你能不能借我点儿钱到星期一？那时候我就领到工钱了？"

莎伦犹豫不决。"别让我失望，好吗？"

哦，你这卖弄风情的调情者。迪恩露出几分笑意。他猛地拉开可乐瓶盖。"一旦我重新周转过来，我就用极高的利率还你。"

她兴高采烈，迪恩差点因为这有多容易而感到内疚。"我钱包里可能还有几先令。等你成了百万富翁流行歌星，别忘了我。"

"十五号桌还在等着呢！"克拉克西先生用他西西里味的伦敦腔喊道，"三杯热巧克力！棉花糖！动作快！"

"三杯热巧克力。"迪恩回了一句。莎伦拿着糖罐溜走了。普鲁过来抄起了八号桌的卡布奇诺，迪恩把订单纸条穿在长钉上。到三分之二标记线了。克拉克西先生看来心情不错。要是他心情不好，我他妈会被他当台球打。他开始煮九号桌的蒸馏咖啡。多诺万（Donovan）的《阳光超人》（Sunshine Superman）接替了滚石乐队。蒸汽从加吉亚咖啡机嘶嘶地冒出来。迪恩想知道莎伦说的"有几先令"会是多少。肯定不够睡旅馆的。托特纳姆府路上有基督教青年会，但他不知道他们那儿会不会有空床。等他到了那儿，该有十点半了。迪恩又一次梳理了自己的伦敦熟人名单，他们（1）有可能帮自己渡过难关（2）有电话。地铁在午夜前后关闭，所以要是迪恩带着贝斯和帆布背包，出现在布里克斯顿区或哈默史密斯区，结果又没人在家，他可就孤立无援了。他甚至考虑过去找"波将金战舰"乐队的老伙计，但他觉得，他们的交情是真的毁了。

迪恩瞥了一眼戴蓝色眼镜的顾客。那人把《每周唱片》换成了一本书《巴黎伦敦落魄记》。迪恩想知道他是不是披头族[①]。艺术学院有

[①] 摒弃传统的"垮掉的一代"青年（二十世纪五六十年代的年轻人）。

几个人装扮成披头族。他们抽高卢烟,谈论存在主义,拿着法国报纸走来走去。

"喂,克莱普顿(Eric Clapton)[①]。"普鲁很有起外号的天赋。"你是在等热巧克力自己把自己冲好,还是别的什么?"

"克莱普顿演奏的是主音吉他,"迪恩第一百次解释,"我是他妈的贝斯手。"他看到普鲁对她自己的话挺满意。

埃特纳厨房后面的小院子,煤烟覆膜,雾气蒸腾,里面放着垃圾桶,没有多少别的东西。迪恩看着一只老鼠爬上排水管,朝着那一方光线昏暗的夜云爬去。他从他最后一支登喜路里,吸出最后一口烟。已经十点了,他和莎伦的班已经结束。莎伦在借给迪恩八先令之后,已经回自己的住处了。要是别的法子全都行不通,这就是一张去格雷夫森德的火车票。透过厨房门,迪恩听到克拉克西先生在和最近的一个从西西里岛来的侄子说意大利语。这位几乎不会说英语,但端来冒泡的大桶波隆那肉酱,用不着会英语;在意面上涂抹这种肉酱,就是埃特纳唯一的菜肴了。

克拉克西先生出现了。"怎么,你想谈谈,莫斯。"

迪恩在砖块铺成的地面上碾灭了他的香烟。他的老板怒目而视。该死。迪恩拾起烟头。"对不起。"

"我可没有整晚的时间。"

"你能不能现在就付给我钱?拜托了。"

克拉克西先生确认自己有没有听错。"'现在'付你钱?"

"对。我的工钱。今晚。现在。求你了。"

克拉克西先生看起来不敢相信。"我周一付工钱。"

"是的,但就像我之前说的,我遭到了抢劫。"

[①] 埃里克·克莱普顿(1945—),英国吉他大师、歌手、作曲家。

生活和伦敦让克雷西先生变得多疑。又或者，他生来就是这样。"是挺不幸。但我总是，星期一付钱。"

"假如不是走投无路，我是不会求你的。可我付不起房租，所以女房东把我赶了出来。所以我才把我的背包和我的贝斯放在员工橱柜里。"

"啊。我以为你要去度假。"

迪恩露出假笑，以防那是一句玩笑话。"那倒还好了呢。但我不是，我真的需要我的工钱。比如，在基督教青年会开个房间什么的。"

克拉克西先生想了想。"你遇上了麻烦，莫斯。但你的麻烦是你自己折腾出来的。我总是在星期一付工钱。"

"你能不能借我几镑？拜托？"

"你有吉他。去当铺吧。"

真是一毛不拔，迪恩心想。"首先，我还没有付清最后一笔分期付款，所以吉他还不是我的，不能卖。被强盗抢走的钱，本来就是作这个用的。"

"但你说，那是付房租的钱。"

"有些是房租。大部分是吉他。其次，现在是星期五晚上，十点了，当铺关门了。"

"我不是你的银行。我星期一付钱。说完了。"

"要是我整个周末都睡在海德公园，得了双肺肺炎，星期一还怎么能来这里？"

克拉克西先生的脸颊抽搐了一下。"你星期一不来这里，没关系。我什么都不用付给你了。只有一个 P45[①]。明白吗？"

"现在给我钱和星期一给我钱有什么区别？我这个周末又不会他妈去工作！"

---

① 离职时，雇主给员工的 P45 税务结算表，记载着报酬和缴税额。

克拉克西先生双臂交叠。"莫斯，你被解雇了。"

"哦，看在上帝分上！你他妈不能这样对我。"

一根粗壮的手指戳在迪恩的心口。"很简单。结束了。走吧。"

"不。"先是我的钱，然后是我的住处，现在是我的工作。"不，不。"迪恩把克拉克西的手指拍到一边。"你欠我五天的工钱。"

"证明一下。去告我。找个律师。"

迪恩忘了自己只有五英尺七英寸，而不是六英尺五英寸，他冲着克拉克西的脸大吼，**"你欠我五天的工钱，你这个偷东西的卑鄙骗子。"**

"啊，好，好，我欠你的。给，我把我欠的付了。"

一只有力的拳头陷入迪恩的腹部。迪恩弓起了身子，仰面躺着，震惊地喘着粗气。今天的第二次了。一只狗在吠。迪恩站起身，但克拉克西已经走了。两个西西里的侄子出现在厨房门口。一个拿着迪恩的芬达牌乐器，另一个拿着他的帆布背包。他们扭着迪恩的双臂穿过咖啡馆。奇想乐队（The Kinks）在点唱机上唱着《阳光明媚的午后》（Sunny Afternoon）。迪恩扭头往回看了一眼。克拉克西在收银台那儿抱着胳膊，目光阴沉。

迪恩抬起一根手指，冲前雇主比了个"见鬼去吧"的手势。

克拉克西做了个割喉的动作。

来到外面的达尔布莱街上，迪恩无处可去，他琢磨着，要是把半截砖头丢进咖啡馆窗户里会有什么后果。警察局的牢房会解决他眼前的住房困境，但从长远来看，犯罪记录不会有任何帮助。他走进街角的电话亭。里面用透明胶带胡乱贴着几张纸，上面有女孩的名字和电话号码。他把芬达紧挨着自己放下，他的帆布背包一半探出门外。迪恩掏出六便士，翻看着自己的黑皮小册子。他搬到了布里斯托尔……我还欠他五镑……他走了……迪恩找到了罗德·登普西的号码。他不认识罗厄尔，但他是格雷夫森德那地方的同乡。他上个月在卡姆登区开了一家店，卖皮夹克和摩托车手配饰。迪恩拨了那个号码，但没人接听。

现在怎么办？

迪恩离开了电话亭。寒冷的雾气模糊了物体的边缘，弄花了路人的脸，朦胧了霓虹灯招牌——**姑娘们！姑娘们！姑娘们！**——灌满了迪恩的肺。他有十五先令三便士，有两种花法。他可以沿着达布莱街走到查令十字路，坐巴士到伦敦桥站，再坐火车到格雷夫森德，叫醒雷、希尔和他们的儿子，承认雷辛辛苦苦赚来的五十镑——希尔对此并不知情——在迪恩兑付银行汇票后的十分钟内被盗，并要求睡在沙发上。但他不能永远都待在那儿。

明天呢？搬回娜恩·莫斯和比尔家？在二十三岁这个年纪。这周晚些时候，他会把这把芬达带回塞尔默吉他行，请求部分退还他已经支付的费用。从中减去损耗的部分。安息吧，专业音乐家迪恩·莫斯。当然，哈里·莫法特会发现这事。他会把奶头都笑掉。

又或者……迪恩望着布鲁尔街，望着俱乐部、灯光、熙熙攘攘的人群、偷窥秀、拱廊街、酒吧……*我再赌最后一次*。古夫可能会在"马车与马匹"酒馆。尼克·伍星期五通常在曼德拉草俱乐部。艾尔在利奇菲尔德街的邦杰酒吧。也许艾尔会让他在地板上睡到星期一。明天他去一家咖啡店找一份新工作。理想情况下，得跟埃特纳保持一段距离。*我可以靠面包和马麦酱*①*生活，直到我再次拿到工钱为止*。

可是……如果好运垂青于谨慎的人呢？如果迪恩再赌最后一次，把钱花在进入俱乐部，跟某个自己有公寓的漂亮女孩搭讪，然后她一走了之，只留迪恩深陷泥沼呢？这种事已经不是第一次了。或者，如果某个保安像蝾螈一样生气，凌晨三点把他丢在溅满呕吐物的冰冷人

---

① 英国特色食品，用啤酒酵母制成的佐餐酱，伴面包食用。

行道上，而他的乘火车费用已经花光，该怎么办？那么回到格雷夫森德的唯一办法，就是迈步前行了。在达尔布莱街对面，一个流浪汉在洗衣店的灯光下，翻腾着一个满溢出来的垃圾桶。如果他也赌过最后一次呢？

迪恩大声说："如果我的歌都是狗屎和蠢话怎么办？"

如果我只是自欺欺人地认为自己是音乐人怎么办？

迪恩必须作出决断。他又掏出那枚六便士。

正面，是达尔布莱街和格雷夫森德。

背面，是布鲁尔街、苏豪区和音乐。

迪恩将硬币抛入空中……

"打扰了，是迪恩·莫斯吗？"硬币掉进水沟，不见了。我的六便士！迪恩转过身，看到埃特纳吧台边那个可能是同性恋垮掉族的人。他戴着一顶毛皮帽子，像个俄罗斯间谍，不过他的口音听起来像美国人。"老天，对不起，害得你丢了硬币……"

"对，你他妈害的。"

"等一下，在这儿，瞧……"陌生人弯下腰，从缝隙中拿回了迪恩的六便士。"给你。"

迪恩把它装进口袋。"你是什么人？"

"我叫利凡·法兰克兰。八月份我们见过，在布莱顿市欧迪恩剧院后台。未来之星巡回演唱会。我当时正在做'伟猿'乐队的经理人。或者说是在练手。你当时跟'波将金战舰'在一起。你演奏了《肮脏的河流》。一首很棒的歌。"

迪恩对赞美心生警惕，尤其是对方可能是同性恋。另一方面，这个可能是同性恋的人是个音乐经理人，而最近，迪恩一直不曾因为任何事得到任何人的赞美。"是我写了《肮脏的河流》。那是我的歌。"

"我估计也是。我还知道你和波将金乐队分道扬镳了。"

迪恩的鼻尖冷冰冰的。"被踢出来了。因为'修正主义'。"

利凡·法兰克兰笑得上气不接下气，嘴里冒出一团团哈气。"从'艺术上的分歧'变成这个，真是不一样了。"

"离开他们，你会发展得更好。"法兰克兰掏出一包罗斯曼烟，递给迪恩一支。

"离开他们，我一文不名了。"迪恩接过烟，手指冻麻了。"他妈的一文不名，深陷粪坑。"

法兰克兰用一只高档芝宝打火机点上迪恩的烟，然后点上自己的。"我一不小心听到……"他向埃特纳扬了扬下巴，"你今晚没地方住？"

一群摩登族穿着星期五晚上的靓装走了过来。迪恩猜测，他们正在陆续赶往"大帐篷"。"没有。无处可去。"

"我有个提议。"法兰克兰作出决定。

迪恩打了个哆嗦。"是吗？什么提议？"

"今晚 2i 俱乐部有乐队演出。我希望征求你作为音乐人的意见，看看他们有没有潜力。如果你跟我来，你可以睡我的沙发。我的公寓在贝斯沃特那边。不是丽思大饭店，但比滑铁卢桥下暖和。"

"你不是'类人猿'乐队的经理人吗？"

"不再是了。艺术上的分歧。我正在——"附近有玻璃碎了，传出恶魔般的笑声——"寻找新的人才。"

迪恩动心了。那儿会温暖而干燥。明天他可以讨一口早餐，洗漱一下，然后翻遍自己的黑皮小册子。法兰克兰肯定有电话。问题是，假如这条救生索上，附带着价格标签呢？

"要是你睡沙发，感觉不踏实——"利凡看起来被逗乐了，"你可以睡在我的卫生间里。门上有锁。"

所以他是同性恋，迪恩意识到，他知道我已经猜到了……但既然他不纠结这事，我干吗要纠结？"沙发就行。"

17

位于老康普顿街 59 号的 2i 咖啡酒吧，大厅就像腋窝一样潮湿，闷热，乌漆墨黑。两个光秃秃的灯泡悬挂在由木板和牛奶箱搭成的低矮舞台上方。墙壁在流汗，天花板在滴水。然而在仅仅五年之前，2i 还是苏豪区最时髦的新秀秀场之一：克里夫·理查德（Cliff Richard）、汉克·马尔文（Hank Marvin）、汤米·斯蒂尔（Tommy Steele）和亚当·费思（Adam Faith）[①] 都是从这里开始他们的职业生涯。今晚，舞台被阿奇·金诺克的"布鲁斯凯迪拉克"所占据，主唱兼节奏吉他手是阿奇·金诺克；贝斯手拉里·拉特纳；鼓手穿着背心，他那套鼓对舞台来说未免太大了；还有一个高高瘦瘦、外表野性的吉他手，皮肤带点粉红，头发带点红色，眼睛很窄。他的紫色夹克旋转着，头发耷拉在指板上。乐队正在演奏阿奇·金诺克的老歌《寂寞得要死》。没过一会儿，迪恩就看出，布鲁斯凯迪拉克的轮子不是松了一个，而是两个。阿奇·金诺克要么喝醉了，要么嗑药了，要么两者都是。他用布鲁斯风格——对着麦克风呻吟道——"我寂咿—咿寞得要死，宝贝，寂咿咿寞得要死——"但他的吉他一直在出错。同时，拉里·拉特纳落后于节拍。他的伴唱——"你也很寂咿寞，宝贝，你也很寂咿—咿—咿—寞——"跑调了，跑得并不好听。在歌曲中段，他冲鼓手喊道："太他妈慢了！"鼓手皱起了眉头。吉他手开始了一段独奏，将一段回旋、嗡鸣的旋律维持了三小节，然后回到那个厌世的连复段。阿奇·金诺克重拾他的节奏部分，坚持着 E-A-G 的底子，而主音吉他手则接过旋律，把它令人着迷地倒置过来。第二段独奏比第一段更让迪恩印象深刻。人们伸长脖子，望着主音吉他手的手指在指板上飞，挑，夹，拉，滑，敲。

他是怎么做到的？

[①] 均为英国歌星。

演奏完穆迪·沃特斯（Muddy Waters）的《我是你的浪荡男人》（I'm Your Hoochie Coochie Man）之后，紧接着是阿奇·金诺克的一首不那么红的《乘坐魔毯》，然后转入布克·T 和 MG 乐队（Booker T. & The MG's）的《绿洋葱》（Green Onions）。吉他手和鼓手以愈演愈烈的活力演奏着，而金诺克和拉特纳这两名老手给乐队拖了后腿。乐队主唱向两位数的观众问候致意——就好像他刚刚掀翻了阿尔伯特音乐厅的屋顶——以此结束了第一段演出："伦敦，我是阿奇·金诺克，我回来了！我们很快就会回来，进行第二段的演出，好吗？"布鲁斯凯迪拉克乐队退到了 2i 舞台侧面的下沉式休息室里。奶油乐队（Cream）的《我感到自由自在》（I Feel Free）从小音箱里呜咽着响起，一半观众慢吞吞地上楼去买可乐、橙汁和咖啡。

法兰克兰问迪恩："怎么样？"

"你是带我来看那个吉他手的吧？"

"没错。"

"他很不错。"

利凡做了个"仅此而已吗？"的表情。

"他简直棒极了。他是谁？"

"他叫贾斯珀·德佐特。"

"天哪。在我老家，说这种半截话，你会被人私刑处死。"

"他父亲是荷兰人，母亲是英国人。他刚来英国六个星期，所以他还在适应期。介不介意在那瓶可乐里兑点儿波本？"

迪恩伸出瓶子，接了不少酒。"干杯。他正在把才华浪费在阿奇·金诺克身上。"

"他就像留在波将金战舰里的你。"

"鼓手是谁？他也不错。"

"彼得·格里芬。绰号'格里夫。'约克郡人。他在北方爵士巡演中表现出色，在沃利·惠特比的团队演奏。"

"爵士小号手沃利·惠特比？"

"就是他。"利凡对着扁酒壶痛饮。

"这个贾斯珀·德什么，写歌也像演奏一样棒？"迪恩问。

"显然如此。但阿奇不让他演奏他自己的东西。"

迪恩感到心里涌起一股妒意。"他确实很有一套。"

利凡用一块斑斑点点的手帕轻拍着亮晶晶的前额。"同意。但他也有个问题。他太有自己的风格，无法融入像阿奇·金诺克那样已经定型的风格里，但他也不是一个独立歌手。他需要一帮跟他一样有天赋、经过精挑细选的乐队成员，他们会激发他的表现，也会被他激发。"

"你心目中的乐队是哪个？"

"现在还不存在。但我相信，我正在看着它的贝斯手。"

迪恩发出一声嗤笑。"行吧。"

"我说真的。我正在组建一支乐队。而我开始觉得，你、贾斯珀和格里夫可能会有那种神奇的化学反应。"

"你在开玩笑吧？"

"我看起来像吗？"

"不像，不过……他们怎么说？"

"我还没跟他们接触呢。你就是这副拼图的第一块，迪恩。很少有贝斯手能达到格里夫需要的精准，还有贾斯珀需要的创造力。"

迪恩顺着他的话往下说。"你来做经理人？"

"当然。"

"可贾斯珀和格里夫已经有乐队了。"

"布鲁斯凯迪拉克算不上是一支乐队。它只是一只快要死掉的狗罢了。让它早死早超生，算是一桩善举。"

天花板上的一滴水落在了迪恩的颈背上。"他们的经理人恐怕不这么看。"

"阿奇的前经理人带着小猪存钱罐跑路了,所以现在是拉里·拉特纳担任乐队经理人。可惜呀,他当经理人的水平,跟我来撑竿跳有得一拼。"

迪恩喝了一大口波本兑可乐。"所以这算是工作邀约?"

"一个提议。"

"难道我们不应该先试试,在我们——"迪恩没让自己说出一起跳上床之前——"作决定之前?"

"当然应该。这可是上天保佑,你带了贝斯,这里也有激情洋溢的听众。我只需要你点一下头就行。"

他在说什么呢?"这是阿奇·金诺克的演唱会。他已经有贝斯手了。我们现在可没法试演。"

利凡摘下蓝色眼镜,擦拭起镜片来。"但这个问题'你愿不愿意跟贾斯珀和格里夫试一试?'的答案是愿意,对吗?"

"呃,行,我觉得,只不过——"

"我过几分钟回来。"法兰克兰重新戴上眼镜。"我有个约会。用不了多少时间。"

"约会?现在吗?跟谁?"

"黑魔法。"

在等利凡·法兰克兰回来的时候,迪恩站在角落里,紧盯着他的贝司和帆布背包。小脸乐队(Small Faces)的《沙啦啦》(Sha-La-La-La-Lee)正在播放。迪恩正在想,歌词还可以写得更好,这时一个熟悉的声音说:"莫瑟!"迪恩回头一看,是他那位鹰钩鼻、大眼睛、爱傻笑的艺术学校的朋友肯尼·耶尔伍德。"肯尼!"

"看来,你还活着。天哪,你把头发留长了。"

"你的头发变短了。"

"这发型叫'得到一份真正的工作'。可不是我喜欢它。你是圣诞节回来的吗？在'马洛船长'那边没看到你。"

"是的，但我得了流感，所以我待在我奶奶家。还没给一个老伙计打电话呢。"其实是无颜面对这些老伙计。

"你还在波将金战舰吗？我听传言说百代公司签了你什么的。"

"没有，全都黄了。去年十月我就离开了乐队。"

"哦。海里还有的是鱼，不是吗？"

"但愿如此。"

"那……你现在和谁一起演奏？"

"不……呃……嗯……算是吧。我们会看到的。"

肯尼等着迪恩好好回答。"你还好吗？"

迪恩发现，真相不像谎言那么让人疲惫。"既然你问起，我今天真是糟透了。我今天早上被人抢了。"

"真他妈的，莫瑟。"

"六个浑蛋伏击了我。我好好地回了几拳，但他们拿走了我的房租钱——事实上，把我所有的钱都拿走了——所以女房东把我赶了出来。雪上加霜的是，我工作的那家咖啡馆把我给解雇了。所以你会发现，我深陷在粪坑里，我的朋友。"

"那你现在住哪儿？"

"某人的沙发，直到星期一。"

"星期一之后呢？"

"会有办法的。只是别跟格雷夫森德的任何人说，行吗？人们会传闲话，然后娜恩·莫斯、比尔和我哥哥就会听到，他们会担心的，所以——"

"行，当然，不过你看。在你重新回到正轨之前，先吃顿晚饭吧。"肯尼掏出了钱包，把一些东西塞进迪恩的口袋。"那是五镑，不是我想飞快地摸一把。"

迪恩很羞愧。"伙计，我还没到拾荒的地步，我没有——"

"我知道，我知道。但设身处地，你也会为我做同样的事，对吗？"

迪恩考虑把钱还给他，足足考虑了三秒钟。五镑可以养活自己两周。"天啊，肯尼，我不知道该怎么感谢你。我会还你的。"

"我知道。先把你的唱片搞定。"

"我不会忘记的。上帝可以作证。干杯。我——"

一阵阵尖叫和吼声响起。一个人在人群中横冲直撞，撞倒了左右两边的顾客。肯尼往一边躲，迪恩往另一边躲。那是拉里·拉特纳，布鲁斯凯迪拉克乐队的贝斯手。他被阿奇·金诺克追赶着，冲向楼梯，阿奇·金诺克被迪恩的芬达琴盒绊倒，这会儿琴盒已经滑到了地上。阿奇·金诺克笨拙地落地，一头磕在水泥地上。拉特纳来到陡峭的台阶前，跳了上去，一步两磴，从2i惊愕的顾客中间冲了过去。阿奇·金诺克站了起来——他的鼻子有些撞烂了——冲着楼梯上面咆哮道："我会把你流血的心扯出来！就像扯出我的心一样！"然后他在那个乐队同伴后面，步履蹒跚地登上楼梯，也不见了。

所有人都面面相觑。

"这是什么情况？"肯尼问。

迪恩把阿奇的威胁之词稍作加工，记了下来：我会把你的心扯—扯—扯出来，就像你扯出了我的心一样。

利凡·法兰克兰出现了。"天呐，你们看到了吗？"

"没法看不到。利凡，这位是肯尼，我在艺术学院的朋友。早些年，我们在一个乐队里待过。"

"幸会，肯尼。利凡·法兰克兰。希望你们都躲过了刚才的金诺克和拉特纳风暴。"

"躲过了，"肯尼说，"就差几寸。那是怎么回事？"

法兰克兰动作夸张地耸了耸肩。"我知道的都是谣言、传闻、闲话，谁会信呢？"

"什么谣言、传闻、闲话？"迪恩执意问道。

"拉里·拉特纳和阿奇·金诺克的老婆，一场火热的恋情，还有财务上的违规行为。"

迪恩琢磨这这番话。"拉里上了阿奇·金诺克的老婆？"

"些许直觉，更多的还是模糊不清。"

"阿奇·金诺克刚才发现了？"肯尼问，"就在刚刚？一场演出的中间？"

利凡面色严肃，若有所思。"这大概能解释他刚才简直要杀人的狂怒，我想。你们怎么看？"

还没等迪恩进一步分析出其中的暗含之意，奥斯卡·莫顿——这位一头发胶、眼睛像夜枭的2i俱乐部经理——朝下沉式休息室跑去。

"你介不介意帮迪恩看管一会儿他的帆布背包，肯尼？"利凡问，"他们大概需要我和迪恩帮忙。"

"呃……没问题。"肯尼看起来跟迪恩一样茫然。经理人用胳膊肘给迪恩引路，跟上了奥斯卡·莫顿。

"我们要去哪儿？"迪恩问。

"我听到了敲门声。你没听到吗？"

"敲门声？什么在敲门？"

"机遇。"

下沉式休息室有股下水沟味。奥斯卡·莫顿正在审问布鲁斯凯迪拉克乐队剩下的两名成员，没注意到迪恩和法兰克兰从门口溜进来。贾斯珀·德佐特坐在休闲矮椅上，斯特拉托卡斯特吉他放在他腿上。鼓手格里夫很恼火。"我恨不得从最近的悬崖跳下去。我推掉了布莱克浦冬园剧院为期两周的演出，就为这见鬼的狗屁玩意儿。"

2i俱乐部的经理又试着问贾斯珀·德佐特："他们会回来吗？"

"我说不上来。"德佐特听起来拿腔捏调,无动于衷。

"究竟发生了什么?"莫顿问。

"电话响了。"格里夫朝桌上的黑色电话扬了扬下巴,"金诺克接了起来。他只是听着,皱起了眉头,大约有一分钟。他脸色发蓝,一脸死了人的表情。他看着拉特纳。我想,嘿,有些不对劲,但拉特纳没注意。他正在给他的贝司重新装弦。等打电话的人说完,金诺克一言不发地挂断电话,看着拉特纳。拉特纳终于注意到了,他告诉金诺克,说他看起来像拉了裤子。金诺克非常平静地问拉特纳:'你上了乔伊?你们还用乐队的钱买了一套公寓?'"

"谁是乔伊?"奥斯卡·莫顿问,"阿奇的女朋友?"

"乔伊·金诺克夫人,"格里夫回答,"阿奇的老婆。"

"哦,好极了,"莫顿说,"那拉里怎么说?"

"什么也没说,"格里夫回答,"于是金诺克说:'那么,这就是真的了。'然后拉特纳说了一堆乱七八糟的东西,说他们在等合适的时机告诉他,那套房子是乐队的投资,你不能选择你爱上谁。他刚一说出那个'爱'字,金诺克就变成了绿巨人浩克,然后……你在外面看到他了,对吗?要不是拉特纳坐在离门最近的地方,逃了出去,他可能已经死了。"

奥斯卡·莫顿揉按着他的太阳穴。"谁打的电话?"

"不清楚。"格里夫说。

"你们两个能演第二场吗?"

"别他妈犯傻了。"鼓手回答。

"没有贝斯的电声布鲁斯?"贾斯珀露出怀疑的神情,"我听起来会很单调。谁演奏竖琴呢?"

"瞎子威利·约翰逊正好有一套废旧的非电声设备,"奥斯卡·莫顿说,"不带音箱,不带鼓,什么都不带。"

"要是你想让我走人,"鼓手说,"付钱就行。"

"我答应付钱给阿奇的,是九十分钟的演出,"奥斯卡·莫顿说,"你们只演了三十分钟。在演满九十分钟之前,我一个子儿也不欠你们。"

"先生们,"利凡开了口,"我有个提议。"

奥斯卡·莫顿转过身来。"你是哪位?"

"利凡·法兰克兰,月鲸音乐的。这位是我代理的客户,贝斯手迪恩·莫斯,也许我们正是你的出路。"

我是吗?迪恩心想。我们是吗?

"什么的出路?"莫顿问。

"摆脱困境的,"利凡说,"外面有一百名顾客,他们很快就会开始叫嚷着要求退钱。退钱,莫顿先生。房租涨了。圣诞账单要到期了。你最需要的就是一百份退款。但要是你拒绝……"利凡瑟缩了一下,"……那些孩子有一半正处于苯丙胺上头的状态。事情会变得非常麻烦。甚至有可能发生骚乱。威斯敏斯特市的地方法官会怎么看?你需要变出一支新的乐队来。一刻也不拖延。"

"而你刚好就有,"格里夫说,"隐蔽地藏在你的大肠子里?"

"我们刚好有——"利凡指着乐手们——"就在这里。贾斯珀·德佐特,吉他兼主唱;彼得·'格里夫'·格里芬,鼓;接下来介绍——"他拍了拍迪恩的肩膀——"迪恩·莫斯,贝斯天才、竖琴、主唱。带了芬达,愿意演奏。"

鼓手不以为然地斜睨着迪恩。"你正好带了贝斯,就在我们的贝斯手跑掉的时候?"

"带了贝斯和我所有的财物。早些时候,我不得不匆匆离开了我的卧室兼起居室。"

贾斯珀始终奇怪地保持沉默,但现在他问迪恩:"那你有多大本事?"

"比拉里·拉特纳强。"迪恩回答。

"迪恩是一流的,"利凡说,"我不接受业余的。"

鼓手抽了口烟:"你会唱歌吗?"

"比阿奇·金诺克强。"迪恩说。

"阉驴也比他强。"格里夫说。

"你会什么歌?"贾斯珀问。

"呃……我会《旭日之屋》(House of the Rising Sun)、《约翰尼·B. 古德》(Johnny B. Goode)《戴锁链的犯人》(Chain Gang)。你们俩会这些吗?"

"哪怕蒙上眼睛,"格里夫说,"一只手搁在屁股上,也会弹。"

"这场子是我在管,"奥斯卡·莫顿说,"既然这三位从未一起演奏过,我怎么知道他们能行呢?"

"你知道他们能行的,"利凡说,"因为贾斯珀技艺不凡,格里夫在沃利·惠特比五人团里演奏过。迪恩你只能信任他了。"

格里夫的嘟哝声听起来并无不快。贾斯珀没有拒绝。迪恩心想,我没有什么可失去的了。奥斯卡·莫顿看起来大汗淋漓,有些不舒服,还需要再推一把。

"我知道演出业充满糟糕的商人。"利凡说,"我们都见识过太多了。但我不是那样的人。"

2i 的老板长叹一声。"别让我失望。"

"你不会后悔的,"利凡打着包票,"只有十五镑,他们绝对超值。"他告诉乐手们:"先生们,你们每个人得四镑。我的佣金是三镑。同意吗?"

"等等!"奥斯卡·莫顿大为惊愕。"十五块钱?三个无名之辈?你在逗我呢!"

利凡回头看了好一会儿。"迪恩,我误判了形势。看起来,莫顿先生好像并不想要一条出路。咱们走吧,趁着这场讨价还价还没真正谈崩。"

"等等等等!"莫顿不再虚张声势,"我没有说我分文不付。但我付给阿奇·金诺克的只有十二镑。"

利凡从他的蓝色眼镜上面眯起眼睛看着。"啊,但我们俩都知道,阿奇·金诺克的演出费是十八镑。不是吗?"

奥斯卡·莫顿犹豫良久,说不出话来。

格里夫变了脸色。"十八镑?阿奇跟我们说的是十二镑。"

"所以你们才应该写在纸面上。"利凡说,"从法律上讲,没有白纸黑字写下来,就跟用小便写在雪地上差不多。"

一名满头大汗的保安进了屋。"他们闹起来了,头儿。"

愤怒的喊声传了进来:"见鬼的乐队呢?""八先令就听四首歌?""我们上当了!我们上当了!我们上当了!""退—钱!退—钱!退—钱!"

"接下来怎么办,头儿?"保安问。

"女士们先生们。"奥斯卡·莫顿俯身在麦克风前,"由于——"这段反馈给了迪恩额外的少许时间来检查线路——"由于不可预见的情况,阿奇·金诺克的布鲁斯凯迪拉克乐队不会给我们带来第二场演出了……"众人发出讥笑和嘘声。"但是,但是,我们安排了一场非常特别的演出……"

迪恩一边调音,一边测试拉特纳音箱的电平。贾斯珀告诉他:"我们用 A 大调。格里夫,给我们来一段强劲的慢跑节奏,就像动物乐队(The Animals)那样?"鼓手点点头。迪恩做了个"准备完毕随时可以"的表情。利凡抄着双臂站着,看起来很高兴。要是这事搞砸了,会被一帮亢奋的阿奇·金诺克粉丝撕成碎片的又不是你,迪恩心想。贾斯珀告诉奥斯卡·莫顿:"等你准备好,就可以了。"

"2i 非常自豪地带来,仅此一个晚上……我给你们带来的是……"

直到这时,迪恩才意识到他们还没取名字。

利凡的表情：好吧，一个名字，想一个名字！

贾斯珀看着迪恩，做着口形：有主意吗？

迪恩正准备救场，该叫什么？扒手们？被驱逐者？一文不名者？什么都行？

"我给你们带来，"奥斯卡·莫顿吼道，"出路乐队！"

木筏与河流

闹掰三天之后,埃尔夫对自己承认,这一次,布鲁斯也许不会回来了。痛苦不停袭来。布鲁斯的牙刷,任何有关分手的歌曲,不管有多么傻气无聊,甚至看到他放在储藏室里的一罐维吉麦蔬菜酱,都足以让她哭泣。不知道他的下落让人无法忍受,但她又不敢给他们的朋友打电话,问他们有没有看到他。要是他们没看到,她就得解释她为什么要问起。要是他们看到了,她只会通过执意询问每一个痛苦的细节,来羞辱自己,也让他们难堪。

第四天,她在电话被切断之前去付了电话费。她在埃特纳咖啡馆歇脚,喝了杯咖啡,在那儿撞见了从"表兄弟"出来的安迪。还没等他问起布鲁斯,埃尔夫就不假思索地说,布鲁斯正在诺丁汉探亲。她的谎言让她感到震惊。可悲的是,她从一个不打算当受气包的现代女孩,变成被抛弃的前女友的速度。"前任"。她觉得自己就像《别解释》(Don't Explain)里的比莉·哈乐黛(Billie Holiday),只是没有海洛因成瘾的悲剧魅力……

所有这些只能部分解释清楚,为什么埃尔夫像小偷般悄无声息地把钥匙塞进她自己公寓的门锁。如果,如果,如果布鲁斯回了家,她不想把他吓跑。愚蠢?是的,不理智?是的。但破碎的心并不聪明,也不合逻辑。于是,在二月一个周中的下午,埃尔夫无声无息地进了家门，祈求着布鲁斯能在家……

……那儿有布鲁斯的手提箱。他的大衣、帽子和围巾都搭在上面。埃尔夫听到了他在卧室里的声音。四天来，她第一次正常地呼吸。她把他的围巾放在自己脸上，吸入它那羊毛质地、透着潮湿的布鲁斯气息。那些出现在弗莱彻与霍洛韦演出上的、凝视着布鲁斯、怒视着埃尔夫、像树枝一样枯瘦的粉丝，她们错了，错了，错了。埃尔夫不是布鲁斯的垫脚石。他爱她。埃尔夫叫道："我回来了，袋鼠！"

然后等着布鲁斯回答："袋熊！"冲过来吻她。但布鲁斯过来的时候一脸冷漠。黑胶唱片从他的帆布背包里探了出来。"还以为你今天上午在教课。"

埃尔夫没听明白。"班上有流感……不过，嗨。"

"我想我应该拿走我剩下的东西。"

埃尔夫意识到，门口的箱子里装的不是布鲁斯要带回来的东西，而是要拿走的东西。"你趁我不在的时候过来了。"

"觉得这样会好些。"

"你一直住在哪儿？我担心坏了。"

"一个朋友那儿。"语气平淡，就好像不关她的事。

"哪个朋友？"埃尔夫忍不住要问。假如是男性朋友。布鲁斯身为澳大利亚人，会说"一个伙计"。"是个姑娘？"

布鲁斯像个耐心的大人一样叹了口气。"你为什么要这样？"

埃尔夫抱着双臂，像个受了委屈的女人。"哪样？"

"你的占有欲太强。所以你才把我推开了。"

"意思是：'我想做什么就做什么，只要你抱怨，你就是个歇斯底里的婊子'？"

布鲁斯闭上了眼睛，仿佛正在经受阵发的头痛。

"如果你想甩掉我，那就告诉我结束了。"

"随便你吧。"布鲁斯看着她,"结束了。"

"那二人组呢?"埃尔夫几乎无法呼吸。"托比正要给我们出一张专辑。"

"不,他没有,"布鲁斯这话说得,就好像她是一个他必须大声说话的外国人,"这张专辑不会出现了。"

"你不想做专辑了?"她嗓音沙哑。

"A&B唱片公司根本不想要弗莱彻与霍洛韦的专辑。他们的原话是:'《牧羊人的曲柄杖》没有达到预期。'没有专辑。我们被放弃了。二人组完了。"

下方,一辆摩托车咆哮着穿过利沃尼亚街。快递骑手和小贼们把它当成一条捷径。

两层楼上,埃尔夫想要干呕。"不。"

"如果你认为我在撒谎,就给托比打电话。"

"那演出呢?安迪给了我们下周日在'表兄弟'的九点档。下个月还有剑桥音乐节。"

布鲁斯耸了耸肩,嘴唇前伸。"取消它们,单独上场——随你怎么办都行。"他穿上外套。"我的围巾。"

埃尔夫的手递给了他。"如果我需要联系——"

布鲁斯把身后的门砰地关上了。

公寓里静悄悄的。唱片公司:没了。二人组:没了。布鲁斯:没了。埃尔夫逃到她的床上——她的,不再是我们的——蜷缩在她的毯子下面,在那个闷热的子宫里,把她的心哭了出来。一切都要从头来过。

第九天,二月的雨敲打着霍洛韦家的仿都铎式窗户,抹去了泥泞的花园和奇斯赫斯特路。劳伦斯,埃尔夫的姐姐伊莫金的西装男友,表现有些奇怪。"那么,嗯……"他半站起来,又坐下,然后身体前倾。"那么，嗯……"他用手指检查他的领带。"那么，嗯，一个……一个……宣布一个惊喜的消息。"伊莫金给他一个鼓励的微笑，仿佛劳伦斯是个在演耶稣诞生剧的紧张的学生。

我的天哪，埃尔夫心想，他们要订婚了。

只看了一眼，她就知道，她的父母已经知道了。

"霍洛韦先生不会感到惊讶。"劳伦斯说。

"我要说，我们现在可以直接称呼'克莱夫'了，"埃尔夫的父亲说，"对不？"

"别抢小伙子的风头，克莱夫。"埃尔夫的妈妈指示道。

"我没有抢任何人的风头，米兰达。"

"我的天哪！"埃尔夫的妹妹贝亚表现得很担心，"劳伦斯脸色发紫。"

劳伦斯确实脸红得很厉害。"我没事，我……"

"要我打 999 吗？"贝亚放下她的香槟酒杯，"你是不是要发病了？"

"贝亚，"埃尔夫的妈妈用上了她的警告声音，"够了。"

"如果劳伦斯烧着了怎么办，妈妈？光用小苏打恐怕不能把劳伦斯留下的污渍从地毯上洗掉。"

通常情况下，埃尔夫会对此大笑，但自从布鲁斯离开后，就没什么好笑的了。埃尔夫的父亲担负起了责任。"继续，劳伦斯，在你对加入这个疯人院感到畏惧之前。"

"劳伦斯没有畏惧。"埃尔夫的妈妈强调。

"啊—呃—嗯……完全没有，霍洛韦太太。"

"既然爸爸是'克莱夫'，"贝亚问，"劳伦斯不是应该叫你'米兰达'吗，妈妈？我只是问问。"

"贝亚，"她们的妈妈呻吟道，"要是你觉得无聊，就滚一边去。"

"劳伦斯小姐的神秘消息呢？姐姐订婚这种事可不是每天都有。"

贝亚把手放在嘴边。"哎呀。对不起。这就是神秘消息吗？我刚才只是作了个大胆的猜测。"

一辆轿车在奇斯赫斯特路上发动机回火了。劳伦斯松了一口气。"是的，我向伊米求婚了。伊米说……"

"'哦，既然你坚持，那就继续吧。'"伊莫金说。

"我和克莱夫再激动不过了。"她们的妈妈说。

"除非英格兰赢得灰烬杯板球赛。"埃尔夫的爸爸说，一边哄着他的烟斗重新燃旺。他向劳伦斯老套地眨了眨眼。

"祝贺，"埃尔夫说，"你们两个。"

"那我们看看戒指吧，姐姐。"贝亚说。

伊莫金从包里取出一个小盒子。每个人都凑到近前。"哎呀，"贝亚说，"这可不是礼炮里带的小礼品。"

"它花了某人一笔巨资，"埃尔夫的爸爸说，"我的天哪。"

"其实，霍洛——克莱夫，是我奶奶留给我的，给……"劳伦斯看着伊莫金把它戴上，"……给我的未婚妻。"

"这不让人感动吗？"埃尔夫的母亲说，"克莱夫？""是啊，亲爱的。"埃尔夫的爸爸给了劳伦斯一个狡猾的眼神，"从今往后，你就要常说这两个魔法词语了。"

爸爸妈妈就像喜剧二人组，埃尔夫心想，就像以前的我和布鲁斯。因"布鲁斯和埃尔夫"而起的忧伤挤压着她的胸廓。好痛。

"那，"埃尔夫的妈妈说，"我们来为这幸福的一对儿祝酒吧？"

他们全都举起酒杯，齐声说道："敬这幸福的一对儿！"

"欢迎加入霍洛韦家，"贝亚用汉默①恐怖片的腔调说，"现在你是我们家的一员了……'劳伦斯·霍洛韦。'"

"谢谢，贝亚，不过——"劳伦斯给了未来的小姑子一个宠溺的

---

① 英国汉默电影公司，曾拍摄大量低成本恐怖片。

眼神——"情况可能不完全是这样。"

"前两个人也是这么说的,"贝亚说,"现在他们已经埋在露台底下了。每年我们的露台都会加宽一码,埃尔夫要命的歌谣《伊莫金·霍洛韦的情人们》都会多一句新词。真奇怪。"

就连她们的妈妈听了这话,也微笑起来,但埃尔夫没有心思参与其中。"我们把桌子摆好吧。"

贝亚端详着有异寻常的姐姐。"好—的。"

埃尔夫录过一张单人迷你专辑《橡树、白蜡树与荆棘》,还有一张跟布鲁斯合作的双人迷你专辑《牧羊人的曲柄杖》;她写的歌《反正风在吹》被美国民谣歌手万达·弗丘录制,成为一张百万销量的唱片,发行后成为金曲榜前二十名的单曲。埃尔夫用她的版税支票,在苏豪区购买了一套公寓,这笔投资就连她父亲都勉强同意。埃尔夫可以在三百名陌生观众面前,来一场九十分钟的民谣歌曲表演。她能应付那些喝醉酒瞎起哄的人。她可以投票,开车,喝酒,抽烟,做爱,而且这五样她全都做过。但把她带回全家人的餐桌,让她看到德里克叔叔画的皇家海军舰艇特拉法尔加号的水彩画,她曾试着用魔法让自己穿越进去,就像《黎明踏浪号》里的孩子们那样,或者让她看到餐具柜上《大英百科全书》的配套书架,埃尔夫的成人角色就会渐渐剥落,露出内里那个长着青春痘、爱生闷气、缺乏安全感的少女。"这些牛肉够我吃的了,爸爸。"

"才两块。你都要瘦没了。"

"你看起来确实很苍白,亲爱的,"埃尔夫的妈妈评价着,"希望你不要因为布鲁斯的神秘……疾病而倒下。"

埃尔夫扩充了她的谎言。"大夫说是喉炎。"

"真可惜,他错过了伊米和劳伦斯的大新闻。"埃尔夫心生疑虑。她怀疑母亲保留了一份控诉状,将布鲁斯的罪行都记录在案。这些罪行包括：与埃尔夫生活在罪恶之中，助长埃尔夫认为音乐是一门职业的幻想，身为男性却留着长发，还有他是澳大利亚人。我们分手这事，会比伊米和劳伦斯订婚更让她感到高兴。

外面，雨水把番红花敲打成柔滑的糊状。

"埃尔夫?"伊莫金，还有除她之外的每个人，都在看着她。

"哎呀，抱歉，我，呃……"埃尔夫伸手去拿她并不想要的芥末罐，"……走神了。你刚才说什么，伊米?"

"我和劳伦斯希望你和布鲁斯能为我们表演几首歌。在婚宴上。"

告诉他们你们已经分手了，埃尔夫心想。"我们很愿意。"

"好极了，"埃尔夫的妈妈扫视着桌边的一圈盘子，"既然每个人都有约克郡布丁了，那就吃吧。"

刀叉叮当作响，男人们发出赞赏的声音。

"这牛肉棒极了，霍洛韦太太，"劳伦斯说，"肉汁也很妙。"

"米兰达喜欢用酒烹饪，"埃尔夫的父亲砰地打开有些年头的瓶塞，"她甚至还往食物里兑酒，都要出名了。"

劳伦斯露出微笑，仿佛第一次听到这话。

"婚礼之后，"贝亚问伊莫金，"你还会教书吗?"

"不在马尔文。我们正在埃德巴斯顿找房子。"

"你不怀念它吗?"埃尔夫问。

"生活是有章节的，"伊莫金说，"一章结束，另一章开始。"

埃尔夫的妈妈用餐巾纸擦了擦嘴。"这样最好，亲爱的。人只能处理这么多事。"

"很有道理，"埃尔夫的父亲表示赞同，"做家庭主妇和母亲是一项全职工作。我们在银行就不雇用已婚妇女。"

"我认为——"贝亚磨着胡椒粉——"旨在惩罚妇女结婚的政策，应该逐步消亡。"

埃尔夫的爸爸上钩了。"没有谁惩罚谁。这只是承认优先度的等级有所变化。"

贝亚上钩了。"就我所知，这仍然意味着女人到最后，会围着厨房水槽和熨衣板忙碌。"

埃尔夫的爸爸上钩了。"你不能改变生物学。"

"这与生物学无关。"埃尔夫上钩了。

"天哪。"她爸爸故作惊讶，"那与什么有关？"

"人们的态度。不久之前，妇女不能投票，不能离婚，不能拥有财产，不能上大学。现在我们可以了。什么改变了？不是生物学——是人们的态度改变了。而态度改变了法律。"

"啊，只要年轻——"她们的父亲叉起一根胡萝卜——"就以为自己看到的世界运行之道是对的。"

"听说你和布鲁斯下周要开始录制新专辑了，埃尔夫？"劳伦斯说，这时埃尔夫的妈妈从沃特福德水晶碗里，用长柄勺给大家盛酒浸果酱布丁。

"原先是这样计划的，但后来——录音棚搞混了。怪可惜的。"

"所以时间推迟了？"贝亚搞糊涂了。

"只推迟一两个星期。"埃尔夫讨厌撒谎。

"什么样的'录音棚搞混了'？"埃尔夫的爸爸皱起了眉头。

"时间预定重了，"埃尔夫说，"好像是这样。"

"我觉得，听起来真够马虎的。"埃尔夫的妈妈把那碗酒浸果酱布丁递给埃尔夫的爸爸。"不能把你们的活儿挪到别处去做吗？"

我不光讨厌撒谎，埃尔夫心想，还撒得很烂。"我觉得可以，不过我们喜欢摄政街这边的录音工程师，我们熟悉那儿的设备。"

"奥林匹克录的《牧羊人的曲柄杖》确实很不错。"伊莫金说。

"相当棒。"劳伦斯附和道，就好像他对录音还略懂一二似的。埃尔夫想象着，这对刚订婚的男女再过三十年，变成了克莱夫和米兰

37

达·霍洛韦的样子。伊莫金未来的生活一目了然，对此，她心里有些抵触，又有些羡慕。

"既然每个人都有酒浸果酱布丁了，"埃尔夫的妈妈扫视全桌，"那就吃吧。"

"你和布鲁斯是怎么认识的，埃尔夫？"劳伦斯问。

我宁愿挖出我的肾，也不愿回答这个问题，埃尔夫心想，但要是我不回答，他们就会猜到出了问题，妈妈就会把整个令人不快的故事从我嘴里逼问出来。"在伊斯林顿一家民谣俱乐部的后台。前年圣诞节的时候。澳大利亚民谣音乐是新鲜事物，每个人都很好奇地去听他的演唱。演出结束后，我向布鲁斯问起他的和弦曲调，他问起我唱的一首爱尔兰民谣……"然后我们回到他在卡姆登水闸附近的借住房间，到新年的时候，我像民谣中的女孩一样，无可救药、无法自拔地爱着他，他也同样爱我。我是这样认为的。但也许，他把我看作是一条出路，从此不用再睡朋友沙发和在伯爵府那儿的酒馆打工。我永远也弄不清了。九天前，他把我像变硬的纸巾一样丢弃了……埃尔夫硬挤出一个笑容。"你和伊米在基督徒营地的故事要浪漫得多。"

"可你们是录制唱片的艺术家呀。"劳伦斯转身问埃尔夫的妈妈。"有个名人女儿是种什么感觉，米兰达？"

埃尔夫的妈妈把酒一饮而尽。"我确实会担心，今后会怎样。流行歌手往往是今天在，明天就不知去向了。尤其是女歌手。"

"西拉·布莱克（Cilla Black）就一直都很好，"贝亚说，"还有达斯蒂·斯普林菲尔德（Dusty Springfield）。"

"美国的琼·贝兹（Joan Baez），"伊莫金补充道，"朱迪·科林斯（Judy Collins）。"

"咱们别忘了万达·弗丘。"贝亚说。

"可是等到她们那些星星眼的粉丝去追逐下一场时尚的时候，她们怎么样了？"埃尔夫问的妈妈。

"她们大概会改过自新吧,"埃尔夫说,"嫁给一个愿意忽略她们可疑过去的人,在熨烫衬衫、抚养孩子的生活中安顿下来。"贝亚把她的勺子舔干净:"砰,哐,哗啦。"

"酒浸果酱布丁妙极了,米兰达。"埃尔夫的爸爸逗趣地说。

埃尔夫的母亲叹了口气,望着外面的花园。

雨水扫过金鱼池的水面。

守护神石像的鼻子滴着水,滴答,滴答,滴答。

"我倒希望我能看到唱歌里有一番事业,"埃尔夫的妈妈说,"但我看不到。我只能看到埃尔夫误了车,错过了别的事业。"我之所以感到懊恼,埃尔夫心想,是因为她清楚地道出了我心中的恐惧。

客厅里的钟敲了两下。

"或许埃尔夫会成为开拓者呢。"伊莫金说。

埃尔夫弹奏着祖母的钢琴,全家人外加劳伦斯坐着听。她躲过了唱歌,因为她声称要保护嗓子留待日后,但她没法在不让伊莫金、贝亚和她们的母亲猜到出了事的情况下,摆脱掉钢琴演奏。这是一架立式的布罗德伍德钢琴,低音温暖,高音明亮。埃尔夫当初先是用它的键盘掌握了"一闪,一闪,亮晶晶",然后是音阶的升降、琶音、一系列的练习册。非电声吉他也许是民谣歌手这一行便于携带的乐器,但埃尔夫的初恋——在我喜欢男孩之前,在我喜欢女孩之前——就是钢琴。祖母去世时,埃尔夫只有六岁,但她清楚地记得,这位老妇人对她说:"钢琴就像木筏与河流。"多年以后,在一个二月的下午,在一颗心破碎、流血、受伤后的第九天,埃尔夫发现自己围绕祖母的话,即兴创作出一段旋律:木筏与河流,木筏与河流,木筏与河流。这是布鲁斯离开之后,她的第一个音乐构思。她也心怀感激,因为足有好几分钟,她都没有想起他……直到此刻。歌曲渐渐停息,埃尔夫的全家和准妹夫送上了一轮喝彩。壁炉上、花瓶里,花期很早的黄水仙已经开了。

"真美妙,亲爱的。"埃尔夫的妈妈说。

"啊,只是乱弹一气,真的。"

"它叫什么名字?"伊莫金问。

"还没有名字呢。"

劳伦斯看起来有些拿不准。"这是你刚刚编出来的?"

"有一些窍门,"埃尔夫说,"跟和弦有关。"

"很出色。你能在六月演奏它吗?"

"如果它能变成一首适合婚礼的歌曲,那就没问题。"

"仲夏的婚礼很特别。"埃尔夫的妈妈对伊莫金说。

"你父亲和我就是六月结的婚,不是吗,克莱夫?"

埃尔夫的爸爸噗噗地抽着烟斗。"阳光从未停止照耀。"

"六月对我也有影响,"贝亚说,"到那时候,我就不再是女学生了。想想就可怕。"

"伊莫金说你要去参加皇家戏剧艺术学院的试演考试。"劳伦斯说。

"下个月试演第一场。要是通过了,五月再参加复演。正好就在我考试期间。"

"机会大不大?"劳伦斯问。

"一千名考生录取十四名吧,差不多。话说回来,埃尔夫拿到唱片合约的机会有多大?"

热气翻滚着冒出咖啡壶的壶嘴。

"去展现吧,"伊莫金说,"志存高远。"

门廊的钟敲了三下。

埃尔夫喝完了咖啡。"我得赶路了。"

"你就不能取消你今晚在'表兄弟'的演出吗?"贝亚问,"估计布鲁斯病得厉害,也没法唱歌?"

埃尔夫一直紧抱着这样的希望：不取消这场演出，布鲁斯也许会重新出现，过去九天会一笔勾销。现在她要为自欺欺人付出代价了。"我单独演一场。"

"布鲁斯肯定不会让你半夜独自在苏豪区游荡吧？"她父亲问。

"我在那儿住了一年了，什么问题也没有，爸爸。"

"我为什么不一起去呢？"贝亚问，"充当埃尔夫的保镖。"

"这可不好笑，"她们的母亲说，这让埃尔夫松了口气，"你明天还要上学呢。有一个闺女在苏豪区闹腾，就已经够糟的了。"

"我们为什么不去，亲爱的？"劳伦斯问伊莫金，"我对'表兄弟'民谣俱乐部闻名已久。"

"你们明天还要开车远走马尔文呢。"埃尔夫说，"再说，在'表兄弟'演出就像在自己家里玩游戏一样。我的朋友们会过去的。"

三个月前，埃尔夫和布鲁斯在里士满车站的月台上狂奔，在雾气笼罩的月台灯下，她心怦怦直跳，腿在痛，气喘吁吁。**耶稣拯救世人**，海报这样承诺着。油桶烤炉散发出的栗子香味在暮色中弥漫开来。一支救世军乐队正在演奏《牧人夜间看守羊群》（While Shepherds Watched Their Flocks by Night）。布鲁斯的步子大，所以他赶上了离埃尔夫老远的最后一节车厢，跳了上去。"别站在车门旁边，"站长喊道，"别站在车门旁边！"埃尔夫确信自己肯定赶不上这趟火车了，但布鲁斯在最后一瞬间把她拽上了车，他们倒在一个车座上，满怀喜悦，气喘吁吁。"我还以为，"埃尔夫说，"你要撇下我了。"

"你开玩笑，"布鲁斯亲吻了她的前额，"那可是职业自杀行为。"埃尔夫把她的头放在他的下巴下面，所以她的耳朵就搁在他的心脏上面。她吸进他的山羊皮夹克和残留的须后水气息。他用起茧的指尖抚摸着她的锁骨。"哈啰，女朋友，"他喃喃地说，埃尔夫的神经响起滋滋滋滋的电流声。给这拍一张照片，埃尔夫想到一句歌词，用你的宝丽来眼睛给这拍一张照片……那时她觉得，哪怕自己活到一百岁，也不会再像此时此刻这样，为自己活着而欣喜不已。再也不会。

三个月后，埃尔夫站在她和布鲁斯跑过的同一个里士满车站的月台上。今晚不用着急了。区域线路出现延误，因为哈默史密斯发生了"轨道事故"。这是伦敦地铁喜欢采用的、对于卧轨自杀的委婉说法。星期天的夜色汇聚在伦敦的花园里，渗进缝隙里，染黑了街道。今天晚上，伦敦西区没有干燥的地方，也没有什么温暖的东西。那张许诺**耶稣拯救世人**的海报已经变得破破烂烂，疙疙瘩瘩。她排演独唱曲目清单的时间会比预计的要少。'表兄弟'的观众们会看到，排练不足的埃尔夫·霍洛韦搞了一场蹩脚的演出，他们会得出结论，布鲁斯·弗莱彻离开的时候，把魔法也一并带走了。这时候，他们肯定已经知道了——我是民谣界被人遗弃的哈维沙姆小姐①。埃尔夫望着一家关门的茶室黑糊糊的窗口。她的映像愁眉苦脸地回望着她。霍洛韦家的姊妹中，她从来都不是好看的那一个。伊莫金的美是那种生气勃勃的、基督徒的美。贝亚作为家中美女的地位从小就无可动摇。埃尔夫呢，亲戚们都同意，长得随她爸。意思是我会让人想起一个中年发福的银行经理。前不久，在一家俱乐部的卫生间，埃尔夫听到一个女人说："'埃尔夫·霍洛韦'？应该叫'哥布林·霍洛韦'才对。"

埃尔夫的妈妈告诉她："充分利用你的头发，亲爱的——这是你最出彩的地方。"那是一头金色的长发。布鲁斯以前经常把脸埋在里面。他分别赞美过她身体的各个部位，但从未赞美过她的整体。他会说："你今天看起来不错。"就好像某些天里，我看起来就像一条狗。埃尔夫总是告诉自己，她作为民谣歌手的才华，要胜过这一事实：她

---

① 狄更斯《远大前程》中的人物，在婚礼当天被男方抛弃。

不像琼·贝兹或万达·弗丘那么美。她希望，才华，会让她从丑小鸭变成白天鹅。布鲁斯的关怀让她相信，这个想法正在实现，可现在他走了……我望着自己，心想："多么容易被人遗忘啊。"她的映像问："要是你并不像你以为的那么优秀呢？"

一只独腿的鸽子在路轨上蹦蹦跳跳。

一尺开外的一只肥老鼠对它未加理睬。

检票口旁边有个电话亭。埃尔夫可以给"表兄弟"的安迪打电话，拿喉炎当借口。星期天晚上的档期，不难找到别人顶替。桑迪·德尼（Sandy Denny）也许在那儿，或者是戴维·格雷厄姆（Davy Graham），或者罗伊·哈珀（Roy Harper）。这几名常客已经出了一张专辑——是整张唱片，可不是迷你专辑。埃尔夫可以回自己公寓，蜷缩在毯子下面，然后……

什么？再一次哭着入睡？什么都不做，直到把万达·弗丘给的最后一笔钱都花光，然后身无分文，也没有事业、合约地爬回家找爸爸妈妈？要是我今晚不去'表兄弟'，那布鲁斯就赢了。那些怀疑她的人就赢了。"要是没有布鲁斯支持她，她就只是一名业余歌手，只是在一首歌上交了好运——也只是那么一回。"妈妈就会被证明是对的。"要是你像伊米一样，肯为未来做打算的话，你这会儿也会有你自己的一位劳伦斯了。"

让这话见鬼去吧，埃尔夫心想。

"表兄弟"是以一部法国电影为名，但埃尔夫认识的每一个人都把它念成英语的"表兄弟"。在它那不甚起眼的招牌下面，窄窄的店门夹在希腊街49号的意大利餐厅和隔壁的无线电维修店中间。埃尔夫走下陡峭的台阶，瞥了一眼贝尔特·扬施（Bert Jansch）和约翰·伦博恩（John Renbourn）的海报，他们是民谣复兴的元老。闲聊声、尼古丁和杂烩菜的浊气变得浓稠了。守在台阶底下的是诺比，一名退伍步兵，他负责收进场费，扶着偶尔出现的醉汉上台阶。他跟埃尔夫打了个招呼："晚上好，亲爱的。外面真冷。"

"晚上好，诺比。"埃尔夫忍着，没有脱口问出："布鲁斯在吗？"仿佛只要她不问，他就有可能出现，向她道歉，并重组二人组。也许他在台上作着准备……

安迪看到了她，从他位于角落的吧台向她招手，他在那边卖可乐、茶和咖啡。没有售酒许可证，就意味着没有打烊时间，就意味着可以通宵演出。每个有名的民谣歌手都在"表兄弟"演出过，安迪的名人墙上有俱乐部仍在噪音爵士乐时代的朗尼·多尼根（Lonnie Donegan）、蝰蛇乐队（The Vipers）、布鲁斯流亡者亚历克西斯·科尔纳（Alexis Korner）、尤安·麦科尔（Ewan MacColl）和佩姬·西格（Peggy Seeger），多诺万指着他吉他上刻的字"这机器要命"，琼·贝兹和英年早逝的理查德·法里尼亚（Richard Fariña），保罗·西蒙（Paul Simon），还有鲍勃·迪伦（Bob Dylan）本人。四年前，埃尔夫看过他表演一首新歌，叫《在风中飘荡》（Blowin' in the Wind），就在这个舞台上，在轮胎和渔网下面，那儿并没有一个金子般的澳大利亚人布鲁斯·弗莱彻在等她……

"埃尔夫？"是桑迪·德尼，另一名常客。"你还好吗？我听说布鲁斯的事了。我非常非常非常遗憾。"

埃尔夫努力装作自己还好。"那是……"

"总会有些糟心事，"桑迪·德尼说，"我在维多利亚和艾伯特街的那家咖啡馆，看到他和他新傍上的女人了。"

埃尔夫无法呼吸，无法言语。我必须说话。"哦，是呀。"所以并不是像他说的，他想跟女性分开一段时间——他是想跟我分开。

桑迪捂住了自己的嘴巴。"哦，天哪……你真的知道了？"

"当然。是啊。没错。当然。"

"谢天谢地！我还以为我得插一脚呢。他们当时在喂对方吃蛋糕，我还以为是你们俩呢,于是我走过去,说:'瞧瞧你们这对小情人!'——这时我发现,那不是埃尔夫。我站在那儿就像个傻子,不知道该说什么好。"

我们第一次约会,他带我去的就是那家咖啡馆,埃尔夫想起来。

"当然,布鲁斯平静如常。'嗨,桑迪,这位是瓦妮莎。她是某某经纪公司的模特——'就好像我想知道或者我在乎似的。于是我说:'嗨。'那个模特说:'幸会。'就好像她是从诺埃尔·科沃德①的戏里溜出来的人物。"

瓦妮莎。一月的时候,在克伦威尔路沃特希特家的派对上,有一个瓦妮莎。她是个模特。

"男人啊,"桑迪表示同情,"有时候我简直——"她一甩手,结果打中了一个路过的人。"哦,抱歉,约翰。"

约翰·马丁转过他那颗野人脑袋,看看到底是谁。"没事,桑迪。祝你好运,埃尔夫。"他走了。

"借过。"安迪突然出现。"埃尔夫,我听到流言了。要是你想放弃演出,每个人都会理解的。"

埃尔夫扭头望着出口,看到了如果她现在离开,未来会是什么样子。跟父母一起待了几个星期之后,她会在一家打字社度过夏天,然后去读师范学校,在一家女子学校当上音乐老师,嫁给一个地理老师,然后回首这一时刻,此时此刻,她成为音乐家的未来消失的这一刻。就像被海浪冲毁的沙堡。

"埃尔夫?怎么了?"是桑迪,一脸担忧。

"你要吐吗?"安迪看起来更担心。

埃尔夫拧紧D弦的调音钉。一张张面孔是浸没在黑暗里的黑影,

---

① 诺埃尔·科沃德(1899—1973),英国剧作家、导演、演员。

两颗白点就是眼睛所在的位置。烟头散发着情绪化的棕色亮光。在"表兄弟",你根本用不着吸烟,只要呼吸就行。埃尔夫感到紧张。她有好一阵子没有独自表演了。哪怕是二人组,也算是一伙人。"向那些前来观看——"说出来吧——"弗莱彻与霍洛韦演出的观众,说声抱歉。布鲁斯不在……"她的喉咙收紧了,"……因为他甩了我,找了个更漂亮的模特。真的是一个模特。"

观众们一起倒吸了一口凉气,响起几声啊?和什么?

埃尔夫差点咯咯地笑出声。"这个——"大声说出来吧——"这个二人组已经不复存在了。"

收银台发出锵的一声!人们跟身边的人面面相觑,茫然无措。看来知道的人并不多,她心想。好吧,现在他们知道了。

桑迪·德尼喊道:"这是他的损失,埃尔夫,不是我们的。"

埃尔夫趁自己还没哭出来,直接跳到了《橡树、白蜡树和荆棘》上,这是她以前的开场曲目,也是她在金斯顿民谣驳船上,在陌生人面前演唱的第一首歌。她的声音僵硬而尖锐,在两个高音 C 上发出颤抖。她这没有布鲁斯的瘦身版本还不算糟,但也不算好。接下来,埃尔夫漫不经心地弹奏起《特拉法尔加之王》的和弦,她最棒的一首歌,没有收入《牧羊人的曲柄杖》迷你专辑……但她在前奏的第三小节之后就退缩了。没有了布鲁斯的吉他,它会很干瘪。那我演奏什么呢?中断越来越长。所以她又回到《特拉法尔加之王》,在过渡乐节失手把 G 小调弹成了 E7。只有更好的吉他手才会发觉,但这首歌给人的感觉并不饱满。掌声是礼节性的。接下来她演奏了洛马克斯《选集》①里的《丁克之歌》(Dink's Song)。布鲁斯给它配了很棒的班卓琴和弦,现在没了;他用高八度音唱的《与你告别》(Fare Thee

---

① 约翰·洛马克斯(1867—1948),美国民俗学家,与儿子周游美国,采集大量民谣歌曲,汇总成《选集》。

Well）也没了。此时此刻，全国就有不下十家俱乐部能听到比埃尔夫唱得更好的版本。埃尔夫意识到，她还是在做弗莱彻与霍洛韦的节目，只是没有了弗莱彻。现在呢？表演那些新歌？在为《弗莱彻与霍洛韦》专辑准备的四首新歌中，两首是给布鲁斯写的情歌，第三首是写苏豪区的布鲁斯钢琴颂歌，还没起名字，第四首是写嫉妒的歌，名为《永不满足》。她怀疑自己能否表演完写给布鲁斯的歌，而不哭得一塌糊涂，所以她表演了《野山百里香》（Wild Mountain Thyme）。她忘了切换到女性叙述者，所以她卡在"你愿意走吗，小姑娘，走吧？"而不是"你愿意走吗，小伙子，走吧？"。唱到"要是你不跟我一起走，我肯定会找别人"这句词时，她想到了布鲁斯和瓦妮莎正在互相脱衣服……而我却在这里唱着陈腐的老歌……

直到这时，埃尔夫才注意到，自己已经停止了演奏。

观众中出现了咳嗽声和曳步行走的声音。

他们想知道我是不是忘词了。

还有人想知道，她是不是要崩溃了？

对此，埃尔夫会回答说，这是个好问题。

埃尔夫意识到，她把拨弦片弄掉了。

她的汗水涸出妆容。

她心想：这就是职业生涯的终结……

放弃演出。带着你完好无损的尊严离开。带着残存的尊严离开。就在埃尔夫放下吉他时，前排的一个人影伸手向前。聚光灯的外沿照出一个与她年龄相仿的男人，他有着阴柔的俊俏外表：椭圆形的脸，黑发垂到下巴，丰满的嘴唇，聪明的眼睛。他手里拿着埃尔夫的幸运拨弦片。埃尔夫从他手中接了过来。

原本埃尔夫确定她要退出了。现在她不确定了。

在捡回拨弦片的人左边，坐着一个身穿紫色夹克的高个子。他像舞台剧提词人一样，小声对她说："要是你不跟我走，我肯定会找别人。"

埃尔夫对观众说："我想，我应该修改这一段——"她开始弹拨琴弦——"来反映我称之为爱情生活的这片废墟……"她将自己代入其中，唱道："就算你跟我一起走，我还是会跟别人睡……"她换成澳大利亚口音，"……因为我叫布鲁西·弗莱彻，我甚至会上你母亲……"

欢叫声在俱乐部里回荡着。埃尔夫唱完了这首歌，没有做更多的修改，掌声十分欢快。

哦，为什么不呢？她走到钢琴前。"我想对三首新歌进行实地检测。它们不是严格意义上的民谣，不过……"

"弹吧，埃尔夫。"约翰·马丁喊道。

埃尔夫迎难而上，弹出了《永不满足》的前奏。在中间八小节，她转到了《你不懂什么是爱》上。她见过妮娜·西蒙娜（Nina Simone）在龙尼·斯科特爵士俱乐部这样做过——将一首歌的片段拼接到另一首歌的中间。两首歌产生了共鸣。埃尔夫回到《永不满足》，最后以铿锵有力、刺耳的升F音结束。掌声如潮，让她大受鼓舞。阿尔·斯图尔特（Al Stewart）在一旁开心地鼓掌。埃尔夫回到她的吉他那儿，演奏了《你的宝丽来眼睛》和《我望着你睡去》。然后她清唱了一首她从安妮·布里格斯（Anne Briggs）[1]那儿学来的民谣，歌名叫《温斯伯里的威利》（Willie O'Winsbury）[2]，她像尤安·麦科尔那样用一只手捂着耳朵。她把国王的词唱得霸气十足，把他怀孕女儿的词唱得狂野不羁，把威利的词唱得沉着冷静。她从未唱得这么好。

---

① 安妮·布里格斯（1944— ），英国民谣女歌手，对民谣复兴影响深远。
② 英国传统歌谣，大意是被俘的国王回国后，发现女儿跟威利私通，怀有身孕，便命人抓捕威利并绞死。但见到威利之后，国王明白了女儿的心意，让有情人终成眷属。

"再来一首。"她说着，回到了座位上。

"唱那首吧，埃尔夫，"贝尔特·扬施说，"不然安迪是不会让你走的。"

如果说《反正风在吹》是套在埃尔夫脖子上的枷锁，那它也是一副分外划算的枷锁。"我的最后一首歌是我的美国金曲。"那根 D 弦又松了，"我献给万达·弗丘的美国金曲。"这句话赢得了令人安心的笑声。埃尔夫早在遇见布鲁斯好多年之前，就唱过这首歌，那时他还没有把结尾胡乱改动，好让它与他唱内德·凯利①的歌谣平稳对接。她闭上了眼睛。轻松随意地弹，下一上一下，下一上。深吸一口气。

一轮掌声，六次拥抱，"离开他你会更好"的多种说法，对新歌的几声评论之后，埃尔夫来到储藏室，这里也兼作安迪的办公室。让她感到惊讶的是，她看到里面挤了四个男人，安迪也在。埃尔夫认出了两个：那个捡回拨片的英俊青年，他旁边那个身材瘦长、帮她提示过《野山百里香》的歌词。第三个男人有着云状的褐色头发，留着摄政风格的小胡子，眼睑厚重的眼睛看起来像在窃笑，整个人有种粗鄙的气质。第四个人靠在文件柜上，略微年长几岁。他长着一张棱角分明的大脸盘，发际线偏后，戴着浅蓝色镜片的眼镜，洋溢着自信，穿着普鲁士蓝的西装，上面有日落红色的纽扣。

"辉煌一刻的女主角，"安迪宣布道，"新歌真是精彩。会有人把它们录制成唱片的，假如 A&B 公司太蠢，不给你录的话。"

"很高兴你能认可它们，"埃尔夫说，"要是你们在开会，那我回头再过来。"

"算不上开会，"安迪说，"更像是密谋者的商谈。来认识一下利凡·法兰克兰吧。我以前的犯罪同伙。"

---

① 澳大利亚十九世纪的丛林大盗。

这个戴蓝色眼镜的家伙把手放在心口:"很了不起的演出。真的。"他是美国人。"那三首是新歌吧?妙极了。"

"谢谢。"埃尔夫想知道他是不是同性恋。她转向肤色更深、个子更矮的那个人:"谢谢你解决了我的拨片。"

"随时效劳。迪恩·莫斯。很喜欢你的演出。那段停顿,当时你让我们以为你忘词了。很出色的表演技巧。"

埃尔夫坦白道:"那不是表演技巧。"

迪恩·莫斯只是点点头,仿佛这样才说得通。

埃尔夫拿不准对方的面容是否熟悉。"我们见过吗?"

"一年前见过。参选泰晤士电视台的达人秀节目。我在波将金战舰乐队里。你唱了一支民谣歌曲。"

"没错。我们都输给了一个小孩腹语表演者,他拿着个渡渡鸟一类的东西,"埃尔夫想起来了,"抱歉我没认出你来。"

"嗐。那是那种人们想要忘掉的日子。此外,我还在达尔布莱街上的埃特纳咖啡馆打过工,一直干到上个月。你经常过来,不过我一直在咖啡机后面忙,所以你大概没注意到我。"

"恐怕没有。为什么你没有出来告诉我:'喂,我是泰晤士电视台的那个人'?"

迪恩看了看自己的双手。"我想,是因为难堪吧。"

埃尔夫不知该说什么。"这是实在话。"

"我叫格里夫,"头发蓬乱、留着小胡子的那个人说,"我打鼓。我最喜欢《宝丽来眼睛》。真是一首佳作。"他一看就是北方人。"这个家伙,"格里夫冲着那个高个子、身材瘦削、红头发的小伙子扬了扬下巴,"叫贾斯珀·德佐特。不管你信不信,这是他的真名。"

贾斯珀跟埃尔夫握了握手,仿佛在服从某种指令:"我以前从没见过叫'埃尔夫'的人。"他的口音听起来是上流社会的腔调。

"是用'伊丽莎白(Elizabeth)'的'El'和'弗朗西丝

(Frances)'的'F'组成的。是我妹妹贝亚开始这么叫的,后来这名字就固定下来了。"

"这名字很贴切,"贾斯珀说,"你的声音确实像小精灵①。我弹奏过《橡树、白蜡树和荆棘》不下百遍。你录制的《特拉法尔加之王》有着非同寻常的——"他用手指绕了个圈——"心理声学。有这么个词吧?"

"也许吧,"埃尔夫说,她漫不经心地加了一句,"假如有这个词,那它跟'掷木棍游戏②'押韵。"

贾斯珀目光上斜。"或者'为什么掷出那根木棍?'"

哟,埃尔夫心想,这家伙也是一个歌词作者。

利凡摘下眼镜。"我们有一个提议,埃尔夫。"

"好的。既然你是安迪的朋友,我洗耳恭听。"

"我要撤了。"安迪递给她一个信封。"这是你的演出费。这是二人组的费用。是你应得的。"他离开了。

"先介绍一点背景情况吧。"利凡·法兰克兰关上了门。"我是一名音乐经理人。在多伦多长大,但我去了纽约,想成为一位民谣巨匠。我的翻领毛衣很不错,但别的方面都不太行,于是我在流行音乐节谋到了工作,等待机会。先是跟着一名发行商干,后来跟着一位演出经纪人,他负责英国入侵行动。四年前,我来到伦敦,负责留意来这边巡演的美国明星,就这样留在了这边。我为唱片制作人米基·莫斯特(Mickie Most)打杂,安排录音时间,后来转入艺人发掘培训部门干了一年,现在从事乐队管理。你们可以说我是个多面手。各色人等用各种方式称呼我。我都不往心里去。抽烟吗?"

---

① 埃尔夫(Elf)这个名字,原意为"小精灵"。
② 孩子们在桥上玩的游戏,每个人各自掷出木棍,看谁的木棍先漂到桥的另一侧。

"当然。"埃尔夫说。

利凡分发起了他的罗斯曼烟。"去年年底,我跟两位先生吃了个饭,他们是弗雷迪·杜克和豪伊·斯托克。弗雷迪是开旅行社的,扎根于丹麦街。他为人老派,但善于接受新观念。豪伊是个美国投资人,他最近拿下了范戴克才艺公司,纽约一家中等规模的推广机构。弗雷迪和豪伊的大计划就是,将这两家公司合并,组建一家单一实体、两个分支、横跨大西洋的机构,作为英国艺人去美国巡演的门户企业,反之亦然。如果对当地不熟,那么出国巡演无异于蹚过雷区。音乐联盟的规章制度简直会剥夺你的生存意愿。于是弗雷迪和豪伊带着一个新计划过来找我,问我愿不愿意签下一小撮艺人,录制小样,管理他们,签订演艺合约,录制唱片,通过杜克-斯托克公司组织他们巡回演出,让他们成为家喻户晓的明星?我在他们位于丹麦街的办公室负责运作,但我有艺术自主权。杜克-斯托克公司愿意支付启动资金和我一年的薪水,以换取——相对来说颇有节制——将来的利润分成。还没等甜点小推车过来,我们就已经把这事给敲定了。瞧,月鲸音乐诞生了。"

"新厂牌就像蘑菇一样层出不穷。"埃尔夫说。

"多数厂牌的生命周期也像蘑菇一样短暂。"利凡吸了一口香烟,"他们签下他们在卡纳比街碰到的第一群身穿佩斯利花呢西装,像那么回事的小伙子,把他们的资金花在录音费用上,拿不到任何电台演出机会,不到十二个月就因为负债累累而完蛋。而我要亲手培养出一个乐队。没有什么招考。我们将在开始演出之前进行排练,所以我们从一开始就没有瑕疵。最具革命性的,就是我会分给艺人们很大一块蛋糕,而不是把它窃为己有,否认它的存在。"

"方法新颖,"埃尔夫说,"是什么样的乐队呢?"

"就在你眼前,"格里夫说,"迪恩弹贝斯,贾斯珀弹主音吉他,本人打鼓。他们俩能唱也会写。"

"我们还缺个键盘手。"贾斯珀说。

所以他们是要给我一份工作,埃尔夫心想。

"一位能写歌的键盘手,"利凡说,"大多数乐队不能创作出足够的好歌,装满一张专辑。不过有了迪恩、贾斯珀和另一位,每个人凑出三四首歌,我们就能出一张原创歌曲的专辑了。"

"所以,你知道有谁符合要求吗?"迪恩问。

"要有正确的心理声学,"利凡说,"会弹风琴的小过门和钢琴的连复段。"

"我觉得自己好像在被邀请,跟马戏团一起跑路,"埃尔夫说,"先说清楚,你们不是民谣乐队?"

"没错,"利凡说,"你能把民谣精神带到这场乐事里来。迪恩有种布鲁斯的感性,格里夫是爵士出身,贾斯珀嘛……"他们望着他。

"一个手指灵巧的吉他手,"迪恩说,"我这么说可不是因为他是我的房东。"

"房东岂不应该是你向人家交钱的人,"格里夫拿迪恩打趣,"而不是人家借给你钱?"

"埃尔夫,"利凡说,"我能听出你们一起表演的话,会有多棒。我只想请你跟小伙子们一起演奏。我们在汉姆庭院的一家酒吧有块排练场地。我们……试试看吧。"

"要是你不喜欢马戏团,"迪恩说,"你尽可以回去,喝杯茶的工夫就到家了。"

埃尔夫吸了一口她的烟。"你们有名字吗?"

"我们正在考虑'出路'乐队。"利凡说。

"但还没有最后决定。"迪恩让她放心。

那就好。"既然你们不是民谣乐队,那你们是什么类型?"

"像孔雀尾一样缤纷多彩,"贾斯珀说,"像喜鹊一样兼收并蓄。还有地下风。"

"他小时候吃过一本辞典。"迪恩解释说。

埃尔夫又作了一次尝试。

"好吧——你们想要听起来像谁?"

三名音乐人异口同声地回答:"我们。"

暗房

当平克·弗洛伊德乐队（Pink Floyd）将飞船的控制器设置好，飞向太阳脉动的中心时，飞碟俱乐部震动起来。梅卡在跳舞，眼睛望着他。她的眼睛是柏林蓝色的。彩灯照射出来的水母滋生出来，给跳舞的人染上了色彩，贾斯珀心神浮动。哎呀，是个男孩，为什么不叫贾斯珀呢？为什么是这个名字，而不是别的名字？是因为某个朋友？宝石[①]？失散多年的恋人？只有贾斯珀的母亲知道，现在她睡在海床上的一只箱子里，在埃及海岸附近。我们来到，我们观看，我们在此徘徊，直到死神熄灭我们的蜡烛……在我们来的地方，还有很多。每一滴生命的精华里都有一百万个。追踪我们每一个的情况，会把上帝逼疯。舞台上，席德·巴雷特（Syd Barrett）用一把梳子拨弄着他的芬达琴那调整为夏威夷流行乐模式的琴弦。仿佛一头翼手龙在发泄着她的悲伤。诚然，悉德不是演奏大师，但舞台技巧和拜伦式的外表充分弥补了他的不足。这时，在照明设备里，霍皮打开了一个开关，黑泽明的武士开始在墙上游走。这就是 UFO 的著名灯光秀。贾斯珀的手在描画着"8"，已经有好一会儿了："8"是坐直了的无穷大。言语向他涌来，喑哑而刺耳，就像幽冥中的无线电波……"如果知觉的门

---

① 贾斯珀（Jasper）这个名字本意为"碧玉"。

户得到净化，万物都会向人显现出它的本质：无限。因为人已经把自己封闭起来，直到他透过自己洞穴的窄缝，看到万物为止。"这话是谁说的？① 我知道不是我。是咚咚？还是一位祖先？一只天蓝色的灯光水母从里克（Rick Wright）身上掠过。里克·赖特弹奏着键盘——法菲萨牌——系着紫色领带，穿着黄色衬衫。平克·弗洛伊德上个月跟百代公司签了约。这个礼拜他们在阿比路度过。里克早些时候告诉贾斯珀："B录音棚的工程师溜达进来，说：'小伙子们在隔壁休息，想打个招呼吗？'于是我们就进去了。约翰（John Lennon）撒了尿，乔治（George Harrison）牙疼，林戈（Ringo Starr）讲了个黄色笑话②。"他们听了保罗（Paul McCartney）的一首歌，叫《可爱的丽塔，处理违停的女警》（Lovely Rita, Meter Maid）。梅卡绕到了近前。她的只言片语让他的耳朵兴奋不已："我已经作好了起飞的准备。③"贾斯珀的德语已经生锈了，不过梅卡在宝贵的每一刻都在擦去锈迹。"你有没有感到自己在飘升？"的确，曼德拉克斯④的导线已经点燃。这儿的大堂保安卖的是伦敦最纯的货，现在，它来了，它来了，点—点—点，划—划—划，点—点—点⑤……

……贾斯珀的身体还留在原处，在托特纳姆府路的 UFO 俱乐部里跳舞，但贾斯珀的心思却被弹弓发射出去，先是绕过被灌溉的火星，然后飞呀飞呀飞呀飞呀，来到吞吃后代的土星；然后更快，更远，获得了光速，这里的时间和空间都凝固了，然后又是那个刺耳的

---

① 语出英国诗人威廉·布莱克（1841—1898）。
② 均为披头士乐队成员。
③ 原文为德语。
④ 一种禁药，主要成分为安眠酮。
⑤ 以摩尔斯电码模拟的毒品起效效果。

声音:"主的荣光照耀四周,他们甚为惧怕。天使对他们说:"不要怕①,系好安全带,享受旅途吧。"现在是《圣经》的黑色,没有星星。彗星的尾巴,一根银线,分散又展开。咚咚。谁在那儿?不,不要回应。我们还是来想想更理智的事情。尼克·梅森(Nick Mason)正在打鼓。在我们来之前,鼓就在这儿了。这是我们的母亲心跳的节奏。梅卡会在星期一晚上离开。美国会将她吞噬,就像鲸鱼肚子里的约拿。我们现在正随着罗杰(Roger Waters)的贝斯跳动,那是一把里肯巴克牌的费尔格罗。罗杰·沃特斯的笑容既是斗篷又是匕首。梅卡的脸变得凹陷下去。它拉长了,环绕着他。"我那植物般的爱可以生长,比帝国更广阔,更缓慢。②"她的脸映照出他的脸,他的脸也映照出她的,哪一重映像会猜到它是映像呢?贾斯珀问:"你觉不觉得,现实只是一面镜子,用来照出别的东西?"

梅卡的答话滞后于她那蜡质的、男孩般的嘴唇。"是的,当然。③ 所以某物的照片要比原物更真实。"他把她的手按在自己心口。她的脸恢复了正常。"恭喜你了,我感觉到他在踢。你的预产期是哪天?"

"我通过面试了吗?"

"我们找辆出租车吧。"

一辆黑色出租车在俱乐部外面等候。梅卡告诉司机:"切尔西区的布莱克兰兹坡道。约翰·桑德斯书店对面。"黑沉沉的街道飞快掠过。阿姆斯特丹绕着自身,将自身包裹起来;而伦敦伸展,伸展,伸展。她很纯洁地握着他的手。只有几扇高高的窗户亮着灯。贾斯珀还

---

① 语出《路加福音》2:9和2:10。
② 语出17世纪的英国诗人安德鲁·马维尔的诗《致他娇羞的女友》。
③ 原文为德语。

能听到鼓声。平克·弗洛伊德乐队的微弱声音跟出了老远的路。出租车停了下来。"不用找了。"梅卡说。一个有风的夜晚，一条人行道，一把耶尔牌门锁，楼梯，一个厨房，一盏灯。"我去洗个澡。"梅卡说。贾斯珀坐在桌旁。她再次出现，穿得比刚才少了很多。"刚才那是邀请。"他们一起洗了澡。后来，他们上了床。后来，一切都很宁静。后来，一辆卡车隆隆驶过，在一两条街以外。切尔西区的商业街？有可能。梅卡睡着了。她背上有一枚凸起的大胎痣。贾斯珀想起了艾尔斯岩①。过去和未来彼此渗入。他在一个瞭望台上，可以看到一个海湾，下面是屋顶、屋檐和仓库。炮火隆隆。这一幕肯定是电影。断断续续的雷声敲打着他的感官。天空在摇摆。所有的狗都在吠叫，乌鸦也发了疯。一个身着拿破仑时代服装的壮汉靠在栏杆上，透过望远镜望着海面。贾斯珀问他，这是不是一个梦，或者他在 UFO 那儿吃的药，是否不光是苯丙胺。

　　拿望远镜的男子咔嚓着他的手指。唰—唰。贾斯珀走在一条街上。他来到他姨妈在莱姆里杰斯市的膳宿公寓。他坐轮椅的姨夫对他说："你离开了我们，去过更好的生活了，记得吗？滚蛋！"

　　咔嚓。唰—唰。贾斯珀从伊里主教学校的斯沃夫汉姆学院走过。校长像保安一样站在门口。"走吧，走吧，这里没你的事。"

　　咔嚓。唰—唰。大风车街的阿盖尔公爵酒馆。贾斯珀透过雕花玻璃往里看。埃尔夫、迪恩、格里夫、他自己和梅卡正坐在一张桌子旁边。"我一半的朋友说'出路'听起来像一本自杀教科书，"埃尔夫解释说，"另一半人说，这就像一个嬉皮士在说：'嘿，出路，伙计！'要是我们现在从头构思一个名字，我们会选择什么？"他们都看着贾斯珀的眼睛，包括屋里的另一个贾斯珀。

　　咔嚓。唰—唰。梦境照亮的雪，或旋转的花朵，或掐丝工艺制作

---

① 澳大利亚的巨大独体岩石。

的飞蛾遮住了贾斯珀的视线。他在一个比现实中更像迷宫的苏豪区迷了路。他要寻找一个标志。它慢慢出现了,就像模糊的景物渐渐变得清晰一样。那是一枚路牌,用伦敦路牌的字体,写着"**乌托邦大道**"。咔嚓。唰—唰……

那些字母拼作 P-E-N-T-A-X[①],离他的脸只有几寸远。咔嚓。相机上了发条——唰—唰。梅卡穿着一件奶油色的阿伦毛衣,垂到膝盖。她又安排了一个镜头。咔嚓。唰—唰。她上方的天窗露出污浊的天空。乌鸦们上下翻飞,就像烘干机里的袜子一样。还有什么?一床毯子。干硬的纸巾。一个电暖炉。一块地毯。贾斯珀的衣服。黑白照片,几十张,钉在墙上。水洼里的云,倾斜的光线,通勤者,流浪汉,狗,墙上的涂鸦,从破碎的窗户吹进来的雪,过道里的恋人,模糊难辨的墓碑,还有伦敦的各种虚幻的画面,只要它们吸引了梅卡的目光,让她觉得,我想把你保存下来。咔嚓。唰—唰。

她放下手中的宾得相机,盘腿而坐。"早上好。"

"我看到你很早就开始工作了。"

"你的眼睛……"她没找到合适的词,"……在你的眼皮底下疯狂移动。你做梦了吗?"

"是的,做梦了。"

"也许我可以把你安排成一个系列。睡着了的德佐特;醒来的德佐特。或者我叫它'失乐园'。"她拉上海军蓝色的袜子。"早餐在楼下。"她走了。

贾斯珀想知道,他和梅卡是否仍是恋人,昨晚是不是他们的第一次和最后一次。他慢慢穿上衣服,花了几分钟时间,端详着梅卡的摄影作品。

---

① PENTAX,日本产的宾得单反相机,内部有机械发条机关。

她在员工厨房吃着一碗维他麦谷物早餐，翻看着一本时尚杂志。一把电热水壶发出呻吟和喘息声。贾斯珀透过百叶窗，看向切尔西区的一条后街。阵风席卷着枯叶，摇晃着柳树，拧翻了牧师的伞面。厨房对面是齐腰高的阳台。贾斯珀走过去，往下看，下面是一间大照相馆，里面有各种帷帘、布景、灯光和三脚架。一个拍摄场景已经用干草捆和两把原声吉他充当道具，布置完毕。贾斯珀重复了迪恩走进切特温德区那套公寓时说的话。"满不错的住处（digs）。"

梅卡问："什么是'住处'（digs）？"

"住房。公寓，或床位。""为什么是'digs'？就好像，用铲子挖掘（dig）？为什么？"

"我不知道。英语可不是我设计的。"

梅卡做了个贾斯珀看不懂的鬼脸。"星期一到星期六，我的老板迈克在这儿。跟模特、员工等人在一起。我干的是驴子的活儿——帮助拍摄，好多事情。我的'住处'是免费的，迈克还提供胶卷和暗房。"

"你的照片很特别。"

"谢谢你。我还在学习。"

"有一组罢工纠察队的镜头。"

"是码头工人在东区罢工。"

"你是怎么说服他们为你摆姿势的？"

"我只是解释说：'嗨，我是来自德国的摄影师，请问我可以拍你吗？'有几个人说：'滚开。'有一个说：'拍一张我的小弟弟吧，希特勒小姐。'大多数人说：'行。'给你拍照就是告诉你：'你存在。'"

"就好像他们在那儿，"贾斯珀大声说，"盯着取景器，琢磨着你是不是敌人。但实际上，他们只是相纸上的化学反应。摄影是一种奇怪的幻觉。"

"星期四，在海因茨的住处，你演奏了一首西班牙歌曲。"

现在壶开始隆隆作响。"伊萨克·阿尔贝尼兹（Issac Albéniz）[①]的《阿斯图里亚斯》（Asturias）。"

"就是它。它让我起了 Gänsehaut……鸡皮疙瘩，你们是这么说的吗？"

"是这么说的。"煮沸的水壶咔地合上了开关。

"音乐只是空气中的振动。为什么这些振动能产生生理反应？对我来说是个谜。"

"音乐如何起作用——理论，实践——是可以学习的。"贾斯珀拨开咖啡壶的盖子。"它为何能起作用，就只有上帝知道了。很可能就连上帝也不知道。"

"所以，摄影也是如此。艺术就是悖论。它没有意义，但它有意义。那杯咖啡尝起来就像老鼠屎。还是茶好。"

贾斯珀泡了一壶茶，端到桌上。

"从这儿离开之后，你要去哪儿？"梅卡问。

"我两点要回乐队排练。回苏豪区。"

"你们乐队还好吗？"

"我觉得我们进展不错。"贾斯珀吹了吹他的茶，"我们上个月才开始一起演奏，所以我们还在寻找我们的声音。利凡希望我们在开始演出之前，把十首歌打磨完美。他说他想让我们发育完善之后，再从宙斯的眉宇间一跃而出。"

梅卡嚼了一勺维他麦。

"这是你在英国的最后一天，所以也许你有很多道别的话要说。但要是你有空的话，就跟我来吧。"

梅卡的些许笑意一定意味着什么。"又一场约会？"

[①] 伊萨克·阿尔贝尼兹（1860—1909），西班牙作曲家。

贾斯珀担心自己会错了意："如果不是进展太快的话。"

"'太快'？"可能梅卡被逗乐了，"我们刚做过爱。现在再嫌快，已经有点晚了。"

"对不起。我一直搞不懂规则。特别是对女人。"

"我们认识才两天三夜吗？"

"为什么这么问？"

梅卡吹了吹她的茶。"感觉要久得多。"

两天三夜之前，海因茨·福尔马焦打开了公寓的门，这套公寓坐落在摄政公园附近一条气派的弯街上。他穿着一身休闲西装，打着绣有代数方程的领带，戴着古板的眼镜。"德佐特！"他给了老同学一个拥抱，贾斯珀回抱了一会儿。"我就知道是你。大多数来访的客人按门铃，都是长长的嗡——，但你是嗡嗡嗡，嗡嗡。我的天哪，看看你的头发！比我姐姐的还长。"

"你发际线又高了，"贾斯珀说，"人也富态了。"

"还是那么会说话。我这腰围，你说得对。唉。我发现，牛津剑桥的学生，吃起东西来就像国王一样。"派对上的闲聊声和约翰·柯川（John Coltrane）的《我最喜欢的东西》（My Favourite Things）溢出了走廊。福尔马焦别上门闩，溜了出来。"我们进去之前，我先问问，你还好吗？"

"十一月我感冒了，胳膊肘上有点牛皮癣。"

"我是在问咚咚。"

贾斯珀犹豫了一下。他还没敢跟乐队里的任何人说出他的疑虑。"我觉得他要回来了。"

福尔马焦盯着他看。"你为什么这么想？"

"我听到他的声音了。或者说，我认为我听到了。"

"敲击声？像从前一样？"

62

"还很微弱,所以我不能确定。不过……我觉得是。"

"你跟加拉瓦齐医生还保持着联系吗?"

贾斯珀摇了摇头。"他现在已经退休了。"

笑声从福尔马焦的公寓里荡漾开来。"你有没有准备好那种药,以备不时之需?"

"没有。"贾斯珀的目光在这栋弧形建筑弯曲的走廊上徘徊,福马吉奥的叔叔在这儿有套他在伦敦的临时住所。那里有许多大镜子,数量多得令人不快。"我需要先有人从中介绍,再去看心理医生。我担心贸然前去咨询,可能会导致什么后果。要是我在这里被人关起来,可没有人能救我出去。"

"没问题。就让加拉瓦齐医生给你牵线搭桥吧?"

贾斯珀不确定。"我会考虑的。"

"一定考虑一下。"他朋友紧皱的眉头松开了。"现在,进来吧。每个人都渴望见到真正的、活生生的专业吉他手。"

"我眼下更像是半专业的。"

"可别这么说。我一直在替你吹嘘。这儿有一位来旅行的德国摄影师。她可不是一般女人,还非常引人注目。可靠消息说,她是个天才。我费了老大工夫,才想出她让我想起了谁——你,德佐特,她就像是女性的你。而且,她刚好是单身……"

贾斯珀不明白,福尔马焦干吗要告诉自己这些。

海因茨·福尔马焦的晚餐派对是高级的,学院式的,没有毒品:跟贾斯珀去年十一月到伦敦后参加的音乐家派对截然相反。到了午夜,送餐员都走了,只剩五名过夜的客人。贾斯珀本来打算走回切特温德区的公寓,但冰冷的天气、白兰地、迈尔斯·戴维斯(Miles Davis)的《泛泛蓝调》(Kind of Blue)、重力和羊皮地毯改变了他的想法。他半眯着眼睛,听着醉醺醺的声音讨论着未来。"我认为晚期资本主义还有二十年，"地震学家预测道，"到本世纪末，我们会有共产主义的世界政府。"

哲学家发出一阵利物浦人的嘎嘎大笑。"胡说！苏联帝国在道德上已经破产了，因为我们已经知道了古拉格的情况。"

"太对了，"肯尼亚人赞同道，"粉灰色人种永远都不会与我们其他人分享权力。你们都在想，如果他们就像我们对待他们那样对待我们，怎么办？"

"原子弹延长了任何一种未来出现的机会，"气候学家说，"未来是一片被辐射的荒地。某种武器一旦发明出来，就会被投入使用。"

"氢弹也许不同。"摄影师梅卡回答。贾斯珀喜欢她的嗓音，就像钢刷拂过铙钹，"如果你用了它，并且如果你的敌人也有，那你的子孙后代也会死。"

"你们这些人啊，真是好笑，"经济学家说，"那火星殖民地呢？电视电话？喷气背包、银制服装、会说'同意'而不是'是'的机器人呢？"

肯尼亚人嗤之以鼻。"我把赌注压在智能机器人上，它们看到智人像兔子一样繁殖，正在杀死这颗星球，它们做了明智的事情，用我们的武器消灭了我们。"

"音乐家怎么说？"气候学家问，

"未来会是什么模样？"

"无法预知。"贾斯珀强迫自己坐直，"五十年前，有多少人能预见到广岛、德累斯顿、闪电战、斯大林格勒、奥斯维辛？将柏林一分为二的大墙？电视？去殖民化？中国和美国在越南打一场代理战争？埃尔维斯·普雷斯利（Elvis Presley）？滚石？施托克豪森（Karlheinz Stockhausen）[①]？卓瑞尔河岸天文台？塑料？对小儿麻痹

[①] 卡尔海因茨·施托克豪森（1928—2007），德国著名作曲家。

64

症、麻疹、梅毒的治疗？太空竞赛？现在就像一重帷幕。我们大多数人都看不到它的后面。那些能够看到的人——通过运气或先见之明——通过观看，改变了里面的内容。所以未来才无法预知。从根本上说，从本质上说，就是这样。我喜欢使用副词。"

歌曲《弗拉明戈短曲》(Flamenco Sketches)结束了。唱片咔地停下。寂静变得郁郁葱葱，包围着他们。

"有点让人失望啊，贾斯珀，"哲学家说，"我们要求预测，而你只用让人印象深刻的方式，说出了'不知道'。"

贾斯珀没有反驳哲学家所需的精神能量。他拿起福尔马焦的吉他。"可以吗？"

"你不用问的，大师。"福尔马焦说。

贾斯珀弹了伊萨克·阿尔贝尼兹的《阿斯图里亚斯》。福尔马焦的吉他并不是最好的，但六个人都陷入了月亮的摇摆，太阳的爆裂和血液的悸动中，贾斯珀弹完时，没有人动。"五十年后，"贾斯珀说，"或者五百年后，五万年后，音乐对人的作用仍然会像现在这样。这就是我的预测。时候不早了。"

贾斯珀在福尔马焦叔叔家的沙发上醒来。他去厨房给自己倒了杯牛奶，点了根烟，坐在雨水涂花了的窗边，看着弯街上那一排乌黑光秃的树。草地上点缀着番红花。一个穿油布长雨衣的送奶工把空瓶换成满瓶，挨家挨户地送，把果酱罐子盖在铝箔盖子上面，防止鸟儿吃到牛奶。"你起得很早。"梅卡说。这个瘦弱苍白的年轻女人穿上了她的黑色天鹅绒外套，看上去准备离开了。

贾斯珀不知道该说什么。"早上好。"

"你的吉他弹得很美。"

"我尽力了。"

"你在哪儿学的？"

"在六七年间的一串房间里。"

梅卡的表情变得难以辨别。

"这个答案很奇怪吗？对不起。"

"没关系。海因茨说你爱 wörtlich？咬文嚼字？"

"咬文嚼字。我尽量不这样，但要尽量不这样做，是件很难的事。你的声音很让人舒心。就像钢刷拂过铙钹。"

梅卡的神色又变得像刚才一样。

"这也很奇怪，不是吗？"

"钢刷拂过铙钹。那很好听。"

问她吧，贾斯珀心想。"你知道平克·弗洛伊德吗？"

"迈克的一些助手谈到过这个乐队。"

"他们明晚会在 UFO 演出。我认识乔·博伊德，他是这家俱乐部的老板。要是你想去，他会让我们进去。"

梅卡的眉毛扬了起来。惊讶。"正式的约会吗？"

"正式，非正式，是约会，不是约会。随你怎么想。"

"年轻女士在外国城市必须小心。"

"的确。你何不在晚餐时先跟我聊聊？要是我让你觉得太奇怪，你可以在我去男厕所的时候消失掉。这样就不会难堪了。我不确定我会不会让人感到难堪。"

梅卡犹豫了一下。"你有电话号码吗？"

两天两夜和一个星期天的早晨过后，何记餐厅里热气蒸腾，急促的中国话阵阵响起。一只摇着爪子的白瓷猫从俪人街招揽着好运。贾斯珀和梅卡很幸运地找到一个靠窗的座位。

"唐人街就像苏豪区，"贾斯珀说，"是由外来者所缔造，通常的规则并不适用。"

"一块飞地。英语中也这么说吗？"

贾斯珀点点头。女服务员送来了茉莉花茶，接过他们的云吞面点餐订单，未加评论。外面，人们竖起了衣领，拉下了帽子。街对面，在一家中医诊所和一家干洗店中间，一个男人从一个纸板箱里取出一把破旧的吉他，然后从自己兜里掏出几枚硬币丢了进去。他用粗哑的嗓子，嚎起了滚石乐队的《满足》（Satisfaction）。还没等他唱到第二段，三个中国阿婆就出现了。她们挥舞着扫帚，对他说："走，走！"街头艺人抗议——"这是一个自由的国家！"——但阿婆们却朝着他的脚踝扫地。几个人停下来看热闹，一个瘦弱的女孩拿起街头艺人吉他盒里的硬币飞奔。街头艺人紧追而去，脚下绊了个跟头，栽进了水沟，折断了吉他的琴颈。他难以置信地盯着坏掉的吉他，环顾四周，寻找可以抱怨、责备或咆哮的人。他发现只有自己孤身一人。三月的阵风沿着水沟吹过来一个铁罐，从他脚边滚过。这位前街头艺人步履蹒跚地走回他的吉他盒那儿，装上坏掉的乐器，一瘸一拐地朝莱斯特广场走去。

"他得不到满足。"梅卡说。

"他应该小心选择场地。不能随便找个老地方，就希望有好结果。"

"这种街头表演你做过很多次？"

"在阿姆斯特丹，在水坝广场演过。如你所见，伦敦风险更大。又或者，人们会尝试加入到表演当中。"

女服务员带来了他们点的餐和四根塑料筷子。贾斯珀把脸凑在热面条、猪肉、半个沾了酱油的煮鸡蛋和大白菜上。热气软化了他的眼皮。咔嚓，唰—唰。贾斯珀扭头望着梅卡的宾得相机的圆眼，然后咔嚓，唰—唰。她盖回镜头盖。

"你从来不下班吗？"贾斯珀问。

"我想留个纪念。在你们的乐队出名之前。"

"我也想把你记录下来，留作纪念。可以借我你的相机吗？"

"你会把你的吉他借给任何人吗？"

"不会。借给你，会的。"

梅卡把她的宾得递给了他。贾斯珀透过取景器，看着吸溜面条、点头、说笑、静坐的顾客们。取景器框住了梅希特希尔德·罗默①，这个不同寻常的女人。她回望着，就像一个拍照对象。

"那不是我想要记住的你。"贾斯珀说。

"你想记住的我是什么样？"

"想象一下，你去美国待了两年。想象一下，你终于回家了。想象你按响了爸妈家的门铃，他们没想到是你。这是一个惊喜。想象你听到了他们在客厅里的脚步声……"梅卡面色变了，但还是不太对劲。"想象一下门闪滑开的声音。想象一下，你爸妈意识到是你的时候，他们的表情。"

咔嚓。唰——唰。

贾斯珀打开三楼那扇标有"Z俱乐部"的门，埃尔夫的布吉乌吉琵琶音，格里夫的侧边击鼓，还有迪恩的贝斯，也跟着从消音到大声响起。乐队正在演奏迪恩那首十二小节的布鲁斯怪物《放弃希望》。梅卡犹豫了一下。"你确定他们不会介意？"

"他们为什么会介意？"

"我是外人。"

贾斯珀拉起她的手，带她穿过天鹅绒门帘，进入仿照中欧沙龙布置的宽敞房间。昏暗的枝形吊灯下，高高的扶手椅围着一张张桌子摆放。波兰军事英雄的绘画和照片从墙上看了下来。一面波兰国旗，上面留有华沙起义时的弹孔，装裱在饱受烟熏、光可鉴人的吧台上方，吧台里有一百瓶伏特加。贾斯珀了解到，苏豪区许多毫不起眼的门

---

① 梅卡的全名。

口,是通往另一重时空的门户。Z俱乐部是爵士乐迷的聚集地,也是波兰人聚集地,里面有一架精致的施坦威大钢琴和八件套的路德维希鼓,埃尔夫和格里夫正在演奏它们,迪恩用口琴挤出了嚎叫声。两名观众是利凡和帕维尔,后者是Z俱乐部的老板。他们抽着方头雪茄。迪恩看到了梅卡,《放弃希望》哗啦啦地脱了轨。埃尔夫和格里夫抬头一看,在几个音符之后停了下来。

"抱歉,我来晚了,"贾斯珀说,"我有事耽搁了。"

"我觉得你也是。"格里夫打量着梅卡。

"所以,这就是她喽?"迪恩问贾斯珀。

"对,这就是她,"梅卡回答,"我猜,你是迪恩吧。"格里夫转动鼓棒,敲出了砰—砰。

为她介绍一下,贾斯珀想起来。"好了,各位,呃,这是梅卡。利凡,我们的经理,还有帕维尔,他允许我们在这里排练。"

每个人都问好,除了帕维尔。他扬起了列宁似的脑袋。"德国人,如果我没搞错的话。"

"你没搞错。大胆猜测一下——"她环顾四周——"你来自波兰。"

"克拉科夫。也许你听说过。"

"我怎么会不清楚波兰地理呢?"

帕维尔哼了一声。"你们这些人宁愿忘记的是历史。生存空间①光荣的日子。"

"许多德国人并不说'光荣的日子'。"

"真的吗?那些霸占我家乡的人说过。那些开枪打死我父亲的人说过。"

就连贾斯珀也能察觉到帕维尔的敌意。

梅卡小心地斟酌着词句。"我父亲原本是布拉格的一名历史教师。

---

① 原文为德语,系德国法西斯侵略扩张理论中的术语。

在德国国防军把他带走,送到诺曼底之前。他并不想去,但如果他拒绝,就会被枪毙。我母亲带着我,在俄国人到来之前逃出了布拉格,来到了纽伦堡。所以我了解历史。生存空间。种族灭绝。战争罪。我知道。但我出生在一九四四年。我没有下过命令。我没有扔过炸弹。我很遗憾你父亲的过世。我很遗憾波兰遭受了痛苦。我很遗憾,整个欧洲遭受了痛苦。但是,如果你责备我……就因为我是德国人,那你跟纳粹有什么不同呢?纳粹说'所有犹太人都是这样''所有同性恋都是这样''所有吉卜赛人都是这样'。这就是纳粹思维。如果你愿意,你尽可以这样想,但我不会。正是这种思维方式引发了战争。我说:'让所有战争都见鬼去。'让那些发动战争,派年轻人去战场送死的老人见鬼去。让战争带来的仇恨见鬼去。让那些助长这种仇恨的人,甚至在二十年后还这样做的人也见鬼去。这些见鬼的事现在已经结束了。"

格里夫把鼓和踩钹飞快地打出一轮齐射。

"如果你希望的话,我会离开你的酒吧。"梅卡说。

别走,贾斯珀心想。帕维尔盯着梅卡看了一会儿。每个人都在等。"在波兰,我们欣赏出色的演讲。刚才的就很棒。你愿意喝一杯吗?店里请客。"

梅卡回头看了看:"这样的话,我想喝最好的波兰伏特加,如果你愿意的话。"

"不对,不对,不对,"埃尔夫生气了,"G,A,D,E小调。"

"我他妈弹的就是E小调。"迪恩抗议道。

"不,你他妈没有,"埃尔夫说,"那是E。在这儿。"她在笔记本上潦草地写了一阵,撕下那一页,递给了他。"大声弹出E小调,在第二个第四句的结尾,就是这儿,当我唱'木筏与河流'的时候,下一次是'被宽恕者和宽恕者'。格里夫,你能不能敲得……更轻灵一些?"

"'更轻灵一些'?"格里夫皱起了眉头,"就像保罗·摩逊(Paul Motian)那样吗?"

埃尔夫皱眉以对。"保罗·什么?"

"比尔·埃文斯(Bill Evans)的鼓手。飘忽不定,像呼吸一样,像耳语一样。"

"试试看。贾斯珀,你能把独奏缩短两小节吗?"

"行。"贾斯珀注意到利凡在梅卡耳边低语。

"那么,从头开始,"埃尔夫说,"一,二——"

"抱歉,伙计们,抱歉。"利凡站了起来,"乐队开个小会。"

格里夫敲了一下镲钹。埃尔夫查看着情况。迪恩让自己的吉他耷拉下来。贾斯珀在想,这事跟梅卡有什么关系。

"我们会需要乐队的照片,"利凡说,"用于海报,用于媒体,用于——谁知道呢?——专辑封面。庆幸吧,一位摄影师空降到了我们中间。我们的议题就是,我们要不要委托梅卡拍上几个胶卷?就是现在。"

"梅卡不是明天就要去美国了吗?"埃尔夫问。

"没错。我现在给你们拍照,今晚洗胶卷,明天在我去机场的路上,把最好的照片送到丹麦街。"

"服装和发型之类的怎么办?"格里夫问。

"梅卡会在你们演奏的时候拍照,"利凡说。"原样呈现。不要油头粉面的装扮。想想蓝音公司专辑上的那些肖像照吧。"

"你只要说出'蓝音公司',我就会同意了。"格里夫嘟哝道。

"还是你懂我的心思。"利凡附和道。

"我赞成。"埃尔夫说。

"我看过梅卡的作品,"贾斯珀说,"我赞成。"

"没有冒犯梅卡的意思,"迪恩说,"不过我们不应该请一位名家吗？特伦斯·多诺万。大卫·贝利。迈克·安格尔西。"

"名家们，"利凡说，"收取的可是名家们的费用。"

"在这个世界上，有付出就有所得。"迪恩说。

"二百镑起。每拍一张。"

"我一直说，"迪恩声明道，"名家都是他妈的商业骗子。依我说，我们给梅卡投赞成票吧。是不是全体通过呢，格里夫？"

"你能不能让我看起来像马克斯·罗奇（Max Roach）①？"鼓手问摄影师。

梅卡想了想。"如果我们画的妆太重，洗出照片之后，马克斯·罗奇的母亲就会把你错当成她的儿子。"

"噢，这话就像刀一样犀利，像见鬼的撒哈拉沙漠一样毫不含糊，"格里夫说，"那我同意。"

布鲁尔街上的阿盖尔公爵酒馆星期天六点开门营业。六点刚过几分的时候，乐队成员们和梅卡鱼贯而入，来到一个靠窗的角落。酒杯是磨砂面的，但有个盾状徽章图案，透过它，贾斯珀能看到行人和对面的药店。这是一家维多利亚风格的高档酒馆，有着黄铜配饰，加装软垫的椅背，还有"**禁止吐痰**"的标志牌。格里夫把一纸袋猪皮脂渣倒进一个非常干净的烟灰缸里，乐队成员们和梅卡碰了碰他们并不整齐划一的酒杯。"这一杯是为了梅卡的照片，"迪恩说，"作为我们的第一张专辑封面。"他灌下了半品脱的"伦敦荣耀"啤酒。"乐观点儿没有坏处。"

"这一杯为了《木筏与河流》，"格里夫说，"可以作为单曲发布。"

"或者作为一首很棒的 B 面歌曲。"迪恩擦了擦嘴。

埃尔夫举起她的半品脱姜汁啤酒敬梅卡。"祝你在美国旅途平安。

---

① 马克斯·罗奇（1924—2007），美国黑人演员，音乐人。

我嫉妒得要死。时不时地想想我吧,跟这帮人困在这里,而你到处游荡,就像杰克·凯鲁亚克书里的人物。"

迪恩和格里夫觉得这话说得有趣,于是贾斯珀露出笑容。

"你们也会去美国巡演,"梅卡作出预言,"很快的。你们四个有特殊的化学反应。这是 fühlbar——什么是 fühlbar 呢?就是我能感觉得到。"

"就是'显而易见'。"埃尔夫提词。

一伙人穿着卡纳比街的时装走进店里,他们的头发比贾斯珀的还长。没有人目瞪口呆。在苏豪区,墨守成规的才会被人当成怪人。

"伙计们,"埃尔夫开始说,"我一直在想。"

"啊—哦,"迪恩打断了她的话,"听起来很严重。"

"我已经努力尝试喜欢'出路'(The Way Out)这个名字了。真的。但我失败了。而且听我说起过它的一半人,总把它错误地说成是'奇妙'(The Far Out)乐队。它不能过耳不忘。我们能不能——拜托了——想个新名字?"

"什么,"迪恩说,"现在吗?"

"很快就来不及改变了。"埃尔夫说。

贾斯珀点上一支骆驼烟。格里夫说:"给我们散支烟。"

"'给我们散支烟'……"迪恩误会了;或者佯装误会,为了搞笑。贾斯珀拿不准是哪种情况。"不妥。'烟(fag)'在美国有同性恋的意思。这会让人们闹误会的。再想想。"

"写本笑话书吧,"格里夫说,"先从你的时间感写起。"

"我有点习惯'出路'了。"迪恩说。

"为什么要满足于一个你不得不习惯的名字?"埃尔夫问,"为什么我们不能有一个让人一听就觉得,很棒的名字!梅卡。'出路'乐队,你喜欢吗?"

"她会同意你的看法,"迪恩说,"她也是女孩。"

"如果我是男孩,我也会同意埃尔夫的看法,"梅卡说。"'出路'没有味道。它甚至都没坏在点子上。"

"是啊,不过你是德国人,"迪恩说,"没有冒犯的意思。"

"身为德国人,对我来说并不是冒犯。"

"我是说,你有听德语的耳朵。而我们是英国乐队。"

"你们不希望在西德卖唱片吗?我们有六千万人。是英国音乐的一大市场。"

迪恩向天花板吐出烟雾。"这话在理。"

"说件明摆着的事,"格里夫说,"大多数乐队都是'the'什么什么。披头士。滚石。谁人(The Who)。冬青树(The Hollies)。"

"正因如此,"迪恩说,"我们不应该随大流。"

"'大流'。"格里夫掂量了一下,"'离群的羊'?"

迪恩抿了一口他的"伦敦荣耀"。"当初我给'掘墓人'乐队准备的第二选择,是'待宰羔羊'。"

"好嘛,"埃尔夫说,"我们可以穿着染血的围裙上台,像《蝇王》那样拿着插在棍子上的猪头。"

贾斯珀猜测这话是讽刺,但是当迪恩问:"蝇王乐队唱过什么?"贾斯珀又不那么确定了。

埃尔夫皱起眉头,然后问:"你说真的?"

迪恩问:"什么真的?"

"《蝇王》是威廉·戈尔丁写的小说。"

"是吗?非常抱歉。"迪恩装出一派高雅的口音。"并不是所有人都在大学里念过英语,你要知道。"

贾斯珀希望这话是善意的玩笑,而不是唇枪舌剑。

"新的美国乐队——"格里夫打了个嗝——"它们的名字让人过耳不忘。老大哥和控股公司乐队(Big Brother and the Holding Company)。快银信使服务乐队(Quicksilver Messenger Service)。

乡村乔和鱼乐队（Country Joe and the Fish）。"

埃尔夫转着一个啤酒垫。"不要拽文或花里胡哨的。不要太明摆着急于博得关注的。"

迪恩喝掉剩下的一品脱酒。"那完美的名字是什么呢，埃尔夫？仙女圈？民谣曲调？启发一下我们吧。"

格里夫嚼着一块猪皮脂渣。"启发者。"

"要是我有好名字，"埃尔夫说，"我就提出来了。但最起码，不能像 2i 那家伙的曲解那么随意。这个名字要能传达出，我们是一支什么样的乐队。"

迪恩耸耸肩。"那么，我们是什么人？作为一个乐队？"

"我们是半成品，"埃尔夫说，"不过看看《放弃希望》和《木筏与河流》，我们是矛盾修辞法。是似是而非的悖论。"

迪恩眯着眼睛看着她。"你说啥？"

"矛盾修辞法就是用自相矛盾的词组成的话。'震耳欲聋的沉默''民谣节奏布鲁斯''愤世嫉俗的梦想家'。"

迪恩琢磨了一下。"好吧，照我们两首歌的目录看是这样。该你了，贾斯珀。现在是莫斯，一首，霍洛韦，一首，德佐特，零首。"

"我不能按照命令，像大便一样拉出歌曲来。"贾斯珀说。

"也许这不是最好的比喻。"梅卡提醒。

格里夫又是打嗝，又是哈哈笑。"女士们，先生们，请向'大便歌者'乐队鼓掌！"

埃尔夫问贾斯珀："你认为我们需要取新的名字吗？"

贾斯珀想了想。"是的。"

"想出什么好主意了吗？"迪恩问。

一只眼睛分散了贾斯珀的注意力，那只眼睛出现在磨砂窗户上的图案里，一个清晰的涡纹中。它离窗格只有一寸远。它是绿色的。它与贾斯珀的目光相遇，眨了眨眼。然后它的主人继续往前走了。

"对不起，"迪恩说，"我们让你感到厌烦了吗？"

这一幕我经历过。"等一下……"梦境照亮的雪，或旋转的花朵，或掐丝工艺制作的飞蛾……一块路牌，就在墙上……贾斯珀闭上了眼睛。词语从记忆中浮现——嘘。"乌托邦大道。"

迪恩做了个鬼脸。"乌托邦大道？"

"'乌托邦'的意思是'不存在的地方'。而大道是一个地方。音乐也是如此。当我们演奏得精彩时，我在这里，但也在别处。这就是悖论。乌托邦是无法抵达的。而大道无处不在。"

迪恩、格里夫和埃尔夫面面相觑。

梅卡拿她的伏特加跟贾斯珀的吉尼斯黑啤酒碰了碰杯。

没人说行。没人说不行。

"我的暗房在召唤了，"梅卡宣布，"我要忙活一晚上。"她对贾斯珀说，"你可以给我当助手。如果你愿意的话。"迪恩和格里夫清了清喉咙，彼此交换了一个眼神。

这里面别有意味，但我搞不懂是什么。

埃尔夫翻了个白眼。"敏感过头了吧，男孩们。"

贾斯珀和梅卡在皮卡迪利广场地铁站的月台上等车。吱嘎声、阵阵风声和来自冥界之口的回声，转化成半融化的声音。别理会它们。他给梅卡和自己各点了一支万宝路。据迪恩说，皮卡迪利线是伦敦中部最深的一条线，所以它的各个车站在闪电战期间，被当作防空洞来用。他想象着人们蜷缩在这里，听着地表的爆炸声，同时火药从穹顶上滴淌下来。在月台的更远处，一个有文化的醉汉正在半说半唱着吉尔伯特和沙利文（Gilbert and Sullivan）的《我是现代少将的典范》（I Am the Very Model of a Modern Major General），但他总是忘词，一遍遍地从头唱起。

"我能问个与我无关的问题吗？"梅卡问。

"当然。"

"迪恩在占你便宜吗?"

"他没有支付租金,这是真的。但我也没有。我在给我父亲看房子。迪恩确实一贫如洗。埃尔夫的公寓只有一间卧室。利凡的情况也一样。格里夫住在他叔叔的一个装修过的花园棚屋里。所以迪恩要么住在我的空房间里,要么离开伦敦,那样我们就需要找个新的贝斯手。我不想要新贝斯手。迪恩就不错。他的歌也是。"铁轨在颤抖。一趟列车正在驶来。"他把大部分的救济金花在购买杂货上。他做饭。打扫卫生。如果他占我的便宜,我也占他的便宜,这还算是占便宜吗?"

"我想不算。"

一张报纸在铁轨沿线旋转着。

"他能阻止我沉浸在自己的思绪中太久。"

梅卡吸着她的烟。"他跟你很不一样。"

"埃尔夫也是。她保留着一个小笔记本,记下她的各种花销。格里夫也是。混乱之王。我们都各不相同。如果不是利凡把我们召集到一起,我们这支乐队根本就不会存在。"

"这算是优点还是缺点?"

"等我知道的时候,我会让你知道的。"

驶近的列车轰鸣着冲进昏暗的灯光里。

迈克·安格尔西照相馆里的暗房,暗黑中浸透着绯红,只有投影仪下方有一小块长方形的亮光。化学品的气雾让空气变得僵硬。这里就像锁门后的教堂一样安静。

梅卡小声说:"一百秒。"

贾斯珀设置好计时器,拨开开关。

梅卡用夹子把要冲印的照片泡进装显影液的托盘里,让它来回倾斜，使液体在相纸上移动。"就算我这样做过一百万次，还是觉得它像魔法。"

就在他们观察的时候，相纸上显现出埃尔夫的幽灵，她在帕维尔的施坦威钢琴前全神贯注。梅卡现在也有同样的神情。贾斯珀说："这就像是湖泊放弃了它的死者。"

"过去，放弃了一个瞬间。"计时器嗡嗡作响。她抬起相纸，让它流干显影液，然后把它挪到定影剂里。"三十秒。"

贾斯珀设好定时器。梅卡让他倾斜固定液的托盘，同时她记录下时间和滤光片的类型。当定时器响起，她打开了头顶的灯泡。在黄色灯光下，贾斯珀的眼睛仿佛在发出嗡鸣。"摄影需要大量的水，就像所有生物一样。"她把埃尔夫的照片挂在水槽上方滴干，旁边是正在放声高歌的埃尔夫和正在给吉他调音的埃尔夫。再往前，是处于疯魔状态下的格里夫，嘴上叼着香烟的格里夫，还有正在旋转鼓棒的格里夫。

有一个镜头是迪恩的手放在指板上，上面是一张失焦的面孔，一张是他在吹口琴，还有一张是他在抽烟。

过去时是心灵的诡计吗？

神志清醒是这些诡计的矩阵吗？

梅卡转身对贾斯珀说："轮到你了。"

他们的脉搏从如痴如狂到沉静如水，速度慢了下来。她的尾骨压在他阑尾手术的留下的疤痕上。他吸入她的气息。她的气息旋动着，涌入他的肺部。他的心脏把她的气息泵送到他的身周。他用她的毯子盖住了他们融为一体的身体。汗水在她覆有细小绒毛的脖子凹弯里积聚。他舔了舔它。她怕痒，喃喃地说："你是只狗。①"

他告诉她："狐狸。"

---

① 原文为德语。

一盏斜角台灯耷拉在角落里。

后来,她从他身上挣脱出来,翻了个身,穿上睡袍,翻滚回来,沉沉睡去。

凌晨一点十一分,她的时钟显示。她的当塞特唱片机上有一张古典唱片。贾斯珀按下**播放**开关。一只双簧管迷失了方向。在听到荆棘丛中的小提琴声后,双簧管选择了一条通向它的道路,变成了它所追求的东西。它美丽而又危险。睡眠将贾斯珀拖入昏沉的深渊。她的一切都不会褪色,但会经受巨变,变成华丽而奇怪的东西。上方远处,蒸汽船的船身让丁香色的海面变暗。看。一口棺材沉了下去,拖着一串气泡。里面是贾斯珀的母亲,米莉·华莱士。从棺材里,贾斯珀听到了咚……咚……咚……轻柔,是的,被水淹没,是的,持续不断,是的,真切?是的。

贾斯珀醒了。凌晨04:59,他聆听着这些敲击声,直到它们消失。梅卡的耳轮形成了一个问号。

在员工厨房的长条灯管下,贾斯珀研究着《云图六重奏》的唱片封套。除了罗伯特·弗罗比舍作曲和钢琴、单簧管、大提琴、长笛、双簧管和小提琴的交叠独奏这几行字,正面再没有别的文字。背面文字更稀疏。一九五二年由R.海尔、J.克利梅克和T.提克威在莱比锡录制,厂牌为奥古斯特广场录音室。关于独奏者、工程师、编曲者和录音棚,什么都没写。贾斯珀想再听一遍,但唱片机在梅卡的房间里,她睡得正香。贾斯珀用他在抽屉里找到的圆珠笔和记事本,画出五线谱,哼出了他记忆中的《云图》旋律。它是4/4拍的,很简单,以F调开头,不,是E,不,是F。他沿着旋律越往前走,跟罗伯特·弗罗比舍的旋律就越是不同……但我喜欢它。到了第十六小节,他意识到,他在写他来到伦敦之后的第一首歌。他想起,他在楼下的照相馆里看到一把吉他来着。它搁在一个干草捆上,充当道具。贾斯珀过去找到了它。它太便宜了，甚至没有标明制造商的名字，但它差不多够用了。

设计好副歌后，贾斯珀开始寻找歌词。昨晚梅卡的话回到了他的脑海。她当时在解释过度曝光的危险。"没有黑暗，就没有影像。"什么跟影像押韵？碰撞。红发女郎。农奴的解放。这是一个大胆的半押韵词。但如何在奴隶制和摄影之间，建立起并不显得刻意的联系？写作是由模糊的小径、死路、暗坑、无法解决的和弦、不押韵的词组成的密林。你可以在里面迷失数几个小时。甚至几天。

贾斯珀投身其中。

"你穿的是桌布。"梅卡在门口打着哈欠。"你看起来就像《小红帽》①里的外婆。"

时钟执意显示着 08：07。"什么？谁？"

"吃掉了外婆的狼。"梅卡的头发是暗金色的，乱蓬蓬的，她披着毯子，像斗篷似的。"你像树林里迷路的女孩。"厨房的窗户依然很暗，但布莱克兰兹坡道正在苏醒。一辆化油器像是咳不出痰的面包车驶过。

桌子上放着一壶贾斯珀不记得泡过的茶，一个他不记得吃过的苹果核，还有一页他知道自己写过的五线谱、音符和歌词。"你穿的是一床毯子。"

梅卡踱步过来，看着贾斯珀写的音符。"一首歌？"

"一首歌。"

"好听吗？"

贾斯珀又看了看。"有可能。"

梅卡注意到《云图》的封套。"你喜欢这张唱片？"

---

① 原文为德语。

"非常喜欢。我从来没有听说过罗伯特·弗罗比舍。"

"他……obskur.'晦涩难懂'。是同一个词,对吗?"贾斯珀点点头。梅卡在椅子上盘腿而坐。"罗伯特·弗罗比舍不在百科全书里,所以我请教了塞西尔府路上的一位收藏家。罗伯特·弗罗比舍是英国人。他曾在一九三〇年代跟随维维安·埃尔斯学习。他英年早逝,在……爱丁堡还是布鲁日自杀身亡? 我忘了。这张唱片是他唯一的作品。一场大火烧毁了仓库,所以它非常罕见。收藏家肯为一份好的拷贝出价十镑。我想,真正的价值还要多。十镑只是他的第一轮报价。"

"你为它付了多少钱?"

"分文未付。"梅卡点上一支烟,"圣诞节的时候,我的老板迈克在这里开了个派对,第二天早上,留下了这张唱片。就像是魔法。把它卖掉感觉不对。所以,要是你喜欢它,你就留着它吧。"

说谢谢你。"谢谢你。"

"现在,"梅卡说,"我要洗最后一次英国浴。"

"你需要帮忙洗发吗?"

一个难以读懂的眼神。"完成你的歌吧。"

"已经完成了。"贾斯珀说。

"把我放进一句歌词里,这样等电台播放时,我可以向所有人炫耀:'那部分是我。'"

"你已经在里面了。"

"我能听听这首歌吗?"

"现在?"

"现在。"

"好的。"

贾斯珀把这首歌从头到尾弹唱完毕。

梅卡点点头,很认真。"好的。你可以给我洗头发了。"

从丹麦街上楼的第一个楼梯平台上,有一个金底黑色的"**杜克-斯托克商行**"的标志。贾斯帕打开门,说:"很快地看一眼。"里面是接待处、接待员的办公桌、一盆棕榈树、宴伊·斯托克、弗雷迪·杜克与哈里·贝拉方特(Harry Belafonte)、宾·克罗斯比(Bing Crosby)、薇拉·林恩(Vera Lynn)等人的装裱照片。穿过一道屏风,是一间热闹的办公室,两部电话响起不同的铃声,打字机频频敲打着纸张,弗雷迪·杜克,只闻其声不见其人,正对着电话大呼小叫:"谢菲尔德在二十七号,利兹在二十八号——不是利兹在二十七号,谢菲尔德在二十八号。调换回来!"

他们爬上第二段楼梯,来到一扇门前,门上印着鲸鱼在月亮前面留下剪影的标志。"月鲸音乐"。这间办公室安静得多,比下面繁忙的商行要小得多,人也少。地板上铺着防尘布,贝萨妮·德鲁——利凡聘请她来,在"月鲸"打理他不做的所有事——正在一副对折梯子上,用画笔轻点着屋顶。贝萨妮三十岁,有时会被误认为是奥黛丽·赫本,未婚,总是从容不迫,即使穿着沾有颜料的粗蓝布工作服也依然优雅。"贾斯珀,我想这位是罗默小姐吧。欢迎来到月鲸。我是贝萨妮——办公室经理、勤杂工和装修工人。"

"贾斯珀说你很能干,德鲁小姐。"

"你不能相信那个老马屁精。我想和你握手,但我们不能让你带着颜料飞往美国。听说你要从这儿直接去机场?"

"是的,我去芝加哥的航班是在六点。"

"那你要去芝加哥做什么?"

"一位赞助人要给我举办一场小型摄影展。然后我要去冒险一番,把我的发现拍成照片。"

贾斯珀不明白贝萨妮为什么在盯着自己看。"看起来确实很专业,"他说,"这幅壁画。"

"到目前为止还算顺利。利凡在等你们……"贝萨妮朝利凡的办公室扬了扬下巴,办公室是用两扇拉门分隔出来的。拉门开着,只见利凡正在接电话,来回踱步,手拿话筒,扯着电话线。他做着口形:"等我两分钟。"

贾斯珀和梅卡来到前窗旁边的长椅那儿。梅卡拿出她的宾得相机,作着拍摄准备。贾斯珀坐下来,闭目养神。他不想偷听利凡的电话,但耳朵毕竟没有遮挡。"第二部分,第三条,"他们的经理说,"这里白纸黑字写着。彼得·格里芬是作为一名临时乐手受聘,而不是作为鲍尔斯娱乐终身签约的艺人。用不着为他支付'遣散费',因为他没有从什么地方遣散出来。"贾斯珀猜测,利凡这是在跟他的前领队阿奇·金诺克的前经纪人通话。"我可不是昨天刚下船的新人,龙尼。我想说:'不错的尝试。'但这是一次低能的尝试。"

咔嚓,梅卡的相机响了。唰——唰。

尖声细气的愤怒从利凡的听筒流淌出来。

利凡用干笑打断了他。"你要把我吊在窗外?真的?"利凡听起来并不像受到了威胁。"龙尼,没有老朋友把你带到一边说'龙尼,老伙计,你已经走到了恐龙的道路上——趁你在银行里还有几块钱,赶紧离开管理层吧'?还是为时已晚?你即将破产的那些传言是真的吗?如果消息传出去,说你在无力偿债的情况下还在从事交易,那不是很糟吗?"

一阵谩骂声被利凡给挂断了。"简直是怪胎秀。嗨,贾斯珀,也欢迎你,梅卡,来到我的小小帝国。"

"一个装潢精美的小小帝国。"梅卡说。

"天哪,她真棒。"贝萨妮对贾斯珀说,让他感到困惑。

"这就是你要带去美国的所有东西?"利凡盯着梅卡不大不小的行李箱和中等大小的帆布背包。

"这就是我的全部家当。"

"真让人羡慕。"利凡回答。

贾斯珀问："刚才打来电话的是龙尼·鲍尔斯？"

"是他，"利凡说，"阿奇·金诺克的前经理人。"

"阿奇以前总说他是'我的前破坏者'。"

"他说格里夫还受鲍尔斯娱乐的合同限制，只要付费他两千镑，就放他离开。"

"多少？"

"都是扯淡，龙尼·鲍尔斯自己也知道。"

"迷人的演艺界，梅卡。"贝萨妮说。

"跟时装摄影的迷人之处很像。"

"说道摄影，"利凡说，"我的小眼睛是不是看到了某种以'P'打头的'作品（portfolio）'？"

梅卡取了出来。"正要由你过目。"

"到我的巢穴里来吧。"

"酷毙了。"利凡端详着摊放在桌子上的照片：贾斯珀、埃尔夫、迪恩和格里夫各有四张；外加乐队的几张摆拍，先是在Z俱乐部，然后是在汉姆庭院的几张外景照片，当时幸好阳光明媚。"这张，"他指着埃尔夫在钢琴前的照片，"它比埃尔夫还像埃尔夫。"

"我很高兴这十镑花得物有所值。"梅卡说。

利凡可能是在笑。"谁说德国人不狡猾的？"

"一个没去过德国的人。"

利凡取出他的钱箱，数出十镑钞票，然后加上第十一张。"你在芝加哥的第一顿晚餐。"

"我会向你祝酒的。"梅卡把钱塞进钱包暗带。"底片小样和底片都在这里，这样你就能冲印更多了。"

"完美，"利凡说，"我们会把它们用在媒体和海报上，宣传乐队的首演。就在下个月。"

贾斯珀意识到这是新闻。"你认为我们已经准备好演出了吗？"

"我们打算在下个月，为你们预订几场学生活动中心的演出。这只是成名高山的山脚，但开始起步总是好的。我担心的是缺乏原创歌曲。"

"事实上，"梅卡说，"他今天早上写了一首。"

利凡头向后仰，眉毛扬了起来。

"只是一个构思，我还在琢磨着。"贾斯珀说。

"它叫《暗房》，"梅卡说，"会成为一首劲曲的。"

"我很高兴听到这个消息。真的很高兴。接着说别的消息。"利凡把烟灰弹进烟灰缸，"埃尔夫来过电话。显然，昨天你在阿盖尔公爵酒馆给乐队重新命名了。"

"我提了个建议，"贾斯珀说，"然后我们就走了。"

"埃尔夫告诉我，她、迪恩和格里夫都认可了'乌托邦大道'。它看起来很像是既成事实。"

"我更喜欢'乌托邦大道'，胜过'出路'。"贝萨妮·德鲁飘然而入，"好太多了。"她打量着这些照片。"我的天啊。多么美妙的画面。"

"听你这样说，"梅卡说，"我很高兴。"

利凡还在考虑乐队的名字。"'乌托邦大道'……我喜欢，但我有些担心。它听起来多少有点耳熟。它的出处是哪儿？"

"梦中所得。"贾斯珀说。

下楼往丹麦街走的时候，正走到一半，贾斯珀和梅卡往边一站，让过一个大步流星上楼的人，他的胶布雨衣掀动着，就像超级英雄的披风。他停止了攀登。"你就是那个吉他手吧？"

"我是一名吉他手，"贾斯珀承认，"我不知道我是不是那个吉他手。"

"说得好。"来人拨开刘海,露出一张瘦削的白色面孔,一只眼睛是蓝色,另一只乌黑发亮。"贾斯珀·德佐特。这名字真棒。有一个'J'和一个'Z'。如果在拼字游戏里,能拿高分。一月的时候,我在2i见过你。你用魔法演了一场好戏。"

贾斯珀模仿着做了个耸肩的动作。"你是哪位?"

"大卫·鲍伊(David Bowie),闲散艺人。"他握了握贾斯珀的手,然后转向梅卡。"一见到你就被迷住了。你是?"

"梅卡·罗默。"

"梅卡?就是所有地方都通往的那个所在①?"

"是因为英语念不出'梅希特希尔德'的发音。"

"那你是模特,梅卡?或者女演员?女神?"

"我拍照片。"

"照片?"鲍伊用手指去摸胶布雨衣的金色纽扣。它们有巧克力硬币大小。"什么的照片?"

"我拍我想拍的东西,"梅卡说,"为了我自己。我拍别人付钱请我拍的东西,为了赚钱。"

"为艺术而艺术,赚钱全靠天意,对吗?你的口音听起来像是远方的人。德国②?"

梅卡做了个表情,意思是,没错。

"我前不久有天晚上还梦到了柏林,"大卫·鲍伊说,"柏林墙有一里高。底下总是一片昏黑,就像勒内·马格里特③的《光之帝国》。克格勃特工一直试图往我的脚趾头里注射海洛因。你们觉得这是什么意思?"

"别在柏林注射海洛因。"贾斯珀说。

---

① 梅卡的名字发音与伊斯兰教圣地麦加相近,故有此说。
② 原文为德语。
③ 勒内·马格里特(1898—1967),比利时超现实主义画家。

"梦基本都是垃圾。"梅卡说。

"也许你们俩说得都对。"大卫·鲍伊点上一支骆驼烟，朝楼上扬了扬下巴。"你们是法兰克兰先生的朋友？"

"利凡是我们的经理人，"贾斯珀回答。"我跟 2i 的迪恩和格里夫，还有键盘手埃尔夫·霍洛韦组了支乐队。"

"我在'表兄弟'看过埃尔夫的演出。你们肯定能成。你们现在的艺名是什么？"

"乌托邦大道。"这名字听起来不错。现在这就是我们的名字了。

大卫·鲍伊点了点头。"应该能行。"

"你是打算跟利凡合作？"贾斯珀问。

"不，我这只是一次礼节性的拜会。我把灵魂签约卖到了别处。我有一首单曲，下个月在德朗公司出。"

"祝贺你。"贾斯珀想起来该这么说。

"嗯。"细细的烟柱从大卫·鲍伊的鼻孔冒出来。"《爱笑的守护神》(The Laughing Gnome)。你可以称之为歌舞杂耍式迷幻乐。"

"我得送梅卡去维多利亚汽车站，祝你的守护神一切顺利。"

"正如我们的救主所说：'骆驼穿过针眼，比拿音乐换钱还要容易。'回头见。"他向梅卡敬了个礼，脚跟一碰——"再见了①，梅希特希尔德·罗默。"大卫·鲍伊的胶布雨衣和头发猛地一转，他继续往楼上爬去。

维多利亚汽车站搅动着发动机的噪音、烟雾和人的神经。鸽子在支柱和支架上栖息。贾斯珀品尝到了金属和柴油的味道。人们站在队列中，看起来疲惫而不幸。**利物浦。多佛。贝尔法斯特。埃克斯特。纽卡斯尔。斯旺西。**这些地方贾斯珀一个也没去过。如果大不列颠是

---

① 原文为德语。

87

一个棋盘，我熟悉的还不到一个格子。

"热狗，"一个小贩在手推车那儿叫道，"热狗。"

梅卡和贾斯珀找到了去希思罗机场的大巴，再过一分钟就发车了。当梅卡把她的帆布背包交给司机，放进行李舱时，一个戴着头巾、动作敏捷的大个子女人把一朵枯萎的康乃馨按在贾斯珀手上，把他的手指合拢。"只要一个先令，亲爱的。给这位年轻女士买下它吧。"她指的是梅卡。

贾斯珀把花还回去，或者说试图这么做。

"别！"那女人看起来很震惊，"否则你有可能再也见不到她了。想象一下，如果出了什么事，你会是什么感觉……"

梅卡解决了贾斯珀的困境，她亲手拿过康乃馨，放回那个女人的篮子里，对她说："不好看。"

那个女人对梅卡发出嘘声，但还是往前走了。

"迪恩说我是吸引疯子的磁铁，"贾斯珀说，"他说我看起来既脆弱，又好像钱包里有钱。"

她冲他皱起了眉头。对贾斯珀来说，皱眉比笑容更难解读。生气了？然后她捧起他的脸，亲吻他的嘴。贾斯珀猜想，这是他们的最后一吻。按下播放和录制键。"不要改变，"她说，"谢谢你过去三天的陪伴。我希望我们有三个月的时间。"还没等他回答，一大家子印度人上了车，让贾斯珀不得不和梅卡分开。老太太是最后一个，她对贾斯珀怒目而视。噼里啪啦的高音喇叭宣布，前往希思罗机场的大巴即将发车离开。

贾斯珀猜想，他应该说"我会写信的"或者"我什么时候能再见到你？"，但贾斯珀并不能对梅卡的未来提出要求。她也没对他的未来提出要求。记住她现在的样子——面容、头发、黑天鹅绒外套、苔绿色的裤子。"我可以跟你一起去吗？"

梅卡看起来不确定。"去芝加哥？"

88

"去机场。"

"埃尔夫和迪恩在你的公寓等着你呢。"

"埃尔夫通常能猜到发生了什么。"

梅卡露出新的笑容。"当然可以。"

肯辛顿路正在修,导致车速缓慢。贾斯珀和梅卡望着商店,办公室,巴士车站的排队者,满载着读书、睡觉或闭目养神的人的双层巴士,一排排被煤烟熏黑的粉刷房屋,在污浊空气中搜寻信号的电视天线、廉价旅馆和窗户肮脏的出租屋、一瞬间吞噬上百人的地铁站口,铁路桥,褐色的泰晤士河,形状如同桌子倒置的巴特西发电站,从它三根好用的烟囱里涌出的烟雾,泥泞的公园,水仙花在被遗忘者的雕像周围枯萎。轰炸遗址,衣衫褴褛的儿童在脏水坑和瓦砾堆中玩耍,一匹瘦骨嶙峋的马拉着一辆破旧的马车,一家名为"沉默的女人"的酒馆,招牌上画着一个没了脑袋的女人,一个坐在轮椅上的卖花人,登喜路香烟的广告牌,庞廷斯度假营的广告牌,英国利兰汽车销售公司的广告牌。忙碌的洗衣店,顾客们盯着洗衣机,汉堡快餐店,投注站,没有阳光的后院,那里潮湿的洗衣水渍始终保持潮湿,煤气厂,小块菜地,炸鱼薯条店,上锁的教堂,在教堂墓地里瘾君子们睡在死者头上。汽车驶上奇斯威克立交桥,加快了速度。屋顶、烟囱和屋檐滑过。贾斯珀认为孤独是世界默认的常态。朋友、家人、爱情或乐队,都是罕见的异常现象……你独自出生,你独自死亡,在这两者之间的大部分时间里,你都是孤独的。他从一侧亲吻了梅卡的头,希望他的吻能穿过她的头骨,进入她大脑中的缝隙。天空发出灰蒙蒙的光。好几里路过去了。梅卡把他的手背拉到她的嘴唇上,亲吻它。这个吻可能没有任何意义。或者有任何意义。或者有某种意义。

贾斯珀和梅卡以前都没来过机场。感觉就像身处未来一样。一个人对梅卡的行李做了"登机检查",把她的机票换成了"登机牌",指引他们走标有**出发**的那个门。大部分乘客穿得都像是要参加婚礼或工作面试。他们来到一个门口,那里写着"**仅限乘客通过**"。

这就是结局了。他们拥抱。问她你能不能去芝加哥看望她。让她在回家路上回伦敦一见。她的目光像是要把他吸进去。把我一饮而尽吧。该说什么呢?告诉她你爱她……但我怎么知道我爱她呢?迪恩说:"你就是知道。"……但我怎么知道我"就是知道"呢?"我不想让你走。"贾斯珀说。

"我也一样,"梅卡说,"所以我才应该走。"

"我不明白。"

"我知道。"她拉起他的指关节凑到她的唇上,然后整队人裹挟着她走远了。她最后一次回头望,神话和童话都警告人们,不要这样回望。她在门口那儿挥了挥手,往前走着,走着,不见了。人总会离开。贾斯珀转身往回走,加入了另一队人当中,准备坐大巴回维多利亚汽车站。这是个三月的寒夜。他有种若有所失,但还不清楚失去何物的感觉。不是我的钱包,也不是我的钥匙……在他的夹克口袋里,他摸到一个信封,上面盖着"迈克·安格尔西照相馆"的戳。打开之后,他找到一张照片,是他昨天刚在何记餐厅拍的梅卡的照片,当时贾斯珀让她想象一下,她回到了柏林的家里。这一次,我不必再猜测别人的想法。我已经知道了。在照片背面,她留了一条口信。①

> Not bad for a beginner.
> mit Liebe,
> M.

---

① 图中文字:第一行"作为新手还不错",第二行"怀着爱意",第三行"m"。

支离破碎

对迷路的游客来说，梅菲尔区的梅森庭院 13A 的大门不值得多看一眼。对迪恩来说，这是一个神奇的入口，里面是圈内人士寻欢作乐的所在，常来这里光顾的有：星探和制作人；那些明天午餐时分就能让你成功或失败的专栏作家；王国的官员和他们的女儿们，他们来寻求一些异国情调的摇滚乐刺激；明年时装的设计师，将会把它们穿在身上的模特和将会拍摄它们的摄影师；不再梦想成功的音乐家们，因为他们已经取得了成功；披头士乐队和滚石乐队，冬青树乐队和奇想乐队；过来巡演的猴子乐队（The Monkees）、飞鸟乐队（The Byrds）和乌龟乐队（The Turtles）；格里，有时带了起搏器，有时不带；迪恩未来的同行，他们会告诉他"给我一份小样，我会把它录制出来"，或者"我们的暖场演出不太行，乌托邦大道可以接手吗？"。梅森庭院 13A 的门后是"圣雅各的苏格兰威士忌"俱乐部。仅限会员入内。

迪恩告诉贾斯珀："谈话的事交给我。"

他按下门铃，一扇与眼睛平齐的门啪地打开一条缝。一只仿佛能看透一切的眼睛打量着这两人。"你们二位是？"

"布莱恩的朋友。他说他会把我们列入名单。"

回答是："布莱恩·琼斯（Brian Jones）还是布莱恩·爱泼

斯坦?"

"爱泼斯坦。"

"那我看看我的名单……啊,没错,布莱恩正在等……呃……你们是尼尔和本吗?"

迪恩简直不敢相信自己的运气。"正是我们。"

"好极了。我再确认一下你们的姓氏……所以你是尼尔·唐恩先生,而你的同伴是本·多弗先生?"

"正是我们,"迪恩说,这时他领会了名字里的双关语①。看透一切的眼睛微微闪亮,门缝关上了。

迪恩再次按下门铃。门缝打开,看透一切的眼睛向外窥视。"你们二位是?"

"我刚才不太清醒。对不起。但我们是音乐人。我们是乌托邦大道乐队的。我们明天要去布莱顿理工演出。"

"提交会员申请,外加费用,管理层会考虑这件事。或者登上《流行之巅》,入会费用可能会免除。请让开。"

一缕头发、一个鼻子和一个褶裥领从迪恩身边嗖地闪了过去。13A的门打开一半,传出一声"近来可好,洪佩尔丁克(Engelbert Humperdinck)先生?",然后门又关上了。

迪恩第三次按下门铃。门缝打开。

"你们二位是?"

"迪恩·莫斯。这位是贾斯珀·德佐特。记住我们的名字。用不了多久,我们会进去的。"他大步离开了梅森庭院。

贾斯珀小跑着跟上。"或许这样也好。明天我们首演。宿醉有害无利。"

---

① Neil Downe 和 Ben Dover 分别是 nail down(钉牢)和 bend over(弯腰)的谐音,有不雅之意。

"那个自鸣得意的烂人是个狗屎烂货。"

"是吗?我觉得他还挺有礼貌的。"

迪恩停住脚步。"你从来都不生气吗?"

"我试过,但我拿不准。"

"这不是拿得准拿不准的问题!这是一种他妈的情绪!"

贾斯珀眨眨眼睛。"没错。"

从滑铁卢到克罗伊登这一路上,车流缓慢,所以迪恩没机会把"野兽"开到三十迈以上。变速杆笨重得要死,这辆面包车老是在路口熄火。在克罗伊登以南,他们被卡在一支缓慢行进的车队后面,所以直到现在,越过你打个哈欠就会错过的小城胡利——A23公路行进至此,正好处于南部丘陵地带的肩头——之后,道路才变得空旷起来,迪恩终于可以踩下油门了。

"它不适合高速行驶。"迪恩说。

"应该是'她',而不是'它',"后座上的格里夫说,"她装了四个音乐人和他们的乐器。"

速度提到四十五迈的时候,这辆野兽开始不祥地抖动起来。

"这动静听起来不妙。"埃尔夫说。

迪恩把速度降到四十迈,抖动减弱了。

"格里夫,你真的试驾过这件垃圾吗?"

"收到礼物马,就绝不要去看它的牙口。"

迪恩不得不从月鲸音乐借来十五镑,来付清他参与合买这件"礼物"的份子。债又变多了……照这样下去,我又得去端咖啡了。"收到礼物马,一定要看清它的牙口。从来都不是白送的。"

"咱们需要一辆面包车,所以我给咱们弄了一辆。"格里夫说。

"是啊——我们需要的是一辆面包车。而不是一辆二十五年的前灵车,底面上还有个窟窿,透过窟窿都能看到路面。"

93

"跑腿的时候可没看到你去。"格里夫说。

"好吧,我觉得这野兽挺有个性。"埃尔夫说。

"只要它能把我们从甲地带到乙地就行。"贾斯珀说。

"谢谢你们的专家意见,"迪恩说,"等凌晨两点在路边停车点,曲轴断裂的时候,我会让你有个性地修理它的,埃尔夫。还有,那你什么时候,"他问贾斯珀,"拿到你的驾照,你也干点甲地乙地的活儿?"

"我拿不准,自己坐在方向盘后面的话,心里有没有把握。"

"这借口可真他妈方便。"贾斯珀不出所料地什么也没说。他生气了?被吓住了?还是他一点也不在乎?迪恩还是始终琢磨不透自己这位室友兼乐友的心思。猜都猜得心累。

"在威尔士有个家伙,"格里夫说,"能给你替考。你给他二十五镑,两个星期之后,你的驾照就到手了。基思·穆恩(Keith Moon)[①] 的驾照就是这样拿到的。"

这段轶事值得回应一二,但迪恩以前早就听过。"谁有烟?"没人回答。"拜托。"

埃尔夫点上一支本森-赫奇斯,递给了他。

"谢了。如果这就是野兽的最大速度——"迪恩吸了一口烟——"我们这一路上可有的开了。收音机也顶不住了。"

"就算有人给你一百万,"格里夫说,"你也会抱怨他们没有打包好。"

"同志们,"埃尔夫用女教师的严格口吻说,"今晚是我们的首演。我们会写进音乐史。让爱与和平成为主宰吧。"

A23 公路蜿蜒着穿出树林,爬上小山。

萨塞克斯向着英吉利海峡不断延伸着。

[①] 基思·穆恩(1946—1978),谁人乐队的鼓手,摇滚乐传奇人物。

金色的午后被一条银色的河流穿过。

天色变暗了。当野兽驶过皮斯波提治①村时，迪恩吃了一颗太妃糖，这个村子并不像它的名字那么奇趣。"如果非要我选择一场演出，那就是小理查德（Little Richard）在福克斯通音乐厅的那场。差不多有十年了。是比尔·尚克斯带我们去的。比尔在格雷夫森德有一家唱片店，也是他把我的第一把合用的吉他卖给了我。他开着面包车，带着我的兄弟雷和我，还有另外几个人，来到了福克斯通。小理查德……耶稣，他简直是单人发电站。那尖叫，那能量，那舞台效果。那些姑娘。我心想，好吧，现在我知道我长大之后该干什么了。然后，在《什锦水果冰激凌》（Tutti Frutti）演唱到一半时，他开始亮他的绝活，跳到钢琴上，像狼人一样嚎叫——这时他停下了。抓住他的胸膛，开始了痉挛……然后摔在舞台上，就像一袋子扳手一样。"

野兽驶过安扎在路边停车带里的吉卜赛营地。

"那是他表演的一部分，对吗？"埃尔夫问。

"我们是这么想的。小理查德就是这样一个爱搞怪的家伙，我们心想。他在耍我们，我们心想。但这时乐队注意到了。他们停止了演奏。然后是死一般的寂静。小理查德躺在那里，抽搐着……然后停了下来。这时，一位经理冲了过来，试图找到心跳，他喊道：'理查德先生？理查德先生？'安静得针落可闻。经理站起身，脸色苍白，大汗淋漓，问现场有没有医生。我们面面相觑，心想，见鬼，小理查德要死在我们面前了……一个男人喊着回话：'我是医生，让我过去，让我过去。'他匆匆跑上舞台，给小理查德量脉搏，打开一个瓶子的塞子，把它放在他鼻子底下，然后那句——'迪恩超过了拉着一车马粪的拖拉机——'震耳欲聋的'啊哇啵阿鲁啵啊鲁吧姆唏！'响了起

---

① 村名有"豌豆浓汤"之意。

来。小理查德一跃而起——乐队随着合唱团的声音开始奏乐。整件事都是在演戏。连男人都惊呼出声了！演出又继续进行下去了。"

雨滴溅到了挡风玻璃上。

雨刮器无济于事地刮擦起来。

迪恩把速度降到三十迈。"演出结束之后，尚克斯和雷等人气冲冲地去酒馆了。我被单独留下，可以自由活动，所以我想，我去找小理查德要签名吧。我告诉音乐厅的保安，我是小理查德的侄子，要是他不让我进去，那他可就有麻烦了。他叫我滚蛋。所以我绕到后面，融入到舞台门口的歌迷当中。过了一会儿，经理出现了，说小理查德已经走了。他们都相信他，相信这个整了出"现场有没有医生"绝活的怪老头。我也跟着离开了，但一分钟之后，我偷偷溜了回去，这时三楼上有一扇窗户打开了，他就在那儿。小理查德本人。他吸了几口大麻烟卷，弹飞烟屁股，然后关上了窗户。我做了任何一个十二岁的人猿泰山粉丝都会做的事。爬上了落水管。"野兽驶近一个浑身湿透的搭车者，他手里的牌子上写着**去哪都行**。牌子上的墨水在流淌。迪恩问："我们能让那个可怜的浑蛋上车挤挤吗？"

"除非他能装进那个见鬼的烟灰缸。"格里夫说。

"所以你爬上了落水管。"埃尔夫说。

野兽从搭车人身边驶过。"爬向三楼，那里有一根斜着的管子摇摇摆摆，伸向小理查德的窗户……落水管从墙上脱落下来了。足有五十英尺高！我扑向垂直的部分，抓住了它，听到那截管道在下方地面上摔得粉碎。看起来有半英里高。我唯一的希望就是把自己弄上去，弄到小理查德的窗台上，敲敲玻璃。那是你看不透的磨砂玻璃。没有人回应。我像考拉一样紧紧抓着管道，但我的手抽筋了，我的脚也没有了支撑。我又敲了敲，还是无人回应。我还以为我失败了——如果我第三次敲窗时，窗户没有向上拉起的话。是小理查德本人。闪闪发亮的额前卷发，铅笔般的小胡子，他看着这个简直是在用手指甲抓着管子的孩子,孩子说:"你好,理查德先生,我可以请你签个名吗?"

一辆巴士溅起大团水花,落在挡风玻璃上。

迪恩盲驾了一会儿,直到玻璃上的水流干为止。

"你不能在最紧张的地方戛然而止。"格里夫说。

"他先是把我拽了进去,训斥我说我差点把自己害死,但我在想,这可太棒了,小理查德正在臭骂我。然后他问谁负责照看我。我说我哥哥,但他在酒馆。我告诉他我的名字,说我以后也要当明星。这让他的态度缓和了一些。'孩子,'他说,'从来没有哪个明星能叫莫法特。'我说我母亲的娘家姓是莫斯,他说:"迪恩·莫斯,这名字可以。"他在一张照片上写道:给迪恩·莫斯,向着星空攀登的人——小理查德。然后他派一名手下送我出去,我们从不让我进去的保安身边走过,我的冒险就此结束了。雷和其他人觉得,这些都是我编的,直到我向他们出示了我的照片为证。"

一块路牌写着,距离布莱顿二十七英里。

"你还留着它吗?"格里夫问,"那张照片?"

"没有。"我要告诉他们吗?"我爹把它给烧了。"

埃尔夫感到惊恐。"你爸怎么这样?"

中产阶级压根儿就不明白。

迪恩嘴唇上的伤疤在抽痛。"说来话长。"

"妮娜·西蒙娜在龙尼·斯科特爵士俱乐部的演出。"埃尔夫说。野兽嘎啦嘎啦地驶过一个名为汉德克洛斯的村子。"那时我十七岁。我爸妈从不让我单独去苏豪区,但伊莫金和教会的一个男孩陪我去了魔鬼的巢穴。从十五岁起,我就偷偷溜去里士满的民谣驳船,但妮娜·西蒙娜处于更高的层次。高出太多了。她在龙尼·斯科特俱乐部里悠然自在,就像埃及艳后克利奥帕特拉在她的船上。穿着一身兰花图案的黑色连衣裙。珍珠就像鹅卵石那么大。她坐下来宣布说'我是妮娜·西蒙娜',就好像在问你敢不敢反驳她。就是这样。她没有说'感谢你们光临',也没有说'来这里是我的荣幸'。感谢她的到来,是我们的职责。能够到场,是我们的荣幸。一名鼓手、一名贝斯手、一名萨克斯风吹奏者,这就是全部阵容。她演了一场蓝调和民谣。《棉眼乔》(Cotten-eyed Joe)、《金酒酒馆布鲁斯》(Gin House Blues)、《第十二个永不》(Twelves of Never)、《我的真爱的头发是黑色的》(Black Is the Color of My True Love's Hair)。没有打趣的话。没有开玩笑。没有假装心脏病发作。其间,有一对男女低语的声音太响了。她冲那对失礼的观众翻了个白眼,说:'打扰了,我是不是唱得太响,影响你们了?'那对男女无地自容。"

一块路牌显示,距离布莱顿二十英里。

"虽然我很敬畏她,但我从没想过要成为妮娜·西蒙娜,"埃尔夫继续说道,"我是英国白人民谣歌手。她是茱莉亚学院培养出来的黑人音乐天才。她左手弹布鲁斯,右手弹巴赫。我亲眼看到她这么做。我只想能有几分她那样的自信。我现在依然想。质疑妮娜·西蒙娜就像质疑一座山。是不可想象,毫无意义的。最后,她对观众说:'我会再唱一首安可曲,而且只唱一首。'那是《夏日的最后一朵玫瑰》(The Last Rose of Summer)。她走的时候,我和姐姐就在衣帽间旁边。一名女子拿着一张专辑和一支笔,但尼娜只是说:'我来这里是为了唱歌(S-I-N-G),不是签名(S-I-G-N)。'一名保镖打开门,她离开了,去了她在伦敦的秘密宅邸。我过去一直以为,你先有劲歌金曲,然后才会成为明星。看过那场演出之后,我开始认为,不对——你得先是明星,然后才会有劲歌金曲。"

野兽的车轮砰地冲进一个陷坑。

车身猛地一震,但还是保持住了四十迈的速度。

"也许正因如此,我才不是明星。"

"直到今晚,"格里夫说,"直到今晚。"

一辆樱桃红色的"凯旋喷火2型"在两侧种有果树的下山路上赶超了野兽。如果乌托邦大道真能赚到钱,迪恩心想,我也要弄它一辆。我会开到格雷夫森德,在哈里·莫法特的公寓外面减速,我猛轰一下引擎说"去",再轰一下说"你的"……

真正的"凯旋喷火"开走了,驶向未来。

路面上零星的水坑倒映着天空。

"那么,祖托①,你的最佳演出是哪一场?"格里夫问。

贾斯珀想了想。"大比尔·布隆齐(Big Bill Broonzy)② 单为我一个人演唱过《公路的钥匙》(Key to the Highway)。这算吗?"

"拉倒吧,"格里夫说,"他已经去世好些年了。"

"那时我十一岁。那是一九五六年。我在荷兰多姆堡度夏。我的荷兰祖父是镇上牧师的老朋友,每年学校放假的时候,我都和牧师夫妇住在一起。那年夏天,我用轻木做了个喷火式战机的模型。它起来很飞漂亮。那是我做的最好的一个。一天晚上,我最后一次投掷它,微风把它吹过了多姆堡最后一座花园的高墙,那是你想要让你的珍品滑翔机降落的地方。韦普朗克船长的花园。他参加过战时的抵抗运动,声名卓著。其他孩子告诉我,应该去找牧师。小孩不应该在晚上八点钟,去敲韦普朗克船长的门。但我想,最坏的情况也不过是被他拒绝。于是我走了进去,来到房前敲门。没人回应。我又敲了敲门。还是没有动静。于是我绕到后面,在离北海一箭之遥的瓦尔赫伦岛上,看到了密西西比威士忌标签上的一幕。门廊、提灯、摇椅,还有一个大个子黑人在弹吉他,用英语和粗哑的嗓音柔声哼唱着,一边还抽着卷烟。我以前从没和不是白人的人说过话。我都没听说过蓝调吉他,更不用说听人弹过了。他也可能是一个演奏火星音乐的火星人。

---

① 对"佐特"的昵称。
② 大比尔·布隆齐(1893—1958),美国布鲁斯歌手。

但我还是被惊呆了。这是什么？音乐怎么会如此忧伤，如此稀薄，如此迟缓，如此粗糙，同时具备那么多的特点？很快吉他手就注意到了我，但他还是继续演奏。他演奏了整首《公路的钥匙》。最后，他用英语问我：'你觉得怎么样，小家伙？'我问我能不能学会像他那样弹奏。'不能，'他告诉我，'因为——'我将永远记住这一点——'你没有经历过我的生活，而布鲁斯是一门你没法在里面说谎的语言。'但如果我有足够强烈的渴望，他说，那么总有一天，我能学会像我自己那样弹奏。这时牧师来了，为我的闯入道歉，我对那位神秘陌生人的拜会就这样结束了。第二天，韦普朗克船长的管家过来，带来了《大比尔·布隆齐和搓板萨姆》（Big Bill Broonzy and Washboard Sam）的黑胶唱片，上面题了字'像你一样弹奏它吧'。"

一块路牌显示，距离布莱顿只有十英里。

"希望没人烧掉那张唱片。"格里夫说。

"下次你过来的时候，我拿给你看。"贾斯珀说。

"你拿回你的喷火式战机模型了吗？"埃尔夫问。

一瞬间的沉默。"我想不起来了。"

野兽驶入学生活动中心的停车场，只见利凡在那儿倚着他那辆一九六〇年的福特西风。迪恩驾驶野兽进入旁边的停车空位，把引擎熄了火。尚克斯的面包车不见踪影。我们来得还挺早。沉默是甜蜜的，跟他们下车闻到的空气一样。迪恩伸了个懒腰。《明天永不知道》（Tomorrow Never Knows）从附近某个窗口传了出来。月亮就像缺了一块的母球。野兽引起了注意，一个路过的打趣道："嘿，伙计，蝙蝠侠呢？"

利凡也饶有兴趣地打量着乐队新买的车。"嗯，它肯定不会招来那些偷车开的人。"

"她是一匹强壮的牲口，是野兽，"格里夫说，"而且，多亏了我叔叔，价钱给得很优惠。"

利凡挠了挠耳朵："她跑起来怎么样？"

"就像坦克，"迪恩说，"路口除外，到了路口她就像棺材一样。也开不到五十迈以上。"

"我们买她是为了运装备，"格里夫说，"不是为了创下陆地速度的记录。你什么时候来的，利凡？"

"早到可以从学生活动中心拿支票了。一旦吃过'我们周一寄出'这句话的亏，下次就学乖了。"

一个嚼着口香糖的女孩从迪恩身边经过，眼睛直盯着他看，好像她才是男人，而他是个姑娘。没错，他心想，我是乐队成员。

"好了，"利凡说，"这些东西不会自己上楼。"

"你今晚给我们的演出助理放假了，是吗？"格里夫问。

"如果你们弄出一张金唱片，"利凡说，"我们就谈谈演出助理的事。"

"如果你让我们签下合约，"格里夫咕哝道，"我们就谈谈金唱片的事。"

"演完上百场精彩表演，"利凡回答说，"吸引大批粉丝，你就能签约了。在那之前，我们都得自己搬运装备。三趟就够了。我们留一个人看守。如果你不相信任何五岁以上、一百岁以下的人不会偷你的装备，你或许就得盯好了。你看到什么了，贾斯珀？"

"我们。"贾斯珀指着一块告示板。

迪恩的眼睛掠过那些海报："**反越战静坐示威**""**禁用原子弹**""**今天就加入核裁军运动！**""**为什么不试试竞选拉票？**"，然后找到了自己的脸，就在梅卡拍摄的 2×2 乐队肖像中。传单已经干净整齐地印好了。"乌托邦大道"用游园会的字体印制，下面有一个空白方格，用来填写演出地点、时间和票价。

"孩子们，欢迎参加商业演出。"格里夫说。

"看起来很漂亮。"埃尔夫说。

"看起来像张通缉令。"迪恩说。

"这是好事还是坏事?"贾斯珀问。

"有点摇滚匪徒的意思。"埃尔夫说。

"少了点'匪徒'的感觉,"格里夫仔细端详着埃尔夫那张照片,"更像是'本月最佳员工'。没有冒犯你的意思。"

"没事。少了点'匪徒'的感觉——"埃尔夫审视着格里夫那张照片——"更像是'查理王小猎犬①假发大赛第三名'。没有冒犯你的意思。"

演出场地是一个细长形的大厅,就像保龄球馆,门口附近有个吧台,尽头是一片不算高的舞台。一侧是落地窗,可以看到没有多少树木的校园夜景。迪恩觉得,整个地方就像用乐高积木搭建而成。装修工人喜欢用富有光泽的污水褐色。如果座无虚席,这片场地能容纳三四百人。今晚,迪恩猜想,能有五十人。还会有十来个人围坐在酒吧桌式足球机旁边。"希望我们开演的时候,没有人在拥挤中受伤。"

"我们九点才开始,"埃尔夫说,"有足够的时间让几千人进场。有格雷夫森德那伙人的踪迹吗?"

"显然没有。"愚蠢的问题。

"抱歉,打扰一下。"

两个学生从吧台里走过来。男生留着火枪手的胡子,穿着淡紫色的缎子衬衫。女生有着黑发的波波头,涂过睫毛膏的大眼睛,穿着几乎没盖住大腿的波纹图案无袖连体衣。我不会说不,迪恩心想,但她在盯着埃尔夫看,这时火枪手开了口。"我是加斯,我的推理能力告诉我,你们是乌托邦死胡同乐队。"

---

① 一种小型宠物犬。

"大道。"迪恩把他的音箱放在地上。

"只是我的一个小玩笑。"加斯说。迪恩心想,他是嗑嗨了。

"我是利凡,乐队经理。一直以来,我都是跟泰格打交道。"

"啊,泰格在忙别的事。他让我替他领你们上台。就在——"他用手一指——"那儿。"

"我是祖德。"女生说。她没吸毒,说话带有西部乡村的鼻音。"埃尔夫,我很喜欢《橡树、白蜡树和荆棘》。"

"谢谢,"埃尔夫说,"不过我们今晚要演奏的音乐,会比我的独奏曲更……狂野一点儿。"

"狂野很好。泰格告诉我你在乐队时,我说:'埃尔夫·霍洛韦?现在就约他们吧。'"

"她是这么说的"。加斯把他的一只宣示主权的手放在祖德的屁股上。迪恩心想:可惜了。"最好先检查一下音响。"

"只要放大音量就行,"加斯说,"这可不是阿尔伯特音乐厅。"

"我能问一下……"埃尔夫眯起眼睛望着舞台,"……钢琴在哪里吗?"

加斯皱眉的时候,两根眉毛就会连在一起。"钢琴?"

"泰格承诺,为了今晚的演出,他会把钢琴放在台上准备好,调好音,"利凡说,"承诺了两次。"

加斯轻轻地吹口哨。"泰格承诺了很多事。"

"我们绝对需要一架钢琴。"埃尔夫说。

"乐队自带乐器。"加斯补充道。

"钢琴可不是,"格里夫说,"除非乐队开着他妈的搬家车过来。"

"我不关心泰格是否在忙别的事,"利凡说,"他干后勤工作是领了工钱的。叫他过来。"

"泰格正在经历蜕变,"加斯解释说,"他的第三只眼打开了。这儿。"加斯摸了摸他的额头,"他是上周二走的,从那以后,就再也没有人见过他。在宇宙尺度上——"

"听着,加斯,"利凡说,"我对宇宙尺度一点也不在乎。我们现在处于需要一架钢琴的尺度。给我们弄架钢琴来。"

"伙计,你的愤怒让我很失望。我不是你的女用人。这态度有问题。我能来这儿,已经是帮了泰格一个忙。我可不是娱乐专员。让这事见鬼去吧,伙计。"他瞥了一眼看上去很痛苦的祖德,往出口走去。

"喂,混账!"迪恩要去追离开的瘾君子,"别——"

"别浪费你的精力,"利凡抓住迪恩的胳膊,"恐怕学生活动中心时不时地就会闹出这种事。"

"是你给我们预定了这场演出。我们他妈的为什么会来这儿?"

"因为学生活动中心给相对无名之辈付的钱相对优厚,相对可靠。所以我们来这儿。"

"但埃尔夫需要一架钢琴。我们怎么演?"

"我就知道,我们应该把哈蒙德琴装车。"格里夫说。

"既然你知道,无所不知的智者先生,"迪恩说,"当我说:'我们要把哈蒙德琴装车吗?'的时候,所有人都说:'不用了,利凡已经核实过两次了,那边肯定会有钢琴的。'当时你怎么不说出来?"

格里夫走到迪恩能用头撞到的地方。"如果说,有谁有权利生气的话,吵闹短裤先生,那一定是埃尔夫。你又没事。你有贝斯了。"

"这是已经打翻的牛奶,"埃尔夫说,"下次,我们把哈蒙德琴装车。利凡,我们现在怎么办?取消演出然后离开?"

"问题是,如果学生活动中心取消支票,我可不能真跟他们打官司。如果你们能演一个小时,钱就是我们的了。四十镑。五个人分。"

迪恩想起他的债务和他的存折。

"我们就当它是一次乐队排练,"贾斯珀说,"观众中又不会有任何媒体或评论家。"

"那我弹什么?"埃尔夫挠了挠她的脖子,"要是我有一把吉他,我起码可以唱几首民谣。"

吧台足球机那边爆发出一阵喧闹的欢呼声。

"抱歉插一句,"是祖德,她还没跟加斯离开,"不过我有一把吉他,可以借给你。如果你喜欢的话。"

埃尔夫核实了一下:"你把吉他带到这儿来了?"

祖德看起来有些羞怯:"我本想让你在吉他上签个名。"

雷还是没有出现,所以迪恩用大厅的电话亭往尚克斯家打电话——雷没有电话——看看他们是否离开了。无人接听。他们迟到了,遇到了交通堵塞,车爆胎了,忘记了……任何事都有可能。回到演出会场,长长的玻璃幕墙外面,夜幕已经降临。这地方必须供热才行。舞台上方挂着一套基本照明设备,但照明工作人员罢工了,所以暗淡的日光灯管一直亮着。"我知道有些停尸间比这里气氛更好。"迪恩说。格里夫对他的装备作了最后的调整。在另一侧,一间散发着潮湿和漂白剂气味的储藏室里,埃尔夫已经把祖德借给她的非电音吉他调好了音,正对着一面手镜补口红。"你哥哥有消息了吗?"

迪恩摇了摇头。"我们还是开始吧。"

"我想不会再有人来了。"祖德说。

"我们越早开始,"格里夫说,"就能越早回家。"

"祝你们好运。"利凡说。

"给我一张要打断的腿的清单①,我就能一一搞定。"迪恩嘟囔着。他们走上三级台阶,登上舞台。六七十人在附近松松垮垮地站成人堆。几个人在祖德的带领下鼓起掌来。迪恩走到麦克风前。这房间有百分之九十的空间空空荡荡。他忽然有些紧张。自从 2i 的表演之后,

---

① 前文利凡说的"祝你们好运"(break a leg),字面意思为"打断一条腿",故有此说。

他就没有再现场表演过,而且以前那些曲目都是迎合大众口味的节奏蓝调歌曲。今晚的曲目都是他们自己的歌:迪恩的《放弃希望》和他在波将金时代的《肮脏的河流》;贾斯珀未经测试的《暗房》和器乐曲《天蓝色的灯》;埃尔夫的《木筏与河流》,本是为钢琴而写,却要在没有钢琴的情况下演奏,加上《宝丽来眼睛》和几首更偏重民谣风的歌。"好了,"迪恩说,"我们——"扬声器发出啸叫,把观众吓了一跳。所以才要做音响检查。迪恩摆弄着麦克风,把它前移一英尺。"我们是乌托邦大道乐队。我们的第一首歌是《放弃希望》。"

"我们已经放弃了,伙计!"吧台里一个爱打趣的人喊道。

迪恩朝着正确的方向弹了个温和亲切的V,引发了几声让人满意的"喔哦!"。迪恩与贾斯珀、埃尔夫和格里夫目光接触。格里夫拿出他那瓶金标,喝了一大口。"等你准备好了。"迪恩说。格里夫朝他晃了一下中指。"一,"迪恩说,"二,一,二,三——"

格里夫把摇摇欲坠的《放弃希望》的结尾部分埋在岩石崩落般的鼓声之下在帕维尔的俱乐部,从未听起来这么烂,迪恩心想。稀稀拉拉的掌声也比他们应得的要多。迪恩走过去对格里夫说:"你打得太他妈快了。"

"你弹得太他妈慢了。"

迪恩嫌恶地移开了目光。埃尔夫弹得毫无意义,她的和声也不在调上。贾斯帕的独奏没有燃起来。他给出的不是三分钟的焰火表演,而是一分钟的哑炮表演,没有任何效果。至于唱错了第三段的歌词,那些喑哑、颤抖、漏弹的音符,迪恩不能责怪任何人,只怪他自己。直到今晚,他还以为《放弃希望》是他写的最好的歌。是我在自欺欺人吗?他把埃尔夫和贾斯珀拉进一场紧急会议,利凡也加入了。"刚才很烂。"

利凡说:"哦,我不认为全都——"

"如果我们尝试不带钢琴的《暗房》,"迪恩说,"它会完蛋的。"

"《旭日之屋》?"贾斯珀提议。

迪恩不为所动。"没有风琴?"

"这是一首古老的美国民歌,"埃尔夫指出,"它起码比动物乐队早六十年。"

迪恩不知道自己还能忍受她多久。

"是我们把你们这些人给拦住了吗?"吧台里那个爱打趣的人喊道。

"那你想弹什么?"埃尔夫问。

迪恩发现他不知道。"那就弹《旭日之屋》。"

"等我们赢得他们的支持,"贾斯珀说,"我们再弹一首原创作品。"

迪恩走到格里夫面前,他又开了一瓶金标酒。"忘掉曲目清单吧,下面是《旭日之屋》。"

"是,长官,不,长官,都听你的,长官。"

"就他妈弹吧。"

贾斯珀走到麦克风前。"下面一首歌讲的是新奥尔良的一所声名狼藉的房子,在那里——"

"在新奥尔良……有……一所房子……"吧台那儿的球员们开始了他们的比赛,自从他们来这儿就没有停止过比赛。

"以前从没听过这首。"吧台里那个爱打趣的家伙叫道。

直到刚才,迪恩一直认为《旭日之屋》是一首坚不可摧的歌,但乌托邦大道证明他错了。贾斯珀的歌声听起来呆滞,雅致而又烦人。埃尔夫的和声在这首讲男性懊悔的歌里是一种干扰。迪恩走得离音箱太远,他那把破吉他的插头自己从破音箱上拔了下来。他手忙脚乱地回去重新接上时,观众笑了。贾斯珀没有替他打掩护,而是在没有贝斯支撑的情况下唱起了第二段。格里夫打得很笨重，迪恩怀疑他是故意在说"去你的"，因为在演奏《放弃希望》的时候，自己竟敢说他打得太快。观众当中没有人跳舞。甚至摇晃肢体。他们只是站在那儿，他们的肢体语言在说，这是狗屎。一群人突然离去。贾斯珀的独奏又失败了。如果他在 2i 的时候就这么没用，迪恩心想，我是不会加入这支乐队的。吧台那边的旋转门一直在转。我们正在清空这片场地。迪恩加入了第三段，希望贾斯珀能领会这个暗示，放弃。他没有。他在没有鼓和贝斯的情况下，弹拨演奏了最后四小节，就像埃里克·伯顿（Eric Burton）在动物乐队的版本中的前奏那样，但这只是凸显了整场表演有多糟糕。一点表演技巧也没有，迪恩心想。没希望了。

演奏到最后一行，啸叫声从音箱传出。不是像吉米·亨德里克斯（Jimi Hendrix）那样酷，而是像乡村庆典时喇叭出问题那样糟。有人喊道："这下听得更清楚了！"迪恩只能表示同意。他看着利凡，利凡抄着双臂站在那儿，望着越来越少的观众。

他们聚在架子鼓周围。"很烂。"格里夫说。

"如果你问我的话，'很烂'说得太客气了。"迪恩说。

"接下来演奏什么？"埃尔夫问，"《木筏与河流》没有了钢琴，会下沉得无影无踪。"

"那电声的《反正风在吹》（Any Way the Wind Blows）怎么样？"利凡提议，"你们在 Z 俱乐部演奏过几次。"

"我们只是在闹着玩。"迪恩说，他觉得埃尔夫的这首标志性歌曲不需要鼓点，就像信天翁不需要螺旋桨一样。

格里夫说："在这个节骨眼上，我们已经没有什么可失去的了。"

到目前为止，《反正风在吹》是最不差的。格里夫的节奏一直慢于埃尔夫的录音室版本,贾斯珀给每一句都增添了光彩。迪恩终于和格里夫对上了节拍,他们保持住了同步。麦克风几乎没有采集到埃尔夫弹的吉他,但观众只剩二十人了。祖德还在,她双手紧握。她对他微笑,迪恩试着回以微笑。后面的门打开了。六七个人闯了进来,迪恩心想,麻烦来了。他们穿得更像混混而不是学生。酒保叉着胳膊。一声大喊——"我说了,**五杯他妈的啤酒!**"——盖过了音乐声,剩下的观众扭头去看。乐队继续演奏。迪恩希望有人报告了骑警,而布莱顿理工学院的骑警可不是什么气喘吁吁的门房。迪恩听到更多的喊声:"是吗?既然你不为我们服务,我来!"吧台那边有一群人离开了。就连玩酒吧足球的人也停下,匆匆离去了。混混们自己动手,喝起啤酒来。这应该会让警察介入,但迪恩怀疑,他们可能不会很快赶到。乐队演奏到了歌曲的结尾,但只有祖德和其余几人鼓掌。当混混们拿着啤酒走近舞台时,其他人就消失了。他们的头头有着公牛的脖子,老鼠的牙齿和鲨鱼的眼睛。他指了指埃尔夫:"她什么时候露乳?"

"这不是那种演出。"埃尔夫说。

"顾客永远是对的,亲爱的。"鲨鱼眼说,"小伙子们?"他们一伙人怀着苯丙胺上头的混混们的恶意,手挽手地表演起了康康舞。他们来到距离舞台只有几步远的地方,康康舞就像开始时一样突然地停止了。

"那就演奏点什么吧。"一个穿着英国国旗夹克的混混说。

另一个警告说:"别扯你们那些嬉皮士狗屁。"

利凡走到舞台前面。"伙计们,我们演奏我们的曲目。如果你不喜欢这种音乐,门就在后面。"

鲨鱼眼露出故作惊讶的扭曲表情。"美国佬?天啊。你在这儿干啥?"

"加拿大人,"利凡说,"我管理这个乐队,所以——"

"如果它看起来像基佬，"鲨鱼眼朝地板上啐了一口，"穿得像基佬，叫起来像基佬……"

"你们不会喜欢我们的音乐的，"贾斯珀说，"你们还是走吧。"

"'你们还是走吧'！"国旗夹克模仿道，"你这狗东西！你是谁？小公子方特洛伊勋爵吗？"

"喂！"格里夫站了起来，"我们他妈的**在工作**。"

格里夫穿着马甲，一头野蛮人的乱发，看起来足够疯狂，足以形成威胁——但对鲨鱼眼还不够，他笑了起来："一个美国佬纨绔，一个嬉皮蠢妞，还有一个约克郡雪人！就像一个他妈的笑话的头一句。你又是啥货色？"他指着迪恩，"要饭的小妖精？"

他身体另一侧，一只手臂挥动着，一个东西朝迪恩旋转着飞了过去。迪恩矮身躲过，格里夫捂着脑袋踉跄后退，倒在他的鼓上。铙钹撞响，就像一句妙语。英国国旗外套喊道："一百八十分！"仿佛他是飞镖记分员。

混混们又笑又叫，但格里夫没有站起来。利凡和埃尔夫跑了过去。迪恩注视着伤痕。格里夫脸上有道可怕的伤口，向外渗血。是锯齿形的瓶口，迪恩心想，还是他的架子鼓边缘造成的……

"格里夫？"利凡说。他的衬衫上有血。"格里夫！"

格里夫咕哝道："让我拿我的……收拾这帮浑蛋……"

利凡在吧台前咆哮道："酒保！救护车！快！急救！他的眼珠有一半掉出来了！"迪恩不认为有一只眼睛掉出来了，但混混们并不知道。

酒保手里拿着电话，大喊回应道："我给门房打了电话！他在叫警察和救护车！"

迪恩对围观者喊道："记住他们的长相！"他指着那些混混，他们脸上的傻笑正在褪去。"警察需要目击证人的证词。你们这些浑蛋知道这是什么吗？"他指着格里夫。"头部重伤，要坐五年的牢！"

一道光闪过。是祖德在用相机拍照。

闪光灯再次熄灭。混混们后退了一步，再后退一步，鲨鱼眼除外，他朝祖德走去，咆哮着："把那该死的相机给我！"迪恩扔下他的芬达，从舞台上跳了下来。现在鲨鱼眼正在和祖德争抢她的相机。他吼道：**"把这给我，你这婊子！"** 这是一场一边倒的战斗，直到迪恩从旁观者手中夺过一瓶棕色麦芽酒，用尽全力砸在鲨鱼眼头上。迪恩觉得有什么东西裂开了。鲨鱼眼松开了照相机，转过身来，迷迷糊糊地看着攻击他的人。见鬼，迪恩心想，我是那个要去坐五年牢的人吗？令迪恩松了一口气的是，鲨鱼眼那伙人把他们的头目从犯罪现场急匆匆地带走了。

牛毛细雨给学生活动中心的停车场裹上了一层外衣，每个人置身其中，都感到凉爽，潮湿。多数目击者已经离去。混混们也消失在夜色中。"你朋友的伤势也许只是看似严重，实际不然，"救护车上的急救人员说的是格里夫，"但我猜，值班护士会想让他周末留院观察的。他会照 X 光，需要缝针，头部受伤有脑震荡的风险。总的来说，你朋友没丢一只眼睛，算他走运。"

"我开车跟你去医院。"利凡说。

"我跟你一起去。"埃尔夫说。

"没有必要。"利凡说。

埃尔夫没理这茬。"迪恩可以把野兽开回去，而且……"迪恩猜想她忍着没说："贾斯珀对谁都没有多大用处。""我跟你一起去。"

迪恩问救护人员："我们能和格里夫告别吗？"

"要快，别指望能有充满活力的对话。"

"他是鼓手。"迪恩说。他绕到车后，走进清洁的奶油色后车厢，格里夫正坐在小手推车上。他半边脸缠着绷带。他看着迪恩。"哦，伙计。是你。我已经死了，下了地狱。"

"往好的方面想,"迪恩说,"如果那道疤变得好看了,你就可以一辈子演恐怖电影了。"

"你感觉怎么样?"埃尔夫握住他的手,"可怜的家伙。"

"在赫尔,被酒瓶砸是一项轻松的娱乐,"格里夫说,"谁在照看我那套鼓?我信不过那些学生。"

"在野兽里面,"贾斯珀说,"我们会把它放在我的公寓里。"

"如果你挂了,"迪恩说,"我们就把它卖给接替你的人。"

"但愿你有这份运气,能找到一个让你跟上节奏的鼓手。"

"对不起。"他们身后有个女孩的声音。迪恩转过身来,看到祖德在救护车门那儿犹豫着。"我可不可以……?"

"上来吧。"利凡说。

"抱歉突然过来。我只是……为你们感到难过。"

"学生活动中心是应该道歉,"埃尔夫说,"但你没什么好道歉的。"

"你们的音乐太棒了。"祖德把她垂落的一缕头发塞到耳后,"直到你们被粗暴地打断。"

"真希望我也能同意,"迪恩说,"不过谢谢你。"

"你们还会回来演完吗?"祖德问。

乐队成员看了看彼此。"除非我们拿到了血汗钱,"迪恩说。利凡嘘了口气。"我们会等格里夫完全康复,再计划下一步行动。"

祖德瞥了一眼迪恩。"那我想,应该说再见了……"

A23公路的反光路标一一消失在大弧度腾跃的野兽下方。你有时能看到它们,有时看不到。音箱、鼓、吉他,在车身后面来回移动着。我们四个人开车过去,迪恩心想,只有我们两个人开车回来。贾斯珀又缩回到贾斯珀的躯壳内了。又或许他睡着了。有什么差别吗?迪恩希望野兽的收音机还好用。他心念电转。谢天谢地,雷没有来看这场狗屁表演。尚克斯、雷他们那些人会把那帮混混打退，但乌托邦大道灾难般的首演也会有可靠的目击者。假如我们不能在舞台上做到，那么排练时听起来不错，就算不了什么。一支乐队只有在相信它是一支乐队的时候，才算是一支乐队，迪恩不确定他、贾斯珀、埃尔夫和格里夫算不算是一支乐队。到了关键时刻，他们并没有配合默契。他和格里夫有种工人阶级的共鸣，但贾斯珀来自另一个星球。优雅怪胎星球。迪恩和贾斯珀一起住了八个星期，但他还是不怎么了解他。埃尔夫认为迪恩是个大老粗。她怎么会不这么认为呢？她最过激的脏话是"该死"。如果她在演艺圈的冒险出了问题，她的父母会帮她摆脱困境。她的生活有一张兜底的安全网。就连格里夫也有一张安全网。

"我可没有。"迪恩小声说。

"你刚才说了什么吗？"贾斯珀问。

"没有。"

野兽驶入一条隧道，里面有若干条主干线和支线。

一只死掉的雉鸡在公路上留下一摊污痕。

我需要他们，胜过他们需要我，迪恩心想，贾斯珀明天就可以跳槽。伦敦的任何一支乐队都愿意要他。然后我就可以吻别我的梅菲尔区公寓了。格里夫有爵士乐巡演。埃尔夫可以回到自己的独奏事业里。利凡有月鲸音乐，还有丹麦街上的办公室，今晚之后，迪恩猜测，利凡还会认真地怀疑，自己是不是押错了宝。我有什么呢？乌托邦大道。迪恩的未来本应今晚起飞。

结果它在发射台上爆炸了。

支离破碎。

蒙娜丽莎唱布鲁斯

"我们一个小时前就决定了，"埃尔夫呻吟道，"第三遍最好。"

"第六遍更准确，"利凡通过控制室的对讲电话说，"迪恩把那个下行音阶弹错了。"

"这是好事，"埃尔夫坚持说，"正好在贾斯珀唱出'破碎'这个词的时候。这是那种幸运的意外——"

"在第六遍时，贾斯珀总体上唱得也更好，"利凡说，"格里夫打得也更'嘀嗒嘀嗒'。"

"如果你想要'嘀嗒嘀嗒'，"埃尔夫说，"找个穿着背心、身材壮硕、毛发旺盛的节拍器，坐在角落里，录下来就行。"

"如果这个身材壮硕、毛发旺盛的节拍器能插句话，"格里夫躺在松软的沙发上，他那道愤怒的新伤疤划过了左太阳穴，"莫瑟的贝斯渗透到我的小军鼓里了。我们可以装上滤波效果器，录第七遍吗？"

"我是故意把滤波效果器留在外面的，""蘑菇棚"录音棚自己的工程师迪热说，"就像滚石乐队。他们就故意让它渗透进去。"

"所以呢？"迪恩坐在音箱上，挖着鼻孔，不在乎有谁看见，"我们又不是滚石乐队的克隆乐队。"

"伙计们，对滚石乐队借鉴一二，不会把你们变成克隆乐队的，"月鲸公司的合伙人豪伊·斯托克说，他晒成古铜肤色，牙齿做了美白，看上去像个花花公子，"滚石乐队是一座金矿。"

"他们是金矿，因为他们找到了自己的声音，豪伊，"迪恩回答，"而不是他妈的鹦鹉学舌。"

"切斯唱片公司可没有人会同意，滚石乐队不是鹦鹉学舌。"格里夫吐出一个烟圈。

"这些都不是重点！"埃尔夫感到自己被困在了循环往复的噩梦中，"难道我们就不能——"

"不是，不过，伙计们，我有个主意。"豪伊·斯托克用上下挥手强调着自己的话，"去掉那句歌词'来到暗房，谎言在那里变成了真相'，换成'莎—啦—啦—啦—嗒，莎—啦—啦—啦—啦—吧'。上周我和菲尔·斯佩克特（Phil Spector）共进晚餐，他说莎啦啦正在卷土重来。"

"绝对是个好想法，豪伊。"利凡说。

先开枪打死我吧，埃尔夫心想。"迪恩，这是你弹的贝斯。选第三遍还是第六遍。你选一个。把我们从痛苦境地解救出来吧。"

"我听了太多遍，耳朵都罢工了。"

"所以上帝才创造了制作人，"利凡说，"迪热、豪伊和我都同意，第六遍最棒。"

"我们本来都同意用第三遍的，"埃尔夫尽量不让自己喊出来，因为那样她就会变成歇斯底里的女人，"直到你——"

"第三遍一度领先，"利凡解释说，"但第六遍强势反超，率先到达终点。"

愿上帝给我力量。"不恰当的比喻并不是成功的论点。贾斯珀。用第三遍还是第六遍？这是你的歌。"

贾斯珀从人声录音亭往外看。"都不好。我的声音听起来就像迪伦感冒了。我想重录一遍柔声哼唱的。"

"菲尔·斯佩克特有句话说得好，"豪伊·斯托克说，"不要让优秀成为最好的敌人。他是对的还是对的？"

"我要说这真是个合理的建议，豪伊。"利凡说。

你这个舔屁股、乱用双关语的家伙，埃尔夫心想。"如果我们有一周的时间，我会同意尝试五百种方法。但我们只有……"时钟显示着上午8：31。"……四小时二十九分钟来录两首歌，因为我们在这首歌上花了太多的时间。"

"《暗房》在A面，"利凡说，"这首歌将会在上百万收音机里播放。它必须完美。"

"难道我们不应该先听听我和迪恩的歌怎么样，再决定哪首歌放在A面？"埃尔夫问，"否则的话——"

"不用，不过——"迪恩开口道，埃尔夫的大脑里有一根导火索炸了，她猛地一砸钢琴键盘，对录音棚里的人说："要是再有人跟我争执，我就把我的法菲萨塞进他的屁股。"

男人们一脸震惊，除了贾斯珀。然后他们交换了"啊哦，某人大姨妈来了"的眼神。

"霍洛韦小姐？"蘑菇棚的接待员戴尔德丽出现在门口，"你妹妹在接待处。她说你在等她。"

贝亚是上天派来救我，不让我杀人的，埃尔夫心想。"好吧。大家听好。随你们怎么处置这首见鬼的歌。我不在乎了。我要去焦孔达咖啡馆。我九点回来。"

"去吧，"他们的经理回答，"这对你有好处。"

"我不是在申请批准，利凡。"埃尔夫拿起外套和包，头也不回地走了。

外面接待处那儿，新鲜的空气从丹麦街飘进来。贝亚正在看蘑菇棚的照片墙，上面是蘑菇棚的知名客户。埃尔夫很欣赏妹妹男孩般的新发型，紫罗兰色的贝雷帽，淡紫色的夹克和及膝长靴。指甲和唇膏是相配的李子色。"小妹。瞧瞧你呀。"

姐妹两人拥抱在一起。"我是不是太过了？我的目标是玛丽·匡特①，但现在恐怕我已经变成了玛丽·匡特的反面了。"

"如果我是评委，我会仅凭你的着装天赋就给你一个位置。"

"你那是偏心，"贝亚指着一张保罗·麦卡特尼的照片。"如果我在这里待得足够久，保罗会不会乘着一阵风飘进来呢？"

"恐怕不会，"戴尔德丽从桌子上抬起头来，"当时那是三月。艾比路上的录音棚那天晚上都订满了。那是难得一遇的情况。"

"我们去吃早饭吧，"埃尔夫说，"干掉一个培根三明治，总比干掉一个制作人好。"

豪伊从录音室门口出现，往上提了提他的裤子。"我的天哪。这位可爱的年轻女士是谁？"

"我的妹妹，贝亚。"埃尔夫说，"贝亚，这位是斯托克先生，他——"

"创办了月鲸。"豪伊用双手握住贝亚的手，"不过我还插手了好些别的派。"

贝亚抽出她的手。"那你肯定很不容易②。"

豪伊的笑容转换成了远光灯模式。"在人生的大冒险中，你处在什么位置呢，贝亚？"

"快要念完六年级，争取进戏剧学校。"

"好。我总说，美人有责任被尽可能广泛的观众看到。你想演电影吗？"

戴尔德丽砰的一声把她的打字机托架调了回去。

"从长远来说，有可能。"贝亚说。

---

① 玛丽·匡特（1934— ），英国时装设计师，被称为迷你裙之母。
② 此处的 sticky 是双关语，本意是"黏腻"。

"你这么说真有意思,"豪伊说,"我的老朋友本尼·克洛普是环球影业的重要人物,他委托我在伦敦旅居期间留意寻找英国玫瑰。你呢,贝亚——我可以叫你贝亚,对吧?——就是这样一朵花。你有头部特写吗?"

贝亚皱起眉头。"我有什么?"

"一张你的——豪伊在贝亚的胸部周围比了个相框——头部照片。本尼正在为一部关于卡利古拉皇帝的电影选角。你穿托加袍会很—美—的。"

"我受宠若惊,"贝亚说,"可我连戏剧学校都还没进呢。我明天要参加 A 级考试。"

"在演艺圈建立人脉从不嫌早。我说得对吗,埃尔夫?"

"只要它们是真诚的。鲨鱼、奸诈者和卑鄙小人也在这片水域出没。我说错了吗,豪伊?"

"你姐姐,"豪伊对贝亚说,"在她年轻坚实的肩膀上有一个老化的头脑。你知道玛莎葡萄园吗?"

"不知道,"贝亚表示,"是你插手的派之一吗?"

"玛莎葡萄园岛是马萨诸塞州的一个度假胜地。我在那里有家。私人海滩、私人码头、私人游艇。杜鲁门·卡波特是我的邻居。我有个美妙的想法。当乌托邦大道飞过来征服美国的时候——"豪伊像印度人说"向你致礼"一样双手合十——"你也来,在玛莎葡萄园做我的客人。你会见到本尼·克洛普。百老汇的风云人物。菲尔·斯佩克特。豪伊舔了舔嘴角。"你的人生将会改变,贝亚。相信我。相信自己的直觉。关于我这个人,你的直觉告诉了你什么?此时此刻?"

"去找把生锈的勺子,把自己阉了吧,你这个下流的变态,这是我脑海里冒出来的话,"她们穿过丹麦街时,贝亚朝两边看了看,"但后来我想，这是我姐姐的老板……所以我就没开口。"

"从技术上讲，"埃尔夫说，"他是利凡的老板，不过你说得对，他还是可以把我们开掉。所以谢谢你了。"

一个骑自行车的快递员闪过。贝亚问："爸爸的律师朋友还在检查那些合同，对吧？"

"对。希望他能胜任这项工作。没有被坑骗过的音乐家，我用手都能数过来。"

"号外，号外！"一个嗓门粗哑的报贩在小报亭里大声喊道，"哈罗德·威尔逊①被发现死在棺材里，一根木桩穿过了他的心脏！号外，号外！"

贝亚和埃尔夫停下了脚步。她们俩都看着报贩，报贩告诉她们："我想看看，有没有人在听。倾听是一门即将消亡的艺术。我是说，看看所有这些人吧。"

在五月的阳光下，人们沿着丹麦街匆匆前行。

"也许他们听到了，"埃尔夫说，"但他们心里在想，好吧，又是一个苏豪区的怪人。"

"不，"报贩说，"人们只能听到他们想要听到的。像你们俩这样的耳朵，百中无一。"

三名男青年正要离开焦孔达咖啡馆，他们让到一旁，让姐妹俩通过，也仔细打量了一番贝亚。从他们破旧的画夹和衣服，埃尔夫猜测，他们是圣马丁艺术学院的学生，学院位于查令十字路，距此一分钟的路程。贝亚脚步轻盈地走过，好像小伙子们并不存在，他们鱼贯走出了咖啡馆。

---

① 哈罗德·威尔逊（1916—1995），英国政治家，后曾任首相。报贩的说法系子虚乌有。

埃尔夫问："你想要点儿什么？"

"只要一杯咖啡。加奶，不加糖。"

"这可不是一顿像样的早餐。"埃尔夫说。

"我出门前吃了半个葡萄柚。"

"哪怕我这么说，有可能听起来像爸爸，"埃尔夫说，"但要试演，只吃半个葡萄柚够吗？我给你拿个烤饼。"

"不，真的。其实我心里七上八下的。"

"如果你确定的话。"埃尔夫从焦孔达咖啡馆女老板比格斯太太那儿点了一份培根三明治和两杯咖啡，比格斯太太透过一个小窗口，将这份订单转达给一名奴隶厨工。姐妹俩坐在靠窗的位子上。"试演时你选了什么独角戏？"

"《亨利六世》第一部里的圣女贞德。至于我的歌嘛，是一首悦耳的小曲《反正风在吹》，由英国女歌手埃尔夫·霍洛韦创作。我没有征得许可。她会介意吗？"

"我得说，霍洛韦小姐——我刚好对她略有几分了解——会很高兴。为什么选这首？"

"它没有伴奏，就很动听，还因为你写这首歌的时候，我刚好就在楼上——我有可能会把这件事透露给评委，因为我是个不知羞耻、借名人抬高自己身价的人。厕所在哪儿？"

"下台阶，就在那幅《蒙娜丽莎》画像下面。要当心。有点像是地心之旅……"

奇想乐队的《滑铁卢日落》（Waterloo Sunset）从收音机里传来。埃尔夫望着窗外的丹麦街。数百人从此路过。现实在记录自身的同时，也在抹去自身，埃尔夫心想，时间是伟大的遗忘者。她从手提包里拿出笔记本，写道："记忆是不可靠的……艺术是公之于众的记忆。"从长远来看，时间才是赢家。书籍化为尘土，底片腐烂，唱片被磨损，文明被毁灭。但只要艺术还存在，人们认为值得保存的一首歌、一种观点、一种思想或一种感觉，就会被保存下来，始终都可以与人分享。其他人也许会说："我也有同感。"

在路对面一个砖砌的门口，在伯克郡长袜的海报下，一对情侣正在接吻。埃尔夫的视线，门口的深度，还有行人的步履匆匆，很可能只有埃尔夫一个人能看到这对情侣。他们把额头抵在一起交谈。安排、甜言蜜语、承诺、道别……他相貌平平，但她的身体犹如春潮初至，埃尔夫判定。她的姿态，她的衣服，她的顽皮，她长及脖颈的深色头发，还有最重要的是，她那狂野而扭曲的笑容。

你在窥视。埃尔夫在手提包里摸索着她那盒骆驼牌香烟，找出打火机，然后点上了。我没有窥视，我只是看看。埃尔夫想起上个一月，她在97路公交车上，车驶过克伦威尔路时听到的声音。

克伦威尔路101号的门铃像报丧女妖一样尖叫。音乐悸动着。"听起来就像派对开始了。"布鲁斯说。那天，他们刚从剑桥旅行回来，埃尔夫宁愿待在自己的公寓里，但沃齐特是布鲁斯最老的朋友，他来自墨尔本，刚刚抵达伦敦，所以布鲁斯要去看望他，埃尔夫担心如果她不去，布鲁斯可能不回来过夜，直到第二天早上才回，满嘴都是容易让人相信、关于他昨晚在哪过夜的谎言。101号大楼的门被一个身材瘦长的男人打开了，他穿着一件桃红色的阿富汗大衣，戴着珠子，留着凌乱的胡须。"布鲁斯·弗莱彻！快进来，外面冷死了！"

"沃齐特！你他妈怎么样？"

"还活着。还好。伊兹拉岛就像天堂。你不能不去。"

"天哪，我很愿意去。不过，我现在被困在这里了。"

"这位，"沃齐特转向埃尔夫，"一定是……呃……"

布鲁斯接话。"唯一的、绝无仅有的，埃尔夫·霍洛韦。"

埃尔夫握了握他瘦骨嶙峋的手。"布鲁斯跟我说过很多关于你的事。"

"在伦敦所有出色的澳大利亚男人里,"沃齐特露齿一笑,"为什么选择这个无耻的恶棍呢?"

"性感的魅力,"布鲁斯说,"天才。我巨大的财富。"

"肯定是因为这个。"埃尔夫说,是她支付了所有的账单和费用。

沃齐特带他们走过一条走廊,经过一幅大象的壁画,角落里的一尊玉佛,挂在楼梯间的一面"唵①"的经幡。发明之母乐队(The Mothers of Invention)的专辑《迷幻状态》(Freak Out!)透过一片弥漫着大麻、小扁豆和熏香的沼泽臭气传出轰响。在长长的休息室里,三四十人在聊天,喝酒,抽烟,跳舞,大笑。"嗨,各位,"沃齐特宣布,"这是布鲁斯和他的好姑娘埃尔夫。"响起一阵小合唱般的问候声:"嗨,布鲁斯!""嗨,埃尔夫!"有人给了埃尔夫一杯啤酒。她抿了几口。一个外表时尚、穿金戴银、涂着眼影的女人突然冒出来:"埃尔夫,我是瓦妮莎。我非常喜欢你的唱片。"这个人是伦敦周边的。"《牧羊人的曲柄杖》征服了我。我做过一点模特工作,有一次我参加过迈克·安格尔西在切尔西区照相馆举办的圣诞派对,其间迈克放了你的迷你专辑,他对我们说,"瓦妮莎模仿着上流女孩的伦敦腔,"'好好听听这个!'……哇噢。"

"谢谢,瓦妮莎,"布鲁斯说,"我们为它感到骄傲。"

有人拍了拍埃尔夫的肩膀。她转过身来,看到马克·博兰(Marc Bolan)像狗一样的大眼睛。"你最近躲到哪儿去了,金发姑娘?"

"马克!布鲁斯和我最近——"

"我听了迷你专辑《牧羊人的曲柄杖》。"马克涂了睫毛膏,穿着皮夹克,戴着打结的围巾。"有很多值得欣赏的地方。说真的,那些

---

① 印度教中最神圣的字眼和咒语。

最好的歌让我想起了我的新作。我这些新歌跟你的唱片公司完美匹配。值得出一张专辑，真的。我应该找谁谈？"

"托比·格林。不过这只是一个小——"

"托比·格林。明白。等他听到我的想法，他会射一裤子的：在《魔戒之护戒使者》中，给每个伙伴都唱一首歌——有一首间奏曲是给咕噜的，高潮是给至尊魔戒本身的。"

埃尔夫猜测，她应该表现出受到震撼的样子。她环顾四周，想找布鲁斯帮忙理清头绪，但他消失了。瓦妮莎也不见了。

马克·博兰问："你读过《魔戒》吧？"

"布鲁斯把第一卷借给了我，不过说实话——"

"我总是告诉姑娘们：'如果你们想理解我，就马上读《魔戒》。'就是这么简单。"

埃尔夫希望她有勇气说："那样的话，我会拿它当瘟疫一样，唯恐避之不及。"她说："祝你的歌好运。"

他吻了一下他的食指，把它戳在埃尔夫的眉心。"我会告诉托比·格林，是你让我来的。"

埃尔夫挤出一个笑脸，但其实她想洗脸。"布鲁斯也在附近。他也想和你谈谈……"

布鲁斯无处可寻。人群变得越发密集。空气变得越来越烟雾弥漫。巴特菲尔德蓝调乐队（The Butterfield Blues Band）正在演奏。半小时过去了。埃尔夫躲开了一个不喜欢民谣的人，他指责埃尔夫在的迷你专辑《橡树、白蜡树和荆棘》里，玷污了一七六五年版的《帕特里克·斯彭斯爵士》（Sir Patrick Spens）的纯粹。布鲁斯重新出现。"袋熊，让我带你离开所有这一切。"

"你刚才去哪儿了？我刚刚陷入了窘境——"

"真正的派对在沃齐特的房间里。来吧。"布鲁斯低声说，"所有人都在等着。"

"听着,我不确定我是否真有心情——"

"相信我,"布鲁斯像同谋似的,对她眨了眨眼睛,"接下来的几个小时有可能会改变你的人生。"他领着她穿过人群,爬上台阶,爬上更陡的台阶,经过拥吻者,又爬上更陡的台阶,来到一扇紫色的门前。他按某种节奏敲了敲门。门闩打开了。

"啊哈。"沃齐特开了门,"抱歉搞得这么隐秘——"他在他们身后重新闩上了门——"但如果消息传出去,民众会把我的门踹翻。"沃齐特的房间里点着一盏三脚架上的纸灯。它的光束就像灯塔的光一样旋转着,照出发黄的墙壁,涂成紫色和黄色的地板,还有一个用木板封住的壁炉。黑色郁金香插在黑色的花瓶里。窗户展现出肯辛顿南区的夜景:烟囱帽、电视天线和排水沟。六个人或坐或躺在豆袋沙发、矮床和靠垫上。之前那个瓦妮莎说:"我们还以为找不到你了呢。你认识席德吧?"平克·弗洛伊德乐队的歌手席德·巴雷特随意拨弄着吉他,反复唱着:"你已经明白了吗?"他似乎没有注意到埃尔夫。一个留着帝王式胡须、穿着玫瑰印花衬衫、脑门闪亮的男人作了自我介绍。"阿尔·金斯堡。很高兴认识你,埃尔夫。比尔·格雷厄姆[①]会很爱它的。"他举起弗莱彻与霍洛韦的《牧羊人的曲柄杖》迷你专辑。

"诗人艾伦·金斯堡?"埃尔夫问了布鲁斯。"那个艾伦·金斯堡?布鲁斯一副"我跟你说什么来着"的表情。

"不要相信你读到的关于我的一切。"艾伦·金斯堡说,"大部分都不是真的。我朋友比尔碰巧拥有菲尔莫尔礼堂。你听说过菲尔莫尔吧?"

"当然。它是旧金山绝无仅有的音乐演出场地。"

[①] 比尔·格雷厄姆(1931—1991),德裔美国演员,摇滚乐倡导者。

"你刚好很适合那里，"金斯堡说，"你比很多演出更有民谣味，但你不仅仅是民谣。"

"我们很愿意马上过去，"布鲁斯说，"如果格雷厄姆先生能帮我们安排航班的话。对吗，埃尔夫？"

埃尔夫惊呆了，不知所措，只顾点头。"当然。"

"我是阿芙拉·布思。"穿牛仔布西装的女人靠着远处那面墙坐着。"这个无赖——"她指了指那个把蓬松爆炸头靠在她大腿上、懒洋洋地举着一只手的家伙——"是米克·法伦（Mick Farren）[1]。"阿芙拉·布思也是澳大利亚人。"我对'感知之门'这件事持怀疑态度，但本着科学探索的精神，我愿意体验我所怀疑的东西。"

这对埃尔夫来说没有多大意义，但阿芙拉·布思的那副姿态促使她说："当然。"

席德·巴雷特把吉他调得走了音，嘴里还在唱着："你已经明白了吗？"这一轮用的是恶魔般的低沉嗓音。

"那，埃尔夫。"沃齐特指着一架子饮料说，"你的火箭燃料是什么？白兰地？一块方糖？"

"恕我直言，不过只来一瓶可乐就可以了。"

"如果你古板[2]的话，"沃齐特说，"就不会在这里了。"

"埃尔夫坐我旁边吧。"瓦妮莎拍了拍身边的豆袋沙发，"尽管她的才华让我嫉妒得眼红。你弹钢琴和吉他？这难道不是在炫耀吗？"

埃尔夫坐进豆袋沙发，想知道瓦妮莎是不是跟席德或者艾伦·金斯堡在一起。她远远超过沃齐特的层次。"我吉他弹得不算很好。布鲁斯管我叫'爪子'。"

"那我觉得布鲁斯太可恶了。"

---

[1] 米克·法伦（1943—2013），英国记者、作家、歌手。
[2] 此处系双关语，古板与"直言"系一个词（square）。

沃齐特给她拿来了可乐。"享受这段旅程①吧。"

埃尔夫猜测，这话是澳州英语。"谢谢。"她喝了一大口黑色的甜浆。

"你显然不是雏儿了。"阿芙拉·布思说。

埃尔夫猜测，这话是女性主义者的直率。"嗯……我想，你也不是。"

阿芙拉看起来很迷惑。"你没听见我之前说的话吗？"

"啊，埃尔夫。"布鲁斯露出顽皮男孩的笑容，"我和沃齐特提前给了你一份生日礼物。"

"哦？"埃尔夫环顾四周。没有礼物的迹象。

"十分钟前，我们都嗑了迷幻药，"她男朋友说，"但没有你，感觉不一样，所以……"

埃尔夫顺着他的目光看到了她的可乐，但她觉得，布鲁斯会在她的饮料里掺LSD，这是个荒谬的想法——直到沃齐特龇着牙咯咯笑起来。

"有时候，你需要有人稍微推你一把，袋熊。"布鲁斯说。

埃尔夫吓坏了，她放下了瓶子。震惊压倒了愤怒，但焦虑压倒了震惊：埃尔夫不想在这些陌生人面前陷入幻觉。她根本就不想陷入幻觉。布鲁斯和几个名"表兄弟"里的观众一起嗑过迷幻药，但埃尔夫并没有被大天使的故事，手指变阴茎或自我意识的泯灭所吸引。

"我没理会错吧？"阿芙拉问布鲁斯，"你在你女朋友的饮料里下了药，却没告诉她？"

"只要放松投入就好。"布鲁斯告诉埃尔夫。

埃尔夫忍着没有吼出来："你这个愚蠢的白痴，你怎么敢？"艾伦·金斯堡就在旁边看着，如果没能通过这场迷幻药的考验，可能就

---

① trip，指服用迷幻药之后的幻觉体验。

得跟神话般的菲尔莫尔演出吻别了。她看了看她那瓶可乐。她只喝了四分之一左右。

布鲁斯在豆袋沙发上面露不悦。"这是你的生日礼物。你可没有这么古板。"他告诉艾伦·金斯堡:"她没有。"

"你已经明白了吗?"悉德·巴雷特唱道,"你已经明白了吗?"

"没有一个真正独立的头脑,"艾伦·金斯堡说,"是古板的。如果埃尔夫没有心情,很可能是一次糟糕的幻觉体验。"

埃尔夫把可乐递给沃齐特。"明天早上,我再听听你们的冒险经历。"布鲁斯看起来闷闷不乐。埃尔夫问阿芙拉·布思:"照看好他,好吗?"

"当然不好。我看起来像他母亲吗?"

克伦威尔路上,夜晚拉下了细雨的帘幕。一辆97路公共汽车呻吟着驶向埃尔夫所在的车站。公共汽车的底层挤满了人,于是她上到顶层,坐到靠前的最后一个空着的双人座上。她把头靠在车窗上,从不同角度重播着沃齐特的房间里的那一幕。她刚才是不是拒绝了去旧金山的迷幻药黄金机票?她在成人礼上表现失败了?她是不是一个太过恐惧,不敢逃离心灵牢笼的囚徒?公共汽车在自然科学博物馆停了下来。一位看上去疲惫不堪的加勒比女人出现在台阶顶端,她在飞快做着每个女人在选座时都要做的盘算:我在哪儿最不容易被人打扰?埃尔夫心想,如果你既是黑人又是女性,这肯定非常棘手,所以她朝身边的座位点头,像姐妹般地示意对方"过来坐吧"。那女人在座位上坐了下来,也默不作声地点了点头。不到一分钟,她就睡着了。埃尔夫从侧面打量着她。她和埃尔夫差不多大,皮肤更光滑,嘴唇更丰满,更厚重的卷发从头巾里露出来。在护士制服的衣领后面,她的锁骨上挂着一个银十字架……

"埃尔夫·霍洛韦是个女同性恋。"伊莫金说。

埃尔夫一动不动地坐着。伊莫金在一百四十英里开外的马尔文，她可没有坐上肯辛顿南区的这辆97路公共汽车。

"女同性恋，"伊莫金的声音重复道，"女同性恋，女同性恋，女同性恋。"

埃尔夫不是疯了，就是幻想出了她的声音。

"你和男孩睡觉，来隐藏自己的本性，"伊莫金的声音说，"你愚弄了你的朋友，你愚弄了我们的父母，你愚弄了贝亚，你多少愚弄了你自己——但你愚弄不了我。我是你姐姐。我知道你什么时候撒谎。我一直都知道。你在想心事的时候，我就知道你在想些什么。布鲁斯是幌子。不是吗，女同性恋阁下？"

埃尔夫闭上眼睛，告诉自己这是掺了迷幻药的可口可乐造成的。伊莫金并不在这儿。她没有发疯。真正发疯的人不会怀疑自己有没有疯。

"胡说，"伊莫金的声音说，"我注意到你没有否认你是女同性恋。不是吗，女同性恋阁下？"

温顺地坐着，假装什么都没有错，什么都不奇怪，这本身就是错误和奇怪的，但埃尔夫不知道还能做什么。出租车会更快地把她送回家，但如果没有出租车，她可能会从寒冷的海德公园开始徒步行走。她可能会想象自己是一条离开水的鱼，然后跳进公园里的小湖淹死。

"摆脱了那些垃圾，真是太好了。你肥胖。你的歌很蠢。你看起来像个戴假发的男人。你是一个失败者。你的音乐是个笑话。贝亚跟你说话只是出于同情……"

"天哪，关于厕所你说得对。"此时此地，在埃尔夫蜷缩在公寓里的毯子下面，等待内心那个伊莫金平静下来之后的一百个夜晚过后，在四月里美好的一天，在焦孔达咖啡馆里，贝亚坐了下来。"真的是一次地心之旅。我听到岩浆冒着泡，浸透了瓷砖地面。"贝亚看到站在丹麦街对面门口的那对恋人，他们还在亲吻。"天哪，那两个人要憋不住了。"

"我知道。我不知道该看哪儿。"

"我知道。他是个壮男。我喜欢她的迷你裙。还记得妈妈对迷你裙的评价吗？'如果这些货不是拿来卖的……'"

"'……就别把它们摆在橱窗里。'"

那对恋人分开了，他们的手指纠缠在一起，直到最后一刻。他们转身走了几步，又转过身来挥挥手。

"就像芭蕾舞。"贝亚说。

丹麦街上，人流如织。埃尔夫拧了拧她从金斯林的市场货摊上买的银戒指，那是一个阳光明媚的星期日，弗莱彻与霍洛韦的演出开始之前。不是布鲁斯给她买的——送戒指不是他的风格——但这证明那个星期天是真的，证明了他曾爱过她。

"布鲁斯什么时候从法国回来？"贝亚问。

昨天，埃尔夫在八小时的排练之后，筋疲力尽地回到家里。等着她的是一张电话账单、一张去年八月邀请弗莱彻与霍洛韦去外赫布里底群岛一家民谣俱乐部演出的邀请函，以及一张埃菲尔铁塔的明信片。一看到他的笔迹，她的五脏六腑就揪紧了[①]：

---

① 明信片上的字迹为："亲爱的袋熊：我希望这个寄到时，你一切都好。巴黎棒极了！！！自由、平等、博爱等等。我在折叠礼帽俱乐部每周举行一场演出——我与人合住的公寓就在它的楼上。我戴着挂绳软木帽，在香榭丽舍大街卖艺。当地人非常友善！吻你。你谦卑的袋鼠，布鲁斯·XXX"，"埃尔夫·霍洛韦，利沃尼亚街19号，伦敦，英国"。

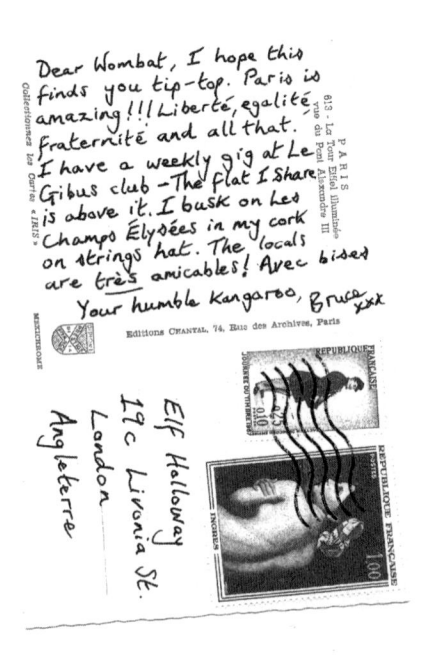

> Dear Wombat, I hope this finds you tip-top. Paris is amazing!!! Liberté, egalité, fraternité and all that. I have a weekly gig at Le Gibus club - The flat I share is above it. I busk on Les Champs Elysées in my cork on strings hat. The locals are très amicables! Avec bises
> Your humble Kangaroo, Bruce xxx

> Elf Halloway
> 19c Livonia St.
> London
> Angleterre

埃尔夫对自己的想法加以分类。一是恼怒,那浑蛋在一百天的一场空过后,只寄了一张吝啬的卡片。二是愤恨它那轻松的语气——好像布鲁斯并未伤到她的心,并未把弗莱彻与霍洛韦一刀两断,让她来收拾烂摊子。三是让人丢脸的狂喜,因为里面写到了"亲爱的""袋熊""袋鼠""吻你"……还有沮丧,因为里面提到了"我与人合住的楼上公寓"。与什么人合住?"非常友善的"法国女孩?四是怀疑这种"希望我们还是朋友"的姿态只是一种两面下注的策略——就好像布鲁斯在为回伦敦预定一张床铺。五是对布鲁斯利用她的方式再次感到愤怒。六是决心如果他出现在利沃尼亚街,就当着他的面把门摔上。七是害怕自己做不到。八是厌恶,一张微不足道的明信片居然还能引发一场布鲁斯病。埃尔夫洗了个热水澡。她爬上床,读起了多丽丝·莱辛的《金色笔记》,想把注意力从布鲁斯·弗莱彻身上转移开,但实际上是布鲁斯·弗莱彻把她的注意力从多丽丝·莱辛的书上转移开。埃尔夫一直在想象他和一个法国女孩一起洗澡,他一丝不挂,只戴了那顶挂着软木塞的帽子……

"布鲁斯会在巴黎多待一段儿时间。"埃尔夫告诉贝亚。一个盲人牵着导盲犬走过。"澳大利亚人一过来,就总想尽可能多地看看欧洲。"埃尔夫朝贝亚转过头去,免得她以为埃尔夫在回避眼神接触。

收音机放起了乌龟乐队的《欢聚》(Happy Together)。

"这么说,弗莱彻与霍洛韦是在休班?"贝亚问道。

最糟的部分就是对贝亚撒谎,埃尔夫心想。"算是吧。"

"在你跟乌托邦大道录音的时候?"

埃尔夫注意到一个打火机卡在番茄酱和 HP 调味酱瓶子中间。侧面的珐琅图案是一个拿着干草叉、长着犄角和尾巴的红色魔鬼。她擦了一下打火轮,火苗冒了出来。"不知道是不是某个有魅力的艺校学生忘拿了。"

"什么有魅力的艺校学生?"

埃尔夫发出不屑的鼻音。"在皇家戏剧学院,你需要做得更好才行。"

贝亚来了个贝亚式的顽皮微笑。"如果这是在故事里,其中一个会回来问:'你们看到一个打火机吗?'你会说:'什么,这个打火机吗?'他会说:'感谢上帝,这是我母亲临终前在病榻上给我的。'这样你们的命运就会永远交织在一起了。"

埃尔夫的微笑被一个巨大的哈欠吞噬了。"抱歉。"

"可怜的家伙,你一定累坏了。你六点就起床了?"

"五点。夜里录音更便宜。豪伊·斯托克或许是个资产百万的花花公子,但他不会随随便便就把钱扔到乌托邦大道上。"

"如果不是太冒昧的话,我想问:你们在赚钱吗?"

"没有。我们没有。我们只做了四场演出,而我们收取的费用微乎其微。一点小钱还要五个人分。还是我在民谣音乐节压轴的时候挣得多。"

"所以你们都是花钱留在乐队里?"

"算是吧。万达·弗丘的钱还在点滴进账。贾斯珀靠从祖父那里继承的遗产勉强度日,他住在他父亲在梅菲尔区的公寓里。迪恩搬去和贾斯珀同住,所以他也不用付房租。格里夫住在叔叔的后花园里,在巴特西区。我刚才应该邀请你到蘑菇棚,把你介绍给大家,但我……一看到他们就恶心。"

"天哪。他们做什么了?"

埃尔夫犹豫了一下。"他们对我的任何想法,默认的反应都是告诉我,它为什么不好。一小时后,他们会得出同样的想法——而且真的不记得我已经说过了。这让我抓狂。"

"在剧院也是一样。就好像'女导演'是某种矛盾修辞法,跟'女首相'一样。他们总是这么差劲吗?"

埃尔夫做了个鬼脸。"不总是这样。迪恩是嘴巴没有把门的,不过那是因为缺乏安全感,我觉得。靠接济度日嘛。"

"他帅吗?"

"女孩子们是这样认为的。"

贝亚做了个鬼脸。

"不不不。一百万年也不会。鼓手格里夫是北方的一颗未经雕琢的钻石。无法无天,满口脏话,喜欢喝酒。是很棒的鼓手。他比迪恩更自由自在。贾斯珀是……谜一般的先生。有时他神游物外,心不在焉。别的时候,他在场的强度非常高,用尽了房间里所有的氧气。别告诉爸妈,他在荷兰的一家心理诊所待过一段时间,有时候你会觉得:是的,我相信这回事。他博览群书。他在伊里读过寄宿学校,他在荷兰那边的家族很有钱。不过你应该听听他弹吉他。当他状态良好的时候,我简直无法用语言形容。"

"两杯咖啡——"比格斯太太来了——"还有一个培根三明治。"两姐妹向她道谢,埃尔夫咬了一大口。"亲爱的上帝,我真需要这个。"

贝亚问:"那么乌托邦大道乐队听起来是什么样?"

埃尔夫咀嚼着。"融合了迪恩的节奏布鲁斯,贾斯珀奇妙的精湛技巧,我的民谣之根,格里夫的爵士乐……但愿世界作好了聆听我们的准备。"

"演出情况如何?"

"我们的首演糟糕透顶。最后格里夫被酒瓶砸了。他不得不去医院。他留下一道弗兰肯斯坦式的伤疤。"

贝亚捂住了嘴。"天哪。你从来都没有说过。"

"我们只差这么一点点——"埃尔夫用手指比画出半寸长——"就万事皆休了。利凡硬逼着我们去参加第二场演出,在金鹰俱乐部。这次要好一些。直到阿奇·金诺克的一些粉丝出现,骂格里夫和贾斯珀'给阿奇在背后捅刀'。我们从后门离开了。我们的第三场演出是在托特纳姆路的白马酒馆,来了十个人。十个。后来,最好笑的是,最后有些民谣音乐人过来斥责我'为了银钱背弃了理想信念'。"

"那肯定很糟。你是怎么说的?"

"我说'什么银钱?',老板根本不肯付钱。利凡宁可客客气气,也不愿跟人发火,所以那天晚上我赚到的报酬,就只有半杯姜汁啤酒和一包坚果。"

"要是你早点告诉我就好了。"

"你还要担心考试和试演呢。这一切都是我自己选的。妈妈会说,这叫自己铺的床自己睡。"

贝亚点上一支烟。"第四场演出呢?"

埃尔夫嚼着酥脆的炸肉皮。"在'大帐篷'。"

"什么?你们在'大帐篷'演出?就是那家'大帐篷'?你竟然没

邀请我?"

埃尔夫点了点头。"可别记恨我。"

"你为什么不早点说?我能把半个里士满的人都召集过去!"

"我知道。可要是我们被人喝倒彩怎么办?"

油炸的噼啪声和滋啦声从厨房传了出来。

贝亚看起来有些不确定。"那你们被人喝倒彩了吗?"

埃尔夫把糖块丢进咖啡里,搅拌着……

沃德街上的"大帐篷"是个地牢般的场所,里面游荡着六七百号人。假如有人死在里面,那他也会直挺挺地待在里面,直到午夜散场之后。埃尔夫吓得差点吐了出来。乌托邦大道在题为"一切皆有可能"的五支乐队节目单上排在第二位,这是按照知名度、演出时长和收费来排的。乌托邦大道下面是一支来自普利茅斯的五人乐队,名为"注定默默无闻"。排在他们上面的是三场重量级演出:交通乐队(Traffic),他们的单曲《纸太阳》(Paper Sun)打入了排行榜前五名;平克·弗洛伊德,首屈一指的伦敦地下乐队;还有奶油乐队,他们的专辑《新鲜奶油》(Fresh Cream)在百万青少年的唱机上旋转着。有谣言说,吉米·亨德里克斯就在会场,或者来过又走了,或者即将到来。史蒂夫·温伍德(Steve Winwood)[①]就在那段楼梯上面的办公室里,接受埃米·博克瑟为《新音乐快讯》做的采访。天知道利凡动用了什么关系,才让乌托邦大道登上这张演出节目单,但"一切皆有可能"是他们迄今为止场面最大的亮相演出。要是他们搞砸了,这可能就是他们的最后一场演出了。

埃尔夫在一旁观看了"注定默默无闻"的演出,希望他们能实现乐队名称里的承诺。平克·弗洛伊德乐队、交通乐队和奶油乐队的粉

[①] 史蒂夫·温伍德(1948—),英国摇滚歌手、演员。

丝都没有要求他们再唱一首。"让一下，埃尔夫。"利凡和"大帐篷"的一名勤杂工抬着她的哈蒙德琴蹒跚而过。埃尔夫抑制住了逃跑的冲动……

……突然，时间到了。埃尔夫命令自己的身体走上舞台。格里夫正在组装他那套鼓。迪恩和贾斯珀找到了他们之前试音时标记的音箱音高。埃尔夫的身子没有动。她的左手在哆嗦，就像她因帕金森综合征而去世的祖母一样。他们有三十分钟的演出时间。万一她把《暗房》中间八小节的和弦弄混了呢？万一观众不喜欢电音版的《反正风在吹》呢？万一就像他们在白马酒馆那样，在表演《木筏与河流》时，那些歌词从她脑袋里飞走了呢？

"你会没事的。"桑迪·德尼说。

"在我需要你的时候，你总是在这儿。"

"来点摩洛哥人的壮胆用品？"歌手递给她一根点燃的大麻烟。

"行。"埃尔夫吸了一口，把泥炭味的烟压下去，又喷出来。沉醉的感觉马上就出现了。"谢谢。"

"好大一群观众，"桑迪说，"我都有点嫉妒了。"

"他们可不是冲着我们来的。"愉悦感传递到了埃尔夫的指尖。

"哦，别胡说，没人——"桑迪一挥手，把一名路过的演出设备管理员的啤酒打翻在地。"哎呀，对不起，伙计。我听过你们排练。你们四个挺有一套的。把它释放出来就好。如果，如果，观众太蠢，欣赏不了——"桑迪拍了拍马歇尔音箱——"就把这些怪兽的音量放大。把那帮浑蛋轰爆。"

迪恩出现了。"嗨，桑迪。埃尔夫。准备好了吗？"

埃尔夫注意到，她的手恢复了稳定。"决一死战吧。"

"晚些时候，我们喝几杯。"桑迪许诺道。

埃尔夫走了出来，坐在键盘前。一个胖乎乎的捣乱分子靠在舞台上喊道:"亲爱的,脱衣舞夜总会在马路对面!"跟他一伙的人哄笑起来。大麻让埃尔夫不再对结果患得患失,她用手指比出手枪,对准这个捣乱分子的眼睛——她的表情非常严肃——模仿着向他开枪的动作,做了三次,连手肘的后坐感都带了出来。捣乱分子的傻笑消失了。埃尔夫吹掉了想象中枪口的烟,在扣动扳机的手指上旋转着她假装存在的手枪,把它塞进了假装存在的枪套,然后俯身对着麦克风。"大帐篷"的经理本应介绍乐队,但埃尔夫挥手让他走开了。"我们是乌托邦大道乐队,"她对大帐篷、苏豪区和全英国的人说,"我们会把你们震翻在地。"她瞥了一眼格里夫,格里夫看起来有些吃惊,他拿着鼓棒,摆出了"开始吧"的姿势。她瞥向迪恩,迪恩赞许的点头告诉她:已经准备就绪。她瞥向贾斯珀,他正在等埃尔夫的"一,二——"

埃尔夫又往咖啡里加了一块方糖。"一切都很顺利。我们从《反正风在吹》开始。然后是迪恩的一首更摇滚的歌曲《放弃希望》。然后是贾斯珀的新歌《暗房》,然后是我的新作《木筏与河流》。"

"幸运的'大帐篷'。这可真不公平。我什么时候能听到?"

"很快,妹妹。很快。"

"你见到史蒂夫·温伍德了?"

"嗯……实际上,在我们的返场表演之后,他走过来,夸了我几句,说把哈蒙德琴弹得不错。"

"哦,我的天哪,"贝亚说,"你是怎么说的?"

埃尔夫吸入咖啡的热汽。"我只是尖叫了一声'谢谢',脱口而出了一些意识流式的胡话,然后眼看着他离开了。"

"屁股漂亮不?"

"我真没注意到。"桑迪·肖(Sandie Shaw)的《线上的木偶》(Puppet on a String)从咖啡馆的收音机里播出。"如果我录下了这种假模假式的东西,你就好好数落我,给我讲讲为了银钱背弃理想的事。"

"我敢打赌,她赚到的可不是小钱。到处都在放这首歌。"她们聆听着合唱。

突然,埃尔夫再也忍受不下去了。"我们分手了。我和布鲁斯。二人组也结束了。他在巴黎住下了。他甩了我。二月的时候。已经结束了。"埃尔夫的心怦怦直跳,就好像那是刚发生的事一样。"现在你知道了。"我是不会哭的。已经三个月了。她鼓起勇气,准备迎接贝亚的震惊和愤怒。

贝亚看起来很淡定。"我猜到了。"

"怎么会?"

"每次一提到他的名字,你就会改变话题。"

"妈妈、爸爸和伊米呢?"

贝亚检查着她淡紫色的指甲。"既然我能想到,那妈妈也能想到。爸爸想不到。伊米?我很确定,她不指望霍洛韦与弗莱彻在婚礼上给她配乐。她最近有没有提到布鲁斯或者你的婚礼安排?"

其实,没有。"那你为什么只字不提呢?"

"机智呗。"贝亚端起咖啡杯一饮而尽。"布鲁斯是挺有魅力的,但男人的魅力是个警告信号。就像大自然里的黑黄条纹意味着'小心,蜂蜜附近会有蜜蜂叮人'。"

埃尔夫在颤抖,不知道为什么。她的目光与比格斯太太收银台上方的《蒙娜丽莎》相遇了。那副最为著名的淡然笑容告诉埃尔夫,苦难是生命永远信守的承诺。

"我真的得走了。"贝亚站起身,穿上外套。"你去录一张杰作吧。要我告诉伊米吗?"

"拜托了。"这是阻力最小的道路。"还有妈妈。"

"试演之后,我会去你的公寓。如果你愿意的话。"

"当然。"埃尔夫看了看钟表：8：58。"贝亚，告诉我。我读过大学。我从大学辍学了。我在音乐界混了三年。而你还在上学。为什么你懂的那么多，而我什么都不懂？这是怎么回事?"

"基本上，"贝亚和姐姐拥抱道别，"我不相信人。"她松开了姐姐。"基本上，你相信。"

天堂就是通往天堂的路

B

出席婚礼（莫斯）

紫色的火焰（莫斯）

出乎意料（霍洛韦）

获奖（德佐特）

出席婚礼

从太阳出发,在耗时八分钟的路途尽头,光线穿过伦敦里士满圣马提亚教堂的彩窗玻璃,进入贾斯珀双眼的双重暗房之中。包裹着他视网膜的视杆细胞和视锥细胞将光转换成电脉冲,电脉冲沿着视神经进入他的大脑,大脑将不同波长的光解读成"圣母的蓝色""基督的血红色""客西马尼园①的绿色",识别出画面上是十二门徒,每名门徒各自占据了车轮状圆窗的一扇窗口。视觉始于太阳的中心。贾斯珀注意到,耶稣的门徒其实都是些嬉皮士:蓄着长发,穿着长袍,有着大麻瘾君子的神情,从事着不稳定的工作,有精神信仰,有不免可疑的睡眠安排,还有一位导师。车轮旋转起来,于是贾斯珀闭上了眼睛,为了防止自己滑倒,他默念起十二门徒的名字,他在脑海里翻找着少年时代的《圣经》课程和教堂仪式的记忆:马太、马可、路加、约翰,也就是绝妙四人组;多马,贾斯珀最喜欢的一个,就是那个要求证据的人;享受过单飞生涯的彼得;犹大和马提亚是阶段选手;以斯加略的犹大。我们的天父最残忍地安排好的替罪羊。但还没等贾斯珀列举完毕,就听到了敲击声。富有节奏,声音微弱,比牧师的声音低一两个音色。不会听错。

---

① 位于耶路撒冷附近,相传是耶稣被犹大出卖的地方。

咚—咚，咚—咚，咚—咚。

他睁开眼睛。窗户不再转动。

敲击声也停止了。但我听到了。他很清醒。

有人跟贾斯珀说过，这一天会来到的。至少，不确定的苦恼已经结束。以前我只是处于缓解期罢了。他瞥了一眼格里夫，就在他右边，穿着一套临时找来的结婚礼服。他的手在大腿上轻轻地打着鼓。在他左边，迪恩正试着让一根食指顺时针转动，另一根逆时针转动。我喜欢和这些人一起演奏，我不想结束。

也许奎鲁丁能延缓发病。

也许吧。

那时贾斯珀十五岁。板球场周围的樱桃树开满婚纱般的白色花朵。贾斯珀缺乏橄榄球需要的块头和赛艇需要的耐力，但他有参加"先发十一人"板球队所需要的协调能力、速度和耐心。"主教的伊里"队与"彼得伯勒文法学校队"较量时，贾斯珀在外场防守。草刚割过，阳光炽烈。伊里大教堂坐落在乌斯河畔，犹如诺亚方舟。队长，一个叫怀特黑德的男生，跑向三柱门，打出一记贴板球。击球手把球朝贾斯珀的方向打了过来。呐喊声响起。贾斯珀已经跑过去拦截球了，他在距离边线只有几英尺远的地方把球铲了起来，阻止了一个四分球。他准确无误地将球投给怀特黑德，赢得了主场支持者几秒钟的掌声。在掌声的背后，或者里面，或者上面，贾斯珀首次听到"咚—咚，咚—咚，咚—咚"，这种敲击声将会改变，重新定义，差点结束掉他的生命。就像是走廊尽头的敲门声……或者用小锤子敲墙的声音。贾斯珀环顾四周，寻找它的来源。观众们都在球场的另一侧。离他最近的男生是他的同班同学邦迪，离他大约有四十步远。贾斯珀喊道："邦迪？"

邦迪的声音带有花粉症的鼻音。"什么事？"

"你听到没?"

"听到什么?"

"敲击声。"

他们聆听着剑桥郡早晨没有曲谱的音乐:附近田地里的拖拉机;汽车;乌鸦。大教堂的钟声开始敲响十二下。在这些声音下面,是"咚—咚,咚—咚,咚—咚"……

"什么敲击声?"邦迪问。

"就是那咚—咚……咚—咚的声音……"

邦迪又听了听。"要是你失去了理智,穿白大褂的人把你带走,能把你的板球拍留给我吗?"

一架战斗机拉开了地平线的拉链。边线另一侧,一只粉笔蓝色的蝴蝶擦过安妮女王的蕾丝花边。贾斯珀感觉到了有人离开房间之后的那种滋味。

怀特黑德开始了长长的助跑。敲击声停止了。或者消失了。又或者贾斯珀的听力特别敏锐,他之前听到的是某人在劈木头。又或许那只是他的想象。怀特黑德投球。门柱从地上跳了起来。"刚刚刚才那一下下下怎怎怎么样样样!"

"礼物有可能会被珍藏一生,也有可能在下一刻被人遗忘。"在贾斯珀听来,圣马提亚教堂的牧师那副腔调很像首相哈罗德·威尔逊。他声音平淡,语调低沉,就像困在铁皮罐子里的蜜蜂。"礼物可以是真诚的,也可以是带有欺骗性的。礼物可以是物质的。礼物可以是无形的——一个恩惠,一句善意的话,不再闷闷不乐。一只麻雀落在你的鸟桌上。收音机里放的一首歌。重来的机会。公正无私的建议。接纳。感恩的赠礼,它让我们可以将礼物视为礼物。生命是给予和接受的统一体。空气、阳光、睡眠、食物、水、爱。对基督徒来说,《圣经》是上帝话语的礼物,在这份巨大的礼物中,我们发现了这些谈论礼物的珍贵言语，是保罗致哥林多一个陷入困境的教会的。'我作孩子的时候，话语像孩子，心思像孩子，意念像孩子，既成了人，就把孩子的事丢弃了。我们如今仿佛对着镜子观看，模糊不清，到那时就要面对面了。我如今所知道的有限，到那时就全知道，如同主知道我一样。如今常存的有信，有望，有爱这三样，其中最大的是爱。①'"

贾斯珀的耳朵贴在石柱上，他听到了一颗心的声音。

牧师接着说："'其中最大的是爱。'当信心背弃你的时候，这位使徒建议，努力去爱。当希望破灭的时候，努力去爱。我对劳伦斯和伊莫金说，当婚姻不像玫瑰园时——会有这样的日子——努力去爱。尽管努力。真正的爱是努力去爱的行为。毫不费力的爱就像毫不费力的园艺一样可疑……"

贾斯帕看着祭坛周围的花。所以这就是婚礼。他以前从没参加过。他想起了自己的母亲，想知道她是否也曾梦想着举办这样的婚礼。又或许，当她发现自己怀孕时，这个梦就破灭了。如果你相信故事、浪漫喜剧和杂志，那么结婚这天就是女人一生中最幸福的一天。欢乐的巅峰。圣马提亚教堂里的每个人看起来都很严肃。在伦敦西区的一座教堂里，在一个岩石星球上，以每小时六万七千英里的速度在太空中飞驰……

"啊哈，神秘失踪的就餐者。"艾普森乡村俱乐部宴会厅里的那个人块头太大，坐不进他的椅子。"唐·格洛索普，邓禄普轮胎公司的，劳伦斯父亲的老朋友。"他握起手来就像是用手夹人。

"你好，格洛索普先生。我记得你。"

"哦？"唐·格洛索普扬起了下巴。"从哪里？"

"我在教堂里看到你了。"

---

① 语出《圣经·新约·哥林多前书》13：11。

"很高兴我们澄清了这一点。"唐·格洛索普松开了贾斯珀的手。"这是布伦达，我更好的一半。是她这么告诉我的。"

布伦达·格罗索普有着精致的发型，醒目的珠宝，她语气阴沉地说了句"幸会"。

"告诉我，"唐·格洛索普说，然后像驴叫似的打了个喷嚏，"为什么现在有那么多年轻男人会去打扮成姑娘的样子？搞得乱七八糟，我已经分不清是男是女了。"

"也许你应该看仔细点儿。"贾斯珀建议。

唐·格洛索普皱着眉头，好像贾斯珀答非所问。"可是头发！看在上帝分上，你为什么不去理发？"

刚才格里夫、迪安和贾斯珀一起从圣马提亚教堂坐公共汽车回来。贾斯珀希望他没有跟丢他们。

唐·格洛索普盯着贾斯珀的脸："猫把你的舌头叼走了？"

贾斯珀倒了倒带。看在上帝分上，你为什么不去理发？"我喜欢长发。就这么简单，真的。"

唐·格洛索普斜眼看人。"你看起来像个他妈的娘娘腔！"

"只有你觉得像，格洛索普先生，而且——"

"现在这宴会厅里的每——一个——人，只要看你一眼，就会想，娘娘腔！我敢保证。"

贾斯珀回避着旁观者们的面孔。他小口喝着水。

"我想你会发现，那是我的水。"一个声音说。

集中注意力："假如地球上所有的同性恋——如果这就是你说的'娘娘腔'——都留着长发，那你的说法有可能是合乎逻辑的。但长发只是近几年才流行起来的。所以，你见过的同性恋都是短发。"唐·格洛索普看起来很茫然，所以贾斯珀尽量用举例来帮他理解。"在监狱里，或者在皇家海军里，或者在公立学校里。伊里有个老师以骚扰男生闻名，他戴着一顶跟你一样的假发。你的逻辑有漏洞。这是我的看法。没有冒犯之意。"

"什么?"唐·格洛索普的脸已经变成了浅褐色,"什么?"

也许他听力不好。"我说:'伊里有个老师以骚扰男生闻名,他戴着一顶假发——'"

布伦达?格洛索普说:"我丈夫的意思是,他从来没有花时间跟这种'类型'的人打过交道。"

"那他怎么会是'娘娘腔'方面的专家呢?"

"这是常识!"唐·格洛索普俯身向前,领带晃进了他的食物里,"娘娘腔留长头发!"

"那些糟糕的滚石乐队成员都是长头发,"一个将淡紫色头发盘成卷曲圆环的女人说,"他们可耻。"

"服兵役也不会收他们这样的,不过当然,现在也没有兵役了。"新开口的人系着一条兵团的领带,戴着一枚奖章。"这是往棺材上又钉了一颗钉子。"

"我也这么看,准将,"唐·格洛索普说,"我们可不是为了一帮弹吉他的无知青年——他们把大不列颠变成一片'耶—耶'和'噢—宝贝'的土地——才痛击纳粹的。"

"基思·贾格尔[①]的父亲原先在一家工厂上班,"布伦达·格罗索普说,"如今他在都铎风格的豪宅里晃来晃去。"

"多亏有《晚间新闻》,"卷曲圆环说,"现在我们对里面究竟发生了什么,知道得一清二楚,不是吗?"

"我希望布洛克法官给他们树立一个好榜样,"准将说,"毫无疑问,你觉得他们是出类拔萃的人物。"

贾斯珀想起自己在这儿。"我从没见过他们。但我要斗胆说,他

---

① 这里是将滚石乐队两名成员米克·贾克尔(Mick Jagger)和基思·理查兹(Keith Richards)的姓名错搭在一人身上。

们最出色的音乐会流传后世，比我们大家的寿命都长。"

"他们原始的求偶叫声并不是'音乐'。"唐·格洛索普嘲笑道，"弗兰克·辛纳屈（Frank Sinatra）的《夜晚的陌生人》（Strangers in the Night）才是音乐。《希望与荣耀之地》（Land of Hope and Glory）才是音乐。这'摇滚'是一种有毒的喧闹。"

"但对爱德华·埃尔加爵士（Sir Edward Elgar）① 来说，"贾斯珀说，"《夜晚的陌生人》或许也曾是一种有毒的喧闹。世代相传。美学总会不断发展。这个事实怎么会是一种威胁？"

"贾斯珀，"是埃尔夫的妹妹贝亚，进皇家戏剧学院的那个，"呃，你坐错桌了。"

"你完全可以再说一遍。"准将说。

"哦。"贾斯珀站起身来，向他坐错的这桌客人微鞠一躬。要有礼貌。"好吧，很高兴认识诸位……"

在对的那一桌，贾斯珀熬过了鸡尾酒甜虾杯和酒烹嫩炸鸡，不过甜点上桌时，他淹没在对话里。利凡正在跟都柏林的一名会计师讨论税制改革。迪恩在跟劳伦斯的伴郎讨论埃迪·科克兰（Eddie Cochran）②。格里夫对着咯咯笑的伴娘粉红发烫的耳朵窃窃私语。看看他们这些人吧。提问；回答；俏皮话；事实；少许八卦；回应。他们做起来多么轻而易举。贾斯珀能说一口流利的英语和荷兰语，不错的法语，尚可的德语和拉丁语，但人们的表情和声调所采用的语言就像梵文一样无法参透。贾斯珀知道那些表明他没能参与交流的蛛丝马迹：斜着摇头；沉缓的点头；眯起的眼睛。他可以用特立独行来掩

---

① 爱德华·埃尔加爵士（1857—1934），英国作曲家，《希望与荣耀之地》的创作者。
② 埃迪·科克兰（1938—1960），美国摇滚乐歌手。

饰，但片刻之后，就会陷入崩溃。贾斯珀不知道，他的面部和语气失读症，究竟是他的情感失读症的原因还是结果。他明白什么是悲伤、愤怒、嫉妒、仇恨、快乐和正常的情感光谱——但他对它们的体验，只是温和的温度变化。如果正常人知道了他的这些情况，他们就会对他产生不信任，所以贾斯珀注定要像正常人一样行事，并且注定失败。当他失败时，正常人会认为他是个骗子，或者是在嘲弄他们。只有四个人类和一个无形的实体接受了贾斯珀的真实面貌。其中，特丽克丝在阿姆斯特丹，加拉瓦齐博士已经退休，赫罗特维德·维姆已经死去。福尔马焦在附近的牛津，但那个蒙古人再也不会跟他有交集。

梅卡，原本有可能是第五个，她去了美国，已经杳无音信。

人总会离开。贾斯珀估计了一下甜点、咖啡和后续的交谈需要的时间。他的手表显示着 10∶10。这不合理。他把手表放到耳边。时间停了。由于无法编出一个合理的谎言，贾斯珀溜走了。他发现自己走在一条走廊上，两侧是不惹人厌的英国风景画，地上是大片的彩纸屑。一群高尔夫球员从前门涌入。他们正以令人困惑的速度和音量交谈。一段楼梯给他提供了一条出路……

屋顶露台上有一张长椅，几棵盆栽花，可以看到高尔夫球场和埃普索姆市的屋顶和树木。这是个慵懒、花粉飞扬的下午。贾斯珀点上一支万宝路，躺在长椅上。漫无目的的云船肆意漂泊着。吸气，呼气……贾斯珀想起了他在多姆堡，在莱克斯多普诊所，在阿姆斯特丹度过的那些夏天。是时间是阻止了所有的事同时发生。贾斯珀想起上周四，透过利凡三楼办公室的窗户往外看。垃圾场的臭气涌入。在几条街开外的一个平坦屋顶上，三个女人穿着比基尼在晒日光浴。也许那是一家妓院，苏豪区就是苏豪区，这些女人正在当班的间歇。两个是黑皮肤。其中一个打开了晶体管收音机，贾斯珀隐约听到了林戈·斯塔尔在唱《在我朋友们的帮助下》（With a Little Help from My

Friends）。

"愿意加入我们吗，贾斯珀？"是利凡。

"我在这儿。"贾斯珀转过身来。

"那他们怎么说？"迪恩问，"我们签约了吗？"

"先说你的第二个问题，"利凡说，"不，我们没有签约。所有四家厂牌都拒绝了我们。"

一时间无人应声。

"哈利路亚，"迪恩说，"赞美主。"

"这件事你可以在电话里告诉我们。"格里夫说。

"他们怎么说？"埃尔夫问。

"百代的托尼·雷诺兹喜欢这些小样，但他们已经有了一支地下乐队，就是平克·弗洛伊德。"

"但我和埃尔夫的声音一点也不像平克·弗洛伊德，"迪恩反对道，"他真的听全了三首小样？不光是听了《暗房》？"

"对，我和他一起坐着听的。但他没有改变主意。"

"那飞利普的维克·沃尔什呢？"埃尔夫问。

"维克喜欢寻常的声音，但他一直问：'谁是乐队里的贾格尔？谁是乐队里的雷·戴维斯（Ray Davies）[①]？谁是脸面人物？'"

"那谁是见鬼的披头士乐队的脸面人物？"格里夫问。

"我就是这么说的，"利凡说，"维克说：'披头士是可以证明规则的例外。'我说：'不，披头士证明的规则是，每一支伟大的乐队都是例外。'他说：'乌托邦大道可不是披头士。'我说：'这就是重点。'"

"派伊见鬼的借口是什么？"格里夫问。

"埃利奥特先生告诉我——我引用他的原话——小伙子们不会因为埃尔夫而对乐队'心有所属'，而姑娘们则会因为埃尔夫在乐队里，

[①] 二人分别是滚石乐队的主唱与奇想乐队的主唱。

没法为迪恩和贾斯珀'湿了内裤'。"

"这话……既荒谬,又侮辱人,还有点乱来,"埃尔夫反对说,"就因为这个就不签我们,完全站不住脚。"

"埃利奥特先生暗示我,如果我们抛弃埃尔夫,把乌托邦大道变成小脸乐队那样,他可能会感兴趣。"

埃尔夫发出"喊"的声音,好像有人给了她一拳。

"很明显,"利凡说,"我让他滚蛋了。"

"他们要么接受我们所有的人,要么一个也别接受。"格里夫表示。

迪恩点上一支烟。"那德卡呢?"

"德里克·伯克,"利凡靠在他那张吱嘎响的椅子上,"在大帐篷看过你们的演出。他喜欢你们的活力,但对这种混合式的风格,没有足够的把握投上德卡的资金。"

"那我们就无计可施了,"格里夫说,"四大唱片公司不给我们机会。现在怎么办?"

"我不否认这是个挫折。"利凡说,"但是……"

"我比一月份的时候还要穷困,"迪恩呻吟道,"半年来我一事无成,我有什么拿得出手的?"

"一支伟大的乐队,"利凡说,"三首很棒的小样,一帮虽不多但不断增长的歌迷,五六首伟大的歌曲。好势头。"

"既然我们这么他妈的伟大,"格里夫咆哮道,"那我们的唱片合约呢?查斯·钱德勒三周之内就把亨德里克斯签到了旗下。"

"还有他们呢?"迪恩指着迪克·斯波萨托和斯宾塞姐妹的海报,"他们已经签约了。"

利凡抄起双臂。"亨德里克斯玩的是疯狂的吉他节奏布鲁斯。迪克是一个年长的伤感歌手,是我给弗莱迪·杜克帮忙才签下来的。斯宾塞姐妹唱的是抒情歌曲,面向的是大众和《周日歌曲》的听众。他们都很容易分类。乌托邦大道则不然。你们是无法归类的：一开始，人们会拒绝你们。如果这让你们感到不痛快——或者如果你们觉得，我没有尽心尽力——门就在那儿。你们是自由的。走吧。我会让贝萨妮把解约的文件寄过去。"

格里夫和迪恩对视了一眼，没有动。

贾斯珀看着利凡头上的那些钟。一个显示本地时间，一个显示纽约时间，一个显示洛杉矶时间。

"我有点情绪失控。"迪恩承认。

格里夫吸气又呼气。"是啊。我大概也是。"

"我接受你们敷衍了事的道歉。"利凡说。

埃尔夫弹了弹她的烟。"接下来我们怎么办？"

四个人围坐在一张矮几旁边：一个剃了光头的住持，他的面孔被铭刻在贾斯珀的记忆里；住持的侍僧；那座城市的地方官；还有他信任的管家。梦幻点亮的屏风上装点着菊花。侍僧从一个血红的葫芦里把玻璃状的液体倒入烟黑的浅杯中。鸟鸣声是彩色的，闪闪发亮。

"生与死是不可分割的。"地方官宣布。

四个人为主人奇怪的敬酒词举杯。

住持看到地方官先喝，这才喝了。他们先是寒暄了几句，然后贾斯珀才意识到第五位客人——死神——也在这里。早在客人到来之前，在粗糙的杯子内壁上，就涂抹了一些无味的毒药。毒药融化在米酒之中，现在同样融入了主人和客人的血液之中。为了确保住持喝下毒药，地方官和他的管家也喝了。

住持明白过来。原来剧本早已写好。他伸手去拿他的剑，但他的手臂就像木头一样僵硬。他能做到的只是向着他的杯子挥拳。杯子在空荡荡的地面上滑过。"信条是有效的，你这凡人蝼蚁！"他对地方官说，"灵魂之油是有效的！"他们提到了复仇、正义、被埋葬的妇女和被牺牲的婴儿，直到管家向前扑倒，浑身颤抖，围棋的黑白棋子散落一地。随后是侍僧。他们的嘴唇上泛起唾液和血沫。一只黑色的蝴蝶落在一枚白色棋子上，展开了翅膀……

咚—咚……咚—咚……咚—咚……

"瞧瞧你，睡美人。"

贾斯珀睁开眼睛，看到了贝亚，离他只有几英寸远，她正俯视着他。她俯下身子，吻了他的嘴唇。贾斯珀让她吻。她的手指放在他的脸上。很美妙。鸟鸣声是彩色的，闪闪发亮。他们见过两回：一次是埃尔夫带她去看乐队在帕维尔·Z的排练，一次是在"表兄弟"那边，乌托邦大道乐队在那儿搞了一场半插电的演出。贝亚把她的头往后移。"别告诉埃尔夫。"

"如你所愿。"贾斯珀说。

"如果你遇到睡美人，只有一件事可以做。但别想太多。"

"我不会的。白马公主。"

她坐在对面的长椅上。

屋顶花园。乡村俱乐部。婚礼派对。贾斯珀旋身坐起。漫无目的的云船飘过，无处停泊。吸气，呼气。"演讲结束了吗？我睡了多久？我们应该很快就要演奏了。"

贝亚逐一回答道："差不多。我没有定秒表。对，快到你们了。"她穿着一条墨蓝色贴身连衣裙。她有一种她的姐姐们不具备的鲜明生动的美。

"你换了条裙子。"贾斯珀说。

"伴娘装不是我的菜。埃尔夫派我来找你，给你捎句话。"下面，一辆车的车门砰地关上了。贝亚主动去拿贾斯珀的万宝路和打火机。

贾斯珀耐心等待着。

贝亚吐出烟雾。"她说：'二十分钟后，把你的屁股挪到舞台上。'

那是五分钟前了,所以再过十五分钟吧。"

"告诉她:'谢谢你的消息。我会过去的。'"

贝亚神情怪异地看着他。

她在等我说出更多的回话?"请说。"

"跟我姐在一个乐队里,是什么感觉?"

"呃……很愉快?"

"为什么这么说?"

"她很有天赋。她是个好键盘手。她的声音空灵而沙哑。她的歌富有感染力。"一架飞机轰鸣着掠过。

贝亚脱掉鞋子,盘腿而坐。她的脚趾甲是天蓝色的,就像特丽克丝的灯。

也许我应该问她一个问题。"你怎么知道去哪儿找我?"

"我装作我就是你,然后想,"贝亚把贾斯珀模仿得惟妙惟肖,"我要怎样才能离开这儿?"

"这样做是难还是容易?"

"我找到了你。不是吗?"

夏天的微风摇曳着花盆里的熏衣草。

贝亚抽了口烟,把烟递给贾斯珀。烟被她的唇膏染成了粉色。"演奏《暗房》吧,"她说,"我也喜欢《放弃希望》和《木筏与河流》,但我觉得《暗房》是你的第一首劲曲。它很有《佩珀中士》[①] 的感觉,有它的色彩。有它的情绪。"

贾斯珀想知道,如果他触摸她的手,会发生什么,但特丽克丝告诉过他,总是让女士来主导。他的喉咙发干。

"你听过《佩珀中士》,是吗?"

---

① 披头士乐队的专辑《佩珀中士的寂寞之心俱乐部》(Sgt. Peppr's Lonely Hearts Club Band)。

窗帘从利凡半开的上下窗里飘了出来。贾斯珀躺在沙发上，望着众人，他们在听专辑的第一面。埃尔夫坐在天鹅绒扶手椅上，研究着歌词。迪恩在地毯上伸开了四肢。利凡坐在餐桌前，注视着一碗苹果。格里夫靠在墙上，他的手和手腕在跟着林戈的手一起抽动。没人说话。贾斯珀听出，这就是里克·赖特在UFO俱乐部跟他说起的那首歌。

放完狂欢式的《为了凯特先生！》（Being for the Benifit of Mr. Kite!）之后，利凡把唱片翻转过来。乔治·哈里森的西塔琴就像一颗胆小的彗星般四处飞舞……然后蜕变成《当我六十四岁》（When I'm Sixty-Four）里的单簧管。贾斯珀注意到，两种声音如何合成出了第三种声音。最后一首歌《浮生一日》（A Day in the Life）是整张专辑的缩影，就像《诗篇》是整本《圣经》的缩影一样。列侬"找到"的歌词与麦卡特尼杂乱的乐句对比鲜明。它们合在一起，绽放出了光芒。这首歌的结尾是管弦乐的清醒梦魇式终曲，螺旋式上升到最后一个和弦，在几十架钢琴上猛然响起。随着音符淡去，工程师提高了录音水平。贾斯珀想到了梦境结束时现实世界的渗入。它以倒放的含混笑谈结束。

唱针提起，唱臂咔地归位。

鸽子们在皇后花园的六月树上咕咕叫着。

"简直绝了。"迪恩长舒一口气。

"哇噢，"利凡说，"哇噢，就像一部内心游记。"

"我一直认为林戈只是运气爆棚，"格里夫说，"但……他是怎么打的鼓？我一点头绪都没有。"

"整个录音棚就是一件元乐器，"埃尔夫说，"就好像他们用了十六音轨录制一样。但十六音轨并不存在。"

"贝斯，"迪恩说，"那么清脆，就好像他们最后把贝斯录上去似的，作为加录的音效。这有可能做到吗?"

"除非他们把其他部分录制到了他们脑子里播放的节奏音轨上，"埃尔夫推测道，"这有可能做到吗?"

"好在他们停止了巡演。迪恩说，"如果只是在一个月的星期天里演奏，他们不可能演奏得这么有活力。"

"没有了巡演，"格里夫回答，"让他们腾出手来，做了这个。他们心里想的是，见鬼去吧，我们想录啥就录啥。"

"只有披头士乐队可以不搞巡演，"利凡说，"别人谁都不行。滚石乐队也不行。管理人员补充一句。"

"看看这个封套。"埃尔夫把它举起来，"颜色，拼贴，展开之后，露出歌词的这种安排。妙极了。"

"我们的唱片就应该看起来这么高级。"迪恩说。

"这个嘛，"利凡告诫说，"需要唱片公司真正的关爱。"

"《暗房》里的歌词为了达成效果，有些冒险，"格里夫说，"但《露西在缀满钻石的天空中》（Lucy in the Sky with Diamonds）呢?那肯定是 LSD 吧?"

"那最后一首里面的'我喜欢让她兴奋'这一句呢?"迪恩说，"他说的可不是打开电灯开关。"①

"披头士乐队刚才是不是扼杀了迷幻乐?"埃尔夫问，"还有谁能超越它?"

"他们点燃了导火索，"利凡说，"对《佩珀中士》热播的夏天来说，《暗房》的面世正是时候。对我来说，这就定了。《暗房》必须是乌托邦大道乐队的第一支单曲。"

一辆冰激凌车正在播放《橘子和柠檬》（Oranges and Lemons）。那些闪亮的和弦在皇后花园粉刷过的乔治王朝风格门面上回荡着。贾

---

① 英语 turn on 的双关。

斯珀听到了自己的名字。

每个人都在看着他。"什么？"

"我刚才问，"迪恩说，"你对这张专辑怎么看。"

"何必要给月亮贴标签呢？它是艺术。"

两星期后，贾斯珀在旁边洗脸盆上方的镜子里看到一张熟悉的脸。映出来的是埃尔夫爸爸的脸。"给您道喜了，霍洛韦先生。"

"啊，贾斯珀。玩得开心吗？"

贾斯珀阻止了自己说不，但说是无异于撒谎，于是他说："明虾鸡尾酒很棒。"

不知何故，霍洛韦先生觉得这话很有趣。"这些场合是为妇女们准备的，也是由妇女们准备的。这话可不是我说的哦。"

贾斯珀意识到，现在他跟埃尔夫的妹妹和埃尔夫的父亲都有了一个秘密。"谢谢您让您的律师审阅了我们的合同。"

"时间会证明法兰克兰先生在财务方面品行如何，但我的律师向我保证，你们这次没有出卖你们的灵魂。"

贾斯珀尝试着说一句俏皮话。"据说，它们很有用。"

霍洛韦先生的反映是皱起了眉头。"你的意思是？"

效果不佳。"嗯……在民间传说和宗教中，灵魂是一个有用的东西，得留着才行。就是这样。"

滚筒擦手巾塞窣作响。"啊。"老人的声音改变了音调。"埃尔夫告诉我，你上过伊里主教学院。我的银行高层里有几个老伊里人。"

"我在伊里只待到十六岁。然后我就搬到了荷兰。您瞧，我父亲是荷兰人。"

"他对你为了一个'流行乐团'放弃顶尖教育资源的优势怎么看？"

贾斯珀看着埃尔夫的父亲一根手指一根手指地擦干他的手。"我父亲让我放手去做。"

"我听说荷兰人是一个纵容放任的群体。"

"'漠不关心'可能比'纵容放任'更接近实情。"

霍洛韦先生给后来者拉下擦手巾。"这一点我确实知道。来我们银行应聘的人选，如果在'乐队'里演奏过，就会被拒收。不管他上的是什么学校。"

"所以您不支持乌托邦大道乐队？"

"我是埃尔夫的父亲。乐队有损于她的前途——还有职业风险呢？在布莱顿，如果那个瓶子砸到埃尔夫怎么办？疤痕也许适合小伙子，但它会毁掉一个女孩。"

"最糟糕的俱乐部有笼子来保护表演者。"

"讲这话是为了让我放心吗？"

"嗯——"是个假意提问的问题吗？"——是的。"

霍洛韦先生的笑声在墙壁间回荡着。"最重要的是，这种所谓的'地下文化'充斥着毒品。"

"毒品无处不在。据统计，五分之一的婚礼客人都在服用安定。然后我们还有烟草、酒精——"

"你是在故意跟我装傻吗？"

"我不知道怎么故意装傻，霍洛韦先生。"

银行经理皱着眉头，仿佛有一列数字加错了。"违法的毒品。能把人'勾住'的毒品……会让人跳楼之类的。"

"您是特指LSD？"

"据《泰晤士报》报道，现在有这么一种流行病。"

"那是个耸人听闻的词。人们选择服从一些娱乐性的药物。甚至就连您的一些雇员都有可能服用它们。"

"我向你保证，他们没有！"他的声音提高了。

"您怎么知道？"贾斯珀的声音一直很低。

"因为他们没有一个是'瘾君子'!"

"您喜欢喝杯酒,但您不是酒鬼。毒品的情况也是如此。造成伤害的是服用模式。不过,海洛因是例外。海洛因很可怕。"

马桶的蓄水池在滴答,滴答,滴答。霍洛韦先生抱住了他的头。气急败坏?"我听过你的歌,《暗房》。歌词是……嗯,你是否承认,这首歌来源于……"

贾斯珀知道,不要猜测别人的话尾。

"……吸毒的个人经历?"

"《暗房》的灵感来源于我邂逅的一位年轻的德国摄影师。她有一间暗房。精神药物和我不太合拍。我有一种病症,LSD很可能会诱发这种病症。苯丙胺没有那么危险,但如果我服用了它们,我就会弹漏音符,唱错歌词等等。老实说,我不碰那些东西。"

霍洛韦先生眯起眼睛,环顾了一下男厕,然后收回目光。"那,嗯……埃尔夫呢?"他在流汗。

"埃尔夫也一样。"

"啊。"霍洛韦先生点点头。"你是个怪人,年轻人。但我很高兴我们进行了这次谈话。"

"如果我是个怪人,那我也是个诚实的怪人。"

门砰地打开了,格里夫倒退着飘了进来。他的头发是歪的,他的疤痕泛着青紫,他的领带系在头上。"格里夫国王会回来的,"他告诉至少两个正在笑的女人,"一旦他把俾斯麦号击沉。"门关上了。"呃啊,祖托。迪恩还以为,你和神龙帕夫一起飞走了。"

霍洛韦先生目瞪口呆地望着格里夫。惊愕?

霍洛韦先生回头看了看贾斯珀。愤怒?

霍洛韦先生冲了出去。谁知道呢?

"他咋了?"格里夫问。"这是婚礼,又不是葬礼。"

乌托邦大道乐队以《反正风在吹》开始他们的表演。埃尔夫边唱边弹她的原声吉他；格里夫只是象征性地敲敲边鼓，只是等歌曲进行到他在布莱顿理工学院被瓶子砸中的那一刻——他踩着他的底鼓，在空中旋转一根鼓棒，像爵士乐队主脑一样将它接住。第二首是埃尔夫的新歌《蒙娜丽莎唱布鲁斯》。她用钢琴弹奏。迪恩为她补齐低音键，而贾斯珀在中间部分来了一段独奏。女人们仔细聆听着歌词，每一次排练歌词都会有变化。格里夫拿起他的鼓棒，在迪恩的主唱和埃尔夫的钢琴伴奏下，演奏了一首强劲的《我对你施了魔法》（I Put a Spell on You）。一些年轻宾客开始跳舞，所以乐队把歌延长了。贾斯珀用他的斯特拉托卡斯特吉他演奏了一段独奏，仿佛是萨克斯风吹出来的。抬头一看，他看到新娘和新郎在跳舞。如果我善于羡慕的话，我会羡慕这两个人：他们有家人，他们有彼此。贝亚也在跳舞，和一个高大黝黑的英俊学生在一起，但她在望着贾斯珀，贾斯珀把独奏交给迪恩，迪恩来了一段贝斯击勾。克莱夫和米兰达·霍洛维一直保持着坐姿。贾斯珀希望他能看懂埃尔夫父亲的表情。他把手放在妻子的手上，所以他大概重新平静下来了。音乐能将人连接起来。格洛索普夫妇坐在他们的位子上，抄着双臂，姿态僵硬，就连贾斯珀都能看出他们的嫌恶神情。音乐并不能把每个人都连接到一起……

但贾斯珀注意到，唐·格洛索普的脚在打着拍子，还有，他妻子在微不可查地和着旋律轻轻点头。

也许它能。

贾斯珀在与彼得伯勒文法队比赛时，在板球场上听到的敲击声当天没有再度出现，第二天也没有出现，第三天也没有。贾斯珀说服自己相信，它根本就没有发生过。一天傍晚，斯沃夫汉姆学院的校长让贾斯珀带着一个装满合唱团乐谱的包去大教堂。东风渐起。它扯掉了樱花树上的最后一朵花，推着贾斯珀走过长廊，那是伊里的中世纪街道之一。他听到前面的上方,有一扇门被猛力掀开又带上,掀开又带上,然后又掀开,他穿过一个拱门时,风把一扇木门从铰链上扯下来,以恶魔般的力道从他身边甩飞,距离他十六岁的脑袋不过十二英寸,在路对面的墙上摔成了木柴。它原本有可能扭断贾斯珀的脖子,打断他的肋骨或者刺穿他的头骨。贾斯珀被这一险情所震撼,但他还是匆匆赶往大教堂,穿过大门,进入空旷的阴暗空间。烛光摇曳。风琴师在弹奏着和弦。几名游客在四处走动,但贾斯珀没有停下来观察这座中世纪建筑的杰作。这是个不适合外出的夜晚。他绕过回廊,走到牧师会礼堂,那里有牧师的办公室。他来到门前,正要敲门,这时——

咚—咚……

贾斯珀没有敲门,但他听到了这个声音。

他环顾四周,寻找解释。

没有任何解释。贾斯珀小心翼翼地举起手,正要敲门——

咚—咚……

他还没碰到门呢。

是有人在里面敲门吗?

为什么?是在开玩笑?这样做有意思吗?

他们是怎么把握时机的?门上没有窥视孔。

第三次,贾斯珀准备扬手敲门。

咚—咚……

准是有人在领唱的房间里。

贾斯珀试了试那扇门。门僵硬地打开了。

领唱在房间另一侧的书桌后面,正在看《泰晤士报》。"啊,德佐特。你要知道,像你这样的小伙子,应该明白进屋之前要敲门的道理……"

紫色的火焰

迪恩在鲁特姆路环岛将野兽开出 A2 公路。我们能走出这么远，简直是奇迹。他们在布莱克希斯的时候爆胎了。迪恩和格里夫换了轮胎，而贾斯珀坐在路边。有钱人这么没用，是怎么拥有这个世界的？野兽的发动机在咆哮。要是化油器坏掉，那就在买新轮胎的五镑之外，又少了十五镑，悠着点儿。尽管每周都有两三场演出，迪恩还欠月鲸和塞尔默吉他行一大笔钱。我给克拉克西先生打工的时候，还有更多的闲钱来着……我们需要一份唱片合约，我们需要一首金曲，我们需要提高我们的出场费。野兽驶过了二十四小时营业的沃特林街咖啡馆，这是跑伦敦—多佛—欧洲大陆路线的长途卡车司机喜欢的店；驶过了现已停用、以备将来的旧军营；驶过了迷宫般的议会大厦，在迪恩还是个孩子的时候，这里全是田地；驶过了风车山的山口，在重力的作用下，野兽一路下行，驶向格雷夫森德仿佛满溢出来的那些屋顶、鳞次栉比的街道、小巷、轰炸遗址、建筑工地、起重机、通往拉姆斯盖特和马盖特的铁路、教堂尖塔、煤气厂、像盒子一样竖起来的新医院、成片公寓楼和脏水般褐色的的泰晤士河，在那里，驳船停靠在帝国纸业、斯莫莱工程公司、蓝环水泥厂旁边，在埃塞克斯那一侧，是蒂尔伯里发电站。工厂烟囱冒出来的烟雾笼罩着这个炎热、寂静、七月末的下午。

"欢迎来到天堂。"迪恩说。

"如果你觉得这里看起来很破败,"格里夫说,"不妨在一月中旬,去赫尔试试。"

"天堂就是通往天堂的路。"贾斯珀说。

不管这话是什么意思,都随便吧,迪恩心想。

"这一切看起来非常……真实。"埃尔夫说。

她是在开玩笑吗?"什么意思?"迪恩问。

"没什么,"埃尔夫说,"那是一句客套话。"

"抱歉,它不像里士满那样可爱。"

"不,我很抱歉我是这样一个无知的小富婆,与现实脱节。我会看《加冕街》弥补的。"

迪恩踩下离合器,让野兽滑行下坡。"我以为你是在开玩笑呢。"

"为什么?"

"很难分辨你说的……"

"无知的小富婆?"

迪恩沉默了一会儿。"我有些烦躁。对不起。"

埃尔夫哼了一声。"是啊。好吧。给家乡的观众表演是件大事。"坡度变陡了,野兽下坡的势头越来越猛。其实,迪恩心想,我担心贾斯珀和埃尔夫看到娜恩、比尔和雷之后,会想:"这些乡巴佬是谁?"我担心,娜恩、比尔和雷看到贾斯珀和埃尔夫之后,会想:"耶稣,这些自命不凡的家伙是谁?"我担心我们会在"马洛船长"的舞台上被人轰下去。我担心我们会沦为笑柄。最重要的是,我离哈里·莫法特越近,就越觉得冷和恶心……

"你在弹些什么丧气的烂玩意儿?"迪恩的爸爸瞪着他说。皇后街的市集正办得如火如荼,迪恩的即兴爵士乐队就在这一周成立,正在演奏《不会消逝》(Not Fade Away)。比尔和娜恩·莫斯组织了一场募捐，为迪恩的十四岁生日买了一把真正的捷克斯洛伐克产未来之星吉他，它在整整一首歌里都不跑调。迪恩已经在烟草罐里存了几个铜板。肯尼·耶尔伍德和斯图尔特·基德在唱歌和弹吉他刮板，但这是迪恩的乐队，迪恩已经学会了和弦，迪恩已经小有名气，迪恩已经阻止了肯尼和斯图尔特退缩。女孩们都在看。有几个长得不错。几个月来，他第一次感到快乐，而不是平淡、病态和灰暗。直到他爸爸过来。"我说，你在弹些什么丧气的烂玩意儿？"

"我们只是在卖艺，爸爸。"迪恩费力地回答道。

"'卖艺？'你们是在乞讨。"

"不，莫法特先生，"肯尼·耶尔伍德开了口，"这不像——"

迪恩的爸爸伸手一指。"滚蛋。你们两个都滚。"

肯尼和斯图尔特·基德同情地看了迪恩一眼，然后走了。

"你母亲会怎么说？嗯？"

迪恩吃力地吞咽了一下唾沫。"但妈妈也弹钢琴。她——"

"在家里！私下弹！而不是在全世界都能看到的地方！把它捡起来。"迪恩的父亲对着那罐硬币皱了皱眉头，领着他穿过街道，来到丹迪先生的报刊亭外的导盲犬慈善捐款箱前。它的颜色和形状就像一只黑色拉布拉多犬。"全丢进去。一分不剩。"迪恩别无选择。每一枚硬币都塞进了狗头上的槽孔。"再搞一次这样的噱头，那把吉他就没了。我不管是谁给你买的。听清楚了吗？"

迪恩恨他的爸爸，恨他自己没有反抗他，也恨他爸爸让他恨自己。

"听清楚了吗？"

伏特加和烟草味儿。哈里·莫法特的气味。

路人放慢脚步看热闹。

迪恩希望他当能当场杀死他爸。

迪恩知道他的未来之星很脆弱。

163

迪恩对着那只空心狗说："清楚了。"

埃尔夫在娜恩·莫斯的钢琴上即兴演奏了《月亮河》(Moon River)里的钢琴独奏。迪恩呼吸着熏肉脂肪、旧地毯、老人和猫砂的味道。迪恩猜测，贾斯珀在切特温德那套房的休息室，就能把娜恩家的整个一楼装下。贾斯珀看起来一如既往的轻松，而莫斯和莫法特家聚在一起的四代人，对迪恩这些奇异的乐队成员更多的是好奇，而不是反感。到目前为止是这样。格里夫是在两上两下的房子①里长大的，他在这里会有家的感觉，但他把野兽开到了"马洛船长"那里，准备和一个他在阿奇·金诺克时代结交的朋友见面。白发苍苍、皱纹密布的娜恩·莫斯和着《月亮河》琴声中哼唱着，摇摆着。与娜恩同居多年的丈夫比尔也是位不折不扣的钢琴好手，他对埃尔夫的演奏风格点头赞许。大嗓门的玛吉姨妈和安静的多特姨妈慈祥地看着。她们的姐姐，也就是迪恩的妈妈，从她的相框里看着。旁边是迪恩的哥哥雷，雷的怀孕妻子希尔，还有他们两岁的孩子韦恩，韦恩正用他的小车在高速公路上制造车祸。贾斯珀坐在娜恩客厅的角落里，角落上方是一字排开的搪瓷鸭子。迪恩打量着他的室友。他们分享过几盒香烟、几盒杜蕾斯、几盒鸡蛋、几管牙膏、书籍、几品脱牛奶、吉他弦、几瓶洗发水、感冒和中餐外卖……有时，他幼稚地毫无戒心；还有一些时候，他就像假装地球人的外星人一样。他提起过他在学校里的一次崩溃，还有在荷兰诊所里的一段经历。迪恩没有深究。那样感觉不对。他甚至不确定，贾斯珀对现实世界的疏离，是那段日子的起因，还是那段日子留下的伤疤。

埃尔夫以一个尖锐的滑音结束了《月亮河》。

小撮观众向她报以热烈的掌声。

---

① 小二层的房子，一楼有两个房间，二楼有两个卧室。

韦恩拿一辆轿车撞向一辆卡车，嘴里说着："咔嘣！"

"哦，"娜恩·莫斯说，"这很动听，不是吗，比尔？"

"确实动听。你弹了多久了，埃尔夫？"

"从我五岁开始。我奶奶教我的。"

娜恩·莫斯说："就该从小学起。《月亮河》是我们家薇的最爱。迪恩的妈妈。她和玛吉、多特都会弹钢琴，但薇迷上了它。"

"如果刚才闭上眼睛听，"玛吉姨妈说，"就像是薇在弹。尤其是中间的需要灵巧对待的那段。"

"我觉得，如果换种活法，"多特姨妈说，"薇可能会成就不凡。我是说，在音乐方面。"

"迪恩很好地继承了薇的天赋。"玛吉姨妈说。

"别让这块牛排和腰子布丁变凉，好吗？"比尔说。

多特姨妈和玛吉姨妈开始装盘。

"观众能听到钢琴声吗？"雷问埃尔夫，他朝迪恩扬了扬下巴，"在成千上万的女孩子尖叫，向那位上天宠儿扔内裤的时候。"

"扔内裤还没开始，"埃尔夫说，"等他上了《流行之巅》，大概就会开始了。声学效果取决于场地、话筒和音箱。我们的面包车上有个法菲萨键盘。我还有一台哈蒙德，但它有一吨重。它们都有很强的冲击力。"

"这难道不需要很大的勇气吗——"希尔给韦恩戴上围嘴——"在一群陌生人面前登台献艺？"

"我想是的，"埃尔夫说，"但要么你适应了怯场，要么你只能罢手。娜恩，这太多了。"

"军队是靠吃饱肚子才能行军的，"这位女家长说，"好了。既然我们都有吃的了……"每个人都双手交握。娜恩说起了谢恩祷告："对我们即将得到的东西，愿主让我们真正心怀感激。阿门。"每个人都跟着说"阿门"，然后吃起了东西。迪恩觉得，食物就像音乐一样，把人们聚拢在一起。

"这个派很完美。"贾斯珀说,就像评估一段独奏似的。

"这话是对我的极大赞美。"玛吉姨妈说。

"其实,"迪恩说,"他没有。他只是有一说一。"

"我的鼻子是一张嘴巴。"韦恩把一块胡萝卜塞进鼻孔。

"韦恩,这样做会让人反感,"希尔说,"把它拿出来。"

"可你说过,我不能在餐桌上挖鼻孔。"

"雷,你告诉他。"

"照你妈说的做。"雷蒙德憋住了笑。

韦恩把他的小手指伸进鼻孔。"它更往里了。"现在,不那么好笑了。"它卡住了!"他把胡萝卜高速喷射到迪恩的盘子里。就连希尔也看到了好笑的一面。

"谁来讲点儿迪恩十来岁时的糗事?"埃尔夫问。

"噢,上帝啊,"比尔说,"我们有几小时可用?"

"得好几天才行,"雷说,"才能把浮在表面上的事情讲完。"

"谎言,谎言,谎言,"迪恩说,"都是谎言。"

"啊,但现在谁是摇滚叛逆者,嗯?"雷叉起了一块腰子,"谁又是负责任的丈夫?"

只是因为你在希尔的卵子成熟时,把木薯粉射进了她的暖手筒里。迪恩从地上捡起韦恩的勺子。

"迪恩过得不容易,"娜恩·莫斯说,"在他妈妈去世后。对每个人来说都不容易。他父亲有一……"

"有一段困难时期。"比尔领会了迪恩的眼色,这样说道。

"正是如此。"娜恩继续说,"雷离开后,在达格南区干学徒,迪恩搬回了他爸那儿,住在孔雀街的老房子里,但这个安排终究行不通。所以迪恩搬到我和比尔这里,住了三年左右,当时他在读埃布斯弗利特艺术学院。我们那么骄傲。"

"但他没有成为下一个毕加索，"雷说，"他变成了我们知道和喜爱的吉他天才。"

"他才是吉他天才，"迪恩朝贾斯珀晃了晃大拇指，"你在大帐篷看过演出的，雷。"

"如果说我会弹，"贾斯珀说，"那是因为我用练琴来代替生活。我不推荐这种方法。"

"在这个世界上，要取得任何成就，"比尔说，"你都必须付出努力。光有天赋是不够的。你也需要自律。"

"迪恩画过一些很棒的画，"玛吉姨妈说，"那就是他画的，在收音机上。"每个人都看向迪恩画的惠特斯特布尔码头。"要知道，他的心思总是放在音乐上。他一直在自己房间里，写他的曲子，直到他把它们的音符做得完美无缺。"

"就像现在这样，"贾斯珀戳起一颗红花菜豆，"比较弱的贝斯手会像大号手一样，奏出'嗡啪—嗡啪'的声音。迪恩会像这样流畅地演奏——"他放下叉子模仿着——"邦—邦—哔—咚哔—咚哔，邦—邦—哔—咚哔—咚哔。他弹起贝斯来，就像弹节奏吉他一样。这很了不起。"贾斯珀吃掉了豆子。

对这种实事求是的赞美，迪恩觉得有点尴尬。

"看到那个徽章了吗？"娜恩指着一个奖杯，念着上面的铭文，"'1964年格雷夫森德最佳乐队——掘墓人乐队。'那是迪恩的乐队。回头我们把相册找出来。"

"哇噢，相册。"埃尔夫搓了搓手。

一辆摩托车轰轰驶过，把梳妆台上的茶杯震得喧啷作响。"那是杰克·科斯特洛，"玛吉姨妈抱怨道。"把他儿子文尼放在副驾驶座上，拿这个镇子当成他的私人赛车场。"

"你不会介意我这么问吧，贾斯珀，"玛吉姨妈说，"你是贵族吗？你的口音很棒。就像英国广播公司的播音员。"

"我在莱姆雷吉斯,由姨妈抚养到六岁。她开了一家膳宿公寓,总是手头拮据。不过后来我去了伊里的一所寄宿学校,那里确实非常豪华。不幸的是,就算有阔佬的口音,也不能保证我有阔佬的银行存款。"

"你姨妈怎么能供得起你念贵族学校?"比尔问。

"我父亲的家族——德佐特家族——介入了。他们是荷兰人。"

玛吉姨妈调整着她的假牙。"他们很富有,是吗,贾斯珀,如果你不介意我问的话?"

"我们能不能别再逼问这个可怜的小伙子了?"迪恩问。

"哦,他不介意,是吧,贾斯珀?"玛吉姨妈说。

贾斯珀似乎并不在意。"我认为泽兰的德佐特家族很有钱,但还不算富有。"

"有钱和富有不是一回事吗?"希尔问。

"有钱人知道他们有多少钱。富有的人有太多钱,多到他们自始至终都搞不清究竟有多少。"

"在这些事里,你母亲去哪儿了?"玛吉姨妈问。

"我母亲在我出生时就去世了。"

女人们满怀同情地咂吧着嘴。"可怜的孩子!"玛吉姨妈说,"至少雷和迪恩认识他们的妈妈。对她完全没有记忆,那一定很难。你应该预先警告我们的,迪恩。"

"我警告过你们,别再逼问了。"

娜恩的布谷鸟钟表咕咕地叫了七声。

"不可能吧,已经七点了。"埃尔夫说。

"时间是个有趣的东西。"多特姨妈说。

那时迪恩十五岁。癌症和吗啡已经把他的母亲抹去了一半。他害怕去探访她的病房,他知道这份害怕把他变成了全英国最差劲的儿子。死亡把所有其他话题都变成了徒劳的逃避，然而没有死亡的人怎能和将死之人谈论死亡？那是一个星期天的早晨。雷在达格纳姆。迪恩的爸爸在水泥仓库加班。娜恩·莫斯和姨妈们都在教堂。迪恩从来不认为教堂有什么意义。"上帝以神秘莫测的方式行事"似乎与"正面我赢，反面你输"没有什么区别。假如祈祷有用，迪恩的妈妈就不会濒临死亡。迪恩带着他的未来之星来到医院。等他到医院时，母亲已经睡着了，所以迪恩静静地练习着。他练习了《田纳西华尔兹》（The Tennessee Waltz）的一个需要注意技巧的选段。弹到最后时，一个微弱的声音说："这很美，亲爱的。"

迪恩抬起头来。"我一直在练习。"

一个有气无力的笑容。"好孩子。"

"对不起，如果我吵醒了你。"

"没有比这更好的唤醒方式了。"

"你想再听一首吗？"

"再弹一遍吧，萨姆。"

于是迪恩一直弹《田纳西华尔兹》。孩子把注意力都放在指板上，错过了母亲去世的那一刻……

贾斯珀在《支离破碎》的结尾处来了一次炫技式的独奏。埃尔夫投下大片闪光的哈蒙德和弦。格里夫的鼓打出了电闪雷鸣。迪恩的手指，而不是迪恩，在弹奏他的贝斯，让迪恩在"马洛船长"的侧屋里环顾着两百多颗脑袋。他瞥见了那些希望他成功的朋友；那些希望他崩溃和毁灭的老对手；那些从乐队里看到他们曾经拥有或原本可能拥有的东西的长者；那些在外面撒尿和钓马子的年轻男子；端着金巴利酒、仙鹿酒，叼着烟的年轻姑娘。迪恩心想，格雷夫森德，你揍我的脸，踢我的卵蛋，你告诉我，我没用，是个笑话、废柴、娘娘腔，但你**听听**乌托邦他妈的大道吧。我们正在他妈的变好，哪怕你皱起眉头，发出冷笑，你也心知肚明。哈里·莫法特的一些亲信会在那里。你告诉他，我们把这地方给点燃了。贾斯珀弹到了第一阶段的终点。迪恩看了看，正如他所料，贾斯珀一直盯着他的吉他指板，暗示他想再来一轮。大多数人都没在现场听过哇音踏板的音效，而贾斯珀对这个小玩意的掌握令人惊叹。我认可这首歌了，谢谢你们。前几次练习时，埃尔夫建议，把歌词从"所有梦想都以碎片结束"改为"碎片是梦想的种子"。迪恩试了试，让这首歌从低沉变得昂扬起来。贾斯珀建议，埃尔夫在那句"梦想的种子"上唱和声：房间里的每个人，包括帕维尔·Z在内，都发出愉悦的叹息。在"波将金战舰"乐队的工作行将结束时，迪恩放弃了分享他的歌曲：那个乐队总是让歌曲变得更糟。乌托邦大道则正好相反。这支乐队就像是一台将歌曲提炼升华的机器。

贾斯珀从他的独奏中走了出来；迪恩看着格里夫，后者点点头；还有四小节……还有三小节……二……一……还有埃尔夫的一个好了的眼神……贾斯珀停了下来——他们都用同一块表数着时间——一、二、三、四——然后把收尾部分打碎成敲、击、弹、扭的分子……

掌声是最纯的毒品，迪恩心想。他在布制的啤酒垫上擦了把脸，啜饮着他的一品脱史密斯维克啤酒。"干杯，各位。"掌声此起彼伏。与伦敦的演出相比，这里能看到的天鹅绒更少，更多的是普通衬衫、牛仔裤和平顶帽。马洛船长是一家既做鱼也烹鸡的酒馆。它离格雷夫森德工人俱乐部只有几步之遥，也是蓝环水泥公司的人拿着工资袋来到的第一家好酒馆。以格雷夫森德的标准来看，这里更新潮的人群被弹球、点唱机和每月两次的现场表演所吸引。在一侧，利凡和一个迪恩不认识的男人站在一起。如果那是一个男朋友，那他们最好小心点"。掌声渐渐平息，迪恩靠在麦克风前。"感谢大家的到来，也感谢戴夫和希尔瓦邀请我们。"他看了看后面的吧台，戴夫·赛克斯，那个长着泰迪熊脸庞的老板,向他招了招手。"我是迪恩·莫斯,我在格雷夫森德出生,所以如果我还欠哪位五镑钱,我可以在演出结束后还给你——"迪恩紧了紧他的 G 弦钮,"只要你先借我十镑。"

格里夫打出了喜剧性的嚓……嗒嘣!

"这就是我们的乐队:键盘手是埃尔夫·霍洛韦小姐!"

埃尔夫在哈蒙德琴上演奏出贝多芬(Ludwig Van Beethoven)第五交响曲的前奏。一个机灵鬼喊道:"你可以随时演奏我的风琴①,亲爱的!"

"对不起——"埃尔夫用上了她准备好的回答——"但我不弹奏玩具乐器。"格里夫又来了一个嚓……嗒嘣!

"鼓手是,"迪恩说,"来自约克郡人民共和国的彼得·'格里夫'·格里夫——或者简称'格里夫'!"

掌声响起。格里夫表演了一阵鼓声爆炸;站起身来鞠躬。

"吉他手,"迪恩说,"是贾斯珀·德佐特先生!"贾斯珀用电音演奏了《天佑女王》(God Save the King)的最后一句。掌声响起。

有人叫道:"更像贾斯珀他妈的娘娘腔!"

贾斯珀走上前去,手搭凉棚,扫视人群,寻找嘲笑他的人。"谁在跟我说话?"

"在这边!"嘲笑者挥着手,"去剪个该死的头发吧!"

见鬼,迪恩想,简直是布莱顿理工学院的续集。

贾斯珀仔细看了看。"什么?为了看起来跟你一样吗?"他说的是他脑子里想到的第一句话,但就连那个嘲笑者也笑了起来。迪恩趁热打铁地说:"下一首是贾斯珀的作品。叫作《出席婚礼》,一—二——一—二—三——"

---

① "演奏我的风琴"为双关语,也有"玩弄我的器官"之意。

接下来是迪恩的老歌《当时看来是个好主意》，一首生气勃勃、根基深厚的《蒙娜丽莎唱布鲁斯》，布克·T 的《绿洋葱》，《暗房》，十分钟的《放弃希望》——到最后，整个屋子里的人都在喊"我会把你的心扯—扯—扯出来，就像你扯出了我的心一样"，就好像他们对这首歌熟稔已久——《木筏与河流》，一首动物乐队风格的《旭日之屋》，一首加强版的《反正风在吹》，还有披头士的《当天往返的游客》（Day Tripper），由埃尔夫演唱，她把所有的"她"都换成了"他"。在第二次安可时，他们演奏了掘墓人乐队最棒的歌《六英尺下》，这是迪恩十七岁时写的。迪恩的两大担忧——贾斯珀歌曲里的迷幻风会在爱喝棕色啤酒的客人那里反响平平，或者格雷夫森德人不会让埃尔夫在未经污言秽语嘲弄的情况下演出——并未变成现实。当戴夫·赛克斯打开室内灯光的时候，迪恩满头大汗，声音沙哑，指尖僵硬，但他对这场演出相当满意。迪恩、贾斯珀、埃尔夫、利凡和格里夫在架子鼓旁边，摆了个即兴的橄榄球争夺造型。

　　"伙计们，我们他妈的火了！"格里夫说。

　　"你可以再说一遍。"埃尔夫说。

　　"伙计们，我们他妈的火了！"格里夫重复道。

　　"这话可真老套。"埃尔夫说。

　　"棒极了，"利凡说，"很快就会有反响的。不可能你们演得这么好，却没有反响。"

　　我他妈但愿如此，迪恩心想。

　　"该你了，贾斯珀。"埃尔夫说。

　　每个人都看着贾斯珀。"该我做什么了？"

　　"说说你见鬼的感受，傻瓜。"格里夫说。

　　贾斯珀想了想。"我觉得……我们在变好？"

　　他们五个人围成的圆圈，被外面的人加入和冲散。"你很快就会把那五镑钱还给我了。"肯尼·耶尔伍德说。

迪恩说:"相信我,我等不及了。"

"如果妈妈能看到你,"雷说,"她会很骄傲的。"

"她确实看到了,亲爱的。"玛吉姨妈说,她捏了捏迪恩的脸颊。

迪恩的老同学、老师们、过去的熟人接连出现,喝完两品脱啤酒之后,来了一个姑娘。"你不会记得我的,"她说,"不过——"

"祖德。布莱顿理工学院的。你借给了埃尔夫一把吉他。你好吗?"

她很高兴。"你需要一份唱片合约。现在。"

"我已经给圣诞老人写信了,"迪恩说,"开玩笑的。"

"现在才七月。不过你最近是淘气还是乖巧?"

是调情的味道。"加斯怎么样了?他是叫这个名字吧?"

"我不知道,也不想知道。"

赞美上帝。"听你这么说,我感到很遗憾。"

"是呀,我敢打赌,你很遗憾。"

迪恩嗅着她的香水味。"你在这儿做什么?"

"我哥哥是个音乐迷,他说有一个叫乌托邦大道的乐队要来演出。我的耳朵竖了起来,然后我就来了。"

"我很惊讶,经过上次的事之后,你竟然还会来。"

"无论如何我都会来。"

尚克斯出现在她身后,示意他们得走了。

迪恩打了个手势,让他再等两分钟。"我和贾斯珀要在城里的一个朋友家过夜。你愿不愿意……"

祖德扬起的眉毛仿佛在说,我的天哪。"一步一步来吧,飞毛腿冈萨雷斯①。我哥要开车送我回布莱顿。我在一家化妆品批发商那儿

---

① 美国动画片中的卡通老鼠形象,号称墨西哥速度最快的老鼠。

找了份工作。不过……"她挥舞着一张折叠起来的方纸,"……如果你有空——就是说,如果你没有跟别人约会的话——这是我在班上的电话号码。你必须假装是顾客,否则我老板会起疑心。另外,它写在特殊的纸上,四十八小时后就会化成灰。"她把手伸进迪恩的外套,把纸塞了进去。她在他的脸上啄了一下。"给我打电话。或者在你空闲时后悔。说真的——乐队很棒。你会出名的。"

尚克斯把烟嘴放进嘴里,烟雾旋绕着滑下水烟筒的筒身——咕嘟、咕嘟、辛劳和烦恼——进入他被烟熏黑的肺……然后呼出,变成花椰菜状的云朵。

"这东西合法吗?"肯尼问。

尚克斯模仿着正义的天平。"这器具,合法。花瓶里的药草鸡尾酒嘛,可能会刺激到警察。我买了保险。"一阵长长的嘘声响起。吉姆·莫里森(Jim Morrison)唱着《结局》(The End)。"哎,迪恩——你还好吧?"

"很好,"迪恩说。他拿过烟嘴,含在双唇之间,想到了祖德……

吮它,咕嘟咕嘟,它来了,现在屏住呼吸……然后再呼出来。"这感觉……就好像……"今晚我词不达意。"喝奶,还有点儿悬浮感。"

哥哥雷笑得前仰后合。没发出一点儿声音。

"你和贾斯珀,"肯尼说,"就像一对夫妻。"

迪恩琢磨着这句话的意思,这时贾斯珀的脸让他想起了斯坦·劳雷尔[①]的脸。"还是别说这个吧。"贾斯珀吮吸着烟嘴。水烟筒对他来说并不新鲜。他在阿姆斯特丹生活过。

迪恩问:"阿姆斯特丹的观众能理解我们吗?"

---

① 斯坦·劳雷尔(1890—1965),英国喜剧演员。

贾斯珀的话里有点提前发出的回音。"首先我们需要一份唱片合约。否则就是业余表演。"

我们那份虚无缥缈的唱片合约呀。迪恩觉得自己在太空中迷失了方向，需要确定自己的方位。这里是尚克斯开在店铺上面的公寓，这家店就是著名的"魔法巴士"。时间是凌晨时分。都有谁？我自己；尚克斯；他的女友，名叫派珀；哥哥雷；肯尼·耶尔伍德；贾斯珀和一个在演出之后刚出现的女孩，她对德佐特先生有明显的企图。她说她叫艾薇。他们六个人一动不动。就像伦勃朗的画。看到没？我懂艺术。就像用蜡烛这支画笔，描画在生动的黑暗中……

……直到尚克斯用一句话打破了伦勃朗的魔咒。"你们四个今晚真了不起，简直超凡脱俗。用不了多久，我就会说：'噢，是的，是的，我和迪恩·莫斯那可是老交情——我们一起看过小理查德——是我教会他第一组和弦……'那些歌！《暗房》《支离破碎》《蒙娜丽莎》……每一首都能成为大热门。你不觉得吗，派珀？"

"西雅图的广播电台会用勺子把你们吃掉。"

"但愿能快点儿。我都快一贫如洗了。"

贾斯珀没在听。他的耳朵在被艾薇、艾薇、艾薇窃窃私语。他看着尚克斯，尚克斯看懂了他的心思。"孩子们，备用房间在楼下。里面只有一张单人床。我敢说够用了。"艾薇离开了，就像猫一样，消失在阴影中。迪恩确认祖德的电话号码安然无恙。它还在我的外套里。

哥哥雷对贾斯珀说："伙计，你真行。我的小弟弟和我一样，都吸麻了。"贾斯珀耸耸肩。

"一句忠告，"肯尼说，"这可是科学事实。格雷夫森的女孩就像放在腿上的鸡蛋——你只是对着一个女孩打了个喷嚏，突然，她们就会晚来三个月，孩子会来敲你的门，管你叫爸爸。这里的雷知道我说的是什么意思。"

雷比划出绞刑吏的绳圈。雷拿起了圣洁的烟嘴……喷出一个精灵，再用烟逐一喷出四肢。"一定戴上那个。但愿你是有备而来。"

贾斯珀行了个童子军的军礼，跟在艾薇后面走了。

"你呢？"雷在问他，"有什么艳遇吗？"

派珀飘走了。"我想我要谨慎地撤退了，小伙子们，为了不让我自己脸红——明天早上见。"

上头的迪恩又吸了一口——吸进去，咕嘟咕嘟，憋住，呼出来——希望这个话题已经翻篇。

"你呢？"雷在问他，"有什么艳遇吗？"

为了能得到安宁，怎么说都好。"不多。在埃尔夫姐姐的婚礼上，有一个来自圣约翰伍德的女孩。我在她家过了一个周末。这就是六月的全部。"

"我是个傻瓜，"肯尼说，"特蕾西总说一句话：'没有订婚戒指，就没有性爱——你有什么地方听不明白？'我现在就应该甩了她，但她爸是我的老板。真是十足的噩梦。"

轮到雷了："有些日子挺好。我喜欢当爸爸。主要是在韦恩昏睡过去的时候。但希尔是一头喜怒无常的母牛，经常如此。我单身的时候有更多的艳遇。希尔一天比一天更像她母亲。婚姻就像一座由犯人出资的监狱。你是怎么想的，尚克斯？你已经经历了两次磨难。"

尚克斯把大门乐队（The Doors）的唱片放回封套里，放上地下丝绒乐队（The Velvet Underground）的唱片。"婚姻就像是锚，伙计们。它能阻止你漂流到礁石上，但也能阻止你航行。"

A面的第一首曲子《周日清晨》（Sunday Morning）把迪恩带到了歌里。妮可（Nico）的声音跑了半个调，但听起来更有味道。

雷坐起来，问："那埃尔夫在跟谁约会？"迪恩太放松了，无法回答。雷轻轻地踢了踢迪恩的脚。"埃尔夫在跟谁约会？"

迪恩抬起头来。"某个电影放映员,在莱斯特广场。"

肯尼问:"你、格里夫或者贾斯珀,有没有尝尝她的滋味?"

"埃尔夫?天啊,肯尼,没有。那样就会像和你的姐妹上床一样。"

现在肯尼坐了起来。"你说什么?你一直在跟杰姬上床?"

水烟筒的魔力在消退。迪恩躺在尚克斯的土耳其地毯上。他想起父亲告诉他:"你在姥姥家待得够久了。是时候回你家了。"他父亲对娜恩·莫斯说:"感谢你所做的一切,但迪恩属于我。薇也会同意的,愿上帝保佑她的灵魂。"这话谁能反对?他在新年那天搬回了家。妈妈去世是九月的事。随着冬去春来,他的工作清单越来越长。烹饪、购物、清洁、洗衣、熨烫、擦鞋。都是他妈以前干的活儿。"要活着就得靠自己,这个世界可不欠你一条生路,"他父亲说,"我也不欠。"哈里·莫法特一直喜欢喝酒,但迪恩惊讶地看到,他每天喝一瓶"晨星"——一种廉价、劣质的伏特加。他表现得与常人无异。没有人猜到他喝酒。邻居们不知道,同事们也不知道。他父亲一旦离开家,仍然是一个迷人的无赖。在孔雀路,"糟糕"滑向了"更糟"。他制定各种规矩。不可能做到的规矩。这些规矩总是变来变去。如果迪恩待在外面,那他就是到处鬼混。如果迪恩待在家里,那他就是游手好闲。如果迪恩不说话,那他是个不好相处的浑蛋。如果迪恩说话,那他就是爱顶嘴。"那就打我吧,如果你想来一顿。来吧。我们看看会发生什么。"迪恩从来没敢说这话。父亲硬逼着儿子融入他的贵族鳏夫活动中。迪恩不得不每天把空酒瓶放进不同的垃圾桶。接电话也是迪恩的工作。如果他父亲喝得烂醉,他就会说:"他刚刚出门了。"迪恩做了必要的事情,像他母亲一样。他对雷说了谎。"是啊,挺好的,达格南那边一切可好?"雷又能怎么办呢?放弃他的学徒工作?尝试跟那人讲道理?如果道理对酒鬼起作用,就不会有酒鬼了。不过等到迪恩开始上艺术学校时,这种情况就没法再继续下去了……

迪恩十六岁那年,烟火节那天晚上。他从埃布斯弗利特的一个烟花派对上回来,发现他父亲正对着厨房桌上的《镜报》皱眉。当天那瓶"晨星"已经喝空了。

迪恩只是说:"晚上好。"

"表现不错嘛,值得奖励。"

迪恩拉开厨房的窗帘,注意到花园里他们周六用来焚烧垃圾、树叶和杂草的焚烧炉里有一小团篝火。这天是星期五。"我看到,那儿有一团篝火。"

"有些旧垃圾需要烧掉。"

"那我就说晚安了。"

迪恩的父亲放他离开了。

迪恩上楼回到自己房间——他注意到,有些东西不见了,这让他觉得想吐,每发现少了一样东西,就像肚子上挨了一拳。他的未来之星吉他。他的当塞特收音机。他的《吉他自学教程》。他的小理查德签名照。迪恩听到篝火噼啪作响。

他冲下楼去,越过那个干下这件事的人,走进冰冷的空气里,看看还有什么可以抢救出来……

篝火烧得很旺。只有未来之星的指板还在,它的清漆在冒泡。紫色的火焰舔舐着琴颈。当塞特收音机变成了一团纺锤形、黑糊糊的电木。书本变成了一团灰烬。小理查德的签名照也不见了。迪恩的爸爸之前加了一些煤块和几个打火机。紫色的火焰烘烤着迪恩的脸。烟里透着油质和毒雾。

迪恩回到屋里。"为什么?"他的声音有些颤抖。

"什么为什么?"迪恩的父亲仍然没有抬头。

"这么做有什么意义?"

"直到现在，你一直是个不肯工作、带着吉他的长发娘娘腔。现在你只是一个不肯工作的长发娘娘腔。这是——"迪恩的父亲抬起头来——"朝正确的方向迈出了一步。"

迪恩拿起他的背包，装上他的九张专辑、二十张单曲、一包吉他弦、妈妈给他的生日卡片、他最好的衣服、仿鳄鱼皮的皮鞋、相册和他的歌本。他最后一次告别了他的老房间，下了楼。还没等他解开门链，一股力量把他甩到了客厅。迪恩的耳朵撞上了门框。脚步声踏着油地毡走了过来。迪恩滑坐起身。"怎么？你要把我关在这里吗？"

"我的儿子可不能是弹吉他的娘娘腔基佬。"

迪恩看着那双冷酷的眼睛，恨透了它们。他爸爸在里面吗？是伏特加在说话吗？"你说得很对，哈里·莫法特。"

"你说什么？"

"我不是你的儿子。你不是我的父亲。我走了。这就走。"

"白费工夫。现在是时候了，你不要再在艺术、音乐和这些破事上胡闹了，给你自己找一份真正的工作吧。就像雷那样。我警告过你，但现在我已经——我已经——我已经采取行动了。你会为此感谢我的。"

"我现在正在感谢你。你让我大开眼界，哈里·莫法特。"

"再说一遍——再说一遍——你他妈的就会后悔。"

"说哪段，哈里·莫法特？是'我不是你儿子'那段，还是……"

迪恩的下巴裂开了，他的头砸到了墙上；随着身体砰的一声，他躺在了地上。他尝到了血的滋味。他的头骨和下巴的疼痛，和着他的脉搏一起跳动。他抬起头来。

哈里·莫法特俯视着他。"看，你让我做了什么？"

迪恩站了起来。他在镜子里检查着自己的嘴。嘴唇裂了，有血，牙龈破破烂烂。"这就是你以前跟妈妈说的话？在你打她的时候？'看，你让我做了什么'？"

哈里·莫法特的冷笑消失了。

"在格雷夫森没有秘密。全镇人都知道。'哈里·莫法特把他老婆像地毯一样打,她得了癌症,死了。'从不当面说。但他们知道。"

迪恩解开门链,踏入十一月的夜色。

"我受够你了!"哈里·莫法特喊道,"你听到了吗?"

迪恩继续走着。一副副窗帘在扯动。

孔雀街散发着冰霜和焰火的气味。

七年之后,四分之一英里开外,迪恩在雨声和肯尼在沙发上发出的鼾声中醒来。有人在迪恩脑袋下面放了一个垫子。雷在扶手椅上睡着了。水烟筒四周有杯子、瓶子、烟灰缸、花生壳、纸牌。迪恩悄悄走进厨房,想喝杯水。格雷夫森德的水不像伦敦的水肥皂味那么重。他坐在桌前,嚼着一块雅各布饼干。在高高的棚架上,一株吊兰舒展着叶子,上方挂着一幅象头神的挂毯,还有尚克斯和派珀在国外某个阳光明媚的地方照的照片。迪恩离格雷夫森德最远的一次是在沃尔夫汉普顿,波将金战舰乐队在那里办了一场演出。他分到的钱还不到一英镑。他在海德公园角卖艺赚得更多。乌托邦大道乐队是死路一条吗?我们昨晚表现不错,但那是一场主场比赛……如果我们没人要,该怎么办?一个个屋顶从皇后街一直延伸到河边。拖船将一艘货船从蒂尔伯里码头拉出。货船的中间部分离开医院时,它的名字一个字母一个字母地显露在迪恩眼中——**里加之星**。尚克斯的吉普森原声吉他就放在对面的椅子上。迪恩给它调了调音,在淅淅沥沥的雨声和他自己思绪的陪伴下,他让他的手指弹奏,拨弦……

"是你的一首歌吗?"雷站在尚克斯的厨房门口。

迪恩抬起头来。"嗯?"

"那首曲子。"

"只是我随便弹的东西。"

雷喝了一杯水。"玛吉姨妈说得对,妈妈会很骄傲。她会说:'当然,迪恩一直是个有艺术细胞的人。'"

"会让她感到骄傲的是你。'当然,雷总是那个埋头苦干的人。'她也会把韦恩宠坏的。"

雷坐了下来。"你和爸爸要和解吗?"

迪恩弹出一个不和谐的音符。"他才是始作俑者。"一滴雨顺着窗户流下来。"对我来说,比尔更像是个父亲。还有你。还有尚克斯。"

"我不是想为他开脱,但他已经失去了一切。"

"我们以前说过这个,雷。'都是伏特加的错。''他爸爸也打了他妈妈的耳光,也打了他。''看着妈妈死去,他经历了地狱般的痛苦。''不肯叫他爸爸,是一种幼稚的怨恨,让人吃不消。'有哪一句是我漏掉的吗?"

"没有,但如果他能把你的吉他变回来,他会的。"

"是他亲口跟你这么说的?"

雷做了个鬼脸。"他不是一个可以讨论他的感受的人。"

"打住吧。这不是怨恨。这是后果。如果你想让他出现在你的生活里,很好。对你来说是好事。那是你的选择。我不想让他出现在我的生活里。这是我的选择。故事结束了。不要再说了。"

"他这个岁数的男人随时都有可能死掉。特别是他们的肝有问题的时候。死人是不能签署和平条约的。再说他还是你父亲。"

死人是不能签署和平条约的,迪恩心想。好句子。"从遗传上、法律上来说,没错,他是我父亲。在其他方面,他就不是了。我有一个哥哥、一个侄子、娜恩、比尔、两个姨妈,但我没有爸爸。"

雷长叹一声。排水管道咕噜噜作响。

尚克斯家走廊上的电话响了起来。

迪恩没有接:尚克斯是个同时身兼数职的人,任何一摊事都有可能打电话过来。主人房的卧室门打开了,他的脚步声在走廊里咚咚作响。"哪位?"长长的沉默。"是的,他在……是的……我应该说是谁打来的?"尚克斯出现在门口。"迪恩,孩子。是你的经理。"

"利凡?你怎么知道我在这儿?"

"黑魔法。贾斯珀在吗?"

"算是吧。他和一个女孩在一起。"

"我需要你们俩来丹麦街。"

"可现在是星期天上午。"

"我知道。格里夫和埃尔夫已经在路上了。"

听起来像是有什么坏事突如其来。"发生什么事了?"

"发生了维克多·弗伦奇。"

"谁是维克多·弗伦奇?"

"冬青唱片公司的星探。他昨晚在马洛船长酒馆。他想签下乌托邦大道乐队。"

他想签下乌托邦大道。短短九个字。

我还是有前途的。尚克斯家的走廊在听。

"喂?"利凡听起来有些担心。"你还在吗?"

"我在,"迪恩说,"我听到了。这简直……太他妈棒了。"

"先别太激动。维克多愿意投资做三张单曲,然后是一张专辑。如果——如果——影响力能建立起来的话。冬青唱片不是四大唱片公司之一,但这是一个可靠的报价。在一个小池塘里做一条中等大小的鱼,可能要比在大湖里做一只小蝌蚪,对乐队更有利。昨天晚上维克多就想跟你们签约,但我提高了报价,告诉他百代也有意向。他打电话给他在汉堡的老板,申请批准——他的老板同意了。"

"你从没告诉我们,昨晚的演出是试演。"

"没有一个好经理会那样做。穿好衣服,去找贾斯珀,坐上下一班火车来查令十字路，月鲸音乐。我们有一些细节要讨论，明天要在冬青唱片开会。"

"好的，回头见。呃，谢谢。"

"别客气。哦——迪恩？"

"什么？"

"祝贺你。你赢得了合约。"

迪恩切断通话，把电话砰地挂上。

我们拿到了见鬼的唱片合约。

"伙计？"他的大哥从厨房出现，看起来很担心。"你还好吗？你看起来就像收到了死讯。"

月台的屋顶在滴水。隧道口在滴水。标牌、电缆和信号灯在滴水。鸽子蜷缩在滴水的天桥大梁上。月台是由水洼之间的潮湿地面组成的群岛。迪恩的右脚踩湿了。他必须把靴子送回鞋匠那里。不，迪恩意识到。不，我不用。我可以走进科芬园的阿内洛-达维德鞋店，我会说："你好，我是迪恩·莫斯，乌托邦大道乐队的，我们刚和冬青唱片公司签约，所以请给我看看你们店里最好的靴子吧。"迪恩发出一声嗤笑。

"有什么好笑的事吗？"贾斯珀问道。

"我一直在走神，我有点忘了，我想，为什么我感觉这么美妙？然后，我想起来了——哦，是的，就是这样，我们拿到了一份唱片合约！然后那股快意又轰地爆炸开来。"

"这是个好消息。"贾斯珀赞同道。

"西汉姆客场三比零战胜阿森纳是'好消息'。拿到一份合约是……高潮一样的消息。而且你是在真正的高潮时收到这消息的。你应该欣喜若狂才对。"

"我想是的。"贾斯珀打开他的万宝路烟盒。"还剩两支。"

他们点上烟。迪恩说:"我有点担心,我会在尚克斯家的地板上醒来,而这一切只是吸了水烟筒之后做的一个梦。"

贾斯珀伸出他的手。雨滴溅到他的手掌上。"那不是梦里的雨。它太湿了。"

"你是这些方面的专家,对吗?"

"不幸的是,是的。"

迪恩看着通向伦敦的铁轨。他想起更年轻时的自己,凝视着同样的铁轨,走向看不见的未来。他想发一封电报,发给过去。你会被人抢劫、暴打和欺辱。但乌托邦大道在等着你。你要挺住。铁轨颤抖起来。"火车来了。"

迪恩和贾斯珀有自己的靠窗座位。迪恩看向远处的站台,看进往东边开的列车候车室,看到哈里·莫法特坐在窗边。他正在读一份报纸。还没等迪恩躲起来,哈里·莫法特就抬起头来,直勾勾地盯着他。他的眼神里没有恶意,没有指责,没有嘲弄,没有绝望,没有恳求。只是简单的"没错,我看到你了"——就像电话接线员正在接通一个电话。这次碰面不可能是哈里·莫法特算计好的。迪恩直到十分钟之前,才知道他要上这趟火车。为什么哈里·莫法特要在七月一个下雨的星期天早上去马盖特?休假?哈里·莫法特从不休假。哈里·莫法特的目光回到了他的报纸上……从这个角度看过去,迪恩不敢说那一定是他了。他们毕竟隔着两道淋着雨的窗户,相距二十码开外。不可否认的是,这个人跟哈里·莫法特有相似之处——眼镜、姿势、浓密的黑发,但……也可能不是他。开往伦敦的火车绷紧了,承受着拉力,摇摇晃晃地离开了。那人没再抬头看。

"怎么了?"贾斯珀问。

格雷夫森德火车站滑入过去。

"看到一个我以为我认识的人。"

出乎意料

利凡停放的车又热又闷。埃尔夫打了个哈欠，对着手镜检查自己的妆容。妆要花了。"今天是星期四吗？"

一辆混凝土搅拌车隆隆驶过，搅动着烟雾和灰尘。

"星期五。"迪恩躺在后座上，笔记本摊开在他的胸口。"今晚在牛津。明天去索森德。现在别看。是可爱的丽塔，咪表管理员。"一名交通管理员走过去，看了看咪表。迪恩喊道："美好的一天。"她没有搭腔。

埃尔夫又打了个哈欠。"上次我和布鲁斯在牛津搞了一场演出，一名学生指责我们从无产阶级那里掠夺歌曲。布鲁斯告诉那个学生，他从小到大每次需要拉屎时，都要穿过有蛇出没的灌木丛，走到户外的厕所，所以牛津大学生可以放尊重点儿。"

"哈。"迪恩没有留心听。

埃尔夫想知道，此时此刻，布鲁斯在做什么。谁在乎呢？我已经有了安格斯。"那么，今晚牛津，明天索森德。"

"明天索森德。"

"在那边演出过吗？"

迪恩在笔记本上写了些东西。"有过一回。跟波将金战舰乐队一起。在韦斯特克里夫镇的录音棚。那边有很多披头族。他们讨厌我们,所以但愿他们认不出我来。"

埃尔夫打开汽车收音机:正在播放颤音乐队(The Tremeloes)的《就连艰难时期也很美好》(Even the Bad Times Are Good)。凭什么这首歌排在第十五位,而《暗房》却榜上无名?这是个垃圾。"

"电台播放,电台播放,电台播放。钢琴部分很不错。"

"我们的电台播放量在哪儿?《暗房》的钢琴部分妙不可言。"

"如果你真这么想的话。"

"我真这么想。"

"这是件鸡生蛋,蛋生鸡的事。如果我们不上排行榜,我们就得不到电台的广播。如果你没有得到广播,就没法进入排行榜。"

"其他乐队是怎么做的?"

迪恩把笔记本搁在胸前。"跟DJ睡觉。有一家足够有钱的唱片公司,支付电台的费用。写一首无法抗拒的歌,让它简直几乎可以自己播放。"

埃尔夫转动收音机旋钮,找到夏季热门歌曲的最后一部分。电台的DJ在说着收尾的词儿:"斯科特·麦肯齐(Scott McKenzie),仍然去旧金山,仍然头戴鲜花。您现在收听的是蓝胡子电台长波198的《巴特·塞贡多秀》,由丹塔口香糖为您带来,现在有三重薄荷和果酒口味。是时候再来一次夏日热舞了。史蒂夫·旺达(Stevie Wonder)的《我注定爱她》(I Was Made to Love Her)。我们不都是这样吗,旺达先生?"

埃尔夫关上收音机,叹了口气。

"史蒂夫·旺达有什么不妥?"迪恩问。

"每次不是我们,我都觉得恶心。"

迪恩拧开保温杯的杯盖,给自己倒了一杯凉水。"渴吗?"

"渴得厉害。你刚才是从哪边喝的?"

"不知道。"迪恩从座位缝隙把水递给她。"乐队成员之间的口腔疱疹算得了什么？"

"你什么时候成了口腔疱疹的专家？"

"无可奉告。"

埃尔夫喝了起来。一个男人和一个女孩骑着摩托车经过。"贾斯帕和格里夫又是如何摆脱这些礼节性走访的？"

迪恩用鼻子叹了口气。"格里夫，因为太粗鲁，利凡不敢让他去。贾斯帕说话，听起来就像吸了毒。"

"所以你和我因为有礼貌又理智而受到惩罚。"

"我，我宁愿和你一起做这个，而不是和格里夫一起困在野兽的肚子里，拉着装备四处转悠。"

一位午间安全员女士在人行横道那儿，指挥着两排幼儿过马路。

迪恩的笔尖划过他的笔记本。

埃尔夫问："还在写那些歌词吗？"

"当你不问我东西的时候。"

"我能看看吗？我太无无无无无无无无无无聊了……"

迪恩投降了，把笔记本递给她。

> 烟花在夜里劈开了天空
> 一百枚火箭尖啸，落下。
> 你用尽全身力气抡起斧头
> 劈中我的吉他，送它下了地狱。
>
> 接下来被劈中的是我的唱片机
> 小理查德不得不付出代价。
> 你倒上煤油，一根火柴
> 点燃——呼啦啦地着了起来。

埃尔夫看到这里笑了起来,迪恩问:"怎么啦?怎么啦?"

"好句子。'呼啦啦地着了起来'。"

迪恩看起来松了一口气。"你觉得——"

"嘘。让我看完。"

> 但愿花园里的那堆篝火
> 依然在你的眼中燃烧成紫色,
> 依然在把我的未来变成焦炭,
> 依然冒着烟,你十一月的奖赏。

> "别做不切实际的梦。
> 我说你怎样,你就是怎样。
> 我让你干啥,你就干啥。"
> 去跟你的朋友晨星说吧。

"就像灵魂的 X 光片,"埃尔夫说,"写的是你爸?"

"呃,不完全是——呃……就算……是的。"

"有名字了吗?"

"我在考虑'仍在燃烧'。"

不是很好,埃尔夫想,扫视着歌词。

"你不喜欢?你有更好的歌名?"

埃尔夫扫视着歌词。"'紫色的火焰'怎么样?"

迪恩想了想。一辆铰接式货车隆隆驶过。"也许吧。"

"我看出来了,你用了抑扬格的四音步句。"

"我有一些治那个的药膏,但症状消失后一周内不能做爱。"

埃尔夫敲打着这一页。"咚哒—咚哒—咚哒—咚哒。'但愿花园里的那堆篝火。'一个'哒咚'就是一个扬抑格音步。'扬抑格音步'这

188

个词本身，也是一个抑扬格音步，这证明了希腊人喜欢卖弄。你的句子有四音步长——细节暂且抛开不谈——所以它是抑扬格的四音步句。"

"所以这就是在贵族学校学到的东西。"迪恩把一颗水果糖块放在嘴里，把整管递给她。

埃尔夫拿了一颗柠檬味的。"在最高端的贵族学校——比如贾斯珀的学校——你要学习拉丁语和希腊语中的格律。不仅是英语。"

"在最烂的烂学校——比如我的学校——你要学习吸烟、逃课、躲避粪便和小偷小摸。"

"大不列颠的职场必备技能。"埃尔夫重新看了一遍歌词。柠檬味的唾液淹没了她的嘴吧。"没有副歌，没有桥段？"

"不确定它需不需要有。如果灵魂的 X 光片有一段朗朗上口的副歌，它还是灵魂的 X 光片吗？"

"'跟你的朋友晨星说吧。'听起来很孤独。"

"晨星伏特加是哈里·莫法特的主要食物来源。"

迪恩倾向于回避对父亲的讨论，但埃尔夫感觉到，有一扇闭锁的门其实是虚掩的。"如果他有一天过来联系你——比如说，我们最终录制了那首歌……你会怎么做？"

迪恩有一阵子没有回答。"我在格雷夫森德时不时地能看到他。坐在理发店里。在市场上。等待火车。但我只是把他忽略掉。这很容易。自从那个——"他指了指他的笔记本——"篝火之夜，我们就再也没有说过话。一次也没有。"

"那雷和希尔结婚的时候呢？"

"雷安排好了，哈里·莫法特在登记处，我在接待台。两不相见。皆大欢喜。"

埃尔夫又看了看歌词。"这些歌词并不是橄榄枝，但它们是一条信息。'你在，我仍然会想起你。'如果他对你来说，已经形同完全死去，你为什么还要写它呢？"

迪恩把烟灰弹到窗外。

他变得闷闷不乐了。"对不起，如果我越界的话。"

"不，不。我只是在羡慕，如果你想说什么，你就直接说出来。这是因为所受的教育？还是因为你是女的？"

"对别人家的事说三道四总是很容易。"埃尔夫给自己扇风。"那为什么现在要唱一首写你爸的歌？"

迪恩皱起了眉头。"总有些事会说：'轮到我了'。它是不会放过你的，直到你把它完成为止。对你来说不是这样吗？"

我原以为我对迪恩已经很了解了，但我错了。"是的。他一定很复杂。我是说，哈里·莫法特。"

"'复杂'是一个词。如果你只见过他一次，你会认为，他是派对的活力与灵魂。如果你多了解他一些，你会觉得，这人不错，但有点不对劲。如果你是他的家人，你就会知道，他为什么没有朋友。他喝酒不是为了喝醉。他喝酒是为了表现得正常一些。而他心目中的正常想法非常令人讨厌。"

一辆垃圾车驶了过来。光着膀子的垃圾工人把着车边，一个有动作片演员的体格，一个有飞镖运动员的体格。

埃尔夫问："你妈为什么不离开他？"

迪恩皱起眉头。"因为耻辱感。一个抛弃丈夫的母亲是失败者。很多人都这么认为。我想，她也在担心我和雷会发生什么。她担心的是我和雷的生活会变得很拮据，而且永远不能去度假。说到离婚，养家糊口的人才有钱请一名合适的律师。另外，也总有一种扭曲的希望。希望上次就是最后一次。希望他已经成熟了。"

"那更像是扭曲的逻辑，而不是扭曲的希望。"埃尔夫说。

"同意，"迪恩把烟头扔出窗外，"是最容易被人接受的一种。"

"你父亲还住在你长大成人的房子里？"

"直到大约一年以前,他遭遇了一场车祸。他侥幸逃过一劫,只受了些皮外伤,但他撞上的那辆迷你车却报废了。司机坐上了轮椅,他十岁的女儿失去了一只眼睛。"

"天啊,迪恩,"埃尔夫说,"那太可怕了。"

"是呀。那是一场早晚会发生的事故。因为他喝醉了,保险公司不肯付赔偿金,所以他不得不卖掉房子。他现在住在救济房里。水泥厂把他解雇了。所以他不得不办理了失业登记。真是讽刺。他正是因为这个,才那么坚决地反对我做音乐人——他确信,我最后会靠救济金度日。他的酒友们不再簇拥着他。他被禁止进入酒馆。当时我想,好吧,如果这人不是哈里·莫法特,我会觉得他有点可怜……但这是哈里·莫法特。所以我只是想,你这是自作自受。"

"他有没有试着去寻求帮助?"

"雷告诉我,他要去参加匿名戒酒会。谁知道那会有什么效果?没有了晨星的哈里·莫法特,会是什么样呢?"

利凡回来了,他爬上车,用一块有斑点的手帕擦了擦脸。"真他妈的。当初我给巴斯特·戈德温做图表宣传时,只用巧克力和奉承话就能完成工作。现在他们想要你的第一个孩子。"利凡从仪表板储物箱里取出一个信封,放进五张一英镑的钞票。"赤裸裸的贿赂。"

"不能给我吗?"迪恩问。"或者我们就不能在商店里买一百万份我们的单曲吗?"

"残酷的事实是,世人并不关心《暗房》,而我们有两个星期的时间让他们关心。所以,为了推销这首单曲,我们不惜一切代价。这意味着,我贿赂斯劳市唱片店的一个浑蛋,让他报告夸大之后的销量数字。这也意味着你——"利凡看着埃尔夫——"和我一起去讨好那个讨厌鬼。而你——"利凡转向迪恩——"用枯萎的玫瑰向商店里的女孩求爱。准备好了吗?我们再试一次……"

"彼得·波普。"阿莱格罗唱片行那个长着鲑鱼嘴的经理抚摸着埃尔夫的手。"为您效劳。"恩格尔贝特·洪佩尔丁克在立体声音响里唱着《我失去了一切》(There Goes My Everything)。"欢迎来到我的'总部'。"

埃尔夫收回了她的手。"它看起来好极了,波普先生。"

"我们在梅登海德和斯泰恩斯也有分店。星期六的时候,生意很兴隆。是不是这样,姑娘们?"

"当然,波普先生。"两名店员歌咏般地说道。两人都是与埃尔夫同龄的年轻女性,但腿脚更灵活,身段更苗条。

"嗯。"彼得·波普咕哝道,"我们有六个听音亭。六个。我们在火车站附近的竞争对手只有三家。"

"阿莱格罗是斯劳地区唯一有信誉的零售商,"利凡宣布,"愿意抽支烟吗,波普先生?"

波普先生把整包烟装进口袋。"我们满足所有的口味,从埃灵顿(Duke Ellington)到埃尔维斯到埃尔加。不是这样吗,姑娘们?"

两名助手说:"当然,波普先生。"

"认识一下白贝琪和黑贝琪吧,"彼得·波普说,"姑娘们。埃尔夫·霍洛韦小姐,她是真正的英国夜莺。"

"很高兴认识你们。"埃尔夫说。

白贝琪的笑容在说,我们会作出决定的。

黑贝琪的笑容在说,是的,你在乐队里,是的,你出了单曲,但又是谁在这里乞求恩惠?

"这是一点小心意——"迪恩给两名丽贝卡每人一束花,"来自乌托邦大道乐队。"

"真不错。"黑贝琪说,"十二朵红玫瑰。"

"我们要怎么跟我们的男朋友说呢?"白贝琪苦恼地说。

"就说他们是斯劳、梅登海德和斯泰恩斯最幸运的人。"迪恩回答。埃尔夫听得想吐,但两个贝琪像虽不情愿,却被打动的评委一样互相看着对方。

彼得·波普说:"姑娘们,盘点工作不会自动完成。"

"好的,波普先生。"她们退到了库存室。

经理转向利凡。"那么,富兰克林先生。我的'小甜甜'?利凡把装钱的信封递给他。它消失在彼得·波普的外套里。我有你的迷你专辑《橡树、白蜡树和荆棘》,霍洛韦小姐。它和你都很精致。"

埃尔夫努力做出高兴的样子。"谢谢你,波普先生。"

"我办公室里有一架钢琴。"经理的眼睛转到了一扇门上。"以前,阿莱格罗公司也出售乐器的。"

"是吗?"埃尔夫问。"后来为什么停了?"

"这块业务被我哥哥偷走了。"彼得·波普吸了吸他的脸颊。"不,你的耳朵没有骗你。"

"这听起来不怎么有兄弟情谊。"利凡说。

"我从不把心思浪费在那个背后捅刀子的小偷或他在车站边店里的猪圈。成功就是最甜蜜的报复。但既然你来了,钢琴也有,霍洛韦小姐,如果我要求演奏一曲,会不会太贪心了?我的意思是说,只为我一个人?"

利凡说:"我们的时间很紧,恐怕……"

"给点甜头,"波普拍了拍他的上衣口袋,"我会给《旋律制作人》的排行榜编制者增加销量数字。欣赏埃尔夫·霍洛韦小姐的私人演奏,《反正风在吹》,会使这些数字增加……十倍。"

埃尔夫能闻到彼得·波普的体味。

利凡的表情告诉埃尔夫,这要由你来决定。

这是一个把《暗房》推上排行榜,让DJ坐直身体多加留意的机会。"那就来吧,只有一首。"

"我们会在钥匙孔那儿听着。"迪恩半开玩笑地说。

"你们可以听,"彼得·波普把他的嘴噘成胜利的褶皱,"如果有钥匙孔的话。唔——"

埃尔夫告诉自己不用担心。只是一首歌而已。

阿莱格罗唱片行后面的办公室是米色的,干净整洁,能看到垃圾桶。墙边陈列着文件柜。一架黑色的立式钢琴立在办公桌对面。钢琴上放着一幅镶框照片,照片上是一个衣着保守、神情严厉的女人。彼得·波普关上办公室的门,压低了声音。"霍洛韦小姐,我必须警告你。你的经理人,我认为他是一个……你知道……一个……"

埃尔夫无意讨论利凡的同性恋问题。"他的私事就是他的私事,波普先生,而且——"

他哈出的气有鸡蛋味。"生意才是重点所在!这是他那种人关心的全部。你读过《威尼斯商人》吗?"

埃尔夫感到困惑。彼得·波普的黑头粉刺就像汗涔涔的盲文凸起。"《威尼斯商人》?"

"如果你的经理人是他们中的一员——"他用香肠般的手指指着门外——"那我非常担心你的职业生涯。"

埃尔夫不明白。然后她突然明白了。"等一下——你是想问我,利凡是不是犹太人?"

彼得·波普的鼻孔张开了。"当然。他是吗?"

埃尔夫的第一直觉是说:"不,他根本不是犹太人!"但随后她又打了个结:否认彼得·波普的指控,就等于坐实了指控的严重性——然而就算是犹太人,又有什么错?

这时,彼得·波普为自己的推理能力露出了微笑。"他们隐藏。我寻找。我找到了。唔——要从鼻子来分辨。"

"什么?如果他们都给罩衣绣上大卫之星,你会更高兴吗?"

"哦，你们这些时髦的年轻人，像吃果冻软糖一样吞下了他们的宣传品。醒醒吧！核裁军运动？犹太人管理的。英国广播公司？同上。LSD？犹太人发明的。鲍勃·迪伦？犹太人。布莱恩·爱泼斯坦[①]？犹太人。埃尔维斯·普雷斯利？犹太人。你们的反文化是犹太复国主义的烟幕。"

"你真的相信这个吗？"埃尔夫问。

"你认为是谁让阿道夫·希特勒上台的？罗斯柴尔德家族。他们知道，通往以色列国的道路，要通过集中营才能到达。在整个历史上，他们一直在拉动杠杆。我为《泰晤士报》描述了这一点。但我的揭发遭到了审查。"

"也许《泰晤士报》需要证据。"埃尔夫提示道。

"业余人士有可能会留下'证据'，但犹太复国主义者不会。这就是为什么我们可以肯定他们在经营掌管着一切。"

"所以你唯一的证据就是你没有证据？"埃尔夫问。

"别傻了。在向《泰晤士报》发出我的揭发文章之后，又过了正好四十天，我被邀请加入了斯劳的共济会。噢，我把那些扯后腿的人打发走了。彼得·波普是不会出卖自己的。"他点燃了利凡的一支烟，吸了几口。

我越早演奏，我就能越早离开。埃尔夫坐在钢琴前，快速地弹了一个D音阶，唤醒她的手指……

……弹到最后一节，一把剪刀贴着她的耳朵剪了过来。埃尔夫把头从剪刀上猛地移开。彼得·波普眯着眼睛，端详着埃尔夫的一绺长发，长发夹在他的食指和拇指之间。他看起来性欲高涨。埃尔夫从钢琴凳上跳了下来，摔到了她的膝盖。她在发抖。"为什么——为什么

[①] 布莱恩·爱泼斯坦（1934—1967），披头士乐队的经纪人。

要剪我的头发?"

"小伙子有权得到一份纪念品。"彼得·波普拿剪刀绕着手指转了一圈。他用自己的脸颊蹭了蹭她的那绺头发,品味着埃尔夫的厌恶,心里喜滋滋的。"你的头发就像妈妈的。"埃尔夫急忙走到门前。门把手居然不好用,这和噩梦一样。她把它扭到另一边,不敢回头看,然后就出去了,走进了斯劳星期五下午的一家唱片行里。

露露在店内音响里唱着《让我们假装》(Let's Pretend)。

利凡正在浏览爵士乐专辑。

迪恩在和白贝琪聊天,看起来是这样。

店内铃声响起,一名顾客走进店里。

利凡抬起头来。"这没花多少时间。一切顺利吗?"

埃尔夫刚想说:"不,那个变态只是剪掉了我的一缕头发!"但利凡能做什么呢?让彼得·波普把那一绺头发还给她?她并不想要回来。如果她向警察告发这个经理,值班警长会笑的。唱片行经理犯了什么法?如果这个卑鄙的家伙告诉《旋律制作人》说,在他的三家店里卖出了八百张,而不是八十张,谁说这不会让它进入榜单前五十名呢?

"我会珍惜我的私人聆听回忆。"彼得·波普出现了。没有看到埃尔夫的头发。"直到我死的那一天。"

埃尔夫觉得自己无法回答。

"那么,"利凡说,"波普先生,我们就拜托你多多支持了?"

"我的话就是我的保证。"彼得·波普对埃尔夫笑了笑,张开又合上拳头,就像一个蹒跚学步的孩子挥手告别。"不要做一个陌生人,夜莺。"他那鳟鱼般的嘴唇向她吹送出一个吻。

埃尔夫盘子里的鳟鱼凝视着上方。午餐时的闲聊声充斥着七表盘餐厅。埃尔夫的母亲、伊莫金和贝亚正向她看过来。她们问了你一些话。"对不起，什么事？刚才我被鳟鱼分散了注意力。它让我想起了一个经理。在斯劳见到的。"

"他准是给你留下了相当深刻的印象。"埃尔夫的妈妈说。

"嗯……"埃尔夫把叉子戳进鳟鱼的眼睛里。

贝亚朗诵了约翰·贝杰曼的诗句。"来吧，友好的炸弹，落在斯劳！它现在不适合人类生活了。没有可以放牛的草。蜂拥而至吧，死神。然后，当然，炸弹真的落下来了。贝杰曼一定很害怕。"

"我去斯劳参加过一次教学研讨会，"伊莫金用餐巾纸擦了擦嘴，"还有比它更糟的地方。"

贝亚戳了戳一根小黄瓜。"我可以看到路边的标志。上面写着：'欢迎来到斯劳。还有更糟的地方——伊莫金·霍洛韦。'"

"现在是伊莫金·辛克莱了。"她们的母亲提醒她说。

"我还是转不过弯来，"贝亚说，"妈妈，这里还剩一小口。来吧。"

她把剩酒倒进母亲的香槟酒杯。"五十岁的时光，你只能享受一次。"

"祝福你，亲爱的，"她母亲说，"虽然'一滴'的说法更女性化，但'一小口'嘛。如果你的说法搞错了阴阳性，就会遇到一些麻烦。"

"在法语语法里是这样，在苏豪区的某些俱乐部里也是这样。"贝亚说。她的母亲和姐姐们看了她一眼。"我是听埃尔夫这么说的。"

"有趣。"埃尔夫用叉子把鳟鱼肢解了。"利凡说要向你致以最美好的祝福，趁我还没忘。"

埃尔夫的妈妈很高兴。"也把我的祝福带到。他在伊米的婚礼上很有绅士风度。他总是那么得体。也很会说话。我想他是一个处事非常公正的老板。"

"我们很幸运，"埃尔夫说，"演艺界的大多数经理人都比克雷孪生兄弟①稍好一点。"

伊莫金提醒她们的母亲说："九月份，贝亚就要飞上巢穴了。你有没有想过回去工作？"

"哦，我几乎脚不沾地，什么扶轮社、妇女协会、花园……更别说还有你父亲了。"

贝亚切开她的乳蛋饼。"你怀念教书吗，伊莫金？"

伊莫金犹豫了一下。"我犹豫的时间太长了，不是吗？"

"婚姻需要适应，亲爱的。"她们的母亲说，"对你和劳伦斯来说。但是别担心。你们会过好的。"

伊莫金把豌豆挤到叉子上。"这就是我们签约工作的目的，不是吗？为了房子、家庭，所有这一切。"

"与此同时，"贝亚说，"我们可以通过我们在音乐排行榜上霸榜的姐妹，替代性地过上一种摇滚生活。"

埃尔夫清了清嗓子。"连'上榜'都还没做到呢。"

"现在还不到时候。"伊莫金说。

埃尔夫在黄油土豆上捞了一叉子鱼。"大多数乐队都有始无终。流行乐可不像民谣那么像作坊产业。开销要大得多。工作室费用。营销费用。五十个人当中有四十九个人还没获得名利就已经失败了。"

"你会是五十个人中的第一名，"伊莫金说，"我那些朋友现在还在谈论你在婚礼上唱的那些歌。"

"我喜欢那首《蒙娜丽莎》，"她们的妈妈说，"简直让人起鸡皮疙瘩。你们为什么不把它作为单曲发行呢？亲爱的？"

好问题。"因为乌托邦大道乐队里，还有另外两个写歌的人，我们都希望有机会。"

"那你们是怎么决定由谁发布第一首单曲的？"贝亚问。

---

① 英国上世纪六十年代颇为活跃的黑帮分子。

198

三个月前,在格雷夫森德演出后的第二天。埃尔夫最先冒出来的想法就是,一定得是《蒙娜丽莎》。问题是,迪恩提名的是《放弃希望》,贾斯珀投票给《暗房》。

"就当我是维克多·弗伦奇好了,"利凡建议,"给我讲讲为什么应该选你的那首歌。"

"《放弃希望》有很棒的连复段,"迪恩说,"它给了我们所有人一个发光的机会。另外,我比埃尔夫和贾斯珀更需要钱。"

埃尔夫没有笑。"如果我们发布《放弃希望》,我们会被归类为布鲁斯乐队。它很有男人味。"

"而《蒙娜丽莎》太女性化了。"迪恩反对说。

"你们是男人,"埃尔夫说,"不管怎样,男人都会听我们的歌。如果我们发布《蒙娜丽莎》,也会有女孩买我们的唱片。"

轮到贾斯珀了。"《暗房》有一种迷幻的氛围。这是我们为英国'爱之夏'创作的歌曲。"

利凡办公桌上方的时钟滴答作响。他们的经理人说:"这三首歌都可能成为热门歌曲。这是一个幸运的难题。格里夫?"

"我不知道,"格里夫说,"但你必须公平地解决这个问题。阿奇·金诺克的第一个乐队结束时,拉特纳和金诺克等为了争夺见鬼的版权费,吵得不可开交。"

"那你建议怎么做?"迪恩问,"把所有单曲的词曲创作费集中起来,然后平均分配?"

"或者把所有的歌都记在我们三人名下?"贾斯帕建议,"就像列侬·麦卡特尼、贾格尔·理查兹这样。"

"我和布鲁斯为弗莱彻与霍洛维的迷你专辑做过这样的安排,"埃尔夫说,"它制造的问题比它解决的问题多。如果这张迷你专辑大卖,问题会变得更加棘手。"

"我们可以把这一切留给伊莱克斯，"利凡建议，"告诉他们：'你来决定吧，不要把我们扯进来。'"

"不，谢谢，"迪恩说，"我们的音乐，我们来决定。"

"那我们应该掷骰子。"贾斯珀宣布。

"你……看起来是认真的。"利凡猜测道。

"我是。谁掷的点数最高，谁就先发第一张。第二高的发第二张。第三高的发第三张。"

"这他妈太疯狂了，"迪恩说，"哪怕对你来说，也是一样。"

"一个骰子。不用责备谁。不用发牢骚。有什么疯狂的？"

埃尔夫看着迪恩，迪恩看着利凡，利凡看着埃尔夫。

贾斯珀把一个带有白点的红色骰子放在咖啡桌上。

"你有时也是个奇怪的家伙，祖托。"格里夫说。

"这是好事还是坏事？"贾斯珀问。

格里夫耸耸肩，笑了笑，皱了皱眉头，同时完成了三个动作。

迪恩拿起骰子。"我们真要这么做吗？"

"这样做很奇怪，"利凡说，"但我承认，这……很公平。"

"这要胜过没有结果的激烈争吵。"埃尔夫同意。

"大事不决，就抛硬币。"格里夫指出。

"那么，大家都同意了，"迪恩总结道，"我们就这么办。"

片刻沉默之后，三名曲作者点了点头。

利凡无奈地举起双手。"好吧。但别让伊莱克斯知道。或任何媒体的人知道。这……太奇怪了。谁先投呢？"

"我先，"贾斯珀说，"往顺时针方向轮，从骰子的主人开始。"

"对，"迪恩说，"就好像有本规则书一样。"

"有的，"贾斯珀回答，"规则一：如果出现平局，只有平局者才可以再投。规则二：如果骰子离开桌子，投掷者重新投。规则三：要把骰子放在手心里摇晃五秒钟，然后再投掷骰子——你不能'放'骰子。规则四：愿赌服输。不准发牢骚。不准投好几次取一次。"

"天啊，"迪恩说，"好吧。你先来。骰子的主人。"

贾斯珀把骰子放在手里使劲摇晃；然后扔下骰子。它落在了3上。

"可能更糟，"迪恩抄起骰子，"也可能更好。"他吻了吻他的双手，摇了摇骰子，然后让它落下。骰子哗啦啦地滑落，落在2上。"该死。"

没有作态，也没有仪式感，埃尔夫摇了摇骰子，就把它扔了出去。它掉在玻璃上，落在6上……

……但又从边缘滑落到地板上。

"再投一次！"迪恩说，"第二条规则。再投一次。"

"我不是聋子，迪恩。"埃尔夫重新投掷。她得到一个1。

"我们投了骰子。"埃尔夫在七表盘餐厅里承认。

"骰子？"她们的母亲问，"骰子？"

"这似乎比大喊大叫的比赛好。"

贝亚嚼着芹菜。"唱片公司知道吗？"

"他们不需要知道。正好，星探维克多想要《暗房》。现在他可能后悔了。它没有激起任何反响。"

"没有人可以指责你偷懒，亲爱的。"她妈听起来很愤慨。"你们都在像特洛伊人一样工作。"

"我们确实是。"埃尔夫喝完了她的香槟酒，现在已经没有汽了。"但我们却没有什么可以拿得出手的。"

"不是这样的。"伊莫金重新打开本周的《旋律制作人》，读出了评论。"把平克·弗洛伊德的精华，加上一点奶油乐队，一点达斯蒂·斯普林菲尔德，腌制一夜，会得到什么？《暗房》，新秀乌托邦大道乐队的首支轰动性的单曲。或许注定非同凡响。"

"三十个词的捧场文章总比恶评要好。"埃尔夫把她的拇指压在面包屑上。"但是,如果没有广播,我们只是四个热心的家伙,赔钱搞乐队。"

"可别现在就灰心。"贝亚说。

"我喜欢录音,当那些家伙——"不犯浑"——不犯傻的时候。我喜欢现场演奏。我们正在提高彼此的歌曲创作水平。但大鳄、讨厌鬼、种种挫折、在面包车里长久奔波、没有人聆听的感觉……让你疲惫不堪。我不能说你没有警告我,妈妈。"

"你能这么说,这很好,亲爱的。"

"我还要这么说:有两位操心的父母,是迪恩和贾斯珀没有的福气。天哪,我在胡言乱语。是香槟的缘故。"

"当你告诉我们,你想把读大学换成唱民谣时,你父亲和我都有疑虑。"

"这样说太太太——轻描淡写了。"贝亚用唱歌的调子说。

"我们担心你会被人利用。你会——"

"最终身无分文,有孕在身。"贝亚用舞台上低语声说道。

"谢谢你,贝亚。但看看你做了什么,埃尔夫。一张美国唱片中的一首歌成为金唱片。两张迷你专辑。六百人在贝辛斯托克市政厅付钱看你演出。你正在实现自己的理想。尽管有所有这些障碍。所以我——我们——还有你爸,即使他不说,也为你感到非常自豪。"

"这番话说得再好不过。"贝亚举起她的杯子。她们四个人在桌子上碰了一下。"敬《暗房》。"

她们喝下了酒。埃尔夫记下这段记忆。

伊莫金清了清嗓子。"说到有孕在身……"

埃尔夫、贝亚和她们的母亲转过头来看着她。

她们的嘴巴已经弯起了弧度。

"我本想等到喝咖啡的时候再说,"伊莫金说,"但我也香槟酒上头了……"

我要做姨妈了。丹麦街像发动机一样热,散发着焦油的气味。鸽子在潮湿的空气中划动,而不是飞翔。香槟酒的酒劲儿和咖啡带来的愉悦还没退去,埃尔夫就穿过了查令十字路。福伊尔斯书店的门开着,为阴暗的室内通风,埃尔夫感觉到它的书架迷宫发出的吸引力……但我可不需要未读的书籍堆积如山,正如我不需要鹅口疮一样。她走过马内特街尽头赫拉克勒斯之柱酒馆下方的十码隧道。一个白天揽客的男妓说:"喜欢这顶帽子,亲爱的。"埃尔夫亲切地点点头。希腊街有排水沟的味道。袖子和裙子都很短。埃尔夫从两名加勒比地区的妇女身边走过,她们用急促的土语聊天。其中一个正在给一个女婴拍背,让她打嗝,女婴吐出了乳白色的胶状物,流到了她的妈妈身上。

我要做姨妈了。埃尔夫匆匆赶到贝特曼街,绕过转角,来到欧洲报刊亭。她用拇指在法国《世界报》、德国《世界报》、《新闻报》、《人民报》的架子上摸索。她和布鲁斯曾梦想着去巴黎。他现在在那里……而我却在拼命工作,推销无人问津的单曲。垃圾桶里的苍蝇嗡嗡作响。一只老鼠到处乱嗅。杰斐逊飞机乐队(Jefferson Airplane)的《白兔》(White Rabbit)从仙女座唱片行敞开的门里传了出来。埃尔夫抵制住了诱惑,她想进去看看有多少张《暗房》的拷贝……然后她屈服了,又折返回来。在新唱片的架子上,她数了数,还有十四张单曲;之前有十六张。在两个小时里,卖出了两份。如果这发生在,比如说,全国五百家唱片店,那就是一千张,从上午十一点开始,就卖了这么多,或者在一天八小时之内,卖掉了四千张……乘以六天,就是两万四千张……但我在糊弄谁呢?这里是苏豪区,乌托邦大道小有名气。彼得·波普这样的人能卖出多少张《暗房》?埃尔夫离开唱片店,忧心忡忡。

不要紧。我要做姨妈了。在"精粹"的橱窗里，一个男孩在给他的女朋友喂雪糕杯里的冰激凌。他拽出了舔得一干二净的勺子。他看起来相貌平平。而她很美，就像一只母狼。真希望我是他。她压下了这个念头，穿过迪恩街，进入梅尔德街。它缩窄到一条像黄昏一样昏暗的小巷，一个妓女拉着一个男人走过一个侧门，她的手指钩住了他的皮带。这条小巷把埃尔夫弹出至沃德街的阳光之下。樱桃在果农的摊位上闪闪发光。埃尔夫加入了排队的行列。几码开外，有一个电话亭。一块玻璃不见了，埃尔夫听到里面的女人大喊大叫："这不是神的旨意，加里！这是你的种！你**答应过的**！加里？**加里！**"那女人沉默了。埃尔夫心想，经典的民谣故事。女人跌跌撞撞地走出电话亭。她的睫毛膏花了。她怀孕了。她钻进了市场的人群里，啜泣着。听筒在电话线上旋转着，就像一具尸体在绳子上旋转。

我要做姨妈了。埃尔夫要了四分之一磅的樱桃。那人称了一下，把棕色纸袋递给她，把她的硬币装进口袋。"你今天看起来很苍白，亲爱的。把蜡烛两头烧，很快你就没有蜡烛用了。"埃尔夫把这句话记在心里，然后走到彼得大街上，把一颗樱桃塞进嘴里。夏天的气息从被太阳晒热的碎裂沥青路面渗出。她吐掉烟头。它掉进了下水道。

一支送葬队伍挡住了布罗德威克街。埃尔夫走进洗衣店，等这群人通过。香烟不断的休斯夫人，一头发卷，拿着一篮子衣服出现。"奈莉·麦克鲁姆上周去世了。她的家人在华威街开了一家炸鱼薯条店。"休斯夫人把烟灰弹到地上。"上个星期，她照常去布伦达的美发沙龙做头发。她在烫发头盔里打了个盹，结果就成了永生。幸运的家伙。"

"为什么说她幸运呢？"埃尔夫问。

"她最后一次做头发，店里没收她钱。"

棺架平移过去。埃尔夫瞥见了活人中间的棺材。

"在你这个年龄，"休斯夫人说，"总以为变老和死亡是别人的事。

在我这个年龄,你就会想,岁月都去哪儿了?如果你想做什么,就去做吧。因为轮到你在那个盒子里的时候,它就来了。没有医生,没有饮食方案,没有什么能阻止它。它会出现在那里。就像这个——"她打了个响指,然后朝埃尔夫眨眨眼——"一样快。"

利沃尼亚街是一条圆石铺就的死胡同,有一条小巷直通波特兰街,只有苏豪区本地人或迷路的游客才会走。埃尔夫把她的钥匙塞进标有"9"的那扇门里,一边是一个神秘的锁匠,另一边是几个俄罗斯姐妹经营的女裁缝店。埃尔夫的公寓在沃特尼先生的楼上,他是个鳏夫,和他的柯基犬住在一楼,只管自己的事,而且几乎是个聋子。这种品质对身为钢琴师的邻居来说很有价值。在昏暗的走廊里,埃尔夫发现门垫上有三封信和一张账单,都是给沃特尼先生的。她把它们放在他门边的架子上,然后爬上两层磨损的台阶,来到自己的前门。里面,安格斯的鞋子并排摆放着,收音机里传来法兹·多米诺(Fats Domino)的《蓝莓山》(Blueberry Hills)。安格斯从浴室里叫道:"是霍洛韦小姐吗?"

埃尔夫脱下鞋子。"我相信是你吧,柯克先生。"

"注意,如果你有同伴的话,"安格斯的高地口音很重,"我正光着身子。"

"稍息,士兵,我是一个人。"她把她的手提包和帽子挂在衣帽架上,然后走进了热气腾腾的浴室。

安格斯正在浴缸里读着《Oz》杂志。他的腹股沟被一排泡沫遮住了。"你的遮羞物形状跟南极洲一样。"埃尔夫坐到椅子上。"你被煮成粉红色了。"

"午餐怎么样?"

"我要做姨妈了。伊莫金已经怀了三个月了。"

"很好的消息。对吗?"

"当然。"

"你可以让小宝宝看看，怎么样弯曲关节。等到伊莫金发现时，她就会说：'但是，妈妈，埃尔夫姨妈说我可以！'"

埃尔夫弯曲着她的脚趾。她的脚后跟已经很累了。"今晚宫里放什么电影？"

"一号屏放《炎热的夜晚》。我在二号屏放《雌雄大盗》。如果你想看，我把你偷偷带进去。"

"今晚要去贝辛斯托克演出。"

"只要你告诉他们，你宁愿和你的高地大块头在一起。"

"那可不行，唉。现在已经卖出六百张票了。"

安格斯发出叹服的声音。"你什么时候去？"

"五点。野兽在贾斯珀家。你是六点开始？"

"是啊，但我要回我的住处脱下脏衣服，换上新的，所以我会在四点前离开这儿。"

埃尔夫看了看她的手表。"现在快两点半了，所以……我们有九十分钟的时间，柯克先生。"

"我们可以玩三局拼字游戏。"

"我们可以煮二十个鸡蛋，一个接一个地煮。"

"或者听《佩珀中士》。听两遍。"

埃尔夫坐在浴缸上，把安格斯的头向后仰，亲吻了他。她想到了精粹冷饮店窗口的那只母狼。她睁开眼睛，看看安格斯是否在看她。布鲁斯总是这么做。而安格斯从没看过。这让她觉得自己占据主动。

"在南极洲冰冻的荒原之下，"安格斯吟诵道，"一个古老的威胁正在苏醒……"

安格斯打起了瞌睡。埃尔夫想知道，做个男人是什么滋味。她的枕头把安格斯的脸挤得变了形。每个情人都是一堂课，安格斯的课是：善意是性感的。沙滩男孩乐队（The Beach Boys）在蓝胡子电台唱着《别说话（把你的头放在我的肩上）》［Don't Talk（Put Your Head on My Shoulder）］。这是一首比它愿意承认的还要怪的歌，埃尔夫心想。她床头挂件上的野天鹅们在时间长河里无休止地旋转飞行。这是贝亚给她做的乔迁贺礼。安格斯在睡梦中鼾声大作。这个笨拙、眼窝深陷的苏格兰人让她感到很亲切。他们在五月份认识，六月份他在这里睡了几个晚上，现在他更多的时候是在这里。她上周把他介绍给了乐队成员。迪恩喜欢他，贾斯珀也喜欢他，就像贾斯珀喜欢任何人一样。格里夫对他有点不感冒。埃尔夫喜欢这种不和音乐家约会的新奇感。安格斯认为音乐是魔法，这让埃尔夫变成了魔法师。她并没有用她爱布鲁斯的那种冲动的爱去爱安格斯，但喜欢他就足够了。安格斯也是她喜欢男人的证明，97路公交车上的声音是一个恶意的谎言，而不是一个被压抑的真相。

对吗？

显然。

埃尔夫点上一支烟，朝天鹅们喷出烟雾。感谢上帝，有了避孕药，有了愿意开药的女全科医生。沙滩男孩乐队完成了他们的和声，而下一首歌是那样熟悉，以至于埃尔夫花了好几秒钟才听出是它，又花了好几秒钟才相信是它……

是《暗房》——她的和弦，她的法菲萨——从她的骇客牌收音机里传了出来。迪恩的贝司进来了；格里夫的小军鼓进来了；这段是贾斯珀的列侬式措辞。"你把我带进你的暗房，你溜进了我的脑海……"

埃尔夫的心怦怦直跳。**是我们！**

"……在那里，底片变成了正片，在那里，欠条被签下……"海盗电台的听众人数会有多少，谁也说不准，但现在肯定有数万人在听"乌托邦大道"。五万？十万？如果他们讨厌它呢？如果他们觉得我在虚张声势呢？如果他们喜欢它呢？如果他们冲出去买下它呢？她想躲起来。她想好好品味这人生中的第一次。她想告诉她认识的所有人。

"安格斯！"

"啊怎么么什么事？"

"听！收音机！"

安格斯侧耳聆听。"那是你们。"

埃尔夫只能点头。他们听完了整首歌。巴特·塞贡多在埃尔夫的结尾副歌结束后才说话。"那首完美的流行音乐是《暗房》，是乌托邦大道乐队的一首全新歌曲。他们是英国人，他们正在到来，他们是本周的榜首，由火箭可乐自豪地带给你们，火箭可乐是潮流人士的潮流饮料。如果那还没有让你直起鸡皮疙瘩，请去看你的医生，因为你很可能已经死掉了。在乌托邦大道乐队前面的是沙滩男孩乐队的《别说话（把你的头放在我的肩上）》，在我们收听新闻之前，我们——"

安格斯关掉了收音机。"你会登上《流行之巅》的。"

"只有等他们派豪华轿车来接我的时候。"埃尔夫说。安格斯没有笑，所以埃尔夫补充说："我是开玩笑的。"

"我没有，"安格斯回答说，"这就是开端。"

别做梦了，埃尔夫警告自己。

迪恩接起电话。"我们刚刚在巴特·塞贡多的电台上播出了。"

"我知道。我知道！贾斯珀也听到了吗？"

"不知道。他出去了。格里夫还没来。我应该给我的第一个孩子取名为'巴特'还是'塞贡多'？"

"迪恩·巴特·蓝胡子·塞贡多·莫斯。"

"这就开始起飞了，埃尔夫。我他妈感觉到了。"

"我也是，我也是。"

迪恩笑了。"我……上帝……广播！我们。沙滩男孩！"

"我给月鲸打电话。回头见。"

"回头见。"

贝萨妮接起电话。"下午好——月鲸管理?"

"贝萨妮——《暗房》在巴特·塞贡多的电台播出了。"

贝瑟妮的语气变成了眩晕般的喜悦。"你听到了?"

埃尔夫笑了。"我听到了。"

"我给你接通利凡。"

利凡以他那加拿大人温文尔雅的方式感到高兴。"恭喜你们。这是起点的起点。你们已经熬出头了。"

"你已经知道了?"

"这一次,没有。不过有趣的是,维克多·弗伦奇早些时候打电话说,约翰·皮尔明天要在《香水花园》栏目播放《暗房》,但巴特比他抢了先。这只是两次播放,但一场就足以引发连锁反应。内政部——"

安格斯在埃尔夫的前门那儿挥手。埃尔夫给了他一个飞吻。安古斯假装被射穿了心脏,然后踉跄着离开。

"——从现在起,随时都会关闭盗版广播电台,所以以后不会再有蓝胡子电台或伦敦电台了。但我听可靠的消息说,约翰·皮尔和巴特·塞贡多正在与BBC谈判,准备在第一电台工作。他们是朋友。如果你下周有空的话,与他们俩共进午餐将是一项明智的投资。"

"没问题。"

"我会安排好的。还有……对不起,埃尔夫,贝萨妮说,伊莱克斯在另一条线上。"

"去接吧。"

"待会儿在德佐特大厦见。"

埃尔夫来到厨房的窗前,看着安格斯离开她的大楼,走进下面的利沃尼亚大街。他消失在贝里克街，没有回头看。她走到卫生间，问镜子里的她，她是否刚刚梦到乌托邦大道乐队在广播中出现。

"那是真的。"她的映像告诉她。

"如果我出名了，你还会是我的脸吗？"

"吻我。"她的映像回答。

于是埃尔夫照做了，吻在嘴唇上。

贾斯珀是对的……镜子真的很奇怪。

她的映像笑了，埃尔夫去整理她的床，但安格斯已经整理好了。她回到了厨房，给自己倒了一杯牛奶，这时钥匙在门上转动。她想知道安格斯忘了拿什么。他的大衣？

"嗨，袋熊！"

地板像轮船的甲板一样摇晃起来。

"嘿，"布鲁斯说，"你把牛奶弄洒了！"

确实。她放下了瓶子。

他说："再来一遍。嗨，袋熊！"

一切都静止了，非常安静。

"什——什么——为什么？怎么会——"

"坐了一夜的渡轮。"他把背包丢在衣架旁边。"从加来开始，我就没吃过东西——所以为了一个奶酪和火腿饼，让我做什么都可以。你过得怎么样？"他用手捋了捋他浓密的金发。他晒黑了，也变老了一点。"上帝啊，我想你。"

埃尔夫后退了几步，走到厨房的碗柜那儿。"等一下——等等——我……"

布鲁斯看起来很困惑，然后恍然大悟。"啊……我猜，你没有收到我的明信片，是吗？"

"没有。"

"都怪皇家邮政。或者，也许是法国邮递员搞砸了。"布鲁斯走到厨房水槽边，把水拍在脸上，给自己倒了杯水，然后喝了起来。他打量着她。"新发型，对吗？也减了几磅。"他瘫在沙发上，露出了肚子。"如果你没有火腿的话，奶酪和泡菜也行。"

埃尔夫觉得自己好像演错了戏。"你甩掉了我。你生气地去了巴黎。你还记得吗？"

布鲁斯缩了缩身子。"'甩掉'？我们只是需要一些氧气。我们是艺术家。"

"不，你没有，"她加强了声音，"你甩了我，伤了我的心，然后冒出来，装作过去六个月什么都没发生过。"

他开玩笑地噘着嘴，仿佛在说，这是在给我脸色看吗？

"我是认真的。"

他戏谑的嘴脸消失了。"我还以为你会很高兴。我从查令十字路直奔这里……"

"也许瓦妮莎会很高兴。我的心情非常复杂。"

布鲁斯皱起了脸，好像他拿这个名字对不上号……"哦，她？哦，袋熊。嫉妒并不适合你。"

这么说，她甩了他。"去找沃齐特试试吧。"

"沃齐特已经回希腊了。人们会继续前进。"

"如果我也前进了呢？"

布鲁斯装作她刚刚并没说出这句话。"嘿，我听说了乌托邦大道的事。《旋律制作人》上的评论。很不错。我可以吗？"他从小桌子上拿起她的一支骆驼牌香烟，点燃了。

埃尔夫忍住了冲动，她想把烟从他手里打掉。

"从伊斯灵顿民谣圈一路走来，很漫长吧？我为你感到骄傲。"

埃尔夫注意到，她没心思跟他说《巴特·塞贡多秀》中的《暗房》。"听着，我今晚有一场演出，所以——"

"酷。我会去的，用我的生命保护你的手提包。我甚至可以演奏，如果你缺少吉他手的话。演出在哪儿？"

"贝辛斯托克，但是……"

"也是一个不出名的地方？"

埃尔夫叹了口气。我必须说出来。"你已经走掉了，布鲁斯。一切都结束了。我们结束了。而且我想拿回我的钥匙。"

布鲁斯抬起眉毛，像个老师一样等待学生说出真话。"你已经跟别人约会了？"

"把我的钥匙给我。拜托。"埃尔夫讨厌这个"拜托"。

但布鲁斯的狂妄自大渐渐消失了。冰箱颤抖着，进入了无声状态。"我还以为，对雄鹅有利的对雌鹅也有利。"他把钥匙放在沙发扶手上。"对不起。关于二月。关于一切。我看起来像个浑蛋，其实是虚张声势。我知道我不能挥一挥魔杖，就修复损失……"他的声音摇摆不定。"或者把弗莱彻与霍洛韦带回来。"

埃尔夫的喉咙收紧了。"没错。"

"想到你仍然恨我，那是……最糟的。在我从滑铁卢桥上跳下去之前——"他做出一副勇敢的表情，"我……我们……能不能像伙伴那样分开？"

当心。埃尔夫叉起了胳膊。"你的道歉晚了几个月，但没关系。我们会以伙伴的身份分开。再见。"

布鲁斯闭上了双眼。令埃尔夫惊讶的是，它们开始流泪。"上帝，我有时恨我的胆量。"

"我可以理解为什么，"埃尔夫说，"有时候。"

他用祖父的衬衫擦了擦眼睛。"见鬼，我很抱歉，埃尔夫。但是……我遇到了一点麻烦。"

毒品？梅毒？犯罪？"告诉我吧。"

"我在法国倒了大霉。因为我在香榭丽舍大街卖艺，警察打了我。他们没收了我的吉他。我的室友带着我的存款、衣服和所有东西跑了。我已经破产了。我只有两法郎七生丁、八先令和一枚三便士的硬币。我——我——我是从托比·格林的办公室过来的。"布鲁斯脸色通红，满头大汗。"他出门了，但他的秘书查对了我们的《牧羊人的曲柄杖》的版税。"

"不算多。"

"它买不了一杯鸽粮。我知道，我不找别人，却向你求助，浑蛋透顶，但……说实话，说实话，我没有其他任何人可以求助。所以我……"他深吸一口气，让自己平静下来。"……我求你了。拜托了。如果你有任何办法能帮帮我……任何办法……请……帮帮我。"

获奖

"这是一个非常非常非常美好的夜晚,女士们,先生们,欢迎大家来到本周的《流行之巅》。但愿你们感觉良好,如果你们感觉不佳,我希望接下来的半小时能让你们振奋起来。"金色拖把头的吉米·萨维尔对着电视台的摄像机露出微笑。"那么,让我们以夏季最好的新乐队之一优美、轻快的曲目开始吧——先生们,当你们看到那个古古古怪的键盘手时,请不要给电视机换台!闲话少说——排在第十九位的是他们的首发歌曲《暗房》——唯一的、古怪的、奇妙的……乌托邦大道!"

"**掌声**"字样的电子招牌亮了起来;一阵欢呼声响起;贾斯珀向台下的利凡、贝亚、迪恩的女友祖德和伊莱克斯的维克多·弗伦奇看了一眼。我们开始。前奏从音响系统传出,三四十个被选中在舞池里跳舞的年轻人随着埃尔夫的和弦摇摆,她在假装用她不插电的法菲萨演奏这些和弦。贝亚和祖德花了三天时间设计埃尔夫的亮相:美国印第安女人的造型,带着流苏麂皮刺绣的头饰带和玻璃珠子。迪恩穿着他在"棉花糖板球拍"商店买的灰粉色连身大衣。他对着镜头做了一个埃尔维斯的卷唇动作。格里夫在装有消音橡胶垫和会发出刷刷!声的特殊塑料镲片的鼓上打鼓。他穿着爵士乐手的宽松衬衫和迷幻色彩的马甲。主唱。贾斯珀靠在麦克风上,和着原声对着口型。第二台摄

像机向埃尔夫靠近。一位制作人告诉观众,埃尔夫是有史以来第一位在《流行之巅》"演奏"乐器的女性。贾斯珀凑近麦克风:

> 你把我带到你的暗房
> 秘密在那里褪去了衣装。
> 耶路撒冷在那儿的东边。
> 而麦加①在西边……

迪恩凑到埃尔夫的麦克风前,跟她一起进行第二段的合唱。他指着摄像机的镜头,指着全英国数百万台电视机外面。在桥段之后,第三台摄像机移到了正在独奏的贾斯珀前方,捕捉格里夫打鼓的画面。贾斯珀用他不插电的斯特拉托卡斯特吉他演奏,就像他在舞台上那样,有弯音和细微的变化。摄像机拉回到埃尔夫和迪恩的最后一段副歌,中途,镜头剪到观众的热烈欢呼画面。**掌声**!他们的三分钟结束了。

一名助手匆匆忙忙地催促乐队离开舞台,这时吉米·萨维尔被一群穿着迷你裙的女人簇拥着,在旁边舞台上介绍起了下一支乐队。"女士们,先生们,你们觉得怎么样?乌托邦大道乐队的《暗房》,是不是很精彩?诸位,诸位,诸位。关于我们下一批嘉宾,有三条线索。线索一:他们都非常小。线索二:他们有脸。线索三:他们很痒,住在一个公园里。他们会是谁呢?哎呀,是小脸乐队和他们最新的小调——《痒草公园》(Itchycoo Park)②!"

---

① 也暗指贾斯珀的女友梅卡。
② Itchycoo 是一种刺荨麻的俗名,因其种子触碰到皮肤,会让人感到刺痒而得名。

贾斯珀和格里夫从两侧观看戴安娜·罗斯（Diana Ross）和至高无上合唱团（The Supremes）的哑剧《镜像》（Reflections）。贾斯珀看到了戴安娜·罗斯的眼白。埃尔夫加入了他和格里夫的行列。戴安娜·罗斯、玛丽·威尔逊（Mary Wilson）和辛迪·伯德桑（Cindy Birdsong）让其他所有人的表演都显得很业余。包括我们在内。她们的姿态，黝黑的皮肤和银色的长袍是很适合黑白屏幕的选择。贾斯珀——他猜测，还有大多数英国观众——被她们极简的舞蹈编排，她们如何表现和演绎这首歌给迷住了。演出中再没有哪首歌曲——不论是《痒草公园》、交通乐队的《我鞋子上的洞》（Hole in My Shoe）、舞步乐队（The Move）的《雨中的花朵》（Flowers in the Rain）还是花盆人乐队（The Flowerpot Men）的《让我们去旧金山吧》（Let's Go to San Francisco）——能让贾斯珀感到，这首歌能让任何人，从作家到小贩，无不感到信服。

《映像》结束时，戴安娜·罗斯以谦虚的挥手和微笑回应了热烈的掌声，然后她和至高无上合唱团被引导着离开。当她从贾斯珀身边走过时，他吸入了她身后留下的些许芬芳。

埃尔夫低声问："你认为我们会有一天去那儿吗？"

"哪儿？"贾斯珀问。

"美国。"

贾斯珀想了想这个问题。

"既然赫尔曼的隐士乐队能做到，"格里夫低吼着说，"我们也能。"

当恩格尔贝特·洪佩尔丁克用《最后的圆舞曲》（The Last Waltz）结束演出时，BBC酸橙园录影棚——朋友们称之为"黏液园"——的后台派对拉开了伦敦现场周四至周日的周末序幕。音乐人、经理人、狂热女歌迷、妻子、专栏作家和跟班们都在传阅，策划，调情，发牢骚和背后捅刀子。利凡、贾斯珀、豪伊·斯托克与维克多·弗伦奇、安德鲁·卢格·奥尔德姆①在角落里。埃尔夫和布鲁斯——他的手放在她的臀部——与贝亚、祖德和迪恩在一起，跟交通乐队的一半成员围在一起。

埃尔夫前男友的再次出现，以及埃尔夫对安格斯的突然驱逐，在帕维尔·Z俱乐部引发了一场大争论，当时埃尔夫带着布鲁斯去见乐队成员。贾斯珀看得出来，迪恩对埃尔夫把布鲁斯带回来很生气，因为迪恩认为布鲁斯过去对埃尔夫不好，而且可能会再次对她不好。当时，布鲁斯离开了，告诉埃尔夫他会为她回家后准备晚餐。埃尔夫对迪恩很生气，因为她认为她选男朋友不关迪恩的事，尤其是迪恩还和斯肯索普地区瓦莱里糕点店的女服务员祖德在一起。这让迪恩更加生气，这让埃尔夫更不屑一顾。格里夫开始练鼓，这让迪恩和埃尔夫都对他很生气。格里夫打得更大声了。当时贾斯珀完全摸不着头绪。他想知道，为什么正常人对谁和谁发生性关系如此紧张？当然，彼此愿意跟对方上床的人会这样做，直到一方或双方都不愿再继续为止。然后就结束了。就像动物界交配季节的结束一样。如果人人都能接受这一点，就不会再有心痛了。

也许，迪恩现在正在接受这一点。格里夫在一张沙发上，和那些咯咯笑的女孩们在一起，还有大眼睛的基思·穆恩在比画着讲一个涉及大量弹跳的故事。贾斯珀检查了一下自己的事实。我在一支乐队里；我们签约了；我写了一首歌；它排在第十九位；我们刚刚在《流行之巅》上假唱了一番。数百万人看到了。

是的，这些事实似乎是可靠的。

贾斯珀觉得，《暗房》就像一团蒲公英的种子，它飘过电波，在从设得兰群岛到锡利群岛的头脑中扎根。它们也会在时间中飞行。也

---

① 安德鲁·卢格·奥尔德姆（1944— ），滚石乐队的经纪人。

许《暗房》会落在尚未出生的人的头脑之中，或者其父母尚未出生的孩子的头脑中。谁知道呢？贾斯珀撞上了一个一头金色、穿着黄绿色衬衫、打着洋红色领带的人。他向滚石乐队的布莱恩·琼斯道歉。

布莱恩·琼斯说："反正又没骨折。"他把香烟放进嘴里，问："有火吗？"

贾斯珀帮他点上。"恭喜《我们爱你》（We Love You）。"

"哦，你喜欢那首，是吗？"

"这是一场无情的淘汰赛。"

布莱恩·琼斯吸了口烟，然后叹了口气。"我在这首歌里弹的是美乐特朗电子琴。美乐特朗简直操蛋。总有延迟。我应该认识你吗？"

"我是贾斯珀。我在乌托邦大道弹吉他。"

"那里适合度假。不想住在那里。"

贾斯珀想知道这是不是玩笑话。"为什么你是这里唯一的滚石成员？"

布莱恩·琼斯皱起眉头。"我们之间私下说……我有些搞不清楚。"

"怎么会呢？"

"有时候，事情会卡在我的脑子里。"

"什么样的事情？"

"嗯，比如我有个念头：我们今晚要在《流行之巅》上表演《我们爱你》。所以，我放下一切，让汤姆开车送我过来……结果发现有很多困惑的 BBC 工作人员向我保证说，不，其实并没有滚石乐队演出的安排，而且从来没有过。"

"那……你是说，有人打了一个骗人的电话？"

"不，它更像是我脑子里的一条信息。"

贾斯珀想到了咚咚。"一条信息？"

布莱恩·琼斯懒洋洋地靠在墙上。"或者说是对一条信息的记忆。"

218

但当你试图找出它的来源时，什么都没有。就像……涂鸦，一旦看过，就消失了。"

"你嗑嗨了吗？"贾斯珀问。

"我倒希望是。"

"你是否被没有形体的存在拜访过？"

布莱恩·琼斯把金发刘海从他充满血丝的眼睛上移开，好好看着贾斯珀。"给我讲讲吧。"

在贾斯珀在伊里主教学院的十年里，他没有结下什么名副其实的对头，只有一个朋友。海因茨·福尔马焦是他的室友，是瑞士科学家的儿子。在板球场上第一次发生敲击事件的三周后，当"事件"的发生次数达到两位数时，贾斯珀告诉他的室友他听到了什么。在自由活动时，他们来到一棵橡树下。福尔马焦靠在树上，而贾斯珀讲了半个小时。他有一阵子没有回答。蜜蜂在三叶草中穿梭。鸟鸣的线条纠缠在一起。一列火车穿过沼泽地，向北行驶。

最后，福尔马焦说："你跟别人说过吗？"

"这不是我想宣扬的那种事。"

"说得没错。"

一个粗壮的球场管理员推着割草机。

贾斯珀问："你有什么解释吗？"

福尔马焦拧绞着他的手指。"我有四个。设想 A 认为，敲击声是为了寻求关注而编造出来的。"

"不是。"

"你诚实得可怕，德佐特。设想 A 被排除了。"

"很好。"

"设想 B 认为，声音是由一个超自然的实体发出的。我们可以把他、她或它命名为'咚咚'。"

219

"用'他'是对的。'超自然实体'并不十分科学。"

"鬼魂、恶魔、天使都是反科学的,然而,在一次抽样调查中,我敢打赌,相信这些东西的人比相信广义相对论的人还要多。为什么是'他'?"

"我不知道我是怎么知道的。他就是他。我不是设想 B 的粉丝。哪怕身成为大多数人,也不能保证我就是正确的。"

福尔马焦点了点头。"还有,鬼魂显灵。天使介入。恶魔恐吓。他们不只是发出敲门的声音。这有点像三流的降神会。让我们暂时排除设想 B。"

透过音乐室敞开的窗户,越过草坪,飘来三十个男孩的歌声:"夏天就像小茴香……"

"你会最不喜欢设想 C。它认为咚咚声是一种精神病,并没有外在的实体。总而言之:你是疯子。"

男孩们从旧楼的斜坡上涌了出来。

"但我听到咚咚的声音,就像我听你说话一样清楚。"

"圣女贞德真的听到了上帝的声音吗?"

一片云彩移动着,橡树投下斑驳的网。"所以咚咚带来的感觉越真实,我就越疯狂?"

福尔马焦摘下眼镜,清洁镜片。"是的。"

"在那场板球比赛之前,我是唯一住在我脑子里的人。现在,有两个人了。即使咚咚没有敲东西,我也知道他在那儿。我知道这听起来很疯狂。我想我无法证明我没疯。但你能证明我疯了吗?"

通过音乐室的窗户,传来音乐老师的声音:"不不不——这样不行!"

"那设想 D 是什么?"贾斯珀问。

"是 X 理论。X 理论承认咚咚既不是谎言,也不是鬼魂,更不是精神病发作,而是一个未知数,X。"

"X理论不就是对'毫无头绪'别出心裁的说法吗？"

"确实如此：我们没有线索。X理论就是要收集线索。你有没有尝试过跟咚咚交流？"

"每天祈祷时，我都会'广播'一条信息。'跟我说话'或者'你是谁？'或者'你想要什么？'"。

"目前为止没有回复？"

"目前为止没有回复。"

福尔马焦把一只瓢虫从拇指上吹落。"我们需要科学地思考。而不是像一个害怕自己发疯或者被鬼缠身的男孩那样。"

"我们怎么科学地思考？"

"记录敲击的持久度、时间和模式。分析这些数据。这些'拜访'是随机的吗？是否有模式？观察一下。咚咚是不是跟伊里绑定了，或者他也会在七月前往泽兰？"钟声响起，鸽子咕咕叫，割草机在割草。"咚咚会不会是某种信使？如果是，他要传递什么信息？"

"在你的头脑里'咚—咚—咚'地敲，算不上是什么信息。"

贾斯珀正要说到接下来发生的事，这时布莱恩·琼斯插了一句。"那是胎记吗？还是印度教的圆点？"这位滚石成员用药物抑制的瞳孔打量着贾斯珀的双眉之间。他拍了拍那个地方。"这儿。它正在关闭。它很害羞。我应该认识你吗？"

"我是贾斯珀。我在乌托邦大道弹吉他。"

"在格洛斯特郡，'贾斯珀'是黄蜂的意思。"布莱恩·琼斯隔着贾斯珀的肩膀问别人，"我说，史蒂夫。你们东区人管黄蜂叫'贾斯珀'吗？"

"我们不叫这些小浑蛋。我们只是拍扁它们。"小脸乐队的史蒂夫·马里奥特（Steve Marriot）递给贾斯珀一杯棕色的啤酒。"欢迎来这里参演。还有，祝撒旦陛下——"史蒂夫·马里奥特将一个小小的奥格登鼻烟盒压在布莱恩·琼斯的手掌上"——生日快乐。"

"是今天吗?"布莱恩·琼斯对着盒子眨眼,"鼻烟?"

史蒂夫·马里奥特把一个鼻孔挤扁,模仿着擤鼻子。

"哦。这样的话,我这就去给我的鼻子上点粉……"

贾斯珀喝了一口棕色的啤酒。

"你刚刚打破了第一条规则,"史蒂夫·马里奥特说,"永远不要接受陌生人的饮料。可能是加料的。"

"你不是陌生人,"贾斯珀说,"你是史蒂夫·马里奥特。"

这位歌手笑了,仿佛贾斯珀开了个玩笑。"你们乐队里的那个小妞。她是个噱头,还是真的会演奏?"

"埃尔夫不是噱头。她演奏。她唱歌。她写歌。"

史蒂夫·马里奥特探出下巴。"这很新奇,我跟你说。"

"还有格蕾丝·斯利克(Grace Slick)嘛。杰弗逊飞机乐队的。"

"她唱歌,她性感得要命,但她不演奏。"

"罗塞塔·撒普(Rosetta Tharpe)。"

"罗塞塔·撒普拥有一支乐队。而她不是乐队一员。"

"卡特家族(The Carter Family)。"

"他们首先是真正的一家子,其次才是一支乐队。"

"诸位,诸位。"一只手抓着贾斯珀的肩膀,一个带着鼻音的约克郡声音充满了他的耳朵。"这个房间里有足够的星光,足以照亮埃塞克斯,但我是直接来找你的,好贾斯珀先生,祝贺你初次登上《流行之巅》。"吉米·萨维尔抽了一口粗大的雪茄。"你觉得怎么样?"

"迷迷糊糊地就过去了。"贾斯珀承认。

"女士们也是这么告诉这位年轻的斯蒂芬的。"吉米·萨维尔冲着史蒂夫·马里奥特一笑,"他是从死人堆里复活过来的。"

"我都没发现我已经死过了,吉米。"史蒂夫·马里奥特说。

"艺术家总是后知后觉。贾斯珀:那边那位迪吉里杜船长①,是不是和你们那位淫荡、丰满的风琴演奏者做爱?"

"如果你指的是埃尔夫和布鲁斯,他们同住一个公寓,是的。"

"她对你来说有点老了,吉米,当然,"歌手说,"我是说,她已经超过十六岁了。已经是合法的了。"

"哦哦!"吉米·萨维尔的下巴翘了起来。"马里奥特的右勾拳再次命中!你的'星际冒险'计划泡汤时,你的目标就是这个吗?拳击?我可看不出来。你那副体格就不行的。你们被叫做'小'脸,可不是没有道理的。感觉如何,小史蒂芬,被唐·阿登彻底榨干了每一分钱?甚至连你穿的衣服都不属于自己了?你难道不想萎缩而死吗?我知道换成是我,我会的。"

就连贾斯珀也能看出史蒂夫·马里奥特脸上的憎恨。

"对不起,如果我惹恼了你,"吉米·萨维尔说,"我借给你回家的公交车钱好吗?"

叮——叮——!豪伊·斯托克,刚从圣特罗佩回来,穿着一件绿松石色的外衣,在杜兰斯酒店的私人活动室里用勺子敲着酒杯。在圣特罗佩的一周使他的皮肤晒得颜色更深。如果他是一只烤鸡,贾斯珀想,那他在烤箱里待了有二十分钟了。叮——!豪伊的目光在包房里巡视着。宾客包括月鲸下设的杜克-斯托克商行的弗雷迪·杜克;利凡,穿着覆盆子色和香草色条纹的西装;贝萨妮,头发盘起,戴着黑珍珠,穿着黑裙子。埃尔夫还穿着她的《流行之巅》战衣;布鲁斯·弗莱彻穿着黄褐色法兰绒,戴着鲨鱼牙的项链;贝亚·霍洛韦,穿得像个在皇家戏剧艺术学院的表演系学生。一个叫特雷弗·平克、面色苍白的男艺术生,是和贝亚一起来的,手上涂着粉色的颜料,所以他

---

① 迪吉里杜管是澳大利亚土著人的乐器。这里戏指澳大利亚人布鲁斯。

223

很容易被人记住；穿着英国国旗夹克的迪恩，迪恩的女朋友祖德，她比迪恩高一点；格里夫；脸胖乎乎的星探维克多·弗兰奇，还有脸型像惠比特犬的公关宣传员奈杰尔·霍纳。太多的目光。社交聚会就像射箭场和记忆测试。

叮—————————！一阵嘘声传来。

"朋友们，"豪伊·斯托克开始说道，"月鲸人员和诸位同道。我只想说几句话。我说了！当我告诉我在纽约的朋友们，我要在伦敦进军音乐界时，一个典型的反应是：'豪伊，你疯了吗？也许你是华尔街的大师，但你是一个演艺界的新人，那些英国人会把你榨干的！'我的敌人们只是笑，笑得很开心，因为豪伊·斯托克会亏得连衬衫都保不住。好吧。那些狗娘养的现在肯定不会笑了！现在我的首张唱片的首张单曲已经打入英国前三十名！"

欢呼声和掌声此起彼伏，洋溢开来。

豪伊·斯托克说："我们今天在这里，是因为有五个真正有才华的人。让我们逐一说出他们的名字，让他们感到羞愧。"

五个？贾斯珀心想。他准是把利凡算进去了。

"首先是我们当之无愧的琴师、民谣女王。绝无仅有埃尔夫·霍洛韦小姐！"

掌声响起。贵族们从房间四周的画作上方往下看。贾斯珀觉得，埃尔夫的笑容意味复杂。

豪伊·斯托克转向迪恩。"很多人说，贝斯手就是失败的主音吉他手。我说：'一派胡言！'来一轮掌声！"

人们鼓起掌来。迪恩愉快地举起酒杯。

豪伊·斯托克继续。"鼓手不公正地成为太多笑话的戏谑对象。比如……"豪伊展开一张纸，戴上眼镜，"……'鼓手和储蓄债券之间有什么区别？'有人知道吗？'有一个会到期（成熟），会赚钱。'"几个人礼貌地笑了笑。格里夫点点头，好像他以前都听过。"'什么有三条腿和一个屁眼?'没有人知道吗?'鼓凳'!再来一个?有了:'一个挂在鼓手胳膊上的美女,叫什么?'"

格里夫用手比出一个喇叭:"文身。"

"你抢我的词儿了,格里夫!下一位是创作乌托邦大道第一首单曲的人,毫无疑问,这也是众多歌曲中的第一首。我们的斯特拉托卡斯特之王,贾斯珀·德佐特!"他把贾斯珀的名字发错了音,还举起了酒杯。贾斯珀避开了所有的目光,牢牢盯住豪伊·斯托克衣襟上的点心渣。

叮——"我不是一个自吹自擂的人,"豪伊·斯托克说,拂了拂衣襟,"所以我不会大肆宣扬我在乌托邦大道乐队中发挥的作用——这是双关语,你们肯定知道。所以我将让结果来说明问题,只是简单说说我的指引者和我的导师——我自己的'直觉'。专业知识很便宜。你可以学习、雇用或挖来专业知识。但是直觉呢?你要么有,要么没有。我说得对吗,维克多?"

星探向豪伊举起了酒杯。"太对了,豪伊。"

"你们瞧?我第一次在第七大道的贝托鲁奇餐厅见到利凡时——那儿是罗伯特·雷德福、迪克·伯顿和亨弗莱·鲍嘉经常吃饭的地方,我的直觉说:'豪伊,这是你的人。'当我听到乐队在大帐篷演出的磁带时也是如此。我的直觉真的坐起来告诉我:'这就是你的乐队。'当我在多尔切斯特见到维克多时——天这么冷,为什么要待在伦敦其他地方呢?——我的直觉告诉我:'就是这家厂牌。'砰砰砰!超过一万六千的销量和在英国电视上的一次出色表演,证明我的直觉又是对的。"

"直觉,"格里夫在贾斯珀的耳边嘟哝着,"都是狗屁。"

"你们知道最精彩的部分是什么吗?"豪伊·斯托克的笑容席卷了整个房间。"这只是个开始。维克多,我想,到了由你宣布惊喜的时间了。"

"谢谢你鼓舞人心的演讲，豪伊，"维克多·弗伦奇说，"我确实带来了好消息。我刚刚从汉堡的托托·席费尔那里得到消息。他是伊莱克斯的首席执行官。他给我们开了绿灯，不仅要录制《暗房》的后续单曲，而且还要录制……一张专辑。"

贝亚、祖德和埃尔夫情不自禁地发出"喔—喔！"的声音。

"一举命中！"格里夫说。

迪恩倾斜着他的椅子。"还以为你们永远都不会这样要求呢。"

"你们需要开始行动了，"维克多·弗伦奇告诉乐队成员们，"我们希望唱片能在圣诞节前进店开卖。"

"没问题，"利凡保证说，"乐队已经准备好了一堆出专辑用的歌。"

"理想情况下，我们会在专辑发行之前一周发行第二张单曲。"奈杰尔·霍纳说，"这个游戏的关键就是制造出最响的噪音。"

"我会尽快检查演出手册。"利凡说，"放弃一些小规模的演出，为录音腾出空间。"

"这次有机会使用真正的录音棚吗？"迪恩问。

"在蘑菇棚录的《暗房》就很不错。"维克多·弗伦奇说，"价格也很有竞争力。"

利凡整了整他的领带。"我知道乐队会用一张年度最佳专辑榜作品来报答席费尔先生的信任。"

"你很安静，贾斯珀。"豪伊说。

贾斯珀不确定这话是批评还是在请他发言。他抿了一口酒杯，发现它是空的。

"我们需要你写几首新歌，"奈杰尔·霍纳说，"像《暗房》那样朗朗上口的歌。拜托了。"

"我会尽力的。"贾斯珀希望，所有人的目光都离开他。他必须专注于他担心自己能听到的声音。

226

迪恩说："我和埃尔夫也写歌，你知道的。"

它来了……沉稳的指关节对着木头敲击。咚……咚……咚……比迪恩的抗议声还小，但比前几天的声音还大。别人都没听到。这条信息只有一名收件人。

贾斯珀听从了福尔马焦的建议，在一九六二年四月到一九六三年四月的十二个月里，他用了一本名为"K2"的笔记本。在本子里，他用荷兰语记录了咚咚的"插曲"发生的时间、持续的时间和背景。贾斯珀用音乐符号来描述敲击的不同风格：f 代表重音，ff、fff 代表渐强、突然、自由节奏等等。这些数据确定了几个事实。咚咚的造访往往集中在接近中午和午夜的时候。在贾斯珀独自一人时，和有人陪伴时，洗澡时，学习时，在唱诗班，或者在食堂时都一样，都有可能造访。随着时间的推移，造访的频率从每周两三四次增加到每天两三四次。咚咚跟着贾斯珀来到了他在泽兰省多姆堡市的夏季住所。咚—咚声从板球场上听到的三连击，延长到复杂的一串敲击声，持续时间长达一分钟。它们的声音也越来越大，或者越来越近。贾斯珀能感觉到，这些敲击声背后有一种智慧。有时，从敲击声的质感中，能听出绝望、愤怒或阴沉来。他试图与敲击声沟通——敲一下代表"是"，敲两下代表"不"——却毫无结果。尽管他的这种活动越来越多，但随着时间的推移，数月之后，贾斯珀逐渐习惯了他的存在。就听觉上的幻觉而言，敲击声是相对无害的。这不是一个自称是上帝的声音，也不是一个叫他自杀的魔鬼，甚至也不是那个据说在斯沃夫汉姆学院楼梯间闹鬼的被绞死的詹姆斯党人。与贾斯珀的同学们相比，他们忍受着癫痫、小儿麻痹症的后遗症、单眼失明甚至严重口吃，咚咚还算是一个容易背负的十字架。忠诚的福尔马焦没有告诉任何人，他对室友的怪病保持着好奇，但他们会一连数日对此事绝口不提。贾斯珀很快就会把这段时光看作一个黄金时代的结束。

"那些歌词,"维克多·弗伦奇告诉贾斯珀,"在《暗房》最后一段的那些。'我们躲在树下,躲避雨水和骰子;但在树下,雨会下两次。'我不知道它的意思,但我懂它的意思。"一个酒店的服务员正从一个窄嘴银壶中把咖啡倒入瓷杯。波特酒被摆在银质托盘上分发着。"这样的词是从哪儿来的?"

贾斯珀希望,他能在蛇形湖里的划艇上抽大麻,来庆祝乐队登上《流行之巅》,远离维克多·弗伦奇、豪伊·斯托克和任何需要他装腔作势的人。"谈论写作是很难的。我得到词语的地方跟你们得到词语的地方一样;就是被称为'英语'的这门语言当中。吸引你们眼球或耳朵的,是我把这些词放在一起形成的组合。想法就像种子一样,从世界、从艺术、从梦中飘过来。或者它们就这样凭空出现在我心里。我不知道原因何在。然后我就有了一句话,我试着对它进行按摩,使它与整体的节奏相吻合。我也必须考虑押韵。我是否选择了一个容易押韵的尾词?是不是太容易押韵了?陈词滥调就像谎言。千万不要拿'火'(fire)和'欲'(desire)押韵。或者拿'抱紧我'(hold me tight)与'今夜'(tonight)押韵。如果太有艺术性,听起来就很做作。比如'百事可乐'(Pepsi Cola)和'安哥拉'(Angola)。"

"引人入胜。"维克多·弗伦奇瞥了一眼他的手表。

布鲁斯把他的空酒杯换成了满杯。"埃尔夫先前电视屏幕上看起来棒极了。她很上相。"

"我们都装扮得不错。"埃尔夫说。

"我在等《时尚》杂志打电话来谈封面问题,"格里夫说,"我可能会在另一边脸上留下一道配对的伤疤。"

"在《流行之巅》里,任何女性都会有大量的上镜时间。"埃尔夫说,"我们在节目里是稀缺品种。"

"是因为你有民谣背景,"布鲁斯说,"民谣很注重融洽和真实。

这也是镜头捕捉到的东西。"

迪恩吐出了一口烟。"你认为民谣音乐在真实性方面有垄断地位，是吗，布鲁斯？"

"如果你在民谣俱乐部里演砸了，就会无处躲藏。没有成群结队的尖叫的女孩掩护你。你是赤裸裸的。"

"听起来，我好像一直去错了俱乐部。"豪伊打趣道。

"那么问题来了，"布鲁斯说，"埃尔夫的哪首歌将成为后续单曲？"

"我们下次再讨论这个问题吧。"埃尔夫说。

"我们六月份就解决了这个问题，布鲁斯，"迪恩找烟灰缸，最后拿了一个碟子用，"当时你在快乐的巴黎进进出出，进进出出。贾斯珀拿到了首发单曲，我拿到了第二首，埃尔夫拿到了第三首。所以埃尔夫才拿到了《暗房》的B面。顺便说一句，她得到的版税和贾斯珀的A面一样。"

"也许更明智的做法是，"维克多·弗伦奇说，"在作决定之前，先看看在蘑菇棚的前几次录音效果如何。"

"维克多是对的，"布鲁斯说，"他见过上百个一鸣惊人的乐队因为第二首单曲的失误而早早夭折。后续作品必须展现出乐队的口味范围。"

迪恩涨红了脸。"我们可不是他妈的冰激凌店。"

"伙计，"布鲁斯说，"现在是爱之夏的秋季。当我听到《放弃希望》时，我听到的是厄运和阴霾。用豪伊的精辟说辞来说的话，就是'它不够切合当下'。但埃尔夫的新歌——《出乎意料》——它非常切合当下，切合明年。对吧，豪伊？"

贾斯珀不认为豪伊听过《出乎意料》，但月鲸的首席投资人抿着嘴点了点头。"当然，听听录音效果也无妨。"

"我感谢大家的兴趣，"埃尔夫说，"但是——"

229

"如果第二首单曲是埃尔夫·霍洛韦的歌，"布鲁斯说，"我们的歌迷会发现，乌托邦大道是阴阳两面的。他们会觉得，这个乐队无所不能。女孩们会喜欢这个乐队。《放弃希望》是一首美妙的小曲，迪恩，别误会我的意思，但如果把它放在《暗房》后面，乌托邦大道乐队会被放进贴有'奶油乐队的克隆'的鸽子笼。然后，当埃尔夫在第三首单曲担任主唱时，你所有的布鲁斯歌迷都会想，这个女孩在我的乐队里做什么？想象一下滚石乐队的新单曲，由某个小姐演唱。那将是灾一难。我们必须现在就确立，埃尔夫是乐队的核心歌手。"

迪恩对全屋子的人说。"难道就没有人要说出来吗？"

"说什么？"在贾斯珀看来，布鲁斯的笑容难以捉摸。

"和埃尔夫上床并不能为你赢得投票权。"

几声喘息，几声咕哝。所有人都看着埃尔夫。

"伙计们，"利凡说，"让我们成熟一点……"

"埃尔夫在业余时间如何自娱自乐是她自己的事。"迪恩说，"我关心的是乐队的事。长话短说，布鲁斯，你在乌托邦大道乐队没有他妈的投票权。没有。"

埃尔夫叹了口气。"我们能不能不要这样？我们应该庆祝一下。"

"我不想要投票权，迪恩。"布鲁斯像个耐心的老师一样说话，"没错，我是埃尔夫的伙伴，没错，我是个幸运的男人，的确，我不是乐队的成员。但如果我看到你们径直驶向一座巨大的冰山，我是不会闭嘴的。我会大喊：'小心那座他妈的巨大冰山！'如果《放弃希望》是你们的下一首单曲，恐怕那就是一座冰山。"

"提醒我一下，"迪恩说，"麦卡特尼先生，你最近有几首打入前二十名的歌曲？我已经忘记了。"

布鲁斯笑了笑，这让贾斯珀感到困惑。"你不一定非得是披头士，才能对音乐行业有正确的看法。迪恩。"

"当你的简历上什么都没有，却装作演艺界之王，会让你看起来像个傻子。傻子。"

　　梅森庭院的圆石上传来刺耳的刹车声。火星都冒了出来。几扇门开外,印度画廊正在举办晚间的画展预展。贾斯珀听到了笑声。"我们又来了。"迪恩说。这两个乌托邦乐队成员站在 13A 的门前。从他们上次试图用布莱恩·爱泼斯坦的名字蒙混过关,已经过了四个月。披头士乐队的经理人在两星期前自杀了。这事成了那一两天的全球新闻。"你的新朋友答应把我们的名字记下来,是吗?"

　　"是的,"贾斯珀回答,"不过那是在他在 BBC 的厕所里吸了可卡因之后的事,所以……没法保证。"

　　"没有冒险,就没有收获。"迪恩按下金色的门铃。它响了。窗缝打开,那只能看穿一切的眼睛出现了。"晚上好,先生们。"

　　"嗨,"迪恩说,"嗯,所以我们,嗯,啊,其实——"

　　"莫斯先生、德佐特先生,"那只眼睛说,"你们好吗?"

　　迪恩看了看贾斯珀,然后又看了看那只眼睛。"很好。你呢?"

　　"祝贺你们登上《流行之巅》,"那只看透一切的眼睛说,"我相信,这只是你们若干次亮相的第一次。"

　　"好极了,"迪恩说,"我没想到,呃……"

　　只露出眼镜的狭缝关上了,13A 的门打开了,露出一名秃头男子,他有着摔跤手的体格,穿得像个驿站马车的车夫。音乐和闲聊声透了出来。"欢迎来到'圣雅各的苏格兰威士忌'。我是克莱夫。管理层指示我为你们提供会员资格。办公室会在明天早上把文件送到月鲸音乐,但今晚,请进吧……"

　　高高的墙,美丽的人们,明年的时尚,精明的眼睛,一条走廊,尽头是一个沙龙。烟雾弥漫,灯火通明,大片的镜子可能是走廊,也可能只是镜子。贾斯珀尽可能地躲避着它们。钻石在晃动,笑声在回荡，香槟在冒泡，墙壁是格纹图案，酒瓶陈列在架子上，谣言在传播，面孔很有名，但角度很奇怪，天才渴求认可，天才被人评估，嘴唇很有光泽，牙齿展露出来，香水是法国的，小青年们是北方人，初出茅庐的人与棱角分明和世故圆滑的人打情骂俏，老者向年轻人求爱，年轻人权衡利弊，感官混合在一起。墙边全是小包厢。一辆真正的驿站马车摆在角落里。音乐从地下室里袅袅升起。"跟紧我，亲爱的！"一个男人的声音感叹道，"你会飞黄腾达。"贾斯珀觉得自己好像误入了没有笼子的动物园。

迪恩在贾斯珀耳边喃喃地说："看啊！迈克尔·凯恩。乔治·贝斯特。不，别看。"

贾斯珀看了看。这位著名的演员正在笑着听一个肤色黝黑、留着胡子的矮个男人说着什么。"乔治·贝斯特是谁？"

"你真不知道乔治·贝斯特是谁？"

"我真不知道乔治·贝斯特是谁。"

"全世界最棒的三名足球选手之一。"

"好吧。我去拿饮料。你要喝什么？"

迪恩做了个鬼脸。"你在这样的地方喝什么？"

"我祖父总是说：'如果拿不准，就要一杯加冰的威士忌。'"

"完美。好极了。我去一下厕所。马上回来。"

贾斯珀慢慢走上一条通往吧台的小路，那里有三个声音在吵吵嚷嚷，穿透了昏暗的喧嚣声。"是的，埃皮把披头士乐队变成了一大笔财富，"第一个声音说，"但他把商品的推销让给了别人。埃皮只是一个非常、非常幸运的家具销售员。"

"小伙子们为什么一直跟他在一起呢？"第二个声音问。

"啊哈，"第三个声音说，"我的司机从林戈的司机那里听说，他们已经同意，等他们从威尔士的印度导师那里度完周末，回来就把他开除。"

"但埃皮听到了这个卑鄙的阴谋。"第一个声音说,"看到了吗?他的'意外服药过量'开始看起来不那么意外了。"

"胡说八道,"第二个声音说,"他吞了太多的药片,就是这样。埃皮总是粗枝大叶……"

"站着别动,交出……"布莱恩·琼斯戴着一顶墨西哥草帽,跟两名女子坐在一个包厢里。"你的威士忌,或者你的性命。很高兴你能来。"看不到迪恩,于是贾斯珀把他那杯吉尔马贡威士忌递给了布莱恩·琼斯。等迪恩来了,我总还可以再要一杯。"来认识一下克雷西小姐——"布莱恩·琼斯指着一个身段苗条、有着黑色卷发的姑娘——"还有克雷西小姐的闺蜜……"

"妮科尔。"她晃了晃手指,"嗨。"玛莉官式的波波头半遮着她的眼睛。"我认识你吗?发型很眼熟。"

"贾斯珀今晚登上了《流行之巅》。"布莱恩·琼斯说。

"我就知道!"妮科尔为她自己鼓掌。"发型即性格。就好比布莱恩神奇的金色拖把头。"

"这是我的太阳神阳刚之气的来源。"布莱恩·琼斯附和道。

"如果我们把它剃掉,"克雷西小姐补充说,"没有人会从白亮的秃头认出是他来。"

"你是狮子座。"克雷西对贾斯珀说。

"双鱼座。"贾斯珀回答。

"这正是你痛苦的根源。你是精神上的狮子座,被困在物质上的双鱼座里面。"

贾斯珀猜测他被调戏了,但克雷西看起来很年轻,像是早上还要上学。"我没什么好抱怨的。"

"这是狮子座在说话。"妮科尔说,"大多数男人都是可怕的抱怨大王。他们应该试试把他们私处的毛拔掉。哎呀。"她把手指放在嘴唇上。"这话不假思索地就溜出来了。我有点儿喝醉了。都怪邪恶的琼斯先生。"

布莱恩·琼斯跟贾斯珀碰杯。"为了三文鱼的健康。"他吸了一口妮可的烟。阿波罗掉下了头皮屑。

"你原本打算多给我讲讲你脑子里的信息,"贾斯珀说,"然后史蒂夫·马里奥特就来了。"

布莱恩·琼斯的眼睛在贾斯珀的脸上转来转去。"那是今晚才发生的事吗?感觉像是很久以前就有了。"

"我会施展一个保护咒语,"妮科尔说,"我上过巫术课程。我的老师前世是摩根仙女①。"

"克雷西小姐,"布莱恩·琼斯说,"请把手指从我的乳头上拿开。要注意时间和地点。"

"他在弗拉明戈俱乐部的厕所里可不是这么说的,"克雷西告诉贾斯珀,"哎呀。这句话说漏了嘴。"

"女士们,"布莱恩·琼斯说,"我和我的朋友需要一点隐私空间。请你们自娱自乐几分钟吧。"

"扫兴的家伙,"妮科尔噘起了嘴。女人们腾出了包厢。

布莱恩·琼斯靠了过来。他的帽檐碰到了贾斯珀的头。"我、凯斯和米克当时住在切尔西的一个破地方。它们从那时就开始了,来去不定。有时它们很友好。它们会说:'干得真他妈漂亮,布莱恩。'别的时候,它们会告诉我,我是多么的垃圾。还有一些时候,它们会让我去做一些疯狂的事情。就像今晚。'酸橙林录影棚!出发出发出发!'你认为它只是我的无意识吗?也许我吃了太多的迷幻药。我听起来像疯子吗?"

"我不评判任何人。我在精神病院待过两年。"

---

① 亚瑟王传说中的一名仙女。

布莱恩·琼斯很难看透。"我真应该认识你。"

不远处，有一盘酒杯掉落在地。响起一阵欢呼声。

抓紧时间。"你听到的声音，可曾让你感到邪恶？"

布莱恩·琼斯喝着威士忌。"为什么这么问？"

贾斯珀躺在伊里主教学院护士长的房间里。头痛变得颇为剧烈。女护士长给了他一片阿司匹林，然后不得不去办一件事。雷声在沼泽地带回荡着。五月的下午像日蚀一样黑暗。门外传来咚—咚。贾斯珀等待着有谁进来，或者有谁离开。

门外传来咚—咚。

贾斯珀叫道："护士长不在。"

门外传来咚—咚。

贾斯珀叫道："那就进来吧。"

门外传来咚—咚。

贾斯珀猜测，这是一个胆小的一年级学生。他摇摇晃晃地走下床，他的大脑撞击着颅骨内部，他走到了门口。

外面走廊上没人。

贾斯珀猜想，这是个恶作剧，于是关上了门。

马上就有咚—咚响起。

贾斯珀推开了门。

走廊里没人。没人。

贾斯珀的耳膜砰然作响。他打了个寒战。

咚咚？贾斯珀想了想说。是你吗？

没人回答。贾斯珀关上了门。

门外传来咚—咚。

敲门声只能是在贾斯珀的脑子里响起的。

第一颗雨点砸在窗户上。

就像指节敲击木头一样，传来了咚—咚。

贾斯珀觉得，咚咚在注视着他，就像一个神枪手，或者一个心理学家，或者一只捕食的鸟。雨水敲打着伊里古老的石头、石板、河流、柏油路面和汽车的屋顶。贾斯珀上方爆发出一阵杂音——咚咚咚—**咚**—**咚**—**咚**—咚咚砰—咚。他跌跌撞撞地回到床上，把毯子拉到头上。贾斯珀默念着："我没疯，我没疯，我没疯……"他猜想，这正是精神病患者错乱时的表现。

突然间，敲门声停止了。

贾斯珀等它再次开始。

他从毯子里钻了出来。

雨已经停了。水滴了下来。

门被咚—咚地敲响了。

贾斯珀唯一的办法就是拒绝回答。

又一次咚—咚的敲门后，门开了，一个穿着大两号制服、紧张兮兮的一年级学生走了进来。"你好。护士长在吗？金斯利先生说我看起来病得不轻。"

那天晚上，贾斯珀做了一个电影般清晰的梦。雪落在一座由高墙、弧形屋顶和松树组成的山间寺庙上。这个梦的背景是日本。妇女们用质朴的扫帚清扫木制的走道。有几个是孕妇。一条弯曲的隧道被梦中的灯光照亮，通向一个有着圆顶的房间。里面有一个背部直立、呈跪姿的女神像，体积是人类女性的三四倍，像是由一块夜空雕塑而成。她的双手捧着一个摇篮大小的空洞。她的眼睛凝视着这个空洞。她那张猛兽般的嘴巴张得很大。一道思绪说，如果不知火神社是一个问题，那这里就是答案。摇曳的火焰是牵牛花般的蓝色，无声无息。贾斯珀意识到，自己是被引诱到那个地方去献祭，于是他沿着弯曲的隧道逃回了寺庙。一道道木质屏风在他身后关闭。咚，咚，咚，咚。

他到了这个世界的斯沃夫汉姆学院的房间,闩上门,躲在床上。但他还是听到了。咚—咚,咚—咚……咚咚在敲打着墙上的一个洞,洞的一端是日本落满雪白的寺庙,另一端是他在伊里的宿舍,这不可能,不可能发生……但它已经发生了……

"见鬼,"布莱恩·琼斯说,"听起来像是一场糟糕的吸毒幻觉。""圣雅各的苏格兰威士忌"中的烟雾将灯光变成了棕色。贾斯珀一直在喝他的威士忌,但他的杯子从来没有空过。这位滚石成员问道:"你们学校里尽是些嗑迷幻药(acid)的吗?"

"我们知道的酸(acid),只有酸糖苹果、盐酸和电池酸。毕竟那还是一九六二年。"

"'海因茨·福尔马焦'是真名?"布莱恩·琼斯问,"海因茨是烤豆子的意思?'福尔马焦'在意大利语中是'奶酪'的意思?"

"对,他有德国、意大利、瑞士血统。除了糟糕的吸毒幻觉,你有没有经历过像咚咚这样的事?"

布莱恩·琼斯眯起眼睛。"我收到的消息有时候很讨厌,但你的咚咚听起来——"

"是个噩梦,德佐特!"一个熟悉的声音穿过巨大的鸿沟传到他的耳中,"你在做噩梦。贾斯珀!醒醒吧。"

贾斯珀猛地坐直,盯着一张他熟悉的脸,但还不确定此刻是现在、过去还是将来。

是福尔马焦。令人困惑的是,他们是在自己的宿舍里。贾斯珀还以为自己是在护士长的房间里。敲门声已经停止了。

"你在用外语说话。"福尔马焦说,"不是荷兰语。真的是外语。是中文之类的语言。"

闹钟显示着一点一刻。

"怎么了？"福尔马焦问。

门外传来咚—咚。

贾斯珀看着福尔马焦，希望他能听到。

门外传来咚—咚。

"你听到了吗？"贾斯珀在颤抖。

"听到什么？你让我很担心。"

福尔马焦面无表情。"现在的情况比以前更糟？"

"就像我的头骨是一堵墙，而这是一把锤子。"

"你有保留数据吗？"

"福尔马焦，保持理智是我能做的最好的事。"

"那有没有对话？"

"没有。他只是在敲。毫不松懈。"

"他现在在敲吗？"

"是的。"

"那肯定很吓人。"

"现在我知道这个词是什么意思了。"

"我可以试试某种办法吗？"

"什么都可以。"

福尔马焦看着贾斯珀的眼睛，仿佛在窥视一个山洞的入口。"咚咚。我们想问一些问题。敲一次表示否，敲两次表示是。拜托。听明白了吗？"

敲门声停止了。斯沃夫汉姆学院的寂静让人感到幸福。"他不作声了，"贾斯珀说，"我想他——"

咚—咚，回应响亮而清晰。

贾斯珀大吃一惊。"敲了两声。你听到了吗？"

"没有，但是……"福尔马焦想了想，"既然他听到了我的话，那他就在你的听觉神经系统里连了线。咚咚？我们可以这样叫你吗？"

回应是，咚—咚。"是的，"贾斯珀说，"敲了两下。这究竟是让我更疯狂了，还是不那么疯狂了？"

"咚—咚，你知道什么是摩尔斯电码吗？"

停顿了一下，接着是咚。"不知道。"贾斯珀说。

"可惜了。"福尔马焦在他的床上向前靠了靠。"咚咚，你是独立于德佐特存在的吗？"

咚—咚。"是的。"贾斯珀确认。

"咚咚。你认为你自己是恶魔吗？"

停顿。咚。"不是。"贾斯珀说。

"你是否也曾经有一副躯体，就像我和德佐特？"

咚—咚。"强烈的肯定。"贾斯珀说。

"咚咚。你知道我们所在的国家的名字吗？"

咚—咚。"是的。"贾斯珀说。

"是法国吗？"

咚。"不是。"贾斯珀说。

"是英国吗？"

咚—咚。"是的。"贾斯珀说。

"所以你知道今年是一九六二年，咚咚？"

咚—咚。"又一个是的。"

"咚咚，你在德佐特体内居住了多少年？你能为每一年敲一下吗？"

慢慢地，似乎是为了确保贾斯珀不会数不清，咚咚敲了十六次。"十六年。"

"十六年？那就是德佐特的一生了？"

咚—咚。"是的。"

"你比德佐特大吗？"

坚定的咚—咚声。"是的。"

"你多大了？"福尔马焦问。

敲了十下后，停顿一下。贾斯珀说："十。"然后敲击声继续到二十。"二十。"敲击声响起，到了三十。"三十。"贾斯珀以这种方式继续报数，直到一百。二百。几分钟后，敲击声终于停止，贾斯珀报告说："六百九十三。"

宿舍里完全沉默下来。

"我们试试这个。"福尔马焦走到他的书桌前，在一张写字纸上画了一个带字母的网格。他把它拿到贾斯珀的床上，放在毯子上。

```
    1 2 3 4 5
1 - a b c d e
2 - f g h i j
3 - k l m n o
4 - p q r s t
5 - u v w x y
6 - z
```

"这些数字是 x-y 坐标，"福尔马焦用他跟咚咚对话的腔调解释，"你拼出单词，一个字母一个字母地拼。首先是列，然后是行。所以，如果你想拼出'太阳'这个词，你要敲四下竖列——"福尔马焦指了指第四列——"暂停，然后再敲四下横行——"他往下数了几行——"得到 s，敲一次竖列，敲五次横行，得到 u，敲四次数列，然后敲三次横行得到 n。明白了吗？"

一声清脆的咚—咚。"他明白了。"贾斯珀说。

"太好了。那么，咚咚：你想要什么？"

咚咚敲了两下，等着贾斯珀说"二"；然后是三下。"L。"福尔马焦在一个记事本上写下了这个字母。接下来是敲四下和敲两下"I"；

两分钟后，

l-i-f-e-a-n-d-l-i-b-e-r-t-y（生命与自由）

已经出现了。贾斯珀没想到，这个占据他颅骨的家伙竟然会是一个囚徒。福尔马焦问："我们怎样才能给你生命和自由？"
咚咚又拼写起来。

d-e-z-o-e-t-m-u-s-t（德佐特必须）

咚咚在这里停了下来，或者说貌似停了下来。
墙里的旧管道发出颤抖和呻吟声。
"德佐特必须什么？"福尔马焦问。
咚咚又开始了拼写：

d-i-e（死）

福尔马焦和贾斯珀面面相觑。
贾斯珀手臂上的每根汗毛都竖了起来。
"为什么？"福尔马焦问，"德佐特对你做了什么？"
咚咚的回答迅速而尖锐：

t-r-e-s-p-a-s-s（罪过）

福尔马焦说："但你才是在他头脑里的那个人。"
一下接一下的敲击声响起，回答的敲击声拼出这样的字：

i-n-t-h-e-b-l-o-o-d（血脉中的）

贾斯珀凝视着这些字母。

福尔马焦说:"这就像一个含义隐晦的填字游戏。"

对你来说像填字游戏,贾斯珀心想,但对我来说,不啻是死刑执行令。"福尔马焦,我不能再这样做了。"

"但这是我做过的最不可思议的事——"

"停手吧。求你了。停止这一切。马上。"

生命的精华

A

渔钩（莫斯）

最后的晚餐（格里芬—霍洛韦）

建造者们（音乐：乌托邦大道

作词：法兰克兰）

证明它（霍洛韦）

渔钩

"挑一只漂亮的肥家伙。"迪恩的爸爸从罐子里拿出一条蛆,把它拿到渔钩上,"非常轻地挤住他。在它的脑袋下面。你不想杀死它,你只想让它把嘴巴张开……张大,就是这样……看到了吗?"把它挂在渔钩上……就像拿线穿过针眼一样。"迪恩近距离观察了一下,感到既着迷又嫌恶。"把钩子从它的屁股里扭出来,让钩子的尖端露出来。看到了吗?这样它就不会再滑下去了,但它还是会抽搐几下,鱼也不会抱怨着说,它是渔钩上的蛆。它只会想,哦,晚餐,美味,咬住,吞下……然后渔钩就稳稳当当地扎在它身上了。然后猜猜看,最后谁才是晚餐?"迪恩也笑了。"最后一次检查你的坠子和浮标系好没有——它们花了几个先令——然后你就可以丢出去了。"父亲站起来,把手举到半空中。"往后站,我们可不想把你钩住,丢进河里。"迪恩小跑着回到防波堤上,几乎到了岸边。他爸爸把渔竿举到肩上,甩了出去。坠子、浮标、渔钩上的蛆,飞过光洁的泰晤士河,扑通一声落在老远的地方。

迪恩小跑着回来。"它飞出了好几英里!"

他父亲坐下来,双脚悬空。"握住它。稳稳地握住。双手。"迪恩照做了,而他父亲对着棕色纸袋里的瓶子里喝了一口。河水流过,河水流过,河水流过。迪恩希望它能一直这样。父子俩有一阵儿没有说话。

"钓鱼的奥秘就是这个,"迪恩的爸爸说,"什么是渔钩,谁拿着渔竿,什么是蛆,什么是鱼?"

"为什么说这是个奥秘,爸爸?"

"等你长大了就会明白。"

"但什么是什么,不是很明显吗?"

"会有变化,儿子。就在瞬息之间。"

埃米·博克瑟的尖牙压在她的嘴唇上。"我和约翰或者保罗,或者冬青树乐队的小伙子们聊天时,是在跟一些相识于学生时代的人说话。他们就像兄弟一样亲密。他们在选秀节目中蹒跚学步,他们在综艺节目中幸存下来,他们在'巨穴'这样的低级夜总会里拼命工作。与他们相比,你们难道不觉得……有点儿——"为了盖过锤子敲敲打打的噪音,《旋律制作人》的记者不得不提高她的声音——"刻意的打造?"

今天,利凡在月鲸的办公室可不是一处平静的绿洲。楼下的杜克-斯托克办公室的马桶水箱爆了。贸易员们正在乱哄哄地修补破损。

"我们的音乐听起来刻意吗?"贾斯珀问。

"你是说,我们就像见鬼的猴子乐队?"格里夫问。

埃米·博克瑟问道:"这么说来,你们不是猴子乐队的忠实粉丝?"

利凡插话道:"我们希望戴维(Davy Jones)、迈克尔(Michael Nesmith)、彼得(Peter Tork)和呃……"

"和阴囊切块。"格里夫在沙发上咕哝着,他正从宿醉中恢复着,脸上扣着黑色牛仔帽。

"和米基·多伦茨(Micky Dolenz),"埃尔夫说,"别这么刻薄。"

"我们希望猴子乐队一切顺利。"利凡说。

埃米·博克瑟的渔网紧身衣在她叉起腿时，发出了尼龙摩擦的声音。迪恩试图把注意力放在她的手上。红红的指甲，每只手上戴了三四枚戒指。她的圆珠笔留下一串长长的字迹。她的肌腱在她的前臂上弯曲。她的口音是埃塞克斯那边的："一切——顺利……搞定。所以在'表兄弟'的那个晚上，埃尔夫，当一个风度翩翩的加拿大人、一个伦敦佬、一个饥饿的维京人和一个野人鼓手邀请你加入他们快乐的乐队时，你心里是怎么想的？"

"等一下，"迪恩打断说，"一个'伦敦佬'？"

利凡做着手势示意，让这话过去，别管它。

"读者喜欢好的乐队组建传说。'我们是被人锁进谷仓之后成立的'或者'我们在救生艇上漂流，差点儿就要吃掉对方'，要比'我们的经理人把我们像 Airfix 模型套件一样组装到一起'生动得多。我们的女性读者也很好奇，埃尔夫，在一支男人的乐队里身为唯一的女孩，是种什么滋味。"

在贝萨妮的办公室里，三台打字机咔咔作响：给杜克-斯托克的秘书姐妹留出了两个空位。

埃尔夫反问道："你在《旋律制作人》的工作情况如何？流行乐的新闻业并不以尊重女性而闻名。"

"天啊，埃尔夫，不要让我打开话匣子。脏话连篇、自负、好色的男孩们，随心所欲地改写规则。听起来很熟悉吧？"

埃尔夫疲惫地点点头。"如果是男人犯了错误，那就是一个错误。如果是女人犯了错误，那就是'早就跟你说过了！'这个听起来很熟悉吧？"

利凡看起来两不相帮。贾斯珀盯着空间。格里夫待在他的帽子底下。"这里有谁像这样对待你？"迪恩问。

"在录音棚里，任何有睾丸的人都这样对待我。"

"我他妈没有。"

"看吧。看每个人对我的一个想法，作出怎样的反应，不妨把它跟男人提出的想法加以比较。看看你能学到什么。"

迪恩点上一支登喜路。要么是有人来了月经，要么是布鲁斯在往她的脑子里灌输想法。

"让我们专注于乐队的组建。"利凡建议。

"那你为什么要加入这支男子乐队呢？"埃米·博克瑟的笔很忙碌。她看起来很高兴。

埃尔夫抿了一口咖啡。"我们在'表兄弟'见面后的第二天早上，我们去了汉姆庭院的Z俱乐部，只是去即兴演奏一会儿。音乐上的化学反应很不错，对四个陌生人来说。"她指了指《天堂就是通往天堂的路》的封套，它就放在玻璃桌上。"后来就越来越好。"

"不错……"埃米·博克瑟的笔划过。锯木头的声音开始响起。"你和你男朋友布鲁斯·弗莱彻，去年发行了一张迷你专辑《牧羊人的曲柄杖》。我很好奇，布鲁斯对你在乌托邦大道的成功感到嫉妒吗？"

"你可以说'无可奉告'。"利凡说。

"布鲁斯为我和乐队感到高兴……"埃尔夫回答说。

只是因为有更多的钱可以花，迪恩心想。

"……他还把自己的歌曲做成了一个小样。我们的成功让他的创作灵感源源不断。"

布鲁斯·弗莱彻才不会"源源不断"，迪恩心想，他只会滴滴答答。

埃米·博克瑟看起来有点怀疑。"到目前为止有什么收获吗？"

"有一些初步的兴趣。杜克-斯托克在美国一直在为它宣传，迪恩·马丁（Dean Martin）的人也一直在联系。还有格蕾蒂丝·奈特（Gladys Knight）。尚迪·丰泰纳。"

"尚迪·丰泰纳？"记者看着利凡，不情愿地表示赞赏，"当布鲁斯的第一首歌成为金曲时,也许我会采访他。但埃尔夫,你不怀念你的艺术独立性吗?现在你必须和这三个人在音乐决策上讨价还价。"

"你可真是个搅屎棍。"迪恩喃喃地说。

记者被逗乐了。"只是做我的本职工作而已。"

埃尔夫犹豫了一下。"很明显,一支乐队就像一个民主国家。"埃尔夫弹了弹她的骆驼烟的烟灰。"有时你会按自己的想法来,但如果你每次都按自己的想法,你就不能再待在乐队里了。"

埃米·博克瑟抄下这句话。"你安静地坐在后面,贾斯珀。首先,那个姓是'德佐伊特'。我说的对吗?"

"不对。'佐特'与'loot'押韵,而不是与'poet'押韵。"

"知道了。你真的来自贵族阶层吗?"

"很久以前,我父亲是荷兰王室排行第六十名的继承人,但最近出生的婴儿把他从前一百名中赶了出来。"

这对其他人来说是个新闻。"你从未告诉过我。"迪恩说。

"这个话题从未出现过。"贾斯珀说。

格里夫问:"那到底为什么会这样呢?"

贾斯珀耸耸肩。"这有什么关系吗?"

迪恩差点告诉埃米·博克瑟:"贾斯珀这人就是这样。"但她问:"你认为自己是英国人还是荷兰人?"

"我根本不考虑这个问题,除非人们问起。"

"当人们问起时,你怎么回答?"

"我会说:'我觉得两者都是。'通常,他们会回答:'你不可能两者都是。'我说:'我觉得两者都是。'然后谈话就会结束。"

她用圆珠笔敲打着牙齿。"伊里主教学校对登上《流行之巅》的校友有什么看法?"

"不知道,"贾斯珀说,"那里不让看电视。"

"上个月我采访的几位音乐家,用'天才'这个词来形容你的吉他演奏。你有什么要解释的吗？"

"人们在对我使用这样的语言之前，应该先听听吉米·亨德里克斯和埃里克·克莱普顿的歌。"

"《暗房》进入前二十名时，你有多高兴？"

它最高升到了第十六位，迪恩心想，然后就像该死的石头那样沉了下去，尽管登上了《流行之巅》。

"迪恩和埃尔夫也写了歌，"利凡提醒记者，"所以《天堂》才如此多元化，里面没有凑数的歌。"

"我很好奇，"埃米·博克瑟说，"你第一次向你的唱片公司播放这张唱片时，他们有什么反应？"

金特·马克斯坐在他的办公室里，面对着塔桥的景色，一言不发。闷热的雨水在泰晤士河上翻滚。维克托·弗伦奇坐在一幅绘有红色和黄色圆点的油画底下。推广人奈杰尔·霍纳坐在一台最先进的根德牌唱机旁。《天堂就是通往天堂的路》通过四个博士音箱播放出来。金特那粗壮的食指可能在《支离破碎》中敲击过。他在《蒙娜丽莎唱布鲁斯》中埃尔夫的钢琴独奏部分歪了歪头。在第一面结束时，他向奈杰尔·霍纳做了一个"翻过来放"的手势。贾斯珀的《出席婚礼》和埃尔夫的民谣《出乎意料》放完时，他动也没动。迪恩发现自己在播《紫色的火焰》时出了一身汗。埃尔夫弹了一段普洛考·哈勒姆乐队（Procol Harum）式的风琴独奏，迪恩很喜欢，并让迪热把这段风琴独奏拼接到了这首歌的早期录音里。这首歌被排除在单曲之外，这让迪恩争取荣誉和版税的有力竞争歌曲只剩下了《放弃希望》和《支离破碎》。在贾斯珀的歌曲《获奖》进行到一半时，金特的脑袋开始非常轻地摇晃起来。迪恩觉得恶心。《获奖》结束了。唱针抬起。唱机关闭。

维克托·弗伦奇和奈杰尔·霍纳都不打算在他们的主子说话之前

发表意见。他一直没有吭声,直到迪恩失去了耐心。"你是喜欢还是不喜欢,金特?还是要我们猜?"

奈杰尔·霍纳和维克托·弗伦奇吓了一跳。

金特把双手搭在一起,形成了塔尖的形状。"《暗房》做得很好。大多数乐队都会遵循验证过的公式。对吗?"

"往往如此,"维克托·弗伦奇说,"通常是这样。"

"但这张唱片上,唯一一首听起来像《暗房》的歌——"金特向后靠了靠——"就是《暗房》。这张唱片听起来,好像是三支独立乐队录制的。不是一支。"

"这是好事还是坏事?"迪恩问。

金特从他的桌子上取出一个木盒。他打开它。迪恩注意到,维克托·弗伦奇与奈杰尔交换了一个眼神。金特从盒子里拿出一根方头雪茄,用一把小闸刀把它切开。迪恩跷起了二郎腿。金特宣布:"《天堂就是通往天堂的路》将在圣诞节前进入商店和专辑榜前四十名。干得好。"

一股轻松的感觉穿透了迪恩的身体。

"我毫不怀疑它会表现出色。"利凡说。

金特正在切开方头雪茄。"我们把所有的资源都投到《天堂》和新单曲上。电台、演出、杂志采访,所有一切。让我们抽上一根方头雪茄。"他递给每个人一根。"这是一个小习俗。它可以追溯到我的U型潜艇时代。"

"那盒子上写的是'古巴产'吗?"埃尔夫问。

"它们是从船上掉下来的。"金特说。

"伊莱克斯很喜欢这张专辑,"利凡告诉埃米·博克瑟,"每当一首歌放完,总经理金特就说:'这就是杰作。'最后,他说:'这是一整张该死的杰作。'"利凡说得很有说服力,迪恩差点就觉得,真有过这么一回事。

"难道伊莱克斯不是一个勇敢的选择吗?他们有庞大的古典曲目库,但你们是他们签下的第一支流行乐队。"

"百代和德卡提出过要求,"利凡回答说,"但我们认为,不。未来属于更快、更强的厂牌。"

埃米紧抿的嘴唇仿佛在说,既然你这样说的话。"我现在转向你,格里夫。你有什么故事?"

鼓手抬起他的牛仔帽,睁开一只眼睛。"在罗尼·斯科特酒吧喝了五品脱啤酒、一两杯清淡饮料,然后事情就变得模糊了。"

"我已经注意到了你是乐队里的小丑。不过请说正经的。"

格里夫低吼一声,旋身坐起,啜饮着咖啡。"鼓手的故事。我原先是个体弱多病的男孩,我在赫尔皇家医院待了很长时间。里面有个儿童乐队,我开始打鼓。当我出院后,我被拉进一个铜管乐队,当鼓手。后来,沃利·惠特比把我带到了他的羽翼下。"

"我爸爸喜欢沃利·惠特比。《是的,先生,那是我的宝贝》(Yes, Sir, That's My Baby)。"

"沃利带着我在北方巡回演出,在南港的庞廷度假营,在斯凯格内斯的布特林,我喜欢这种生活,听了我打的鼓,女士们更喜欢我了。沃利是亚历克西斯·科尔纳的老朋友。所以我来到伦敦寻求成功时,亚历克西斯为我在布鲁斯和爵士俱乐部找到了工作。我就这样加入了阿奇·金诺克的'布鲁斯重型卡车'乐队。几经波折之后,阿奇让贾斯珀在他的新乐队试音。就是'布鲁斯凯迪拉克'乐队。没过多久……"

"2i酒吧事件已经变成传说了,"埃米说,"听了你打的鼓,女士们还喜欢你吗?"

"女士们的事,还是问迪恩吧,厚脸皮小姐,"格里夫再次躺下,"她们管他叫'格雷夫森德的山羊'。真不知羞耻。"

"她们会叫他'格雷夫森德的歌者',"利凡说,"因为今天新发布的这首《放弃希望》。迪恩写的。"

"嗯……"埃米·博克瑟完成了对格里夫故事的抄写,然后看向迪恩。她有一种祖德不具备的放浪气质。祖德很好,甜蜜又忠诚,如果迪恩从未离开格莱夫森德,想找一个好女孩来安顿下来,祖德会很完美。但名声改变了规则。《旋律制作人》的记者明白这一点,但来自布莱顿的美发师不明白。"那就说说,"记者说,"《放弃希望》吧。把它作为第二首单曲来发布,是一个勇敢的选择。"

"为什么这么说,博克瑟小姐?"

犀利的微微一笑。"叫我'埃米'就行。我可不是我母亲。这是一首直来直去的节奏布鲁斯歌曲。没有迷幻的花招。"

"它的符尾就像钩子,可不是直来直去的。一旦它进入你的身体,你就不会再游走了。一个钩子在歌词里,一个在迭句里。"

"你认为一首歌的好坏只取决于它的符尾?"

作为回答,迪恩哼唱了奇想乐队的《你真的迷住了我》(You Really Got Me)的符尾旋律,直到格里夫说出这首曲子。然后格里夫哼唱了一首不同的歌,加入了凌空击鼓的动作。几秒钟后,贾斯珀说:"《左轮手枪》(Revolver)里的《收税员》(Taxman)。"贾斯珀想了想,然后把他选择的符尾的调子唱了三句,然后到第四句的时候,埃尔夫把《猎犬》(Hound Dog)的歌词接了上去。"不过你这种唱法,"埃尔夫补充说,"听起来更像是《生来自由》[①] 的主题。"

"看来你们经常玩这个游戏。"埃米说。

"因为《暗房》的缘故,"埃尔夫回答说,"我们开着野兽长途出行的机会多了很多。野兽是我们的面包车。'符尾游戏'在路上必不可少。"

---

① Born Free,上映于一九六六年的电影,主题关于保护野生狮子。

"迪恩的钩子才能很有名,"格里夫告诉埃米,"特别是在苏豪广场的男厕里。"

"当然,格里夫是在开玩笑。"利凡说。

埃米记下了一些东西。"我说《放弃希望》是勇敢的选择,意思是:你不认为《暗房》的粉丝听到《放弃希望》会困惑吗?"

"在《佩珀中士》这张专辑里,哈里森那首印度歌曲跟《当我六十四岁时》紧挨在一起。从西塔琴变成了双簧管,跟这很像……"他打了个响指。"这让你感到困惑吗?还是你觉得,见鬼,这很聪明?"

埃米·博克瑟看起来不太信服。"那两首歌都不是单曲。是伊莱克斯选择了《放弃希望》,还是乐队决定的?"

"是我们选的。"迪恩看着其他人。贾斯珀正神游物外。埃尔夫在研究她的指甲。格里夫在帽子下面。真他妈多谢你们了,迪恩心想。

一把银色小匕首挂在埃米·博克瑟的喉咙那儿。"伊莱克斯同意吗?还是你必须扭住他们的胳膊?"

"关于下一首单曲,"金特·马克斯在伊莱克斯总部宣布,"我有两个想法。"他的办公室里弥漫着雪茄烟雾。"要么是《蒙娜丽莎唱布鲁斯》,要么是《获奖》。"

"乐队,"利凡说,"建议先发布《放弃希望》。"

"作为第一面的第一首歌。"迪恩说。

金特皱了皱鼻子。"它太虚无主义了。"

迪恩不认得这个词。"它的虚无主义只是刚刚好。"

"对一张专辑来说,它是一首强有力的开场曲,"维克托·弗伦奇说,"但这并不一定能让它成为最好的单曲。"

"问题是,迪恩——"奈杰尔·霍纳皱了皱他那张小灵犬似的脸——"为什么今天的青少年会对一首讲这些的歌而疯狂:遭到抢劫和驱逐,而这一切都不重要,因为俄国人无论如何都会对我们实施核打击?"

"他们确实为之疯狂,"迪恩说,"在我们演出的时候。"

"《蒙娜丽莎》会把埃尔夫置于聚光灯下,"维克托·弗伦奇说,"我能看到女孩子们大量购买它。她们会认同一个在充满敌意的世界里与困难作斗争的女人。"

"我同意维克托,"奈杰尔·霍纳讨好地说,"关于《放弃希望》的看法,并且我投《获奖》一票,作为下一首单曲。任何梦想着成为明星的孩子都会喜欢它——如果有一种歌是 DJ 喜欢放的,那就是赞美 DJ 的那种。"

迪恩看向利凡。利凡看起来就像一个正在考虑是否要拉屎的人。迪恩想大喊:"我们都同意的!那该死的骰子!""不。我们已经选择了《放弃希望》。它很坚韧,现在空气中弥漫着世界末日的气息。如果我们再做一首贾斯珀的歌,人们会认为我们是穷人版的平克·弗洛伊德。"

"现实是这样的,"金特按熄了他的雪茄,"伊莱克斯在《天堂就是通往天堂的路》上花了一万三千镑。因此,伊莱克斯有权选择单曲。"

迪恩按熄了他的雪茄。"不。"

金特、奈杰尔·霍纳和维克托·弗伦奇先是像确认他们是否听错了似的看着迪恩,然后又像意识到他们没听错一样。金特低声说:"你说'不'是什么意思?"

"由乐队选择单曲。"

利凡赶忙救场。"月鲸和乐队很感谢你们的投资,金特,当然——"

"安静。"金特做了个打住的手势。"埃尔夫。难道你不想证明,这乐队并不是有一个穿连衣裙的新奇键盘手的男子乐队吗?"

"各个击破吗,金特?"迪恩嗤笑道,"真有你的。"

埃尔夫看着窗外。"我同意等着轮到我。"

"谢谢你,"迪恩说,"所以你们看——"

金特不打算分心。"这个'同意'是什么意思?还有这个'轮到'?我是不是发现了——"他在空中画了一个椭圆——"一次密谋?"

"乐队很想……"利凡斟酌着措辞,"……通过平等对待它的词曲作者,把嫉妒扼杀在萌芽状态。"

金特琢磨着这句话。"所以……你们之间密谋——先发德佐特的歌,然后是莫斯的歌,然后是霍洛韦的歌。这就是……"他寻找着合适的词,"……要点吗?"

"这是一个绅士协议。"迪恩说。

"我的意见就——"金特嗤之以鼻——"无足轻重吗?还有,埃尔夫,你为什么要排在男的后面?这就是现代的女性主义吗?"

"埃尔夫排在最后不是因为她是女的,"贾斯珀说,"她排在最后,是因为她只掷出了一点。"

迪恩咒骂着这个受过教育的白痴的诚实。

金特吓了一跳。奈杰尔·霍纳和维克托·弗伦奇斜眼看了看。"你在说什么?"

"她掷骰子的时候,"贾斯珀解释说,"我掷了个三点,迪恩是两点,埃尔夫是一点。所以她的单曲排在第三位。"

金特发出"哈?"的一声。"如果你们相信,我靠骰子来作出重大商业决策,那你们就生活在幻想世界里。不,是幻想世界的一个加装了软垫的小单间①里。听着——"

"你他妈的听着!"格里夫往前靠了靠。"是我们拖着屁股在寒冷的夜里,夜复一夜地忙碌,而你却猫在被窝里。我们。是我们在躲避,或者躲不过——"他摸了摸他的伤疤——"小痞子们扔的瓶子。

---

① 指精神病人住的单人病房。

我们。所以，如果你想拿回你的一万三千镑，就由我们选择该死的单曲。不是你。我们。《放弃希望》就是下一首单曲。"

谢谢你，迪恩心想，终于他妈的来了。

"所以你们的威胁，"金特总结道，"就是'按我们说的做，否则我们就毁掉自己的事业'？"

"没有人威胁任何人，"利凡说，"但我想请求你们允许我们自己决定。这是乐队想要的方式。"

"我签了支票，我们——"他指着维克托和奈杰尔·霍纳——"选定单曲。这是我想要的方式。"

"见鬼去吧。"格里夫把他的雪茄插在沙发扶手上，丢在地毯上，起身离开办公室。

"他在虚张声势，"奈杰尔·霍纳说，"他会回来的。"

"别傻了，"埃尔夫说，"他是约克郡人。"

"鼓手可不值钱，"维克托·弗伦奇说，"如果他退出，他似乎已经这样做了，我们只要雇用一个新的鼓手就好。"

"不，你们不会的。"迪恩挑衅地站了起来。埃尔夫坚定地站了起来。贾斯珀站了起来。利凡站了起来，喃喃自语："哦，太好了。"

"什么？"金特·马克斯提高了嗓门，"离席？罢工？这可不怎么聪明。简单说，我会解雇你们所有人。"

"也跟你的一万三千镑吻别？"迪恩问，"等你到柏林总部和托托·希弗汇报时，这事看起来怎么样？"

金特变了脸色。"勒索？"

"我从未见过像伊莱克斯这样急于迎合旗下艺人的厂牌，"利凡告诉埃米·博克瑟，"金特·马克斯是一个富有远见的人。他是乌托邦大道家族的一员。不妨引用我的原话。"

"我的天哪，"埃米说，"这是一句绝佳的评语。回到你身上，迪恩。你和皇室也没有什么关系，是吗？"

"我是爱丁堡公爵的爱子。切。"

"乐队对皇室抱有深深的敬意。"利凡说。

埃米喝了口咖啡，用"他真是个爱操心的人，不是吗？"的眼神瞄了迪恩一眼。"你们的歌名都是虚无主义的。《支离破碎》《放弃希望》《紫色的火焰》。你们是流行音乐里的'愤怒的青年'吗？"

又是这个词。"你说的'虚无主义'指什么？"

"黯淡。激烈。认为生活毫无意义。"

"哦。对。是的，如果有什么事让我感到恼火，我可能会写一首歌。这并不意味着我认为生活毫无意义。"

"什么会让你感到恼火？"

迪恩点上一支登喜路，吸了一口。楼下的敲击声开始响起。"什么让我恼火？扮演上帝的乐评人。用花言巧语来支配你的人。打女人的人。腐败的警察。认为'我为你们打过仗'就能结束任何争论的老人。扼杀海盗电台的大人物。对某人的梦想不屑一顾的人。空气比馅料还多的派。当权派，因为他们刮掉了奶油。还有我们这些剩下的人，因为我们这些人让那些浑蛋逃脱了干系。"

"好吧，我前面问过，"埃米说，"贾斯珀不算'当权派'吗？"

迪恩的舍友往他这边看了过来。"不，贾斯珀很好。"

"我就像烂泥一样普通，"格里夫说，"所以当迪恩需要谈论雪貂、户外沼泽或社会主义的时候，我就在这里。"

埃米·博克瑟的银色小匕首闪闪发光。"如果你们都发了大财，在萨里郡买了豪宅抵顶税款，你们还能'像烂泥一样普通'吗？你们已经尝到了明星身份的甜头。事情不是已经开始转变了吗？"

"我—的—天—呐，迪恩！"斯图尔特·基德站在走廊上，目瞪口呆地看着贾斯珀的公寓。"这就是所谓的'落脚'吗。"肯尼·耶尔伍德无言以对。罗德·登普西的眼睛从一个物品到另一个物品，从一件衣服到另一件衣服。迪恩猜他在计算价值。"你不会把这个地方翻过来吧，罗德？"

罗德只是咯咯笑，同时他的眼睛一直在扫描。

"这里真是你的住处？"斯图确认道。

"这里是我的住处。"迪恩回答。

"就像《花花公子》里的房子一样，"斯图说，"你有电视，你有音响。屋顶上有直升机停机坪吗？"

"贾斯珀的父亲买下这个地方作投资。贾斯珀是管理员，而我是贾斯珀的管理员，我觉得。"

"那贾斯—破现在在哪儿？"肯尼操着一口上流人士的口音。

"牛津。他明天就回来。另外你要知道，他永远不会对你的口音感到不满。"

"要是他敢，我就把他狗日的灯打掉。"肯尼说。

斯图仍在盯着公寓看。"你从一月起就住在这儿，现在才邀请我们来参观？"

"这不是迪恩的错，"罗德·登普西说，"这是一个残酷的游戏，演艺行当。我打赌，他几乎没有时间拉屎。"

"说得没错，"迪恩说，"脱鞋，斯图。这是家里的规矩。"

斯图发出"哈？"的声音，但罗德·登普西已经解开了他的摩托车骑手靴鞋带。"这地板要比你内莉姨妈的房子和里面的一切都贵。"

"包括你的内莉姨妈在内，"肯尼补充说，"按她年轻时收费最高的时候算。要知道，每一分钱都物有所值。就像你妈一样。"

"真好笑。"斯图解开了他的鞋带，"我可以去撒泡尿吗，或者它会弄脏金马桶？"

"顺着过道走，左边第二个门。"

斯图尔特照着指示去了，肯尼去查看唱片收藏。

"我为你感到高兴，迪恩。"罗德·登普西在格雷夫森德名声不佳。十六岁时，他因焚烧劝学官员的汽车，被送入少管所；十八岁时，他加入了摩托帮；二十岁时，他在盗窃时从天窗跌落，瞎了一只眼。他离开监狱时无家可归，没有工作，身无分文，但比尔·尚克斯借给他足够多的钱，让他在市场上摆摊，经营摩托车装备。现在他在卡姆登开了家店。

"你也是。"迪恩告诉他。

"我们运用了自己的天赋。说到这个嘛。"他从外套里掏出一罐尼皮茨牌甘草糖，递给迪恩。

里面是一截跟他的拇指一样大的大麻烟卷。

迪恩举起它。"准备起飞……"

《你有经验吗》（Are You Experienced）从贾斯珀的音响里轰然奏响。迪恩摊开手脚，躺在羊毛地毯上，沉浸在诺埃尔·雷丁（Noel Redding）《风呼喊着玛丽》（The Wind Cries Mary）的贝斯演奏中。一尊夜光的荷兰土地神雕像，名叫卡鲍特①先生，给黑暗增添了些许色彩。肯尼把大麻递给他。"老实交代吧，摇滚明星。"

迪恩吸了起来。他浮了起来，又沉了下去。"交代什么？"

斯图知道他的意思。"有多少女孩在你的沙发上有过迪恩·莫斯的体验？"

"我从不在沙发上搞。"

"有两位数了吗？"肯尼打探道，"你还跟布莱顿的那个美发师好着？"

迪恩把大麻递给罗德。"这是上帝自己抽的大麻。"

"赫尔曼德栗色。放在一辆大众面包车的仪表板里面，从阿富汗

---

① Kabouter，据荷兰传说，是一位财宝的守护神。

运过来的。既然我们有老交情，我可以成本价给你。"

迪恩恍然大悟，罗德·登普西不止经营摩托车配件。

"美发师，"肯尼提醒他，"你在拖延时间。"

迪恩的良知给了他一记耳光。"我跟祖德不时约会。"

"你这浑蛋，"肯尼呻吟道，"我为什么要放弃音乐？我他妈讨厌我的工作，老板是个浑蛋，店员是个笨蛋。"

"但你有女朋友。"斯图指出。

"她总是喋喋不休，不肯做，"大麻让肯尼供认不讳，"我告诉她：'我们就这样做吧。'她哭了，然后说：'你在耍我吗，肯尼？'如果我是迪恩，如果我登上了见鬼的《流行之巅》，我就会给她一个下马威，在苏豪区转悠，嗑药，跟模特和嬉皮小姐睡觉，用我的生命做点什么。我正在格雷夫森德慢慢死去。"

"那就跟上迪恩的脚步，"罗德说，"就像人们说赌球那样：'如果你不下注，那你肯定赢不了。'"

肯尼吸了一口。"为了两个小妞，我明天就去努力。"

迪恩考虑着，要不要如实说明，伊莱克斯给的微薄预付款，还不足以还清他欠月鲸、塞尔默吉他行和他兄弟的债务。他从《暗房》中分到的那份钱，比不上肯尼这样的正经工作的三张工资单……但他们的嫉妒品尝起来太美味。"并不全是寻欢作乐。"

"说这话的人在梅菲尔有一套公寓……"斯图拿过大麻，"他的酒杯放在电视上，还有一个他'不时约会'的马子。"

"全是性交，没有喋喋不休[①]。"肯尼说。

"有什么名人朋友吗？"斯图问。

有几秒钟，迪恩考虑说没有。《来自太阳的第三块石头》（3rd Stone from the Sun）的贝斯线刺激了他。"布莱恩·琼斯算吗？"

[①] 原文为 All shag, no nag。

"就是那个布莱恩·琼斯?"斯图瞪大了眼睛,"滚石乐队的?"

"他当然算,"肯尼说,"布莱恩·琼斯!"

迪恩吸了一口大麻烟。"我们在现场碰到了一起。我们聊了聊吉他、演出场地、唱片公司。只是在咱们之间私下说,他请客时有点不情愿。"迪恩的小谎演变成一个谎言。"跟亨德里克斯不同。吉米连自己的衬衫都愿意脱给你。"

"你认识亨德里克斯?"肯尼问,"我他妈不信!"

但他们确实相信了,迪恩从格雷夫森德逃走之后,从未感到如此安全或如此成功。他把大麻递给罗德,罗德的一只眼睛里装着一尊小小的、反射出来的、咧嘴微笑的、在黑暗中发光的卡鲍特先生,他也参与了这个秘密。

那天晚上,迪恩和肯尼在"钉袋"酒吧等候着。罗德和斯图去找空桌子了。迪恩把五张一英镑的钞票塞进朋友兜里。"这是你去年在2i 酒吧借我的五镑。不是摸你的裤子。"

"干杯,迪恩。还以为你忘了呢。"

"永远也不会忘。你救了我,谢谢。"

"从那时起,你走出了很长的路。"

"我想是的。"

"说真的,我想尝尝这种滋味,"肯尼说,"伦敦。我可以在你的沙发上睡一阵子吗?"

迪恩想象着,肯尼作为迪恩·莫斯最好的朋友捞好处的情景,并不怎么喜欢这个主意。"你在这里能做什么呢?"

"做你做过的。找把吉他,写几首歌,组个乐队。我不是掘墓人乐队中最差的吉他手,对吗?"

"伙计,这是个残酷的游戏。"

"但你趟过来了,结果还挺美的。"

"是的，但我练吉他练了……好多年。"

"或者我可以擦掉我的艺术文凭上的灰尘，在《Oz》杂志或《国际时报》找份工作。或者在波托贝洛路卖古董。或者让自己成为一名摄影师。我需要的是一个基地。所以……你的沙发？"

他没有主意，迪恩心想。"问题是，这不是我的沙发。这是贾斯珀父亲的，他可以随时把我们赶走。如果你是认真的，你需要一个更稳定的地方。你应该问问罗德。"

还没等肯尼发觉自己遭到了拒绝，迪恩先把酒保的目光吸引过来。"来四品脱的史密斯威客啤酒！"

在钉袋演出的最后一支乐队是来自伊普斯威奇的五人乐队，名为"安德罗尼柯"。他们的水平不算太好，但保持着一股富有冲劲、令人想要起舞的节奏，迪恩穿着他从"我是基钦纳勋爵的男仆"买来的拿破仑外套，发明出了一种名为"弗拉明戈"的新舞步。他还买不起这件外套，但他觉得自己很快就能买得起了。迪恩感到自己被爱淹没了。对他在音乐里的兄弟姐妹的爱，对利凡的爱，利凡的名字里就隐藏着"爱（love）"里面的这几个字母。对妈妈的爱，她伴着神奇、绝妙、优美的《田纳西华尔兹》飘逝了。迪恩擦了擦眼睛。对小理查德的爱，因为他在福克斯通剧院，救下了那个流着鼻涕、像人猿泰山一样的男孩。对娜恩·莫斯和比尔的爱。他发誓，他会给他们在布罗德斯泰斯买一套平房，也许就用他从《放弃希望》的第一张版税支票来买，或者是第二张，或者是第三张。对雷、他的侄子韦恩和怀孕的嫂子希尔的爱。哈里·莫法特可以在地狱里等待他的施舍——即使是罗德的快乐药丸，效力也是有限的。但是迪恩感受到了对眼睛像海盗的罗德的爱，是他以成本价提供了这些神奇的药物。对安德罗尼柯和其他所有平庸音乐人的爱，他们的黯淡无光衬托得乌托邦大道更加辉煌闪亮。对祖德的爱，她在布莱顿睡得很香。迪恩也曾是普通人，那还是不久之前的事。对斯图和他的老朋友肯尼的爱——尽管自己并不想照顾他。爱就像礁石上的灯塔，旋转着它的光束。安德罗尼柯演完之后，迪恩走到吧台，告诉酒保："我请我的朋友们喝酒！"

酒保问："谁是你的朋友？"

迪恩看了看那些面孔："所有人！"

酒保看起来很怀疑。"所有人？"

"每一个人！所有人！把它们都记在我的账上。"

"你是哪位？"酒保回答。

"迪恩·莫斯。我是乌托邦大道乐队的。我们上个月登上了《流行之巅》。我想挂账。"

酒保没有说："抱歉，莫斯先生，我刚才没认出是你。"酒保说："没有老板的首肯，不能挂账。"

神奇的蓝色药丸并没有拯救他，迪恩隐约意识到，二十个旁观者会告诉另外二十个人，而这些人又会告诉另外二十个人，一个叫迪恩·莫斯的笨蛋在钉袋酒吧里把自己变成了彻头彻尾的傻瓜。

"没事的，德莫特。"罗德·登普西出现在迪恩背后，他说："我来为挂账作担保。标准的最高限额。"

酒保的神色马上为之一变。"啊，好吧，这样的话……"他回头看了看迪恩，"……莫斯先生可以挂账。"

迪恩满怀感激之情。"罗德，我……"

罗德做了个"这不算什么"的手势。

迪恩跳上一张桌子。"钉袋里的诸位！不论你们点什么，都让酒吧记在迪恩·莫斯账上。迪恩·莫斯。我是乌托邦大道乐队的。我们的专辑是《天堂就是通往天堂的路》——"涌向吧台的推力把迪恩从凳子上挤了下来，他半倒在黏糊糊的地板上。人们将他拉起，笑着，一伙新结交的终身密友用新加坡司令鸡尾酒、曼哈顿鸡尾酒、三杯苏格兰威士忌、杯杯香甜梨子汽酒和成品脱的黑啤酒向他敬酒，敬迪恩、迪恩的天赋和慷慨解囊。他的朋友们喜欢《暗房》，而迪恩向他们承诺《放弃希望》会让他们忘乎所以。

那个夜晚变得仿佛浸泡在水中。女孩们问："原来你真是歌星啊！"迪恩说"这是个肮脏的工作，但总得有人来做"或者"我现在是，但一开始我只是个有着疯狂梦想的小男孩"。姑娘们问他是否知道滚石乐队或披头士乐队。姑娘们睁大眼睛听着他善意的谎言。姑娘们把迪恩带到了舞池。有一个姑娘搂住了他的脖子。他一定是问了她的名字，因为她把嘴唇贴在他的耳朵上，就像一条鱼在啃咬渔钩上的蛆虫。"伊齐·彭哈利根。"

"如果我在萨里有一栋豪宅，"迪恩重复了这个问题，有一辆'凯旋喷火'之类的东西，我还会是工人阶级吗？"

埃米·博克瑟——埃米——点点头，就好像她知道答案。

一只独腿鸽子落在利凡的窗台上。

"谁在乎呢？'等发生的时候再问我吧。'"

"是'当它发生时'？"埃米说，"不是'如果发生'？"

"是的。'当'。"厚脸皮的母牛。

唰唰唰，埃米的笔在响。

"你打算把我写成一个白痴吗？"

埃米抬起头，没有说不，也没有说是。

"埃米没问题，"利凡告诉迪恩，"我们是老朋友了。"

迪恩挠了挠他脊柱底部的痒。"她写约翰的孩子们的那篇文章，让他们看起来就像傻瓜。"

"他们不用我帮忙，"埃米说，"也能看起来像傻瓜。"

"约翰的孩子们？"埃尔夫知道他们，"就是那些试图让观众破坏场地，来跟谁人乐队抢风头的人？"

"谁人乐队每人往桶里拉一泡屎，"格里夫咕哝道，"那桶东西也比约翰的孩子好。"

"噢，我能引用你的原话吗？"埃米问。

"乌托邦大道乐队，"利凡说，"希望约翰的孩子们——"

"行，引用我的原话吧。"格里夫说。

埃米的圆珠笔在她的记事本上划了划。"问你们大家最后一个问题，如果可以的话。在我听《天堂就是通往天堂的路》时，我一直在思考政治问题。我们生活在革命性的时代。冷战。帝国的终结。权威被侵蚀。人们对性爱和毒品的态度。音乐应该反映变化吗？音乐应该尝试引发变化吗？它能做到吗？你们的音乐有这样做吗？"

"还是他们问起宠物和最喜欢的食物时更容易回答。"格里夫还在牛仔帽下面嘀咕着。

"《放弃希望》以原子弹结尾。"埃尔夫说。

"《蒙娜丽莎》的核心是女性主义，"贾斯珀说，"它的'姊妹曲'，姑且这么说吧，是尼娜·西蒙娜的《四个女人》(Four Women)。"

"就连《暗房》也有一种入时的、自由恋爱的轻快感，"迪恩想到，"它讲的其实并不是'我想握住你的手'。"

"你们每个人都提名了别人的歌。"埃米说。

"这就是我们，"格里夫吼道，"一个快乐的大家庭。"

"但《木筏与河流》"是一首对音乐的颂歌，"埃米继续说道："《获奖》唱的是关于成功的摇摆和迂回。《紫色的火焰》——顺便说一下，这是我今年最中意的歌曲之一——"她看着迪恩，迪恩高兴得心直跳，然后他提醒自己，批评家是敌人——"是尖锐的、赤裸裸的私人生活。这些都不是政治。"

"哪里说一支乐队不能兼容并包？"埃尔夫问。

"时不时地，总会出现一首既是伟大的音乐，又能发表声明的歌曲，"迪恩说，"《不管怎样》(For What It's Worth)、《该死的密西西比河》(Mississippi Goddamn)、《变革将至》(A Change Is Gonna

Come)。但整张专辑都铆足了劲,高举政治的大旗?那可不怎么样。我心里有数,因为我在波将金战舰乐队干过。"

"披头士、滚石、谁人、奇想,"格里夫说,"他们并不是要改造世界。他们购买豪宅,靠的不是写核裁军或建立社会主义天堂的颂歌。他们只是为了制作出见鬼的好音乐来。"

"最好的流行歌曲是艺术,"贾斯珀说,"制作艺术品已经是一种政治行动了。艺术家拒绝世界的主流版本。艺术家提出一个新的版本。一个次要版本。词源里已经有了。暴君害怕艺术是对的。"

"音乐会把他们吓得屁滚尿流,"迪恩说,"就像渔钩一样。一旦音乐进入你的体内,它就永远都出不来了。最好的音乐是一种思考。或者说是一种再思考。它绝不服从命令。"见鬼,迪恩心想,我的话听起来很睿智。

钉袋酒吧之夜后的周日清晨,迪恩站在伊奇·彭哈利根的房子外面,觉得自己很蠢。伦敦的边缘和标志物被寒冷的雾气弄模糊了,迪恩的拿破仑外套几乎无法御寒。四下无人。这个夜晚让人失望。伊奇·彭哈利根一直在退缩,她临别时说,我想你最好现在就离开。他们没有交换电话号码。他沿着戈登街出发,等他走到尤斯顿路时,才发现自己向北走了,而不是往南走。他在一个公共汽车站等着 18 路车。他想知道肯尼和斯图昨晚在哪留宿。他先前说过,他的朋友可以在切特温德马厩大院睡觉,当伊奇·彭哈利根说"回我那儿"的时候,他很容易就忘记了那个承诺。他想起哈里·莫法特需要伏特加来感觉自己正常,想知道自己是否需要性爱来感觉自己正常,或被爱,或成功,或真实。这个想法令人不快。18 路公交车一直没来,所以迪恩沿着尤斯顿路步行出发。三十秒后,一辆 18 路公交车超过了迪恩。售票员眼睁睁地看着迪恩试图把它叫停,随即公交车就被雾气吞没了。

迪恩拐进高尔街。他在人行道上费力前行时,一行吉他乐句在跟他一起前进。他调整了它,把它变得扭曲、尖锐和金属味浓重,两小节长。这个乐句的前半部分提出了一个问题,后半部分给出了回答。是个完美的符尾。他绕过贝德福德广场。枯叶紧贴在树上。莫韦尔街,他曾经住过的地方,在他的左边伸展开来。迪恩走进它那狭窄的通道。能见度下降到十步左右。他走过了内维特夫人的房子。他想起她强占了他的五英镑。她的招牌**"起居室兼卧室出租——黑人与爱尔兰人勿扰——入内了解"**就支在她的窗台上。在水沟里,他注意到一块松动的卵石,他认定它被放在那里是有原因的。确认了雾中四下无人之后,迪恩把卵石扔进了窗户里。没有引出什么动静——只有玻璃发出音乐般的短促爆裂声。他振奋莫名地跑开了。没有人叫喊,也没有人看见他——他会把这个秘密带进他的骨灰盒里。

牛津街上只有几个星期六晚上留下的难民。在苏豪广场上,一只毛茸茸的黑狗正在尾随一只胖乎乎的白色母狗。性爱就像傀儡师,他心想,他把这几个字用圆珠笔写在一张旧车票上。埃尔夫说:"如果你不写下来,那它就没有发生。"押韵词出现了:灾难、橡皮膏、越来越快①。他走过了几个月前"霍普金斯"让他跑去找担架的诊所。伦敦就像一场游戏,它的规则是边走边制定的。克拉克西先生的一个侄子正在拖埃特纳咖啡馆的地板。迪恩考虑着,带上弗伦奇面包店的羊角面包,去埃尔夫在利沃尼亚街的公寓去坐坐,但他想起布鲁斯也会在。如果迪恩可以敲敲手指,就抹去布鲁斯·弗莱彻的存在,也没有人问任何问题,不进行谋杀调查的话,他会毫不犹豫地去做。事实上,他现在就敲着他的手指,万一起作用了呢。他会在帕维尔·Z排练时见到埃尔夫。他们今晚要在布里克斯顿演出。开车去不算太远。他从苏豪区走到摄政街,走过一条雾气化成的弯曲运河,穿入梅菲尔

---

① 原文为 disaster, sticking-plaster, faster and faster。

区。他决定在洗澡之后给祖德打个电话。他决定对她好一点。就连格里夫都说迪恩是个婊子。迪恩应该送她一些花。女孩喜欢花。也许他可以把刚才的符尾变成一首歌，献给祖德，他心想，或者写一首跟她有关的歌，就像《暗房》跟梅卡有关一样。在布鲁克街的波兰杂货店，迪恩买了一盒鸡蛋、一条面包、一份《每日镜报》和一包登喜路。"大雾天。"售货员说。

"大雾天。"迪恩附和道。他走进切特温德马厩大院，爬上五六级台阶，来到他的门前。他安全到家了。运气一直在迪恩这边。他摸出他的钥匙……

屋里，一个女孩的靴子整齐地放在门廊里。贾斯珀似乎已经从牛津回来了，还带来了女伴。

迪恩叫道："贾斯珀？"

没人回答。可能他们已经上床了。空气中弥漫着大麻的泥炭气息。卡鲍特先生还在工作。迪恩穿过休息室，想让空气和光线透进来，结果看到祖德在扶手椅上看着他，他大叫了起来。鸡蛋砸在了地上。"见鬼，祖德！你差点把我吓出心脏病来！"

祖德什么也没说。

原来门廊里的鞋是她的。"我只是出去买点阿司匹林。不久之前，我试着去了所有的地方。穿过了半个城市。只是为了阿司匹林！难以置信。想吃鸡蛋吗？他打开盒子，有三个碎了。"炒鸡蛋。或者你想吃煎蛋？"

祖德盯着他看。

"那么，是，呃……贾斯珀在家？"

"他和我同时到的。"她的声音走调了。"他让我进来。他又出去了。我没问他去哪儿。"

"好吧，很高兴见到你。"

"我昨晚给你打过电话，看你的流感好没好，但没有人接听。所以我想，我要过来照顾你。我乘早班火车去维克托亚。没有人应门。"

迪恩说："那时肯定我刚走，你准是晚来一步。"

"你是个蹩脚的骗子，迪恩。"

迪恩表现得莫名其妙。"我为什么要对你撒谎？"

"拜托，不要。"

"不要什么？"

"不要拿我当傻瓜。"

迪恩希望，他在未来安全无虞的时候，眼下这一幕只是过去犯下的一个错误，那时他不再觉得自己是大粪王。

祖德揉了揉她的眼睛。"每个人都说，你会觉得规则不再适用于你。我还为你辩护，说你脚踏实地。"她站起来，走到门口，穿上外套和靴子。"我想说：'我希望你一切都好。'但我不愿意让我留给你的最后一句话是谎言。所以……我希望你能找到比现在更好的自己。这是为了你好。"

迪恩觉得自己比一袋池塘里的水草还要恶心。

祖德走出去，关上了身后的房门。

"迪恩？"

埃米正看着他。利凡办公室里的其他人也在看着他。贝萨妮的电话在隔壁响起："下午好，月鲸？"显示外国时间的钟表搅动着时间。"对不起，刚才你问了什么？"

"我只是说，"埃米说，"如果你想给我讲任何关于摇滚圈堕落行径的终极传说，我是不会拒绝的。"

"噢，是的，抱歉，不了。十点前上床，喝杯可可，看《高尔夫周刊》，那就是我。"

"我能想象得到。"埃米收拾好手袋，站了起来。"好吧，我想我什么都有了，所以……我走了。"

利凡站起身，把门推开。"你觉得，这篇文章什么时候能登？"

"下周的杂志。"

"那专辑的乐评呢？"利凡问。

"那个，我已经写好了。"

迪恩审视着她的脸，寻找线索。

埃米的牙齿尖压住了她的嘴唇。"放心啦。如果我觉得一支乐队的专辑很烂，何必还要给他们写八百字的专稿？"

迪恩握了握埃米的手。她直视着他的眼睛。

迪恩盯着祖德坐过的椅子。它仍然保留着她体温的微弱残留。欲望造成了所有的麻烦。猎取女孩是一种瘾。与这些陌生人的性行为并没有给他带来快乐。迪恩发誓，要开始像对待埃尔夫那样对待女人——基本就跟对待常人一样。迪恩听到电话响了。他关掉水，去接电话。"喂？"

"早上好，你这下流、鬼混的家伙。"

"罗德。对不起，我……昨晚从你那儿消失了。"

"不需要解释，罗密欧。搞定了吗？"

"绅士从来不会说出来。"

"这个顽皮的岩石之神。你的一点魔尘落在了肯尼身上。"

"是吗？"

"噢，是的。最后有人看到他和一个女巫似的少女一起去了哈默史密斯。对这孩子有好处。他的精液都要返流到他的鼻窦了。斯图睡在我在卡姆登的沙发上。他刚刚离开。"

"一切安好，我想。"

"正是如此。所以，在这样一个辉煌的夜晚之后，谈论钱的问题感觉很不礼貌，不过你会用现金还是支票来结算？"

时间急促地刹车，就像一趟列车。"药丸的钱？"

"不。你在钉袋酒吧的账单。"

迪恩想起来了。"是的。当然。它有……"

"九十六镑加一点零钱。"

时间就像出事故的列车一样，从轨道上消失了。

迪恩没有九十六镑闲钱。

迪恩连五镑闲钱都没有。

"迪恩？"

"呃……在。"

"哦，好的。我以为断线了。你走之后，我停了你的挂帐。钉袋并不是伦敦最便宜的酒吧。你做出了慷慨的姿态，但别人却不领情。我希望这样没关系？"

"是的，谢谢。"

"这条线路没问题吗？你的声音只有一半大。"

迪恩试图设法告诉一个朋友，自己无法偿还意外巨额的酒水账单时，他的大脑被一段关于钩子滑入蛆虫嘴里的记忆所劫持。把钩子从它的屁股里扭出来，哈里·莫法特说，让钩子的尖端露出来。看到了吗？

采访结束后，埃尔夫和贾斯珀收拾着咖啡杯，而贝萨妮在处理利凡错过的电话。格里夫在牛仔帽下一动不动。迪恩看到沙发扶手上有一只女人的手套。"瞧，埃米落下一只手套。"

"真让人惊讶。"埃尔夫给了迪恩一个意味深长的眼神。

"我看看能不能追上她。"

"她现在应该是在几条街以外了。"贾斯珀说。

"又或者，"埃尔夫用轻飘飘的口吻说，"会近很多。"

"手套什么时候变成了诱捕龙虾的篓子？"格里夫问。

迪恩匆匆跑出利凡的办公室，穿过月鲸的门，来到杜克-斯托克商行的楼道，埃米正在那里抽烟。

迪恩把手套拎了起来。"失物：一只山羊皮手套。"

"真让人惊讶。"她伸手接住，他捏得更紧了。她的表情在说，你很可爱，但没那么可爱。他松开了它。

"我有奖励吗？"他掏出他的一包登喜路香烟。

"你可以给我你的电话号码。"

你这厚脸皮、漂亮、滑不溜手、曲线玲珑的婊子。

"如果我给你我的号码，我怎么知道你会打电话来？"

"你不知道。"埃米举起她的打火机。

丹麦街的喧嚣涌入楼道，又消退了。

迪恩把他的烟放进她的打火机火焰里。

最后的晚餐

在阿盖尔公爵酒馆的楼上，格里夫开始清点人数，同时等待他的下一杯吉尼斯啤酒出现。在圣诞节灯光的光晕下，贝萨妮与她的戏剧导演男友，还有佩图拉·克拉克，分别是 1、2、3 号。利凡、一个叫本杰明的生物化学家、帕维尔-Z 和"舞步"的经理是 17、18、19、20 号；贾斯珀、海因茨·福尔马焦和来自肯尼亚的科学家是 36、37 和 38 号；约翰·皮尔和巴特·塞贡多这两位 DJ 是 44 和 45 号。埃尔夫和布鲁斯，在一个角落里待了片刻，他们是 59 和 60 号。布鲁斯把他的额头贴在埃尔夫的额头上，说着话，而她露出恋人才有的微笑。格里夫为埃尔夫感到担心。一场冲击①即将来临。他从上衣口袋的药盒里抽出一粒苯丙胺，面对窗外，服下了这颗给人们带来安宁和愉悦的药片。在下面的布鲁尔街上，工人们匆匆往家赶，衣领竖起，帽檐压低。街道对面，食杂店上方，一个十岁左右的男孩透过窗户看着格里夫。

"苦难是生命永远的承诺。"

格里夫转过身来，发现两个年轻的女人，她们的嘴唇涂得血红，头发上插着看起来致命的帽针，戴着鱼网手套，披着毛皮披肩，巧妙

---

① 此处一语双关，crash 也有"车祸""吸毒后的消沉期"之意。

地露出乳沟。他不确定是她们中哪一个说的话。"是啊。"

"我们从未正式见过。"一个人说。

"但我们看过你的演奏,"另一个说,"经常看。"

"我们是你最忠实的粉丝。"她们一起说。

格里夫既惊恐又想笑。

"我是维纳斯,"一个说,"就是女神那个维纳斯。"

"我是玛丽,"另一个说,"就是圣母那个玛丽。"

"这是你的吉尼斯啤酒,摇滚野人。"迪恩递给他一品脱。"这是酒吧里的滑铁卢战役。这两位是谁?"他给了格里夫一个狡猾老狗的眼神。格里夫回了一个"以前从未见过她们"的眼神。"这是维纳斯和玛丽,"他回答,"下凡来的。"

"你好,迪恩。"维纳斯和玛丽说起话来,是完美的立体声。

迪恩从一个看向另一个。"哇噢。"

"我们已经见过你十一次了。"玛丽说。

"我们已经播放《天堂就是通往天堂的路》二百多遍了,"维纳斯说,"我们已经在放第三张拷贝了。"

"我们已经记住了歌词。我们收集了你们的剪报。甚至是《赫尔公报》的剪报。我们知道你们的生日。"

"也知道我们前门的颜色,是吧?"迪恩开玩笑说。

"你和贾斯珀的门是鲜红色的。"维纳斯说,"埃尔夫在利沃尼亚街的门是裸露的金属,但她公寓的内部门是黑色的。你家的门原先是刷过木溜油的木头。"维纳斯看着格里夫。"但现在它是豌豆粥的绿色。"

还没等格里夫想明白该对此作何感想,埃米就拿着一大杯马提尼酒过来了。"下面一片混乱。"她看到这两个追星族,看清了状况。"我的天哪,我真喜欢你们的样子。那些胸衣上的花边……"

"我们洗劫了我们死去的奶奶的衣柜。"玛丽说。

"我们心想，为什么要把它留给飞蛾呢？"维纳斯说。

"是呀，为什么呢？"埃米说，"你们是姐妹吗？"

"乌托邦大道上的姐妹，"维纳斯解释说，"我们喜欢你的专稿，埃米。你是《旋律制作人》的最佳撰稿人。"

"比别人强太多了，"玛丽说，"你从不拍乐队的马屁，但你也从来不诋毁他们。我们觉得，你配迪恩满不错的。"

埃米瞥了一眼迪恩，喝了口酒。"我很高兴你认为我配得上他。"

"他在发光，"维纳斯说，"比他和那个美发师约会的时候还要明显。只是别伤了他的心。"

"否则我们就把你开膛破肚。"她们一起念叨着。

埃米只能微笑。"我已经被警告过了。"

玛丽摸了摸格里夫的品脱杯。"我可以润一下嗓子吗，格里夫？"

格里夫发现，他把自己的黑啤递给了她。她喝掉了四分之一，递给了维纳斯，后者也喝了差不多的量。

"对口渴的人来说，吉尼斯啤酒的味道……"玛丽开始说。

"……就像吸血鬼品尝到的血液的味道，"维纳斯说，"有股铁味儿。"她把空杯子递还格里夫。

利凡站在一把椅子上，正拿一个手持式扩音器招呼着房间里的人："好了，伙计们，好了，伙计们，我说几句，**拜托你们**……"喧闹声渐渐平息。"谢谢大家，感谢你们来到这里，在紧张的一天，紧张的一周，紧张的一年结束的时候。今天有很多事情要庆祝，不仅是乌托邦大道全新单曲的发布，迪恩的歌曲《放弃希望》……"

一阵欢呼声响起，迪恩举起了手。

"……还有《天堂就是通往天堂的路》。"利凡举起黑胶唱片，赢得了更响亮的欢呼声。"在十一个星期之前，它还只是乐队眼中的一道亮光。在七个星期之前，埃尔夫、贾斯珀、迪恩和格里夫在蘑菇棚完成了最后一首歌的录制。在我看来，结果不言自明。"

一阵粗犷的叫好声；许多掌声。

"一些评论家在我们的草莓上撒尿……"利凡压低了"菲利克斯·芬奇去死！"和"后宫里的太监！"这样的呼声。"……但总的来说，这张专辑赢得了我们所希望的待遇。英国音乐媒体中没有比《旋律制作人》的埃米·博克瑟小姐更明智的评论家了——她今晚正好和我们在一起。"

欢呼声爆发。埃米挥着手。迪恩用力鼓掌。

"如果埃米不反对，"利凡继续说，"我将朗读一下她对《天堂》的评论。"这位记者做了一个请便的手势，利凡展开一本《旋律制作人》，戴上眼镜，翻到右边那一页。"开始啦。问题：如果你把一个愤怒的青年贝斯手、一个民谣女歌手、一个斯特拉托卡斯特半神和一个爵士鼓手放在一起，你会得到什么？答案：乌托邦大道，一支与众不同的乐队。他们的首张唱片《天堂就是通往天堂的路》是一九六七年必须拥有的专辑之一。歌曲创作的范围和质量都很不可思议。贝斯手迪恩·莫斯奉上了《放弃希望》，一首穷街陋巷的节奏布鲁斯。《支离破碎》是对破碎梦想的孤独哀号。《紫色的火焰》是一首长达七分钟的史诗，充满节奏、力量、灵魂探索和成熟。"

"说得好"和"说得没错，埃米"的呐喊声爆发了。

利凡喝了一口朗姆酒。"埃尔夫·霍洛韦空灵、生气勃勃的嗓音为她的乐迷所熟知。但在《天堂》里，她作为一名键盘手的能力令人震惊。听听她在《紫色的火焰》中炙热的哈蒙德琴独奏，或在《暗房》中灿烂夺目的演奏吧。霍洛韦小姐的新歌也是一流的。《木筏与河流》是一首电声民谣的音乐颂歌。而《出人意料》则是一首火炬之歌，火炬再次燃起。"

"炽热，宝贝！"布鲁斯像冠军一样高举双臂，然后亲吻了埃尔夫。格里夫看了看迪恩。他们翻了个白眼。

"《蒙娜丽莎唱布鲁斯》是三首歌里最强劲有力的。对女人在男人的世界里必须驾驭的角色，没有比这更入木三分的揭露了。这一定是未来将会发布的单曲吧？"利凡抬起头来。"我想我们都会同意，对吗？"

更多的掌声。维纳斯和玛丽有节奏地齐声鼓掌，格里夫注意到，就像是一双手在拍。

"我们接下来再来看，"利凡继续说，"贾斯珀·德佐特。这一次有了足以媲美克莱普顿先生和亨德里克斯先生的人。他以惊人的敏捷演奏出了非电音篇章、反馈风暴和太空布鲁斯。他写出了乌托邦大道的突破性作品《暗房》，这首最奇特的情歌曾登上《流行之巅》。《出席婚礼》是一首在吊灯中跳舞的梦幻华尔兹。德佐特的第三首作品是《获奖》，讲述了一段即将成为明星的旅程。它与迪伦的《荒芜巷》(Desolation Row) 相呼应，但是，就像它所结束的那张唱片一样，是独具一格的壮美之兽。"欢呼声响起。

格里夫摸出一根万宝路，放进嘴里，拍拍口袋找到了打火机；玛丽准备好了火柴。维纳斯把它吹灭。她们的眼睛就像四轮满月。

"最后一部分。"利凡说，"忽视格里夫·格里芬在乌托邦大道中发挥的作用无异于犯罪。格里芬像查理·沃茨（Charlie Watts）一样富有冲击力，像基思·穆恩一样富有爆发力，像金格·贝克（Ginger Baker）一样富有摇摆感。"维纳斯和玛丽轻轻捏着格里夫的左右二头肌。这既诡异又让人兴奋。"莫斯—格里芬的节奏部分是统一这张极为多元化的专辑的无形力量。《天堂就是通往天堂的路》……"利凡的目光在楼上的房间里扫来扫去，"……已经具备了成为经典的要素。埃米，我自己都不可能如此巧妙地说出我对乌托邦大道的爱。"

更多的欢呼声。对格里夫来说，这个场面太有爱了。他把杯子放在壁炉上。

"你要去哪儿？"迪恩问。

"憋得慌，去撒尿。"

涂鸦写在小便池上方与眼睛平齐的粉红色墙壁上。也许是无趣的污言秽语，也许是诙谐的污言秽语，但格里夫无法鼓足能量把这些字母变成文字，所以他让这些象形文字原样待着。出水孔汩汩作响。他吸干了万宝路最后的生命，将烟蒂丢进了小黄池。它嘶嘶作响。门砰地开了，星期五晚上酒吧的吵闹声涌了进来。片刻之后，迪恩在旁边的小便池边拉开拉链，唱着《生来自由》的主题曲。"那，"迪恩说，"维纳斯和玛丽。"

"她们怎么了？"

"很一明显，她们想摸摸你的桶鼓。"

"骨肉皮就是骨肉皮。"

"你的意思是？"

"她们想要的是流行歌星。她们不想要我。"

"那又怎样？你还是可以尽享激情。或者，两一场激情——"

格里夫想到了埃尔夫和布鲁斯。

"尽情投入吧，"迪恩说，"你怕什么呢？"

"首先，就是阴虱和五种淋病。"

"你知道我们格雷夫森德人关于女性卫生是怎么说的。"

"为什么我怀疑，"格里夫说，"你嘴里的下一句话，会让我在下个该死的复活节之前吃不下饭？"

迪恩表现得很受伤。"我只是要把我给战友的健康建议分享给你。'如果它闻起来像鸡肉，就继续舔。如果它闻起来像鳟鱼，就他妈的离开。'"

格里夫尽量憋着笑。"你真恶心。"

"这是天赐良机。"迪恩拉上了他的拉链。"说真的，3P 的机会并不常有，你的魅力需要多加施展才行。所以你的脸色才一直这么苍白，文静……看起来很饥渴。"

两周后,格里夫端着一盘炸鱼薯条,拿着一瓶可乐,环顾"蓝野猪"高速公路服务餐厅。两伙人在上夜班时占据了这个地方。卡车司机留短发,穿着格子衬衣,腰背难受,大腹便便。他们翻阅《每日镜报》《体育邮报》或公路地图,讨论路线、油耗、限速路段和危险的弯道。演艺界人士有音乐人和表演者,再加上经理人、设备技师和随行人员,如果用得上的话。男性的发型往往是齐肩长发,今年的流行服饰是佩斯利涡纹花呢,棉绒和褶边的。他们在一起闲聊着厂牌、签约、场地、乐器,以及哪个推广人还没等到上一次巡演的钱进账,就神秘地破产了。格里夫的哥哥史蒂夫,没有任何出现的迹象。格里夫并不担心。这是一个冰冷的夜晚,车流比平时缓慢。披头士乐队的桌子是免费的,所以格里夫带着他的盘子过去占座。在英国搞巡演的每个人都会在二十四小时营业的蓝野猪这儿加油,它位于沃特福德峡口,这是英格兰北部和南部之间名义上的边界——尽管取了这个名字,但它并不在沃特福德附近。当初吉米·亨德里克斯第一次来伦敦时,他整天听到有人提起"蓝野猪",还以为那是骑士桥或苏豪区的一家时髦俱乐部。

格里夫坐在林戈的座位上,因为他在这儿能看到"野兽"。它就停在餐厅旁边。他不认为演艺界同行会低级到去砸车窗,偷走音箱,但他也不能想当然地以为他们不会那样做。他狼吞虎咽地吃着。开车到伯明翰,在卡尔顿舞厅为舞步乐队暖场,再开车回到这里,他已经饥肠辘辘。按照赫尔的标准,这些鱼并不新鲜,但他饿得厉害,根本不在乎。他从粘糊糊的瓶子里洒下醋,咬了一口鳕鱼。贾斯珀坐下来,拿着一盘鸡蛋、豆子、烤西红柿和烤面包。"这边又漂亮又暖和。这是披头士的桌子吗?"

"是呀。你坐的是乔治的座位。"

贾斯珀切了一块精确的方形吐司,在里面装满烤豆。"你是坐在林戈的位置上吗？"

"你真懂我的心思，祖托。"

贾斯珀慢慢咀嚼着。"《渔钩》听起来不错。"

"这是迪恩最好的歌。别告诉他我说过这话。"

迪恩拿着他的培根肉饼和如小山般的薯片，坐在麦卡特尼的座位上。"看到谁在角落里了吗？"

格里夫跟着迪恩扬起的下巴看过去。"赫尔曼的见鬼隐士。简直是靡靡之音的供应商，那些歌能把人甜掉牙。"

"那些靡靡之音让他们在美国搞了二十天的巡演，"迪恩说，"我们能不能给他们暖场？"

埃尔夫坐在约翰·列侬的座位上。她拿了一个馅饼。"我用我的小眼睛看到了以HH开头的东西①。"

"我只是说，"迪恩说，"如果我们是他们在美国的暖场乐队，那不是很好吗？"

埃尔夫把纸巾塞进她的罩衫里。"我宁愿我们靠自己的力量到那儿，而不是挂在赫尔曼的衣角上。"

"横跨大西洋需要大量的蒸汽。"迪恩说。他叉开一块薯片，闷闷不乐。就是说，格里夫翻译道，不光是一首第十六名的热门歌曲和一首最高时冲到第七十五名的失败作品。利凡告诉乐队，他们的第二支单曲在伯明翰演出后，跌出了前一百名，在漫长的车程中，迪恩显得异常安静。

"要做暖场，我们不够平平无奇，"贾斯珀说，"主演乐队希望你能把他们衬托得更好。"

"今晚也是这样，"埃尔夫说，"刚开始的时候，舞步的经理人还说：'祝你们演出愉快。'但演奏完在《获奖》之后，他告诉利凡：

---

① 指"赫尔曼的隐士"乐队。

'把他们弄走,他们只是做该死的暖场表演。'"

"阿奇·金诺克曾经带着新兵乐队(The Yardbirds)在北方进行十二个晚上的巡演。"格里夫说,"知道它持续了多久吗?三天。他们每晚都抢了演出的风头。阿奇无法忍受。埃里克·克莱普顿为此写了首《绿眼魔鬼布鲁斯》。"

"我还以为那首歌是讲一个女人的。"贾斯珀说。

格里夫把豌豆糊挤到一块大薯片上。"现在你知道了。呃,那件事不是很经典吗?当时埃尔夫说'如果你把你的票放在明火上,你会看到'我们的唱片现在发行了'——有个笨蛋真的这么做了,把他那该死的票给点燃了!"

"这话我是从佩姬·西格那里偷学来的。"埃尔夫把番茄酱淋到她的薯片上,"《渔钩》今晚又激起了一场风暴,迪恩。"

迪恩皱着眉头看着他的培根三明治。"跟铅球一样坠落的《放弃希望》不同。伊莱克斯没有力推它。这就是问题所在。他们应该在《新音乐快递》和《旋律制作人》上打广告。"

格里夫看了看埃尔夫。埃尔夫看了回来。"很多伟大的歌曲都卖不出去,郁闷先生。很多烂歌都卖得很火。看看'赫尔曼的白蚁'吧。伊莱克斯目前还不会放弃我们。"

"格里夫说得对,迪恩,"埃尔夫说,"这可不是世界末——"

"这是一场见鬼的灾难。"迪恩把他的盘子推开。

"得了吧!"格里夫失去了耐心,"中国的饥荒,菲律宾的地震,赫尔城输给利兹的比赛:那才是见鬼的灾难。要么你克服一下,要么就去咖啡馆找份工作干。"

迪恩哼哼唧唧地说:"下次我再想推动什么,如果有下次的话,伊莱克斯就会说:'可别这么想。你认为《放弃希望》会成为十大热门歌曲那次呢?'"

蓝野猪餐厅播放着甜腻的背景音乐《静夜》(Silent Night)。

"如果我们发布的是《蒙娜丽莎》,"迪恩说,"我们就会在圣诞节期间有一首歌打入前十。"

"这可没办法知道。"埃尔夫坚持说。

"埃米是这么预计的。你也是这么想的。"

"自怨自艾真的不适合你,迪恩。"

"嘿。"贾斯珀晃了晃他的手表,"现在是正经的圣诞节前夜。"

"亲吻和好吧,"格里夫说,"否则你会被列入淘气名单。"

"我可不为这事亲吻,"埃尔夫嗤之以鼻,"我宁愿亲……"

"彼得教皇?"迪恩建议道。

埃尔夫的怒气稍稍减弱了。"嗯……"

"对不起。"迪恩说。

"怪骰子吧。"埃尔夫说。

"为永不放弃希望干杯。"贾斯珀举起他那杯 Tizer 橙汁饮料。他偶尔会对双关语表现出喜爱之情。

"敬乌托邦大道,"迪恩说,"现在在所有像样的唱片店里,都摆在 T 打头的秀兰·邓波儿(Shirley Temple)和 V 打头的吉恩·文森特(Gene Vincent)之间。"

格里夫点上一支烟。"我们两个星期录好了九首歌。大多数唱片都是败絮其中。而我们不是。"

"我们所需要的,"迪恩说,"只是让一百万人同意,然后……"

格里夫身后的人让他分了心。"马库斯?"

格里夫转过身来,看到一个男人穿着粉色长袍,戴着绿松石眼镜,穿着黑色斗篷,戴着写有卢恩文字的头带。

"迪恩!很高兴在这里见到你。"

"蓝野猪不就是这样的地方嘛。这几位是埃尔夫、格里夫、贾斯珀;这位是马库斯·戴利。波将金战舰的吉他手。"

"就是那个马库斯,"贾斯珀无辜地问道,"他因为迪恩说那首歌

283

是声波淋病，就撵走了迪恩？"

马库斯神色阴晴不定。"都过去了。迪恩应该好好地感谢我。《流行之巅》？出专辑？我是说……真行。"

迪恩打了个饱嗝。"你这新奇造型是怎么回事？我可没法想象，这在纠察队里会有多好。"

马库斯挠了挠脖子。"克里斯做了会计，保罗去印度追求一个女孩，所以我和汤姆成立了战舰宝瓶座乐队。"

迪恩瞪大了眼睛。"用资本主义的流行歌曲来让无产阶级接受马克思主义，这份决心怎么了？"

"有一天晚上，在达特福德的一场演出中，演到《工人们联合起来》这首歌的时候，爆发了一场争斗。我们不得不离开舞台。我的意思是，椅子在飞，牙齿在飞。有人报了警。有八个人被捕，还有十二个人被送进了医院。等我们回去拿我们的装备时，它们都被抢走了。除了开车回去，我们别无他法。但车也没开成，因为我们的面包车也不见了。这时我才意识到。人们所呼唤的真正的革命，并不是政治上的，而是心灵上的。"

"所以，你因为迪恩不向你的红旗磕头，就赶走了他，"格里夫说，"然后你在那面旗子上涂满了宇宙符文？"

"一切都事出有因，"马库斯说，"在达特福德，宇宙对我说话。我围绕神秘的主题写了一堆歌曲，更新了我们的形象——"他提起他的斗篷，"而且，瞧，我们的演出费是五十镑一场。"

迪恩的眼睛瞪得大大的。"五一十还是十一五？"

"五一十——五一〇。我们现在有了一个经理人。他正在和德卡谈判。全都是因为能量的流动。波将金受到了阻拦。而宝瓶座畅通无阻。新年来中土看我们的演出吧。我们的音乐表现力要比我说得更好。我得走了，不过还是祝你们圣诞快乐什么的。很高兴认识你们……哒—哒。"马库斯·戴利走了。

"你看起来很吃惊。"格里夫告诉迪恩。

"他曾坚持要我们叫他'同志'。"

"这个年代要变疯狂了。"埃尔夫说。

"这是好事还是坏事?"贾斯珀问。

"晚上好,诸位。"史蒂夫不到一分钟就到了。他穿着一件棕红色皮夹克、一件厚毛衣,脸上带着欣慰的笑容。"埃尔夫、贾斯珀、迪恩,很高兴再次见到你们,呃……"他皱着眉头看着格里夫。"他叫什么名字,这个鼓手?我总是忘记他的名字。"

"我的名字是'你也许比我大',"格里夫回答说,"我的姓是'但我还是会踢你的屁股,你这厚脸皮的烂人'。"

史蒂夫微笑着坐下。"对不起,我迟到了。在卢顿附近发生了一起车祸。"他的笑容消失了。"车道只剩下一条可走了。"

"从伯明翰出发,速度也快不起来。"埃尔夫说。

"就像一段段的溜冰场,"迪恩说,"冻结的雾气。"

"我们刚吃完,"格里夫说,"你饿不饿?"

"我在离开前吃了个馅饼。我们应该很快就出发了。那壶里还有什么茶吗?我可以润润喉咙。"

"我给你拿个杯子。"迪恩说。

"伯明翰的表演怎么样?"史蒂夫问。

"还不错。"格里夫看着贾斯珀和埃尔夫。

埃尔夫点点头。"自从你在德比见过我们之后,我们有了一些新歌。格里夫在这里像妖魔一样演奏。和往常一样。"

"你和他一模一样。"贾斯珀从史蒂夫看向格里夫,又看向他。"又完全不同。"

"我有长相和头脑,"史蒂夫说,"显然是这样。"

"还有所有的废话,"格里夫补充道,"你提车顺利吗?"

"嗯。菲尔叔叔的朋友住在温布利路，就在城市的右边。一辆捷豹。开了三年的车。里程表上只跑到两万。那悬挂系统就像在空中驾驶一样。值得过来一趟。"

"这对你们圣诞节回家也有帮助，"埃尔夫说，"我觉得自己就像个黑帮分子，交出了一名目击证人。"

"如果他不回来参加圣诞节，"史蒂夫说，"妈妈打算把他绑架了，放在汽车后备厢里带回来。这样，他就能开车了。"

迪恩拿着杯子回来了。"给您，大人。"

"谢了，伙计。我已经准备好了。"史蒂夫给自己倒了一杯，啜了一口，把头往后一仰。"啊……好多了。趁我还没忘，我给你们大家找了个差事。"史蒂夫拿出三张《天堂就是通往天堂的路》和一支黑色记号笔。"你们介意在上面签名吗？"

"那股兴奋感现在还没有消失。"迪恩拿起记号笔，"它们是给谁的？"

"一张给沃利·惠特比，一张给我们的爸妈，还有一张给我。等你们比披头士还有名的时候，我就把它卖掉，从我的汽车贸易生涯退休。"

"沃利知道这不是传统爵士乐，是吗？"格里夫确认道。

"他当然知道，他看到你在《流行之巅》上演奏《暗房》了。第二天早上他就去了普莱斯唱片店，告诉大家他是如何在你十二岁时发现你的。他现在还是把你的剪报带给妈看。"

迪恩把唱片和记号笔递给格里夫。

"你们一定很满意这个封面。"史蒂夫说。

他们都看着那张焦孔达咖啡馆的照片：埃尔夫、贾斯珀、迪恩和格里夫都在窗边的座位上。通过运用长时间曝光，摄影师加入了模糊的幽灵——路人、一只狗和一辆自行车的行迹。左上角的墙上挂着一个写有**"乌托邦大道"**的路牌。在右下方，一个新闻看板上写着"天堂就是通往天堂的路"。

"我可喜欢了。"迪恩回答说。

"当时花了不少工夫，才找对感觉。"贾斯珀回答。

"我们把伊莱克斯给的艺术预算花超了两次。"埃尔夫说。

格里夫在一扇苍白的窗户上签下自己的名字。

"一张唱片就像一个婴儿，"埃尔夫说，"我们四个人造就了它……"

"……不知道你想说啥。"迪恩说。

埃尔夫发出哈的一声。"你懂我的意思。你希望你制造的东西有一副对劲的面孔。艺术照就是它的面孔。"

寒意浸透了格里夫的外套，深入骨髓。"这里简直是该死的西伯利亚！"每说一个字，都会呼出一缕白汽。一行人来到"野兽"旁边。"好了，"格里夫告诉队友们，"三十号见。"

"我和贾斯珀会在德佐特大厦煮一些东西，"迪恩告诉他，"我们在六七年的最后一顿晚餐，可不能在蓝野猪。"

"你是对的，"格里夫说，"我会带上胃泵。"

"在圣诞节前不要打开你的礼物，"埃尔夫说，"否则它将在懊悔中消失。跟家人共度愉快时光吧。"

"嗯，你也是。"

贾斯珀与他握手。它既正式，也有股奇特的亲密。

"圣诞节快乐，你这个北方笨蛋。"迪恩告诉他。

"愿世界和平，你这个南方娘炮。"格里夫回答。

没有了格里夫的乌托邦大道乐队爬上野兽。埃尔夫坐在方向盘前，第三次尝试着哄骗它发动起来。她擦去挡风玻璃上的冷凝水，跟格里夫最后一次挥手，然后驶入了打滑的路段。

史蒂夫把格里夫领到一辆月光下的S型捷豹前。

"瞧——瞧——你。"格里夫抚摸着引擎盖。

"想开吗?"

M1 公路从北方的黑暗中急速延伸着,把一块写有"**距离赫尔 102 英里**"的路牌和高高灯杆上的高速公路灯带到近前。一辆重型铰接卡车的车尾灯一直保持着一百码的速度。捷豹比野兽更温暖,更舒适,更安静。它操控起来就像一个梦。也更安全,格里夫心想。"如果专辑销量好,你能不能给我们找一辆更好的面包车?或许,来一辆贝德福德。"

"当然可以,"史蒂夫说,"那时候你们会需要一个巡演技师。"

"早晚的事。为什么说这个?你自己想做?"

"德布斯不会愿意的。毕竟有那么多的狂热女歌迷。"

格里夫想起了维纳斯和玛丽。"音乐家的生活并不像外界描述的那样。"

"做明星的压力越来越大,是吗?"史蒂夫问。

"一首歌进入前二十名,算不上是什么'明星'。"

"你经常被人认出来吗?"

"算不上吧。我们只上过一次电视。迪恩长得好看,贾斯珀是吉他之神先生,而埃尔夫是一帮帅小伙里的黄金少女。人们记不住鼓手是谁。这正合我意。"

一辆"凯旋喷火"在快车道上超过了他们。

"太快了,你这个蠢货。"史蒂夫告诉那个司机。

"德布斯怎么样?"格里夫问,"还在理发店?"

"德布斯。是的。她有点……不容易,她所有的朋友都在生孩子,生二胎,或者三胎,德布斯为她们感到高兴,当然,但每次,每次洗礼,她都会说:'什么时候轮到我们?'每个月她都会说'也许是这次'。但每次都没成。这对德布斯打击很大。"史蒂夫点上一支烟。他从未像这样直接谈论这个话题。

格里夫看得出，这并不容易。"肯定很艰难。"

"有一段时间你会想，也许我们不会有孩子了。所以……好吧，这是我们的大新闻，真的，皮特。新年里，我们会跟收养人开个会。探讨一下收养孩子该怎么办什么的。"

格里夫侧头看了看。"这可是迈出了一大步，史蒂夫。"

"一大步。"史蒂夫从仪表板上拿出一个花哨的烟灰缸，点上了他的烟。"感觉是对的。总是希望得到最好的结果，这并没有错，但是……五年后，你会开始想，等等——我就像是一只该死的鸵鸟。我们是时候面对事实，尝试一下别的东西了。"

"妈妈知道吗？"

"是的，是妈妈给了德布斯小小的指点。我们一直在考虑这事，但迈出第一步很难。"

格里夫超过一辆缓慢的莫里斯迈诺。"可以想象。"

一座高速公路桥以五十迈的时速从头顶掠过。

"我也能想象，你和德布斯成为出色的父母。"

"但愿如此。"

"我会教你的孩子打鼓的。"

一块写有"**距离赫尔 75 英里**"的牌子发亮，变大，消失。

"我一直喜欢'赫尔'这个词的简短。"格里夫说。

"有道理。"

"它的字母数量跟'家'一样。而且以'h'打头。"

"要知道，'地狱'也是一样。"

"是啊。"

"南方有很多'B'。布莱顿、布里斯托尔、伯恩茅斯、贝德福德。它们都是浑蛋。它们都合并成一个大大的'伯姆斯托茅斯福德'。"

"其他人知道吗?"

"埃尔夫已经猜到了,但她太优雅,不愿意问。在我开车的时候,她会把标志牌念出来,就好像她在自言自语。迪恩还没察觉。我怀疑他是否听说过阅读障碍这回事。贾斯珀……谁知道呢?"

"贾斯珀是不是有点……"史蒂夫寻找着合适的词,"精神不太正常?"

"他是个奇怪的家伙。当阿奇·金诺克把他带进布鲁斯凯迪拉克乐队时,我心想,他是个狂妄自大的人。等我对他多了一些了解的时候,我心想,也许所有花花公子都是这副德行。但贾斯珀可不是什么花花公子。他父亲是百万富翁,但贾斯珀却靠着他爷爷留给他的一小笔钱勉强度日。他也需要把乌托邦大道乐队当作职业,否则他就完蛋了。现在我对贾斯珀的看法是,他只是有点神经质——但在某种程度上有谁不是呢,所以对别人还是得宽容一些,对吗?迪恩才是最让我懊恼的人。一个人形'悠悠球'!一半时间里,他认为自己是天眷之子。另一半时间里,他忧心忡忡,觉得自己不是天眷之子。当然,他的妈妈在他还是孩子的时候就过世了,他的爸爸还总打他,但是去他的。我们都有可悲的故事,但是我们并不都像个胆小的浑蛋。"

"他和阿奇·金诺克一样坏?"史蒂夫问。

"哦,和金诺克比,迪恩只是小儿科。"

一轮尖锐的月亮从苍白的山丘上升起。

史蒂夫打开了暖气。"那埃尔夫呢?"

早在十一月的时候,录制《天堂》期间的最后一天早晨,贾斯珀和迪恩迟到了二十分钟。格里夫一直在听戴夫·布鲁贝克(Dave Brubeck)的《休息五分钟》(Take Five),所以他尝试保持着5/4的节拍,只是为了给录音热身。埃尔夫加入了戴夫·布鲁贝克的钢琴部分。格里夫问自己,世界上有多少女人能做到这一点?埃尔夫停止了即兴演奏，请迪热设置好鼓的收音话筒，并要求格里夫录下一段 5/4 节拍的鼓声音轨。格里夫录了整整五分钟直到她——现在完全进入了制作人模式——挥手叫停。她指示迪热通过格里夫的耳机重新播放鼓声，让格里夫在 5/4 节拍的框架内，即兴击打镲片、踩镲、锣和排钟，演奏什么都行。埃尔夫把她的耳机放在一只耳朵上，来捕捉鼓声和格里夫的演奏。"不要想太多，格里夫。想到什么就演奏什么。"

格里夫从筒鼓开始，以科奇·科尔（Cozy Cole）的风格进行了一分钟的独奏。然后他拿起鼓棒，来了一段独奏，着重基调强节奏和鼓边敲击，还有军鼓的间奏。埃尔夫看着他的手，脸上带着恍惚的微笑。格里夫展示了阿特·布雷基（Art Blakey）的弹跳式轮鼓；固定音型的跳跃；埃尔文·琼斯（Elvin Jones）的滚动三连音节拍；摇摆时代的某种镲片演奏法；还有一段出彩的、别出心裁的渐强乐段，这时埃尔夫的手缓缓上升……然后……下降。格里夫停止了他的演奏。原有的鼓声轨道运行了五小节。

砰！二三四五

砰！二三四五

砰！二三四五

砰！二三四五

砰！二三四五——然后……

停。

埃尔夫只是摇了摇头。"太棒了。"

迪热的声音通过话筒传来。"录下来了。"

格里夫摘下耳机。"这是用来做什么的？这是你正在创作的一首歌？还是……"

"照我说，这是我们正在创作的一首歌。如果我把它写成了，你也会有参与创作的署名。"

291

格里夫想象着,他们的名字出现在唱片标签的括号里——(霍洛韦—格里芬)。录音棚的门猛地打开。迪恩和贾斯珀冲了进来。"我们的火车在托特纳姆法院路的隧道里卡了一刻钟。一个可怜的浑蛋卧轨自尽了。你们一直在忙什么?捻弄你们的拇指吗?"

"埃尔夫是个非同一般的人。"格里夫说,"我一开始对她拿不准。我看不出她能在俱乐部的艰苦环境中生存下来。我认为迪恩、贾斯珀和我作为三人组很好。但利凡坚持要我们请她试一下,后来……是的,他是对的,我错了。她开车,她搬设备,她不为捣乱分子所动。在舞台上,她是两名音乐人,而不是一名。既是了不起的键盘手——也是歌手。这就是她。"

"那首《蒙娜丽莎》能深入人心。它让德布斯哭了出来。"

"埃尔夫的问题是她对男人的品位,"格里夫说。"简直糟透了。她又跟那个澳大利亚歌手重归于好了……"

"爱情是盲目的,"史蒂夫说,"而且不喜欢眼科医生……你觉得你和她是一对吗?"

"我和埃尔夫?"格里夫笑着说,"不。不不不。"

"这有什么好笑的?她身材挺不错。"

格里夫想象着埃尔夫的反应。"如果我们不在同一支乐队,也许是这样……但性爱不能跟音乐相比。"

"既然你这么说的话。那你有什么收获吗?"史蒂夫问。

"什么收货?"

"哦,不要假正经好吗。"

格里夫想到了玛丽和维纳斯。她们在阿盖尔公爵酒馆举办《天堂》派对的当晚,搬进了他的新公寓。她们有一把钥匙,想来就来,想走就走,但多数晚上,他们三个同床共枕。她们做饭,打扫卫生。他们一起抽大麻。她们很少跟他说起自己的事,格里夫也不再打听。

如果我发现得太多，格里夫有些担心，她们就会从现实中消失。她们不提出通常的要求，她们不要礼物，她们不想参加聚会，她们掌握主动。格里夫对他放弃控制权的做法很满意。他怀疑他们的恋情——如果这是个正确的词——能否持续下去。所以他没把她们的事告诉任何人，甚至连见过她们的迪恩也不曾说起。玛丽和维纳斯是他生活中最奇怪的段落之一。"没有，"格里夫对他哥哥撒谎说，"我还在寻找……"

"**距离赫尔 40 英里**"，一块路牌显示。捷豹的指针触及四十迈。这个数学题我也算得出来。现在是凌晨 2：15。所以再过四十分钟左右，他们就能开到艾伯特大道。

"爸爸还在熬夜吗，你觉得？"格里夫问。

"他会在沙发上，"史蒂夫预测说，"他会说：'天哪，看看猫拖来了什么。'他会看着你的小胡子说：'有东西粘在你的嘴唇上，儿子，是一只被压扁的老鼠吗？'"

"好老爸。总是拿着一根闪亮的大针站在一旁，以防我们太膨胀。"

"别以为他不骄傲。他曾向乘客吹嘘他儿子是约克郡有史以来最年轻的职业鼓手。现在你上了 BBC，已经没有人可以阻止他了。他甚至翻出了我和他为你准备的那套饼干罐架子鼓。"

格里夫歪头看了看。"你在开玩笑吧。"

"他把它放在他的棚子里。"史蒂夫被高速公路上的橙色灯光闪着。他的哥哥笑了起来。"他甚至——"史蒂夫的表情变成了睁大眼睛的惊恐。格里夫看向前方，看到前面的重型铰接卡车 V 形弯折，翻了车。第二辆迎面而来的卡车正在撕开中央护栏。它的底盘填满了捷豹的挡风玻璃。格里夫像暴风雨中的水手一般用力扭着方向盘。轮胎尖叫着。转向装置锁住了。我们需要一个奇迹来——

"我们没事。"史蒂夫的声音从若干光年开外和几寸远的地方传来。一阵哇哩哇啦的声音。有东西压在格里夫身上。他被压扁了。那辆卡车撞了我们。很糟糕。我还活着。史蒂夫也一样……格里夫睁开一只眼,另一只眼没了。我还可以用一只眼打鼓。如果是一条腿,一只手,那就更难了。一只眼,我可以做到。史蒂夫弯着身子,就像一个四肢朝错误方向扭曲的特技演员。车底板变成了车顶。我们翻车了。他试着移动右臂。什么也没发生。他妈的不妙。格里夫试着移动他的双腿。什么也没有。他感觉不到痛苦。这是一种幸运。一种不祥的幸运。如果脊柱断了,是感觉不到疼的。史蒂夫嘴里发出一种声音。不是说话,是咕噜咕噜的声音。格里夫说:"没事,我们会没事的。"但说出来的是:"谁,额会未谁。"就像格里夫的祖父中风后一样。或者就像我酩酊大醉时一样。血液从史蒂夫的嘴里滴下来。以错误的方式滴在他的脸上。在橙色的灯光下黑得像油。在格里夫的眼窝里淤积起来。格里夫说:"史蒂夫,挺住。"说出来的是:"史提,顶几……"一股潮水汹涌而来。

砰—砰,砰—砰,砰—砰,砰—砰,砰—砰。潮水退去。格里夫重新进入自己的身体。那是我的脉搏。一阵参差不齐的呻吟声。他觉得冷。这很好。快要冻死的人会感到温暖。史蒂夫就在他旁边。史蒂夫非常安静。也许他在保存他的力量。我喜欢星星。应该有星星。有史蒂夫,有车顶,有散落在车底的一千块玻璃碎片。那其实是车顶。有踏板A,B,C。加速器,刹车,离合。近到伸手可及。如果我的手臂能动的话。艾伯特大道。《温柔地爱我》(Love Me Tender)。迪恩有时会在模仿埃尔维斯时弹奏它。埃尔夫在蓝野猪里,从披头士的桌子对面看了过来。贾斯珀在《紫色的火焰》结尾处抬头瞥了一眼,准备以同样的节奏给它收尾。"西里尔!这边!带上切割设备!"为什么?

车祸。什么车祸？这场车祸。格里夫试图呼喊，告诉他们先救史蒂夫。他的声音不起作用。就是出不来。只要活着，就有希望。但未必如此。有一首歌，唱的是你很容易在《圣经》里读到的东西。格里夫的妈妈在晾晒衣物时唱了这首歌。星星。一个春日。格里夫是窗边的小男孩。星星。

等待着他的生活开始。

建造者们

　　雨敲打在雨伞和棺盖上。雨把水拂进长方形的坑里：长七英尺，宽三英尺，深度是为人熟知的六英尺。利凡为那些掘墓人感到遗憾，他们移出了这一百二十六立方英尺的湿冷泥土。有人啜泣起来。当教堂的钟声沉寂下来时，牧师——他患了重感冒——开始说了起来："你必汗流满面才得糊口，直到你归了土，因为你是从土而出的。你本是尘土，仍要归于尘土……"紫杉树上吵闹的乌鸦多少盖过了《创世记》的经文。牧师的声音开始破裂和消逝，像快要坏掉的音箱。"悲剧……只有全能的主明白……给予了这么多，还有那么多要给予。"敲击般的轰鸣声，就像底鼓一样低沉，在利凡听力范围的尽头响起。也许是北海的潮声。他的脚湿了，他的袜子从湿透的草皮吸饱了水。牧师结束他简短的致辞时，在吊唁簿上签名的人排起了队。利凡觉得，他们应该在小教堂里搞仪式时做这件事，还不会被雨淋。六七十人从格里芬夫妇，还有他们的长女和儿子面前走过，后者都是三十来岁。手套搭在手套上。利凡跟他们轮流握手。一家人的相似之处一望即知。"我很遗憾。"他告诉格里夫的父亲，那位公交车司机。利凡心想，这话是如此的言不尽意，但又有什么话可以削弱这股悲伤呢？格里芬先生回过头来，就像一个不明白这一天怎么来的人。"我很抱歉。"他对格里夫的妈妈说，格里夫遗传了她的下巴。她眼窝深陷，双眼通红。她的嘴唇翕动了一下，似乎想说"谢谢"，但没有发出声音。利凡怀疑她并不知道自己是谁。在队列的尽头，一位教堂司事给愿意往墓穴里棺材上铲土的人分发着泥铲。几乎一半人这么做了。埃尔夫排在利凡前面，她摇了摇头，咽下了啜泣声。迪恩搂着她，护送她离开。贾斯珀接过泥铲，像敏锐的人类学家在田野里一样，环顾着四周。湿土落在木头上发出的空洞啪嗒声，传到利凡的耳朵里，这是他听过的最悲伤的声音。

回到赫尔皇家医院，裹着绷带、打着石膏、架着支架的格里夫听着利凡对史蒂夫葬礼的叙述。他回避了目光的接触。利凡尽量不盯着格里夫剃光的脑壳：他们剃光了他的头发，为了加装金属板。利凡紧紧抓住事实。事实是鲜明而雄辩的。有人在走廊上咳嗽，几乎要把内脏都咳出来——那咳嗽声连绵不断，不似人声，是烟鬼的咳嗽。格里夫躺在床上，但格里夫已经不再是格里夫了。这个格里夫看起来就像他一生都从未笑过，也不会再笑了。弗兰克·辛纳屈在医院的广播里轻声唱着《过个快乐的小圣诞节吧》（Have Yourself a Merry Little Christmas），尽管圣诞节已经来了又走了。"再来些葡萄？"埃尔夫问。

"不了，谢谢。"

"来支烟？"

"行啊。"

"给你带了一盒新的登喜路。"迪恩把烟放到格里夫嘴边，点燃了它。

格里夫把烟雾留在肺里憋了一会儿。"我不知道我会不会回来。"他的声音就像从前的影子。"我不能考虑打鼓。演出。或排行榜位置。史蒂夫死了。"

"我们理解。"利凡说。

"不，你不理解。"格里夫揉了揉他的红眼睛。"你认为我这么说，是因为史蒂夫死了。但我不知道我是否还想那样做。这他妈真是太难了，一夜一夜又一夜。"

"这可不像是你，伙计。"迪恩说。

"这就是重点。我不是以前的我了。我哥哥死了，当时我在开车。"

"没有人说这是你的错。"埃尔夫说。

"警察没有，"迪恩附和道，"史蒂夫的妻子也没有。没有人。"

"错，"格里夫叹了口气，"错，错，错。我一闭上眼睛，就又回到了那里。在高速公路上，我知道会发生什么。我没法改变结局。它总是一样的。那辆卡车。我、史蒂夫，就在那里。翻了过来，就像一只该死的蝙蝠，我他妈没法睡觉。"

"你跟医生说了吗？"埃尔夫问。

"吃更多的药？我就是一家行走的药店。好吧。说错了。我是一家躺着的药店。"

"你爸说，医生说——"

"那可能是我的葬礼。如果我没系安全带，如果卡车用不同的方式撞击我们，如果轿车用另一种方式翻转。整个见鬼的宇宙，有无数小小的如果。如果，如果，如果。那么他妈的容易，就会变成我死在那个盒子里……"

旁边床上的人打起了鼾。

要是换了环境，这会很有趣。

"但你并没有死在那个盒子里。"贾斯珀说。

"史蒂夫死了。这就是要我命的地方，祖托。"

第二天一早，回程的火车离开赫尔时还在下雨。屋顶、一个河口、一支拖网船队、一个艰苦的小镇、一片足球场，落雨的区域翻滚着消退到了过去。没人有心思闲聊,在闲聊之外又只有一个话题可说:乌托邦大道现在该怎么办?埃尔夫拿出西尔维娅·普拉斯的《钟形罩》。贾斯珀有托马斯·曼的《魔山》。迪恩在读《每日镜报》。利凡取消了新一年在哈默史密斯剧院的演出和下个月的所有预订,月鲸总计有四百镑的入账不翼而飞。好多账单要到期了。月鲸的房东、国税局和电话公司都不关心史蒂夫·格里芬的惨死。利凡还要付贝萨妮的工钱。蘑菇棚的录音费用。火灾保险金。《天堂就是通往天堂的路》已经爬升到了专辑排行榜的第五十八位。但《放弃希望》失败了。伊莱克斯很"失望"。维克多·弗伦奇告诉利凡,第三首单曲需要"表现得比《暗房》好得多"。维克多不需要补充"否则我们将放弃这支乐队"。利凡想到了唐·阿登①的名言:必须向唱片公司恳求三次。第一次,是他们签约时;第二次,是你需要他们的钱来宣传乐队时;第三次,是一首歌失败之后,让他们坚持宣传下去。利凡想到墨索里尼女婿的名言:成功有一千个父亲,但失败是一名孤儿。凝视着荒凉的风景,利凡觉得自己就像是孤儿。许多人对乐队经理人的看法,是由《一夜狂欢》中那个尖酸刻薄、敲骨吸髓的恶人塑造的。现实则要艰难得多。根据乐队的情况不同,根据形势需要,利凡做过小无赖、债主、毒品供应者、替罪羊、心理医生、皮条客、安抚者、保姆、出气筒和外交官。如果乐队变富,你有可能会赚到钱。如果你的乐队始终贫穷,你只会变得更穷。乌托邦大道是利凡最后的、最好的机会。在多数时间里,利凡喜欢他们这些人。他热爱他们的音乐,但他已经筋疲力尽,伦敦正在将他碾碎,天气灰暗,同性恋圈子里充斥着勒索者、纠察队和骗子。他错过了恋爱的机会。经理人的生活是艰苦的,他们就不能说一句"利凡,谢谢你相信我们,还为我们在早上、中午和晚上打扫卫生"?乐队一切顺遂时,就是他们天赐的才华使然。出

---

① 唐·阿登(1926—2007),英国演艺界的经理人,颇受非议。

岔子时，就要怪罪经理人了。

事实一：乐队需要在新年推出新的单曲——《蒙娜丽莎唱布鲁斯》——他们需要从英格兰最南到最北端，拼命宣传。还有欧洲大陆。

事实二：离了鼓手，这事就不会发生。

迪恩看到了《每日镜报》的最后几版。利凡清楚地看到了正面，宣传"我支持英国"运动，通过让工人每天无偿工作半小时，来拯救英国工业。派伊唱片公司推出了由电视明星布鲁斯·福赛斯（Bruce Forsyth）演唱的运动单曲，DJ吉米·萨维尔在利兹综合医院作为志愿搬运工，工作了整整九天。标题是"吉米·萨维尔正在做他的那份——你呢?!"。对利凡来说，整个运动属于"坏、蠢、天真"的腹地。火车把迪恩、贾斯珀和埃尔夫晃得恹恹欲睡。头痛正在利凡的脑干中孵化，但他必须思考。这是他的工作。格里夫说他不确定会不会回来。这是伤痛在说话？还是崩溃的第一幕？又或是他真心希望脱离艰苦的音乐人生活？月鲸是否应该终止格里夫的合同？今后的分成如何计算？豪伊·斯托克和弗雷迪·杜克想要撤回投资。利凡给他们看的，总共只有一首不温不火的金曲和一张销量不佳的唱片。如果《暗房》的成功只是侥幸呢？如果《放弃希望》才真正代表了英国人对他亲手组建的乐队的胃口呢？如果真正的热点不再是伦敦了呢？如果震中转移到了旧金山呢？

乐队把利凡逼疯了。迪恩要预支他们还没赚到的钱。埃尔夫总有不安全感。贾斯珀日复一日的没用。现在格里夫又摇摆不定。利凡点上一支烟，看着窗外。仍是北方，仍是雨天，仍然单调乏味。

他记得自己刚到纽约时，还自欺欺人地认为自己将会同时成为流亡在格林尼治村的波德莱尔，垮掉派民谣歌手，以及伟大的加拿大小说的作者。十年过去了，只有"流亡"这个词多少还算真实。在多年未曾有过的冲动驱使下,利凡翻开账本的最后一页。

　　利凡的手表执意地认定,已经过去了九十分钟。从五页的涂鸦和划线中,浮现出了四段简单的诗句。他在新的一页上整齐地抄录下来。

> 爱在我年轻时找到了我。
> 一顶帐篷,一个湖泊,一颗流星。
> 我在头脑中建造了乌托邦,在那里
> 我们可以按原来的样子做我们自己。
>
> 他们打我,他们把我踢走。
> 他们把我喂给他们的神圣火焰。
> "变态""怪物""不正常的人"
> 还只是其中一些相对好听的名字。
>
> 顺从,顺从,还是被驱逐出去。
> 教条是炽烈的。
> 建造你自己的乌托邦是
> 一种犯罪行为。
>
> 规划好的会被拆散。
> 建造好的会分崩离析。
> 良好的意愿会被人遗忘。
> 让你不禁怀疑,还有什么意义?

　　利凡知道,这不是罗伯特·洛威尔或华莱士·史蒂文斯的大作,但它消磨了时间。自怜可以提升一个人的情绪。现在的景色就像草原一样平坦，但潮湿，沟渠纵横，危机四伏。一座大教堂飘入视野。利凡想知道是哪一座。林肯？彼得伯勒？

"伊里。"贾斯珀打了个哈欠，"我在那里上的学。"

"原来那就是伊里。有珍爱的回忆？"

"有回忆。"贾斯珀回答。

利凡合上了他的笔记本。

"你写了一首诗。"

如果埃尔夫或迪恩问，利凡可能会撒谎。"是的。"

"拜托，我可以读一下吗？"

利凡对贾斯珀的好奇心感到好奇。他听凭直觉行事，说"只是些诗句"，递过了笔记本。

贾斯珀目光在字里行间闪动着。

然后他又读了第二遍。

火车颠簸着，脱离了它自己的节奏。

贾斯珀把本子递了回去。"能立得住。"

火车停靠在一个乡村车站，但当它驶离时，它发出尖厉的刹车声，停了下来。车厢里的灯熄灭了。司机告诉乘客有一个"机械状况"。利凡在起雾的车窗上擦出一条缝，读出站名：**大切斯特福德**。

"一个臭名昭著的故障点。"贾斯珀说。

半小时后，司机宣布："已经派出一名机械师去检查机械状况。"

"真喜欢这种同义反复的说法。"埃尔夫说。

"该死的英国铁路。"迪恩呻吟道。

一场冰雹席卷了沼泽地。窒闷的车厢变得更加窒闷。三名婴儿同时号啕大哭。打喷嚏的人在空气中散播着细菌。利凡有阿司匹林，但他把茶水倒进保温杯杯盖，想用茶水送服药片时，发现杯盖里有保温杯内胆的细小玻璃碴。利凡在干燥的口腔里积存着唾液，想用它把大块的药片吞下去。结果药片卡在了他的食管里。他吸吮着一块宝路薄荷糖，总算把药片咽下去了。他不假思索地说出了真相："我们需要一首热门单曲，非常迫切。"

"我们都喜欢它们中的一首。"迪恩说。

"不，我们需要一首热门单曲，否则就完了。"

"你说的'完了'是什么意思？"

"我们与伊莱克斯的协议。"

埃尔夫看起来很不安。"他们要放弃我们？"

"谁他妈说的？"迪恩问。

"金特·马克斯说的。商业逻辑也这么说。"

"但你看到格里夫了。"埃尔夫说，"从心理上、生理上、精神上，他还没有作好回来的准备。"

"的确，埃尔夫。但这也是真的：如果我们不推出一首热门单曲，不对它进行宣传，就没有乐队可回了。"

"格里夫很快就会重新站起来的。"迪恩听起来很不屑，"如果伊莱克斯不想要我们，那就干他们。我们会转到一家想要我们的厂牌。"

利凡的头痛越来越严重。"上一首单曲失败了。《天堂》卖得不好。"

"那你是说我们要找一个新鼓手？"迪恩问，"去他的。如果是林戈·斯塔尔被一辆该死的大卡车撞了——"

"披头士在银行里有几百万的存款，还有一个每小时都在拉出钱来的唱片目录。乌托邦大道在银行里什么都没有，迪恩，而我们也没有唱片目录。"

"等一下，利凡，"埃尔夫说，"等一下。你是说，你想开除格里夫，就因为他哥哥刚刚在一场可怕的车祸中去世，他太过悲伤而无法演奏？"

"我只是在摆事实。因为必须有人这样做。否则就没有乐队了。当然,我们给格里夫一些时间。当然。但你听到了格里夫说的话。你看到了他。他完全有可能不回来。"

"像格里夫这样的鼓手,可不是树上长出来的。"埃尔夫说。

"你以为我不知道吗?"利凡问,"是我选择了他!但不能打鼓的鼓手,就不是鼓手了。贾斯珀。说几句。"

贾斯珀在蒙着雾气的玻璃上画了一个螺旋形。"八天。"

"说英语,而不是密码字谜。拜托了。我的头疼和东英吉利亚一样大。"

"我的荷兰祖父曾经说过:'如果你不知道该做什么,就什么都不做,坚持八天。'"

迪恩问:"为什么是八天?"

"少于八天是匆忙,多于八天是拖延。八天的时间足以让世界洗好牌,给你发另一手牌。"

毫无预兆地,火车颤抖着开动了。

乘客们发出了疲惫而讽刺的欢呼声。

给《献给黛比的华尔兹》(Waltz for Debby)的掌声平息下去。"谢谢,"比尔·埃文斯说,"非常感谢。那么,呃,下一首是我在父亲去世之后写的。曲名是《熄灭群星》(Turn Out the Stars)……呃,是的……"这个沉默寡言的美国人把烟平放在烟灰缸上,朝着键盘俯下身子。他半闭着眼睛。他的手接手了。

利凡回想起,埃尔夫半年前在这架施坦威上,在一片阳光下演奏她新创作的《蒙娜丽莎唱布鲁斯》。他想起躺在病床上的格里夫。所有的工作,那些会议,电话,信件,我兑现的恩惠,我从豪伊·斯托克,从维克多·弗伦奇,从每个人那里得到的屁话——都是为了让《天堂》得以录制和发行,如今都变成了狗屎……

闭嘴,好好听。世界上最伟大的爵士钢琴家正在十码开外演奏。帕维尔出现了,他把一杯伏特加放在小桌子上。他以一种直男不会这样做的方式安慰地拍了拍利凡的膝盖,然后离开了,把利凡暴露在邻座客人的目光中。那人看到了。利凡的不安和下意识的内疚被那人同情的表情和挑起的眉毛平息下去。利凡知道那张圆圆的、名人的脸庞。快有六十岁了,花白的额前卷发,圆脸庞几乎像小天使一样可爱,假如事情不是像现在这样……

弗朗西斯·培根。画家顽皮地点了点头。利凡看了看自己的左右两边——我吗?弗朗西斯·培根的嘴唇扭曲成一个无礼的笑容。

比尔·埃文斯对《永远别让我离开》(Never Let Me Go)徐徐展开式的演绎,让利凡陷入了回忆——亲密的,痛苦的,生动的。原先曾是怎样;原先始终不曾怎样;原先可以怎样;如今,在新年的第一个周末,又是怎样。法兰克兰的大家庭和他父亲教会的受宠成员们会聚集在克莱因堡的家中,在多伦多郊外,欢迎一九六八年到来。圣诞树会依然矗立。利凡已经十年不曾充当受欢迎的客人了。他没有受邀参加过姐妹们的婚礼。我已经习惯了这个……老早之前我就已经适应了。但圣诞和新年期间会很难。

"我是弗朗西斯。可以打扰一下吗?"弗朗西斯·培根正靠过来。"你瞧,是我的朋友汉弗把我哄骗过来,他用欢天喜地的话描述埃文斯先生——但坦白说,我的状态就是所谓的'找不着北'。"这位画家说着奇怪的英语,底下有种简短的爱尔兰调子。"我看到你听得很投入,所以我鼓起勇气,恳请你指点一二。"

弗朗西斯·培根是在打我主意吗?利凡心想。"我几乎算不上是爵士乐迷,不过……当然,我会尽力回答。"

"我觉得,你已经很在行了。那么'他为什么不按原样弹奏那该死的曲子?',这是个愚蠢的问题吗?"

"除非'为什么梵高不按原样来画那该死的向日葵?'是个愚蠢的问题。"

弗朗西斯·培根做出哈哈大笑的样子,然后露出故作谦逊的模样。"你一定认为我是个可怕的老笨蛋。"

"没有。不肯提问的人才是笨蛋。对像比尔·埃文斯这样的钢琴家来说,重要的不是旋律本身,而是旋律所唤起的东西。就像德彪西(Claude Debussy)一样。当德彪西的前奏曲出现时,他都会把它们的标题——'雪地足迹'(Des pas sur la neige)、'下沉式大教堂'(La cathédrale engloutie)等等——印在谱子的末尾,让音乐自己表达自己,不受文字的干扰。对那边的埃文斯先生来说,一段可以哼唱的曲子就是干扰。曲子是手段,而不是目的。"几个人走开了,露出了方下巴的、因吸食海洛因而瘦削的钢琴家。"我不知道你是不是比我解说之前更找不着北。"

"你是说,他是个印象派?"

我是否误入了法国小说,利凡心想,里面的人物一页又一页地谈论着艺术?"对。"

"好,对我很有帮助。"他的眼睛打量着利凡。"你是苏豪区的常客?还是我想岔了?"

"我们没有见过面。我叫利凡。"

"天呐。我从没见过叫利凡的活人。你的口音表明你离家很远,你是加拿大人?"

"佩服。多数人猜测我是美国人。"

"你有一种有文化、文明的感觉。"

"你过奖了,培根先生。我有点像吉卜赛人,真的。我十九岁就离开了多伦多。由于各种原因,我从未回去过。"

"我来自最黑暗的威克洛郡,我不打算回去。"弗朗西斯·培根做了个不寒而栗的表情。"你的杯子空了。"他像情节剧中的间谍一样环顾四周,然后取出一个扁酒壶。"介不介意来点暖骨头的东西?别怕,你不会光着身子在我的阁楼里醒来。除非你执意坚持那样。"

只有在苏豪区①。"为什么不呢?"利凡想起自己在 2i 的地下室里用把迪恩的可乐加满威士忌。那也算是某种引诱吧。"我必须说实话——我今晚可不会是什么最佳同伴。"

弗朗西斯·培根倒着酒。"为什么会这样呢?"

"生意上的事。我不会烦你的。我在这里只是因为老板帕维尔逼我出来散散心。"

"为那些知道何时逼迫我们的朋友干杯——"画家拿自己的杯子在利凡的酒杯上碰了一下——"也祝你早日解决问题。"

"敬这个祝愿。"

"啊,汉弗,"画家对一个四十多岁、穿着粗针毛衣的男人说,"拖个凳子,就像人们说的那样。汉弗,见见我最新的朋友,利凡。我们还没达到交换姓氏的阶段。"

"利凡·法兰克兰。"利凡伸出了他的手。

"汉弗莱·利特尔顿(Humphrey Lyttelton)。这么说你是比尔的乐迷?"

"是的。今晚之后,更痴迷了。你该不会是那位爵士小号手汉弗莱·利特尔顿吧?"

"我用这把乐器折磨不幸的人们,在这方面挺有名,是我。你该不会是利凡·法兰克兰经理吧?"

利凡很惊讶。"是我。"

"我是你的乐手的老导师沃利·惠特比的朋友。他现在怎么样了?"

我该从何说起?"他哥哥死了,当时他在开车。他很自责。整件

---

① 利凡内心吐槽:只有在这里(才会有这样的说辞)。

事对他打击很大。"

"以前我认识一个马夫,"弗朗西斯·培根说,"他常说:'悲伤是爱的到期账单。'我想不起他的脸,甚至名字,但我记得这句话。这不是很奇怪吗,是什么挥之不去?"

"殖民地"俱乐部的墙是史莱姆绿色的。三四十张面孔——被酒意涨红了脸,被酒意所折磨,仿佛身处炼狱——在狭窄的封闭空间里浮浮沉沉。一位钢琴师在角落里的立式钢琴上弹奏着《别说悄悄话》(Whisper Not)。圣诞节的装饰品和故事图饰在酒吧里纵横交错地张挂着。一个苏格兰人叫道:"法官从高处俯视着我,问道:'你不觉得全是男人在一起跳舞很奇怪吗?'我告诉法官大人:'大人,我是在因弗内斯出生和长大的。我怎么知道你们南方人在星期六晚上会做什么呢?'"华丽的灯映在有深褐色斑点的镜子里。不常见的酒瓶和警惕的眼睛闪闪发光;流言飞语冒着泡沫;衰落和褪色的目光从装裱过的照片中凝视着;蜘蛛抱蛋栽种在铜做的花盆里;缪丽尔·贝尔彻,殖民地俱乐部的钢铁女王,正坐在她酒吧尽头的凳子上,喝着粉色的金酒,抚摸着一只白色狮子狗。"乌托邦大道?"她有一副每天抽六十支烟的人的沙哑嗓音,"听起来像米尔顿凯恩斯边上的一套四居室房屋。"

"如果真是的话,我可就发大财了。"利凡喝下杯中某种浓稠、土耳其风味的酒。他不确定自己喝的是什么利口酒,因为那火热的液体剥夺了他的味觉。

"我还以为做经理人是一条通往名望、财富和免费腰腿肉的单行道,"伦敦佬乔治说,"弗朗西斯的经理就在大发其财,而她所做的一切,就是时不时地举办一场派对。"

"你不应该在画廊里说瓦莱丽的坏话,"弗朗西斯说,"这是在咬喂养你的那只手。"

"我的印象是——"画家卢西安有一双狐狸般的眼睛——"搞你的画家是这份工作的一项福利。"

"这个'搞'是指搞钱还是搞人？"杰拉尔德问，他有着被风吹过似的白眉毛。

"都不是，"利凡回答，"小伙子们是异性恋，我也没有欺骗他们的条件。"

"利凡的父亲是个牧师（reverend）。"弗朗西斯说'R'的时候发出了卷舌音。

"这样说来，有人要直入地狱了。"缪里尔说。

"我们最后一次见面时，他就是这样告诉我的。"利凡听到自己说，他归咎于土耳其利口酒，"一字不差。"

"我父亲对我说的最后一句话，"杰拉尔德说，"我引用一下：'如果你再踏上这个庄园，我就把你吊起来用鞭子抽，直到你变成乌鸦吃的肉——'结束。"

"你说的'我也没有欺骗他们的条件'，"画家卢西安问利凡，"意思是'我不知道如何欺骗他们'还是说'我太诚实了，无法欺骗他们'？"

"后者，"利凡回答，"我想把他们当作一项长期投资。"或者说是某种家人，如今再看的话。

"那么，经理人要怎么样才能欺骗一支乐队，"伦敦东区佬乔治说，"假如你没有那么多该死的顾虑的话？"

利凡的杯子又神秘地满了。"有些经理人做假账，把申报收入和实际收入之间的差额装进口袋。还有一些欺骗性的合同，你让你的委托人只为蝇头小利就签字放弃版权。从那时起，鹅就开始为你下金蛋了。还有复杂的税务骗局。慈善演出并不是真的为了慈善。办法很多。"

"为什么你的委托人不会发觉，并且用铅管把你的头骨砸碎呢？"

东区佬乔治问。

"通常情况下，艺人不愿意相信，因为那会证明他们是容易受骗的白痴。他们宁愿看开点。我知道有一个经理人让艺人对毒品上瘾，他们太迷糊了，不愿意问钱的事。"

"但这种策略不会杀死他的委托人吗？"杰拉尔德问。

"没错。死人是不会起诉欺诈的。我知道另一个人让他的乐队在一张空白页上签字，他在上面打了一份授权书。他把他们的权利都一扫而光。当他们最终凑齐钱来起诉他时，他出示了他们都签字了的第二份宣誓书，写着他们放弃了在任何情况下起诉他的权利——包括在伪造书面证词的情况下。"

"一种扭曲的才能，"老板缪丽尔宣称，"那究竟为什么你会认为诚实是能够获得报偿的？"

"从大饼中分到一小块，要比从小饼中偷来的一半更有价值，"利凡回答说，"我就是这么想的。"

"欺骗是粗俗的，"常客杰罗姆说，"我把国家机密传给我在苏联大使馆的联系人。那是叛国罪。一种高尚的罪行。"其他人翻着白眼。"一个人可能为此被绞死，你们知道的。"

"你怎么看，弗朗西斯？"某个人问道。

"我想的是，我们应该以特别的风格来纪念我们一九六八年的第一次殖民——艾达？"酒保环顾四周。"香槟全开！拿出库克香槟！"

酒吧里一片欢呼声。一时间，利凡慌了手脚——他身上只有几英镑——但弗朗西斯把一捆钞票丢给缪丽尔。有几张钞票飘落在地。"这样能行吗，妈妈？"

缪里尔只看了一眼，就做好了算术题。"我觉得行。"

"把多余的钱捐给苏豪区的老年基佬之家吧。杰罗姆需要有个屋顶遮风挡雨。"

杰罗姆假装觉得这话很有趣，因为他捡回了掉落的钞票。利凡注意到,他把几张钞票塞进了口袋。香槟被拔去塞子,杯子被斟满。钢琴陷入了安静。"女王们、基佬们、醉鬼们、异性恋们、保守人士们、捐赠者们、寄生虫们、庸人们、画家同行们、伪君子们、骗子们、诚实的人们、老朋友们——"弗朗西斯吸引了利凡的目光——"黑皮肤英俊的陌生人们,还有维持着这个乌托邦迷人前哨的缪丽尔。在短暂的时间里,我们共同享有这个舞台。其他人就要来把我们踢走了。不过趁你们都还在,给你自己写一个好角色,演好它。"他环顾了一下酒吧。"演好它。没什么可说的了,因为我没词了。智慧无非是经过装扮的陈词滥调。"

后面有人叫道:"也祝你新年快乐,你这可悲的家伙!"弗朗西斯鞠了一躬。利凡用香槟酒杯敲打着台面。它尝起来就像液体的星光……

利凡喝下了一个星系。钢琴师正在弹奏《我把你放在我的皮肤之下》(I've Got You Under My Skin)。卢西安给他点了一杯加了安高天娜苦酒的皮斯科酸酒。他也想把我灌醉吗?利凡很困惑。他是个异性恋旁观者,跟同性恋厮混在一起。弗朗西斯在利凡的耳边说了一句话:"我的画廊老板的连襟开了一家音乐俱乐部,就在摄政街后面。他们正在'阿尔卡维'吃晚饭。你愿意作为我邀请的客人,一起过去吗?有可能会很无聊,但我可以保证,那里有伦敦最新鲜的海鲜。"利凡想不起自己是怎样回答的,但现在他正和画家弗朗西斯、幻想家杰罗姆走在贝特曼大街上。冰冷的风摸索着利凡的一些敏感部位。这让他清醒了少许。弗朗西斯在贝特曼大街和迪恩街的拐角处停了下来。"你们知道吗,我现在很想小赌一下?我们去彭罗斯。"

贻贝盛放在豆绿色的瓷质小船里,贝壳外面是蓝黑色,里面是火石灰色。阿尔卡维餐厅位于国王街酒店的底层。蜡烛是蜜蜡的,亚麻布是浆硬的，餐具沉甸甸的。这远远超出了利凡的预算，但他很享受不为乐队担心的感觉，这是他在圣诞节那天早晨听说格里夫遭遇车祸这一噩耗以来，头一次不再为乐队担心。杰罗姆正在吹嘘他在赌场玩轮盘赌的胜利。利凡对彭罗斯的记忆支离破碎，遥不可及，只记得是在二十一点上连遭败绩，就像是从万花筒错误的一端看到的画面。弗朗西斯、杰罗姆和利凡已经加入到一场更大的派对里，参与者都是些有钱人。利凡在故事中充当了一个次要人物——"我们可怜的加拿大表弟"在二十一点上"一败涂地"。杰罗姆正试图用言语刺激他，但言语不够犀利，刺激性不够。此外，他对彭罗斯的记忆就像杰罗姆的记忆一样不可靠。利凡多少回忆起，他在赌场酒吧碰到了塞缪尔·贝克特。但并没有任何目击证人，这样的随机偶遇听起来很牵强。他在餐桌上的邻座据说是一位公爵夫人——罗瑟米尔的，也可能是温德米尔的，甚至可能是范德米尔的，并且——除非利凡梦见了这一部分——是乔治·奥威尔的遗孀。"这些牡蛎可以滋阴壮阳。来一只吧。"

利凡啜饮着她送到他嘴边的贝壳。他用拉图酒庄的红酒冲淡它的味道。弗朗西斯要了六瓶。就连那个法裔侍酒师也对这么大手笔的订单感到有些惊讶。

"我以前从未见过音乐巨头。"公爵夫人说。

如果我是迪恩，我会迫不及待地扑向她。"我以前从未见过乔治·奥威尔的遗孀。"利凡说。

"我需要了解你什么？"公爵夫人问道。

我更喜欢男人，利凡心想。"我不是真正的巨头。"

"但你确实在挑选明天的明星，可以这么说吧？"

"只是在投注站的赌徒'挑选'安特里赛马场的胜者，赢的几率只有十五分之二。我只签了一支主要乐队。嗯，我说的'主要'处于'仍然次要'的水平。可以说是'有主要的潜力'吧。所以你看，我不是什么巨头。"

"如果你对利凡的棒棒糖有想法，"杰罗姆告诉公爵夫人，"再想想吧。这里有人听说过乌托邦街道吗？"

"大道。"利凡发现得太晚：杰尔姆是故意说错的。贱人。

"我敢打赌，更多的人知道利凡的流行乐队，而有没听说过你，杰罗姆·布利塞特，大间谍，职业寄生虫和兼职的用颜料折磨别人的人。"

杰罗姆听着弗朗西斯的小俏皮话笑了笑。弗朗西斯没有笑。利凡知道，那个人的内心遭到了重创。

公爵夫人对利凡轻声说："你割伤了嘴唇。牡蛎壳。准是我的错。"

"这没什么。"利凡用他的餐巾擦了擦嘴唇，对亚麻布吸取他血液方式感到格外着迷。渗透作用。

"你为新展览准备的新画作进展如何，弗朗西斯？"一个仿佛狄更斯笔下的漫画式人物问道。

"现代奴隶制。画廊的瓦莱丽想让我再画六幅，截止时间是……某个月的月底，我想不起来了，快了。"

乔治·奥威尔的遗孀问："你对你目前的作品满意吗？"

"没有一个艺术家对他的作品感到满意，"弗朗西斯回答，"除了亨利·摩尔。"

杰罗姆吞下了一只牡蛎。"我上个月在巴黎见到了萨尔瓦多和加拉·达利。他也正要筹办一场新展览。"

"真行。这位伟大的自慰者也要搞艺术了？"

"我在纽约大都会艺术博物馆看了杰克逊·波洛克的回顾展，"某地的公爵夫人说，"你看重他吗？"

"我很看重他，"弗朗西斯说，"作为花边制造商。"

这是一场圣战，利凡心想。他在诋毁对手，每次贬低一位。上了一盘垫在菜豆上的煎鱼。它闻起来有黄油、胡椒和大海的味道。

几杯拉图酒庄的红酒后，阿尔卡维男厕所的门几经开闭。利凡命令它不要动。它闷闷不乐地服从了。利凡在小便池排空了膀胱。小便池。大写的U：U代表U形弯。一个熟悉的身影摇摇晃晃地走过他视野的边缘。一个隔间的门被拉上了门闩。利凡面前的瓷砖是米白色和墨水蓝色。他想到了他母亲在多伦多克莱因堡牧师府邸梳妆台上的代尔夫特陶器。乐队成员再加上我，利凡心想，只有格里夫和埃尔夫跟他们的父亲有着正常的关系。过了几秒钟。又过了几秒钟。又过了几秒钟。利凡扣上裤裆门襟，过去洗手。"瞧瞧你，傍着一个著名的干爹周游于赌场和夜总会。"是杰罗姆，他在镜子里的脸。"你要记住：我认识他很多年了。我是个画家，你是个算账的。你是个讨厌鬼，滚蛋吧，否则我联系我的克格勃负责人，让你消失。警察根本找不到你的尸体。"

杰罗姆越是努力吓人，就显得越发可怜。

杰罗姆把利凡的沉默错当成恐吓成功的证据。"你的计划永远也行不通。"

利凡很好奇。"什么计划？"

"你并不是第一个这么做的，亲爱的。拿你的屁股缝换几幅弗朗西斯·培根的手稿，把它们倒卖出去，过上舒坦日子。"

利凡擦干双手，扔掉毛巾，转身面对他的对手。"首先，我的屁股缝是不卖的，而且——"

"哦，你以为这个屏龠的老糊涂请你过来，是因为你谈吐不凡？"

"第二，他为什么要把艺术品交给陌生人？他不是傻瓜。第三——"

"乔治从他那里套取了几千幅，现在乔治的家人正在勒索这个白痴。"

314

"你真的应该听我的'第三'。"

"我洗耳恭听。"

一个马桶在冲水。一个画家从小隔间里走了出来。

"弗朗西斯!"杰罗姆半是尖叫地说,"我们是在……"

"告诉你在莫斯科的同志们,"弗朗西斯说,"'让我进去吧,全都完了,现在伦敦甚至都没有人会向我吐口水。'"

杰罗姆硬挤出一副笑容。"你和我早已经是成年人了,不应该为了一个愚蠢的误会而争吵。"

"如果我洗完手你还在这里,"弗朗西斯往洗手盆走去,"我就让经理把账单寄给你。"

杜富尔短街附近,一条黑洞洞的通道吞没了他们。绕了一阵,拐了个弯之后,利凡和弗朗西斯出现在一个小院子里,院子里有栅栏窗,地面铺得略有起伏。霓虹灯招牌在砖块围拢的黑暗中印下两个词:**"拉撒路夜总会"**。

这是一个声明、一个承诺,还是一个警告?

门在弗朗西斯走近时打开,在他们身后关上。屋里是昏暗和微红。一个声音说:"欢迎回来,先生。"弗朗西斯嗫嚅了一句什么。"当然,先生,如果您为他担保,"然后,"你真是太慷慨了,先生。"一路走进一个拱形的地下室,里面激荡着着吉米·史密斯(Jimmy Smith)炽热的哈蒙德琴和斯坦利·特伦坦(Stanley Turrentine)火山般猛烈的萨克斯。利凡无法确定这家俱乐部的规模,如果"俱乐部"这个词没用错的话。隐秘的包间里摆放着桌子和长凳,包间分布在石板铺就的舞池周围。这里以前可能是地窖。拉撒路夜总会的大部分顾客是男性,不过也有几个女人在同性恋人群中跳舞,那副神态若无其事。男人们在吧台前调情,牵手,抚摸。一些人盯着利凡看。这让利凡感到颇为愉悦,因为他仍然穿着为了观看比尔·埃文斯演出的正装，并不适合男人们约会的苏豪区俱乐部。不对，白痴，那是因为你他妈和弗朗西斯·培根在一起。最后一副面容英俊中透着危险。浓密的黑色卷发，黝黑的皮肤，胸部裸露到心口窝，就像是希腊神话中的一位萨蒂尔①。利凡心想，我会对你有一番深入的了解，然后他否定了这个想法。"是时候喝血腥玛丽了。"

"血腥玛丽非常合适。你怎么知道的？"

"合适的夜晚既要制造炸弹也要拆除炸弹。两杯血腥玛丽，劳驾……"身材壮硕的酒保点点头。一个没留头发的摩登青年跟一个蓄着胡子的嬉皮士被锁在一个充满渴望的吻里。

"我从未听说过这个地方。"利凡说。

"所有口味都能得到满足。"画家的脸就在几英寸之外。

利凡回过头来，盯着这个年纪比他大一倍的男人。

弗朗西斯在利凡的嘴唇上印下一个奇怪、缓慢、噘着嘴唇的吻。他们的眼睛一直睁着。欲望是不存在的。这是一个仪式。弗朗西斯向后移开，按摩着利凡脸上的肌肉和筋膜：动作既不轻柔，也不让人痛苦。"我们的迫害者们坚持认为，"弗朗西斯叹了口气，遗憾地说，"'同性恋者'违反了大自然的法则。一个腐朽的谎言。大自然的法则是遗忘。年轻和活力是转瞬即逝的异变。这个事实就是我作画的画布。"

一个脸像女孩的男孩，或者是一个脸像男孩的女孩滑开一个天鹅牌蜡火柴的火柴盒。里面有两颗白色药片。问"这是什么"并不合适。迷幻药、阿司匹林、维生素C、安慰剂、氰化物……什么都有可能。

利凡把它吞了下去。弗朗西斯对他说："乖孩子。"

---

① 具有人形却有山羊尖耳、腿和短角的森林之神，喜好寻欢作乐。

一名贝斯手、一名鼓手和一名键盘手设定了一种激荡的节奏，伴着重重的混响。这节奏甚至把利凡这样不跳舞的人都吸引得跳起舞来。一个身穿衬衫式长睡衣、脸涂油彩的男人正用杆子支着盘子旋转。他已经增加到了十三个盘子。在最后的晚餐上，每名客人都有一个，牧师的儿子心想。这里就像还没被游客淹没的 UFO 俱乐部。一个戴墨镜的瘦子加入乐队，将次中音萨克斯的和声添加到原有的节奏中。它们刺杀，回旋，环绕和悲鸣。不像斯托克豪森那么商业化，但对撒拉路来说是完美的。令人难以置信的是，那个萨蒂尔，正围绕着利凡舞动，或者是利凡在围绕着他舞动。他可以约到这里的任何一个男人。他的嘴唇饱满而严肃。他的眼睛让人感到眩晕。我可以坠入他的目光，永远也到不了尽头。他的皮肤沐浴在暗红色的光线里，沁出了汗珠。药片正在把利凡的感官变得越发敏锐，就像苯丙胺一样，还带给他甲喹酮那样的喜悦感。没有幻觉，他感激地想，除非这地方就是幻觉，或者这个夜晚，或者我的整个人生。萨蒂尔领着利凡离开舞池。他的手掌布满茧子：显然，萨蒂尔从事的是体力劳动。他们穿过另一扇门，进入一个陈设适于幽会的小房间，里面有一张单人床，干净的床单，一把椅子，一些绳索。这里就像身体一样温暖。一盏红灯像余烬一样发光。萨蒂尔从壶里给利凡倒了一杯水，凉爽而又清甜。萨蒂尔用同一个杯子喝水。他拿着一个苹果放在利凡的嘴边，苹果是酸的，柠檬味的。萨蒂尔咬着同一个苹果。

他们在赤裸裸的黑暗中交谈了片刻。两人都对透露细节持谨慎态度。在那些神奇的楼梯上面，一个残酷的现实等候着，我们怎么小心都不为过。萨蒂尔是土生土长的都柏林人，名叫科尔姆。他自称是"黑色的爱尔兰人"——从失事的无敌舰队落水的一名西班牙水手留下的后裔，不过这则轶闻掩盖了不计其数的罪孽。利凡说他是做音乐发行的。科尔姆说："我是个电焊工。"当他看到利凡不知道这个词时，又补充说"电工"。科尔姆问，"你的老胖子叔叔"是否真的是本世纪最伟大的画家之一。利凡说："在我看来，是最伟大的。"科尔姆问利凡是否"和他在一起"。利凡说，不，他只是陪他逛逛。利凡从夹克里掏出圆珠笔，把自己的号码写在科尔姆的左手掌心。"你可以把我洗掉，也可以给我打电话。"科尔姆的心口有个十字架纹身。利凡非常温柔地吸吮了它。之后，科尔姆问利凡，利凡是否他的真名。利凡说是的，是真名——科尔姆呢？他说是的，是真名。当利凡醒来时，萨蒂尔已经走了。利凡有条不紊地检查了他的钱包、手表和笔是否还在他的夹克和裤子里。所有东西都在该在的地方。

耶稣诞生的画，用蜡笔画的。雪人。眼睛安在上下颠倒的下巴上。仙女蛋糕。关于纽芬兰和新斯科舍两省人的笑话。青少年冰球赛的进球。书籍报告。蛋糕架。向上帝祈祷让他正常。干硬的纸巾。用篝火烧掉了写给韦斯·班尼斯特的诗。在雪地上铲出的小路。浸礼宗少年冒险者组织的露营之旅。在阿迪朗达克公园的帐篷里与肯顿·莱斯特摸来摸去。"那种游戏"，肯顿这样叫它。"想玩那种游戏吗？"肯顿的脸因快意而扭曲。流星。后来，愤怒地否认。怒不可遏！向自己保证要多加小心。作出保证，肯顿一家人搬去了温哥华。难为情的幻想。论文。考试。他在多伦多大学宿舍的床位。朋友们。聊起弗洛伊德、马克思、诺思洛普·弗莱。去看外国电影的旅行。卷烟。诗歌。光顾民谣俱乐部。一个星期六，在公园酒店的第十六层，与一位已婚的法官玩"那种游戏"。又一个星期六。又一次。丑闻。他的父亲，大喊大叫。他的母亲，泣不成声。关于电疗诊所的会议。一个决定。乘坐巴士，六小时到达纽约。为他在布鲁克林的小房间做装饰。诗歌。在华尔街一家经纪公司的收件室工作。有足够的钱买吉他。歌曲。去格林尼治村。戴夫·范朗克（Dave Van Ronk）的建议："孩子，我们来到这个世界都是有原因的，但摸弄那把吉他，可不是你来这个世界的原因。"与十几个不同种族、宗教和尺寸的男孩发生性关系。是的，尺寸。在第29大街和第3大街的一家唱片店工作。在梅休-里夫斯商行工作。披头士在谢亚球场演出。他们的经理人布莱恩·爱泼斯坦，也是我们中的一员……百老汇-韦斯特商行的一间狭小办公室。申请护照。伦敦！陪同艺人前往巴黎、马德里、波恩。帮他们抚慰脆弱的自尊心。写给母亲和姐妹的信。他在加拿大以外度过的第三、第四、第五个圣诞节。大姐的来信："亲爱的列夫，这真荒唐，你是我的弟弟……"照片。部分家庭成员在尼亚加拉瀑布悄悄团聚。在派伊的办公室。受命担任伟猿乐队的经理人。在皇后花园的顶层公寓。与星探们的亲切关系。与豪伊·斯托克和弗雷迪·杜克握手。贝萨妮·德鲁。制订计划。去看贾斯珀·德佐特在阿奇·金诺克团队的演出。跟迪恩·莫斯去 2i。乌托邦大道，或者四分之三支乐队。埃尔夫·霍洛韦。起飞！几次短途旅行。跟维克多·弗伦奇在伊莱克斯达成协议。《暗房》。专辑。新年更多的会面。赫尔之行。一次次取消预约。一次次道歉。

我们所取得的成就，就是我们。

利凡正在醒来……

寒冷的光线渗了进来。利凡躺在凌乱的起居室里一张破旧的沙发上。书。瓶。碗。种种物件。一面镜子，裂缝呈锯齿状的花形。他不知道自己身在何处，他记得科尔姆——但他记得科尔姆已经走了。利凡坐了起来。小心翼翼地。带窗框的窗户，俯瞰着伦敦的一个马厩大院，很像贾斯珀家，但侧翼更高。潮湿的冬季天空，就像浸湿的厕纸。利凡衣着整齐，他需要洗个澡，他的钥匙和钱包就在咖啡桌的角上。香烟和牛肉油滴的气味。门开了，弗朗西斯·培根往屋里窥探着，他在睡衣外面穿了件吸烟夹克。他有一个黑眼圈，嘴唇被割伤。"啊，你还活着。这就好办了。"

"你出什么事了？"

"我没出什么事。"

"但是你的脸！有人暴打了——"

对方用不经意的口吻一口咬定："你搞错了。"

利凡想起了拉撒路夜总会。所有口味都能得到满足。

"喝点，解解酒。"弗朗西斯递给他一杯番茄汁。

利凡嗅了嗅。"一杯血腥玛丽？"

"不要和护理人员争论。"

利凡啜饮着红色的浓稠液体。"很不错。"

"我考虑了一下你的困境。"

"我的困境？"

"你的鼓手，乐队，怀疑，失败，等等。"

"我都告诉你了？"

"在出租车上，你推心置腹地说了一通，可以这么说吧。"

现在他这样一提，利凡心想，我觉得我是说了……

弗朗西斯·培根点上一支烟，给他的血腥玛丽添了不少伏特加。"利凡，我并不是从老早就认识你。我们也许还会再次见面，也许不会。伦敦既是大都市，也是小村庄。你本人不是艺术家，但你促使那些艺人创作出艺术作品。你是一个促成者，一个召集者，一个建造者。这是一项使命。你并没有得到荣耀。你并没有被人铭记。但你并没有被毁灭。你确实能赚到钱。如果这还不够好的话，就去打打高尔夫。"弗朗西斯肩膀旁边的书架上，一罐松节油的后面，一只老鼠探头探脑。"如果你的这个鼓手小伙从他的灵魂暗夜走了出来，那很好。如果他走不出来，就再找个人。不管怎样，别再他妈这样自怨自艾了，重新回到工作当中吧。"画家把他的血腥玛丽一饮而尽。"现在，我要去我的画室，按我自己的建议工作了。等你离开时，把前门带紧。它需要好好地用力一摔。"

假如一月是一处场所，那它就是今天早上的肯辛顿花园。树木光秃秃，黑糊糊的。花坛里没有花。这天也许是星期天，但既看不到也感觉不到太阳。不知为何，天空似有若无。鸥鸟、鹅和鸭子在圆湖上大声鸣叫。天气寒冷，无人久待，甚至根本就无人逗留。利凡为他从弗朗西斯·培根的衣架上偷来的围巾感到高兴。假如他的良心一再坚持，那就物归原主，但他怀疑良心未必会坚持。帕丁顿周围的商店大多关门了，很少有车来往。也没有孩子在皇后花园玩耍。他爬楼回到他的公寓，开始洗澡，刷牙，泡上一壶茶，用托盘把茶端进浴室。他从抽屉里取出他的笔记本，把身子沉入热乎的肥皂水中，读了读他在从赫尔开出的火车上写的四段诗。我还需要最后再来一段。利凡知道它正在浮现。这段新的诗句会把整首诗翻转过来。他想知道科尔姆有没有把他写的号码从掌心擦掉，或者电话今天会不会响。

也许就在接下来的几分钟之内。

也许就在接下来的几秒钟之内。

证明它

"麦高"的舞台灯光照得八个女人面色发红,她们把品脱杯里的苦啤酒①放在舞台上。四个人在流泪。两个人嘴里念念有词,像在祈祷。你们可算来了!埃尔夫心想。在两个星期四之前,乌托邦大道还被看作是带点迷幻味的节奏布鲁斯男子乐队,成员中有个让人感到新奇的女孩。埃尔夫猜想,来看他们演出的大多数女人,都是陪着男观众过来的女朋友。但自从她在伦敦帕拉斯剧院为千万观众假唱了《蒙娜丽莎唱布鲁斯》之后,情况发生了变化。麦高是爱丁堡颇具时尚青年气息的演出场所——史蒂夫·马里奥特和小脸乐队下周末会来这里,但今晚,几乎一半观众都是女性。埃尔夫在最后的副歌中唱到了高音E,贾斯珀、迪恩和格里夫安静下来,伴着她的歌声响起的,是二百多名女观众飚着高音的齐声合唱。只要我努把力,就不可能唱跑调,她心想,她把最后那句"布鲁乌乌乌乌乌乌—乌乌乌乌乌乌斯……"的长度拖长了一倍……去它的,她心想,我再唱四小节……迪恩给了她一个"我的天呐"的微笑。贾斯珀延长了他的下行琴音,格里夫等到额外的节拍结束,将镲片打出了最高潮。整场演出总共有十二首歌曲,现在表演完了两首,而格里夫还在服用止疼药,但他还

---

① 由蛇麻做成的啤酒,味道辛辣。

撑得住。他的击锣声被埋没在欢呼声、跺脚声和掌声中。"谢谢你们。"埃尔夫对着麦克风说,看着前面的八个女人。其中一个像是皮克特人①的女王,有着蓬乱的黑发和电缆一样的手臂,她用手比了个喇叭:"为了那首歌,我们从格拉斯哥远道而来,埃尔夫,你唱得棒极了!"

埃尔夫冲着她无声地做着口形:"谢谢你。"然后靠向麦克风:"谢谢大家。我真希望我们早几个月过来。"

更多的掌声,还有模糊的喊声、呼声和口哨声。

"神圣的上帝啊,我真想念这个,"埃尔夫继续说道,"在过去几个月里,曾经一度,前景不妙……"

皮克特女王叫道:"我们知道你经历了什么,埃尔夫!"

"……但爱丁堡和格拉斯哥,你们把我们带回来了,还有——"人们喊道:"珀斯!""邓迪!""阿伯丁!"还有:"托伯—他妈—莫里!"埃尔夫笑了。"好吧,好吧——苏格兰,你已经吹走了黑暗。那么,我们的下一首歌是……"埃尔夫寻找她的曲目单。"我的曲目单刚刚烧着了。迪恩?接下来是什么?"

迪恩喊道:"你的新歌,怎么样?"

埃尔夫犹豫了一下。她非常确定,《支离破碎》才是第三首歌,而迪恩不是一个放弃出风头的人。"《证明它》?"

迪恩对着他的麦克风说:"苏格兰,帮帮我们。埃尔夫写了一首新歌,它非常棒。你们想听吗?"

麦高响起表示赞同的吼声。格里夫打了几下鼓。迪恩把手拢在耳边。"没听清,苏格兰。接下来你们是想听一首老掉牙的歌?还是埃尔夫的新歌?"

吼声响起:"**埃尔夫的新歌!**"

---

① 居住在现苏格兰东部和东北部的古代民族。

迪恩看了看埃尔夫，一副"情况明摆着"的神情。

"好吧。好吧。你们已经做到了。"埃尔夫弯曲她的手指，开始她的钢琴前奏。沉默降临。她停了下来。"这首歌叫作《证明它》，它有点，半——准自传的意味……所以，它讲的是还没有愈合的伤口，所以如果我在中途冲下舞台，留下一道痛苦和泪水的痕迹，你们就会知道原因是什么了。"她接着弹起了前奏。这首以三和弦为基础的短曲在她的笔记本上留存多年，一直在等待一个归宿。现在它有了。它的十六个暗淡的小节刚演奏完，埃尔夫就看向迪恩，后者与贾斯珀确认了一下，贾斯珀瞥了一眼格里夫，格里夫数着："一，二，一—二—一—二——"嘣！嚓咔—嘣！嚓咔—嚓咔—嚓咔—嚓咔—嘣！迪恩的贝斯进行曲和埃尔夫阴郁的钢琴连复段，到了第五小节，观众已经在打拍子了。埃尔夫俯身到麦克风上：

"他们嫉妒我！"他大喊着离开了。
她是他的傻瓜，所以她跟着他走了。
他是罗密欧，她是他的小配角。
恐怕这不是一个有尊严的场景。
"我会证明，"她哭着说，"我对你的爱——"
我会证明它，我会证明它，我会证明它。"

蘑菇棚的钟显示着 7∶05，埃尔夫不得不思考，究竟是晚上 7∶05，还是早上 7∶05。晚上，她认定。乐队在十一月里，开始为他们的第一张专辑录制成熟在即的老歌，但这些歌在录音棚里不断地演变。到了第一周的星期五——十天中的第五天——他们还在录第三首歌，埃尔夫的《木筏与河流》，远远落后于他们每天录一首的原定计划。埃尔夫希望鼓声的爵士味更浓，她跟格里夫合作，用钢丝刷制作出水声潺潺、波浪起伏的效果。录到第十遍时，她满意了。**录音中**

的标志熄灭了，布鲁斯溜了进来，向埃尔夫眨眨眼，在控制室的角落里找凳子坐了下来。迪热按下了回放键。磁带旋转着。

这首歌开始了。埃尔夫一直瞥向布鲁斯。

布鲁斯只是坐在那里，闭着眼睛聆听。

埃尔夫很喜欢这一遍录音，她希望布鲁斯也能喜欢。

"真是美妙。"利凡说。

"彻底搞定。"迪恩说。

"干得漂亮。"格里夫说。

"同意。"贾斯珀说。

布鲁斯似乎还在考虑。

"好极了。"埃尔夫告诉自己，她和布鲁斯彼此相爱，并不意味着他必须爱她录制的一切。

"那我把这盘带子标记为母带，"迪热说，"从现在到八点差一刻，这段时间是你们的，之后我就得把你们赶走了。"

"谁排在我们后面？"迪恩问。

"乔·博伊德的某个孩子。他的名字没记住。叫尼克·达克还是尼克·莱克，还是别的什么来着。我得把你们的一些东西清理一下。"

"是时候练一遍《出席婚礼》了吧？"利凡建议，"这样可以节省明天上午的时间。"

埃尔夫没能阻止自己。"你喜欢它吗，布鲁斯？"

她感觉到迪恩、利凡和格里夫交换了一下眼神。

布鲁斯吸了口气。布鲁斯呼了口气。"说实话？"

埃尔夫的心颤抖起来。"当然。"

"好吧，如果你想要一个民谣爵士乐的古董，那么任务完成了。我知道，我不是乐队成员——"布鲁斯瞥了迪恩一眼——"但既然问到我的意见，我觉得，这首歌让人窒息。在第一和第三节打的拍子有什么问题？"

"是我让格里夫'敲出河流的感觉'。"埃尔夫说。

布鲁斯停顿了一下。"对。"

"如果我的女朋友弄出《木筏与河流》这样的歌,"格里夫说,"我可不会他妈的这么冷言冷语。"

布鲁斯嗤之以鼻。"埃尔夫和我相信诚实很重要。"

"哦,是吗?'诚实',就像你滚去巴黎的时候?"

埃尔夫感到热流涌上她的脖子、脸和耳朵。

布鲁斯露出他那轻松的微笑。"这是一首好歌,但它埋在了太多的聪明伎俩下面。话是讲给聪明人听的。如果你们想知道怎么录埃尔夫的歌,就放一放《牧羊人的曲柄杖》吧。"

"我们还可以再试一次,"埃尔夫开了口,"用更基本的……"

"不,埃尔夫,"迪恩说,"现在这样就很棒。"

"我不会碰它。"贾斯珀说。

"绝对不会。"格里夫说。

"如果有一种基本的鼓组在你的鼓声下面,格里夫,"布鲁斯说,"我来演奏它,你就能——"

"在我的鼓上放一根手指头,我就——"

"停下,"埃尔夫呻吟道,"停下。停下。"

"如果你需要有人帮你仗义执言,埃尔夫,"布鲁斯告诉他的女朋友,"我有这个责任。"

"如果你不是这样一条该死的水蛭,"迪恩说,"你披着闪亮盔甲的骑士行为会更有说服力,布鲁斯爵士。"

布鲁斯笑了。"我是水蛭?那你是怎么不付租金地住在梅菲尔区豪华公寓的?"

迪恩站了起来。"你愿不愿意出去解决一下?"

"伙计们,我们都冷静一下。"利凡干预道。

"我很冷静。"布鲁斯穿上他的外套。"不,我不愿意'出去解决'，迪恩。不是因为我怕你。只不过我已经不再是十五岁了。埃尔夫，亲爱的，回头见。"

布鲁斯没再说话，就离开了。

"迪恩！"埃尔夫气得浑身发抖。"如果我当着你的面侮辱埃米呢？或者说起祖德，你所有的外出约会，只为让她难堪？格里夫，你怎么敢提起巴黎？布鲁斯只是想帮忙——而你却痛斥他？你们两个是怎么了？真他妈让人难以置信！"

迪恩和格里夫面面相觑，不以为然。

埃尔夫抓起她的包，走了出去。

三个月后，在麦高的舞台上，埃尔夫在《证明它》第一段最后一句"证明它！"中唱出了歌剧的调子，还咬字清晰地强调了"它"中的"T"。贾斯珀把 G 调下压，就像一辆摩托车呼啸着驶过悬崖的边缘。他抬头看了看埃尔夫，埃尔夫对格里夫点了点头，格里夫击打他的踩镲：五，六，七，八……下一段。埃尔夫瞥了一眼皮克特女王和七姐妹。她们都盯着她看，双眼圆睁，目带沉迷，抽着烟，跟着节拍点头。埃尔夫猜想，看来在苏格兰，消息已经传开：是什么人什么事，启发了这首歌……如果"启发"这个词合适的话。就连菲力克斯·芬奇上周也在他的《每日邮报》专栏，写到了尚迪·丰泰纳打入前五名的金曲相关的传闻。利凡很高兴，他自己没有费吹灰之力，乐队就能在真正的报纸上赢得亮相的机会。除非这事就是利凡透露给芬奇的，埃尔夫这时才反应过来，她驱散了这个念头。不管消息从何而来，第二天的专栏篇幅增加了一倍，附有尚迪·丰泰纳事务所的愤怒否认，以及致月鲸的信函，信中保证，如对布鲁斯·弗莱彻的"公然诽谤"能够追溯到埃尔夫·霍洛韦头上，必将采取毁灭性的法律手段。毫无疑问，还会有更多后续跟进报道。《旋律制作人》和《新音乐速递》也都搅局其中。当下周的新刊面市时，整件事似乎已经炒热。如果有人问,埃尔夫应该说:"我们的法律顾问建议我不要发表评论。"——但月鲸的律师泰德·西尔弗并没说她不能唱这首歌。埃尔夫把滑音带入第二段,唱出了犀利的味道。

> 他要写一首金曲,证明他们全都错了。
> 而他会远胜侪辈,遥遥领先。但
> 他捕捉金曲,却毫无收获。
> 他盯着那页纸,但那页纸回盯着他。
> "我会证明,"他发誓,"我能点石成金——
> 我会证明它,我会证明它,我会证明它。"

跑出蘑菇棚之后,埃尔夫在焦孔达咖啡馆外追上了布鲁斯。他们进去之后,坐在后面,点了两份培根三明治。收音机里播放着交通乐队的《我鞋子上的洞》。"迪恩和格里夫刚才还对你大放厥词。而你如此冷静……真是太好了。"

布鲁斯往他的咖啡里加了点糖。"正如上帝所说:'让从未大放厥词的人扔出第一块石头。'而且——"他做了一个惭愧的表情——"他们说得很有道理。关于巴黎。我很惭愧。"

埃尔夫亲吻了她的食指,伸到桌子对面,放在他的眉毛之间。"老掉牙的陈年往事了。"

布鲁斯露出一副"我配不上你"的笑容。"其实,我觉得是弗莱彻和霍洛韦让乌托邦大道有了一点不安全感。《暗房》是一首分量偏弱的主打歌——如果没有埃尔夫·霍洛韦的钢琴和和声,它会是什么样呢?一首三流的《看艾米丽玩》(See Emily Play)而已。他们的成绩哪里能跟《牧羊人的曲柄杖》相提并论?格里夫在阿奇·金诺克两张比较差的唱片中打过鼓。迪恩的简历上有波将金战舰乐队,他只录过几张小样，而贾斯珀的有《暗房》。至于利凡——当然，他是个不错的经理，但做过几个月米基·莫斯特的跟班，并不意味着他就知道该怎么掌控大局。我只是希望他们有足够的勇气说：'布鲁斯懂得我们不懂的东西，让我们向他学习。'但那些家伙毕竟是支持你的。争强好胜的白痴。"

埃尔夫希望她的家人能见见这个洗心革面布鲁斯。家里人没有邀请他们去奇斯赫斯特路，贝亚在戏剧学院放学后来过几次，布鲁斯对此表示感激。他说他愿意等待，并通过行动证明，他在过去十二个月里做了很多事，成长了很多。

比格斯夫人送来了他们的培根三明治。布鲁斯一口咬下，番茄酱渗了出来。"天啊，我需要这个。"

埃尔夫用餐巾纸轻轻擦去布鲁斯下巴上的番茄酱……一阵腹痛让她明白，她的月经快要来了。没有来迟，但她感到轻松。然后，她心想，如果，只是如果，她和布鲁斯养育了一个孩子，这个弗莱彻-霍洛韦共同缔造的造物会是什么样子。

"我完成了《我心中的龙卷风》，"布鲁斯说，"它听起来很甜，我真这么觉得。"

"你对副歌是怎么决定的？"

"就像你说的，慢一些听起来更好。谢谢。"

"不客气，你做得很好。"

"你是灵感的来源，袋熊。你、《反正风在吹》、莫斯先生、格里芬和德佐特。我不是你的乐队成员们最喜欢的人，但我弄懂了他们怎样摇晃苏豪区的音乐之树，查看收获的是什么果实。有时候，错误才是你最好的老师。"

"把这句话写下来，"埃尔夫坚持说，"否则它就不会发生。"

布鲁斯照做了，用圆珠笔和纸巾。

"一起组个乐队，"问埃尔夫，"不是更容易吗？"

布鲁斯打了个弹舌音，摇了摇头。"我们已经经历过这个了，亲爱的。如果我像你们四个一样经常离开，我们就会渐行渐远。我可不会失去你两次。不。想想那些大名鼎鼎的个体艺术家，他们不能，或者只是不肯，自己写歌。埃尔维斯。辛纳屈。汤姆·琼斯（Tom Jones）。西拉。真的，有很多。克里夫·理查德。我也能做到。我住的地方就有钢琴。我有熟人。弗雷迪·杜克。豪伊·斯托克。莱昂内尔·巴特（Lionel Bart）。看看《反正风在吹》给你带来了多少好处。再有三四首这样的作品面市，我就能为我们的未来稍作打算了。所以，我可以聘请你这位词曲作者。这是我通往星星的阶梯，也是我坚持走下去的阶梯。"

埃尔夫附身越过桌子，吻了她的男朋友。

布鲁斯舔了舔他的手指。"我不配拥有你，袋熊。"

"我会尽我所能地帮助你。我的就是你的，袋鼠。"

贾斯珀不露痕迹地加入《证明它》的独奏当中，与他在排练中作过的任何尝试都不同。它美妙至极。我不知道他是如何做到的。她瞥了一眼迪恩，他的表情告诉她，我也不知道。贾斯珀没有刻意卖弄吉他技巧来增强演出效果，但音乐总会在他的面容中得以表达。在一个甜美的和弦里，他流露出无声的幸福感；在一段即兴的摇摆节奏中，他流露出低沉的惊喜；在他的斯特拉托卡斯特吉他发出嚎叫时，他流露出半遮半掩的凶猛。只有当他在演奏时，埃尔夫意识到，他的神情才会清晰可辨。贾斯珀的独奏结束时就像钢铁侠在发出怒吼。轮到你了。埃尔夫拾起钢琴的音型，把它扩展成一段布吉乌吉独奏。我爱我的工作，埃尔夫心想。她还不曾发现，有什么成就感能比得过目睹她写的歌让她与陌生人联系在一起。在音乐上，《证明它》更接近芝加哥布鲁斯，而不是她以前在"里士满民谣游船"和"表兄弟"演奏过的民谣。如果我们把这首歌录下来，也许需要加一个铜管乐器组。但在埃尔夫看来，民谣更多则是一种态度，而不是一个流派和它的修辞。如果一首歌承认卑微者、仆人、穷人、被剥削者、移民和妇女的生活，那么在精神上，埃尔夫就把它称为民谣。它是政治性的。它说，我们至关重要，有这首唱出我们的歌来加以证明。她在 D2 上结束了独奏，这是从根音开始的第二个 D，是她最喜欢的键盘上的音符。她低头看着皮克特女王和她的姐妹们，想起了图卢兹-劳特累克画里的酒吧女招待。她们筋疲力尽，被人利用，充满梦想，渴望着更好的生活……但她们也坚不可摧。现在小伙子们低声弹奏着，引入"睡眠般的一段"。埃尔夫对着麦克风用力唱着，这样她就可以让她的声音变得柔和一些。

> 在苏豪区深深入梦时，她弹起了她的钢琴，
> 和弦首先出现，歌词隐藏其中。
> 他躺在她的床上，他喜欢他听到的——
> "她的就是我的——她自己说的——所以
> 我会接受它，改编它，把它变得更加圆滑，
> 改进它，改进它，改进它。"

从赫尔市史蒂夫的葬礼回来的那天早晨，埃尔夫在黎明前的昏暗中醒来。城市播放着它的背景音乐，布鲁斯在轻声打鼾。埃尔夫听到了一首华尔兹。它来自她的钢琴，在她厨房旁边的角落里。她并不害怕。没有什么威胁性的东西能演奏出如此深情、如此神圣的音乐。她看到了钢琴家的双手。右手弹奏着叠加上去的小调：C 到低八度的 C；F 到同一个 F；降 B 到降 B；E 到 E。左手弹奏的是爵士般的六度音程；是蓝色的爵士，而不是红色的爵士。弹奏完毕。埃尔夫想再听一次。钢琴家答应了。这次埃尔夫注意到了右手的三度音程：E 和 G；D 和 F；C 和 E；然后又溜到 A 和 G，在那里手张得更大；拇指放在 F

上,小指放在降 B 上……

埃尔夫穿上她的睡裙,来到她的钢琴前,拿出一张稿纸,写下了 C、F、降 B 和 E 的模进,然后让这首华尔兹的形貌再次升起……有了。前半部分非常接近梦中钢琴家的演奏方式。第三部分还需要多加猜想。埃尔夫尽可能小声地弹了几个和弦。到最后一部分时,送牛奶的车已经叮叮当当地跑进利沃尼亚街。埃尔夫不得不运用前半部分的音乐逻辑,自己谱写最后几个小节。然后完成了。三页的音乐。埃尔夫把整首曲子演奏完,知道它已经完成了。

"早,袋熊。"布鲁斯出现了,"真美。"

"对不起,把你吵醒了。我梦到了一首歌。"

布鲁斯拖拉着步子走过来,打了个哈欠,看了看手稿。"它有名字吗?"

埃尔夫发现,它有。"《献给格里夫的华尔兹》。"

布鲁斯做了个鬼脸。"看来我也得在 M1 公路上出一场近乎致命的事故。你可以把我的事故叫作《布鲁斯的歌谣》。"

举行完葬礼两星期之后,利凡开车带着乐队回赫尔看望格里夫。这次拜访并不成功。他们经过了蓝野猪,但谁都没有心思建议停车。格里夫出院了,住在父母家。他爸爸,公交车司机,在外工作,替生病的同事开车。格里夫的妈妈被悲伤折磨得萎靡不振,对格里夫的状况感到忧虑不安。格里夫一直不曾离开过房子,很少走出他的房间,也不想跟任何人说话。她在前厅为他们准备了蛋糕和茶。埃尔夫帮她摆好了鲜花。格里夫从楼上下来。他的淤伤好了很多,石膏拆了,头发也开始长出来了,但他的幽默感和好奇心都没了。他的答话简短生硬。

"有没有想过,在某个时间回来?"利凡问。

格里夫只是移开目光,点上一支烟,耸了耸肩。

"我们大老远一路开过来。你就只是耸耸肩。"迪恩说。

"又没有叫你们过来。"格里夫回答。

"我们不想催你，"利凡说，"但是——"

"那你们来这儿干啥？"

"格拉斯哥市的麦高，在下个月第三个星期六，给我们提供了演出的机会，"利凡解释说，"从现在开始算，再过四个星期。价钱不错。很棒的亮相机会。如果我们接受的话，我觉得我可以说服伊莱克斯把《蒙娜丽莎》作为单曲推出。但那样一来，老天，我们就需要在三月巡演时表演这首歌。我知道你在服丧。向你提要求是不公平的。但我们必须知道，你来不来？"

格里夫闭上眼睛，坐回扶手椅。

一辆摩托车驶过。埃尔夫想起迪恩在格雷夫森德的娜恩家。那是更快乐的地方，更快乐的时间。

"我们能不能做点什么，帮你回归？"利凡问。

格里夫没有回答。

埃尔夫听到远处有火车的声音。

"如果史蒂夫在，他想让你怎么做？"贾斯珀问。

这个问题问得颇为简单粗暴，埃尔夫缩了缩身子。

格里夫目光凶狠地瞪着贾斯珀。

贾斯珀回望着，好像他们只是在讨论天气。

大概过了有一分钟。

"滚蛋吧。"格里夫说着，离开了房间。

他们在近乎沉默中开车回到伦敦。埃尔夫心想，命运之轮转得可真快。乌托邦大道乐队的未来突然变得悬而未决。不过在一星期之前，布鲁斯以八百美元的价格，将他的歌曲《你心中的龙卷风》卖给了安迪·威廉姆斯的公司。那只是一份独家授权，但钱是真的。

埃尔夫回家时，已是深夜。布鲁斯给她倒了一杯酒，按摩了她的脚，听她讲述了这悲惨的一天。埃尔夫洗了澡，他们上床睡觉。

迪恩的贝斯悬挂在半空，他充满渴望地吹奏着他的口琴，通过在出风口拍打他的手掌，使音符产生质感。口琴声在麦高低矮的腔体中循环着，这段飘忽的独奏就像用牙齿奏出一般。埃尔夫在钢琴上即兴伴奏着低音旋律线。格里夫敲击着鼓边，保持着节奏，而贾斯珀把他的斯特拉托卡斯特弹得像一把节奏吉他。观众沉迷其中。这是最棒的感觉——你写了一首歌——你将它打磨——你将它调整——你将它演奏——你看着成百上千人沉醉其中……天哪，我喜欢我的工作。会有某些调整，但埃尔夫知道，《证明它》的问世，让下一张唱片的出版成为可能。如果伊莱克斯想出下一张唱片的话。埃尔夫不想过早假设，下张唱片一定会出，结果让未来变得不幸，不过这场演出确实给了她希望：乌托邦大道又回来了——而且，不知什么原因，比以前更好。这种风评会传回到维克多·弗伦奇耳中的。她看着鼓手。他没有像从前那样，在迪恩加重演奏力度时，把鼓敲得砰砰响，但他做得蛮不错的……

利凡在二月的第一个星期试图和格里夫通话。格里夫拒接电话。利凡发了一封电报，要求他把电话打给月鲸。格里夫没有回复。利凡再次开车回到赫尔，跟埃尔夫一起。他们到达时，格里夫的妈妈泪流满面。格里夫在两天前溜出了家门，只留下一张字条，上面写着阅读障碍者留下的字迹，大概是"离开一阵，不用担心，彼得"——但很难确定。他在赫尔的朋友或家人都不知道他去了哪里——其实，他们都希望他是回了伦敦。利凡给他父亲留了一封信，如果格里夫回来，就拜托他交给格里夫。信上给格里夫的最后期限是星期五，让他最晚到那时告诉他们，愿不愿意归队。如果他们没有收到他的消息，他们会认为这是拒绝，开始招录替代者。在十天之内，埃尔夫和利凡第二次长途驱车,返回了伦敦。

在星期四的午餐时间,埃尔夫的电话响了,她抱着她和布鲁斯的洗好的衣服,步履不稳地走进她的公寓。"喂?"

电话音滋滋作响,一枚硬币哐当一声,一个约克郡男人说:"哎。"

"格里夫?"

"埃尔夫。"

"你要离开乐队吗?"

"别像个软蛋一样。为什么?你想让我离开吗?"

"你别像个软蛋一样。我们可没有软弱。是你消失了。"

"现在我又消失回来了。"

"你告诉利凡和其他人了吗?"

片刻的沉默。"你来告诉他们,行吗?"

"呃——当然。我试试。利凡出城了,贾斯珀和迪恩可能已经离开了。这是个好消息。只不过……"

"只不过什么?"

"我们还以为,我们已经失去你了。你为什么改变主意了?"

片刻的沉默。埃尔夫听到了酒吧的噪音。

"我……想到了史蒂夫宁愿让我怎么做。"

埃尔夫等着格里夫告诉她,但他没有。"好吧。"

"你们今天要在帕维尔那里排练?"

"对。"埃尔夫看了看时间。

"那么,在那儿见。通常一点钟开始?"

"噢,等等——你在伦敦?"

"是啊。阿盖尔公爵。"

"角落那里?"

"钱要用完了。"电话音响起。

335

迪恩的口琴在独奏结束时渐渐变弱,麦高充斥着欢呼声,迪恩重新拿起他的贝斯,对自己的表现高兴得不得了,因为很少有像六百个苏格兰人的认可这样来之不易又宝贵的奖赏,尤其当你是英格兰人的时候。他向埃尔夫确认——埃尔夫点点头,准备好了——而迪恩的贝斯声线从她的左边传来,让她可以唱下一段了。民谣音乐里,有种角色表演的要素:埃尔夫,在冗长的独奏之后,需要重新唤起歌曲的角色,并从独奏者转换为被人始乱终弃、贞洁不在的女子,强盗,捕鲸人——观众也需要配合这样的策略。如果说《证明它》能够奏效,是因为埃尔夫是以她自己的身份歌唱,将自己的内心袒露无遗。所以它才让人感到痛苦,所以它才富有强烈的感染力。她看着皮克特女王,向她讲述着关于爱、背叛和失去的真实故事。

>一个星期三的早晨,她熨烫着他的衬衫,
>这时她在收音机里,听到了自己的歌。
>"你怎么敢?"她哭了。"冷静下来,"他说,
>"你知道的一切都是我教给你的——
>如果你能,就证明这是你的歌,随便你——
>去证明它——在法庭上——去证明它。"

"这么说你回来了。"迪恩在帕维尔·Z酒吧对格里夫说。这天中午,埃尔夫一直联系不到他或贾斯珀,只能跟月鲸的贝萨妮说了,让她转达给利凡。现在他们三个都赶到了帕维尔的酒吧。

帕维尔·Z正在用布擦拭杯子。

格里夫正在调整他的鼓凳。"嗯。"

利凡看了埃尔夫一眼:你知道这事吗?

她的眼神告诉他,是的,但要顺其自然。

格里夫拧紧一个翼形螺母。

埃尔夫在施坦威钢琴上弹了几个比尔·埃文斯和弦。

"外出旅行的话,你的身体能撑得住吗?"利凡问。

格里夫在他的鼓上快速敲响一串音符,最后敲了敲镲片。"我说我能。你们行吗?"

迪恩和利凡看向贾斯珀。

波兰的英雄们在墙上观看着。

光线透过天窗落在鲜艳的窗帘上。

格里夫拿出一支烟,寻找着火柴。

贾斯珀走过去,弹开了他的之宝打火机。

"谢啦。"格里夫向前靠了靠,嘴里叼着登喜路。

"随时愿意效劳。"贾斯珀收起打火机,解开他的吉他盒。"最近,我们都在努力排练埃尔夫的这首新歌……"

很快又过了几天。埃尔夫在做一些熨烫工作,一边收听第一广播电台。正在播放冬青树乐队的《珍妮弗·埃克尔斯》(Jennifer Eccles)。这首歌的迷幻味不像乐队的上一首单曲《反着的迈达斯国王》(King Midas in Reverse)那么浓。埃尔夫想知道,迷幻文化是否像迪恩一直宣称的那样,只是昙花一现。托尼·布莱克本介绍起了下一首歌曲:"接下来是美妙的尚迪·丰泰纳,一位得克萨斯州的歌手,三四年前就收获了一连串的金曲。我希望你们像我一样,喜欢她可爱的新作《献给我男人的华尔兹》,因为我认为,它会成为1968年的热门金曲之一……"

前奏听起来很熟悉。埃尔夫弄不清原因何在。C、F、降B和E的模进,给这首歌赋予了一种爵士乐的感觉,但铜管乐器组把它拉向布鲁斯。尚迪·丰泰纳伴着主唱的曲调唱了起来。埃尔夫发现自己预测到了它的每一个转折。在副歌部分,令人作呕的事实就像耳光一样打在她的脸上:《献给我男人的华尔兹》就是《献给格里夫的华尔兹》,只是有了铜管乐器的制作和歌词。这是剽窃。她闻到了棉布烤焦的味道,她那件印有"自由"字样的新罩衫正在燃烧……

布鲁斯的钥匙在锁里转动。"天啊,那些小伙子们还是做不到,他们不能在不祸害《绿袖子》(Greensleeve)的情况下把它演奏出来……怎么了?"

"你偷了我的歌,把它卖给了尚迪·丰泰纳。"

布鲁斯做出一副"我很无辜,我根本不可能听到你刚才说的那句话"的表情。"什么?"

"你把我的歌卖给了尚迪·丰泰纳。或者是杜克-斯托克卖的。或者是别人卖的。托尼·布莱克本在第一广播电台播放了它。"

"偷?"布鲁斯显得很困惑。"听听你自己说的。我为什么要从随便什么人那里偷歌?弗雷迪·杜克说我能写歌。莱昂内尔·巴特说我能写歌。豪伊代理的很多艺人都说我能写歌。他们都错了?你是这个意思吗?"

"我是说——"埃尔夫感到缺氧——"《献给我男人的华尔兹》就是《献给格里夫的华尔兹》,只是有了歌词和俗气的副歌。"

"我得告诉你,埃尔夫,你的话听起来很奇怪——"

"别,别,别。别赖到我头上。别。"

布鲁斯站在那里。在外面,利沃尼亚大街上,一只狗在叫。"瞧,我们一起生活,一起呼吸,一起吃饭,一起睡觉。也许——也许——我吸收了一两个乐句。为什么要歇斯底里?"

"吸收?那根本是同一首歌!"

"但《献给我的男人的华尔兹》有副歌,有铜管乐器组,有歌词。我写的歌词。怎么可能是'同一首歌'?再说,你还从我这里得到了上百万个想法。"

"那你说出五个，三个，不，说出一个来。"

"《出人意料》的歌词。"

"你是认真的？我问的是你对几句歌词的意见。这跟我拿走你的一首歌，你直到在收音机里听到时才发现，不是一回事。"

布鲁斯摇了摇头，仿佛被女性大脑的不合逻辑惊呆了。"为什么你就不能高兴呢？当《暗房》打入前二十时，没有人比我更高兴。如果《我男人》有尚迪·丰泰纳的支持者们估计的一半好，我——我们——就发了。"

这就像是在跟网球发射器争论：啵，啵，啵——总是回击。"你以为我注意不到吗？你以为这唱片会失败？还是你根本不在乎？"

布鲁斯叹了口气。"你为什么总要这样做？"

埃尔夫按说应该问："做什么？"所以她没有这么问。

布鲁斯还是告诉了她。"你总是把自己当成受害方。我什么都没偷。《我男人》是布鲁斯·弗莱彻的歌。"

埃尔夫被推着，越过了可以回头的那个点。"那么布鲁斯·弗莱彻就是骗子和小偷。"

"受到伤害的男朋友"这副面具从布鲁斯的脸上消失了。"是吗？"就连他的声音都变了。"证明它。"

贾斯珀坐在麦高的鼓架边上，漫不经心地弹着他的斯特拉托卡斯特。迪恩点头的意思是，再来一轮我可就不干了。埃尔夫在快速进行中弹了增三和弦和减三和弦。托尼·布莱克本对《献给我男人的华尔兹》的评价是正确的：仅仅两周之后，它就在美国排行榜上排名第十一位，在英国排名第三位，仅次于佩图拉·克拉克和猴子乐队。上周，尚迪·丰泰纳飞往酸橙林录影棚，录制《流行之巅》的演出。据菲力克斯·芬奇的专栏所讲，布鲁斯是尚迪的随行人员，'与迷人的模特瓦妮莎·福克斯顿'一道。据迪恩说——他是从洛·史都华

（Rod Stewart）那里听说的，他知道这些事情——布鲁斯从巴黎回来后就一直在"撩拨她的 G 弦"。布鲁斯现在穿上了意大利西装。他信用极好。版税很快就会像潮水般涌来。埃尔夫不会收到一便士、一美分、一芬尼、一日元或一里拉。杜克-斯托克商行和月鲸管理公司的律师泰德·西尔弗得出结论：虽然《献给格里夫的华尔兹》和《献给我男人的华尔兹》之间的音乐相似性很高，但被告方律师会主张，埃尔夫不能证明是她创作了《献给格里夫的华尔兹》，也不能证明布鲁斯听过这首歌，也不能证明是布鲁斯剽窃了这首歌。埃尔夫很可能要负担布鲁斯的诉讼费以及她自己的诉讼费。如果她把这件事诉诸报端，布鲁斯可以反诉诽谤，那样埃尔夫就很可能损失两大笔钱，而不仅仅是一大笔。"那我应该怎么办呢？"她问。泰德·西尔弗建议用针和巫毒娃娃。

格里夫、迪恩和贾斯珀停止了演奏，只剩埃尔夫用钢琴把《证明它》带到结尾。麦高的听众们鸦雀无声，以免漏过一个字。聚光灯打在钢琴上。两个小光点映在皮克特女王的眼睛里。她的皮肤变成了金色。埃尔夫的双手也是如此……

盗贼需要一个傻瓜来做成他的生意。
一个容易受骗、愿意相信任何人的傻瓜。
恋人需要一剂治疗重病的良药。
歌手需要一个律师和一把枪。
"我会证明犯罪是有回报的，"罗密欧说，"我会的，我会证明它，我会证明它。"现在他还在证明它。

生命的精华

B

守夜人（德佐特）

把石头滚开（莫斯）

就连蓝钟花（霍洛韦）

健全的神智（德佐特）

瞧这不是谁（莫斯）

守夜人

引擎在吃水线下搅动着，肮脏的海面泛起泡沫，阿纳姆号与混凝土质地的哈里奇码头拉开了距离。贾斯珀感到甲板开始抬升，下降，并随着开阔海面的波浪涌动而倾斜。

"阿姆斯特丹，"格里夫说，"我们来了。"

"合法的大麻，"迪恩说，"我们来了。"

"是受到容忍的，不是合法的，"利凡纠正他，"拜托，谨慎一些。跟警方闹出麻烦，会影响今后的巡演。"

阿纳姆号那洪亮的汽笛响了三声。

"这是不是真的，"格里夫说，"在红灯区，妓女们站在玻璃隔间里，你从街上就能看到？"

"是真的。"贾斯珀说。

"哦，老天，"埃尔夫说，"就像下流杂志，只是没有了杂志。"

贾斯珀很确定她是在讽刺。

"如果你去，"埃尔夫告诉迪恩，"别告诉我。我不想对埃米撒谎。实际上，我不会对埃米撒谎。"

"我，纯洁如雪。"迪恩紧抓着自己的心口说。

"这就是你每年夏天坐的船？"利凡问贾斯珀。

"每年夏天。一个司机会在伊里接我，把我送到哈里奇，然后送我上船。我的爷爷在另一边，把我接回多姆堡。"

"多姆堡就是德佐特家住的地方？"埃尔夫问道。

"德佐特家住在米德尔堡，泽兰的首府。我曾在多姆堡的一位牧师家里寄宿，在海岸边。"

"为什么你不能和你的家人待在一起？"迪恩问。

"家庭政治。"贾斯珀回答。

"你不介意被送过北海，独立生活，跟陌生人待在一起吗？"埃尔夫问。

贾斯珀想起自己，站在这个栏杆前，被同样的北海风吹拂着，望着他所熟悉的一切在海天交接线上，矮化成一团扁扁的痕迹。"我没有说不的选择权，我也无处可去。我喜欢船，我出生在船上。"

"这就是统治阶级吗？"迪恩说。

咸丝丝的空气灌满了他们的肺。急掠的阴影穿过布满褶皱的海面。海鸥在阿纳姆号旁盘旋。"那是一场冒险，"贾斯珀说，"我觉得自己就像故事里的男孩。"

血脉中的罪过。七年前，贾斯珀在他和福尔马焦与咚咚沟通后的那天早晨醒来。他感到心中有一种病态的恐惧，有一个尖锐的指节在咚—咚—咚—咚—咚—咚地敲击着他的颅顶，就像楼下愤怒的邻居用扫帚柄敲打天花板。它停了下来，开始每分钟敲几下，就像施加水刑一般，似乎要蓄意摧毁贾斯珀的神智。他没有胃口，没吃早饭。第一节是历史课，但咚咚埋没了汉弗莱斯先生关于百年战争的论述，所以贾斯珀提出以偏头痛为由请假。他从自己的房间去找护士长，拿起了福尔马焦头天晚上做的"字母矩阵"。护士长给了他一片阿司匹林——它对咚咚声完全不起作用——坐下来织了一会儿毛衣。等她离开房间之后，贾斯珀大声问折磨他的人，他获得安宁的代价是什么。答案是一连串**咚—咚—咚**。贾斯珀明白，不会再有进一步的通话了。

福尔马焦在午餐前过来找他。"耶稣，你看起来很糟糕。是不是还……"他用指关节敲了三下。

贾斯珀点了点头。遣词造句很困难，就像在有人冲着他的脸大喊随机数字的时候作心算。"给我爷爷发电报。如果我被关进英国的医院，这边可没有监护人能把我接出来。"

福尔马焦点了点头，离开了。更多的时间在重重的敲击声中一瘸一拐地走着。它们的声音越来越大。贾斯珀觉得发际线撕裂了自己的心志。校长带着贝尔医生从镇上的手术室赶来，给贾斯珀做适当的检查；福尔马焦的电报已经送到了赫罗特维德·维姆那里。咚咚的连番炮击，让贾斯珀眼中进出了泪花。在检查了贾斯珀的脉搏、反射、血压、视力和听力后，贝尔医生大胆地得出了"严重神经性偏头痛"的诊断，开了安眠药和温和的麻醉剂。福尔马焦晚饭后回来了，但现在已经几乎没法说话了。"我不知道这是恶魔附身、发疯还是脑瘤，"贾斯珀说，"但这在要我的命。"

福尔马焦问护士长和校长，贾斯珀能不能睡在他们的宿舍里，如果他朋友的情况恶化，福尔马焦会在旁边。校长同意了，贾斯珀吃了两片安眠药才躺到自己的床上。他用列举斯沃夫汉姆学院的学生可以用怎样自杀的方式，来代替数羊：用学校的领带做绳套；淹死在乌斯河；用瑞士军刀割断血管；把脑袋搁在金斯林—伦敦铁路线上……

……咚咚把贾斯珀吓得回过神来。他的闹钟显示着两点。福尔马焦睡着了。贾斯珀自己的身体感觉很陌生，好像他在睡觉时，心神被移植到了别处。敲击声冷酷无情……某种冲动促使贾斯珀下了床，在衣柜的镜子里查看自己的映像。一个陌生人的眼睛在盯着他。陌生人用指关节敲打着镜子的内侧，在痛楚袭来的一瞬间，显露出了他真实的形象：一个男人，比贾斯珀老，比贾斯珀矮，有着亚洲人的眼睛，穿着袈裟。他剃光了头发。他消失了。

贾斯珀的手指自行其是地再次敲击镜子，那个人影再次出现，它掌控了贾斯珀的拳头，然后**咚—咚咚咚—咚—咚—咚—咚—咚**"德佐特！德佐特！德佐特！"

福尔马焦已经把贾斯珀从镜子前拖走，把他按在床上。德佐特的指关节被割伤，血淋淋的。"你在梦游！你在做梦！"

"不，我没有。"贾斯珀说。

乌托邦大道在荷兰角港走下跳板。仓库和码头上升起一道截短了的彩虹。利凡双手各拎着一个手提箱。贾斯珀和迪恩拎着他们的吉他。电视演播室和"天堂"俱乐部将提供音箱、键盘和鼓，所以格里夫和埃尔夫只带了他们的过夜行李。他们进入荷兰角港的新海关区。这个地方的设计，标志上的字体，荷兰语的声音和说话人的表情习惯，让贾斯珀感到安心。他走到队列前面，交出荷兰护照。胖墩墩的官员端详着贾斯珀的照片，然后对着贾斯珀的长发皱起眉头。"但这上面说你是男性。"他说的是弗拉芒语的口音。

一个笑话。头发。"是的，我经常遇到这种情况。"

官员冲着贾斯珀的吉他盒扬了扬下巴。"机枪？"

另一个笑话？贾斯珀向那人展示了他的斯特拉托卡斯特。

官员做出一个看不懂的表情，看着贾斯珀身后的埃尔夫、格里夫、迪恩和利凡。"这是你的乐队？"

"是的。年长的那个是我们的经理。"

"哼。你们这些人很有名吗？"

"不是很出名。我们可能很快就会出名。"

"你们乐队叫什么名字？"

"乌托邦大道。"

官员仔细查看了贾斯珀的名字。"你和米德尔堡的德佐特家族有关系吗？那个航运家族？"

经验告诉贾斯珀要避重就轻。"只有很远的关系。"

AVRO 电视台的更衣室里有四把椅子，面对四面镜子，由四个裸露的灯泡照亮，一个衣帽架，两只被踩扁的蟑螂留在破损的瓷砖地面上，还可以看到垃圾桶。"现在我们已经是大腕儿了，宝贝。"迪恩喃喃地说。

"至少这里没有尿和啤酒的气味。"埃尔夫说。

"在这里休息二十分钟吧。"助理说。

贾斯珀把目光从那些镜子上移开。我对这句话有些怀疑。

"你们在这里作准备，"助理说，"在你们的时段的前两分钟，我会把你们送到演播室舞台上。你们演唱《暗房》和《蒙娜丽莎唱布鲁斯》。之后，亨克会做一个简短的采访。你们还需要些什么吗？"

"拜托来个跟我脑袋一样大的鸦片球。"迪恩说。

"这个你可以在城里买。演出结束之后。"

来自海牙的四人迷幻乐队惊人的蓝色（Shocking Blue）开始演出时，外面的走廊上响起了热烈的掌声。

"我会回来的。"助理离开，关上了身后的门。

"真见鬼，"迪恩扭头对贾斯珀说，"没有人能拉得住你们这些狂野、放荡不羁、摇摆的荷兰怪人，是吗？"

是讽刺、挖苦，还是真心话？贾斯珀做了个万能的耸肩。

"我想去跟冬青树的经理说几句话，"利凡戴上他的蓝眼镜，"你们可别做我不会去做的事。"

"这话给我们留了很大的余地。"埃尔夫依循惯例地说。

贾斯珀把他的外套脱到衣架上，把衣架挂在镜子上，坐了下来，拿出他的乐福门烟。

"为什么镜子让你感到毛骨悚然？"格里夫问，"当然，你不像油画那么美，但你也不是那么惹人厌。"

"它们只是让我毛骨悚然。"贾斯珀回避了具体问题。

"噢，听听神秘船长是怎么说的。"格里夫说。

"恐惧症是非理性的，"埃尔夫说，"这才是重点。"

"我害怕的东西都是有道理的，"迪恩说，"蜂群。核战。在核战中幸存下来。"

"瘟疫，"格里夫说，"电梯井。埃尔夫呢？"

埃尔夫想了想。"在舞台上忘词。唱错的歌。"

"如果发生这种情况，"迪恩说，"就用假的匈牙利语唱，当人们问'那是什么'的时候，就说'这是先锋唱法'。"

"一条先锋的线索，"格里夫说，"我把墨镜落在化妆间了。我马上回来。"他起身要走。

"又是这个老把戏，"迪恩说，"你只是去要化妆师小姐的号码，你这只老狗。我也来。我想看看她拒绝你时，你是什么表情。"

"我去看看惊人的蓝色，"埃尔夫说，"贾斯珀要来吗？"

享受平静、安宁和香烟，颇为诱人。"我留在这儿。"

更衣室的门咚—咚—咚敲响了。

没事的，贾斯珀让自己放心。"哈啰？"

来人有着方下巴的面孔，好动的眼神，棕色的头发。"是贾斯珀·德佐特吧，我猜。"来人有一副低沉的美国腔。

贾斯珀认识他。他以前是飞鸟乐队的成员。"吉恩·克拉克（Gene Clark）。"

"嗨。介意我打扰你吗？"

"不介意。只是要留意蟑螂。"

吉恩·克拉克低头检查被踩扁的虫子。"上帝蒙恩。"贾斯珀不确定正常的反应该是什么,所以他耸耸肩,希望能无伤大雅。来人系着宽松的淡紫色细窄领带,穿着紫红色衬衫、绿裤子、阿内洛和戴维德靴子。他拉过一把椅子。"只是想说,我真的很喜欢你的专辑,你的吉他演奏简直是世界上独一无二的。你是自学的吗?"

"我一段时间跟过巴西老师,主要是我自学的,在一长串的房间里。"

从歌手的神情看,好像贾斯珀的回答很奇怪。"你自学得很棒。当我听到《暗房》时,我想,平克·弗洛伊德究竟是怎么让埃里克·克莱普顿跟他们一起演奏的?棒极了。"

这是一种恭维,贾斯珀意识到,应该回敬一句。"谢谢你。你和戈斯丁兄弟(The Gosdin Brothers)合作的那张专辑是一场盛宴。《回声》(Echoes)令人难忘。那个上扬的F大七和弦很是巧妙。"

"原来那就是F大七和弦?"吉恩·克拉克弹了弹烟灰,"我管它叫'F发疯'。我喜欢这张专辑录制的成果。可惜它卖得很差。它问世的时候,我的老乐队刚好也发行了专辑《比昨天更年轻》(Younger Than Yesterday),它就像是从一个洞里消失了⋯⋯"

贾斯珀猜想,现在该轮到他说话了。"你是在巡演?"

"只是几场演唱会,在荷兰这儿和比利时。这里的人懂得欣赏我。不管怎样,这份欣赏足够让演出组织者安排我飞过来了。"

"我还以为你退出飞鸟乐队,是因为害怕飞行?"

吉恩·克拉克掐灭了他的烟头。"我退出飞鸟,是因为我厌倦了飞行。厌倦了那种生活,厌倦了尖叫声,厌倦了那些面孔,厌倦了名声。所以我退出了。名声会在你的脸上塑造出它的模子。然后这副模子又会塑造你的面孔。所以法律才不喜欢我们。如果一个拿着吉他的怪胎不需要遵守伟大和善良的规则,为什么别人还要遵守呢?问题是，如果名声是一种毒品，那它很难戒掉。"

"可你戒掉了，克拉克先生，"贾斯珀说，"你从被人称作'美国披头士'的乐队走开了。"

吉恩·克拉克端详着自己手上的茧子。"我做到了。你猜怎么着？现在名声不见了，我想让它回来。没有了名声，我要怎样谋生呢？在咖啡馆里演出，赚点酒钱，这可不顶用。我想念身为名人的日子。当我有名的时候，名气在扼杀我。现在名气消失了，寂寂无名在扼杀我。"

惊人的蓝色乐队的《露西·布朗回城了》（Lucy Brown Is Back in Town）在走廊上飘荡着。萨克斯管独奏很棒，歌本身并不。

"我们给你在乌托邦大道留个位置。"贾斯珀说。

吉恩·克拉克微微一笑，仿佛贾斯珀在开玩笑。"我是生活中最大的傻瓜吗？所有的流行音乐都只是一时的狂热吗？我们是否都会在若干年后，被一些新的约翰尼·桑德尔和霹雳小子所取代？或者等到我们六十多岁时，我们还能停留在这场游戏里吗？谁能说得清呢？"

"时间。"贾斯珀说。

录制好的《蒙娜丽莎唱布鲁斯》的最后一组和弦渐渐消失，助理制片人举起一个荷兰语牌子，上面写着"**鼓掌**"。贾斯珀认出了萨姆·费尔韦，跟他一起在街头卖艺的老搭档，也是艺术学院的同学。费尔韦向他竖起两根大拇指。乐队成员被引领到亨克·特林身边的沙发上。《歌迷俱乐部》的主持人身材像海象，穿得像个公务员。在镜头前，他说着学究气的荷兰语，似乎在往回找补节目嬉皮的视觉效果。"英国乐队乌托邦大道，演奏了《暗房》和《蒙娜丽莎唱布鲁斯》。他们的吉他手贾斯珀·德佐特是'半个荷兰人'——而且是著名的德佐特航运家族的后代。我说得对吗？"

"基本正确，"贾斯珀回答说，"我们可以说英语吗？"

"自然。"亨克·特林露出一副宽宏大量的笑容，指了指埃尔夫，

"你为什么不先介绍一下这位可爱的女士？"

"这位是埃尔夫，"贾斯珀说，"她写了《蒙娜丽莎》。"

埃尔夫对着镜头冷冷地挥了挥手，还做了个勇敢的尝试，用荷兰语说了句"你们好，荷兰人"。

观众喊道："我们爱你，埃尔夫！"

"所以我必须要问，"主持人说，"你为什么和三个男人组成一支乐队？这非常不同寻常。你是主动加入乐队的吗？还是乐队主动邀请你的？"

"我们……是双向考察过的。"埃尔夫说。

"人们认为，你是被雇来充当噱头的。"

埃尔夫的神色变得颇为复杂。"对这个问题，我不可能说是的，对吗？我的意思是——你是被雇来充当噱头的吗？"

"但精灵是有着尖尖耳朵的小魔法师。而你不小，没有魔法，也没有尖尖的耳朵。"

"这是家里人叫的昵称。我出生证明上的名字是'伊丽莎白·弗朗西丝（Elizabeth Frances）'。'El'加上'F'就是'埃尔夫'。"

亨克·特林听明白了。"我明白了，你喜欢阿姆斯特丹吗？"

"我喜欢它。它是如此的……不可思议。但它确实在这里。"

"正是如此。"亨克·特林转向格里夫，"你是……"

格里夫的眉头皱了起来。"我是个他妈的'什么'？"

"你是乌托邦大道的鼓手。"

格里夫看了看架子鼓，惊呆了。"我去。你是对的。我是鼓手……"

"今晚你在阿姆斯特丹的天堂俱乐部进行海外首演。这场演出对你意味着什么？"

"意味着我可以接受亨克·特林的采访。"

亨克·特林点了点头，好像在思考伊曼努尔·康德的一句话，然后转向迪恩。"你是迪恩·莫斯。贝斯手。你写了一首我们刚才没有听到的歌曲，名为《放弃希望》。它作为第二支单曲发行。结果反响不佳。为什么？"

"总有一些不解之谜，"迪恩说，"比如，是谁雇了你？"

亨克·特林露出难以看懂的笑容。"英国人的幽默感。我是荷兰著名的乐评人，有资格来主持这个节目。这使我们想到了乌托邦大道的唱片《天堂就是通往天堂的路》。"他向镜头展示了他们的专辑。"有人说这张唱片是精神分裂式的。你们怎么看？有人回答吗？"

"一张唱片怎么可能是精神分裂式的？"迪恩问，"这就好比在说：'你的直升机是躁郁症式的。'"

"但事实上，在这张专辑里，我们听到了迷幻摇滚、带有迷幻色彩的民谣、节奏布鲁斯、民谣间奏、爵士乐的段落。所以'精神分裂'其实是对这种风格不一致的恰当形容。"

"用'兼容并包'这个形容词不是更合适吗？"埃尔夫问。

"但是应该算到哪一类音乐，"亨克·特林问三名男性，"乌托邦大道可以被界定清楚吗？我们的国内观众会担心这个分类问题。"

"把它界定在兼容并包的类别里吧。"迪恩说。

贾斯珀走神了，他发现了萨姆·费尔韦正比画着用绞索吊死自己的样子。一个玩笑。贾斯珀模拟出一个微笑。他发现自己在寻找特丽克丝。

"你对这个问题有什么看法，贾斯珀？"著名评论家问。

"你就像一名动物学家问鸭嘴兽：'你是像鸭子的水獭？还是像水獭的鸭子？还是卵生的哺乳动物？'鸭嘴兽并不关心，它在挖掘，游泳，狩猎，进食，交配，睡觉。和鸭嘴兽一样，我也不关心。我们做我们喜欢的音乐，我们希望别人也喜欢。就是这样。"

制片人正在做"时间到"的手势。亨克·特林对着镜头说："我们到此为止。有些人会觉得，这四只鸭嘴兽的音乐没有重点，令人困惑，太过吵闹。有些人可能会喜欢。我不会把先入为主的看法带给任何人。接下来的乐队,他们将第三次登上《歌迷俱乐部》,并带来他们的最新金曲《珍妮弗·埃克尔斯》,我很自豪地介绍真正的英国流行音乐大腕——冬青树乐队!"

辛厄尔运河的黑色水面反射着弯曲河岸上的路灯。暗淡的球体碎片,融化,碎片,融化。贾斯珀穿过窄桥,进入罗欧莫伦街,正是外国人想到阿姆斯特丹时想象出的那种街道:砖块铺就,有灯柱,有又高又窄的房子,房子有又高又窄的窗户,陡峭的屋檐和花箱。他沿着这条不长的街道走了一半,发现了他要找的门牌号和黄铜门铃上的铭牌:**加拉瓦齐**。但贾斯珀的拇指一按在门铃上,他的决心就变得支离破碎。他不是社交礼仪达人,但他非常确定,正常人会在五年之后再次登门拜会之前,先打一个电话。不仅如此,如果你按下这个门铃,咚咚的回归就是正式的了。此时此刻,贾斯珀感受到了命运的分叉。我也可以走开,自求多福。

一辆建筑商的面包车从罗欧莫伦街隆隆驶过。贾斯珀不得不站在门阶上,让面包车通过。面包车慢了下来,司机和乘客——是司机的儿子吗?——都给了贾斯珀一个半眯着眼的眼神,仿佛在为警方画像师记住他的面容。我原本也可以像你一样,贾斯珀心想,看着那个儿子,这很容易——全都是因为人生的岔路,从阿尔法到了欧米伽……他的拇指还按在门铃上。只要再给一点点压力,一个未来就会浮现出来,而另一个则会被牺牲掉。不。门还是开了。伊格纳茨·加拉瓦齐医生用他弗里斯兰味的荷兰语招呼贾斯珀:"啊,时机刚好,贾斯珀。快进来,外面冷。晚餐已经准备好了。"

加拉瓦齐医生的厨房杂乱无章但一尘不染,整体颜色是水仙黄。"我妻子在马斯特里赫特,走亲戚去了。"医生把炖肉舀到贾斯珀的碗里。他老了,喉咙更松弛了,但他的白发看起来还是被吹向后方,仿佛在面对飓风。"她没能见到你,会感到遗憾的。"

"请转达我的问候。"贾斯珀想起该这样说。

药草味的热气扑在他冰冷的皮肤上,感觉不错。

"我会的。你觉得伦敦怎么样?"

"就像迷宫一样。"

"我们俩都觉得,你的留声机唱片有很多值得欣赏的地方。自然,'现代音乐'对我来说,意味着普朗克(Francis Poulenc)或布里顿(Benjamin Britten),但如果文化不向前发展,就会消亡。我也给克劳戴特·杜布瓦寄了一张拷贝。她现在在里昂教书。她对你和乌托邦大道'和拉里一样高兴'——就像英国人常说的那样。"

"请转达我的问候。"

"我会的。我并不知道,当初我让她在莱克斯多普测试她的新奇想法时,我们正在孵化'荷兰的吉米·亨德里克斯'。那是《电讯报》对你的称呼,就连我也听说过他。祝你用餐愉快①。"

贾斯珀用味蕾细细品尝。牛舌、迷迭香、丁香……"你今天有客人吗,医生?"

医生掰开一个硬皮面包。"为什么这么问?"

"汤。你做的汤足够喂饱一支橄榄球队。"

加拉瓦齐医生的嘴唇扭曲了。"这是我母亲的一份烦琐而古老的犹太食谱。材料很不好收集,所以我才做了很多,免得白费了那么多工夫。现在我们有冰箱了,它能保存一个星期。另外,我有预感——并且希望——一名从前的病人可能会来串门。"他有一副确信的表情。是打趣吗?

贾斯珀在寻找线索:一名从前的病人……"是我吗?"

医生高兴地喝着啤酒。"还有谁?"

---

① 该句为法语。

"你一定有很多以前的病人。"

"没有多少人的名字能用大字印在天堂俱乐部外面。也没有多少人能上《歌迷俱乐部》演出。"

"在莱克斯多普,你经常说,电视把人的大脑变成了茅屋奶酪。"

"为了你,我破例了,我占了一个邻居的便宜。节目很白痴,但你们都演奏得很好,我觉得。跟留声机上的一样。"

贾斯珀咬着一颗软软的青豆。"在电视上,我们是假唱。"

"是吗?天呐。更遗憾的是,亨克·特林的采访是真说。再来一碗吧。看到你吃东西真好。"

心理医生在他的书房里奉上绿茶,点上他的烟斗。这两种香味让贾斯珀想起了莱克斯多普。加拉瓦齐医生的声音让人心神安宁。"这只是一次社交拜访吗,贾斯珀,或者我的想法是对的:它也有职业性的一面?"

"你完全退休了吗,医生?"

"我们这些老心理医生从不退休。我们只是消失在一团理论当中。"他抿了口茶。"早些时候在我门口看到你,我猜你是来谈正事的。"医生抿了口茶。"我想错了吗?"

外面,有个骑着自行车疾驰的人正疯狂地按着车上的铃。

说出来吧。"我想我又能听到他了。"

医生发出思考时的咕哝声。"是咚咚?蒙古人?还是另一个?"

"你还记得我的病例。"

医生的烟斗冒出的烟,有菊苣、泥炭和胡椒的气味。"老实说,我的职业生涯从你的病例受益良多。在《精神病学论坛》发表了我的JZ①论文后,从温哥华到巴西利亚,从纽约到约翰内斯堡的同行们与

---

① 对"贾斯珀·德佐特"的化名处理。

我联系，报告了相同的现象：一些被诊断为精神分裂症的病人，都说自己都被某个存在造访，他改善了他们的精神错乱。就在去年五月，我们在波士顿举行了一场关于'自主治疗者人格'（Autonomous Healer Personae）——AHPs 的会议。如果我的热情看起来像是吸血鬼，我道歉——不过，的确，我对你的病情记得一清二楚。"

"如果心理医生没有一点吸血鬼气质，精神病学就不会存在，我可能已经死了。"

医生没有否认这一点。"我会尽我所能地帮助你。"

做事需要花钱。"谢谢你，但我的爷爷已经死了，而且我也没有稳定的工资，所以……"

"不会有任何费用。我所要求的是，我可以发表我的发现。"

"一言为定。"贾斯珀猜测，握手是合适的。

加拉瓦齐医生微笑着与贾斯珀握手，然后伸手去拿他的记事本。"那么，我们现在有多少时间？"

"我们在天堂俱乐部的现场检查是在八点。"

医生的钟显示 6：55。"暂时只说基本事实吧。你为什么认为咚咚要回来了？"

"在过去几个月里，我已经听到了他的声音。他仍然很遥远，声音仍然微弱，但他已经醒来。我觉得我第一次听到他的声音是在伦敦的一家夜总会，大约一年前。"

低沉的咕哝声。"你在夜总会里吸毒了吗？"

"一片苯丙胺。我也在梦中看到了他。"

"镜子里的那个和尚？"

"是的。"

又是一声咕哝。"也许你不梦到你生命中这样一个创伤性的人物才会奇怪。"

"如果……有个看不见的人进了这间屋子，医生，你看不到他，但你会感觉到他。我能感觉到咚咚，就在这里……"贾斯珀摸了摸自己的太阳穴。"这就像在伊里，在莱克斯多普也是如此，在蒙古人出现之前。那个蒙古人说，我有五年的时间。我的五年之期快要到了。"

加拉瓦齐医生的圆珠笔写个不停。贾斯珀想起了埃米·博克瑟，她从十一月起就经常在迪恩在切特温德马厩大院的房间里过夜。"你有没有服用过任何致幻的药物？"

"没有。我已经听从了你的告诫。"

"你是否服用过奎鲁丁或任何抗精神病药？"

"没有，我没有这些药。我没有找过医生。被英国人关起来的人，数量要比一般人知道的多得多。"

加拉瓦齐医生抽着烟斗。"在这个关于咚咚的梦里发生了什么？"

"就像我在看一部电影。一部历史电影，背景是在几个世纪之前。我看到了咚咚——一个和尚或住持——被某种职位的政府官员毒死……"贾斯珀从他的挎包里取出他的日记。"就在第一页上，我还写下了我认为有意义的其他的梦。它们都标有日期。"

心理医生接过日记。贾斯珀猜测，他看起来很高兴。"我可以借用这个，把任何感兴趣的东西都抄录下来吗？"

"可以。"

他打开第一页。"真是好习惯。"

"我的朋友福尔马焦说：'未经细致记录的东西，只是闲话和猜测。'"

"他是对的，你们还有联系吗？"

"是的。他在牛津大学研究大脑。"

"代我问候他，他是个聪明的孩子。我想，自从咚咚的——我们该怎么说好呢？——'重新苏醒'以来，你再没有收到蒙古人的消息。"

"是的。蒙古人已经离开很久了。"

"在莱克斯多普，你告诉我，他只是路过，像个'赤脚医生'。"

"是这样。"

"你现在仍然相信……他是真实存在的？"

钟摆轻轻摇曳了半分钟。

"是的，"贾斯珀说，"我相信。很不幸。"

"为什么说'很不幸'？"

"如果你的理论是正确的，蒙古人只是我创造出来的精神卫兵，用来封锁我的精神病，那我还有希望再做一次。但如果我是对的，蒙古人是真实存在的，而且碰巧来到莱克斯多普，那我的预后可就不妙了。"

外面有个女人喊道："看好路！"

"你一定觉得自己像个守夜人，贾斯珀，只知道危险即将来临，却不知道会是什么时候或是从哪个方向来。"

"这个比喻不坏。"

"哎，谢谢。"加拉瓦齐医生喝了口绿茶。"我想读读这个——"他举起笔记本，"回顾一下事实，作一次比今晚更全面的长谈。我先给你开一张奎鲁丁的处方。在你回英国之前，拿它去一家药店取药，这样就算完全复发，你也会有一个小小的喘息空间。"

道谢。"谢谢你。"

心理医生想了想。"还有一件事。在波士顿，我遇到了一位纽约哥伦比亚大学的心理学家。他是个奇怪的家伙，起码可以说是有着非正统的方法。但我非常敬重他。他对一般的 AHPs 病例很好奇——尤其是病人 JZ。我可以跟他分享今晚的谈话吗？"

"可以，他叫什么名字？"

"宇良·马里纳斯医生。他是中国人。从外表看是这样。但这并不是全部。大多数人只是简单地称呼他马里纳斯。"

《紫色的火焰》长长的独奏变得前所未有的长，因为贾斯珀找到了暗藏其中的秘密通道。高高的屋顶，拱形的黑暗、拱门和窗户，让人想起天堂俱乐部的前身，是不信奉安立甘宗的新教徒的礼拜堂。贾斯珀心想，崇拜还在这里进行着，不是对我们四个的崇拜，而是对音乐本身的崇拜。音乐将灵魂从肉体的牢笼中解放出来。音乐合众为一。马歇尔音箱震动着他的骨骼。我们触摸到了某种神圣的东西。他的斯特拉托卡斯特诉说着狂喜和绝望。我们不是神，但我们是某种神圣之物的通道。贾斯珀可以在此刻死去，而不觉得自己被生活欺骗。他看着迪恩，迪恩知道结尾即将到来。贾斯珀以顶部两根弦的华丽推弦结束，迪恩像喷灯一样冲进最后一段。迪恩的歌声比一年前的感染力强了一倍，这要部分归功于奶油乐队的杰克·布鲁斯（Jack Bruce），他在爱丁堡的麦高那场演出之后出现在后台，给了迪恩一些在弹贝斯时唱歌方面的指导。迪恩还上了一些正式的声乐课，现在他的发声舒适区往两端各自拓展了半个八度。埃尔夫不想被抢去风头，她猛地开始了一段格外炫目的哈蒙德独奏。贾斯珀想知道，胡斯·德佐特和他那些半亲血兄弟是不是也来到了天堂俱乐部。不太可能。他们之间没有保持联系吗？谁知道呢？如果说正常人的心思难以琢磨，那么德佐特家的人就像神秘的字谜……

在后台，贾斯珀在旋转木马般的面孔更迭中，跟其他乐队成员失去了联系，这些人好像都认识他。萨姆·费尔韦是他能叫得出名字的少数人之一。"所以，德佐特。你离开阿姆斯特丹时是个无名小卒，回来时却是个成熟的流行音乐明星。我的学生们认为你是上帝。当我告诉他们，我们曾经一起在水坝广场摆摊卖艺时，他们以为我在胡说八道，所以我要给我们拍张合影……笑一笑！"一片闪光在贾斯珀的眼中和头脑中爆开。

"一场胜利！"大大的笑脸吼道，"一场加冕！一战封神！"

"需要什么兴奋剂、镇定剂吗，外乡人？"一个穿条纹衫的蟾蜍先生问道，"蘑菇、大麻、苯本胺、大麻烟？你随便说，我都有货。"

大大的笑脸变成了放声大笑者。"你到底为什么离开这么久，嗯？阿姆斯特丹需要你……"

"他们现在会在德佐特总部拉出冰冷的呕吐物，"荷兰女王说，她不可能在阳台上，抽着大麻。

"《金曲周刊》杂志的泰斯·奥特罗，"一张殡仪员的脸说，"你真的在莱克斯多普精神病院待了两年吗？"

从阳台上，贾斯珀看到天堂俱乐部的经理在下面的酒吧里跟利凡和埃尔夫交谈。我怎么才能到他们那儿去？

"所以问题是，贾斯珀，"拍打他后背的人说，"你现在的经理能把你带到下一个层次吗？"

贾斯珀找错了楼梯。"他唯一的朋友就是他的吉他，"音乐学院的一位老师解释说，"他的毕业作品叫《我该说是谁在召唤？》。它的声响像水滴一样……"

"可卡因、大麻、右苯丙胺、'紫心'，"蟾蜍先生在贾斯珀耳边喃喃低语，"保你满意。有没有试过迷幻药？"

"或者，他们会呕出冰冷的屎？"朱莉安娜女王问道，"家丑居然登上了《歌迷俱乐部》！荒唐透顶！"

"你和我在星期一做过爱，"一个女人把她的脸涂得像罗夏墨迹测验，"神交。是的，那是我。"

贾斯珀在男厕所，正在洗手。他告诉罗夏小姐："说不定是埃里克·克莱普顿。"

"现在你出名了，"大大的笑脸在楼下的酒吧里说，"各种水蛭都会从树林里爬出来……"

"《金曲周刊》杂志的泰斯·奥特罗，"殡仪员的脸说，"你写《暗房》时与约翰·列侬写《露西在缀满钻石的天空中》时处于同样的迷幻药影响阶段。这事是真是假？"

"……他们会想要好处或钱，"大大的笑脸补充说，"你得更清楚地说出'滚开！'"

"问题是，"拍打他后背的人说，"像贾斯珀·德佐特这样的独行天才，能在一支乐队的约束下成功发展多久？"

"你刚才羞辱了什么人？"蟾蜍先生的脸皱成一团。愤怒。"不是一个像丁丁那样额前留着一绺头发的矮胖比利时小浑蛋吧？"

讲师递给他一支大麻。"所以，院长希望你为建校日做一场讲座……"

"真他妈见鬼，"迪恩跟跄着走了过来，"刚才在厕所里，有两个男人在互相亲吻，摸来摸去！呕……"

"……关于你喜欢的任何事情，"讲师说，"'艺术、爱情和死亡''来自苏豪区的信使''反主流文化'……请务必答应下来。"

"《金曲周刊》杂志的泰斯·奥特罗，"殡仪员的脸说，"你父亲想把你从你祖父的遗嘱中剔除。这事是真是假？"

"所以我只需要五百盾的预付款来支付录音室的费用，"大大的笑脸说，"最好是现金。"

贾斯珀看到那个罗夏测验的女人把手伸进格里夫的衬衫。"星期一，我们通过神交做了一次爱，但今晚……"她在格里夫的耳边低语，她的手往下钻去。

"制作费是从未来的销售款中提取，"大大的笑脸说，"那可是有保证的大钱。你会有什么损失呢？"

三月的夜晚是煤灰色和靛蓝色的，有星光点亮。王子运河沿岸，空气清新而凉爽。春天快到了。自行车铃声响起。贾斯珀让出路来：骑自行车的人经过时，留下一句低沉的"费劲"。一首老歌和一阵炸肉丸香味从琥珀色的酒吧飘出。贾斯珀在阿姆斯特尔广场的拐角处停下，举起大拇指，测量着半月的刀刃。重新做回阿姆斯特丹人很舒服。英国人不信任双重性。他们把它等同于潜在的背叛。在荷兰，有一个德国、法国、比利时或丹麦父母不是什么大不了的事。城市的钟声开始了他们的午夜报时。铜钟的轰鸣声一下又一下地响着，气派的房子和教堂渐渐隐没。在拉姆街的面包店上方，贾斯珀待了三年的音乐学院和狭小房间消失了。走着走着就不见了的有肮脏的妓院，航运事务所和邋遢的咖啡馆；古老的酒店，装饰过度的餐馆和音乐厅；天堂俱乐部、荷兰国立博物馆和 ARPO 录音室；水坝广场，拉上了百叶窗的纪念品商店和安妮·弗兰克故居；产房和墓地；冯德尔公园，它的湖泊和栗子树、椴树、白桦树，还没长出树叶；城里的入睡者和城里的失眠者；就连编织着这场不可能的消失术的塔楼钟声，也从现实中消融开来，直到阿姆斯特丹古老的未来只剩一片咸水沼泽被阵阵大风扫过，住在这里的只有鳗鱼和海鸥，还有小船漏水、狗儿挨饿的窝棚居民……

掘墓人运河是阿姆斯特丹水道中的异数，因为它是一条死胡同式的运河。游客们只会在寻找去动物园的捷径时意外误入其中。很多土生土长的阿姆斯特丹人当面告诉贾斯珀，根本没有这么一条运河——它的名字"掘墓人运河"，就证明它只是一个恶作剧。

但它就在这儿，因路牌而趋于完整，路牌在半月的光照下清晰可见。它那些可敬的居民都在睡觉，但在远处那一端，在掘墓人运河 81 号的三角阁楼窗户里，有一抹天蓝色。贾斯珀走过短小的运河，来到灯光照亮的窗户下面的门前。他按照荷兰童谣的节奏"Boer wat zeg je van mijn kippen..."停顿，"Boer wat zeg je van mijn haan?[①]"按

[①] 荷兰语：农夫，你觉得我的小鸡怎么样……农夫，你觉得我的公鸡怎么样？

响上面的门铃。贾斯珀等待着。

也许她睡着了，忘了关灯。

贾斯珀等待着。我数到十，然后溜走……

四层楼上面，窗户打开了。一把钥匙在鹅卵石上鸣响。贾斯珀把它捡了起来。钥匙连着一个超人钥匙环。他像小偷一样悄悄地进去，爬上四楼，走过自行车、煤气罐和一卷旧地毯。在他走近时，顶楼的门开了……

单管电暖炉呈熔岩红色。它渗入天蓝色的台灯灯光里，形成了紫色的光芒。海伦·玛芮尔（Helen Merrill）用那细纱与绸缎般的嗓音在唱机上唱着《你要是能回家就太好了》（You'd Be So Nice to Come Home To）。特丽克丝站在绣有"米兰杜卡酒店"的毛茸茸的浴袍里。三十岁的她身段苗条，有少许爪哇血统，因为刚出浴而热气蒸腾，头发竖立。"天哪。是鸭嘴兽先生。"

"我能进来吗？"

特丽克丝抬起眉毛。"我也很高兴见到你。"

我应该先打招呼的。"对不起。你好。很高兴见到你。"

特丽克丝站到一旁，在他进屋后关上了门。"我正准备上床，在哭泣中入睡。我还以为，你的骨肉皮们一定在享用我那可怜的红狐狸的骨头。"

贾斯珀把他的外套挂在鹿角上。"反话。"

"天呐，你在伦敦不是变得很聪明吗？"

贾斯珀脱下他的靴子。"讽刺？"

"别在正常化方面做得太好。"

"这没什么危险。"

特丽克丝准备了两杯朗姆酒和冰块。

架子上的钟显示，现在是五点。

贾斯珀的手表显示，现在是午夜前三分钟。

"它几个月前就走不动了，"特丽克丝说，"时间吵得人心烦。"

他们各自占据了沙发的一端，把脚收上来，面对面坐着。"干杯，鸭嘴兽先生。"

"干杯。"他们喝了酒。朗姆酒灼烫着贾斯珀的食道。

"天堂俱乐部的演出怎么样？"

"演出很顺利，但之后的派对太难熬。我趁人不备溜走了。"

"你的专辑就像新鲜的鲱鱼一样畅销。米德尔堡的德佐特家族马上就要召开关于你的紧急董事会了。你父亲会出席，向他的股东发表讲话：'家丑正在《歌迷俱乐部》上弹吉他！我们在这方面的官方政策是什么？'你们的贝斯手很有魅力。"

"迪恩真人比他在电视上的形象更矮小一些。"

"你们四个人看起来很亲近。"

"如果你和某个人同在一支乐队，你就会很熟悉他们。"

"就像家人一样？"

"我不是这方面的专家，但也许是这样。我和迪恩生活在一起。我觉得他很照顾我。他确保我不会忘记事情。格里夫无所畏惧。他从不担心。他很善于生活。埃尔夫就像一个姐姐。我能想象。她很善解人意。就像你一样。他们三个——还有利凡，我们的经理——都知道我有情感解读障碍，我想。我们不讨论它。他们只是在我需要时，替我打打掩护。"

"他们可真英国化。"特丽克丝点上一支土耳其烟，"当明星是种什么感觉？"

"人们在天堂俱乐部一直问我这个问题，当我说'我并非真正的明星'时，他们变得……很难搞懂。"

特丽克丝就此考虑了一番。"也许他们认为，你对他们有所保留，因为你认为不值得跟他们解释。"

364

"现实与幻想完全不同。"

"这有什么关系呢?"

贾斯珀喝完他的朗姆酒,透过杯底看着蜡烛的火焰,倾斜的墙壁,垂下的织物,电暖炉,呼出焚香烟雾的印度女神。"我很想念你的人类学课程,特丽克丝。"

"你是那个穿越英吉利海峡去寻求成功的人,却让我在痛苦中撕扯着头发。"

我有吗?她有吗?没有——她在笑。"讽刺。"

她用脚拍打着他的小腿。"给这孩子一个奖励吧。"

半月的光芒从特丽克丝的窗户照进来,照在她自制的四柱床上。天体永不消亡,贾斯珀告诉月亮,但你也永远不会和跟一具胴体蜷缩在一起。"幸好你是在四月之前来天堂俱乐部演奏,"特丽克丝说,"我就要搬到卢森堡去了。一去不回。"

"为什么?"

"和一个卢森堡人结婚。你是我最后的艳遇。"

道贺。"祝贺你。"

"祝贺我的婚姻?还是你是我最后的艳遇?"

"我说的是——"她是在开玩笑吗?——"你的婚姻。"

"嗯,是时候了。我不会再变年轻了。"

"的确。"

特丽克丝的身子抽搐了一下。她在笑。

"怎么了?有什么好笑的地方吗?为什么?"

特丽克丝把贾斯珀的头发缠绕在她的手指上。"没有嫉妒,没有'你怎么能,你怎么敢?'。你简直是理想的男人。"

"没有多少女人同意。"

特丽克丝发出一种可能意味着怀疑的声音。"这种油嘴滑舌的花招不是你自学的吧？"

贾斯珀想到了梅卡和她在照相馆楼上的房间。在美国，现在还是昨天。"你走了以后，这家店会怎么样？"

"我已经把它卖给了尼克和哈尔姆。他们仍然会弄到来自巴西的冷门专辑，音乐学院的穷学生们仍然会有折扣价。"

"没有了你，阿姆斯特丹就不一样了。"

"谢谢你，但阿姆斯特丹根本不会放在心上。自从我们熬夜重新规划未来，不请自来地参加皇家婚礼之后，这座城市就变了。"特丽克丝用食指描摹着贾斯珀的锁骨。"还记得免费的白色自行车吗？现在没人修了。人们心想，为什么别人不做？要么就把它们涂黑，锁起来。青年无政府主义者的活动正在收尾。新的革命者已经拿起了喇叭。他们一本正经。他们引用切·格瓦拉的话，就像他是个私人密友。他们会说：'不打碎鸡蛋就不能做煎蛋。'仿佛示威者的脊柱，或者警察的头骨，或者老寡妇的窗户只是一枚鸡蛋。现在是我们这些乌托邦主义者清理舞台，让位给那些燃烧弹部队的时候了。我可不想参与其中。"

"谁是未来的特丽克丝·范拉克先生？"

"一个养马人。他有点老，不是什么美少年，但他足够富有，应该是我最后一位最佳求婚者，他足够聪明，懂得看重聪明的妻子，也足够世故，愿意让我的过去成为过去。"特丽克丝点了点贾斯珀的鼻尖。"他母亲不同意。她说我是攀高枝的。我说她是背着氧气罐的登山者。我会把她的心争取过来的。"

一根香燃成了灰烬。呈灰褐色。

"你会天天骑马的。"贾斯珀说。

"我会天天骑马的。"特丽克丝附和道。

伊里的贝尔医生不确定，精神崩溃的贾斯珀能否在只有福尔马焦照顾的情况下，进行十二小时的海上航行，但校长执意如此。校长十六岁时曾是军校生，些许海风的吹拂，或许正是小德佐特需要的良药。贾斯珀被咚咚打击得神志恍惚，无法表达自己的意见。已经给贾斯珀的祖父发了电报，他会在荷兰角港等候。后来，贾斯珀发现，他的学校只关心一件事，就是确保他失去理智的地方离斯沃夫汉姆学院尽可能的远，最好是在另一个国家。贝尔医生给了福尔马焦几片药，让他在贾斯珀病情恶化时给他服用。去哈里奇的车还没开到一半，贾斯珀的病情就恶化了。咚—咚—咚—咚的声音合并成了一股持续不断的冲击。药片只能稍加缓解，却无法阻止这场攻击。贾斯珀和福尔马焦登上了阿纳姆号。那是一场颠簸不休的越洋之旅。男孩们坐在二等舱休息室里，福尔马焦只有在把他最新的呕吐袋丢过船舷时，才会离开贾斯珀。一些去西德的士兵起初嘲笑着呕吐的福尔马焦和面色苍白的贾斯珀，嘲笑他们娘娘腔的校服，后来却对他们同情有加。"喝口这个吧，可怜的家伙。"一只军用酒壶。里面是茶和金酒，可以安定肠胃。阿纳姆号在深夜的天空下进港停靠。士兵们祝他们好运，然后被世界吞噬。赫罗特维德·维姆在他的捷豹车里等着，新的移民大楼就在那儿。他用英语对福尔马焦说："我不会忘记你的善意。贾斯珀，我直接送你去瓦瑟纳尔附近的一家诊所。一切都会好起来的。一切都会好起来的。你现在在荷兰了……"

贾斯珀从特丽克丝的房间倒着走下楼梯，往掘墓人运河走去。走到第十或第十二级台阶时，他意识到自己的身体还在特丽克丝的床上，在远远的上方，但台阶仍在继续延伸，直到这个做梦的人踩到一段泥土走道上为止。一名老妇人在等他。她把手指放在嘴唇上——嘘！——指了指墙上的一个窥视孔。贾斯珀透过孔眼看过去。对面是一个停尸间，或者是牢房，或者是兼有这两种用处的房间。咚咚，穿着袈裟，坐在鲸鱼的下颌骨上，一手拿刀，一手拿着一根胫骨。骨头上刻有凹痕。就像鲁滨孙·克鲁索，贾斯珀心想，在岛上用刻痕记录时日。咚咚的目光与贾斯珀的目光相遇。某个机制被触发了。两人交换了位置。贾斯珀现在成了咚咚心中最深地窖里的囚犯，没有获救或逃跑的希望。他就算死掉也无法离开。窥视孔里的眼睛——咚咚的眼睛——消失了。贾斯珀被永远抛弃在这儿，在有缺口的胫骨上拉动着刀刃，就像小提琴的琴弓……

……一声金属的尖厉声响充斥着贾斯珀的头脑。他在特丽克丝床上被有轨电车的钢轮声惊醒。他的心怦怦直跳。他如释重负，因为他已经不在那个没有门的停尸间里了。有轨电车驶过之后，就只有特丽克丝的呼吸声，阿姆斯特丹的屋顶和运河上的雨声，掘墓人运河81号远远的锅炉声，以及夜色退去的声音。每种声音很难逐一辨别。

我们相信我们的爱人不会伤害我们。

复活节教堂的钟颇为洪亮地敲了五下。贾斯珀借用了特丽克丝的棕色绒质浴袍，走向卫生间。瓶瓶罐罐的乳霜和软膏。贾斯珀避开镜子，把水拍到脸上。他感觉到某种他称之为"变化疼痛"的东西，但他不知道那到底是不是真实感受。他去了特丽克丝的小厨房，吃了个橙子。他在炉子上烧了一壶水，但在哨声响起，吵醒屋里的女士之前把水壶拿开了。他把他那杯茶拿到特丽克丝的餐桌上。一匹银色的马，它长着猫眼石色的眼睛，正看着他。在过去的几个小时里，歌词已经埋入记忆深处。贾斯珀小心翼翼地挖掘起来。

　　一首歌，一群人，一场加冕礼。
　　一台旋转木马，一笔交易——
　　一个如此不可思议的城市，
　　它不完全是真实的。

　　医生、骗子、教师、水蛭；
　　毒贩、神秘主义者、雇佣文人——他们

撞开了天堂之门。
我从后面溜了出来。

掘墓人的夜晚，一道天蓝色的灯光。
一声钟响，转动你门锁的那把钥匙。
楼梯，黑暗，一盏神奇的灯，
一只不需要敲门的狐狸。

一支伊斯坦布尔来的香烟，
一杯冰火两重天的酒——
一只几个月前就走不动了的钟。
一只我们上过两次弦的钟。

一匹长着猫眼石色眼睛的银马。
来自印度的焚香——
我，很少理解，
你，总能理解。

你像小鸟一样睡去，
一声铃声，一切都好，一个遥远的呼唤——
我睡得像个逃亡者，
如果我确实曾经睡着。

一个诅咒，一个恶魔，也许更糟。
一把刀，一根骨头，一道刻痕——
我是孤独的守夜人。
这是我的夜间守望。

把石头滚开

六名警察进入罗马机场的候机大厅，身后跟着一名长官，后者摘下墨镜，扫视着人群。迪恩想象着，警察跟苏联国家航空公司柜台那儿的商人们爆发了枪战，原来那些人是克格勃。尖叫声、大混乱、鲜血。迪恩躲过子弹，救出那个身穿粉红色夹克的辣妹。克格勃的人中枪倒地。意大利国王给迪恩颁发了奖章。粉红辣妹带迪恩去见她的父亲，他的城堡坐落在一百英亩的葡萄园上。"我没有自己的儿子，"他拥抱了勇敢的阿尔比恩①之子，"直到今天……"

回到现实，只见警长多了一名摄影师陪同。

摄影师看起来很眼熟。确实眼熟。他在他们的酒店拍过一张乐队的照片。他发现了迪恩、格里夫、贾斯珀和利凡，还指了指。警长大步走来，他的手下以 V 字队形跟上。他看起来不像是来索要签名。"呃……"迪恩说，"利凡？"

利凡在跟店员说话。"稍等，迪恩。"

"恐怕我们没有那么长的时间。"

警长来了。"你们就是乌托邦大道这个组合吧？"

"有什么我们能帮忙吗，警官？"利凡问。

---

① 指英国，这一称谓常用于诗歌之中。

"我是费林盖蒂队长,金融管理局的。这个。"他敲了敲利凡缚在胸前的皮包。"里面是什么?"

"文件。贵重物品。"

他做了一个招手的手势。"给我看看。"利凡照办了。费林盖蒂队长取出信封。"是什么?"

"两千美元。乐队四场演出的收入。合法收入,队长。我们的演出承办人恩佐·恩德里齐——"

"不,不合法。"队长把钱塞进自己的口袋。"所有人。你们过来。就现在。有问题要问。"

利凡惊呆了,动弹不得。他们都是。"什么?"

"在意大利办音乐会,在意大利赢利,就要在意大利纳税。"

"但我们的手续是齐备的。看。"利凡展开一张意大利语的收据。"这是我们的演出承办人提供的。这是正式——"

费林盖蒂队长声明:"不。不是有效的。"

利凡改变了语气。"这是要敲诈勒索吗?"

"要让我们在这里抓人吗?对我来说都一样。"警官用快速的意大利语向意大利航空公司柜台的职员讲话。迪恩听出了"护照"这个词。

职员紧张兮兮地拿出他们的护照——迪恩一把抢过来,放进了自己的上衣口袋。

费林盖蒂队长把他的脸伸到迪恩面前。"交出来。"

一个警察是否腐败,我一看就知道。"我们的航班在半小时内离开。我们会在上面。带着我们该死的钱。所以——"

疼痛简直要把迪恩从腹股沟处撕裂。候机大厅旋转起来。迪恩的脸砸在地面上。有一颗超新星引爆,离他的脸很近:是闪光灯。利凡发出抗议。迪恩的视力恢复了。摄影师正贴近地面拍摄。迪恩身子一转,使出一记炝蹶子。他的脚后跟在一块下颌骨上挤碎了塑料和镜头。只听一声尖叫。不少靴子向迪恩重重袭来。他蜷缩成胎儿的姿势，护着自己的手和蛋。"浑蛋！浑蛋！"费林盖蒂队长大叫；或者是"Basta! Basta!"[①]。踢人的动作停了。迪恩的手腕被拉到背后，铐了起来。护照也被从他的夹克里掏走了。迪恩被扯着站了起来。格里夫正在骂骂咧咧地抗议。有几道命令是用意大利语发出的。警察们列队离开了。"以后会有法律后果的，"利凡说，"我向你保证。"

"后果现在才刚刚开始，"费林盖蒂队长戴上了他的墨镜，"我向你保证。"

"真是好一通忙乱，"埃尔夫对迪恩说，"三月在阿姆斯特丹，给冬青树乐队暖场了六个晚上……现在又要飞到意大利。"

迪恩往外看了看。他们的飞机已经到达了跑道的顶端。"嗯，《紫色的火焰》在那里冲到了第九位。我有没有提到过？我不太记得了。"

"起码有十分钟没提过了。"埃尔夫说。

"利凡应该多坚持坚持，争取到头等舱的票。"

"对，我应该坚持让格利高里·派克在机场接我，让他像带奥黛丽·赫本一样，开车带我四处逛逛。"

迪恩看了看过道座位上的贾斯珀。他脸色苍白，躲在墨镜后面，嚼着口香糖。"振作起来，伙计。如果我们像石头一样掉下来，就啥也做不了，所以还有什么好担心的？"

贾斯珀的手指紧抓着扶手。

空姐透过对讲机说："请检查你们的安全带是否系好……"强大的引擎转动起来。飞机震动起来。

埃尔夫越过贾斯珀和格里夫，问利凡："这正常吗？"

"完全正常。飞行员一脚踩在油门上，一脚踩在制动上，所以当

[①] 意大利语：够了！够了！

他松开制动时,飞机就会热起来——"

乘客们被按向后方,因为彗星4号在向前冲。"喔——"的声音充满了机舱,迪恩发现埃尔夫的手指戳进了他的手腕里……一切都在颤抖,窗上的雨珠变成了雨丝,地板向上倾斜,地平线向下倾斜,飞机抬升起来,埃尔夫喃喃自语:"噢天哪哦天哪哦天哪……"下方,仓库、一座多层停车场、树木、水库、M4公路和主干道纷纷掉落……一个湿漉漉、等比例大小的英格兰模型,蜿蜒的泰晤士河,理士满公园,邱园里方舟般的温室……然后窗外变得一片朦胧;机身摇晃起来,仿佛被一只巨手抓着来回晃动。埃尔夫问:"这正常吗?"

"只是有点颠簸,"利凡说,"没事。"

迪恩拍了拍埃尔夫的手。"埃尔夫……我的手腕?"

"噢,天哪,对不起。你看起来就像被狗咬了。噢……老天,快——看——那儿!"他们从上方俯瞰着云彩。在阳光照耀下,呈雪白和浅紫色;像是被搅拌过,拂乱过,被钢刷刷过……

"雷是不会相信这个的。"迪恩说。

"这一幕要怎样捕捉下来,"埃尔夫问,"用音乐的话?"

"贾斯珀,"迪恩说,"你一定得看看这个。真的。"

贾斯珀,即使他听到了迪恩的话,也未予理睬。所以迪恩和埃尔夫看着云彩。"这是我见过的最美的东西。"埃尔夫说。

"我也是。"一阵轻微的刺痒让迪恩发觉,埃尔夫的一缕头发卡在了他的胡茬上。他把它轻轻解开。"我会把这还给它合法的主人。"

两名搜捕队的警察和乐队成员一起坐在警用面包车后面。迪恩注意到,它的内里很像囚车。长椅沿着车厢排列,光线只能透过驾驶室顶部的粗大格栅射入。迪恩的腰部、臀部和腹股沟已经传来阵阵抽痛,肯定会留下淤青。他的双手还被铐着。看守点上了烟。他们有手枪。"嘿,伙计,"迪恩问,"朋友。香烟,拜托?"

警察乐呵呵的摇头,意思是:"'朋友'?真的吗?"

"你包里的钱,"格里夫问利凡,"是合法的吗?"

"完全合法,"利凡说,"但它已经不在我包里了。"

"全部用现金,携带是不是有点冒险?"格里夫问。

"如果你认为携带现金有风险,"利凡反驳说,"那你接受一张从未合作过的外国演出承办商的支票试试。看看它在你回家时怎么神奇地作废。"

"那个警察知道你拿着它,"迪恩说,"还知道你还把它装在哪个袋子里。要是你问我的话,这很可疑。"

利凡叹了口气。"是啊。只有恩佐知道我拿着这个。"

格里夫问:"为什么我们自己的演出承办商会出卖我们?"

"恩佐可以保留五场演出的净利润。队长得到了一份厚利。皆大欢喜。真他妈的。我应该带上贝萨妮跟我们同行,让她自己把钱偷偷带回去。现在,如果恩佐突然跑来纠正这一切,我就欠他一个道歉。但如果他继续缺位,我们就知道了。"

一分钟左右,无人说话。"感谢上帝,埃尔夫坐的是早一班的飞机,"迪恩说,"感谢上帝。"

"你说得没错。"格里夫说。

警车驶过一个凹坑,车身一震。

"只不过是些钱而已,"贾斯珀说,"我们还会赚更多。"

"泰德·西尔弗能把这两千美元弄回来吗?"格里夫问。

"这里是意大利,"利凡说,"我们的案子可能会到一九七五年才开庭,如果足够幸运的话。真的。不,最好的情况是迅速被驱逐出境。"

"最坏的情况是什么?"迪恩问。

"我们别去想它,不过除非大使馆的人告诉你,这份材料是安全的,否则什么也不要签。要记住。是意大利人发明了警察腐败。"

四个人走下面包车，在警局的围墙院子里眨巴着眼，感到眼花。这是一栋难看的单层建筑，有着平平的屋顶。迪恩脚下踉跄。格里夫搀扶住了他。越过装有铁蒺藜的墙头，他们看到一座高速公路桥，一个工厂的烟囱，还有一片住宅区。一名警察把他们赶了进去。等候区的每一个人，从十岁小孩到牧师，再到怀孕妇女和值班警员，都在抽烟。谈话停止了，人们转过头来看着这些外国人。他们被带着穿过一扇防爆门，进入一间处理室。费林盖蒂队长在等待着。"怎么样，你们喜欢我的旅馆吗？"

"它是个粪坑，"迪恩故作亲切地说，"你知道这个词吗？'粪坑'？全都是大粪。就像你们这帮人。"

"冷静，迪恩，"利凡喃喃自语，"冷静。"

"你们都是因违反货币法规而被关押的，而你——"他对迪恩冷笑道——"是因为袭警。"

"滚开，是你袭击了我。"

"谁会相信一个罪犯、小偷、骗子？在这里掏空口袋。"他指了指柜台上四个浅浅的木盒。

"你已经从我们身上偷了两千美元，"格里夫说，"我们怎么知道我们还会看到我们的东西？"

"不，是你们偷了意大利人民的东西。"

"费林盖蒂队长，"利凡说，"请打电话给恩佐·恩德里齐。他会把误会解释清楚。"

费林盖蒂展现出幸灾乐祸的癖好。"谁是'恩佐·恩德里齐'？"他龇牙咧嘴的笑容在说，我在撒谎，我不在乎你们是否知道我在撒谎——这意味着，迪恩猜想，是他们的演出承办商陷害了他们。这时，利凡、格里夫和贾斯珀已经按照指示，清空了他们的口袋。迪恩问："我的手被绑着，要怎么才能清空我那该死的口袋，天才队长？"

"确实。所以，我来清空口袋。"队长抬起柜台的一块翻板，来到迪恩身边。

"你可以把手铐摘下来。"迪恩说。

费林盖蒂把迪恩的上衣口袋翻到托盘上。几枚硬币咔啦咔啦地掉了出来——还有锡纸包裹的一团不成形的东西。

这他妈是啥？"那不是我的。"

"是从你的口袋里出来的。我看到它掉下来了。我的支队长也看到了。"

支队长噘出他的下唇。"是的。"

费林盖蒂解开锡纸。里面是一坨大麻。警长的眼睛瞪大了，就像一个拙劣的演员。"是大麻吗？我希望不是。"

现在迪恩开始担心了。"是你自己放进去的！"

费林盖蒂嗅了嗅这团东西。"闻起来像大麻。"他用拇指指甲刮了一下，抹在舌头上。"尝起来像大麻。"他摇摇头。"就是大麻。这可不好。非常不好。"

"我们要找律师，"利凡声明，"并要求英国和加拿大大使馆的领事探视。马上。"

费林盖蒂嘲笑道："切。这里是意大利。现在是星期天。"

"电话、律师、大使。我们知道我们的权利。"

队长俯身在柜台上。"这里不是伦敦，是罗马。我来决定'权利'。我说——"他弹了弹利凡的鼻子——"不行。"

利凡把头后移，躲避奇怪的攻击。副队长开始催促迪恩走进一条走廊。

"喂！"迪恩意识到可能会有比蒙受羞辱更糟的事情，"你要带我去哪儿？"

"粪坑旅馆里的，"队长告诉他，"私人套房。"

"什么都别签，迪恩，"利凡在他后面喊道，"什么都别签。"

那位意大利演出承办商没有在到达大厅迎接乐队的到来，所以利凡去找电话亭，给恩德里齐的办公室打电话去了。迪恩对意大利人的第一印象是，他们比英国人笑得更频繁，更灿烂。他们的头发更好看，衣服更时髦，他们用手、胳膊和眼睛说话，也用语言。"从好的方面看，"格里夫喃喃低语，声音太小，埃尔夫听不到，"如果意大利男人多数是同性恋，那可就留下了广阔的空间。"

迪恩的毛孔吸入温暖的空气。"我喜欢这里。"

"我们都还没离开机场呢。"埃尔夫说。

"绝无仅有的——乌托邦大道！"一个男人张开双臂走来，他有一颗银色的牙齿，穿着一件奶油色衬衫，还有一副需要从十档调到三四档的大嗓门。我是——"他把手放在心口上——"恩佐·恩德里齐，你们的演出承办商、仰慕者、朋友。而你——"他首先选择了贾斯珀——"是贾斯珀·德佐特，大师。"

"恩德里齐先生。"他伸出一只手。

演出承办商用双手握住了它。"叫我恩佐。"他转向迪恩。"迪恩·莫斯，精密计时器。"

精什么？"把我们带来这里，你就等着乐吧，恩佐。"

"是你们的粉丝把你们带来的！他们给我写信，打电话，他们为《紫色的火焰》而疯狂！是你写的这首歌，迪恩，对吗？"

迪恩膨胀了一点。"刚好是我，那是我的其中一首歌。"

"一首了—不—起的歌。我们办演出，做访谈，下周我们还会升，升，升到意大利第一。而你，埃尔夫·奥洛韦①，塞壬般的女歌手。"他把埃尔夫的手举到唇边。

"很高兴见到你，恩德里齐先生。恩佐。"

---

① 意大利语中"H"不发音，恩德里齐说成了 Elf 'Olloway。

"你这周让一万人心碎,在都灵、那不勒斯、米兰、罗马。"他转向格里夫。"所以你……不是利凡?不不。你是'格里夫·格里芬',因为你为我做了很多'悲伤(grief)'的事,对吗?"恩佐用手比出一把手枪,咯咯笑着。"站住!交出你的钱财和你的性命!'嗯?"

"利凡随时回来,"埃尔夫说,"他去给你打电话了。在抵达时间上有点小混乱。"

恩佐叹了口气。"对盎格鲁-撒克逊人来说,时间是主人。对地中海人来说,时间是仆人。"

恩佐的菲亚特小巴以两倍于野兽最高时速的速度,在意大利公路上颠簸行进。开车的是一个沉默的大块头,恩佐介绍说:"桑蒂诺,我的左膀和右臂。"公路穿过一座座浅棕色和能够抵御热浪的绿色的山丘。郊区从被炸毁的废墟中出现。起重机伸向天空。高大乌黑的树木螺旋上升。车流时常转向,毫无规则可言。人们用狂按喇叭代替打灯示意,交通信号灯似乎只是摆设。贾斯珀保留了飞行时病态的苍白。"你在罗马出生的吗,恩佐?"埃尔夫问。

"切下我的手臂,就会流淌出台伯河。"

"你从哪儿学的英语?"迪恩问。

"从美国大兵那里,从英国大兵那里,在罗马,在战争中。"

"儿童不是疏散到乡下了吗?"埃尔夫问。

"没有哪个地方是安全的,整个意大利都是战场。当然,罗马就像吸引炸弹的磁铁,但其他城市也是如此,如果你出现在错误的时间,错误的地点,轰!一九四三年七月,大大大大突袭摧毁了圣洛伦佐。皇家空军。死了三千人。我的父母也是。"

"那太可怕了。"埃尔夫说。

"那是二十四年前的事了。桥下有好多水。"

"伦敦也被炸得一塌糊涂。"迪恩说。

恩佐闪着他的银牙。"被意大利空军吗？"

"墨索里尼是站在希特勒一边的，对吗？"

"当然——墨索里尼的手下杀了我的叔伯和表兄弟们，他们是北方游击队员。电影和故事都很简单：好人对坏人。现实呢——"他的手指摇晃着，交织着——"是这样的。"

迪恩想知道，欧洲的历史是不是比他成长过程中看过的战争电影还要复杂。

"灾难是机遇之母，"恩佐说，"美国大兵来了，他们给我们漫威漫画，我学英语，他们有美元，我弄到他们需要的东西，我就有佣金拿，那天晚上我吃到了东西。黑市上的人，他们帮我，我帮他们。这就是意大利人的做法。年纪小，是一重保护。如果军警抓到一个男人，他们就会开枪；如果他们抓到一个男孩，通常不会。那就是我人生的大学。我学会了拉一票。"

"那是什么，恩佐？"格里夫问。

迪恩弄清了这个问题。"'拉皮条'？"

"没错。拉一票。是我现在还能用到的本领，作为演出承办商。"

菲亚特被一辆校车别了进来。桑蒂诺按了一下喇叭，从车窗探出头大喊，完全不管以他们的车速，他的话根本不可能传到违规的司机耳中。孩子们从校车中探出头来，朝桑蒂诺做出一个戳刺的手势，食指和小指直指前方，就像一对犄角。"那是什么意思？"迪恩问。

"是绿头乌龟。老婆跟别的男人乱搞的男人，头上的角。"

"绿帽男，"埃尔夫说，"民谣歌曲里有很多这样的。"

一座农舍飞掠而过。坡度平缓的屋顶，狭窄的窗户，饼干色的石墙。倾斜的农田上种植着一排排作物，迪恩觉得像是啤酒花。

"那是个葡萄园，"恩佐说，"葡萄，用来酿酒的。"

迪恩想知道，如果他出生在那所房子里，而不是在格雷夫森德的孔雀路，他会成为什么样的人。他想知道，莫非身份并不是用无法抹灭的墨水勾画而成，而是用了一支浅浅的 5H 铅笔。

加装格栅的高窗宽不过一英尺，高不过六英寸。头也许可以通过，但身体绝无可能。一片尘土飞扬的阳光落在生锈的床架和变硬的床垫上。角落里，一个溅有粪便的陶瓷孔眼散发着恶臭。地面是湿黏的水泥地。绘有涂鸦的墙上布满霉斑。钢门上有一个监视孔和一个紧贴地面的小门。除了床垫，他无处可坐。现在怎么办？他听到高速公路上低沉的喧嚣，遥远的意大利语咒骂声，以及一个水箱滴答，滴答，滴答的声音。

但愿费林盖蒂只想吓吓我们，让我们忘掉那两千美元。

迪恩对意大利的涉毒刑罚一无所知。滚石乐队前不久推翻了他们的毒品指控。但那是滚石乐队，而且是在英国。

几分钟缓缓流过。迪恩的愤怒正在冷却。他挨打的地方开始作痛。他想知道埃尔夫现在怎么样了，伊莫金能不能支撑得住，婴儿的夭折将他眼下的困境拉远了。利凡、贾斯珀和格里夫知道他在这儿。他可不是在无人目睹的情况下遭到绑架。他是英国人。意大利不是俄国或非洲，在那些地方他们会把我带到后面，朝我头上开一枪。迪恩的审判——如果真走到那一步——将会是一件漫长的、代价高昂的麻烦事。最后，迪恩并非无名小卒，他是有一首歌在意大利排行榜占据前五的人物。昨晚，乌托邦大道让罗马的两千个座位座无虚席……

"两千人！"格里夫在墨丘利剧院两翼的喧嚣中，对着迪恩的耳朵喊道。"从阿奇·金诺克到现在，只有十四个月！我他妈是不是在做梦？"大汗淋漓的迪恩搂紧了格里夫的肩膀，格里夫在喝水。迪恩哑着嗓子，感到兴奋，喜悦，一时间坚不可摧。最后一轮呐喊和口哨声既是为了乐队，也是为了迪恩的新歌《渔钩》，一首正在完善的作品。墨丘利剧院的观众喜欢它，就像喜欢《暗房》和《蒙娜丽莎》一样。

掌声稳定下来，变得像是行进的巨人发出的啪、啪、啪、啪、啪、啪、啪、啪、啪、啪……

利凡出现了。"第三首安可曲？他们想听。"

埃尔夫从她的水壶里吸了一口水。"我愿意。"

"我从未拒绝过两千名罗马人。"格里夫说。

"说不似乎很不礼貌，"迪恩表示同意，"贾斯珀？"

"没问题。"

恩佐出现了，就像演出承办商在获利丰厚的巡演最后一晚那样微笑着。"朋友们，你们全都棒透欧欧欧了！"

"这群观众也是，"迪恩说，"他们真狂热。"

"在英国，人们……"恩佐模仿着给嘴唇拉上拉链的样子。"在意大利……"他摆出唱歌剧的架势，"……我们表达出来！这场噪音是爱的噪音。"

"我们也是在用外语演唱，"埃尔夫惊讶地说，"不妨想象一下，英国观众也变得如此疯狂——"她比划着外面的剧场两翼，"因为一场意大利人的表演。"

"他们研究歌词，"恩佐解释说，"他们感受音乐。你的歌曲，埃尔夫，它们说：'生活是悲伤，是快乐，是感情。'这是普世的。贾斯珀，你的歌曲说：'生活是奇怪的，是奇境，是梦想。'谁没有这样想过呢？迪恩，你的歌曲说：'生活是战斗，是艰辛，但你并不孤单。'你，格里夫，你是一个直觉型的鼓手。另外，你们的意大利演出承办商是个天才。"

一个神情严肃的人在恩佐的耳边说话。恩佐翻译道："他请求，请在观众砸烂他的剧院之前演奏一曲。"

"我们已经唱完了整张专辑。"格里夫说。

"还有我们的所有存货。"迪恩说。

"贾斯珀的新歌，"埃尔夫说，"谁赞成？"

乐队成员和利凡说："赞成。"

"我来介绍这首歌，"迪恩说，"恩佐——你怎么用意大利语说'我们也爱你们'？"他让恩佐重复这句话，直到记在心里。他们回到了舞台上，收到了哥斯拉级别的欢呼。贾斯珀背上了他的吉他。格里夫坐到了他的位置上。埃尔夫坐在钢琴前。迪恩靠在他的麦克风上："谢谢，罗马——我们也爱你们……"

一个女人尖叫起来："迪恩，我想要你，宝贝！"也可能是："迪恩，我想要你的宝贝！"

"谢谢你们，"迪恩说，"再来一首？"

罗马吼叫着"好！"和"是的！"。

迪恩用手捂着耳朵。"什么？"

回答比彗星4号起飞的声音还要响。

这是一种毒品，迪恩意识到，我是一名瘾君子。他看着埃尔夫。她的回眸说，你真有魅力。"好吧，罗马。你赢了。接下来这首歌真的是我们今晚的最后一首……"

一阵巨大的失望呻吟声落在地上。

"但我保证，我们很快就会回到意大利。"

呻吟声从俯冲中拉起，变成了欢呼声。

"这是贾斯珀写的。它叫《守夜人》。"

香槟酒的瓶塞砰地打开。百合花的香味让人飘飘然。恩佐非常好的朋友们鱼贯而入。半个城市的人似乎都是恩佐非常好的朋友。他们中的一个在卫生间里遇到了迪恩，给了他一长条极好的可卡因。一个星系在迪恩的头脑中爆炸了。香槟变成了紫色的酒。更衣室变成了迪恩幻想过的那种夜总会的VIP包厢，有巨大的吊灯，女人们珠光宝气，仿佛刚从詹姆斯·邦德电影场景中走出来。男人们在雪茄上欢笑，三五成群地交谈着。一个仿佛从壁画里走出来的意大利男人在对埃尔夫耳语。她在微笑。迪恩给了她一个眼神，意思是："有人在勾勾搭搭，我看到了。"埃尔夫的回望说："我能说什么呢？"恩佐那位带着可卡因的非常好的朋友把他带到另一个卫生间，再来一杯烈酒。恩佐和利凡出现时，一支爵士三重奏乐团正在演奏《我搞砸了，这可不妙》(I Got It Bad and That Ain't Good)。他们都带着严肃的表情。他们在埃尔夫身边低头，说了些什么。埃尔夫的脸色变了，她用手捂住了嘴。利凡看起来面带病容，有些憔悴。那个英俊的追求者消失了。

迪恩猜测，是有人死了。他走过去。"怎么了？"

埃尔夫张了张嘴，但说不出话来。

"埃尔夫的侄子，"利凡说，"伊莫金的宝宝，马克。猝死了。他死在昨天夜里的某个时候。"

俱乐部里欢声依旧，仿佛这一切都没有发生。

"哦，天哪，"迪恩说，"二十四小时之前？"

"我的助手她刚告诉我，"恩佐·恩德里齐坚持说，"英格兰和意大利之间的电话，不是很好……"

埃尔夫浑身发抖，呼吸粗重。"我必须回家。"

"我们明天下午就走了。"利凡提醒她说。

"早上的第一班飞机。"埃尔夫告诉迪恩。

利凡看着恩佐，恩佐点了点头。"有可能。我很好的朋友，是意大利航空公司老板的弟弟……"

埃尔夫左顾右盼，无法处理任何事情。

"让我们把你送回酒店，"迪恩告诉埃尔夫，"你得收拾好一切。我也要睡在你的沙发上……"

暮色涌入牢房。那一方铁窗外面的天空变成了橙色，然后是不讨人喜欢的棕褐色。迪恩的身体因为挨了那顿打而酸痛不止。一盏病恹恢的灯刚在门上方的墙上，闪烁着亮了起来。八点了？九点了？他们拿走了迪恩的手表。

看来我要在这里过夜了，犯人心想。

迪恩想知道，其他人是否也被单独关了起来。乐队本该登上的那趟航班会在希斯罗机场降落。

埃尔夫会在伯明翰的伊莫金家。

我处境艰难，迪恩心想，但伊莫金准是身处地狱……

埃尔夫和迪恩昨晚都没怎么睡。埃尔夫谈到她三次去看她的小侄子，还有马克在她最后一次去看他时，如何对他的姨妈咯咯笑。她哭了。迪恩提出要离开，担心她可能更想一个人待着。她请求他留下。他们打了一小时左右的盹儿。然后出租车就来了。

她会以为，他们现在已经回到了伦敦。

此刻，不会有人注意到他和贾斯珀没在。格里夫的室友不会发出任何警报。明天贝萨妮要过一段时间才会感到不妙，但幸运的话，她会在下午三点左右给恩佐·恩德里齐打电话。然后骑兵部队才会动员起来。但愿吧。地面上的小门滑开。一个托盘出现了。迪恩跪在小门旁边，向外发问："喂！我的朋友在哪里？我的律师在哪里？要多久——"

小门关闭了。脚步声离去。

两片涂有人造黄油的白面包，一塑料杯的温水。面包的味道就像纸，水的味道就像蜡笔。伟大的意大利美食不过如此。

时间过去了。小门滑开了。"Vassoio[①]。"一个男人说。

迪恩蹲在小门边。"律师。"

这个声音重复着："Vas-soi-o。"

"费林盖蒂。费—林—盖—蒂。"

[①] 意大利语：托盘。

小门关闭了。钥匙叮当响。门上的重锁吱吱嘎嘎。一个大鼻子、大胡子、大肚子的大个子警察走了进来。他举起托盘,指着它告诉迪恩:"Vas-soi-o。"

"Vassoio。托盘。明白了。律师?费林盖蒂?大使?"

大个子警察用鼻子哼了一声,意思是,做梦吧。

"非常感谢,罗马。"迪恩引用了恩佐在墨丘利剧院教他的台词。"我们也爱你们。"

警察递给迪恩一小卷卫生纸、一条毯子,把门砰地关上。迪恩躺下,渴望得到一个苹果、他的吉他、一份报纸或者一本书。他把想法变成喃喃自语:如果是金特·马克斯和伊莱克斯把你扔到狼群里,怎么办?如果费林盖蒂决定让你坐牢,只是为了取笑你,怎么办?

门上的灯啪地熄灭了。牢房里一片黑暗。

门下有一点光亮。就这样了。

你在对待埃米时,为什么会是这样一个善妒的伪君子?

迪恩希望,在两星期前,他在牛津街的 100 俱乐部看到宝瓶座战舰的马库斯·戴利对埃米垂涎三尺时,没有大发雷霆。他希望他没有告诉埃米今晚就到此为止,促使她回答说"如果你想走就走吧,但我要留下",迫使他要么离开要么留下,看起来像个没用的傻瓜。他希望在埃米回到她自己的公寓时,他没有说"你觉得现在已经几点了?",就好像他是她父亲,而不是她的情人。迪恩还希望,他没有像苏格兰场的莫斯探长那样开始审问她。他希望他没有叫她"带着打字机的寄生虫"。他希望在她告诉他,她知道阿姆斯特丹的荷兰女孩时,他没有说她是多疑的婊子。她是怎么知道的?迪恩希望,他没有把大理石烟灰缸扔进她的玻璃柜,就像哈里·莫法特在三天滥饮时那样。他希望自己第二天能有勇气道歉,而不是躲在切特温德马厩大院里,让埃米把他的东西装箱,留在月鲸。他第二天去参加乐队会议时,贝萨妮

385

的那副眼神仿佛在说"懦夫"。迪恩没法不同意。那不是说再见的恰当方式。

他在粪坑旅馆里醒来。他很痒。他检查了自己的身体，上面有星星点点的昆虫叮咬块。有几个地方被他在睡梦中挠破了，沾上了血迹。为了得到一支烟，有什么是我不肯做的？他站起来，往粪坑里撒尿。他的尿闻起来像鸡汤。他渴了，他饿了。在过去的二十四小时里，他吃了……啥也没吃。他敲了敲门。弄疼了他的指关节。"哈啰？"没人来。"**哈啰**？"

没有人来。别放弃。

他敲出了《放弃希望》的贝斯线……

脚步声咚咚地走了过来。监视孔啪地打开。迪恩想起了"圣詹姆斯的苏格兰威士忌"俱乐部。"stai morendo[①]？"

什么意思？迪恩请求道："水，拜托。"

一阵愤怒的意大利语。监视孔啪地关闭了。

时间曳步缓行。送餐小门啪地打开了。早饭和晚饭几乎一样。面包馊了。铝杯里有咖啡，但表面的泡沫看上去像痰，令人担忧。他想了想，怎样尝试着把它舀下来，喝到下面的咖啡，然后又想象出费林盖蒂满意的样子，所以他根本没动托盘上的咖啡。他想到，中产阶级的人们——人世间像克莱夫和米兰达·霍洛韦这样的人——从生到死都相信，每一名警察都是法律忠实的仆人。迪恩前不久的记忆中冒出了一首歌。

去你的猪猡！
去你的猪猡！

---

① 意大利语：你要死了吗？

去你的猪猡!

铃铃铃!
　铃铃铃!
　　铃铃铃!

切特温德马厩大院的门铃声把迪恩吵醒了。他的头脑吃力地运转起来。前一天,乐队在米尔顿凯恩斯附近的运动场做了一场音乐节演出。埃尔夫到伯明翰看望伊莫金、劳伦斯和她的小侄子马克去了。迪恩、格里夫和贾斯珀把野兽开回伦敦,吃了片药,然后去了"即兴演奏"俱乐部。贾斯珀带着达利奇的一名奥运马术障碍赛运动员离开了,格里夫带着埃文郡的一名女士离开了,留下迪恩去追求一名笑眯眯的塞浦路斯混血儿——后来洛·史都华跳起华尔兹,抢走了她。凌晨两点,还留在"即兴演奏"舞池里的人已经寥寥无几。他走回公寓,心里强烈地怀疑着,"摇摆的六十年代"根本不像报上说的那样夸张,哪怕对一个上过电视不止一回而是两回的音乐人来说……

铃铃铃!"喂!迪诺!我能看到你的靴子!"

是肯尼·耶尔伍德。愧疚感把迪恩推到了前门。他这位同乡老友如今和一个吃小扁豆、占卜塔罗牌、名叫弗洛斯的女孩住在哈默史密斯地区。迪恩去拜访过他这位艺校好友和掘墓者乐队的同伴,但只有一回。肯尼给他演奏过几首过耳即忘、自行创作的歌曲,他建议迪恩"增添一些最后的修饰",与乌托邦大道乐队一起,把这些歌曲录制好,记在耶尔伍德—莫斯名下。迪恩对这个笑话哈哈大笑,直到他意识到肯尼这番话是当真的。从那以后,他们再也没见过面。肯尼留过几次口信,但迪恩让他相信,自己太忙,顾不上回电话。然后格里夫出了车祸,肯尼从迪恩的"待办事项清单"上滑落下去。

"开门，"肯尼隔着信箱叫道，"否则我就呼哧、扑哧地吹气①——"迪恩打开了门，然后因肯尼从格莱夫森德前披头族到西伦敦嬉皮士的彻底转变而震惊：他穿着长袍，扎着束发带，佩戴着披风。"跑得了和尚跑不了庙。"

"早上好，肯尼。弗洛斯，最近怎么样？"

"现在是下午了，你这毒虫。"肯尼说。

"大游行的下午。"弗洛斯说。

"你说什么？什么大游行？"

"十年来最大的示威游行，"弗洛斯说，"反对美国在越南的种族灭绝。我们在特拉法加广场集会，走向美国大使馆。你要来吗？"

如果美国政府已经下定决心，要把一个不幸的亚洲国家变成死亡地狱，逼迫美国的青少年到那里打仗和死掉，迪恩不相信走到牛津街去吹哨子就能改变它的主意。迪恩还没来得及说什么，一个年轻女人就从台阶上飘到贾斯珀的前门，拆开一包万宝路。"嗨，迪恩，我是拉菹。我们能边走边说吗？一定不要错过去见瓦妮莎·雷德格雷夫②的机会。"

拉菹看起来就像被安放到这个灰蒙蒙的三月午后似的。她穿着前开襟的男式黑风衣、牛仔裤、靴子。她的黑发里混有红色的发绺，她看起来无所不能。尚未泯灭的欲望唤醒了迪恩。"我去拿外套。"

演讲声在国家美术馆附近回响着。"美国的战争机器不会停止，直到每个男人、女人、孩子、树、牛、狗、猫都被杀死……"特拉法加广场挤满嬉皮士、学生、工会运动积极分子、核裁军运动支持者、托洛茨基主义者和各行各业的人们。"英国和美国所面临的经济危机

---

① 童话故事《三只小猪》中大灰狼说的话。
② 瓦妮莎·雷德格雷夫（1937— ），英国电影明星。

的根源，就在于这场自杀式的越南战争……"还有数百人从广场边缘观看，而警察则守卫着通往唐宁街和白金汉宫白厅和蓓尔美尔街的出口。"我们从西德来到这里，是为了一个新的社会，一个更好的未来，在那里，帝国主义、战争、资本主义只属于历史的垃圾堆……"人群仅凭其存在，就隐隐形成了一股喧嚣。肯尼认为人数有一万，弗洛斯认为有两万，拉菇认为接近三万。无论规模如何，人群就像一张电网。迪恩感到，自己的神经系统与之相连。几十面越共的旗帜簇拥在纳尔逊纪念碑下面。标语牌像书页一样传递着：**"见鬼，我们才不去呢！""胜利属于越共！""我们就是我们的父母警告过我们要小心提防的人。"**迪恩想知道，这要怎样才能阻止B-52轰炸机轰炸越南的村庄。

演讲结束后，人群开始走向查令十字路。肯尼、弗洛斯、拉菇和迪恩也随着人群走去。经过凤凰剧院，经过丹麦街，经过塞尔默吉他行，迪恩在那里的债务总算还清了。经过已经倒闭的UFO俱乐部的门口。在托特纳姆法院路，人群沿着牛津街向左汇流。一名年轻新兵，脸上长着痤疮，刚从地铁站出来。和平示威者大声辱骂："你杀了多少儿童，少年兵？"一名警察像父亲似的，把他推回了地铁站。"胡志明——万——岁！胡志明——万——岁！"牛津街上的百叶窗都拉了下来，就好像在为迎接入侵作准备。迪恩觉得他瞥见了米克·贾格尔，但不确定。弗洛斯和肯尼告诉他，他们听说约翰·列侬和他的新女友小野洋子（Yoko Ono）也在游行人群当中。无论真相如何，迪恩感受到了那股力量。他和它是一体的，道路是他们的，城市是他们的。

"你也感觉到了吗？"拉菇问。

"是的，"迪恩说，"是的，我感觉到了。"

"你知道这种感觉的名字吗？"

"是什么？"

"革命。"

他侧过身来,看着她。

拉菈回望着他。"跟我们一起游行的还有妇女争取选举权团体、杜鲁提纵队、巴黎公社支持者、宪章运动者、圆颅党人、平等主义者、瓦特·泰勒①……"

迪恩没有承认他没听说过这些乐队。

"……每个人都对他们那个时代吸血的当权派竖起两根手指,说:'去你的。'带来了变更,但权力是变动不居的,它的所有权只是暂时的。"

"你姓什么,拉菈?"迪恩问。

"你为什么问这个?"

"有一天你会成名的。"

拉菈点上一支万宝路。"拉腊·韦罗纳·古比托西。"

"哇。这可……真够长的。"

"地球上大多数名字都比'迪恩·莫斯'长。"

"好像是。那你是意大利人?"

"我来自很多地方。"

他们拐进北奥德利街,那里的游行队伍被引向南面:"不——干涉——越南!不——干涉——越南!"人们在梅菲尔区的联排别墅里观看着。向南两个街区,是格罗夫纳广场。警方的警戒线和囚车组成的防线将美国大使馆围在中央:那是一座低矮、现代化的五层碉堡,顶端有一只鹰。

"党卫军不是也有一只鹰吗?"弗洛斯问。

随着前方示威者填满广场周围的街道,后方示威者越来越拥挤。

---

① 瓦特·泰勒(卒于1381年),英国农民运动领袖。之前列举的均为历史上的改革力量。

格罗夫纳广场中心的大片草地和树木被警察围了起来,他们严重低估了需要控制的人群规模。广场出口被封锁了,前面的数千名游行者无处可去。人群变得越发拥挤,立在广场上公园四周的栅栏,好几处同时倒了下来。一个人倒在迪恩身上,一个人的脚后跟压他的膝盖压进了柔软的草皮。怒吼声响了起来,就好像一场足球赛或场战斗开始了。如果说,这一天曾是一首夏日的流行单曲,那它现在翻转到了更黑暗、更摇滚的B面……

迪恩被拉菈·韦罗纳·古比托西拉了起来,她在他耳边喃喃地说"让爱开始吧",然后就消失在人群之中。哨声响起。烟雾玷染了空气。肯尼和弗洛斯不知所踪。阳光变暗了一半。"去你的猪猡!去你的猪猡!去你的猪猡!"守在广场四周的警官们退到了大使馆前的警察方阵中。谁站在谁的阵营里?都有哪些阵营?投掷物如雨点般落下。一阵玻璃的哗啦声——一阵参差不齐的欢呼声——"我们打中了一扇窗!"又一阵欢呼。"又一扇!"阵阵尖叫声。"胡!胡!胡志明!胡!胡!胡志明!"是地震吗?在伦敦?马匹在冲锋,有十几匹,直奔迪恩而来。骑马的警官挥舞着警棍,就像维多利亚时代的骑兵挥舞着弯刀。人们跑到树下,那儿的树枝对骑兵来说太矮。迪恩逃到另一匹马的路上,又逃到另一匹马的路上,又逃到另一匹马的路上,被绊倒在地,差之毫厘地躲过了向着头颅猛然袭来的警棍。一只马蹄在离他脑袋几英寸远的地方猛踏草皮。迪恩挣扎着站起来,发现一块沾着头发的头皮粘在他的手上。一个戴着林登·贝恩斯·约翰逊面具的人向警察投掷烟雾弹。迪恩朝另一个方向跑去,但已经弄不清那边是哪个方向了。战线在不断地回环往复。声音越来越大:"胡!胡!胡志明!胡!胡!胡志明!"一群警察抓住一个人,用警棍和靴子将他暴打一通。"给你这些爱与和平,够不够?"他们扯着他的头发,把他拽走了。"让开!"一名警察被担架抬过去,他的脸就像是屠夫用的托盘。迪恩想离开格罗夫纳广场。再过四十八小时，乐队就要飞往意大利了。被捕可不妙：一只手被踩坏无异于灾难。但出口在哪儿？警察用一排囚车堵住了布鲁克街的出口，他们把抗议者不加区分地扔进囚车里。"去你的猪猡！去你的猪猡！去你的猪猡！"一匹黑马往迪恩的方向奔了过来。一只手抓住迪恩的衣领，把他拉到一处门阶上。"米克·贾格尔？"

迪恩的救星摇了摇头。"不，我只是长得像他。往那边走吧，这儿可不是适合街头斗士待的地方，伙计。"他指着卡洛斯广场的街口，那儿的警察正在让人们离开广场。

迪恩从把关的警察中间穿过的时候，没有跟他们对视。他想起那首童谣的结尾：大砍刀来了，要砍你的头。他走到亚当街，穿过一道拱门，看到有个三人团伙正在踢地上的一个嬉皮士。他们剃着光头，像和尚一样，其中一个穿着星条旗T恤。他们是什么族群的？不是披头族，不是摇滚乐迷，也不是不良少年。他们有条不紊地踢着。受害者蜷缩成一个颤抖的球。其中一个光头注意到迪恩在看。"是吗？你也想尝尝，你这混账？"

迪恩琢磨了一下他有哪些选择。他走开了……

……就像一个懦夫。迪恩在罗马郊外的警局牢房里，臭虫肆虐的床垫上，回想着这一幕。第二天，他发现肯尼被逮捕了，鼻子也被打断了。现在轮到我在牢房里过夜了。如果哈里·莫法特看到迪恩身陷囹圄，会狂笑不已。"我他妈早就告诉过你！"也许不会。他们去意大利的前一天，他收到了雷寄来的一封信。匿名戒酒会的一名联系人给哈里·莫法特找了份夜间保安的工作。不过只要再沾酒，他就会被解雇。但现在，他成了守夜人。就像贾斯珀的那首歌。雷说他变了很多。也许雷是对的。也许我拎着战斧走得太久，都忘记了它的存在。

一只蚊子飞进迪恩的视野。

它落在他脑袋旁边的墙上。

迪恩拍扁了它,检查着残骸。

你忘了那个老浑蛋是怎么痛殴妈妈的吗?如果这都不值得记恨终身,什么值得?

午餐到了。是一杯速溶汤。迪恩辨别不出它的味道。他只希望它没有被人吐过口水。还有一个苹果和三块饼干,饼干上印着意大利语的"饼干"字样。饼干味道寡淡,但总算有些甜味。一阵脚步声越来越近,钥匙转动起来。是大个子警察,他做了一个招手的姿势。"Vieni①。"

迪恩的希望骤然涌起:"你要放我走?"

"Hai uno visitatore②。"

没有窗的审讯室被一盏条形日光灯照亮,灯上趴着几只苍蝇,有活的有死的。迪恩独自坐在桌边。他听到门的另一侧有打字员的声音。两个男人在说笑。时间跛着脚,慢吞吞地走了几分钟。男人们还在说笑。门打开了。

"莫斯先生。"一个穿着浅色西装的英国男人翻阅着文件。他透过金边眼镜望了过来。"莫顿·西蒙兹。在女王陛下的大使馆负责领事事务。"

退伍军人,迪恩心想。"下午好,西蒙兹先生。"

"对你来说,可不算好。"他腰杆笔直地坐了下来,把一份意大利报纸放在迪恩面前,指着一张照片说:"这可不是你们的法兰克兰先生所希望的那种宣传。"

照片显示,迪恩·莫斯双手被铐,置于脑后,被人从机场带了出

---

① 意大利语:来。
② 意大利语:你有一名访客。

来。"这是国家级报纸吗?"

"当然。"

那如果我对法兰克兰先生了解无误的话,迪恩心想,他会欣喜若狂。"至少他们印出了我最好看的一面。"

片刻的沉默。"你认为这都是闹着玩吗?"

"不知道是不是'闹着玩'。我被那样对待,根本就是一场闹剧。别人怎么样了?"

莫顿·西蒙兹轻轻地"呵"了一声。"德佐特先生和格里芬先生已经无罪释放。他们住在机场附近的一家家庭旅馆。法兰克兰先生正在接受关于未履行纳税义务和违反货币管制法规的询问。"

"这是什么意思?"

一声叹息。"不能携带五千美元出国。有法律禁止这样做。"

"不是五千美元,是两千美元。为什么不行?是我们赚来的。"

"那不重要。再说,这对你来说是最不需要在意的。你被指控犯下普通伤害罪——"莫顿·西蒙兹检查了一份文件,"袭警、拒捕,最严重的是贩毒。"他抬起头。"还是闹着玩吗?"

"那都是胡扯。他们打了我。看到了吗?"迪恩站起来,脱下衬衫,展示他的淤青。"我可能踢了一个记者,因为他往我脸上打闪光灯,但毒品——是——栽赃。"

"当局有不同意见。"领事浏览着报纸上的文章。"我引用一下。'财政警察费林盖蒂队长告诉记者:'我们对这些小流氓的处理,向外国名流发出了一条信息:如果你藐视意大利法律,那你就会后悔。'"西蒙兹抬起头。"你将面临监禁,莫斯先生。"

"但我并没有做他们说我做了的事。"

"一边是你的说辞,一边是意大利警长的说辞。如果被判有罪,你将面临至少三年的刑期。"

不会到那一步的。不会到那一步的。"我能请律师吗?还是要进行巫术审判？"

"政府会聘请一位律师。差不多是这样。但意大利的司法比英国的更冰冷。你会被羁押至少十二个月。"

迪恩想象着他的牢房。"能不能保释？"

"没有机会。法官会认为你有逃走的危险。"

"那你为什么来这儿，西蒙兹先生？对留着女人发型的傻子幸灾乐祸？还是你也乐于帮助那些没上过牛津剑桥的人？"

西蒙兹有点被逗乐了。"我会提交一份标准的请愿书，请求给予宽大处理，理由是你年纪轻轻，没有经验。"

"我什么时候能听到这份请愿是否奏效？今天？"

"在意大利，星期一是个慢日子。运气好的话，要到星期三。"

"在意大利，有什么快日子吗？"

"没有。即将到来的选举也没有帮助。"

"他们在起诉我之前，能关我多久？"

"七十二小时，除非法官批准延期。像你这样的案子，很有可能延期。"

"我可以会见朋友吗？"

"我会问的，但队长会告诉我，他不能让你们串供编故事。"

"唯一的故事，就是'一个腐败的小墨索里尼在一个无辜的英国人身上栽赃了毒品'。我能有一把牙刷吗——或者拿到我的手提箱，换上干净的衣服？我的牢房简直就是他妈的茅厕。"

"永远也不会是希尔顿酒店，莫斯先生。"

笨蛋。"我不是要希尔顿酒店，我要的是一张没有爬满臭虫的床垫。看看这些咬痕。"

西蒙兹看了看。"我会提到你的床垫的。"

"你身上不会有包烟吧？"

"这是违反规定的，莫斯先生。"

迪恩回到牢房里，几个小时缓缓逝去。他想象着费林盖蒂想象他开始崩溃的情景。囚犯所能作出的唯一反击，就是不要崩溃。他想象着自己脖子上挂着芬达贝斯，一首一首地弹完了《天堂就是通往天堂的路》中的贝斯部分。他用想象中的原声吉他弹了《布鲁斯掌控着赌局》（Blues Run the Game）。他想象着切特温德马厩大院里的那套公寓，挨个房间查看着，寻找着他并不知道自己早已了然于心的种种细节：种种气味，隔着袜子传来的木地板的触感；那棵蜘蛛抱蛋；他保存大麻的烟草罐；烟草罐上的那个海盗；打开罐子时的那股阻力。他想象着自己还要这样做三年。他感受到了一场崩溃。打住。小门那儿送来一罐水、一小条肥皂和一只用过的牙刷。他喝了一半的水，然后拿剩下的水，站在茅坑上给自己洗了个澡。透过装了格栅的窗口，他看到自己被囚禁的第二个黄昏逐渐隐没。灯忽闪着亮了起来。迪恩听到了另一只蚊子；看到了它；追踪到了它；杀死了它。对不起，朋友，但不是你死就是我活。内裤粘在了他的皮肤上。灯忽闪着熄灭了。如果我再也出不去了呢？如果我再也见不到埃尔夫还有雷还有贾斯珀还有格里夫还有娜恩还有莫斯还有比尔了呢？

迪恩在床上躺了下来。床吱嘎作响。

不过我还能见到他们。格里夫不会再见到他的兄弟。伊莫金不会再见到她的儿子。埃尔夫不会再见到她的侄子。那些蜡烛已经熄灭了。我的蜡烛还在燃烧着……

在被称作罗马的那个永恒的迷宫中心，迪恩信步走到一处隐蔽的广场。有块锈迹版版的蓝色牌子上写着"内斯波拉广场"。老人们在树荫下下棋。女人在聊天。男孩在吹牛，笑着踢球。女孩们在看。一条狗有三条腿。广场上暖洋洋的，格雷夫森德从不温暖。广场的石板和鹅卵石释放着正午储存的热量。迪恩听到有人在吹单簧管，但他听不出是在哪扇窗后面,在哪一个阳台上,那旋律在召唤。他希望自己能像贾斯珀或埃尔夫那样,把它记录下来。迪恩知道,过些时候,它就会消失不见。他知道他应该回旅馆,过河,过桥,但某种魔咒让他流连忘返。在下水般粉色的墙壁上,在碎裂的灰泥上,在赤土砖上,涂写着:CHIEDIAMO L'IMPOSIBILE,还有 LUCREZIA TI AMERÒ PER SEMPRE,还有 OPPRESSIONE=TERRORISMO①。成群的椋鸟从天上的云隙飞过。一扇高高的窄门吸引着迪恩,他登上十几级台阶,步入一座教堂。金光在黑暗中闪耀。香气在空气中弥漫。人们走进来,点燃蜡烛,磕头,祈祷,然后像邮局里的顾客一样离开。迪恩不信教,但在这里,这并不重要。他为逝者点上一根蜡烛:为妈妈,为史蒂夫·格里夫,为埃尔夫的小侄子马克。他为生者点上另一根蜡烛:为雷、希尔和韦恩;为娜恩·莫斯和比尔;为埃尔夫、贾斯珀、利凡和格里夫。一个小唱诗班唱了起来。层层叠叠的纯洁童声一路飘向高高的屋顶。迪恩不得不离开,但他的某一部分永远都不会离开。在记忆和梦中,他会重新造访这处时空的空隙。现在这地方是他的一部分。每个人的一生,命运之轮的每一次旋转,都会留有一些这样的空隙。港湾上的码头,天窗下的单人床,黄昏时分公园里的乐池,隐秘广场上的隐秘教堂。祭坛上的蜡烛没有燃尽。

第三天开始了。星期二。埃尔夫和贝萨妮现在肯定知道了。臭虫又在迪恩身上饱餐一顿。他想知道西蒙兹有没有向费林盖蒂提及床垫的事。如果能给我一支烟,有什么是我不肯放弃的呢?罗德·登普西跟迪恩说过,英国监狱就像条件差劲的旅馆。里面有群体和帮派,但只要你低调做人,就能混过去。意大利监狱也一样好混吗?他又不会

---

① 均为意大利语,分别是:我们要求不可能实现的事;卢克雷齐娅,我会永远爱你;压迫=暴政。

说意大利语。等他出狱之后，接下来怎么办？约翰尼·卡什（Johnny Cash）在出狱之后重操旧业。但迪恩可不是约翰尼·卡什。他可不能指望着贾斯珀和埃尔夫一直坐在那里玩弄他们的拇指，直到一九七一年。脚步声越来越近。牢门上的小门滑开。一个早餐盘被推了过来。

"我的朋友？我的律师？费林盖蒂？"

托盘上的每样东西都跟昨天一样。

"新牢房？"迪恩透过小门问，"新床垫？大使？烟？承认我他妈的存在？"

小门啪地关上了。迪恩吃掉了面包。他舀掉泡沫，试着喝了些咖啡。他想起了娜恩·莫斯做的苹果派和鳕鱼糊薯片。他把托盘放在小门旁边。"不要与狱卒为敌，"罗德·登普西告诉过他，"那些混账对你有生杀大权……"

迪恩想知道，西蒙兹是否已经提出了请求宽大处理的申请。他想知道，埃尔夫或贝萨妮是否相信，他会蠢到在机场携带毒品的地步。他想知道，埃尔夫的姐姐家情况如何。脚步声越来越近。迪恩确信，来的是大个子警察。小门打开了。托盘被换成了半卷卫生纸。小门啪地关上了。今天纸卷上的纸要比昨天多。这是否意味着，我哪儿都不会去？

迪恩琢磨着那个叫作"自由"的东西。

他这一生都拥有它，却没有注意到它。

时间流逝。时间流逝。时间流逝。

脚步声越来越近。门上的小门啪地打开。

一个托盘被推了过来。面包、一根香蕉和水。

午餐。香蕉放陈了，起了泡沫。迪恩不在乎。

西蒙兹说，他必须在七十二小时内被起诉。

费林盖蒂清楚地表明，谁的话才是真正的法律。

迪恩把托盘留在小门口。

是，先生，不，先生，满满三袋，先生①……

表现好的囚犯，也许能多得一个香蕉。

我原以为，我知道无聊是怎么回事。其实我压根儿一无所知。

难怪牢里有一半的人会吸毒。

不是为了嗨，而是趁着时间还没杀死你，先杀掉时间。

全副武装的日、周、月、年，排成纵队，从未来向着迪恩迎面走来。第一场听证会。转到真正的监狱。等我和一个有性挫折和阴虱的变态狱友关在一起的时候，我会回味这段无聊的日子，我会觉得："上帝啊，那些日子真是美好……"

迪恩给自己定下任务：做一百个仰卧起坐。

仿佛这样就能保证，你能在真正的监狱里平安无事一样。

他的内裤让他觉得恶心。一袋干净的衣服在切特温德马厩大院附近的洗衣店等着他。它干干净净，有肥皂粉的气味。也许它还在月亮上。

被格栅分隔的月光洒在水泥地上。第三天过去了，没有任何人的消息。迪恩这周应该在蘑菇棚，为《守夜人》或《渔钩》录制小样。迪恩的肚子在咕咕叫。晚餐是一罐水、一个放陈的面包卷、一小截腊肠、一杯冰冷的米饭布丁。能有人说说话就好了。难怪人们会在监狱里失去理智。俗话说："活着就有希望。"但每句话都有 B 面，那就是："希望会妨碍你适应新的现实。"迪恩现在是一名在押犯，在押犯可当不成流行明星。他想知道，他被捕的消息是不是已经刊登在了《旋律制作人》上。他希望埃米会这样写："但愿意大利人扔掉了钥匙。"如果有人注意到乌托邦大道的次要者创作在意大利被拘留，舰

---

① 原为英国童谣歌词：绵羊说自己准备了满满三袋羊毛。后成为带有讽刺意味的习语，形容对别人的不合理要求也唯命是从的态度。

队街会表示同意:"好样的,意大利!把这家伙锁起来!"公众不会相信,大麻是有人栽赃。报纸上怎么说,公众就怎么信。娜恩·莫斯和姨妈们可能不相信,但哈里·莫法特会。他会愿意相信……

如果哈里·莫法特在我坐牢期间死掉,该怎么办?

酒鬼可不以长寿闻名。

迪恩告诉他的牢房:"对我来说,哈里·莫法特已经死了。"

如果这是真的,那你为什么总会想到他?

以前有过那么一次,在格雷夫森德,一帮孩子把迪恩的书包扔到了铁路路堤上,迪恩哭着回了家。他爸爸让他坐进车里,他们在格雷夫森德四处开车转悠,直到迪恩找出那些欺负他的人。哈里·莫法特下车走了过去。迪恩听不到他爸爸说了什么,但他注意观察着孩子们的脸色。哈里·莫法特回到车上,说:"我很怀疑,他们还会再次招惹你,儿子。"

哈里·莫法特是个怪物的时候,感情上还比较容易处理。

月光消失了。牢房更黑了。

也许夜空已经乌云密布。

也许月亮已经转移了它的位置。

雨声。第四天。星期二。不对。星期三。是星期三吗?今天准会有事发生。为什么?

为什么今天准会有事发生?

厕所的味道更难闻了。迪恩叠起他的监狱毯子,用监狱的牙刷刷了牙。现在怎么办?

为了一支烟,有什么是我不愿付出的?

或者,为了笔记本和钢笔。他想写一首歌,但如果他想出了精彩的歌词,却忘记了,那会让他大为痛苦。

那我就得记住它们。迪恩以老式的布鲁斯附加段开头:在粪坑旅馆醒来。这不好，BBC 会禁播，封杀这首单曲。那如果这样呢——

门锁里传来钥匙的叮铛声。

是大个子警察，他做了一个百无聊赖的跟我来的手势。

迪恩走进会见室时，利凡站了起来。他穿着干净的衬衫，刚刮过胡子。是个好兆头。大个子警察把他们锁在里面。"真他妈见鬼，"迪恩说，"我竟然可以拥抱你。"

利凡张开双臂。"我保证不会失控。"

迪恩已经三天没有笑过了。"我现在是个臭烘烘的家伙。如果我走近一点，你可能会晕过去。现在是什么情况？其他人在哪儿？你无罪释放了？"

"是啊。贾斯珀和格里夫都很好——只是担心你。"

"埃尔夫呢？"

"她跟贝萨妮一直保持着联系。当然，事情很糟。我们一件事一件事地说。你还好吗？"

"这要看接下来会发生什么。那个叫西蒙兹的家伙提到了三年的刑期。"

"胡说八道。金特的律师们已经乘飞机赶来了。甚至在因为虚假的毒品搜查之前，你的逮捕就充满了错误。时间很短，迪恩，所以我就开门见山了。很快，西蒙兹先生和那位队长会带着一份供认道歉书走进来。'抱歉打了那名和善的警员。我原先不知道大麻是违法的。放我走吧，我会改过自新。'签了字，你就可以走了……"

如释重负的感觉像潮水般淹没了迪恩。我要回家了。

"但我要求，你拒绝签署它。"

"你在开玩笑。"哦，不，他不是开玩笑。"为什么？"

"星期天，我给加拿大领事打了个电话，让他给伦敦打了几个电话。星期一，贝萨妮忙着联系了几个盟友，包括某一位埃米·博克瑟小姐。"

迪恩吓了一跳。"埃米？'盟友'？"

"等她笑完，她写了一篇三百多字的文章，讲乌托邦大道被卑鄙的意大利佬虐待的文章——还把它寄给了《标准晚报》的一个朋友，他把它刊登在星期一那一期上。"

迪恩疑惑不解。"埃米是为了我才这么做的？"

"埃米是为埃米做的，但她做了，这才是最主要的。在《标准晚报》刊出后，《镜报》来找我。"

"《唱片镜报》？"

"《每日镜报》。全国发行，五百万份。昨天上午茶歇时，所有五百万读者都知道了，迪恩·莫斯，英国流行音乐的工人阶级英雄，正因为他并未犯下的罪行而面临三十年的外国监禁。"

"三十年？西蒙兹告诉我预计是三年。"

利凡耸了耸肩。"如果他们不注意核查他们报道的事实，能是我的错吗？更妙的是，在《标准晚报》上有两页的独家专访，受访人是迪恩·莫斯的未婚妻、流行音乐记者埃米·博克瑟。"明星的甜心说'愿上帝帮助我的迪恩，他在第三世界的魔窟里'"。这简直是公关人员梦寐以求的情况。"

"她对我说的最后一句话是：'我要拨打 999 了。'"

"那是在现实中，不是在印刷品里，印刷品里写的才要紧。埃米让人在苏豪广场附近的天主教堂拍了照片，她在那里为你祈祷。"

"埃米可是非常虔诚的。"

"我知道她挺有才的，但这一手简直神了。巴特·塞贡多把他的节目献给了你，连续播放了《紫色的火焰》《蒙娜丽莎》和《暗房》。《金融时报》在一篇写英国公民遭遇国外司法不公的文章中援引了你的案例。然后——我把最棒的留到最后说——我们有了守夜活动。"

"什么守夜活动？"迪恩说，"老实说，什么是守夜活动？"

"从黄昏到黎明,二百名歌迷聚集在意大利大使馆外面。举着'释放迪恩·莫斯'的标语牌。对面公寓楼里,一名歌迷连续不断地播放《天堂》。哈罗德·品特说他明天会来。布莱恩·琼斯,如果他能下床的话,也会来。埃尔夫要来发表演说,尽管伊莫金的情况依然糟糕。就连天气也在我们这边。意大利人尴尬至极。"

迪恩试图理解这一切。"为什么警察不介入?"

"这是市政的特殊性。大使馆所在的梅菲尔区小巷,并非公共通道,所以房东必须发出驱逐通告。这需要几周的时间。所以警察可以保卫那里的大楼,但他们并不能驱散守夜人员。"

迪恩开始明白了。"与此同时,我们得到了报道,正面的报道。"

"贝萨妮每时每刻都在准备接听媒体来电。包括美国记者。订单飞一般地涌入。唱片飞一般地卖出。金特打来了电话。他说,嗨,伊莱克斯正要印制三万张《天堂》。如果你今晚还在监狱里,《伦敦邮报》明天要做的第一件事,就是让菲力克斯·芬奇飞过来。他会采访我们,然后和我们一起参与你的盛大归来。你应该会在星期五出狱。"

"那《邮报》会为这次采访,向我们支付费用?"

"起初他们的报价是二,但我让他们和《世界新闻报》竞价,最后我们同意付四。"

"四百镑,就为了一次采访?真见鬼。"

利凡甜甜地笑了。"上帝保佑你。是四千。"

迪恩瞪大了眼睛。"你从不拿生意上的事开玩笑。"

"我没有。我建议这样。四千镑的一半归你。你是坐牢的人。剩下的两千镑,代替费林盖蒂夺走的巡演收入,所以你还会得到其中的百分之二十。能接受吗?"

两千镑换我在警局牢房里待六天?这比雷一年赚的还多。"见鬼,能。"

西蒙兹和费林盖蒂进了屋。

"西蒙兹先生和费林盖蒂队长。"迪恩说。

他们坐了下来。西蒙兹说:"我相信法兰克兰先生已经解释了你有多么幸运,只要打个响指就能离开这里?"

费林盖蒂把一支笔和一张打字纸放在迪恩面前。那几段话是用英语和意大利语写成的。迪恩扫了一眼,发现上面写着:认罪、做错了事、无缘无故、持有大麻、道歉、被有尊严地对待。

迪恩把认罪书从中间撕开。

费林盖蒂的下巴像动画片里的恶棍一样掉了下来。

西蒙兹小心克制地吸了一口气。

利凡的表情仿佛在对他说,这才是我的乖孩子。

"你不想回家?"费林盖蒂问。

"我当然想,"迪恩对西蒙兹说,"但我从来没有打过一个警察,而且那根大麻是栽赃的。也许你现在会相信我。如果我有罪,你早就见不到我了。不是吗?"

西蒙兹看起来有些为难。"意大利要赦免你。我建议你接受。"费林盖蒂对领事官员说了一串听起来很刺耳的意大利语。西蒙兹平静地坐着,直到队长说完。"他说,没人能够保证,这份赦免还能再有。"

"我们话不投机。"迪恩回答道,"我已经被意大利警察打得鼻青脸肿了。我被这位——"迪恩指着他,根本没有看他,"费林盖蒂栽赃了毒品。我不想要赦免,西蒙兹先生。我想要一个他妈的道歉。书面的。在我得到书面道歉之前——"迪恩站起来,把双腕按在一起,"这里就是我的粪坑旅馆。"

费林盖蒂看起来很恼火,迪恩心想,但也很忧虑。

西蒙兹对利凡说:"如果这是为了宣传,那就要当心了。这是一场高风险的赌局,赌的是你这个小伙子的自由。"

"等一下。"利凡在他的记事本上飞快地写着。"《邮报》的专栏作家菲力克斯·芬奇拜托我,在他明天过来之前,请我作好程序方面的记录……好了，我们说到哪儿了？'赌局'。'宣传'。不不不。我向你们保证，这是迪恩的决定。我建议他做这笔卑鄙的交易。但正如你所看到的，迪恩是一个有道德修养的人。"

"你是个正派人，西蒙兹先生，"迪恩说，"我们从一开始没能建立起好印象。我为此感到抱歉。当时我很害怕。不过你看着我的眼睛。如果你是我——清白无辜——你会在认罪书上签字吗？"

女王陛下的领事代表吸了吸鼻子，看了看远处，又回头看了看，抽了抽鼻子，深吸一口气……

格雷夫森德的议员艾伯特·默里在希斯罗机场的停机坪上和《邮报》的摄影师一起迎接 BA546 航班。傍晚的天空有着战舰爆炸般的戏剧性和色彩。迪恩、利凡、格里夫和贾斯珀——依然处于飞行过程中的紧张状态——被请到一旁，进行简短的介绍和握手，之前有五六十或七十个女孩在航站楼顶的观景台上发现了一行人，尖叫道"迪——恩！"安全护栏上挂着一块牌子：**迪恩，欢迎回家**。迪恩挥了挥手。猴子乐队和披头士乐队的接机女歌迷有数百个，但想当初，他们也是从几十个开始的。他不禁注意到，牌子上写的是"迪恩"，而不是"贾斯珀"或"格里夫"。"迪——恩！"

利凡把迪恩带回议员面前。"乐队真的很感动，您专门找了时间过来，默里先生。还为迪恩的归来安排了这么棒的天气。"

"对格雷夫森德的英雄来说，没有什么是好过头的。我们以前为他的音乐感到骄傲，但现在我们为他的骨气感到骄傲。"

菲力克斯·芬奇插话道："菲力克斯·芬奇，先生——《市镇雀①语》专栏的。您能详细讲讲迪恩的骨气吗？"

"我很乐意。意大利的盖世太保竭尽全力，想让迪恩磕头。但他

---

① 这里的"雀"与他的姓氏均为"Finch"一词。

做了吗？他做个鬼。我时常拜读你的专栏，芬奇先生，所以我知道，我们在政治上多有分歧。但我这个社会主义者，还有你这位不折不扣的托利党人，我们能不能达成一致，在罗马那个邪恶的地牢里，迪恩·莫斯展现出了真正的英国斗牛犬精神？我们能不能达成一致呢？"

"我们当然可以，默里先生。"芬奇的铅笔记下了每一个字。"您说得太好了，先生。太好了。"

"好了，"艾伯特·默里说，"该拍几张照片了。"

专栏作家、政治家、经理人和乌托邦大道乐队成员们站好，摄影师的闪光灯啪地爆出令人目眩的闪光。

一名机场官员护送乐队通过 VIP 入口。移民局的人告诉迪恩，他不需要看他的护照——但迪恩能不能在他女儿的签名簿上写上"怀着爱意，致贝姬"并签名？迪恩照办了。台阶通向一条走廊，通向更多的台阶和一间侧室，旁边是一间忙碌的会议室。等候在那里的是埃尔夫、贝萨妮、雷、泰德·西尔弗，还有伊莱克斯的金特·马克斯和维克多·弗伦奇。迪恩首先拥抱了埃尔夫。她看起来消瘦了不少，就像格里夫在史蒂夫死后那些天的样子。他小声说："嘿，谢谢你能过来。"

"欢迎回来，劳改犯。你瘦了。"

"看来你们这些人在意大利脱了一层皮。"贝萨妮说。

"娜恩·莫斯、比尔、姨妈们送来了她们的问候，"雷说，"她们原本计划劫狱。真的。"

"恩佐·恩德里齐把自己变成了欧洲最有名的骗子，"泰德·西尔弗说，"毁了自己的职业生涯。"

"你有没有写一首监狱歌谣？"维克多·弗伦奇问。

"我们可以在出下一张专辑之前把它赶制出来。"金特说。

迪恩琢磨着这句话。"下一张专辑？"

德国人几乎在笑。"很快就会商讨此事。"

我本以为今天不会再更美妙了。迪恩看着利凡，利凡告诉他："金特想给你个好消息。"

"让我们更加经常地坐牢吧。"格里夫说。

"下一回，"迪恩说，"把你关进去。格里夫。"

格里夫咯咯笑。贾斯珀看起来像平时一样高兴。埃尔夫看起来心情复杂。维克多·弗伦奇正透过百叶窗的缝隙窥视。"你们应该看看这个。"乌托邦大道的成员们和他们的经理人向会议室看去。准有三十名记者和摄影师在等待着新闻发布会召开。前面是一台电视摄像机，机身侧面标有"**泰晤士周末电视**"字样。

"那，"利凡说，"就是下一个篇章。"

就连蓝钟花

出租车开走了。埃尔夫盯着伊莫金和劳伦斯的房子看。她的行李箱放在脚边。金银花在门廊周围盛开。她父亲的路虎停在车道上,在劳伦斯那辆莫里斯后面。另一辆车肯定是劳伦斯父母的。当天,因为睡眠不足,种种情景都是一团模糊:在罗马与迪恩他们道别;乘车去机场;飞行;前往希斯罗;乘长途车到伯明翰;乘出租车,一直在想,快一点,快一点……但现在她到了这儿,勇气已经抛弃了她。我能对伊米说些什么?我又能做些什么呢?四月末的下午完美得近乎残酷。一个词,"哀歌",浮现在埃尔夫的脑海中。如果说,她原本知道这个词意味着什么,那她现在已经不知道了。你永远不会觉得准备就绪,所以这就开始吧。她拎起行李箱,走向前门。楼上卧室的窗帘拉上了,因此埃尔夫悄悄敲打着前窗,以免伊莫金正在睡觉。网状的窗帘被拉开,埃尔夫的母亲向外看去,就在几英寸开外。通常她的眼睛会亮起来。今天不是"通常"。

劳伦斯、他的父母、贝亚和她们的父母在客厅里迎接她。每个人都在窃窃私语。伊莫金在楼上"休息"。她丈夫十分痛苦,心碎,看起来比两星期前老了五岁,那还是埃尔夫上次来这儿的时候。她告诉他她很遗憾,她对这句话的言不尽意感到震惊。劳伦斯点了点头。埃尔夫的父亲和辛克莱先生似乎对要说些什么感到不确定。她妈妈、辛克莱夫人和贝亚都哭红了眼眶。贝亚把埃尔夫带到了厨房。"马克已经开始整夜睡觉了。伊米在星期五午夜,给他喂了最后一次奶,就放下了他。她和劳伦斯睡着了。伊米是六点半醒来的,她心想,太好了,马克睡了一整夜,然后过去看他。"贝亚闭上了眼睛,泪水涌了出来。她吸气,呼气,吸气,呼气。埃尔夫搂住了她。"所以,没错。马克还在她放下他的地方。但他已经……失去了生命。"

电水壶煮开了水,啪嗒一声关掉了。

"劳伦斯叫了救护车,但……马克已经走了。他们给伊米注射了镇静剂。劳伦斯先给他的父母打了电话,他们又给我们的爸妈打了电话。他们昨天就来了。我今天早上才上来。爸爸给医院打了电话,马克——"贝亚哽咽了一下——"就在那里。验尸官说,他可能有心脏缺陷,但在验尸之前——明天或者星期二,取决于……呃……"贝亚的注意力涣散了。"……伯明翰有多少人在周末死掉。对不起。我想不出更合适的说法。我没有睡觉。"

"我也没有。别担心。"

贝亚抓起一张纸巾。"我们还会经历重重困难。我这一阵不用再为化妆而烦恼了。"

埃尔夫问:"你看到伊米了吗?"

"今天早上只见了几分钟。她情况很糟。她昨天大部分时间都在睡觉。醒着是一种折磨。她正在服用安定。她见了妈妈几分钟。劳伦斯在她的房间进进出出,留意着她的情况。我昨天给月鲸打了电话,在,呃……我不知道,两点左右。贝萨妮给你的意大利演出承办商办公室打了个电话,也给我回了电话,说她已经给他在罗马的秘书留了口信……怎么了,埃尔夫?"

埃尔夫意识到,恩佐·恩德里齐在墨丘利剧院演出前,就知道马克的事,但什么也没说。所以演出才会继续进行。"我直到……半夜才知道。"

"好吧,不会有任何区别。我去泡茶。某个地方有姜汁饼干……"

脚步声从楼梯上传来。是劳伦斯。"埃尔夫?她想见见你。暂时只有你。"

埃尔夫感到惶恐和内疚,伊莫金叫的是她,而不是贝亚或那两位惶恐不安的母亲。"现在?"

劳伦斯点点头。"是的,如果,呃……"

"当然,"埃尔夫说,"当然。当然。"

"我也会给她在托盘上放一杯茶。"贝亚说。

"和妹妹说说话,会是一种安慰。"辛克莱夫人说。

埃尔夫走上铺有地毯的楼梯,来到楼梯平台。儿童室的门上有字母M、A、R、K,拼出马克的名字。唯一比看到这些字母更痛苦的,埃尔夫猜想,就是将它们取下。她很快地看了看里面。同样的两面蓝色和两面粉色的墙。会动的小鸭子玩具,墙上样式朴素的十字架,换尿布台上的一堆尿布。滑石粉仍然在空中散发着香味。埃尔夫买的泰迪熊,取名为约翰·韦斯利·哈丁[①],仍然坐在抽屉柜上。

马克已经死了。他,还有马克所有未来的形象——蹒跚学步的幼儿,放学的男孩,为首次约会整理头发的青年,离开家乡的男人,丈夫,父亲,看着电视宣布"整个世界已经失去了理智"的老家伙,现在都不复存在了。

她放下托盘,整理了一下自己。

埃尔夫穿过楼梯平台来到卧室。"伊米?"

"埃尔夫?"因悲痛而憔悴不堪的伊莫金在床上支起身子。她在晨

---

① 以鲍勃·迪伦的第八张专辑(John Wesley Harding)取名。

袍下面穿了一件睡衣。她的头发乱糟糟的。这是多少年来，埃尔夫第一次看到伊莫金完全没有化妆。"你来了。"

"我来了。贝亚给我们泡了茶。"

"嗯。"

埃尔夫把托盘拿到床头柜上。她注意到一个烟灰缸和一包金边臣烟。伊莫金三年前就戒烟了。"我在服用安定。"伊莫金说。她的声音沉闷而又滞重："它像大麻吗？"

"我不知道，伊姆斯。我从没服过安定。"

"你真是今天从意大利飞回来的？"

"我当然是。"

"你肯定很累。"她指了指窗台那儿的直立扶手椅。她们的母亲在上面给伊莫金、埃尔夫和贝亚喂过奶，八个星期以来，伊莫金也一直在上面给马克哺乳。

阳光穿过窗帘上的雏菊。

埃尔夫想起要呼吸。"我不知道该说什么。"

"我已经听到了'我很遗憾'。我已经听到了'这太可怕了'。我还听到了'这就像是噩梦'。大多数情况下，人们只是哭。爸爸哭了。这太奇怪了，有那么几秒钟，我都没有想到马克。人们是……是……哦，对不起。我不能很好地说完我的话。"

"安定和悲痛会造成这种情况，我觉得。"

伊莫金点上一支烟，瘫在枕头上。"我又开始抽烟了。"

"我不怪你，我一天抽二十根。"

"原来人能把眼泪流干，埃尔夫。你知道吗？"

"我不知道。"埃尔夫打开窗户，让一点空气透进来。

"就像你不停地呕吐，直到什么都不剩，但你还在呕吐，吐出来的只有空气。就像这样，只不过用的是我的泪腺。就像那首歌《为我哭出一条河》（Cry Me a River）。是谁唱的？"

411

"朱莉·伦敦（Julie London）。"

"朱莉·伦敦。我在学习各种东西。马克当时裹在小熊维尼毯子里，急救人员要把他接过去的时候，我的手臂，我的身体，就是不肯放手。我的手臂只是抓着。就好像这样有用似的。在那个阶段，当他的心跳停止的时候，我在哪儿？在这儿。睡着了。"

埃尔夫试图遮住她的眼睛。"别那样想。"

"要怎么做，埃尔夫？你能控制你的所思所想吗？"

"不是很好。转移注意力有帮助，一点点。"

"我的乳房会酸痛，它们还在产奶，它们还没有明白过来。我必须用手来挤出乳汁，医生说，否则我会得乳腺炎。如果你想写世界上最悲伤的歌，你可以用这个。"

埃尔夫感到，她的眼泪开始流了起来。她给自己点上一支金边臣。"我永远也不会写那样的歌。"

伊莫金隔着一片虚无看着埃尔夫。"我的话听起来很疯狂吗？"

窗外的花在夕阳下美丽得令人心碎。"我不是心理学家，"埃尔夫说，"但我非常肯定，发疯的人不会问：'我是不是要疯了？'我想，他们只是……已经疯了。"

伊莫金浅浅的呼吸变得越来越舒缓。她喃喃地说："你总是知道该说什么，埃尔夫。"

埃尔夫看着她姐姐睡着了。"要真是那样就好了。"

斯帕克布鲁克环道边上的"板球手的徽章"酒店，装点陈列着板球运动的纪念品、照片和签名板球拍，装在小玻璃盒里。贝亚、埃尔夫和她们的父亲住在这家酒店，他们在酒店的餐厅吃晚饭。埃尔夫简单介绍了乐队意大利巡演的情况，而她父亲介绍了里士满扶轮社的节日庆祝情况。贝亚谈到她即将扮演的阿比盖尔·威廉姆斯，《萨勒姆的女巫》中的女反派。阿瑟·米勒下周要来皇家戏剧学院上几堂课。

闲言碎语，埃尔夫心想，就像补墙材料，你用它们填补裂缝，这样就不用眼看着裂缝扩大了。食物送了上来。肉馅土豆泥饼和豌豆给了她们的爸爸，沙拉和煎蛋给了贝亚，还有一碗通心粉汤给了埃尔夫。菜单上的所有菜品，这碗汤里都有一点。

"看到她那样真是太糟了。"贝亚说。

"那样无助，真的很糟。"埃尔夫说。

"她不是全靠她自己。"她们的爸爸说。外面，停车场对面，车流绕着环道奔驰不休。"不会总是这样痛苦的。总有一天，你们的姐姐还会回来。我们的责任是帮助她走出来。怎么了，亲爱的？"

看到贝亚在哭，埃尔夫也哭了起来。

"我明智的安慰之辞就到此为止。"她们的爸爸说。

霍洛韦家的三个人占据了住客休息室。贝亚和埃尔夫忘了假装她们不抽烟，而她们的爸爸忘了表达他的反对意见。电视新闻播着法国警察冲进巴黎拉丁区，拆除抗议者的路障。催泪瓦斯被发射，石块被投掷，数百人受伤，数百人被捕。"你们就这样建立更美好的世界吗？"埃尔夫的爸爸问，"拿石头砸警察？"

在波恩，大批学生向着德国议会游行，抗议新的紧急状态法。"如果按我的办法来，"埃尔夫的爸爸说，"我会交给他们一个属于他们自己的国家。比如说，比利时。我会告诉他们：'这都是你们的了。你们为数百万人挑选食物，安排污水处理、银行业务、法律和秩序、学校。你确保夜里他们躺在床上时的安全。所有无聊的、琐碎的事情。助听器、钉子、土豆。'然后过十二个月再回来，看看他们把它变成了怎样的一团糟……"

在越南，一处名为钦德的美军基地被北越占领。九架美军飞机被击落，数百名士兵和平民被杀。"整个世界，"埃尔夫的爸爸宣称，"已经失去了理智。"

贝亚和埃尔夫交换了一个眼神。他们的父亲看新闻时，很少不说这句话，至少也要说上一次。

"我去睡觉了，"埃尔夫说，"这是漫长的一天。"

星期一是阴天。埃尔夫从酒店往月鲸打电话，让利凡取消乐队在本周晚些时候的演出。她这辈子从未取消过一场售票的演出。月鲸的电话占线。她们的爸爸开车载着埃尔夫和贝亚，绕过板球场来到伊莫金的家。埃尔夫的妈妈让她们进去。

"晚上怎么样？"她们的爸爸轻声说。

"很糟糕。"她们的妈妈回答说。

"我们能看看她吗？"贝亚问，"她起来了吗？"

"晚些时候，亲爱的。她现在已经睡着了。劳伦斯和他父亲已经去医院见验尸官了。"

"那好吧，"埃尔夫的爸爸说，"草坪需要修剪了。"贝亚和埃尔夫把一些衣服晾出来，走到商店买杂货和香烟。在报摊上，尚迪·丰泰纳在收音机里唱着《献给我男人的华尔兹》。贝亚正在看着她。埃尔夫说："要是我不笑，就会哭出来。"埃尔夫给伊莫金买了一盒金边臣和本周的《旋律制作人》。回到家里，伊莫金在楼下，盯着一幅郁金香田和风车磨坊的拼图。埃尔夫希望自己能说："你看起来好多了。"但这显然是个谎言。

埃尔夫又试着给月鲸打电话，但电话还是占线。她试了试贾斯珀的公寓，但没人接听。她想知道，是不是出了什么问题，然后她告诉自己，别疑神疑鬼。

埃尔夫和贝亚正准备着沙拉，这时辛克莱夫妇回来了。他们从后门进了屋。"唔，"劳伦斯的爸爸透露说，"验尸官在证明上写了'婴儿意外死亡'的字样。这话说明了一切，也等于什么都没说。"

响起一阵啜泣声。伊莫金用手捂住了她的嘴。

"哦，亲爱的。"辛克莱先生吓坏了。"我没看到你，我……"

伊莫金转身想跑上楼，但她妈妈挡住了路，于是她折返回来，穿过厨房，冲向花园。

"我以为她在楼上。"劳伦斯的爸爸说。

"是消息让她难过，罗恩，"埃尔夫的妈妈让他放心，"不是传达消息的人。我过去陪她。"

埃尔夫在做沙拉调味汁，而贝亚在切黄瓜。割草机的声音停止了。埃尔夫的妈妈进了屋，看上去有些颤抖。埃尔夫的爸爸陪在她身边。"伊米想一个人待着。"她解释说。

"我很抱歉，"辛克莱先生重复道，"我很抱歉。"

"别这样，罗恩，"埃尔夫的爸爸说，"她早晚会知道，现在已经结束了，她能……接受这个消息。这样最好。"他去用过道里的电话给他的办公室打电话。

贝亚打开第三广播频道，正播放着矫饰的莫扎特（Wolfgang Amadeus Mozart）的音乐。

伊莫金从花园回来，眼睛通红，心烦意乱。

这就像是一场戏，埃尔夫心想，登场和退场，一刻不停。

"有沙拉，亲爱的。"辛克莱夫人说。

"我不饿。"伊莫金上了楼。劳伦斯跟了上去。埃尔夫想起了去年二月在奇斯赫斯特路的订婚午餐。假如我们能提早读到未来的记录，那么我们绝不会翻过这一页。埃尔夫的妈妈宣布："我想我要出去逛逛商店。呼吸一下新鲜空气对我有好处。"

贝亚和埃尔夫清理碗碟。几分钟后，她们听到伊莫金在啜泣。

"这是一段艰难时期。"辛克莱先生说。

"最艰难的。"埃尔夫的爸爸附和道。

第三广播频道传来新闻播报。巴黎的骚乱和逮捕持续了一上午。

"我们那时候，可没有送到眼前的大学教育，"埃尔夫的爸爸说，"不是吗，罗恩？"

"这就是问题所在，克莱夫。它是送到他们眼前的，所以他们不珍惜。他们像被宠坏的孩子一样把它搞砸。都是这些左派的暴徒。在英国利兰汽车公司，管理层一露面，就有鸡蛋和谩骂招呼过去。这一切到哪里才是尽头呢？"

"整个世界，"埃尔夫的爸爸说，"已经失去了理智。"

"上周在意大利有这些吗，埃尔夫？"辛克莱先生问。

埃尔夫解释说，这次巡演是为期一周的面包车旅行，布置场地，表演，并在第二天发车前抓紧时间睡觉。"哪怕火星人已经入侵，我们也不会发觉。"

喝完咖啡之后，贝亚宣布她将返回酒店。"我在这里是多余的，我必须写一篇关于布莱希特的文章。"埃尔夫的父亲和劳伦斯的父亲之间就谁送贝亚回板球手的徽章酒店的问题进行了友好的交流，贝亚穿上外套说了句"我走了"，给他们一锤定音。

过了一小会儿，劳伦斯下楼来，低声说："她吃了药，现在在睡觉。"他也出去了。

"你总不能剥夺一点新鲜空气。"埃尔夫的爸爸说。

"很对，"辛克莱先生表示同意，"很对……"

埃尔夫尝试第三次给月鲸打电话。还是占线。她尝试打给杜克-斯托克商行。也无法接通。她尝试打给贾斯珀的公寓。无人接听。她问她们的爸爸，今天是不是法定节假日。"当然不是，亲爱的，"她爸爸说，"怎么啦？"

感觉就像乌托邦大道已经不复存在了。"没什么。"

微温的空气中弥漫着青草割过之后的气味。埃尔夫从棚子里借用了修枝剪和手套，从花园离得远的那一端开始清理荆棘和杂草。柳树的枝条摇曳着。蓝钟花从中部地区的黏土上舒展开来。一只歌鸫在附近鸣叫。还是昨天那只吗？依然看不到它的踪影。埃尔夫想着她的公寓，空了一个星期，但愿一切都好。门很结实，窗户够不到，但苏豪区就是苏豪区。冰箱里有一瓶牛奶来着，现在应该已经凝结了。

"你漏掉了一点儿。"伊莫金的声音说。

埃尔夫抬起头来。她姐姐在晨袍外面穿了一件粗呢外套，还有一双威灵顿长筒靴。她话里的那一丝幽默感并未流露在脸上。"我留下了荨麻，它们对蝴蝶有好处。这是新的时装潮流，还是什么？"

伊莫金坐在矮墙上，把草坪上层和凹陷、湿黏的底层分开。"我先前有点情绪不稳定。"

"没事，你想怎么不稳定都行。"

伊莫金看了看房子。她折断了一根树枝。

"要不要我让大家给你留出私人空间？"埃尔夫问。

一辆嘈吵的摩托车搅扰了正午时分郊区的慵懒。

"不，留下来。拜托了。我害怕这栋沉默的房子。"

摩托车开走了。它的喧闹声消失得无影无踪。

"每次我醒过来，"伊莫金说，"总有那么一瞬间，我已经忘记了。痛苦就在那里，压在那里，但我已经忘记了它为什么在那儿。所以就在那一瞬间，他回来了。活着，就在他的小床上。他开始认识我们了。他刚刚开始微笑。你看到了，然后……"伊莫金闭上了眼睛，"……我回想了起来，然后……到了星期六的早晨，一切又在重演。"

"真见鬼，伊姆斯，"埃尔夫说，"这一定很折磨人。"

"是的。但等折磨结束时……当我不再有这种感觉时……他就真的离开了。这份折磨就是他留给我的一切。折磨和乳房里的乳汁。"

一只满载花粉的蜜蜂在空中画出椭圆。

我不知道该说什么，埃尔夫心想，毫无头绪。

伊莫金看着埃尔夫拔起的那堆杂草。

"对不起，如果我拔掉了某一棵神奇的植物。"埃尔夫说。

"劳伦斯和我考虑过,在这里安放一个凉亭。也许现在,我们会把这里留给蓝钟花。"

"还是争不过蓝钟花啊。它们甚至闻起来都有蓝色的感觉。"

"蓝钟花盛开的时候,我带马克来过这里。有三四回。总共就这么几次。他只在这几次里……用脸庞感受到了外面的天地。"伊莫金看着远方,然后看着她的手。她的指甲很乱。"你以为你会永远拥有。但我们只有七个星期。四十九天。就连蓝钟花都能留存得更长久。"

一只蜗牛在砖墙上爬行。黏糊糊的生活。

"这次生产不顺利,"埃尔夫说,"你一定要恢复过来。"

"不仅仅是会阴撕裂。还有子宫损伤,而且……结果是,我——我……不能再怀孕了。"

埃尔夫很平静。日子还在继续。"已经确定了?"

"妇科医生说,怀孕是'极不可能的'。我问:'有多么极不可能?'他说:'辛克莱夫人,"极不可能"就是妇科术语"不会发生"的意思。'"

"劳伦斯知道吗?"

"不。我在等待合适的时机。然后……星期六——"伊莫金试图说出正确的动词,但失败了。"所以我只告诉了你,而不是我丈夫。我永远不会再做母亲了。劳伦斯也不会做父亲。从生物学上讲。除非他觉得,我结婚可不是为了得到这个结果,并且……唉,我说得缠夹不清。"

一个看不见的孩子正在把球踢向墙壁。

砰—咚,球发出声响,砰—咚,砰—咚。

"这是你的身体,"埃尔夫说,"你的消息。时机应该由你来确定。"

砰—咚,球发出声响,砰—咚,砰—咚。

"如果这就是女性主义,"伊莫金说,"给我报名吧。"

砰——咚，球发出声响，砰——咚……

"这不是女性主义。这只是……正确的做法。"

砰——咚，砰——咚……

埃尔夫坐在板球手的徽章酒店冷冷清清的活动室里的钢琴前面，练习着琶音。她整晚都在想着伊莫金。她的头脑需要做点儿别的事。外面在下雨。住客休息室里，电视里的新闻播音员的声音依稀可闻，但他的话模糊不清。埃尔夫感觉到，一段旋律在等待着。有时它会找到你，就像《献给格里夫的华尔兹》，但有时你通过地形，通过线索，通过气味，差不多可以追踪到它……埃尔夫画出五线谱，作为意图声明。她用右手确定了降 E 小调——这样一个很酷的音阶——用左手演奏和声和不和谐音，看看有什么火花飞出。艺术可不是召之即来的：你所能做的一切，就是表明自己已经准备就绪。错误的转折被弃之不用，却能揭示出正确的路径。就像爱情。埃尔夫啜饮着她的姜汁啤酒。她的爸爸出现了。"我去睡觉了，回头见，贝多芬。"

埃尔夫抬起头："好的，爸爸。睡个好觉……"

"……别让臭虫咬了。晚安，亲爱的。"

埃尔夫继续，将正确的点与下一个正确的点连接起来艺术是旁逸斜出的。她尝试轻轻地弹奏它，在低音琶音上叠加三连音。艺术是光的把戏。埃尔夫把音符抄录在她用手画的五线谱上，一小节一小节地抄录，每到四个小节，都提出音乐上的问题，再作出回答。她尝试了 8/8 拍，但最终选择了 12/8 拍：每小节十二个八分音符节拍。她意外发现了倒着弹奏的中间部分——森林中的空地，开满蓝钟花——她认为它半是《耶和华是我的牧者》（The Lord Is My Shepherd），半是根据它改编而成。她在末尾重现了开头的主题。它在中间部分发生了变化，就像纯真被经验所改变。她用揉弦、慢板和力度的变化来演奏。她从头到尾地弹了出来。当然，有一些粗糙的地方，但是……没有任何矫饰。没有任何冗赘。没有任何古板。没有歌词。没有标题。不急。暂时没有而已。她喃喃自语："真见鬼，你真行。"

"对不起。"一个男人说。

埃尔夫抬起头来。

是酒保。"今晚要打烊了。"

"天啊，对不起，现在是什么时候？"

"零点一刻。"

早上，埃尔夫和贝亚来到板球手的徽章的餐厅吃早餐时，埃尔夫爸爸的那副表情告诉她，有事情发生了。她还以为，是伊莫金——但她错了。克莱夫·霍洛韦把他的《电讯报》滑过桌子，指着一篇文章。埃尔夫和贝亚读了起来。

乌托邦大道陷入困境

流行组合乌托邦大道，以打入前20名的上榜歌曲《暗房》和《证明它》而闻名，周日下午在罗马机场被意大利当局扣留，当时他们正试图离开该国。乐队经理利凡·法兰克兰因涉嫌逃税被拘留，吉他手迪恩·莫斯因携带毒品被查获而被捕。英国驻罗马的大使馆证实，两人已寻求领事援助，但拒绝进一步评论。乐队的律师泰德·西尔弗发表声明称："这些是诽谤性、夸大其词的指控，迪恩·莫斯和利凡·法兰克兰是无辜的。我们期待着早日为他们洗清罪名。"

"我——"埃尔夫把格里夫式的脏话变成了——"我靠。"

"这可真是出人意料。"贝亚说。

"这事你也可能遇上。"她爸爸小声说，所以其他正在吃早餐的客人没有听到。

"难怪我打电话，没人接听。"埃尔夫说。

"我相信，你会离开这支乐队？"她爸爸说。

"我们先了解事实，爸爸。"

"这是《电讯报》，埃尔夫。这些就是事实。"

"那无罪推定呢？"贝亚问。

刀叉叮当作响。"国民威斯敏斯特银行，"她们的爸爸进一步压低了声音，"不能让家庭成员与不良分子搅在一起的人担任经理。毒品？逃税？"

"只有白痴才会携带毒品通过机场，爸爸，"埃尔夫回答说，"尤其当你带着吉他、留着长发的时候。"

"那也许迪恩是个白痴。"她爸爸敲了敲报纸。

他在某些方面是的，但不是这方面。"英国警察往人们身上栽赃，为什么意大利警察不会做同样的事？"

"英国的警力让全世界羡慕。"

埃尔夫觉得她的脾气上来了。"你怎么知道的？你有没有环游世界各地，问过所有人？"

"如果那篇文章中出现的是埃尔夫的名字，"贝亚说，"因为如果她和其他人一起去了机场，她就会在上面，那时你会相信谁的话？是她的？还是意大利警察的话？"

克莱夫·霍洛韦从眼镜上方看着他的女儿们。"我相信埃尔夫——因为她被正确地抚养成人。可惜我们不能对每个人都这么说。"女服务员走过来时，他把报纸折了起来。"请给我们全英式早餐。脆皮培根。"

贝萨妮在第二声铃响后接起电话，埃尔夫把六便士推进了投币口。"贝萨妮，是埃尔夫。"

"埃尔夫！谢天谢地。你收到消息了吗？"

"只知道《电讯报》上写的。"

"还有很多,你从哪儿打的电话?"

"一个报摊。伯明翰的一家酒店。"

"给我号码。我给你打回去……"

片刻之后,电话响了,埃尔夫接了起来。"洗耳恭听。"

"首先,好消息。贾斯珀和格里夫没有受到指控。他们住在机场附近的一家酒店里。坏消息。利凡和迪恩仍然在押。不过金特在伊莱克斯已经聘请了用德国马克能请到的最好的意大利律师,他承诺一有消息就打电话过来。"

"恩佐·恩德里齐在哪儿?"

"神秘地下落不明,这里面可能有诈。媒体很感兴趣。埃米·博克瑟依靠《标准晚报》,一直冲在最前线。"

"我不大敢问,但他们站在哪一边?"

"我们这边。"《电讯报》有点自命不凡。但《镜报》的说法是'把你们的黑手从我们的孩子身上拿开',《邮报》的说法是'腐败的意大利人设局坑骗英国明星'。泰德·西尔弗在外交部的朋友认为,罗马当局想让人看到他们在打击'外国影响'。他们没想到会引起这样的骚动。乐队的朋友和粉丝在梅菲尔区的意大利大使馆外面守夜。这是外交官的噩梦。"

埃尔夫感到齿轮在转动,杠杆在移动。"我该怎么做?"

"保持低调。我正在起草一份新闻稿。我会说你安全地待在英国,在这个黑暗的时刻,你被人们对乌托邦大道的支持所包围,诸如此类——但如果这件事持续发酵,雇佣文人可能会来打探消息。"

"噢,上帝。我们最不需要的就是记者上门。"

"的确。伊莫金怎么样了?"

埃尔夫不知该从何说起……

热泪从伊莫金酸涩的眼睛里涌出。埃尔夫递给她一张纸巾。"他准是已经知道了。他准是想要他的妈妈。他一定很害怕,他一定……"伊莫金颤抖着蜷缩起来,就像一个正在躲藏的孩子。"昨晚我听到他的哭声。我的奶水开始分泌,我在黑暗中醒来,往门口走去,走到一半时我想了起来,我的睡衣湿了,所以我拿吸奶器把乳汁吸了出来,结束之后,我不得不把它倒进水槽,然后——"伊莫金拼命地呼吸着,仿佛她的悲痛已经变成了哮喘。埃尔夫紧紧抓住伊莫金的手。"呼吸,姐姐,呼吸。呼吸……"楼下厨房里,打开了第三广播频道。

窗帘拉上,以遮挡阳光。

伊莫金没有参加午餐,午餐过后,埃尔夫回到花园尽头,继续锄草。她和时间忘掉了彼此的存在。

"你漏掉了一点。"一个声音说。

是劳伦斯,他端着一个放着茶壶的托盘。

"伊米昨天也是这样说的。"

"是吗?嗯……妈妈做了姜饼。"

"太好了。谢谢。我干脆就……"她撕掉一根荆条,摘下手套,和劳伦斯一起坐在墙上。"她还在睡觉吗?"

"是的。那是她的安全港。只要她不做梦。"

埃尔夫把她的姜饼人脑袋朝下泡了泡。"嗯。好吃。"

"火葬场打来了电话,马克的葬礼定在明天,四点。显然,有人取消了。"

"谁会取消火葬?"

"我……呃,没想到要问。"

"别在意我的话,我只是一个麻木迟钝的白痴。"

"你爸爸跟我说了迪恩和利凡的事,"劳伦斯说,"他们困在意大利。你一定很担心。"

埃尔夫很担心,但马克的死让她没有心思考虑别的事。"他们有律师。你们是家人。我应该待在这里。"

劳伦斯点上一支烟。"我以前从来不知道,死亡是如何扰乱语言的。我和伊米还算是一个'家庭'吗,毕竟马克已经走了?或者……我们被降级成了'夫妇'?直到……我不知道。"

埃尔夫想起伊莫金昨天对她说的话。这是一个令人不适、沉甸甸的秘密,她抿了一口茶。

"如果我说'马克是我的儿子',"劳伦斯继续说道,"看起来就好像我在否认马克已经走了。就好像我疯了一样……"

那个看不见的孩子又在对着墙踢球。埃尔夫猜测,这是他或她的常规练习时间。

"……但如果我说'马克曾是我的儿子',那又……"劳伦斯平稳了一下情绪。"那又让人无法忍受。太……"他为自己差点哭出来而发笑。"悲伤。天呐。需要有人发明一种动词时态,你只用在……用于那些已经……逝去的人身上。"

柳树的叶子在他们周围摇曳甩动着。就像马尾巴。"就用'是'吧。"埃尔夫说。埃尔夫想起了贾斯珀那份奇怪的超然。有时候,它是一种超能力。"如果别人觉得我疯了,随他们想去。"

砰—咚,砰—咚,砰—咚……

星期三早晨,阳光明媚。板球手的徽章的餐厅窗户打开着。温暖的空气透了进来。埃尔夫、贝亚和他们的父亲身穿黑色衣服。今天早上他买了《邮报》。他给女孩们看菲力克斯·芬奇的专栏:

乌托邦大道上的守夜人

英国流行乐队乌托邦大道的二百名歌迷,昨天在梅菲尔区三王院的意大利大使馆外举行守夜活动，抗议乐队的吉他手迪恩·莫斯和经理人利凡·法兰克兰在罗马被拘留。意大利当局指责这两人持有毒品和逃税，但乐队和乐迷都说"并非如此！"。他们向意大利领事官员递交了要求释放迪恩和利凡的请愿书。人们唱起被拘留的音乐人的歌曲。滚石乐队的布莱恩·琼斯加入了守夜活动，并告诉芬奇："我自己也经历过一些相当粗暴的司法活动，而且我毫不怀疑，意大利人也在玩同样肮脏的把戏。如果他们有真正的证据，证明迪恩和利凡犯了罪，那就让他们起诉吧。如果他们没有，就应该让迪恩和利凡离开——为浪费大家的时间道歉。"

琼斯先生的观点得到了罗德·登普西的赞同，他是迪恩·莫斯的亲密朋友，身着英国国旗外套。"外交部的蠢货们不愿伸出手指，为迪恩这样的英国艺术家才子洗脱罪名，真是一桩丑事。如果他上的是伊顿公学，他们还会这么无动于衷吗？"当我问登普西先生，他明天是否还会来时，他发誓说他会一直过来，不管多久。

不论乌托邦大道的音乐是不是你的心头好，笔者芬奇对三王院的集会心怀敬意和妒忌。他们证明，英国青年可以在不诉诸欧洲各地爆发的可耻场面的情况下表达意见。我赞同一位粉色头发的示威者所挥舞的标语牌：**把爪子从迪恩·莫斯身上拿开！**

"一名滚石乐队的成员，并不是我心目中铠甲闪亮的骑士，"埃尔夫的爸爸说，"但菲力克斯·芬奇就大不一样了。"

"条子没有踢人，真是奇迹。"贝亚说。

"'条子'？"她们的爸爸扮演起了惊恐的父亲，"'踢人'？"

"我很惊讶那些友好的警察——"贝亚表现得很腼腆——"没有驱散抗议者。你见过这个罗德·登普西吗，埃尔夫？"

"只是捎带着见过。"埃尔夫没有说，登普西是给迪恩提供毒品的毒贩,而且他巧妙地挑逗过她。

"你会参加这个'守夜'吗?"埃尔夫的爸爸问,"因为如果你离得远远的,我会更高兴。"

"今天我只想着马克。"

埃德巴斯顿火葬场是一栋卵石墙面的鞋盒形建筑,前面有一个仿希腊式的门廊,后面有一座高大的烟囱。云杉未能遮盖一片工业区、一座立交桥和六栋一模一样的高楼。在埃尔夫看来,这些"空中家园"就像垂直的监狱。在接待区等候着的,是伊莫金的朋友伯妮·迪伊,伊莫金记得自己在姐姐的婚礼上见过她。她把伊莫金搂在怀里。"噢,我亲爱的。我可怜的、可怜的亲爱的。"她脖子上的银十字架可能属于某个吸血鬼猎人。

两扇门上标有"A 纪念室"和"B 纪念室"。A 门上的字是"**基伯怀特下午 3:30**",B 门上是"**辛克莱下午 4 点**"。声音洪亮的演奏《圣者进行曲》(When the Saints Go Marching In)从 A 室轰然传出。它结束之后,大门飞快打开,至少一百人涌了出来。大多数人看起来和听起来都像是加勒比地区的。热带的彩色与黑色混在一起。"贝西总是喜欢绝妙的歌咏会。"一位女士说。她的朋友回答说:"她在最后也加入进来了,我发誓,我知道那是贝西的歌声。因为它跑调跑得那么厉害……"

基伯怀特一行人走后,等候室里感觉比先前更暗淡了。伯妮·迪伊、埃尔夫的妈妈和辛克莱夫人小声交谈着。伊莫金和劳伦斯默默地坐着。

差几分钟到四点的时候,殡仪员把九名送葬者领进一个可容纳三四十人的房间。灯光很刺眼,地板是磨损的木头。墙壁是染有烟草污渍的白色。一架钢琴放在角落里。马克的小棺材放在一个传送带上。就像失物招领处的一个包裹。一只几乎全新的蓝色兔子坐在棺材上。

埃尔夫的妈妈搂着伊莫金的臂膀，带着她向前走去。埃尔夫希望这一幕没有让自己想起伊莫金的婚礼。那些玫瑰花是白色的。

伯妮·迪伊的讲话经过用心撰写，出自一片好心，但最终落在"上帝以神秘的方式工作"这一寓意之上。倒不是说，我知道该怎么把意义附着到马克的死亡上面。"当我们告别，"伯妮·迪伊总结道，"寓居着马克灵魂的这副躯体时，在如此悲伤的时刻，我们来聆听伊莫金最喜爱的一首圣歌吧。"她看向殡仪员。他把唱针放在易碎的黑胶唱片上，一个唱诗班开始唱起《哦主啊，我们永远的保障》（O God, Our Help in Ages Past）。

伊莫金的声音颤抖，但很响亮。"不要。"

每个人，包括殡仪员，都看向她。

"不。停止播放。拜托了。"

殡仪员抬起了唱针。

伯妮很担心。"是不是出了什么差错，伊米？"

"这是我——我要求的，但……这是错误的选择。"伊莫金咽了一下唾沫。"马克应该有整整一生的音乐。幼儿园的儿歌、流行歌曲、舞曲和各种音乐。我不希望他，在离开我们时……是伴着一首人们在葬礼上播放的赞美诗离开的。"

"我们没带任何别的唱片。"她妈妈说。

"埃尔夫，"伊莫金扭头对她的妹妹说，"弹点东西吧。"

埃尔夫很紧张。"我什么都没有准备，伊姆斯。"

"求你了。什么都好。给马克的就可以。"她在强忍着泪水，"求你了。"

"当然，伊姆斯。当然，我会的。"埃尔夫走到钢琴前。殡仪员为她掀开盖子。她坐在琴凳上。但是，弹什么？《木筏与河流》？她可以凭着记忆，对《月光奏鸣曲》（Moonlight Sonata）作一次体面的尝试，但任何错误都会凸显无遗。斯卡拉蒂（Giuseppe Domenico Scarlatti）太活泼了。这时，埃尔夫想起她昨晚在板球手的徽章写的那首曲子。她把它放在了手提包里，以备自己想出一套歌词。埃尔夫把练习本放在乐谱架上，从头到尾弹了一遍此时仍未命名的六十六个小节。慢慢地弹奏，改变了它的成色。也许它持续了五分钟。随着埃尔夫的弹奏，伊莫金恢复了镇定。她走到马克的棺材前，亲吻了棺盖。劳伦斯也做了同样的事。他们互相拥抱，哭了起来。两位失去亲人的祖母加入了他们，还有贝亚。

埃尔夫创作的曲子告一段落。

它的幽灵填满了随之而来的沉默。

伊莫金告诉殡仪员："是时候了。"

埃尔夫走过去，拿起蓝色的兔子。

每个人的指尖都停留在白色的棺材上。

殡仪员按下了一个朴素的开关。

传送带"咔啦"开始运转。

光滑的棺盖从他们的手指下面滑过。

马克的棺材穿过一道帘幕。

上方，一道机械屏障放了下来。

就连蓝钟花都能留存得更长久。

星期四上午，埃尔夫与贝萨妮在皮卡迪利广场地铁站那螺旋形的忙碌中相遇。伦敦人每分钟都从斜对面的隧道中涌出，每个人都带着悲剧、历史、喜剧和罗曼史。擦鞋工努力而快速地工作着。报贩们从排队的人们当中快速穿过。贝萨尼戴着时尚的蓝帽子、丝绸围巾和杰姬·奥纳西斯[①]那种太阳镜。

---

① 美国总统肯尼迪的遗孀，后嫁给希腊船王亚里士多德·奥纳西斯。

428

"我差点没认出你来。"埃尔夫说。

"要的就是这个效果。一名记者潜伏在月鲸外面。他恨不得搜查骑自行车的邮递员，了解各种八卦。伊莫金怎么样了？"

"她和我父母在里士满。"埃尔夫找不到话说，"悲伤是拳击手，我姐姐是出气筒，我们能做的就是看着。"

"那就看着吧，"贝萨妮说，"缝合她的伤口，在她疲惫不堪的时候帮她重新站起来。"

埃尔夫点点头。没有什么可说的了。"利凡和迪恩出了什么事？"

"他们一下子登上了各大媒体。这个，来自《邮报》……"贝萨妮把一篇文章贴在笔记本上。在迪恩站在麦高舞台上的照片下面：

"不能丧失了我的荣誉！"

拨动人们心弦的迪恩·莫斯，周日因可疑的毒品指控在罗马被捕，他的英雄事迹昨天出现了非同寻常的新转折，这位乌托邦大道乐队的吉他手拒绝通过签署认罪书来换取他的遣返。莫斯先生——他创作了跻身排行榜前 20 的《暗房》和《证明它》——坚称，违禁品是由逮捕他的警探栽赃的。对乐队经理人利凡·法兰克兰财务行为失当的指控已经撤销。在通过其律师发表的声明中，莫斯先生解释了他勇敢的决定："我几乎愿意做任何事情来结束这场折磨，去看望我的朋友，我的家人和我的国家——但为我没有犯下的罪行签署一份虚假的供认书，是不可接受的。"

"我能听到《希望与荣耀之地》。"埃尔夫说。

"利凡和弗雷迪·杜克能听到全国各地唱片店的收银机响声。噢，泰德·西尔弗让我告诉你，BBC 的广播电台有一名记者在三王院。还会有其他记者。"

"别告诉我，我会在午间新闻亮相。"

"午间和晚间。"

埃尔夫想起，她父亲在办公室里吃三明治的情景。要是我说错话怎么办？

"我安排了埃米·博克瑟给你做头版专访，如果可以的话。"

"我没问题。"埃尔夫想到待在意大利牢房里的迪恩。他的命运或许取决于她能否做好这件事。"我觉得我不在状态，贝萨妮。"

"我听说，上星期六，你让两千意大利人听命于你。"

"是的，但那是一种表演。"

"这也是。所以我们才要提前见面。让我们找个安静的地方，坐下来喝杯咖啡，写几行字……"

埃尔夫从拱门下面走进三王院，两侧是星探维克多·弗伦奇和月鲸的律师泰德·西尔弗。院子里挤满了人。欢呼声响了起来。埃尔夫抑制住了想要逃跑的冲动。迪恩需要这个几十个人呼喊着她的名字。几秒钟内，就变成了口号："埃尔夫！埃尔夫！**埃尔夫**！埃尔夫！埃尔夫！**埃尔夫**！埃尔夫！埃尔夫！**埃尔夫**！"年轻人。有几张年长的面孔。衣着光鲜的人。没刮胡子的嬉皮士们。"埃尔夫！埃尔夫！**埃尔夫**！埃尔夫！埃尔夫！**埃尔夫**！"少数披头族。三名杂耍艺人。一个威斯特勒热狗摊。一个抱着手风琴的男人。是哈罗德·品特吗？"埃尔夫！埃尔夫！埃尔夫！**埃尔夫**！埃尔夫！**埃尔夫**！"《支离破碎》正在楼上的窗户里播放着。记者们拦住了埃尔夫的去路。"《卫报》的亚瑟·霍奇基斯，"一个穿着犬牙纹夹克的新闻记者说，"你对反文化的希望和担忧是什么？""埃尔夫！埃尔夫！**埃尔夫**！埃尔夫！埃尔夫！**埃尔夫**！"他被一只没有毛的斗牛犬挤出去了："《晨星》的弗兰克·希尔特。乌托邦大道对无产阶级斗争的看法是什么？""埃尔夫！埃尔夫！**埃尔夫**！埃尔夫！埃尔夫！**埃尔夫**！"一个自信满满的小伙子溜了进来："《世界新闻》的威利·戴维斯。你的三围是多少，埃尔夫，谁是流行乐坛最有魅力的男人？""埃尔夫！埃尔夫！**埃尔夫**！埃尔夫！埃尔夫！**埃尔夫**！"埃尔夫转身躲开，一个美国口音的声音说："别忘记呼吸。"她年纪轻轻，看上去像是西班牙裔，是个美人。"埃尔夫！埃尔夫！**埃尔夫**！埃尔夫！埃尔夫！埃尔夫！**埃尔夫**！"那个女人把她的嘴凑到埃尔夫耳边。"我是《小望远镜》杂志的路易莎·雷，不过这不重要——祝你好运，别忘了呼吸。"

埃尔夫呼吸着。"好的。"

泰德·西尔弗护送着她穿过拥挤的人群，来到灯杆下面的一个板条箱前面。维克多·弗伦奇把一只麦克风塞进她手里。如果我忘记了我的演说词怎么办？贝萨妮搂住她的肩膀："你能把整首民谣的歌词一字不漏地背下来，记住。你能做到。"埃尔夫点点头，爬上板条箱。"埃尔夫！埃尔夫！**埃尔夫**！埃尔夫！埃尔夫！**埃尔夫**！"变成了另一种欢呼声，比先前更响亮，更持久。一根唱针从《支离破碎》上抬起。几百张面孔往后看去。数十部照相机咔嚓咔嚓。人们从周围的窗户里望了过来。她做了个手势，让呐喊的人们安静下来。

呼吸。"大家早上好。"埃尔夫的声音从挂在灯杆上的扩音器散发出来。她的话在三王院的墙上回荡着。"我是来自乌托邦大道的埃尔夫·霍洛韦，我来了——"

一个女人喊道："我们知道你是谁，埃尔夫亲爱的！"

"哦，嗨，妈妈，谢谢你能来。"埃尔夫的巧妙应答激起一阵热烈的笑声。"说真的，谢谢你们大家的支持。我在这里是因为我的朋友迪恩正在罗马的监狱里腐烂……"

"嘘！"和"耻辱！"的喊声响起。

"……他在那里挨揍，不被允许会见律师。意大利警方称他为毒品走私犯。"用短句，贝萨尼先前建议，用海明威而不是普鲁斯特的风格。"这——是——一——个——谎言。他们给迪恩一个选择。承认这个谎言，并获得自由——或者拒绝在认罪书上签字，回他的牢房去。他拒绝了。"

中等大小的吼声，人们赞同地点头。

"有人说迪恩·莫斯是在追求公关效应。有人说迪恩诱使意大利警方逮捕他是为了宣传。这——是——胡——扯。但凡心智健全的人，谁会为了几英寸的专栏，冒着在外国监狱里被关上几年的风险？"

一个男人用麦克风对准她，在一个盒子上调整着高度。

"有人说迪恩·莫斯是小流氓和暴徒，那——是——谎——言。迪恩痛恨暴力。让我们以他为榜样吧。拜托。为了迪恩，友善地对待大使馆的人员吧。这不是他们做的。同样，也给警员们轻松的一天吧。他们也是伦敦人。"

别忘了呼吸。"刚才说了迪恩·莫斯不是什么样的人。下面说说迪恩·莫斯是什么样的人。他是一个工人阶级的少年。他知道贫困匮乏是什么滋味。迪恩不是圣人，但如果你比他更需要的话，他会把身上的衣服脱下来给你。他很正派，他很善良，他会写歌，展现生活的痛苦和荣耀。那些歌告诉我们，我们并不孤独。迪恩是我的朋友。所以，拜托了。我们能不能把我们的朋友带回家？"响亮的吼声充满了整个院子。

"我们能把他带回家吗？"

众人报以更加响亮的吼声。

第三遍往往有魔力："我——们——能——不——能——把——他——带——回——家？"

吼声轰响。埃尔夫下了板条箱。人群向前涌来。闪光灯的光在她脸上咔嚓咔嚓地闪着。泰德·西尔弗、维克多·弗伦奇、贝萨妮，还有贝萨妮强行找来的几个大块头组成了一个方阵，护送着埃尔夫离开三王院，上了出租车。它开走了。埃尔夫的心在疯狂跳动。"我做得怎么样？"

健全的神智

安东尼·赫尔希的宅邸是坐落在彭布里奇街上的爱德华时代大宅。院墙高高的,顶端有长钉。两名保镖在铸铁大门那儿,从清单上钩掉来宾的名字,然后才放他们进去。贾斯珀看到了后花园里的一座条纹帐篷的顶部。"有人不缺钱,"格里夫说,"像这样的房子在这样一条豪华的街道上……你觉得值多少,迪诺?十万?"

"放轻松些。这儿有很多车。一辆王牌眼镜蛇。奥斯汀希利……杰森截击机。你们觉得它们都是他的吗?"

"擦擦你下巴上的口水,"埃尔夫告诉他,"等新专辑卖出一百万张,你就能买到你自己的了。"

"用我们的版税吗?如果能买到一辆生锈的迷你车,我就很幸运了。你们估计,在这个派对上会有电影明星吗?"

"理所当然,"埃尔夫说,"他就是电影导演嘛。我再问一下,你的单身状态究竟有多正式?我已经搞不清楚了。"

迪恩装作心窝中箭的样子。搞笑,贾斯珀心想。"我看过他的唯一一部电影就是那部《万世巨星》,"迪恩说,"全都是讲耶稣、瘾君子什么的。很难懂。"

"阿姆斯特丹音乐学院的电影俱乐部举办过安东尼·赫尔希的回顾展,"贾斯珀说,"他最出色的作品堪称杰作。"贾斯珀看了看时间:

5：07。"利凡迟到了。"

"也许他是被什么麻——烦给缠住了。"格里夫说。埃尔夫缩了缩身子。迪恩略带微笑地嘟哝着。贾斯珀不知道出了什么事，但一辆停在路边的出租车给他解了围。是利凡。他付钱后跳了出来。"哇噢，你们都准时到了。"

"你拿我们当什么了？"迪恩哼了一声，"一帮以为全世界的人都按我们心意行事的笨蛋摇滚明星吗？"

是讽刺吗？贾斯珀没能弄清，因为其他人都注意起了利凡那套带有青绿色装饰的醒目新西装。

格里夫小声学起了狼叫。

埃尔夫说："看来某人购物来着。"

迪恩摸了摸翻领。"裁缝街做的？"

"你必须看起来像个角儿，才能达成交易，我的朋友们。《把石头滚开》势头如何？"

"我们录到第二十遍了。"贾斯珀说。

利凡做了个鬼脸，贾斯珀没看懂。失望？"很快就好了，朋友们。维克托真的想把它作为单曲推出。"

"告诉他，等它的旋律特征达到完美的巅峰时，他就会听到它了，"迪恩，"值得等待。"

利凡点上一支烟。"请不要在一首歌上浪费专辑的预算。你们在伊莱克斯的信用现在好一些了，《天堂》进入了前三十名，但也不能无底线地透支。"

"看来风笛和保加利亚合唱团都没了，迪恩，"埃尔夫说，"那我们在这儿干什么？"她往赫尔希家扬了扬下巴。"贝萨妮没有透露任何细节。我们想到的是'原声配乐'。"

"或者，"迪恩说，"赫尔希先生上个月在报纸上看到我粗犷的出色外形，觉得这就是我的男主角？"

434

"是的，就是这样，"格里夫说，"他要拍《来自黑礁的丑陋手淫者》，觉得他不需要化妆。"

"哦，你这贱人，"迪恩说，"还是赫尔希想让乐队出演电影，就像那个把新兵乐队放进《放大》的意大利人？"

"米开朗基罗·安东尼奥尼，"利凡说，"埃尔夫猜得不差——配乐。就把今天当成尚未谈妥的工作面试好了。好好享受一下。但别太过火。"

"你说这话的时候，瞅着我干什么？"迪恩问。

"是你在疑神疑鬼。让我们深入虎穴，好吗？"利凡看了看两侧，然后穿过了马路。

贾斯珀在莱克斯多普疗养院的第二天，加拉瓦齐医生作出了严重的听觉精神分裂症的诊断，寻找着一种药物来缓解症状。奎鲁丁，一种德国的抗精神病药，成为最有效的治疗方法。咚咚的存在感依然存在，但"内在的敲击"停止了。贾斯珀感觉，他的精神入侵者被限制在了阁楼上。十六岁的少年这才有了心思打量周围的环境。这家精神病院隐藏在瓦瑟纳尔镇和北海岸边沙丘地带之间的一片林区里。一座单层的诊所，连接着两栋一九二〇年代的大屋。它们分别是莱克斯多普的男性和女性侧屋，总共只容纳三十人。一堵高墙环绕着这片地方，大门有人把守。住客的"私人房间"不能上锁，不过"请勿打扰"的标牌通常会受到尊重。贾斯珀的顶楼房间里有一张床、一张书桌、一把椅子、一个碗柜、书架和一只洗脸盆。在他的坚持下，镜子被移走了。透过带栅栏的窗户，可以看到树冠。

贾斯珀的绰号是"De Jeugd[①]"。他是莱克斯多普最年轻的住客。特拉普派是一伙躁郁症患者，他们只是偶尔说些短句。剧作家们用流

[①] 荷兰语：青年。

言飞语、密谋和自相残杀来打发日子。阴谋家们催生着关于锡安长老、共产主义蜜蜂和南极洲的纳粹秘密基地的妄想理论。驻留期间，贾斯珀没有加入任何一方。在诊所里，性关系在理论上是被禁止的，实现起来也很困难，但并不是没有。贾斯珀所在的楼层上，两个男人时不时地发生关系，但在英国寄宿学校待了十年，已经让他适应了偷偷摸摸的同性性爱。至于他自己的性欲，被奎鲁丁给淡化了，也许这是种方便。

在莱克斯多普的日子里，从早上七点的一声锣响开始，然后是八点的锣响，宣布早餐开始。贾斯珀坐在不扎堆的桌子旁边，吃着他的面包卷和奶酪，喝着他的咖啡，很少说话。然后，住客们按照姓氏的字母顺序，到药房报到取药。贾斯珀姓里的Z，确保了他处在最后的位置。上午是适合个人病情的治疗：心理疗法、行为治疗，或者只是让那些有意愿、有能力在厨房或花园里做一些简单活计的人，做做"社区工作"。下午是病人自己的。拼图很受欢迎，同样受欢迎的还有乒乓球桌和酒吧桌式足球。一些病人背诵着诗歌、歌曲或"台词"，为了演好戏剧家们热议的周六时事剧。起初，赫罗特维德·维姆和加拉瓦齐医生很想让贾斯珀继续学习伊里主教学校的课程，但他打开教科书时，他知道他和学校已经永远分道扬镳了。一名来自阿佩尔多恩的古典文学教师绰号"教授"，把贾斯珀当成了下国际象棋的对手。他下得很慢，攻势凶猛。一名来自芬洛的修女举办了一个拼字游戏联盟。她发明新的单词和新的规则来确保胜出，还在受到质疑时发出宗教方面的诅咒。

几个星期变成了几个月。八月，贾斯珀同意了加拉瓦齐医生的建议，让他去莱克斯多普的院子外面试试。走出几步，他就觉得自己脉搏提升，重力变强。他的视野旋转起来。他匆匆穿过大门，确信不仅是奎鲁丁，还有莱克斯多普的墙，把咚咚挡在外面。他承认这样想不合情理，但一个只在镜子里出现，并试图把贾斯珀逼疯的东方僧人同样不合情理。加拉瓦齐医生担心他的小病人过度依赖奎鲁丁,将他十毫克的剂量减少到五毫克。一天之后,贾斯珀感到咚咚蠢蠢欲动。两天之后,他感到颅骨的内壁怦怦、怦怦、怦怦作响。三天之后,他从汤勺里看到了咚咚模糊的映像。第四天,贾斯珀的剂量恢复到了十毫克。

整个秋天,赫罗特维德·维姆一直来探望他。如果说用"享受"这个词来形容这些探望并不合适的话,那贾斯珀也很看重至少有一个人来看望他的事实。说出三四个词的句子,就是贾斯珀的上限,但维姆·德佐特曾志愿参加世界大战,见惯了那些遭受炮弹冲击的人。他替他们两个人说话,讲述德佐特家的家庭事务、新闻、多姆堡、书籍,以及自己的生活片段。贾斯珀的父亲胡斯来过一次。情况并不顺利。胡斯·德佐特不像维姆那样,无法掩饰他对贾斯珀那么脆弱的苦恼,无法掩饰他对心理明显病态的父母神经质的嫌恶。胡斯的妻子和贾斯珀同父异母的兄弟姐妹没有前来探望。贾斯珀并不介意。对他的崩溃,怜悯的见证人越少越好。贾斯珀与世界仅有的联系,就是海因茨·福尔马焦,他每周都从伊里、日内瓦或任何他刚好在的地方写信。贾斯珀试着回信,他盯着"亲爱的福尔马焦"看了半天,迷失在了第一行无穷无尽的可能性里,最后他放弃了。没有收到回信,从未让贾斯珀的前室友感到灰心。

十一月,加拉瓦齐医生在鲁汶大学的门生克劳德特·杜布瓦在莱克斯多普进行了为期八周的工作实习。她的论文提出,音乐可能对一些精神病患者有积极影响,她很想检验一下这些想法。"进来吧,"她在贾斯珀走进咨询室时,这样说道,"你是我的第一只试验豚鼠。"各种管乐器、弦乐器和打击乐器都摆在桌子上。杜布瓦小姐笑得像个狡猾的小孩,让他挑一种。他挑了一把吉他,那是一把西班牙制造的拉米雷斯。他喜欢它搁在大腿上的那种感觉。他漫不经心地弹拨着,有了这样一种感受：他的未来刚刚发生了变化。在多姆堡与大比尔·布隆齐相遇之后，他上过几堂吉他课，他的手指记住了 G、D、A 和 F。贾斯珀向杜布瓦小姐讲述了那场邂逅。他已经好几个月没有说过这么多话了。他借了一天的吉他。她借给了他吉他和一本伯特·威登（Bert Weedon）[①] 写的小册子《在一天之内弹奏》。

贾斯珀没有意识到，那个标题并非字面意义上的命令，他对自己很生气，因为他到下一次会见时，只掌握了伯特·威登传授的三分之二的技艺。他的每个指尖都需要贴膏药。杜布瓦小姐对此颇为动容，她以贾斯珀在周六时事讽刺剧中演出为条件，继续借给他拉米雷斯吉他。贾斯珀别无选择。在弹奏时，他忘记了自己是一个受到惊吓的辍学者，在荷兰的精神病院里日渐憔悴。在弹奏时，他是音乐的仆人和主宰。星期六，他演奏了简化版的《绿袖子》。在未来的几年里，贾斯珀将会受到成千上万人的崇拜，但没有什么掌声能与他在那个星期六，从一群精神分裂症患者、抑郁症患者、妄想者、医生、护士、厨工和清洁工那里赢得的掌声相媲美。他想，我想要好起来。

杜布瓦小姐返回鲁汶之后，她把她的拉米雷斯托付给了贾斯珀，说她期待着，等到春天的时候，他会有新的进步。圣诞节前不久，贾斯珀为他的祖父演奏了《是的，先生，那是我的宝贝》和杜安·艾迪（Duane Eddy）的《四十英里的糟糕公路》（Forty Miles of Bad Road）。赫罗特维德·维姆因病错过了几次访问，他为贾斯珀的快速好转感到高兴和震惊。他聘请了一位巴西吉他手——此人在海牙与一名荷兰女子结婚——每周在莱克斯多普给贾斯珀授课。贾斯珀在周六时事讽刺剧表演中的演出，曲目越来越复杂，越来越长。他在其中加入了几首自己作曲的作品，如果有人问起，就说它们是"传统的阿根

[①] 伯特·威登（1920—2012），英国吉他演奏家、作曲家。

廷民歌"。在圣诞节时,贾斯珀收到一台飞利浦唱机,配有耳机,赠予人是"德佐特家族",也就是赫罗特维德·维姆。杜布瓦小姐送给了他阿韦尔·卡莱瓦罗(Abel Carlevaro)演奏巴赫(Johann Sebastian Bach)和曼努埃尔·庞塞(Manuel Ponce)的唱片。他的巴西老师送给了他安德烈斯·塞戈维亚(Andrés Segovia)的《西班牙吉他大师》(Master of the Spanish Guitar)和奥黛塔(Odetta)的《奥代塔演唱歌谣和布鲁斯》(Odetta Sings Ballads and Blues)。贾斯珀花了一整天时间,逐个音符、和弦、乐句抄录奥黛塔的歌。他并没有拿自己当歌手——但他需要哼唱声乐的和声,所以为什么不唱出这些歌词呢?贾斯珀在一九六三年的第一场星期六演出中,演唱了奥黛塔的《圣地阿诺号》(Santy Anno),还应观众要求加演了一首。他本可以加演两首,但他的巴西老师告诫贾斯珀,音乐人应该给观众留下更多的期待。

那年冬天相当严酷。整个荷兰的运河都结冰了,但横跨弗里斯兰的十一城滑冰大赛却流产了,因为一万名滑冰者中,除了六十九人以外,其余人都因为失温和冻伤而退赛。贾斯珀致力于掌握弗朗西斯科·塔雷加(Francisco Fárrega)的吉他练习。贾斯珀的父亲在每年去南非之前,都会去莱克斯多普探望。贾斯珀演奏了《我搞砸了,这可不妙》和塔雷加的《C调练习曲》(Étude in C)。这一次,他父亲离开莱克斯多普的时间比预计的晚。接下来的一周,来自芬洛的修女在睡梦中死去。贾斯珀创作了《献给拼字游戏作弊者的安魂曲》来纪念她。一些住客被感动得热泪盈眶。贾斯珀享受着他的音乐给他带来的掌控众人情感的力量。

春天带来了郁金香和反转。四月的一个早晨,贾斯珀觉得,他能听到遥远的咚咚咚声。到了晚上,他确定了。加拉瓦齐医生推测,贾斯珀正在获得对奎鲁丁的抗药性。他试验了其他的神经药物,但咚咚声越来越近,越来越响,最后医生同意,将贾斯珀的奎鲁丁剂量增加到十五毫克。福尔马焦送给他全套哈里·史密斯（Harry Smith）的《美国民谣音乐选》(Anthology of American Folk Music)。贾斯珀觉得自己对布鲁斯很有共鸣。在巴西老师的指点下，他掌握了塔雷加的《阿尔罕布拉宫的回忆》(Recuerdos de la Alhambra)。它是如此美妙，贾斯珀简直无法呼吸。花蕾绽开，昆虫飞舞，啄木鸟敲击，鸟鸣浸透了莱克斯多普周围的树林。贾斯珀爆发出剧烈的啜泣，却说不出缘由何在。院方组织了一次去附近郁金香花田的旅行。贾斯珀登上了巴士，但在他们离开莱克斯多普森林之前，他发现自己在挣扎着喘息。巴士不得不把他送回去。贾斯珀作为病人的第一个周年纪念日来了又走。会不会有第二个、第三个、第十个？

咚咚声又开始响起。加拉瓦齐医生把奎鲁丁的剂量增加到二十毫克。"这是最后一次了，"他告诉贾斯珀，"它正在扼杀你的肾脏。"贾斯珀觉得自己就像已经用到第九条命的猫。

八月里的一天，赫罗特维德·维姆和海因茨·福尔马焦一同出现，后者长高了六英寸，体格更粗壮了，留着半截胡子，穿着华达呢西服。他将在第二天从鹿特丹起程前往纽约。马萨诸塞州坎布里奇市的一所学院授予了他奖学金。朋友二人坐在杏树下面。贾斯珀弹奏了《阿尔罕布拉宫的回忆》。福尔马焦谈起了他们在伊里的同学、戏剧、在希腊的航行和一门名为控制论的新科学。贾斯珀聊起的新闻局限于精神病院里的日常。他渴望摆脱与恶魔的斗争，或者说，如果加拉瓦齐医生是正确的，那只是一种冒充恶魔的精神疾病。后来，当赫罗特维德·维姆的汽车载着福尔马焦向着他辉煌的未来驶去时，贾斯珀明白，死亡是一扇门户；而他问自己，人应该拿一扇门怎么办？

门一开，走廊上纷涌着笑声、趣闻轶事，专辑《盖茨/吉尔伯托》(Getz/Gilberto) 响亮地播放着。百合花和兰花从希腊式的瓮里绽放出来。楼梯向着一盏现代派风格的吊灯弯曲。一名四十多岁的男人飘然走来，散发着主人的热情友善。"我从上个月的报纸上认识了迪恩。埃尔夫是那个女孩。贾斯珀，有着特殊的发型。这样就只剩下格里夫和利凡了。你们还会是谁呢？欢迎来到我的仲夏舞会。"

"感到荣幸的是我们，赫尔希先生。"利凡说。

"叫我托尼吧，"导演坚持说，"在这里可不用客套。我妻子说，她打电话时，你们正在录音棚里。告诉我，我没有打搅你们的录音。否则我永远都不会原谅自己。"

"您防止了一场谋杀，"格里夫说，"当时的一段键盘独奏变得很糟。"

"这就是您在《猫的摇篮》中拍摄派对场景的走廊和楼梯吗？"贾斯珀问。

"好眼力！当时我的预算已经彻底花光了，所以就用了这里，可以少搭建一处布景。嘿，蒂芙？蒂芙！"他向一个挽着金色发髻的女人招手，她穿着蓝粉两色涡纹的礼服、喇叭裤，露着胳膊。"你瞧，谁来了！"

"乌托邦大道。"她微笑着走了过来。"还有法兰克兰先生，我想。"贾斯珀猜测，她比她丈夫年轻十五岁。"很高兴你们能来——我们通知得那么仓促。"

"我们无论如何都不会错过的，"埃尔夫说，"你们的房子太漂亮了，蒂凡妮。"

"托尼的会计师告诉我们，要么要把《战舰山》的钱变成砖头和砂浆，要么就把它交给税务局。这里很适合举办派对，但是，天哪，要让它保持在绝佳状态简直是噩梦。"

"蒂凡妮向我介绍了你们的专辑《天堂》，"导演说，"那是在可怕的意大利事件发生之前。那是一张优秀的唱片。"

一句恭维，贾斯珀心想。"谢谢。"附和一下。"我们也这么认为。"每个人都看着他。我说了不着调的话。

"了不起的地方在于，"蒂凡妮·赫尔希说，"就是我们每次播放它的时候，我最喜欢的歌都会变。"

"那你现在最喜欢哪首歌？"迪恩问。

"我该从哪儿说起呢？《出人意料》拨动了我的心弦。《暗房》让我的脊柱感到一阵战栗，但如果你把我绑起来，逼我作出选择的话……"她看着迪恩，"……我选《紫色的火焰》。"

迪恩说没什么。贾斯珀猜测他很高兴。

"假如这样不是太无礼的话，蒂凡妮，"埃尔夫从她的手提包里拿出一本签名簿，"你介不介意签一下？"

"你可真好，"蒂凡妮说，接过笔，"除了支票，我已经很久没有签过任何东西了。"

"我妈带着我和我的姐姐妹妹去里士满的奥登剧院看过《蓟花的冠毛》，之后我妹妹贝亚就宣布：'我要当演员。'现在她在皇家戏剧学院读一年级。"

"噢，我的天哪！"蒂凡妮·赫尔希说，"真是个好故事！"

"看到了吗，蒂凡妮？"赫尔希说，"你的影迷都还在呢。"

蒂法尼·赫尔希写道："致贝亚·霍洛韦，我的戏剧姐妹，蒂凡妮·西布罗克。""谢谢你，"埃尔夫说，"她会把这个装裱起来的。"

"你的新电影是讲什么的，托尼？"贾斯珀问。

"就是好莱坞所谓的'公路片'。一个伦敦的流行歌手得知他只剩一个月的生命了，于是他搭车去斯凯岛，处理未竟的事务。陪伴他的是死去的妹妹派珀的亡灵。一路上必然有种种冒险，种种感悟。情感上的高潮。末尾的反转。剧终——奥斯卡奖纷至沓来。"

"谁来扮演明星呢，"利凡问，"如果这个问题不算失礼的话？"

"这是一个悬而未决的紧迫问题。我应该选阿尔伯特·芬尼还是帕特里克·麦高汉？还是选一名真正的歌手，你知道，一名真正经历过这些的歌手？"

"选真家伙吧,"迪恩说,"这样选总是对的。我来演。接下来的几个月里,我有大量的空闲时间,对吧,利凡?"

他看起来和听起来好像是认真的,但贾斯珀从其他人的笑容中猜到他在开玩笑,这不是严肃的提议。贾斯珀装出一副笑脸。"片名已经有了吗?"

"《通往遥远北方的狭窄公路》。"蒂凡妮说。

"能让人产生愉悦的联想。"埃尔夫说,"我喜欢。"

"这个片名来自芭蕉①,"贾斯珀说,"日本诗人。"

"某人真是博览群书。"蒂凡妮说。

"我年轻的时候,有很多时间看书。"

"你是说,在你加入老废物俱乐部之前吗?"导演半开玩笑地说,但贾斯珀没听明白这个笑话。

"蒂凡妮将在演艺界复出,扮演派珀。"赫尔希抿了一口他的皮姆酒,"在离开四年之后。"

"五年,"蒂凡妮·赫尔希说,"等到它面世的时候,就是六年了。你的歌,贾斯珀,《获奖》——"蒂凡妮扭头跟贾斯珀说——"让我想起了《明天永不知道》。这种相似在多大的程度上是有意为之?"

"不算大。"贾斯珀说。片刻的沉默。他们还想知道更多吗?

"约翰过来了,你知道吗。"安东尼·赫尔希说。

"不会吧!"格里夫说,"列侬?在这儿?在这个派对上?"

"在客厅里,我相信,"主人说,"在饮料钵旁边。蒂凡妮,你能作个介绍吗?我要给罗杰·摩尔找一些绿橄榄……"

"三个事实。"饮料钵旁边的人不是约翰·列侬,而是一个长着坏

---

① 指日本诗人松尾芭蕉的随笔《奥州小道》,此处的片名为该文英译者对标题的意译。

牙、戴着鲨鱼牙项链的老人。蒂凡妮和其他人走开了，但贾斯珀喜欢事实。"事实一：在新石器时代，来自其他星球的飞碟访问了地球。事实二：雷线①就是他们的导航辅助线路。事实三：在雷线交汇的地方，总有一个着陆点。巨石阵就是前罗马时期英格兰的希斯罗机场。"

"真正的考古学家可能会指出，"一名澳大利亚妇女说，"只有在得到证明的情况下，事实才成其为事实。"

"我们可真幸运，"飞碟专家说，"无政府主义者们今天不用面对阿芙拉·布思了。象牙塔大队确实对我的书大加挞伐，我给了他们我现在提供给布思小姐的答复。'我的书里有六百页的证据：滚开，读读这该死的东西！'"他停顿了一下，享受着笑声。"他们接受我的建议了吗？当然没有。在我在牛津大学迷茫的岁月里，我参加过他们的会议。我只有一个问题：人类社会是怎么广泛分布到尼罗河谷、中国、美国、雅典、亚特兰蒂斯、印度等地的？怎么在几十年内相继发明冶金、农业、法律和数学的？他们的回答呢？"飞碟专家模仿着帕金森综合征患者查单词的样子。"'哦，让我查一下我的课本……'"他模仿着翻页。"'啊，没错，在这里……巧合！'巧合。破产的知识分子最后的避难所。"

"如果巨石阵上空涌现过小绿人，"澳大利亚人阿芙拉问，"他们现在在哪儿？"

"他们厌恶地逃走了。"飞碟专家的假笑消失了，"来访者给了我们星星的智慧。我们把它用在战争、奴隶制、宗教和妇女的裤子上。但我们的神话、传说和文学中充满来自外星的实体。天使和幽灵，菩萨和精灵。头脑里响起的声音。我的假说将这些现象统一了起来：这些存在起源于外星。几千年来，他们不断造访我们，看智人是否准备

---

① 英国某些重要地点之间的虚幻连线，这些地点名大多尾语为 ley、lay、leigh 等。有些人相信它们是古老的路线。

好了接受最后的启示。答案一直是'还没有'。但这个'还没有'正在变成'很快就好了'。飞碟目击事件成倍增加。迷幻剂正引导我们进入更高的状态。很快，地外生命就会掀起一场巨变。或者，就像我在书中所说，一场'星辰变'。"

一阵若有所思的沉默。有人说："真奇妙。"

这话对贾斯珀来说闻所未闻，他猜测，它的意思是"哇哦"。

"如果你是科幻作家，"阿芙拉·布思弹了弹她的香烟，"我会想，这是陈词滥调的胡言乱语，但他的粉丝会说'真奇妙'。或者，如果你编造出一个邪教，我会想，山达基教、克利须那派和梵蒂冈都在兜售他们的胡言乱语，你也可以兜售你的。但让我耿耿于怀的是，你用科学的词汇编造你的胡言乱语。你往知识的井里撒尿。"

"我们应该感谢布思小姐，"飞碟专家说，"她揭示了学术界的想法。只要我不相信，它就不是知识。"

阿芙拉·布思吐出烟雾。"五十年后，你回过头来再看这句胡话和奉承话，会觉得很尴尬。"

"五十年后，你会回过头来想，为什么我的思维会如此局限和肛门滞留①？"

"局限和肛门滞留？"阿芙拉·布思掐灭了她的烟。"我的天哪，我们是如何放弃自己的……"她走开了，给埃尔夫让了一下位置，埃尔夫正跟一个穿着黑色天鹅绒、上面有着银色图案的外国面孔的年轻女子在一起。

"贾斯珀，我想让你见一个人。这是路易莎。"

"你好，路易莎。"贾斯珀说。

"我喜欢你的音乐。"路易莎听起来像美国人。"我得补充一点，我很喜欢埃尔夫的歌——"两个女人交换了一个愉快的眼神——"但

---

① 精神分析术语，指具有谨小慎微、贪婪和固执的性格特征。

我经常播放《出席婚礼》，我把这首曲子都磨损了。它很神秘，如果我可以用这个词的话。"

"神秘"这个词，贾斯珀心想，源于"神意"。"谢谢你。那些彗星是绣在你的夹克上吗？"

"嗯，是的。是有风格的。"

"路易莎亲手绣的，"埃尔夫说，"我的针线课得了E，还有一句评语，'可以再努力'。让我终身伤心难忘。"

"你是飞碟爱好者？"贾斯珀问这个美国人，"还是时装设计师？"

路易莎觉得这个问题很有趣。"都不是。我是新闻专业的学生，拿了富布赖特奖学金过来的。我很走运，不是吗？"

"我怀疑运气跟它无关。"埃尔夫反驳道。

"唉，怎么会呢。埃尔夫在像马丁·路德·金那样演说时，我也在三王院里。"

"天啊，那一切糊里糊涂地过去了，"埃尔夫说，"我想不起我说了什么，但我知道肯定不是'我有一个梦想……'。"

"太谦虚了，埃尔夫。我为《小望远镜》杂志报道了这件事，还引用了你的话，转眼之间，就有了我在国际刊物上的第一篇署名文章。所以是我欠你的。"

"啊，胡说八道。"埃尔夫笑了起来，在她侄子过世之后，贾斯珀就再没看到她这样笑过。

"你们有没有计划去美国巡演？"路易莎问。"在纽约，在洛杉矶，他们会用勺子吃了你们。"

"这算好事还是坏事？"贾斯珀问。

"哦，这很好，"路易莎说，"绝对好。"

"我们的唱片公司正在酝酿一次短期的美国巡演，"埃尔夫说，"现在《天堂》的销量还算可以。谁知道呢？"

在弯曲的楼梯井中间位置，贾斯珀听到一个声音说："你好，名人先生。"声音的主人有一只蓝眼睛和一只黑眼睛。他穿着黑西装，上面有银纽扣和白色的绳边。"我们上次也是在楼梯上相遇，"大卫·鲍伊说，"当时我在往上走。现在我在往下走。这是某种隐喻吗？"

贾斯珀耸耸肩。"如果你想让它成为隐喻的话。"

大卫·鲍伊看了看贾斯珀身后。"那……梅卡在这里吗？"

"她的最后一封信是从旧金山寄出的。"

"还能是哪儿呢？九十九个人，你都会马上忘记。梅卡则是百里挑一的那一个。五百里挑一。她闪闪发光。"

"我同意。"

"你倒是不受嫉妒这个恶魔折磨。"

"女人总是想去找谁就去找谁。"

"正是这样！大多数男人都是'我是泰山，你是珍妮'。不过我嫉妒你们的销量。如果这不是一个厚颜无耻的问题，"大卫·鲍伊靠过来问，"意大利那档子事，是不是利凡一手炮制的？"

碰巧，利凡在贾斯珀的视线中，在楼梯底端给彼得·塞勒斯斟酒。"除非他比我们知道的还要狡猾十倍。"

"我要比我想象的蹩脚十倍。我的单曲没能得到电台的播放。我的唱片公司没有推广这张专辑。它扑街了。"

"我买了它，大卫。我发现有很多值得称道的地方。"

"唉。一杯威士忌和一把左轮手枪会更亲切。"

"对不起，如果我冒犯了你的话。"

"不，请原谅我脸皮薄。"大卫·鲍伊用手捋了捋他的姜黄色头发。"自从我离开学校后，我就一直前程远大，但我至今还是一文不名。在安东尼·赫尔希的仲夏舞会上与明星们亲切交谈是不错，但明天我会在一间糟糕的办公室里复印报告。如果我唯一的才能就是欺骗人们，让他们觉得我有才能，该怎么办？"

两个穿着长筒靴的女人走过。

"一夜成名，"贾斯珀说，"需要好几年的时间。"

大卫·鲍伊搅动着杯子里的冰块。"就连你的也是？"

"我曾在水坝广场摆摊三年。那是在——"我可以信任他吗？"——在精神病院待了很久之后。"

大卫·鲍伊与贾斯珀目光对视。"我原先并不知道。"

"在荷兰的一家不起眼的诊所，我不为它做宣传。"

大卫犹豫了一下。"我同父异母的兄弟特里在凯恩山精神病院进进出出，就在我父母家附近。"

贾斯珀摇了摇头，就像一个正常人那样。或者我应该点点头？

"他第一次发病时，我和他在一起。我们走在沙夫茨伯里大道上，他开始尖叫，说柏油路面开裂，岩浆渗了出来。有那么几秒钟，我以为他在开玩笑。我说：'好吧，特里，玩笑开得够大了。'但他是认真的。那两个警察以为他嗑了药，所以他们把他摔倒在地——摔进了岩浆里，这岩浆烫到了特里的肉。精神病，真是他妈可怕的东西。"

贾斯珀想起了镜子里的咚咚。"是啊。"

大卫·鲍伊压碎了一个冰块。"我担心它也在我的体内滴答作响。就像一颗定时炸弹。这些东西有家族遗传。"

我知道它在我的体内滴答作响。"我有两个同父异母的兄弟。到目前为止，他们都很好。德佐特家的人把它归咎于我母亲。"

"你是怎么控制住它的？"

"精神病疗法。音乐有帮助。某个……"该怎么称呼那个蒙古人呢？"……某种导师。"贾斯珀喝下他的潘趣酒，阐述着他的理论。"大脑构建出一套现实的模型。如果这套模型与大多数人的模型没有太大区别，你就被贴上'正常'的标签。在极端情况下，你会被贴上精神分裂症的标签，被关起来。"

"但疯狂是你无法剥离的标签。"

"你把它写出来,大卫。或者写非典型的精神状态。也许你的恐惧症会让你出名。"

大卫·鲍伊神经质的笑容出现又消失了。"有烟吗?列侬抢走了我的最后一根。他就像利物浦的百万富翁一样。"

贾斯珀拿出他那包骆驼烟。"他还在这里吗?"

"是的,我觉得他还在。他在电影院。"

"什么电影院?"

"安东尼·赫尔希有一个地下电影院。另一半人是怎么混的呢?就在那条走廊上,走过那个像是明朝大花瓶的玩意儿——"他用手指了指——"有一扇门。你不会看漏的。"

陡峭的楼梯沿着直角下降。泛着光泽的墙上贴着成排的电影海报。《没有面孔的眼睛》《罗生门》《马布斯博士的遗嘱》。楼梯长得超乎想象。底端是一个小休息室,散发着苦杏仁味。一个女人在全神贯注地编织着,她坐在一把扶手椅上。她头上没有头发。"打扰了,这里是电影院吗?"

女人抬起头。她的眼窝是空的。"爆米花?"

贾斯珀没看到什么有爆米花的迹象。"不了,谢谢你。"

"你干吗跟我耍这些把戏?"

"我不明白。"

"你总是这么说。"她拉了拉一根绳子。窗帘分开,露出一片黑暗。"那就进去吧。"

贾斯珀照办了。他看不到自己的手。另一边窗帘碰到了他的脸。他走进一个六排六座的小礼堂。除了前排的一个过道座位,每个座位上都有人了。透过香烟缭绕的烟雾,可以看到片名投射到银幕上:《圆形监狱》。贾斯珀伏低身子,往空座走去。即便约翰·列侬也在场,贾斯珀也没能认出他来。电影开始了。

时值冬季，在一座黑白两色的城市里，一辆公共汽车晃晃悠悠地打人群中穿过。一名神情疲倦的中年乘客望着外面急促的降雪、报贩、殴打一名黑人摊主的警察们、空洞的商店里空洞的面容、烧得只剩骨架的桥梁。贾斯珀猜测，这部电影是在铁幕后面拍摄的。下车时，男人向司机打听方向。作为回答，司机朝那堵遮住天空的巨墙扬了扬下巴。主人公沿着墙跟走着，寻找入口。弹坑、破烂、野狗。有个披头散发的疯子在圆形废墟里，跟一堆火说话。这个男人终于找到一扇木门，他弯下腰，敲了敲门。咚—咚。没人应声。咚—咚。只有马口铁罐悬吊在细绳上，细绳没入石壁之中，男人冲他说起话来："有人吗？"字幕是英文，原话里尽是"嘶嘶""扑哧"和"噼啪"的声音。是匈牙利语？塞尔维亚语？波兰语？"我是波隆斯基医生。边沁典狱长在等我。"他把罐子贴到耳边，这声音在贾斯珀听来，像是船员溺水般的。咚—咚—咚。监狱的门打开了。一股倦意就像头罩似的笼罩在贾斯珀头上。他屈从了……

　　……然后在一个小电影院里醒了过来，被空荡荡的银幕上的水银光泽照亮。贾斯珀环顾四周。所有人都走了。电影结束了。"抱歉，你遭到了这样的损失。"他旁边一个有教养的声音说。

　　贾斯珀转过身，看到一张专辑封面上的脸庞：是席德·巴雷特。平克·弗洛伊德的前主唱，在发光的黑暗中被印刷成了黑白色。"这部电影怎么样？我打了个盹。"

　　席德·巴雷特用舌头卷动着一张瑞兹拉卷烟纸。"从未踏出理智地带的人是看不明白的。"

　　"明白？"

　　席德·巴雷特轻敲过滤纸上的长烟卷。"来到外面，又是多么让人难过。你有火吗？"贾斯珀找出赫罗特维德·维姆的打火机，举起火苗。席德叼着大大的大麻烟卷，凑了过来。他满吸一口，然后把烟卷递给了贾斯珀。效力迅速袭来。这里面不光是大麻。席德的话音来得迟了，支离破碎，就像从月亮上反弹下来似的。"我们都认为自己是一个人，但你和我都知道，一个'我'其实是一群人。有好人的我。精神病的我。殴打妻子的我。自恋的我。圣洁的我。损人利己的我。自杀的我。不敢说出自己名字的我。《黑暗的地球》（Dark Globe）① 的我。我是由众多的'我'组成的帝国。"

贾斯珀想起了咚咚。他想知道，自己有没有过一分钟都不曾想起咚咚的时候。只有沉浸在音乐里的时候。他问："那谁是皇帝呢，席德？"

席德·巴雷特透过重重黑洞回望过来，他张开嘴，用舌头推出大麻烟卷。烟卷嘶嘶作响。

另一部电影开始了。屏幕发出蓝光。用点画法画出的大海，釉面般的天空，颜色像绷带的海岸线。银幕上，"白星"号邮轮填满了镜头。它的汽笛响了三声。一条字幕写着**靠近埃及海岸，1945年11月**"。

镜头切到——"SS 索尔兹伯里"号的甲板。船长眯着眼睛看着祈祷书。"主啊，你用言语的力量平息了原始海洋的混乱……"这是一个不喜欢营造戏剧效果的美国北方人。他诵读着祈祷文，仿佛在阅读船员准则。"你使汹涌的洪水平息，平息了加利利海的风暴。"

镜头切到侧面——甲板。乘客和船员站在棺材周围。一个憔悴的护士抱着一个三天大的婴儿。婴儿在哭。船长继续念道。"哦，上帝，当我们将米莉·华莱士的尘世遗骸交付深海，请赐予她安宁……"

镜头切到——两位英国女士从头等舱甲板的栏杆上俯瞰着仪式。

---

① 席德·巴雷特创作并演唱的一首歌。

"一场悲剧。"第一名女士说。

"我的女仆从达文顿夫人的女仆那儿听说,她——"那个女人用戴着手套的手指指了指棺材——"根本不是'华莱士夫人',而是一个未婚的'小姐'。"

"仆人们真是无可救药的八卦。"

"她们就像没事可做似的。好像,华莱士小姐原本是一名护士,她搭乘'捕鱼船队'去了孟买,如果我可以用这个粗俗说法的话。她正是那种去印度碰运气,找到比待在家里能得到更大收获的年轻女人中的一员。看来,华莱士小姐高估了她钓鱼的才能。她上了一个荷兰人的'钩',这个人,"她小声说,"在约翰内斯堡已经有了老婆孩子……"

第一名女士瞪大了眼睛。"是吗?他有没有得到公正的处置?总督不能干预吗?"

"德国U型潜艇的威胁刚一结束,这个无赖就逃到了南非。华莱士小姐被单独留下,留在那个国家,留在孟买,身无长物,只有三等舱的船票。但由于孟买和亚丁的延误,还有大自然的动作快了一步①……"

"但一个巴掌拍不响,"第一名女士给自己扇着扇子,"得有怎样的铁石心肠,才能不同情这个可怜的女人啊。"

镜头拉近,对准……棺材,还有三天大的贾斯珀。

第二名女士的画外音:"瞧那可怜的小家伙。没有了母亲,身为私生子。这可算不上是人生的最佳开局,不是吗?"

四名身穿制服的水手将棺材抬到栏杆边上。第五名水手吹奏起了《最后的熄灯号》(The Last Post)②。

---

① 这里指早产。
② 著名的号角军乐,多用在纪念殉职军人的场合。

镜头切到——水下。索尔兹伯里号的船身漂浮在上方。太阳是一个耀眼的球体。一口棺材穿透水面，坠落下来。鱼儿飞速逃离。米莉·华莱士的棺材下沉……下沉……沉入海底，落在皱巴巴的海床上。索尔兹伯里号的螺旋桨搅动着，隆隆作响。船只驶离，留下圣-桑（Camille Saint-Saëns）《水族馆》（Aquarium）余韵不绝。鱼儿们检查着这件新到的供品。

在他的记忆中，这是第一次，贾斯珀眼里涌出了泪水。这是一种陌生的、令人震惊的感觉。原来是这样的滋味。

也许米莉·华莱士有消息要传达？棺材越来越大，直到棺盖填满了银幕。贾斯珀把他的耳朵贴在了木头上……

咚——

咚咚咚——

咚！咚！咚！

咚！咚！咚！

贾斯珀站起身，向出口跑去……

人们挤满了走廊，交谈，调情，喝酒，抽烟，争论。贾斯珀喘着粗气。他的心怦怦直跳。咚咚声没有跟随贾斯珀登上陡峭的埃舍尔式的楼梯，但那种被判处死刑的感觉却如影随形。咚咚在把自己挖掘出来，而我对此无能为力。布莱恩·琼斯披着斗篷出现，一身珠光宝气。"我要对你发句牢骚，"他的呼吸带有酒臭味，"我从《获奖》的歌词里认出了几句话。是在喝苏格兰威士忌的那天晚上说的。"

贾斯珀把思绪从咚咚身上拉回到这位苦恼的滚石成员身上。"的确如此。有些话是你说的。谢谢你。"

"有魔力的字眼。"布莱恩·琼斯画了个十字。"我赦免你的罪。看到了吗？我给米克和基思想了很多主意，但我从他们那儿得到的只有嘲讽。我应该写歌，你知道的，就连怀曼（Bill Wyman）都在那个撒旦什么玩意①里有一首的歌。就这么定了。明天，我就开始写。你有药吗？"

"梅菲尔的德佐特勋爵和科切福德农庄的布莱恩国王。"罗德·登普西，给迪恩供货的毒贩，侧着身子挤了过来。"我是否听到了英语里我最喜欢的几个词，还是我的耳朵欺骗了我？'你有药吗？'，没错吧？"

"救救我，格雷夫森德的罗德尼爵士，"布莱恩·琼斯说，"现如今，我都不敢连一片阿司匹林都不带就离开家了。"

"为了你，我的朋友，"罗德·登普西把一包药塞进布莱恩·琼斯的马甲口袋，"医生始终都在。"他转向贾斯珀。"芬美曲秦、镇静片、玛丽·J小姐迷幻药，就像积雪一样纯。"

"或许，下次吧。"

"来去如风，这就是我。布莱恩，我下周会去你的小屋解决你的账单。它们已经越积越多了。概不赊欠哦。"罗德·登普西眨眨眼睛，从人堆里退出。

迪恩从同一处缝隙钻了过来。"贾斯珀。琼斯先生。"

"狱友。"布莱恩·琼斯抓着迪恩的肩膀。"我有一个最令人心动的主意。你我合拍一部监狱片吧！米克正在拍一部。一些黑帮的鬼扯。他和安妮塔在浴室里赤裸相见，基思嫉妒得要命。这就是我说的公平正义……总之，我们让赫尔希来执导。我们取个片名，就叫《坚不可摧》。你觉得怎么样？"

"'给多少钱？'还有，'我在哪儿签字？'"

"'一吨'，'用血签在虚线上面'。"

---

① 指滚石乐队的专辑《撒旦陛下的请求》（Their Satanic Majesties Request）（1967）。

"那我加入，布莱恩。得一个奥斯卡雕像，正好摆在我奶奶的钢琴上。"

"很好。我会跟……跟我的人说。我去小男孩们的房间①，打开登普西送我的礼物。回头见。"

他们看着他走开。"他连奶酪三明治都摆不稳，"迪恩说，"还拍电影呢。之前的三个小时你都躲在哪儿，室友？我还以为你早早开溜了。"

"我在电影院里睡着了。"

迪恩给他一个奇怪的眼神。"你去电影院了？"

"地窖里有一个。席德·巴雷特之前在那儿。我想。"

"席德来了？这个派对上有太多名人了。真他妈荒唐。我刚才撞到了从厕所出来的亨德里克斯。"

"约翰·列侬还在吗？"

"在那边。"迪恩指着一条挤满人的书架通道，"和他的东方女士在一起，跟一个看起来很像朱迪·加兰（Judy Garland）②的人说话。埃尔夫有一阵子没看见了。利凡在交际。科尔姆就在附近。如果回头见不到你，就公寓见，如果在公寓见不到你，就明天在蘑菇棚见……"

"当然。"

贾斯珀没走多远，就被埃米·博克瑟、迪恩的前女友和《每日邮报》最新的王牌记者拦住了去路。"我本想说：'很高兴在这里见到你！'但说真的，谁不在这里呢？"埃米·博克瑟把灰烬弹进装着熏香花瓣的水晶钵里。"托尼和蒂凡妮已经玩得很聪明了。我想他们已经给了你们整套'我们要拍一部摇滚电影，但我们应该选演员、歌手还

---

① 指男卫生间。
② 朱迪·加兰（1922—1969），美国女歌星、影星。

是两者都选'的花招?"

"'花招'?"贾斯珀不知道这个词。

"贾斯珀,亲爱的,赫尔希一家把伦敦最有名的明星吸引过来,参加他们的仲夏舞会,确保它既是本季的盛事,也是一场盛大的预备试镜,而那部电影有可能会拍,"埃米·博克瑟贴近,让玛格丽特公主和斯诺登勋爵走过,"也可能不会拍。"

"我原先并不知道。"贾斯珀说。

"所以,"埃米把贾斯珀的领带拽得像铃铛绳一样,"叮—咚叮—咚,你才可爱。你要知道,你还欠我一个人情,当初是我帮你们在意大利免遭牢狱之灾。你有什么计划来报答我呢?叮—咚叮—咚?"

泛着暮光的天空是暗蓝灰和珠母灰色。泛光灯下的泳池是午后的蓝色。后院草坪上的帐篷内部脉动着光线,小号和爵士钢琴三重奏演奏着《夏日时光》(Summertime)。贾斯帕向着格里夫游走过去,后者被一群模特、女演员、知识分子和身份不明的人包围着。"我无法入睡。隔壁屋传来尖叫声——响了一整夜。是意大利语,所以我弄不懂到底发生了什么,直到第二天早上。在我的早餐盘上……"格里夫把他的声音压低,"在我的烤豆子里,有一根人的拇指。"

嫌恶的尖叫声。一个声音在贾斯珀耳边问道:"喂,这是真的吗?还是这家伙的想象力越来越发达了?"

贾斯珀转过身来,发现一双好奇的眼睛,被爆炸头发型和带有亮蓝色羽毛的蛇皮帽子框住。我认得你……

"我靠!"格里夫看了过来,"是吉米·亨德里克斯!"

"这就是你的个人专辑,吉米,"基思·穆恩说,"就是这个:《我靠,是吉米·亨德里克斯!》。我准备把我的专辑命名为《月亮上的人》。或者这名字听起来太像男同性恋色情杂志?"

"乌托邦大道,我很欣赏你们这些伙计。"吉米·亨德里克斯跟格里夫和贾斯珀握手,"你们的专辑别具一格。"

回一句恭维话,贾斯珀心想。"《轴》(Axis)是开创性的。"

"我不能听它,伙计,"吉米·亨德里克斯说,"音质太差了,我把原先的母带落在了出租车里——"

"或者《月中人》?"谁人乐队的鼓手问,"或者这个名字更猥亵?一旦你开了头,你就停不下来……"

"所以我们用了诺埃尔的一份皱巴巴的拷贝。查斯①不得不把磁带熨平。真的,用熨斗熨。你们这些伙计在哪儿录音?"

"蘑菇棚,"贾斯珀说,"在丹麦街。"

"我知道它。体验乐队(The Jimi Hendrix Experience)在那儿做了我们的第一盘样带。"

"或者我应该采用我的第一选择,"基思·穆恩说,'《对月嚎叫》'? 我会在封面上——扮成一个毛发旺盛的狼人——嚎叫……"

"你们在《支离破碎》里用了哪些设备?"吉米问贾斯珀,"我不清楚它用没用法兹效果器。"

"我把我的吉他插在了迪热的一台旧的银调音箱上。"

"嗯哼,那现在你是用斯特拉托卡斯特还是吉普森?"

"我只有一把斯特拉托卡斯特。鹿特丹的一个水手——"一枚人体炮弹射入泳池——"把它卖给了我。一把一九五九年的菲斯塔红色款。音色不像你的那么震撼——没有法兹效果器,没有螺旋线圈——但它灵活多变。对迪恩的监狱新歌来说,它很好,有咆哮感。"

"是啊,我读过你们的罗马假日报道。监狱真是臭狗屎。"

"你们真走运,舰队街②肯支持你们的事业,"布莱恩·琼斯说,"他们吠叫着要喝我的血。就为了一袋大麻——栽赃我的人是皮尔彻

---

① 指吉米·亨德里克斯的经纪人查斯·钱德勒(Chas Chandler)。
② 英国主要报业媒体的所在地,引申成为报业的代名词。

警探。那个混账甚至让我自己选：'你想因为大麻还是因为可卡因完蛋？'"

"当权者被吓得屁滚尿流，是因为你们的反抗有传染性。"一个戴着古板眼镜的胖子说。贾斯珀知道，他是一个有名的剧作家，但他想不起他叫什么名字。"如果你因为弹奏Ⅴ级和弦得到快乐的结局，平民们干吗还要容忍工厂车间呢？革命就是这样引发的。"

"砰砰，你死了。"一个头戴牛仔帽、穿着睡袍和拖鞋的小男孩用玩具枪向剧作家射击。

"从长远来看，谁不是呢？"剧作家问，"人们在坟墓旁边分娩，光亮一闪即逝，然后又是黑夜。①"

男孩扫视着围城一圈的巨人们，寻找他的下一名受害者。他选中了吉米·亨德里克斯。"砰砰，你也死了。"

"嘿，小家伙。有时候，我确实能看到死亡的吸引力。"

男孩把枪一转，塞进皮套，这时蒂凡妮·赫尔希到了。"克里斯宾！谁告诉你可以下来的？"

克里斯宾回答道："坏小子弗兰克。"就好像这样一说，他就没事了。

"我儿子有一帮想象出来的朋友，"蒂凡妮解释说，"弗兰克负责给克里斯宾的调皮捣蛋背黑锅。"

剧作家用他的空酒杯换了经过此处的托盘上的满杯。"健康的想象力是生命的馈赠。"

"克里斯宾的想象力已经超出了'健康'的程度。"蒂凡妮说。

"你已经是当妈的人了？"迪恩惊呼道。贾斯珀没注意到他过来。"真的吗？我可没——"

克里斯宾举枪朝迪恩开火。"砰砰，你死了。"

---

① 语出爱尔兰作家塞缪尔·贝克特的戏剧《等待戈多》。

蒂凡妮·赫尔希告诉迪恩:"我当妈两回了。所以我的屏幕活动暂停了。好了,克里斯宾,趁着这里还没变成仲夏夜大屠杀,我们把你送回阿姬那里。"

小男孩还没完。他拿枪瞄准贾斯珀,慢慢扣动扳机。贾斯珀沿着枪管望去,与克里斯宾长大后会变成的那个大人对视。"等你准备好了就……"

小男孩像厌世的大人那样叹了口气。"不是你。"他把枪口转向布莱恩·琼斯——"砰砰,你死了——"还有基思·穆恩,"砰砰,你也死了。"

基思·穆恩夸张作态:"全都暗下来了,我的天哪。"

"往亮的地方走,基思,"布莱恩用亡灵般的腔调说,"往亮的地方走……"

"别配合他。"蒂法尼说,但基思·穆恩夸张地呻吟着,抓住布莱恩·琼斯的臂肘,他们一起向后蹒跚着,翻过泳池的边缘……他们倒进水里,溅湿了旁人。尖叫和笑声充满了露台。

一名萨克斯管演奏者吹奏了一曲雄浑有力的《海有多深?》(How Deep Is the Ocean?)。贾斯珀沿着一段大约四英尺宽、三英尺高的浅色坑道爬行。地表柔软。草皮。贾斯珀四肢并用,动作笨拙。坑道的墙壁是亚麻布材质。他摸了摸顶部。木头。他用指关节轻轻敲击,咚—咚。搞错了。咚—咚。不会有错。快了,快了,快了。贾斯珀能做的只有备好奎鲁丁,继续往前爬看……鞋子。并排放置。男鞋。女鞋。脱掉的鞋子。我在大帐篷里的桌子下面。他想起先前他已经意识到了这一点。他想起他先前已经想起过,他先前已经意识到了这一点。贾斯珀不知道这根链条延伸了多长。他的手碰到一个松软的东西。是个面包卷。他把它挤成了一个面团。它裂开了。咚—咚。贾斯珀抵达了远处的角落。他向右转。别无选择。这不是他在桌子下面的第一圈绕行。我弄丢了我的手表。时间无关紧要。沿着坑道，在下一个拐角，冒出一颗脑袋。两人相距二十英尺远，十五，十，五……两人彼此检查着。

"你就是你，对吗？"贾斯珀问。

"我想是的。"约翰·列侬说。

"自从我来这儿，就一直在找你。"

"恭喜了。我正在找……"他需要一点提示。

"找什么，约翰？"

"我弄丢的东西。"这位披头士说。

"你弄丢了什么，约翰？"

"我他妈的理智，朋友。"

瞧这不是谁

这辆崭新的樱桃红色"凯旋喷火 3 型"绕着大理石拱门来了个急转弯，仿佛是直接由迪恩的头脑操控。低鸣的一千二百九十六毫升排量的发动机，胡桃木仪表盘，棕红色皮革坐椅，最高时速九十五迈。"但她会触及一百，"销售经理说，"如果你正在下坡，有心玩一把的话。"飕飕地沿着贝斯沃特路奔行，放下了车顶棚，暴露在阳光和树影之下，迪恩越过一辆 MINI、一辆水泥车、一辆挤得水泄不通的公交车和一辆载着一个戴圆顶硬礼帽的男人的出租车，在靠近海德公园大使馆酒店的红绿灯旁边瞬间停下。人们假装没有盯着看，不曾羡慕迪恩的车和他身边那个戴着菲利普·舍瓦利耶牌墨镜和雪白头巾的神秘女人。假如迪恩不是迪恩，那他肯定也会羡慕迪恩，羡慕得难受。那张专辑在销量排行榜上名列第十七位。这是他的小黑本上记下的，布莱恩·琼斯和吉米·亨德里克斯拿到过的名次——即使在付清新车的车款之后，他的银行账户里还有四千四百五十一镑。如果他像雷那样，找到一份在工厂上班的工作——这正是哈里·莫法特对他的要求——那他要花掉三四年的工钱才能买得起这辆车。他把手放在变速杆上，离蒂凡妮·赫尔希焦糖色的大腿只有几寸远。他的变速杆在震动。

"这么说，买主没后悔？"女演员问。

"这辆车吗，你在逗我。"

她随意地拍了拍他的手。"这是一件艺术品。"

那是拍还是摸？"谢谢你能来，蒂芙。你看到那个销售员意识到你是谁时的表情了吗？"迪恩拿腔拿调地说："哦，你是赫尔希家的朋友？我去找加斯科因先生。"

"托尼很遗憾，不能跟我们一起来。美国人一进城，他就什么都丢下了。"

迪恩没什么可遗憾的。信号灯变成了绿色，他踩下油门，"喷火"向前滑行着。气流玩弄着蒂凡妮松散的发丝。到肯辛顿宫殿花园，信号灯又红了。她的山羊皮手套搭在迪恩手上。"我要让你在骑士桥、白金汉宫和蓓尔美尔街兜一圈，这会不会很糟？我已经很久没感到这么自由……有好多年了。"

"我十二点要去蘑菇棚，但在那之前，我是你的。"

"你真是个宝贝。下个路口左转。"

"那儿有大门和一个警察。能开到那边吗？"

"用敞篷'凯旋'载着蒂凡妮·西布罗克，是的。"

迪恩向左转，在大门口缓缓停下。

"多么美丽的早晨！"蒂凡妮摘下墨镜，笑着说道，"我们要到日本大使馆与汤川夫妇共进午餐。我们可以过去吗？"

警察先后看了看蒂凡妮、车子和迪恩。"没错，小姐。午餐愉快，先生。"

"演戏，真是有用的本领。"他们驶离时，迪恩说。

"每个人都在演戏，关键是要演得好，得到奖赏。"

"喷火"在绿树成荫的使馆巷上嗡地驶过。大多数旗帜对迪恩来说都是陌生的。旧的帝国正在解体，新的国家每年都在涌现。不久之前，迪恩还在罗马监狱面临三年监禁，现在他正驾驶着"凯旋喷火"在使馆区飞驰。迪恩在肯辛顿路左转，一直到皇家阿尔伯特音乐厅都是一路绿灯,他告诉蒂凡妮:"乌托邦大道会让那个地方挤满观众,总有一天。"

"给我留好皇家包厢。我会崇拜地俯瞰着你。"

蒂法尼说的是你,不是你们所有人,也不是乐队,迪恩的欲望提升了一档。她凭空变出一面小镜子,补好她的口红。迪恩用各种方式告诫自己,为什么外遇并非明智之举。她是两个孩子的母亲。她丈夫会砍掉乐队已经确定会接手的《通往遥远北方的狭窄公路》配乐的活儿。利凡、埃尔夫和格里夫会很生气。如果有人发现的话。

迪恩想象着拉开她的拉链。

他的脉搏又加快了一档。

"你在想什么呢。"她说。

迪恩想知道,是不是所有女人都会读心术,还是只有其中一部分会,还是只有跟他上床的女人会。"我把我的想法牢牢地锁在心底,蒂凡妮·西布罗克。"

蒂凡妮模仿着纳粹恶棍的声音:"行啊,莫斯先生,我们有各种你不那么容易顶得住的办法,叫你开口……"

《金发叠金发》[①] 第一面咔嗒一声结束了。蒂法尼解开迪恩的眼罩和捆绑他手腕的绳索。微风吹拂着他房间的窗帘。伦敦发出嗡嗡声、鼓声、加速声、刹车声和呼吸声。可卡因的药力已经退去。迪恩的瑞士军刀和一截吸管放在镜子旁边。蒂凡妮可以把那把刀插在任何地方。起码他已经不再担心淋病了。今天是他们从同乘"凯旋喷火"那天早上以来的第三次通奸。如果她真有什么病,他现在已经尝到尿出

[①] 鲍勃·迪伦一九六六年的专辑《Blonde on Blonde》。关于专辑名称的含义存在多种说法。一说是"金发上的金发",一说称专辑名称源于当时的同名护发产品,还有说法,专辑名称是迪伦受到《布莱希特论布莱希特》(Brecht on Brecht)一书书名的启发。

电池酸液的滋味了。蒂凡妮躺了下来。"对不起，我心里有些不痛快。认识托尼的时候，我是入围参演《吸血鬼之吻》的最后三名人选之一。某个美国小贱人拿到了这个角色……"

迪恩摸了摸他锁骨上的爱痕。

"……然后我怀上了马丁，于是就这样了。从好的方面看，你出色地通过了你的试镜。"

"是吗？"迪恩咬着他吃了一半的苹果，"是什么角色？"

"有趣。"她拿起他的苹果，咬下最后一大块。"'蒂凡妮·莫斯'听起来要比'蒂法尼·赫尔希'更有韵味。"

她只是在耍你，迪恩向自己保证。

"等我们公开时，我要一个比托尼的订婚戒指更大的。人们在意这些东西。"

迪恩嚼得更慢了。就让这个笑话消失吧……

"我的律师说，如果我能查实托尼的奸情，我得到贝斯沃特那栋房子的胜算就会增加。我已经保存好了记录，但在这段时间里，你最好给我们买一个住处。总得有个屋檐。"

迪恩看了看她，确定她是不是在开玩笑。

"切尔西不错。地方足够大，可以开派对。一套公寓就能容纳一个管家和一个住家保姆。男孩们需要自己的房间。克里斯宾喜欢你。马丁早晚会不再讨厌你……"

苹果粘在了他的喉咙里。

"或者更快，如果我们给他生个小弟弟。"

他首先想到的是一个名叫曼迪·克拉多克的年轻女人和她的宝贝儿子，这个念头让他深感不快；下一个瞬间，这个念头被同样令人不快的念头挤到一边：蒂凡妮不是在耍他，故意把他惹毛，而是十足的冷静和严肃。迪恩坐起身，往后缩了缩。"瞧，蒂芙……我——我——我……我不觉得——"

"不，不，你是对的。切尔西太俗气了。有骑士桥的房子我就知足了。哈罗德百货就在我们的家门口。"

"是啊，可是……我是说，我们只是……可是……"

蒂凡妮坐了起来，用汗湿的床单掩着她的乳房。她皱起眉头，真真切切地感到不解。"可是什么，亲爱的？"

迪恩盯着与他通奸的情妇。我要怎样才能摆脱这一切？蒂凡妮的神情变了——变成了顽皮的大笑。如释重负的感觉就像糖一样，在他的血液中溶解。"你这个邪恶的、邪恶的该死的女巫。"

"这是戏剧学校里的基本练习。"

"你完全骗到我了。"

"啊，谢谢你，我——"她的神情变成了有几分恶心的表情。"等一下。"蒂凡妮从盒子里扯出舒洁纸巾，转过身去，擦了擦自己的身上。回过身来之后，她注意到，她的拇指背上有一块酸奶般的污渍。"看看这个，"她看着它，"生命的精华。"

十天之前，在他们的公寓里，贾斯珀正在给迪恩弹奏他的新歌的粗制版本，这时电话响了。是利凡要找迪恩，听起来很严肃。"是这么一回事。一个名叫阿曼达·克拉多克的女孩刚刚跟她的母亲、一名家庭律师，还有一个三个月大的男婴到月鲸公司来。她们声称，你是孩子的父亲。"

起初，迪恩感到恶心。然后，他尝试着把这个名字对上号。"阿曼达·克拉多克。"并不熟悉——但也不陌生。

"迪恩？你听到了吗？"

口干舌燥，喉咙发紧。"是的。"

"这个女孩是说了谎，还是没说谎？"

"不知道……"他哑着嗓子说，"我……不知道。"

"'不知道'可不是像样的选项。我们需要的是'是'或'不是'。"

两个选项都有问题，但一个问题要比另一个问题代价高昂得多。你能来办公室吗？"

"现在吗？她还在？"

"不，她已经走了。对，现在。泰德·西尔弗在午餐之后去打高尔夫度周末了。我们都需要谈谈。"

迪恩挂断了电话。贾斯珀还在下沉式沙发里继续弹奏着。阿曼达·克拉多克？三个月加九个月，等于去年的六月或七月，大概是在伊莫金的婚礼前后。或者格雷夫森德的演出前后。他一直跟祖德在一起。有过那么几回背地里的偷情。迪恩跟那些女人挑明说过，或者比较明确地说过，他没有要找固定女朋友的意思。跟名人的露水情缘一直是件无须在意的事情。这是不成文的合同。不幸的是，迪恩现在意识到，不成文的合同跟书面合同一样，同样有很多小字印刷的附属细则。

迪恩步行前往丹麦街，他告诉贾斯珀这个不怎么会说谎的人，他要出门办点事。走过闷热的梅菲尔区时，他试着把去年夏天的女孩们理出一个头绪。他在诺丁山那边有个朋友罗杰·多特里——他在罗杰的派对上遇到过两个骨肉皮。那是五月的事吗？在拉夫堡"年轻农夫"举办的那场演出，酒馆后面有个坐在路虎里的女孩。她就是克拉多克吗？六月是伊奇·彭哈利根。要么就是七月。迪恩不得不承认，他想不起来。他希望他能在娜恩·莫斯和比尔听到风声之前解决这个问题。在他们的世界里，如果一个男人让一个女孩"陷入困境"，他就会娶她，就这么简单明了。就像雷和希尔那样。但那并不是迪恩现在所处的世界。如果他提前知道这件事，他就会付钱，让姑娘去堕胎。现在堕胎合法了。女孩们用不着冒着在某个老女仆后院里对着一只桶流血致死的危险。迪恩步履沉重地走上希腊街，走进赫拉克勒斯之柱酒馆下方的短隧道，来到马内特街。

"有空吗，先生？"一个女孩问。按照苏豪区街头的标准来看，她挺漂亮的。迪恩停下了脚步。她的皮条客从烟尘弥漫的阴影中走了出来，他误解了迪恩的犹豫。"洛塔刚从农村上来。干净漂亮。丰满多汁。"

迪恩觉得恶心，他匆匆走进污浊的阳光，经过福伊尔斯书店，希望这只是一部电影。希望他不必面对月鲸的贝萨妮，她会在打字机上面看着他说"早上好，迪恩"——几乎是一副若无其事的样子。

《金发叠金发》第二面咔地一声结束了。蒂凡妮的大腿跟他的大腿贴在一起。他心想，如果我必须让某个人怀孕的话，为什么不能是你呢？当然，是五年前，没有丈夫和孩子的你。她说："你在想什么呢。"

这话开始惹人厌烦。"呃……鲍勃·迪伦。"

"他是你的好朋友？"

"不。几年前，我在阿尔伯特音乐厅见过他。"

"托尼有那场音乐会的票，但马丁长了水痘，所以他带着芭芭拉·温德索去了。我听说那场演出激情四射。"

"一半观众等着听《在风中飘荡》。结果他们听到的是《砰，轰，哗！》。所以他们不满意。"

"我一直弄不清迪伦的意思。当他唱到'你像女人一样伪装'，然后——是什么来着？——像女人一样去爱，像女人一样疼痛，但又像小女孩一样崩溃，他是在个别地批评他的女孩脆弱？还是他在说所有女人都很脆弱？还是别的意思？他为什么不说得更清楚一些？"

"我觉得这留下了解释的余地。不过我喜欢这样。"

她绕着他的乳头画了一个圈。"我更喜欢你的歌。"

"哦，我打赌你对所有男孩都这么说。"

"你的歌词是故事。或是一段旅程。埃尔夫的也是。"

"贾斯珀的呢?"

"贾斯珀的歌有点像迪伦的风格,在某种程度上……"

"现在我不得不干掉他,完全是出于嫉妒。"

"别。这间公寓很适合我们约会。"

"我喜欢海德公园大使馆酒店。"

"约会的地方应该时常变……"听起来她以前就这么干过,迪恩心想。"工作人员很谨慎——如果你给他们小费的话——但这是一个充满流言飞语的城市,托尼也不是无名小卒。"

"他什么时候从洛杉矶回来?"

"月底。时间一直在变。"

电话在走廊里铃—铃作响。

是泰德·西尔弗,迪恩心想,有曼迪·克拉多克的消息。

电话在走廊里铃—铃作响。

"你不打算接?"蒂凡妮问。

电话在走廊里铃铃作响。

"管它呢。我正被你迷得神魂颠倒。"

电话在走廊里铃—铃作响。

"托尼会全速冲进走廊,"蒂凡妮说,"电话一响,他就像巴甫洛夫的狗一样。"

电话在走廊里铃—铃作响。

迪恩猜测,巴甫洛夫是某个附庸风雅的俄国导演。电话铃声停了。蒂凡妮发出一声奇怪的叹息。"有好长一段时间,我没有被人看得比一通电话更重要了。"

他们听到钥匙的声音在公寓门口响起。蒂凡妮紧张起来。"这只是贾斯珀,"迪恩说,"我已经挂好了'**请勿打扰**'的标志。"

她还是很紧张。"你说过,他会外出一整天。"

"我想,他的计划已经变了。他不会进来的。"

"不能让人知道我们的事。我是说真的。"

"我也是。我也不想让任何人知道。我这就去告诉贾斯珀,我有一位腼腆的客人。等你离开的时候,他会躲起来。他一点儿也不爱多管闲事。没事的。"

迪恩穿上他的内裤和睡袍……

厨房里,贾斯珀正喝着一杯牛奶。

"展览怎么样?"迪恩问。

"令人印象深刻,但路易莎要采访玛莉官,所以她和埃尔夫过去了,我提前回来了。"

"埃尔夫最近经常跟路易莎见面。"

贾斯珀打量着他。"你做过了。"

"为什么这么说?"

"爱痕、内裤和睡袍,还有……"贾斯珀用力吸了吸鼻子,"……过熟的布里干酪味。"

呃。"瞧,这位年轻女士很害羞,所以如果你在她离开的时候回到你的房间,我会很感激的。"

"当然。埃尔夫六点过来,所以那时候,你的朋友应该已经走了。我不会偷看,但埃尔夫会。"

贝萨妮在月鲸公司从打字机上方看着迪恩,说:"早上好,迪恩——"几乎是一副若无其事的样子。

"早上好,贝萨妮。那么,嗯……"

"泰德跟利凡这会儿就在屋里。"嗒嗒—嗒—嗒—嗒。

迪恩敲了敲门,打开了利凡的滑动门。他的经理和律师坐在矮桌旁抽着烟。

"刚说到他,他就来了。"泰德看起来挺高兴。

"坐吧。"利凡看起来不那么高兴。

迪恩把他的芬达贝斯靠在文件柜上,坐了下来。他点上了他今天早晨的第五支万宝路。

"那么,"泰德说,"得问一个人类最古老的问题,你是孩子的爸爸吗?"

"我不知道,我不记得有过一个阿曼达。我见过很多女孩。但我可没留存一本办公日志,记下她们的名字什么的。"

利凡伸手去拿他的办公日志,抽出一张年轻女子怀抱婴儿的快照。她有一头黑发,深色的眼睛,模糊的微笑。那个婴儿看起来跟任何婴儿一样。迪恩会把这个孩子的母亲归入"不能说没有过"那一类。

"怎么样?"利凡问,"有没有唤起什么回忆?"

"没想起什么特别的。"

"克拉多克小姐挺特别的,"利凡说,"七月二十九日。亚历山大广场的爱情聚会。你在开花的脚趾乐队(Blossom Toes)和明天乐队(Tomorrow)中间演奏了一段。她说你在《阿瑟·布朗的疯狂世界》(The Crazy World of Arthur Brown)专场演出时,在后台遇到了她,你们去了她的公寓,在一个洗衣店的楼上,九个月后,"利凡举起那张照片,"阿瑟·迪恩·克拉多克出生了。"

突然,迪恩那一大团模糊的疑云收缩成一个小白点,就像电视关机时那样——然后消失了。该死该死该死。洗衣店。是"曼迪",不是"阿曼达"。她问过:"我还能再见到你吗?"迪恩用了那句"让我们不要破坏掉一个美妙的夜晚"作答。她母亲在楼下叠衣服。她看了看迪恩,什么也没说。他逃到了宁静的周日公路上。"我们是一起睡过。"

"这既不是法律上的,也不是遗传上的证据,"泰德·西尔弗说,"证明不了小阿瑟是你的种。我们都知道,未婚的母亲常常撒谎。"

迪恩怀着新生的希望和新生的内疚看着这个婴儿。他身上是不是有一种莫斯——或莫法特——的气质？他希望他能把照片拿给娜恩·莫斯看，又不敢这么做。她会大发雷霆。"我听说可以验血……"

律师摆了摆手。"血型测试能在百分之三十的情况下排除掉亲子关系。并不是确凿无疑的证据。"

"那我还有什么选择？"

泰德·西尔弗拿起一块姜汁饼干。"你可以说你从未见过克拉多克小姐。不建议你这么做。如果上了法庭，你必须为你自己宣誓作伪证。"他把姜汁饼干嚼得咯吱作响。"你可以承认你和克拉多克小姐在那天晚上发生过关系，但拒绝承认孩子父亲的身份。"咯吱咯吱。"你可以承认孩子是你的，然后直接谈价。"

"这种事的价钱是多少？"

"自然，数字大小取决于谈判。"

"自然。但是。"

"但是，如果我代表克拉多克一家，我会要求这么一笔总的款项：跟小报给的消息费相当的封口费，再加上跟物价指数挂钩的每月抚养费，一直付到孩子十八岁为止。"

"见鬼。那是哪年？"

"一九八六年。"

这个日期属于一个遥远得让人难以置信的未来。"好吧，那么，我们说的是……"

"不下五万镑。跟物价指数挂钩。"办公室就像游乐场里的旋转茶杯①一样倾斜和转动起来。迪恩闭上眼睛，让它停了下来。"五万镑换一次性交？为了一个甚至有可能不是我的孩子？没门。她可以滚

---

① 类似旋转木马的游乐设施，游客们乘坐在一个个巨大的茶杯里，围绕着这个游乐设施的中心旋转。

蛋了。"

"那么暂时来看,"泰德说,"我们来看看第二个选择。你承认你和克拉多克小姐有过身体上的密切接触,但你不承认孩子父亲的身份。"

迪恩睁开眼睛。房间恢复了正常。"对。就这么办。再说,她为什么不来找我,直到她看到我名下有了几个钱了才来?说不定就是想要捞一笔,就这么办吧。"

泰德看了看利凡。"有什么想法?担忧?后果?"

利凡点上一支烟。"如果我们把乐队当作滚石来营销,人们只会说:'又是这种事。'如果我们把你们作为英国的彼得、保罗和玛丽乐队(Peter, Paul and Mary)来推销,那会要了你的命。但乌托邦大道会受什么影响?好坏两方面都会有。媒体上可能会有异议分子表示:'我们就该让他在意大利的监狱里烂掉。'埃尔夫的女歌迷可能会问,她为什么要留在一个有成员搞外遇、精虫上脑的乐队里?另一方面,迪恩的死忠歌迷会想,干得漂亮,好小子。这些反应也不是互相排斥的。可以肯定的是,专栏的篇幅会有所增加。"

"同意。现在,我们先拖延时间。我会告诉克拉多克一家的律师,迪恩正处于震惊状态。我会请求,比方说,宽限两周的时间,好让我们整理出下一步怎么做的提议。我会明确表示,如果克拉多克一家向媒体发表言论,所有交易都会一笔勾销。我还建议,我们现在就做这个血液测试。如果克拉多克小姐真的想要捞一票,她有可能会被吓退。不管怎样,如果以后闹上法庭,这次验血会给迪恩增添一分愿意负责任的色彩。"

法庭。报纸。丑闻。呕。"克拉多克一家是穷光蛋,对吗?她们有足够的钱去打官司吗?"

"她们肯定没有多少钱。"

"所以,如果起诉我,看起来花费不菲……"

"她们也许就会止损。"泰德·西尔弗敲了敲他的烟斗。"注意了，如果三十年的法律实践教会了我什么，那就是原告是一头善变的野兽。"

《金发叠金发》第三面咔地结束了。"我怀上马丁的时候，托尼和我达成了一项协议。"蒂凡妮在烟灰缸上弹了弹她的烟头，"我把我的事业暂时搁置，做托尼理想的居家母亲。作为回报，五年之后，他会拍一部电影，让我担任主角。等价交换。我是一名演员。《蓟花的冠毛》是一九六一年的英国重要电影之一。人们是从《继续》、国家大剧院的《暴风雨》、《战舰山》认识的我。我有点怀念在《诺博士》里扮演汉妮·莱德的滋味。所以我同意了。我负责尿布、奶瓶、安排保姆、熬夜，而托尼拍了《威根码头》《万世巨星》。我的经纪人问过我，但托尼说，我应该为蒂凡妮·西布罗克的重大复出作好准备。去年，他终于开始写《狭窄公路》。我说的'他'指的是'我们'。我写的内容比托尼的联合编剧麦克斯还多。派珀——那个摇滚明星死去的妹妹——是个很讨人喜欢的角色，它是我的。直到两星期前。你买车那天。"

"我的'喷火'跟它有什么关系？"

"没有关系。但我回到家的时候，托尼有消息要告诉我——"蒂凡妮咬紧了牙关——"华纳兄弟公司喜欢这个剧本。他们会投五十万美元，如果由简·方达来扮演派珀的话。"

"简·方达？踏上前往斯凯岛的精神旅途？"

"他们想在洛杉矶拍，把影片命名为《通往遥远西方的狭窄公路》。片子里会满是蠢货、莫吉托鸡尾酒和傻妞儿。"

迪恩听到贾斯珀在洗澡。"这太疯狂了。"

"这是背叛！所以我让托尼告诉美国佬，应该把他们的五十万美元塞到哪里去。你猜他怎么回答。"

我怀疑你不喜欢这个答案,不管它是什么。"怎么回答?"

"他可不是靠推掉五十万美元来应付这些开销的:他的房子,我的珠宝,'我的'仲夏舞会和保姆。谈话结束。已成定局。"

已成什么?已成谁?"这是背后捅刀子。"

"他试图用华纳兄弟想要增加的新角色来糊弄我——一个精神错乱的女同性恋精神病人。我让托尼滚蛋。于是他就滚蛋了。滚去了洛杉矶。去调教小明星们了。"

所以,迪恩心想,我是用来报复的性伙伴。我介意吗?

"我不是有意要告诉你这一切,"蒂凡妮说,"一个抱怨她丈夫的秘密情人不会很——"

我说不上介意。迪恩吻了她——然后听到前门有钥匙声——他突然收回这个吻,仔细听着。

"怎么了?"蒂法尼问。

"贾斯珀在洗澡。那刚才进来的又是什么人呢?"

迪恩听到了响动。他体内血液的分布立刻起了变化。他悄悄穿上长裤和T恤,抓起一个插蜡烛的酒瓶,也许可以当作木棒来挥舞。他溜进走廊。贾斯珀在浴室里把收音机开得很大,所以他可能没有听到。迪恩透过珠帘看到,前面有两名入侵者……

迪恩大叫着冲过珠帘。其中一名窃贼大叫着,向后一跳,惊慌中撞翻了大衣架,整个人向后倒去。年长的那位很镇定。他大约有五十岁,穿着保守的西装,系着领带,他盯着迪恩看,就好像他才是这里的房主。迪恩挥舞着酒瓶。"你们他妈的是什么人,在我的公寓里干什么?"

"我是这地方的主人,"那个年长者操着一副外国口音说道,"我是胡斯·德佐特。贾斯珀的父亲。"

"你什么?"

"你以为他是在实验室里制造出来的吗?这是我儿子马尔滕。"马尔滕看起来三十上下,他爬了起来,阴沉着脸。"那我们也问问你同样的问题。你是什么人?你在我的公寓里做什么?把瓶子放下吧。你在让你自己难堪。"

迪恩看出了一家人长得像的地方。"我是迪恩。贾斯珀的室友。还以为你们是小偷呢。刚才抱歉了。"

贾斯珀出现了,腰间围着一条毛巾,水滴在地板上。他与父亲和同父异母的兄弟交流了几句荷兰语。重逢看起来毫无乐趣。话里提到了迪恩。贾斯珀告诉他们所有人:"等我一分钟,我马上出来。"然后返回了浴室。

马尔腾·德佐特扶起衣架。"你在贾斯珀的乐队里弹贝斯吧,我想。"

"乌托邦大道并不完全是贾斯珀的乐队。如果你刚才按了门铃,我就不会,呃,仓促得出错误的结论。"

"我打过电话,"胡斯·德佐特说,"一小时之前。没有人接,所以我们以为家里没人。"

哦,迪恩心想,原来是你打的。

"你做我的房客多久了,迪恩?"胡斯·德佐特问。

房客?房租?尴尬啊。"我让贾斯珀回答这个问题吧。"

"你肯定还记得,你是什么时候搬进来的吧?"

"坐吧,我去泡壶茶。"

"真有英国范儿。"马尔滕说。

蒂凡妮在偷听,以免她不得不向切特温德马厩大院呼救。她担心自己会被困在公寓里。赫尔希家的保姆还指望着她能在晚上七点之前回家,现在已经五点多了。迪恩回到厨房,两位来访者正在抽契斯特菲尔德烟,贾斯珀正在抽万宝路,他们说的是荷兰语。迪恩转身要走,但水壶已经要烧开了,德佐特一家都没动。迪恩准备着茶水。在感觉像是荷兰语对话的间歇里,迪恩问:"什么风把你吹到伦敦来了,德佐特先生?"

"我们每年来这里三四次。"

"这是你第一次进来坐坐?"

"我是来伦敦做生意,不是来玩。"

迪恩正要问:"那家人呢?"但他想起许久未见的哈里·莫法特,把曼迪·克拉多克的儿子这个念头丢开,把茶壶端了过去。

"我们正在扩展业务,"德佐特先生说,"我可能会经常过来。"

"太好了。"迪恩倒茶,"呃……要加奶吗?"

"牛奶可以接受。"贾斯珀的父亲说。

"你呢……呃,我也叫你马尔滕或德佐特先生吗?"

"我们年龄相仿,所以你可以用我的教名。对我来说,牛奶也可以接受。"

"好吧,"迪恩说,"吐司上加点豆子?来碗全谷物小饼干?"

胡斯没有听出话里的讽刺,看了看他那块像糯米纸一样薄的手表。"我们很快要跟荷兰大使一起吃饭,所以我们会抵制诱惑。我们最好还是解决掉手头的事情就离开。"

"'很快'和'离开'听起来不错。'说吧。'"迪恩说。

"你们必须在七月底之前腾出这套公寓。"

什么?"可我和贾斯珀住在这儿。"迪恩看了看贾斯珀,他并没有惊讶的反应。他们准是用荷兰语跟他说过了。

"是的,从八月一号开始,"胡斯·德佐特说,"马尔滕和他的新娘将住在这里。"

贾斯珀用荷兰语问了他同父异母的兄弟一句。

马尔滕用英语回答:"四月,在根特,佐埃家的人在银行业。她是母亲一个朋友的女儿。当然,我说的是我母亲。"

这个家庭很糟糕，迪恩心想，即使是按莫法特-莫斯的标准来衡量。贾斯珀说："恭喜了。"

马尔滕用几个平静的荷兰语字眼回答。

"等一下。"迪恩并不平静。"你确实说过贾斯珀是你儿子，而不是随便某个房客吧？这不是我梦到的吧？"

胡斯·德佐特抿了口茶。"贾斯珀讨论过他的……出身吧？"

"如果你在一支乐队里，那你有很多空闲时间可以消磨。你会讲很多事。所以，他说过。我确实知道你是怎么在印度把他的妈妈弄大了肚子。你怎么表现得就好像他不存在，直到他爷爷让你表现得好些为止。"

胡斯·德佐特抽着他的契斯特菲尔德烟。"你把我描绘成了电影里的反派。"

"那你怎么描绘你自己呢，德佐特先生？受害者？"

"不完全是。我承认贾斯珀在法律上的地位。我们，德佐特家族，允许他使用家族的姓氏。"

"你想因此成为圣人，是吗？"

胡斯·德佐特一副身处纷扰波澜不惊的理智神情。"年轻人总会犯错。你不会吗？"

我也犯过一大堆错，迪恩心想，但我怎么能承认呢。

荷兰人把烟吹走。"我为贾斯珀的教育付费。为他在多姆堡度夏付费。为疗养院付费。我估计你知道？"他看向贾斯珀，后者点点头。"为他在阿姆斯特丹读音乐学院付费。还有这套公寓。"

"你现在要把他撵出去。"

"其实，"马尔滕说，"贾斯珀是私生子。这不是他的错。但他不能像我一样，享有德佐特家族同样的权利。抱歉，不过这就是这个世界的运行方式。他能接受这一点。"

"这里只有两个真正的浑蛋。"迪恩抄起手臂，看着马尔滕和胡

477

斯·德佐特。

"我很高兴贾斯珀有一个——"贾斯珀的父亲在烟灰缸上喀一喀地磕了磕烟——"代言人。但是，贾斯珀，我清楚地说过，你的租约很可能是暂时的？对吗？"

贾斯珀检查着他手指上的老茧。"对。"

哦，该死，迪恩心想，我又何必说这么多？

"你没有权利转租。"马尔滕补充道。

"我没有，"贾斯珀回答，"迪恩没有付租金。"

"啊，"马尔滕笑着说，"怪不得他这么烦恼。"

"以你取得的成功，"胡斯·德佐特补充说，"你用不着睡在肯辛顿花园的长椅上，我觉得。"

马尔滕站了起来。"我要检查一下两间卧室。"

迪恩站了起来。"不，你不能。"

"你忘了这套公寓是谁的。"

迪恩打量着马尔滕。他要高几英寸，胖一些，牙齿更好，皮肤更光滑。也更害怕受伤。"我们会在九月一日之前离开。但在那之前，我们的房间是私人的，伙计。所以你们可以滚蛋了。"

德佐特老爷子把他的契斯特菲尔德的烟蒂碾熄。"也许迪恩隐藏了一个让人尴尬的秘密，马尔滕。检查可以再等等。"他与贾斯珀用荷兰语交谈起来，语言的闸门落了下来。迪恩回到了他的房间，蒂凡妮正准备离开……

不受欢迎的德佐特父子离开了，贾斯珀在洗澡，詹尼斯·乔普林（Janis Joplin）的专辑在唱机上播放着。迪恩清洗了茶具，暗自思忖：他最近的行为与胡斯·德佐特的做法之间只是表面相似。他从未欺骗过曼迪·克拉多克。他没有在自己有家室的情况下让她怀孕。他没有证据证明他就是她孩子的父亲。迪恩打开一罐啤酒，坐进沙发。

所以到九月的时候，我们就需要一套新的公寓了。他现在能买得起自己的房子了。我会想念贾斯珀的，迪恩意识到。在迪恩初次见到这个不苟言笑、念过公立学校、有一半荷兰血统的怪人时，他意味着免费的住处、很棒的吉他手，仅此而已。十八个月之后，他成了一个朋友。这个词意味深长。迪恩调了调他新买的原声吉他马丁琴弦，摸索着弹奏了《满眼忧伤的低地女士》（Sad Eyed Lady of the Lowlands）的和弦。D……A……G……A？他从自己房间里拿出那份双张专辑，蒂凡妮的香味还在屋里萦绕，他把第四面放在休息室的立体声音响上。"传教士的时代，以你那水银似的嘴巴"是D，A，G，A7。"烟雾似的眼睛，韵文似的祈祷文"有着同样的模式，但第三句不同，第三句往往如此。G……D……E小三和弦？迪恩尝试以挑代拨。好多了。好多了。试试用F小三和弦代替G。不，用F。从迪伦的歌里舀出一勺，就能产生一加仑的意义。为什么我不试着写写这样的歌词？写一首一通简短的电话就能改变你身份的歌。蒂凡妮·赫尔希的一通电话——"跟我一起去希尔顿喝杯鸡尾酒吧"——把他们变成了通奸的情人。稳定是多么虚幻。确定是多么无知。迪恩拿了一支圆珠笔，写了起来。时间匆匆溜走。贾斯珀洗完澡出来了。时间再次匆匆流逝。门铃响起。贾斯珀去应门了。有可能是埃尔夫。

贾斯珀说："是找你的。"

迪恩花了点时间，才认出门口那对憔悴、眼神像僵尸的男女是肯尼·耶尔伍德和他的女朋友弗洛斯。"嘿，肯尼。弗洛斯。好久不见。"迪恩一时回想起格罗夫纳广场骚乱那天的情景，又把思绪拉回到现在。他克制着没有问："你们近来可好？"答案明摆着：他们染上了毒瘾。

肯尼有些紧张。"罗德·登普西打来过电话吗？"

"最近没有。怎么了？"

479

"我们能进去吗?"

他们想要钱。"当然,不过我和贾斯珀要走了。"

"我们不会久坐。"弗洛斯扫视着大院。

迪恩同意他们进走廊。他们都背着帆布背包。"我们想要我们的三十镑。"弗洛斯说。

什么三十镑?"你说什么?"

"肯尼在 2i 酒吧借给你的,"弗洛斯说,"去年。"

"那个吗?那是五镑。肯尼,我在钉袋酒吧把钱还给你了。那天晚上杰诺·华盛顿(Geno Washington)在演奏。记得吗?"

肯尼把充满血丝的眼睛转到了另一边。

"那是三十镑。"弗洛斯把头发往后推,露出了她的臂弯,同时露出一片感染了的皮肤和针头造成的损伤。"你现在不能拿贫穷当借口了,流行明星。"

迪恩问肯尼:"伙计,出什么事了?"

肯尼看起来半死不活。"给我们一点时间,弗洛斯。"

弗洛斯不再是迪恩认识的那个轻率的嬉皮女孩了。她看起来饱受挫折,棱角分明。"别让他把你骗了。把烟给我。"

"你在地铁上抽光了最后一支,弗洛斯。"

迪恩的衬衫口袋里有一包,他给了她一支。弗洛斯拿了五支,然后出去了。肯尼说:"她的为人比这更好。没有什么比耻辱更折磨人了。我现在深有体会。"

"肯尼,出什么事了?"

贾斯珀在他的房间里即兴弹着他的斯特拉托卡斯特。

"我们也来一支,好吗?"肯尼问。

"拿着这包吧。反正是弗洛斯剩下的。"

肯尼的手在哆嗦。迪恩帮他点上。肯尼感激地吸了一口。"我上次见你是什么时候?"

"三月。格罗夫纳广场。大游行的日子。"

"对，我和弗洛斯在那之后，尝试了一点白粉。你试过吗？"

"我害怕打针。"迪恩承认。

"你可以用勺子煮，拿吸管吸烟，不过……无论如何，都不要接近这些玩意儿。你知道，每个人都告诉你'别碰毒品'，而你碰了之后，你会觉得，他们是不是在跟我瞎胡扯？嗯，白粉可不是瞎胡扯。第一次，它的感觉……太他妈棒了。就像性高潮。跟天使一起。无法形容。"肯尼揉了揉鼻孔上的一处溃疮。"但你必须找回那种感觉。不是'想要'找回。是必须找回。只不过第二次的时候，感觉就没有那么美妙了。第三次还不如第二次。每况愈下。这时候……你牙龈出血，你感觉很糟，你对它感到厌烦，但是……你需要用它来恢复正常的感受。我失去了工作。变卖了吉他。罗德给了我们几袋大麻卖。为了付海洛因的钱。就像帮忙。我把它放在我们房间的地板底下。"

"在哈默史密斯的那家公社？里文德尔？"

"不，跟那里闹掰了。"肯尼缩了缩身子。"罗德让我们住进了他在拉布罗克格罗夫的一处房产。一个没人问问题的那种'起居室'。罗德的一个朋友负责看门，昼夜不断，所以弗洛斯感觉很安全。不过我们卖大麻的所有收入，都用在了白粉上。但你需要的货越来越多。于是上星期，罗德说，他每周付我们五镑，外加一盎司阿富汗白面，'存放一下'。就是说，他把藏匿的可卡因放在我们房间的地板底下。由我们负责看管。"

为什么罗德·登普西信得过两个瘾君子，让他们看管藏匿的毒品？迪恩觉得，个中原因他恐怕能猜到。

"阿富汗白面是我们很久以来尝过的最纯的货。不如第一次那么爽，但就像是第五次或者第六次。很久没有这么爽了。两天之后——"肯尼把烟猛吸一口——"可卡因不见了。地板被撬开了。我马上告诉

481

了罗德。他有神经质的一面。他冲我大喊大叫。问我是不是以为他很蠢。但我们从未偷过。我用我的生命发誓，用弗洛斯的生命发誓，用每个人的生命发誓，我们从未偷过。"

是罗德·登普西偷走了它，迪恩心想。"我相信你。"

"当罗德冷静下来时，他告诉我，我和弗洛斯欠他六百镑。我告诉他，我们连六镑都没有。连六先令都没有。于是罗德说，我和弗洛斯可以去……"肯尼很难把后面的话说出来，"……参加派对，这样偿还他。"

"什么样的派对？"

肯尼的呼吸变得急促起来。"昨晚，我们被带到一个……苏豪区的一个地方，在法院后面。很高级。我和弗洛斯被他们给分开了。给我洗了个澡，搓洗一番，刮了胡子……他们给了我一点儿白粉——然后……有三个男人……"

"什么？"

"别让我细说。见鬼，迪恩。运用一下你的想象力。好吗？你想到了什么，他们就做了什么。轮流的。想出那幅见鬼的画面了吗？"

这话意味着"下药"和"强奸"，迪恩意识到。

肯尼用袖子擦了擦眼睛。他猛地吸了口烟。"事后。弗洛斯在车里。她没说话，我也没说。司机说了。我们已经从欠债里赚回了十镑，他说。还差五百九十镑。他叫我们忘掉警察。警察已经收了钱，不会管。他说要是我们逃跑，我们的家人就会受到影响。他给弗洛斯看了她妹妹的照片，说：'可爱的小东西，不是吗？'回到拉德布鲁克格拉夫，我们吃了安眠药和冰激凌，今天早晨，我们得到了美沙酮。弗洛斯告诉我，带她摆脱这些，要不然的话……她会自杀。我知道她不是在虚张声势。因为我也一样。"

"你们想躲在这里吗？"

"这里是他首先会找的地方之一。"

"你为什么不一开始就寻求帮助?"

"弗洛斯觉得,你不会相信我说的。你相信吗?"

"我并不知道罗德做了这件事——不过……我见过他是怎么把钩子插到别人身上的。再说,这种事你怎么能编得出来?你又何必那么做呢?"

肯尼在半幽暗的光线里,抓住了迪恩的手腕。

迪恩从他的钱包里拿出所有的东西——超过十一镑——放进肯尼手里。"关于海洛因,我算不上什么专家,但我从哈里·莫法特那里知道,光是说'戒掉正在要你命的东西'没有什么作用。但要是你不戒掉的话……"

贾斯珀的即兴弹奏变成《守夜人》独奏。

肯尼把钱塞进他的口袋。"我们会去某个偏僻的地方。某个没有毒贩子的地方。也许是谢佩岛,我不知道。找个避难所,然后……我们会再次尝试戒毒。那种滋味就像你快要死掉一样。但在苏豪区的那所房子里,那感觉比死还糟。"

电话响了起来。肯尼站起身,脸色苍白,浑身颤抖。

"没事,"迪恩说,"应该是埃尔夫,说她会晚点儿到。"

肯尼蹲了下来,就像受惊的动物。"是他。"

"老实说,肯尼。除了上个月的一场派对,我就再没见到过他。"迪恩拿起听筒。"喂?"

"迪恩,你还好吗?我是罗德·登普西。"

迪恩肺里的空气仿佛被抽走了。"罗德?"

肯尼向后退去,摇了摇头。

罗德·登普西发出友好的轻笑。"你听起来有点……奇怪。就好像刚刚说起过我一样,是吗?"

如果我需要证据的话,那这就是了。

肯尼离开了公寓。前门半开着,露出淡淡的暮色。我没法帮他什么，只能扯一套像模像样的谎言，骗过这个世界冠军级别的骗子。

"你简直会读心术，罗德，我对上帝发誓，十分钟之前——不，五分钟之前——我跟贾斯珀正在聊我们吸过的最棒的大麻，我们想到了赫尔曼德褐。你去年秋天带过来的，当时还有肯尼和斯图？记得吗？"

"一个难忘的夜晚。如果你想要，我可以再给你一些。不同批次，但一样好。"

"好极了。行。呃。我们刚做完新专辑，不过也许，过一小段时间之后？到时候我给你打电话。"

"行啊。说到肯尼，你最近见过他吗？我正在寻找他的下落。"

"其实我也想找他。"把你的谎言隐藏在一堆事实和半真半假的事里。"自从格罗夫纳广场之后，就再没见过他。他在牧羊人丛林那边的一家公社里。你最近见过他吗？他还好吗？"

罗德·登普西盘算着。"我上个月见过他和他的女朋友。公社给他添了不少麻烦，所以他让我帮他多加留意。有个伙计正要出租卡姆登的一个住处，设施齐全，价格公道。非常适合他和弗洛斯。问题是，我弄丢了他的电话号码。你能帮我找到他吗？挺急的。"

罗德·登普西也把他的谎言隐藏在半真半假的事里。"我愿意帮忙。我会努力想想，谁有可能知道。但我现在想不出来。"

"伦敦就是这样，"这名毒贩、皮条客、天知道还是什么角色的家伙说，"没人知道谁会在下一个街角出现，不是吗？"

肯尼和弗洛斯留下的唯一痕迹，就是最下面那级台阶上的两个烟头。夜色正在灌入切特温德马厩大院。迪恩脑子里乱糟糟的，种种难题和危机仿佛在争夺排行榜前五名。他打开车库门，去看他的"喷火"。他打亮灯泡，盯着它看。新住处必须得有封闭式车库，他想，否则像你这样的美人别想安稳待满十五分钟。现在开车出去太晚了，但迪恩爬进车里，试图找到片刻的宁静。他没找到。他有可能是某个孩子的父亲。这是我最不想要的事。跟蒂凡妮·赫尔希偷情是一大快事，但它该怎样收尾？被贾斯珀的父亲赶走是个麻烦，但它不会以无家可归告终。但肯尼和弗洛斯是另一回事。他们的遭遇，什么都平复不了。哪怕——是在他们吸海洛因的时候，倘若还有这种时候的话，迪恩也知道，他们的安宁也永远都不会完满，边缘处永远都会留有阴影。弗洛斯恨我是对的，这件事我也有份。肯尼来到伦敦是因为迪恩，而迪恩没做任何事来帮他。任何事。一个身影穿过车库门口，停了下来，看着里面。"你好，迪恩。"

这句话脱口而出："噢，你准是在开玩笑。"

哈里·莫法特浅浅地吸了一口气。"好久不见。"

他走到黄色的灯光下。迪恩看得很清楚。

哈里·莫法特还像从前一样，又有所不同。

他的黄褐斑更重了。他眼窝深陷。

他刮了胡子，理了头发，花了一番工夫。

迪恩待在他的"凯旋"里。"雷把我的地址告诉了你，是吗？"

哈里·莫法特摇了摇头。"电话簿上只有两个德佐特，梅菲尔区这个比皮纳镇的可能性更高。也可能你不想登在电话簿上。"

几年之前，迪恩就不再为可能的重逢编写剧本了，所以他现在没有可以依靠的台词储备。"你想要什么？"

哈里·莫法特有了一副新的、悲伤的、不确定的微笑。"我也不知道我是否知道，迪恩。我……嗯，首先，你们的专辑很精彩。"

你曾经用皮带抽我的妈妈，还有雷，还有我。

"特别是《紫色的火焰》。你确实把它表达出来了。"

迪恩想知道，他自己的那些愤怒和轻蔑去了哪儿。时间就像灭火器，他心想。

飞蛾围着车库的灯泡飞舞。

"车不错。"哈里·莫法特说。

迪恩什么也没说。

"你在意大利坐牢的时候，我们很担心你。"

谁是"我们"？莫法特一家？格雷夫森德人？

"感觉就像很久以前的事了。"迪恩说。

"我猜你一直很忙？巡演、录音之类的？"

沿着你曾经唾弃过的道路前进，追寻你曾倒上煤油并点燃的梦想。"是。"

"你发展得很好。"

迪恩忍不住了："准是因为你给了我那么多的鼓励。"哈里·莫法特缩了缩身子。不，我不会感到内疚。

"有很多事我希望我做过，"哈里·莫法特说，"也有很多事我希望我没做过。"他指了指车库门口的一张凳子。"可以吗？我不会耽搁你多少时间，但我的腿已经不顶用了。"

迪恩用手势说，对我来说都一样。

他坐下来，摘下帽子。迪恩看到，他不再尝试遮掩他的谢顶。"我加入了这个小组。给酗酒者办的。多亏他们，我再没有喝过酒，自从……那起车祸之后。你听说过吗？"

"那个不能走路的人和那个独眼女孩？"

哈里·莫法特看着他的手。"是的。我们小组里有位女士，克里斯蒂娜，她是我的担保人。她说：'即使是上帝也无法改变过去。'的确如此。你并不是始终都能纠正错误，弥补过失。但你总可以说抱歉。也许别人会叫你滚蛋，也许他们会揍你，但……你可以说抱歉。所以……"哈里·莫法特深吸一口气，紧紧地闭上了眼睛。迪恩原本确信，今天已经不会再有什么意外了，但哈里·莫法特的脸颊上的泪水证明他错了。"所以。抱歉打了你，还有你妈，还有雷。抱歉我让你失望了。抱歉我……没有发现你妈的癌症。抱歉你只有我这么一个

486

人。抱歉我在你妈去世以后就偏离了正轨。就好像我曾经在过他妈的正轨上似的！抱歉我烧了你的东西。你的吉他。毁了你的'篝火之夜'。抱歉我扰乱了你和肯尼还有斯图的卖艺演出。这些都是我干的。"他睁开眼睛，用手掌擦拭着他的脸颊。"我不是要归咎于喝酒。是有喝酒的事，上帝知道，但是……"他摇摇头。"戒酒会里的很多人，他们连一只苍蝇都没有伤害过。而我打了我的家人。就是说，责任全都在我。我很抱歉。"哈里·莫法特站了起来，戴上帽子。他正准备说最后一句话的时候，埃尔夫走了过来。

"晚上好。"

"你是埃尔夫。你是乐队成员。"

"是的。我看到车库开着……"

"哈里·莫法特。"

埃尔夫皱起眉头，又松开。"噢，我的天呐，你是……"她瞥了一眼迪恩，没有再说出"迪恩的父亲"。

"对。就是那个哈里·莫法特。你有一副好嗓子，亲爱的。"

"谢谢。谢谢你。"埃尔夫有些困惑。"不过等你听到迪恩在新专辑里的歌声，你就不这么想了。他一直在上和声课，他给这首新歌取名叫《渔钩》，我告诉你吧，他唱得无懈可击。"

"是吗？我很期待听到它。非常期待。"

牵着狗的股票经纪人邻居从旁边走过，丢过来一句"美好的夜晚"，迪恩举起一只手打招呼。

埃尔夫说："可不是吗？"邻居走了。埃尔夫问哈里·莫法特："那……你是要……去男孩们的公寓吗？或者说这是一场车库派对？"

他刚才说的每一个字，迪恩心想，都是真的。但我不能只按下一个开关就转变过来。已经太久了。"他要走了。"

"祝福你，埃尔夫，但我要回格雷夫森德。英国铁路不等人。"他向迪恩点了点头。"你们互相照顾着点，嗯？"

说完这话，他就溜走了，就像故事里的人物。

埃尔夫转身问迪恩："你还好吗？"

迪恩在方向盘上敲打出一段节奏。"不知道，埃尔夫。完全没头绪。听着，我，呃……几分钟之后就上来。"

第三颗行星

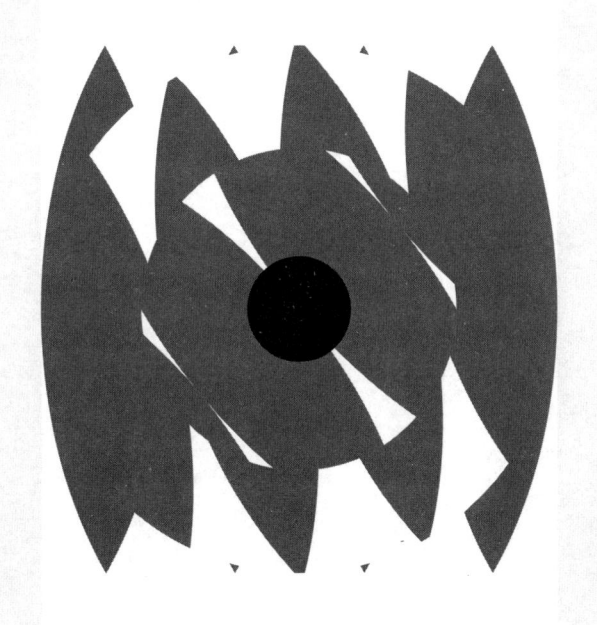

A

切尔西旅馆#939（霍洛韦）

我应该说是谁打来的电话?（德佐特）

里面的东西里面的东西（霍洛韦）

钟表（德佐特）

切尔西旅馆#939

"醒醒,埃尔夫。"是谁?是迪恩。

她把自己从睡眠的流沙中拖了出来。

"你看那一片。"迪恩说,指了指她的左边。

她睁开眼睛,发现自己之前靠在迪恩肩膀上睡着了。飞机的窗外,遥远的下方,是灰色和棕色组成的大都市,许多针尖大小的灯光亮着。埃尔夫脑海里响起格什温(George Gershwin)《蓝色狂想曲》(Rhapsody in Blue)的开头小节。"唔,这是我见过的最美的东西之一。"埃尔夫被睡意粘住的嘴巴喃喃自语。它是小人国、大人国和拉普他飞岛的集合体。曼哈顿在玻璃般的黑暗中漂浮,仿佛满载着摩天大楼的木筏。歪斜的摩天大楼;锋利得足以伤人流血的摩天大楼;描摹出窗户、窗台和盲文般凹痕的摩天大楼;打磨之后又被满怀爱意地擦亮的摩天大楼。"那是自由女神像,"迪恩说,"看到没?"

"她在照片上看起来更大。"埃尔夫说。

"从上面这边看,就像花园里的装饰摆件。"格里夫说。

埃尔夫看了一下贾斯珀的情况,他在她右边。他的羊毛帽子拉到了鼻孔那儿。"你还活着吧,贾斯珀?就快到了。"

贾斯珀把帽子卷上去,露出充满血丝的眼睛,他在包里摸索着,拿出一个药瓶,结果药瓶失手掉了下去。他用荷兰语骂了一句。

埃尔夫伸手去捡瓶子。"没事的。"

"药洒了吗？得全部找到，全部找到。"

"没洒——瓶盖还在，瞧。我给打开。要多少片？"

贾斯珀大口喘息着。"两片。"

埃尔夫看了看标签——奎鲁丁——然后把两片药放在贾斯珀汗津津的手掌上。它们很大，是淡蓝色的。

贾斯珀咽下药片，把盖子拧回瓶子上。

"它们是治哪方面的？"埃尔夫问，"神经？"

"对。"意思是"让我一个人待着"。

"我们很快就要着陆了。"埃尔夫说。

贾斯珀把帽子拉到眼睛上面，埃尔夫继续看起了风景。纽约……一个地名，一个象征，一个舞台，一个天堂和地狱的代名词——但只有现在，在埃尔夫心目中，它才有资格成为一个真实的地方。她想象中的纽约，由《西区故事》、《蜘蛛侠》漫画、《码头风云》、《蒂凡尼的早餐》、《迷魂谷》和黑帮电影组成，它以一幅又一幅的画面，溶入一个由大梁、砖头、石块、金属镀层、电线、管道工程、人行道、车道、楼顶、商店、公寓和八百万人组成的实体中……其中一个是路易莎·雷。埃尔夫的心怦怦直跳。它很痛。但她为什么没有回复我的电话？我的电报？我用心灵感应发出的命令？整个八月，路易莎和埃尔夫每天都会给对方寄信，每周都会花费不菲的费用通话五分钟。

十一天前，卡片和来信中断了。到第五天的时候，埃尔夫告诉自己，会有合理的解释：某个地方的邮政罢工，或者路易莎家里有紧急情况。第六天，她往路易莎的公寓打电话。线路不通。第七天，她打电话给纽约《小望远镜》办公室，却被告知路易莎"不在，直到另行通知"。无论埃尔夫如何巧妙地打探，都没有进一步的细节。第八天，合理的解释开始变得一目了然，令人不适：路易莎对埃尔夫的感觉，并不像埃尔夫对路易莎的感觉那样，埃尔夫生命中的这场最惊人的爱情,就像开始时一样突然结束了。

但埃尔夫心里有一部分依然抱有希望:那个合理的解释并不是事实真相。当然,当然,路会告诉我的。她不会把我丢在这残酷的地狱边缘,我既不知道自己是否已经心碎,也无法找到答案。

她会吗?如果我不像我以为的那样了解她呢?这又不是第一次了。会吗,宝贝袋熊?

她数着日子。就像我以前跟布鲁斯在一起时数着日子一样。最残酷的是,她不得不独自承受。没有一个活着的人知道她和路的事。没有一个活着的人能够知道……

在赫尔希的仲夏舞会上,埃尔夫和路易莎找到一段安静的后楼梯,那儿有一张足够大的靠窗坐椅,可以让她们躲在里面。帘子拉上了,有一棵银杏树茂密的夏叶遮挡,从下面的花园也看不到她们。这里很可能是为了幽会而设计的。她们聊了音乐和政治;家庭和童年;伦敦、加利福尼亚和纽约;梦想和时间。她们分享了一支烟,用了放在她们中间的玻璃烟灰缸。她们谈到她们现在爱谁,原因是什么。埃尔夫谈到马克,还有她再也没有机会给他做的那些生日蛋糕。"照样烘焙就行,"路易莎说,"加上蜡烛。在墨西哥,人们就是这样做的。"脚步声由远而近,从她们的藏身之处走过;路易莎做了一个同谋者的滑稽鬼脸。埃尔夫想要亲吻她的新朋友,比她从前想要亲吻任何人还要迫切。埃尔夫脑海里的一个声音警告她,她是女孩。别这样,这是不对的。埃尔夫脑海里的一个更强有力的声音回答说,我知道,她是我见过的最美的人,我为什么要停下来?

路易莎和埃尔夫看了看彼此。

"所以它……正在发生,不是吗?"路易莎说。

埃尔夫的脉搏既迅疾又强烈。"是的。你这样平静。"

"我猜我是你的第一个,"路易莎说,"如果……"

埃尔夫感到羞惭，但并不羞愧。"那么明显吗？"

"我能看到你的心跳。看。"路易莎摸了摸埃尔夫左手手腕上的一条静脉，她身子的左半边融化了。"我懂你现在的感觉。社会制约就像收音机，它在大叫：'这是错的！她是女孩！'"

埃尔夫点点头，喘息着，同时又难过地叹了口气。

"关掉收音机。咔嚓。就像这样。不要过度分析。事实上，不要分析。我分析过，根本没必要。不用心烦。你并不是要穿越一面单向的镜子。你不会头上长角。你并不是从体面人阵营转换到变态阵营。用不着让别人知道。我是安全的。只有两个人，只有我们，只有——"又是那个微笑——"爱。"

嗖的一声，刷的一下，她们吻在一起。

埃尔夫从中抽离，红着脸，感到吃惊。

蜂蜜、烟草和波尔多葡萄酒的味道。

"爱，"路易莎说，"带着一丝丝欲望。"

埃尔夫抚摸着路易莎的脸庞。就像她抚摸男人的脸庞。路易莎抚摸着她的脸。埃尔夫的心就像低音提琴一样震颤着。欲望，欲望，欲望，还是欲望。

"别忘了呼吸。"路易莎低声说。

埃尔夫差点笑出声来。她深深地、深深地吸了一口气。

楼上的一扇门打开了。埃尔夫和路易莎都往后一坐。这一对朋友享受着安静的闲聊，远离了派对。轻柔的脚步声走了下来，来到窗前。一只小手拉开了窗帘。是一个小小的金发男孩，长着婴儿般的蓝眼睛，他向里面看了过来。他戴着一顶带有警星的牛仔帽。"这里是我的小窝。"

"对，"路易莎说，"你叫什么名字，警长？"

"克里斯宾·赫尔希。你们在这里做什么？"

"其实，我们并不是真的在这里。"埃尔夫说。

克里斯宾皱起了眉头。"没错,你们是在这儿。"

"哦,不,我们不在,"埃尔夫说,"你正在梦到我们。此时此刻。你正在床上睡觉。我们不是真实的。"

克里斯宾想了想。"你们看起来很真实。"

"对你来说,梦就是这样,"路易莎说,"当你身处梦中的时候,就像你现在这样,感觉非常非常真实。不是吗?"

克里斯宾点了点头。

"我们会证明你在做梦,"埃尔夫说,"回到你的床上躺下,闭上你的眼睛,然后醒来。然后你再过来,我们就不在这里了。为什么?因为我们根本就没来过。好吗?"

克里斯宾想了想。"好的。"

"那你就走吧,"路易莎说,"回你的房间。动作要快。不要浪费时间。"

男孩转身跑上楼梯。埃尔夫和路易莎爬出窗边的座位,匆匆下楼。在她们重新融入派对之前,路易莎问:"现在怎么办?"

埃尔夫没有分析。"叫辆出租车。"

乐队在拉瓜迪亚机场的入境检查处排了一小时二十分钟的队。贾斯珀恢复了些许镇定,但脸色依然不佳。格里夫、迪恩和利凡重温和扩展了乐队当初驾驶"野兽"辗转英国各地,在那十六个月里发明出来消磨时间的全套文字游戏。埃尔夫被领进了移民局官员的办公室。那名官员眯着眼睛看了看埃尔夫的护照照片,然后又透过他的铁框眼镜看了看埃尔夫。他的胡子上沾了糖。"伊丽莎白——弗朗西斯——霍洛韦。"他的声音疲惫地拖拉着,走到句尾。"这上面说你是,音乐人。"

"没错。"

"你演奏哪一类音乐?"

别提摇滚乐，利凡建议过，也别提迷幻和政治。"民谣音乐，多数情况下。"

"民谣音乐。就像琼·贝兹那样。"

"有点像琼·贝兹，是的。"

"有点像琼·贝兹。你做反战歌曲？"

本能向埃尔夫发出了警示。"不怎么做。"

"我的长子报名去了越南。"

如履薄冰。"那一定很艰难。"

"想知道最糟的是什么吗？"男人摘掉了眼镜，"在那边，就是一个见鬼的屠宰场。在这边，见鬼的怪胎们可以自由地焚烧征兵卡，像兔子一样发情，骚乱和歌唱和平。是谁付出代价，给他们换来了这份自由？是那些像我儿子一样的孩子。"

有十二个移民检查窗口，埃尔夫心想，我干吗非要在这一个？"我的曲目要比抗议区唱的歌更传统。"

"是吗？传统的什么？"

"传统民谣。英格兰、苏格兰、爱尔兰的。"

"我是爱尔兰人。给我唱点爱尔兰的东西。"

埃尔夫还以为自己听错了。"麻烦你再说一遍？"

"给我唱点爱尔兰的东西。一首民谣。还是说这个上面——"他晃了晃她的护照——"写的全都是胡扯？"

"你是说……你想让我唱歌——就在这儿？"

"对。我就是这个意思。"

没法找他的上级去求助。那么好吧，来一场即兴演出。埃尔夫俯下身，在办公桌上敲出 4/4 拍的节奏，透过男人的镜片看向他的瞳孔，吸了一口气：

在秋天的拉格伦路，

我一看到她就知道
她的黑发会编织成罗网
也许我有一天会后悔。
我看到了危险，但我还是走了
这条迷人的路
我说，就让悲伤变成一片落叶吧
在这一天的黎明时分。①

这个移民局的人喉结振动着。他把烟递到嘴边，满满地吸了一口。"很妙。"他在埃尔夫的护照上盖了章，然后把它递了回去。"好了。"

"祝愿你的儿子早日回家。"

"他在一个燃料仓库工作。靠近前线。一发炮弹不知从哪儿飞了过来。整个该死的地方就像七月四日一样地爆炸了。我儿子除了他的身份识别牌，什么都没有留下。他才十九岁。一丁点的金属。这就是我们得到的一切。"

埃尔夫勉强地说出："我很遗憾。"

这位丧子的父亲按熄了他的香烟，重新望向排队的人，向一脸哀求的下一名外国人打手势示意。"下一个！"

"我的天哪！"滴水嘴怪兽唱片公司那个面泛粉红、发型飘逸、满头发油的星探马克斯·马尔霍兰，正在入境处等候，他带了一块巨大的牌子，上面写着"欢迎赤裸裸的天才乌托邦大道"。路易莎·雷，埃尔夫唯一想看到在入境处等候的人，不见踪影。马克斯·马尔霍兰

---

① 爱尔兰著名民谣《在拉格伦路》(On Raglan Road)，歌词根据爱尔兰诗人帕特里克·卡瓦纳的同名诗歌改编而成。

497

拥抱利凡，发出情人般的呻吟。"利夫，利夫，利夫，利夫，利夫。你都皮包骨头了。英国还在实行配给制吗？你靠什么生活？树根？浆果？固体空气？"

"翅膀和祈祷，马克斯。谢谢你过来。"

"切！我可不是每天都能迎来一位老朋友和新的签约机会。格里夫、贾斯珀、迪恩、埃尔夫。大道乐队。"他跟他们每个人握手问候，"你们，先生小姐们，简直出类拔萃。噢，我亲爱的上帝，我听过《生命的精华》的早期醋酸磁带①，它——是……"他比着口型口说，"杰作。"

"我们很高兴你能这么想。"迪恩说。

"噢，我真这么想。杰里·努斯鲍姆在《村声》上也表示同意。"他兴致勃勃地拿出一份报纸，打开正确的那个版面。"'提问：将一杯节奏布鲁斯与一小股迷幻音乐混合在一起，再加上一点民谣，摇匀，你会得到什么？回答：乌托邦大道，他们的首张唱片《天堂就是通往天堂的路》在乐队的家乡英格兰引起极大轰动。凭借更进一步的努力成果《生命的精华》，这个特别的四人组合似乎已经准备好，要在我们的海岸引领风潮。那么，乌托邦大道到底是谁？埃尔夫·霍洛韦小姐，她在十六岁的时候，写出了万达·弗丘打入榜单前二十名的主打歌的《反正风在吹》。主音吉他手贾斯珀·德佐特和贝斯手迪恩·莫斯每人提供了两三首歌曲，由多面手鼓手格里夫·格里芬出色地压阵。'"

"听起来好像我有很多手。"格里夫说。

"'整张专辑的九首歌新意迭出，'"马克斯读到，"'从出奇迷人的开篇曲《渔钩》到富有感染力、迪伦风格的收尾曲《瞧这不是谁》莫不如此。莫斯的自由颂歌《把石头滚开》先是经过酝酿，然后上升

---

① 磁带的带基由醋酸纤维制成。

到哈蒙德回旋激荡的高潮，仿佛有地狱犬在后面追赶。霍洛韦的《证明它》是一首悲喜交加的顿足爵士舞曲，讲述爱情和偷窃，而她的器乐作品《就连蓝钟花》捕捉到了深沉的爵士布鲁斯瓶中的精灵。吉他圣手德佐特给大家带来了晚祷曲《守夜人》，以及巨作《健全的神智》。乌托邦大道能否在舞台上重现录音棚里的魔力，将于本周在纽约的"猎豹"俱乐部揭晓，但毫无疑问的是——《生命的精华》是一张绝佳的唱片。'"马克斯抬起头。"欢迎来到美国。"

"杰里·努斯鲍姆是什么人？"利凡问。

"是那种看着米开朗基罗雕像，也会抱怨大理石太苍白，老二太小的批评家。贾斯珀，你看起来像是想吐。"

"我不是全世界最好的飞机乘客。"

"我们车上有呕吐袋。"马克斯向两名司机点头示意，后者向行李搬运工点头示意。"我们走。"

两辆豪华轿车离开未来主义风格的机场，驶上一段坡道，驶入柱子上方的公路。利凡、贾斯珀和格里夫乘坐第一辆；埃尔夫、迪恩和马克斯·马尔霍兰坐第二辆，尾随其后。迪恩抚摸着胡桃木内饰。"林肯大陆。"公路上的灯光点缀着从乡间的薄暮通向灯火通明的市区的路线。保罗·西蒙的新歌《美国》（America）在埃尔夫脑海里响了起来。我想象过，我和路一起完成这趟旅程。迪恩扭头看向埃尔夫，他看起来很疲惫，但很兴奋。"从布莱顿理工学院来到这里，我们走过了一条很长的老路，不是吗？"

"很长、很长、很长、很长的路。"

街灯从头顶滑过，铁塔跨过荒地，就像入侵的火星人。美国卡车会让英国货车相形见绌。

"这一幕景象如今还会让我起鸡皮疙瘩。"马克斯说。

"你是纽约人吗，马克斯？"迪恩问。

"不，我是在艾奥瓦州的锡达拉皮兹挨过了童年。"

"是个田园诗般的名字，"埃尔夫说，"锡达拉皮兹①。"

"在新世界，要小心田园诗般的名字。"

"那你是在哪儿认识利凡的？"迪恩问。

"在如今早已不复存在的弗莱克-斯特恩商行。我们在第一个星期一，被告知商行只能为我们提供一个工作机会，到星期五，我们每个人将有五分钟的时间，来说服弗莱克和斯特恩两位先生，为什么自己应该得到这份工作，而对手应该被裁掉。"

埃尔夫说："多像残酷的角斗。"

"'恶心'是我用的词，"马克斯说，"之前，我们都为弗莱克-斯特恩的工作机会放弃了原来的工作。倘若我的对手不是利凡·法兰克兰，那我会用一周的时间来搞阴谋诡计，保全自己。但利夫在我身上，发现了我在他身上发现的东西。我们达成协定，作了一番筹划。我们从会计部借来文件，在我的公寓里做了一些熬夜筛选的工作。在星期五的大限来临之际，我们发布了一份联合声明，该商行将为我们两人提供全职的职位。否则，等到星期一，商行的客户将会知晓，他们收到的款项和付出的款项数额不符。等到星期二，客户们的律师就会开始打电话。等到星期三营业结束时，弗莱克-斯特恩商行很可能将不复存在。"

"你们敲诈了你们未来的老板？"迪恩问。

"我们向他们提出了一份联合报价。"

"这一招之所以能行得通，都是因为你和利凡没有给对方在背后捅刀子。"埃尔夫说。

"这正是我的看法，"马克斯说，"如果你不给利凡的兔子剥皮，他也不会给你的兔子剥皮；在演艺界，诚实的经理人就像木马拉的粪

---

① 有"雪松河滩"之意。

一样罕见。"

埃尔夫爬出豪华轿车,站在真正的纽约市中心的人行道——不是英国的人行道——上,向上望去。一座满是窗户和阳台、维多利亚时代哥特式的宏伟建筑巍然耸立,顶端位于离月亮一半远的地方。一块竖直的招牌写着"**旅馆**",下面是横向的小字"**切尔西**"。"这是一处公共设施,"麦克斯说,"大部分是长期出租屋。就像城市里的小城。人们在这里养家糊口,在这里变老,在这里死去。这倒不是说,经理斯坦利会承认,曾经有人死在这里。很多人认为,这个社区是照着那个切尔西①命名的,就是这么有标志性。"

"滚石乐队在这里有一套豪华顶层公寓。"迪恩说。

"这里是纽约为数不多的愿意接待音乐家的地方之一,"麦克斯说,"没人在意你的外表,墙很厚。"

"住户有多少?"埃尔夫问。

"我怀疑,从一八八〇年代以来,就再没做过人口普查。"

一个鼻子下面有血块的男人从阴影中冒了出来。"嘿,大家好,需要什么兴奋剂、镇静剂,外乡人?"

两名司机拦住了毒贩,麦克斯把乐队成员领进切尔西旅馆的大门。一名身材壮硕的行李搬运工像老朋友一样招呼他,麦克斯把一张钞票放在他手里。"如果你能帮我拿一下包和设备……"

"没问题,马尔霍兰先生。"

大厅里有三四十个人坐在低矮的沙发上,在雕花壁炉旁边品酒,争论,吸烟,观看和被看。埃尔夫猜测,他们当中有教授、演员、骗子、妓女、皮条客,还有移民局官员抨击的那种激进分子。他们当中没有路易莎·雷。你必须打住,不能再这样了。好多人的头发跟贾斯

---

① 英国伦敦西部的街区,系历史久远的作家、艺术家聚居地。

珀的一样长，衣柜里的衣服至少和迪恩的一样富有冒险精神。价值高低不一的画作铺满了墙壁。"斯坦利接受用艺术品抵租金。"当他们来到前台时，马克斯告诉埃尔夫。

"斯坦利从不吸取教训。"一个长脸盘、棕色头发的男人拿着捡起的铅笔直起身来。"每周都有十几个孩子来，抱着画夹告诉我：'我就是新的贾斯珀·约翰斯①，这些值三个月的租金，我需要一张双人床和一台电视。'马克斯·马尔霍兰。你还好吗？"

"斯坦利，你看起来就像一百万美元。"

"我感觉自己就像是硬币和口袋里的棉絮。我猜，这就是乌托邦大道乐队吧。欢迎来到切尔西。我是斯坦利·巴德。我尝试过安排你们住邻近的房间。最后安排到了相邻的楼层。迪恩、格里夫，我把你们俩都安排在822号房间。"

"我需要我自己的房间。"迪恩说。

"是啊，我也需要。"格里夫说。

"822号房间是个套房，有两间卧室，"斯坦利说，"我从《村声》了解到，你是个迪伦粉丝，迪恩。"

迪恩很谨慎。"谁不是呢？"

"鲍比就是在822号房间创作了《满眼忧伤的低地女士》。"

迪恩的脸色变了。"你是在唬我吧。"

"他说那儿有一股特殊的气场。"斯坦利·巴德拎着钥匙环，"三楼可能会有独立的房间，如果你——"

"822就可以了，谢谢。"迪恩捧着钥匙，就像信徒捧着圣十字架上的钉子。

"埃尔夫，你在939号房间。利凡，912。贾斯珀，我把你放在777。一名中国佬向我保证，在所有酒店里，这都是最幸运的房间。"

---

① 贾斯珀·约翰斯（1930— ），美国画家、雕刻家和版画家。

贾斯珀接过钥匙,咕哝着说:"谢谢。"埃尔夫用十分自然的声音问:"斯坦利,有给我的留言吗?"

"我看看。"他走进后面的办公室。其他人走向电梯,除了迪恩。

"希望能听到路易莎的消息?"

埃尔夫光明正大地回答。"只是碰碰运气。她现在正忙于工作。一篇大型报道。"

斯坦利回来了。"没有,埃尔夫。抱歉。"

"我没指望会有什么。"

939房间很闷,有股烤鸡味。里面摆放着不值得偷的陈设:雪尼尔布床罩,一盏破损的陶瓷灯,一只指针错误地指向"**暴风雨**"的晴雨表,还有一幅飞艇的画。埃尔夫打开行李,想象着在她之前,马克·吐温、奥斯卡·王尔德和泰坦尼克号的一名幸存者,也曾在这个房间打开行李。她把霍洛韦家三姐妹和母亲的相框照片放下,照片是去年伊莫金宣布怀孕那天,由一名服务生拍摄的。可以说,马克当时也在。埃尔夫洗了洗脸,喝了一杯纽约的自来水,整理了一下头发,对着梳妆台上破碎的镜子补了补妆。我敢打赌,贾斯珀用床单蒙住了镜子。如果《生命的精华》销量不错,乌托邦大道就要做更多的国际巡演,贾斯珀会需要比奎鲁丁更有效的药物治疗。

埃尔夫打开门,来到阳台上。一个凉爽的夜晚。九层楼的下方,汽车、人和影子急掠而过。大致上,伦敦是水平存在的;而纽约是一个垂直的地方,全靠电梯维持运转。

美国。所以它终归还是一个真实的地方。

乐队要在楼下聚餐。埃尔夫换上黑色雪纺绸长衫和磨破的奶油色喇叭裤,是她和贝亚在切尔西区买的,那是五个时区以外两天前的事。送给路易莎的六翼天使耳坠该怎么办?如果我戴上它,我就变成了不敢面对现实的、绝望的女同性恋。如果我不戴,我就等于抛弃了她，抛弃了这个渐渐消逝的希望：希望这一切都只是误会。埃尔夫戴上了耳坠。

电梯在九楼停下的时候，上楼时操作这个老笼子的勤杂工不见了。里面只有一个衣冠楚楚、三十岁左右的男人。埃尔夫试图打开外面的门，但门把手硬邦邦的，不听使唤。"请允许我，"男人说，"这个是要费些工夫。"他把内门滑开，把外门的把手往上扭，把外门打开。"上来吧。"

埃尔夫走了进去。"谢谢你。"

"愿意效劳。"那人知道他高大，微黑而英俊。他戴了一枚结婚戒指，他的须后水有茶和橙子的味道。"你今晚的最终目的地是哪儿，如果我能问的话？"

"一楼。"

"用你的拇指一直按着G。"

这是一个奇怪的指令，但埃尔夫照做了。

电梯没有动。

"哈。奇怪。让我问问埃利吉乌斯。"

这里没有别人。"谁？"

"电梯的主保圣人①。"他闭上眼睛，点了点头。"明白了。埃利吉乌斯说你得松开拇指……"埃尔夫意识到，现在他是在跟她说话。"现在就松开。"她照做了，电梯开始缓缓下降。"老埃利吉乌斯真不错。"男子说。

埃尔夫弄懂了这个把戏：电梯要等到松开按钮才会开动。"有点意思。不算很有意思。"

---

① 圣人埃利吉乌斯（约 588—659），在天主教中里金匠和金属加工者的主保圣人。

他那双有趣的眼睛，眼袋上有褶。"那你是这家庇护所的新房客，还是只是过来做客？"

电梯下降，穿过八楼。

"做客。"

"有幸接待你的是？"

埃尔夫选择了一位可望而不可即的男性，来转移这名男子的魅力攻势。"吉姆·莫里森。"

"啊，女士，你真幸运。我正是吉姆·莫里森。"

埃尔夫尝试着让自己不觉得这话好笑。"我在布莱克浦见过的那些棒棒糖女士①看起来比你更像吉姆·莫里森。"

他做了个投降的手势。"你已经把真相从我身上逼出来了。朋友们都管我叫莱尼。希望你也会。"

埃尔夫回了他一个"是这样吗"的表情。

电梯下降，穿过七楼。

莱尼没有追问她的名字。他的鞋子擦得很亮。"注意了，这是美国旅馆中最慢的电梯。如果你赶时间，就走吧，要快得多。"

"我不着急。"

"那就好。'更快'这个词正在成为'更好'的同义词。就好像人类进化的目标，就是要成为一颗有知觉的子弹。"

电梯下降，穿过六楼。

他说起话来就像作家，埃尔夫心想。她试着想象莱尼或莱恩搞文学的样子。"你在这里长住？"

"定期过来，不过我是无可救药的流浪旅者。往返于多伦多、这里和希腊之间。你那就是所谓的'伦敦周围诸郡'口音吧？"

---

① 手持示意停车的标志牌帮助学童过马路的交通安全员，因所举的标志牌形状像大棒棒糖而得名。

"对。猜得不错。伦敦西边，里士满那儿。"

"八年前，我靠着一笔奖金，在伦敦待过。"

电梯下降，穿过五楼。

"哪一类的奖金？"

"文学类的，我白天写小说，晚上写诗。"

"多有波西米亚风！留下了美好的回忆吗？"

电梯下降，穿过四楼。

"我对泰晤士河畔波西米亚风的记忆，"莱尼说，"是房东太太对煤气表做手脚；抱怨我的打字机太吵；几个月不见阳光；还有一次拔智齿，闹出了大问题。要是没有苏豪区，我就活不下去了。它是伦敦母亲眼睛里俏皮的闪光。"

"它还像从前一样俏皮地闪烁着。我住在那儿，利沃尼亚街。"

"那我羡慕你。某种程度上。"

电梯下降，穿过三楼。

埃尔夫回想起布鲁斯的朋友沃齐特。"我听说希腊很美。"

"它有很多东西，自相矛盾。它由极右的军政府统治，但在岛上，它生气勃勃，允许人们生活。"

"你是怎么到了那儿去的？"

"有一天，英国的冬季临近尾声，我去了查令十字路的银行。那个柜员肤色晒得很不错，我问他去了哪里。他给我讲了伊兹拉岛的情况，我心想，我要去。两个星期之后，比雷埃夫斯驶出的渡轮把我送到了码头。湛蓝的天空，湛蓝的大海，柏树，粉刷成白色的建筑。在咖啡馆，五十美分就能让你享用一顿晚餐，有烤鱼、冰镇松香味葡萄酒、橄榄和西红柿。没有汽车。电力断断续续。我租了一个住处，一个月十四美元。我现在有自己的住房了。"

"听起来就像天堂，"埃尔夫说，"方方面面。"

"天堂的缺点是，在那里很难谋生。"

电梯抵达一楼。埃尔夫打开了门。

"我和朋友在联合广场吃饭，"伦尼说，"要是你往那边走，可以坐我的出租车。"

"谢谢你，不用了，我要去——"埃尔夫指着吉诃德餐厅的门——"那边。"

"我很高兴我们共度了这场史诗般的旅程，神秘的陌生人。"

"埃尔夫·霍洛韦。"

莱尼赞赏地重复了一遍，像老派绅士一样举了举帽子，穿过了大厅——然后重新出现在埃尔夫的肘边。"埃尔夫，如果我越界了，请你原谅，不过有时候人会对另一个人有一股特别的感觉。我的朋友珍妮特稍后会在屋顶平台上举办一个小型聚会。完全是非正式的。只有几个不合群的伙伴。如果时间和精力允许的话，就顺道过来看看吧。或者特意过来一下。也欢迎你的同伴过来。"

"谢谢你，莱尼。我会考虑的。"

由铜管乐器演奏、充满矫饰的西班牙音乐，从吉诃德餐厅略微失真的扬声器中响起。歌声又让人想起了路易莎。一面巨大的镜子让房间的表面空间倍增。贾斯珀背对它坐着。侍者们端着食物托盘在棋盘格地面上滑行着。埃尔夫从托盘上，从其他食客的餐桌上看到的菜品都挺眼生。他们一行六人正在喝一种鸡尾酒——对埃尔夫来说也是新奇的——名叫"老式"鸡尾酒。"我不是去找麻烦，"马克斯·马尔霍兰正在说，"我是去找人才。我的逻辑是，如果有五十万孩子涌向芝加哥，参加为期一周的音乐和抗议活动，边上就会有一百个街头艺人，在这一百个人里，可能会有五个炙手可热。一个住在康莱德希尔顿酒店参加大会的朋友，把他的沙发让给我睡。我正期待着迎接一场旧金山式的'枪管里有花朵'事件。结果我大错特错。一朵花也看不到。去年就像十年之前。我们看到了马丁·路德·金遇刺身亡。整个夏天的骚乱。越南要完蛋了。在去芝加哥的筹备期间,雅痞们编故事,说要往供水里搀 LSD。这当然是扯淡,但媒体把这些狗屁吃了进去又拉了出来,人们就信了。"

"在这边,什么是雅痞?"格里夫问。

"青年国际党,"利凡说,"一个无政府主义者、理想主义者、反战者、毒品支持者团体的庇护组织。在精神上,它很有西海岸和快乐恶作剧者①的特色——对吧,马克斯?"

"对,但芝加哥在精神上更像理查德·戴利市长②,"马克斯说,"像克罗伊斯③一样富有,像尼禄一样腐败。在夏天的暴乱中,他发布了对纵火犯格杀勿论的政策。警察开了枪,杀了人。"马克斯言语中的轻浮消失了。"长话短说,雅痞的自由主义基础已经靠不住了。只有 MC5 乐队(MC5)和菲尔·奥克斯(Phil Ochs)来参加了林肯公园的音乐会。没有五十万人的海洋,只有几千人的池塘。其中六分之一是穿着花衬衫的联邦调查局人员。我寻找下一个鲍勃·迪伦的希望破灭了,只好回希尔顿酒店。在密歇根大道上,我越过了一场大型反战示威。天色暗了下来。在酒店附近,我看到电视台摄制组的灯光照在国民警卫队的方阵一侧,另一侧,是长发的孩子们挥舞着越共的旗帜。这可是在芝加哥!在两星期之后的此时此刻,再向你们描述,危险显而易见:一边是火柴,一边是煤油。当时,我只是想:嘿,我是酒店住客,不会有事的,我只要穿过警察,进去就好。"马克斯抿了一口他的老式鸡尾酒。"事情的发生就像水坝溃决一样。一阵嘶吼声

---

① 一九六〇年代美国的一场反文化运动,受垮掉派文学和迷幻药影响颇深,主张反抗主流社会价值,后随着一九六六年迷幻药被列为非法而难以为继。

② 理查德·J.戴利(1902—1976),美国政客,一九五七年起担任芝加哥市长,直至去世。

③ 克罗伊斯(?—前546),小亚细亚古国吕底亚的最后一任国王,以富有著称。

响起，突然间——城市战争爆发了。骚乱。砖头。尖叫。人潮汹涌。警察涌向后方，他们装备了警棍。如果挥舞得当，它们就会像敲碎硬糖一样敲碎骨头。它们确实挥舞得当。《论坛报》称之为'警察暴乱'，但大多数暴乱都要比芝加哥表现得更好。所有人都受到了公平对待。穿着西装的正派人、妇女、摄像师、儿童、星探。任何不穿制服的人。警察们照着脸、腹股沟、膝盖骨下手。他们开着装有囚笼的警车驶入人群之中。他们撕掉警号，这样他们就不会被人识别出来。有一个警察跟我对上了眼神。就好像他是掠夺者，而我是猎物。我不知道为什么他选中了我，但他径直向我走来。他的目标是砸碎我的头骨。我知道我应该跑。但那种感觉……就像你无法控制的梦境。我只是站在那里，心想，这就是我的死法，就在今天，此时此刻，脑浆流淌在密歇根大道上……"马克斯点上一支烟，凝视着他的手背。"一只靴子从我的膝盖后面救了我。我倒下了，脸贴在路上。有人倒在了我身上。一枚催泪瓦斯弹就在几寸开外弹了起来。是个红罐子，顶端有个钢制的喷嘴。我爬开了，穿过人们乱成一片的尖叫声、踩踏声、呐喊声。我发现一个孩子，电视台的摄制灯光照着他。鼻子破了，半边嘴唇被撕掉了，牙齿没了，血从眼睛应该在的位置流了出来。我到现在还能看到那个孩子的脸。就像一张冲印好的柯达照片。"马克斯在空中画了一个标签。"和平抗议者，一九六八年。"

"我还以为格罗夫纳广场那次很糟糕呢。"迪恩说。

"当时你能把他救出来吗？"埃尔夫问。

"我的脸被催泪瓦斯击中了。那滋味就像眼球在融化。我跟跄着离开了，所以……我不能，埃尔夫，让我始终感到羞愧的是，我对那孩子的遭遇一无所知。我摸到了酒店的后面，一名门房站在厨房门口。六英尺六英寸高，手拿一根擀面杖，穷凶——极——恶。我说：'让我进去。'他说：'一美元。'我说：'人们正在遭到屠杀。'他说：'两美元。'我付了钱。保全了性命。"

"这就是你们的自由市场。"格里夫说。

"我从没把美国和暴力联系起来。"埃尔夫说。

"暴力在我们历史的每一页上都有。"马克斯用硬面包片擦起他的西班牙冷汤。"无畏的定居者屠杀印第安人。有时候，我们会用毫无价值的协定欺骗他们，但更多的还是屠杀。奴隶制。为我免费工作，直到你死的那天，否则我现在就杀了你。内战。我们把暴力产业化。我们把暴力大规模地生产出来，比福特公司搞大规模生产要早得多，比佛兰德斯的战壕战早得多。在葛底斯堡！一天就死了五万人。三K党、私刑、边境、广岛、卡车司机。战争！我们需要战争，就像法国人需要奶酪一样。如果没有战争，我们就策划一场。朝鲜。越南。美国就像旅馆外面那个瘾君子，只不过海洛因并不是我们迷恋的毒品。不，先生。"

"所有的帝国都依赖于暴力，"贾斯珀说，"被殖民者抵抗抢劫和掠夺，所以殖民者不得不镇压土著。或者取代他们。或者杀死他们。苏联现在就在这样做。法国，在北非。荷兰人在东印度群岛，直到最近。日本人在上次战争中。第三帝国在整个欧洲。英国，在世界各地。不是只有美国这么干。"

这是贾斯珀在离开伦敦之后说的最多的话。

埃尔夫有些担心他。有些不对劲……

马克斯用亚麻餐巾擦了擦嘴。"在这片自由的土地上，你会遇到一些有史以来最有教养、最聪明、最有智慧的人。但暴力袭来的时候是残酷无情的，没有任何预警。仿佛从天而降，就是这么快。"马克斯模仿着枪声。"享受这片自由的土地。但要小心。"

迪恩和格里夫决定陪埃尔夫一道，参加莱尼的朋友举办的屋顶聚会。贾斯珀放弃了。乌托邦大道的首场演出就在明天晚上，之前要一整天接待媒体。等电梯的时候，一个留着胡子、披着天使袍、戴着天使翅膀的男人凑到格里夫身边:"如果我不问你,过后准会自责不已。你那对颧骨是从哪里弄来的?"

格里夫涨红了脸。"我的颧骨?"

"你的颧骨妙——极了。"

"呃……谢谢。它们是跟我身上别的部分一起长出来的。"

"亲爱的上帝在上。你的口音!真叫人欣赏。我是大天使加百列,你是?"

埃尔夫帮忙解围。"他的朋友叫他格里夫。"

"我会祈祷让我们成为朋友,格里夫。看,你的电梯来了。"

"跟我们一起走吗,加百列?"迪恩问,"格里夫很乐意在后面为你腾出空间。"

"我过会儿就从电梯井飞上去,谢谢你。"

进了电梯,迪恩按下代表顶楼的 R。贾斯珀按下 7。天使挥了挥指尖:"不要拘谨噢。"

电梯开始吱吱呀呀地上升。迪恩盯着鼓手的颧骨看。"妙——极了。"

"滚蛋。"格里夫和和气气地说。

埃尔夫问贾斯珀:"你还觉得不舒服吗?"

贾斯珀没有意识到,埃尔夫在跟他说话。

迪恩在贾斯珀面前打了个响指。

"什么?"

"埃尔夫刚才问,你有没有感觉好一点。"

贾斯珀皱起眉头。"我有我的疑虑。"

"疑虑?"埃尔夫问,"关于什么的?"

"关于接下来的事。"贾斯珀说。

迪恩失去了耐心。"别这么扫兴。我们正在玩转纽约。这是我们长久以来的梦想。"

贾斯珀按下 4。电梯停了下来。他走了出去，登上了楼梯。迪恩关上电梯门，又按了下 R。"在他那备受折磨的天才情绪发作时，他真是不可理喻。"

贾斯珀可没有"备受折磨的天才情绪"，埃尔夫心想。她决定在参加完聚会之后，去敲贾斯珀的门。

盆里的山茶花，花盆中的盆景，花瓶中的大波斯菊都很茂盛。蜡烛在罐子里闪烁着绿金色，在灯笼里闪烁着蓝金色。一座金字塔形状的阁楼和一个巨大的石板烟囱，将屋顶花园的两侧围拢，装有栏杆的墙壁让这个长方形变得更加完整。二三十人围坐在一起聊天，抽烟，喝酒。大麻烟卷的味道在空气中弥漫。一个姿态浮夸的吉他手正坐在长椅上出色地弹奏着，他的脚边有三个女人。妈妈会说他是个万人迷，埃尔夫心想。然后她想起了路易莎。这很痛苦。

"埃尔夫。"莱尼出现了，他手里拿着马提尼酒，"我很高兴你能过来，但我很惭愧，之前没有认出你。"

迪恩认出了他，脱口而出："莱昂纳德·科恩（Leonard Cohen）！"

歌手耸了耸肩。"我已经放弃假装别人了。"

迪恩扭头问埃尔夫："你怎么不提醒我们？"

"我……"埃尔夫脸红了，"莱尼，对不起，我感觉很糟糕。"她扭头对迪恩说："他看起来跟专辑上的照片不怎么像。"

"这也是我没有认出你的理由，"莱尼说，"格里夫、迪恩，我知道《天堂》。我在伊兹拉岛的朋友经常播放它。"

"我在俱乐部放了《苏珊娜》（Suzanne）那么多次，"埃尔夫说，"上帝啊，我肯定欠你的版权费……"

"你来一杯加冰的波本，再交出《蒙娜丽莎》的和弦，我就叫停我的律师。你认识我们的女主人詹尼斯吗？"

一个女人转过身来。她用一条粉色的长围巾扎着头发，穿着落难少女的长袍，戴的手镯和项链足以开一个摊位，她是美国最著名的歌手之一。

"我靠，詹尼斯·乔普林？"这一次是格里夫脱口而出。

"乌托邦大道！"她脸上带着一万伏特的微笑。

"你很了不起，詹尼斯，"格里夫说，"是真正的一流水准。"他转头问埃尔夫："所以你不知道这是她的派对？"

"我把莱尼的话给听错了，"埃尔夫解释说，"我把'詹尼斯'听成了'珍妮特'。"

詹尼斯·乔普林吸了口烟。"当莱尼告诉我，他遇到了一位伦敦来的埃尔夫，我心想，得了，能有多少个埃尔夫呢？于是我给斯坦利打了个电话，结果，真相大白了。"

埃尔夫眨了眨眼睛。詹尼斯·乔普林知道我的名字。"难道我们的飞机在纽芬兰岛附近坠毁了？这里是天堂吗？"

"詹尼斯的聚会比天堂有趣得多。"莱尼说。

"如果火能唱歌，"埃尔夫告诉詹尼斯，"它会唱得像你一样。"

詹尼斯叹了口气。"我可不能让这样的赞美，你知道的，得不到回应。"埃尔夫很喜欢她把"can't"说成"cay-ant"的口音。"我弄到了一张《生命的精华》。"詹尼斯把一串琥珀串珠绕在她的小手指上。"我简直不能自已（lost—my—shit）。"

埃尔夫看着迪恩，迪恩看着格里夫。"我们还在学习美语。'丢掉屎'（losing shit）是好事还是坏事？"

"很棒的事，"莱尼肯定地说，"我们也很欣赏《天堂之路》。它帮我和詹尼斯度过了去年冬天。"

埃尔夫拦截到了他看詹尼斯的目光。他们两人在一起了；或者一直在一起。她指着金字塔。"这是你的住处吗，詹尼斯？"

"就像是童话故事里的所在，不是吗？它不是切尔西最便宜的公寓，但要是你不稍稍享受一下，何必还要像我们这样努力工作呢？"

"这座金字塔有一份显赫的住客名单,"莱尼说,"阿瑟·米勒和玛丽莲·梦露租住过。让-保罗·萨特。莎拉·伯恩哈特①。独一无二的詹尼斯·乔普林……"

詹尼斯环顾四周。"贾斯珀呢?"她半开玩笑地说,"你们怎么念他的姓?"

"'祖特',"埃尔夫回答说,"他去睡觉了。他和飞行处不来,我们在猎豹四个晚上的演出又要从明天开始。"

"这里有些人想见见他。杰克逊,就是其中之一。"她朝那位头发光亮、手指纤细的万人迷扬了扬下巴。"进来尝尝我的桃子潘趣酒吧。我爸爸的配方。我相信……"她眯起眼睛看她的手表,"……现在是大麻时间。"

三个男人向埃尔夫示好。每一个都让她对路易莎的思念增加一分。詹尼斯·乔普林在金字塔的一个角落里找到她,把一杯不透明的鸡尾酒放在埃尔夫手里。"尝尝这个。残酷的真相。这就是它的名字。是我的鸡尾酒调酒师专门为我创造的。金酒和肉豆蔻,再加上一丁点的有害成分。"她们碰了碰她们的'残酷的真相',喝了起来。"神圣的上帝在上。"埃尔夫说。

"那是排在第二位的备选名字。"

"它简直能推动导弹。"

"但愿如此,英语专家女士。告诉我一件事。你有没有想出一个方法?"

"残酷的真相"麻醉了埃尔夫的食道。"一个方法?"

"怎么做好我们正在做的事,作为女人。"

距离这么近,埃尔夫看到詹尼斯眼白中裂纹般的血丝和她脸上的

---

① 萨拉·伯恩哈特(1844—1923),法国著名戏剧女演员。

疤痕。"我没有答案。这就是残酷的事实。"

"可不是吗？如果你是男人，那就简单了。只要唱你的歌，摇你尾巴上的羽毛就行。演出结束后，去酒吧里勾引小妞。但如果你就是小妞，还是歌手，你应该怎么做？我们是被人勾引的人。我们越是大明星，就越是如此。我们就好像……我们就好像……"

"王朝婚姻时代的公主。"

詹尼斯咬着下嘴唇，点点头。"我们的名气提高了在更衣室吹嘘的价值。男人可以从中获益。'哦，对，詹尼斯·乔普林？我知道詹尼斯。她在没铺好的床上给我吹了喇叭。'我对此很讨厌。但你是怎么与之斗争的？或者怎么改变它？熬过它？"

飞鸟乐队在高品质的高保真音响里唱着《并非生来就要追随》(Wasn't Born to Follow)。

"我还没达到你的水平，"埃尔夫说，"你有什么建议吗？"

"没有建议。只有一个恐惧和一个名字：比莉·哈乐黛。"

埃尔夫喝了第三口"残酷的真相"。"比莉·哈乐黛去世时，不是海洛因成瘾，肝功能恶化，在临终的病榻上被捕，银行账户里只有七美分吗？"

詹尼斯点上一支烟。"这就是我的恐惧。"

一轮美国的月亮被夹在两座摩天大楼中间，就像一枚落入缝隙的镍币。埃尔夫透过栏杆之间俯瞰着这座城市。就像大战前夕，站在城垛边缘一样。她的内心被"残酷的真相"弄得酥麻不已。她的四肢被詹尼斯的大麻弄得酥麻不已。她想象着路易莎像圣母玛利亚一样出现在詹尼斯的屋顶花园，又为这不可能发生而感到痛苦。埃尔夫想起，当初布鲁斯为了模特瓦妮莎甩掉她时，她感到悲伤。失去路易莎感觉更像是失去了身体的一部分。我做错了什么？一定是我的问题。一定是。

"那个,是不是就是——"迪恩用手指着——"著名的那个?"

埃尔夫不明白迪恩是什么意思。莱昂纳德·科恩回答说:"帝国大厦。地球上最高的建筑。"

"金刚猛拍飞机的地方?"迪恩问。

"他的工作时间被缩短了,"莱尼说,"时局艰难啊。"

更近更矮的大楼上,有几个窗口还亮着灯。每一处方形的灯光,埃尔夫心想,都是一个像我一样的生命。

"听到了吗?"迪恩用手作出顺风耳状,问道。

"我们要听什么?"埃尔夫问。

"纽约的配乐专辑。嘘……"

在聚会的聊天声和山姆·库克(Sam Cooke)唱的《失去与寻找》(Lost and Lookin')下面,是引擎、汽车、火车、电梯、汽笛、警笛、狗叫……所有一切组成的嗡嗡声。门、锁、排水管、厨房、盗窃、情侣。"听起来就像管弦乐队在调音,"埃尔夫说,"但其实它才是正戏部分。一场由杂音组成的交响乐。"

"她会说一些这样的话,"迪恩说到,"哪怕她不在酒桌边的时候也是一样。"

"埃尔夫是天生的诗人。"他在月光下,把那双"我能看到你的灵魂"的棕色眼睛转向她。

"你是天生的调情者,先生。"埃尔夫心想,然后意识到,她刚才把这想法大声说了出来,都怪詹尼斯的大麻。哈哈。

"我已经把我的辩护词改成'认罪'了。"莱尼作了让步。

埃尔夫想象着,莱尼向迪恩问起她的男朋友,迪恩讲给他听,然后迪恩向莱尼问起詹尼斯,莱尼讲给他听。女人会在两性战争中分享情报:男人肯定也是一样。她比以往任何时候更想念路易莎。路易莎是她远离这一切的避难所。曾是。是。曾是。是。

"你为什么还要离开纽约呢?"迪恩眺望着这座他们梦想中的城

市，问莱尼，"既然你已经在这里定居了。"

"我不是那种安稳度日的人。我来这里是为了写出那部——或者只是一部——伟大的美国小说。陈词滥调会让我畏缩。我喜欢把自己想象成小水池里的大鱼，但我根本就不是鱼。我很容易分心他顾。格林尼治村。垮掉派读书会。民谣演出季。我长时间散步，摆出一副闲人的姿态，但这种事只有法国人才能做得来。我会望着伊斯特河上船来船往。有一次，我搭乘电梯去了那上面。"莱昂纳德朝帝国大厦扬了扬下巴。"我俯瞰着曼哈顿，被一股荒谬的欲望攫住了：夺取它。拥有它。我们写歌，为的是代替占有吗？"

"我写歌是为了找到我想表达的东西。"埃尔夫说。

"我写歌是只是因为我喜欢。"迪恩说。

"也许你是这里最纯粹的艺术家。"莱尼说。

一个吸过大麻的喊话声从金字塔上传了过来。"嘿，莱尼！我们需要你来评判一下。"

伦尼喊话回应："关于什么？"

"忧郁症和抑郁症之间的区别。"

莱昂纳德·科恩看上去很抱歉："职责所在……"

"只要你有意，他就乐意。"迪恩告诉埃尔夫。

"你听起来像个拉皮条的。或者传话的。"

"只是担心我的队友感到失落。"

这算是一片好心吗？我弄不清。"詹尼斯告诉我，他在希腊算是有一个妻子和继子。就算我挑剔好了，但我不会选他。"

迪恩把大麻烟卷递给她。"九个月不行动……我会精神错乱的。"

"行动"？说得就像军事演习。埃尔夫吸了一口，把烟吐出来，告诫自己，一旦她把路易莎的任何事说出口就收不回来了。山姆·库克已经唱到了《糟糕的旧世界》（Mean Old World）。"男人啊，"埃尔夫说,"需要上床。对女人来说,就不是那么'必须'了,更多的还是'也许会不错'或者'或许可以'。我们赢不了。如果我们不玩这个游戏,我们就是冷冰冰的,或者我们得不到男人。如果我们玩这个游戏太多,我们就成了荡妇、村里的自行车、烂货。更不用说,意外怀孕的乐子就坐在房间的角落里,眼看着你发生关系。"埃尔夫把大麻烟卷递给他。"这些都不是你的错。但你应该知道:父权制并不合理。"

"你是个教育家。"迪恩把熄灭的大麻烟卷弹进虚空。"我不幸做了父亲,让我对随意勾搭有了新的认识。"

看来他想谈谈。"你作出了什么决定吗?"

"测试结果会等我们飞回去时揭晓,但它并不是直接的是或否。假如我不是孩子的父亲,那么会有百分之十的几率,血型会说我是。"

"这样很难下定论。"

迪恩沉默片刻。"我想我们得等到孩子长大一些,相貌显露出家庭特征的时候才行。但在那之前,我是否要向'克拉多克小姐'付钱呢?这是个问题。假如我并不是孩子的父亲,而我又付了钱,我就成了该死的傻瓜。但如果我是,而我又分文未付,我和胡斯·德佐特又有什么分别呢?"

呼喊声从十三层楼下方的街道传了上来。

"如果我有三个愿望,"埃尔夫说,"我会分给你一个。"

"当利凡第一次打电话告诉我这个消息时,我情愿做任何事,希望它能消失。任何事。可是现在,即使这孩子不是我的,也是别人的。你不能希望生命消失。不是吗?"

埃尔夫想到了马克和马克的小棺材。

"噢,见鬼,对不起,埃尔夫。是我口无遮拦。我他妈就是个白痴。"

埃尔夫捏了捏迪恩的手。"不。生命是宝贵的。我们始终都会忘记这一点。我们不应该直到葬礼时才想起来。"

迪恩从他的啤酒瓶上剥下标签。"是啊。"

"我爱你们大家,"詹尼斯·乔普林站在花园里的一个基座上,"但我明天有一场演出,所以我请杰克逊演奏一曲,欢送大家回家,他让我来唱歌。"

杰克逊的琴声吸引了他们,然后他弹出同样的连续下行音阶,用一个大七和弦结束。微风吹拂着他的头发。埃尔夫听出了《切尔西女孩》(Chelsea Girl)专辑中《这些日子》(These Days)的开头,但在妮可用冰冷的北欧式节制演唱的地方,詹尼斯把这首歌烧得滚烫,一个乐句一个乐句地改变着歌里的色彩。这是一个花招,埃尔夫心想,为了保持你的注意力,她确实很擅长这个。杰克逊在最后一段前面即兴演奏了一个桥段,迪恩在埃尔夫耳边小声说:"这个帅哥弹得不错,人也长得好看。"

埃尔夫轻声回应:"担心你遇到了对手?"

詹尼斯用清唱的方式唱出最后四句。杰克逊用吉他模仿铃铛的声音,敲了十下:

请别让我直面我的失败
我还没有忘掉它们。

纽约的这个屋顶上,有二十多人在鼓掌。詹尼斯行了一个摇摆不定的屈膝礼。杰克逊鞠躬。有人说:"再来一首,詹尼斯?"她发出野马腾跃般的笑声——"免费的吗?给我离开这里!说不定莱尼的袖子里还有货。"

加拿大人听劝地来到前面,微笑着接过杰克逊的吉普森吉他。"朋友们。如果你们坚持的话,这是我最早在阳光营学会的一首歌,那还是十五岁的时候。我在那里获得了我标志性的阳光性格,其他的都是音乐史。"他靠耳朵给吉他调了调音。"是两名法国的流亡斗士在伦敦写的,它叫作《游击队员》（The Partisan）。一,二,三,四……"

莱尼的吉他技巧与杰克逊的相比只是最基本的,他的声音既有鼻音又有些沙哑,但这首歌让埃尔夫起了一身鸡皮疙瘩。它的叙述者是一名士兵,无法遵照命令的要求,在敌人涌入边境时投降。相反,他握着枪,消失在边境上,活到了自由到来的那一天。歌词是电报式的,但又很生动,就像指挥听众的想象力上演一出短剧的种种指令——今早我们有三个人,今晚只剩我一个人了……没有文字游戏。没有花招。这首歌几乎没有押韵。埃尔夫想起《证明它》用力那么猛,试图给人留下深刻印象,不由为此感到尴尬。《游击队员》轻而易举就做到了。伦纳德用法语唱了三段,然后这首歌以英语结束,结尾是某种墓地里的复活。埃尔夫被吸引了,也被感动了。先前在大堂里的那个大胡子天使,埃尔夫没有注意到他是什么时候来的,他在她耳边喃喃自语:"这首歌就像降灵仪式。"热烈的掌声响起。有人喊道:"来自'金曲制造厂'莱尼·科恩的必定成功之作!"加拿大人笑了笑,用嘘声制止了掌声。"我希望提名一位新朋友来唱最后一首歌,但她今天才飞过来,所以她一定不要觉得有压力。那么,埃尔夫·霍洛韦小姐愿意让我们大饱耳福,领略她的音乐魅力吗?"

每个人都看着她。迪恩看起来满怀希望。

接受比拒绝更容易。"那么好吧,但是——"欢呼声盖过了埃尔夫的免责声明,她坐到酒吧的凳子上,莱尼把杰克逊的吉他递给她。"如果演砸了,就怪詹尼斯的大麻。嗯……"唱什么呢?"我来试试我在飞机上写的东西吧。"那时我希望路会在入境处等我。她从手提包里掏出她的记事本,用一个放蜡烛的罐子压住页角。"它沿用了一首古老的英国民歌《魔鬼和猪倌》的曲调。谁借我一个拨片?"杰克逊把他的递给她。"谢谢。"她把心神投入进去。

  那遥远的距离如同冰冷的目光
  与夏天的笑声那样——
  就像"很久很久从前"与
  "从此过上了幸福生活"那样——

  就像残酷的事实
  与华丽的散文那样,
  就像死亡与出生那样
  除非生命是一个圆——

  就像冥王星与遥远的太阳那样——
  你离我就是这样遥远啊。
  就像在哲学上,
  "现在"离"永不"那么远——

  埃尔夫弹奏和哼唱了一个桥段,但没有尝试独奏——杰克逊的技艺在她听来太新鲜了,而且她自从加入乌托邦大道以来,还没有用吉他写过歌。"在这里插入一段贾斯珀·德佐特的独奏,"她对屋顶花园说,"用西班牙吉他,弹点欢腾的曲调……也许可以在这里,加入迪恩的口琴——"埃尔夫用轻轻的嚎叫唱出这段独奏可能的走向——"就像一个思乡的狼人……"她瞥了迪恩一眼,后者朝她点点头,没问题。第二段……

  然而,爱会使距离崩溃——
  爱,还有好奇。

爱就像望远镜——
爱是纯粹的速度。

爱无视爱的规则——
那些印在心上的规则。
也许那些规则曾有理由。
也许那些理由不算聪明。

爱来来去去,如同野猫——
不受人的誓言约束。
那么,我谦卑地请求爱——
现在就来。

埃尔夫又弹了没有歌声的一段,将旋律倒转过来,在一个偶然发现的和弦上结束。她不知道这个和弦的名字——是个古怪的F——在空中留下了一个悬而未决的问题。人们鼓起掌来。这样能行得通。她看着这些刚刚熟络的朋友,这些陌生人,看着詹尼斯和莱尼,看着格里夫——他喝醉了——看着迪恩,他把一只手放在心上说,我喜欢,看着路易莎·雷,她那鹰隼般的眼睛和恍惚的笑容。不不不——这太出格了,太像剧本的编排了。埃尔夫这时还没有笑;她笑不出来。她满心惊讶。这太老套了。我刚唱了召唤你的歌,你就出现了,这怎么行呢。然后埃尔夫又想,这就是纽约——月亮是圆的——我有什么好惊讶的呢?

"他们告诉我,要是我不离开这个城市,他们就宰了我,"路易莎说,"我的编辑被他的纽约警察朋友警告说,这次的威胁是真的。"

"我亲爱的上帝,路。"埃尔夫想紧紧地拥抱她,如果路易莎是男朋友，那她就可以这样做，但詹尼斯·乔普林的屋顶太公共了。

"警察们告诉《小望远镜》的工作人员，如果有人想知道我的下落，就挂断电话。所以他们才对你不理不睬。我只是很抱歉我的便条没能送到你那里。我以为它能送到。"

"别管它了。你真可怜。听起来……很凶险。"

"写黑帮收取保护费的报道不可能受人欢迎。我们只是没想到，它会这么快就会引爆。"

"你去哪儿了？"埃尔夫问，"你父母那儿？"

"我不想冒这个险。爸爸在越南，妈妈一个人住。一个朋友在纽约州北部，雷德胡克附近的大山里，有一栋木屋。"

"你能确定你现在已经脱离危险了？"迪恩问。

"我很幸运。黑手党的内斗达到了顶点。昨天有六个人在新泽西中枪身亡。其中两个就是……威胁我和《小望远镜》的先生。我的编辑的警探朋友推测，我们应该已经脱离险境了。我又可以活下去，写报道了。"

"简直是一部见鬼的黑帮电影。"格里夫说。

"不那么有趣，更肮脏，要真实得多。"

在939号房间的小厨房里，埃尔夫给刚洗完澡的路易莎做热巧克力。"我脑子里一直在回放过去一个半星期里的事情，"埃尔夫说，"当我在说'我好可怜'的时候，你离子弹就这么远。"

"你不知道嘛。"路易莎用毛巾裹住头发，"我不知道你不知道。我又没法告诉你。我们已经熬过来了。"

"让你坚持写餐厅评论，可以吗？"

"让你写昙花一现的流行歌曲，可以吗？"

"答应我：不要对危险麻木迟钝，最后变得无动于衷。"

"我爸爸警告过我，要对这种危险多加小心。"路易莎吻了她。

"我保证。"她们走上阳台,坐在躺椅上,喝着热巧克力,像两个度假的老人。路易莎给她们俩各点了一支骆驼。她们看着彼此,同时吸了一口,让烟头同步发出亮光——然后笑了起来。

"猜猜我现在在做什么。"埃尔夫说。

"你现在在做什么?"路易莎问。

"我在给之前的自己发一份心灵电报。在'表兄弟'的那天晚上,利凡和男孩们请我去试演。在那份心灵电报里,我告诉自己:'**答应下来**'。"

"还有呢?"

"还有这个:因为如果你答应了,那么在接下来的二十个月里,你会录制两张唱片;登上《流行之巅》;参加几十场演出;赚到一些钱;你的爱情生活有一些起伏;你会去纽约;被莱昂纳德·科恩调戏;与詹尼斯·乔普林这位音乐姐妹说说心里话;但最棒的是,你会遇到一个聪明、风趣、勇敢、善良、未来获得普利策奖——"她用嘘声压制了路易莎的反对意见——"并且非常性感、有墨西哥和爱尔兰血统的美国女人——对,是一个女人。你会和这个女人疯狂、激情做爱。"

"天哪,你听起来真像英国人。"

"嘘——'你会在切尔西旅馆疯狂、激情做爱,喝热巧克力,你不会问自己"我现在是同性恋吗?"或者"我是双性恋吗?"或者"我以前被压抑吗?"或者"我现在被压抑吗?"或者诸如此类的任何问题。不。你会感到真实和正确……你会对自己感觉有多妙无话可说。所以为了你自己好……**答应下来**。'我的心灵电报到此结束。**停**。发送。"

"我喜欢你的电报,"路易莎说,"不过它已经变成了一封信,不是吗?"

埃尔夫点点头,抽着烟,喝着她的热巧克力,握着她爱人的手。在九层楼下方,一辆黄色出租车在切尔西旅馆旁的西二十三大街游荡,寻找着乘客……

我应该说是谁打来的电话?

贾斯珀十八岁了。奎鲁丁正在失去效力。咚咚正在复苏,侵蚀着他的心灵。他的抵抗也许能持续几周。但不会持续几个月。在海因茨·福尔马焦登船赴美三天后的早晨,贾斯珀决定,迅速解脱总比慢慢沦为精神废墟要好。贾斯珀穿上衣服,洗脸,刷牙,下楼吃早餐。那个来自代尔夫特的拍卖师用连珠炮般的喃喃低语讲述了他做的梦。早餐后,贾斯珀像往常一样去了药房。他的药盒标签上的墨迹"J.德佐特"正在褪色。贾斯珀服下了他的两片淡蓝色的奎鲁丁。加拉瓦齐医生去参加研讨会了。

在他的宿舍里,贾斯珀往他的吉他盒里放了一张字条:"留给福尔马焦,如果他想要的话。"他穿上大衣,从碗柜顶上取下落满灰尘的帆布包,走到大门前,申请上午外出。值班的初级精神病医师对这名腼腆的广场恐惧症患者的请求感到惊讶。贾斯珀跟他说了一个可信的谎言,说他朋友福尔马焦给他带来了好的影响。值班医生问,他需不需要有人陪同。"我想自己征服我的心魔,"贾斯珀说,"我不会走远。"精神病医生满意地填好通行证,在他的记录本上记下时间,向看门人示意,这名年轻的病人可以离开了……

在莱克斯多普的墙外,贾斯珀发现一切既有所变化,也一如从前。清晨寂静无声。天空仿佛蒙着面纱。树林里有秋天的气息。枯叶在流动的风中飘舞。松树飒飒作响。乌鸦们酝酿着阴谋。一张张面孔从树干上浮现。贾斯珀没有跟它们对视。小路曲折向上延伸。树林逐渐变得稀稀拉拉。沙丘高低起伏。海浪拍打着海岸，就在不远处。青草遭到鞭挞。海鸥鸣叫着。大海看起来脏兮兮的。一块牌子警告有意游泳的人：**暗流危险。禁止游泳**①。涨潮了。海浪把卵石冲上沙滩；回头浪又把它们倒卷回去。席凡宁根在南面远处发出喧嚣。卡特韦克在北面五英里处。深浅不一的泥灰、沙灰、浅灰色。泥泞的堤坝斜着没入汹涌的海水。贾斯珀往背包里装满大块卵石。这样不会像用刀那样凌乱不堪，他告诉自己，比吞服药片更可靠，也不像用绳子那么骇人，不会给目击者带来惊吓，留下伤痕。贾斯珀背上背包，感觉就像他自己一样沉。贾斯珀最后一次重温那些步骤：走到海里；继续走；当水淹到下巴时，向前扑倒，重物会把你压在底下。大张开嘴。这样奎鲁丁就能永远奏效。米莉·华莱士就葬身大海。唯一的大海。永不止息的大海。最后的大海。

贾斯珀问："你还确定吗？"

贾斯珀回答："人总会离开。"

贾斯珀大步走进海里。海水灌满了他的鞋子。

它裹住了他的膝盖，他的大腿，他的腰部……

别，一个声音说。所有的杂音都停止了。没有了大海，没有了风，没有了海鸥。这种结果是你无法挽回的。一个带有外国口音的声音，在贾斯珀的脑子里说着荷兰语，就像通过耳机听到的一样。从水里出来，那个声音说。它不是咚咚。

海水在贾斯珀身边旋绕着。"你是谁？"

---

① 原文为荷兰语。

先从水里出来。

贾斯珀采用了福尔马焦的策略，分离出已知的事实。第一：这个声音使用直接的语言交流。第二：它不想让贾斯珀死。第三……

第三，它说，拜托你从水里出来好吗？

贾斯珀蹚着水回到岸边，坐在一根浮木上。

把包里的石头倒出来，那个声音说。

贾斯珀照办了。"那你是什么人？"

片刻的犹豫。我不知道。

"这怎么可能？"

这我也不知道。

"那……你知道什么？"

关于我自己吗？

"关于你自己。"

我是一个没有自己身体的思想。我用这种形式存在了五十年。我有可能来自蒙古。我通过触摸在人类宿主之间转移。当福尔马焦跟你握手时，我转移到了你的身上。我的荷兰语很糟糕，正如你听到的，所以……声音切换到英语。正如我所说的，我知道的不多。

"既然你不知道你是谁，那你是什么？"

"灵魂""幽灵""祖先""守护天使""非实体""无形"。我没有约定俗成的名称。

"你为什么在我的头脑里？"

我从福尔马焦的记忆里发现了你，希望咚咚能为我自己的出身提供一些线索。我一直在物色人选。

"所以你现在在这里只是巧合？"

如果你相信巧合的话，是的。

一只搁浅的水母在暗淡的清晨发出微光。"所以你用最后一天的时间，不请自来地翻阅我的记忆？"

你在读一本书之前,会征求它的同意吗?

"我会询问书的主人。"

从"再见了,残酷的世界"变成"我的隐私呢?",只用了两分钟。

一艘拖网渔船滑入一英里外的一片银色波光之中。

贾斯珀问:"该怎么称呼你?"

如果我凭空杜撰一个名字,我担心会让我弄清自己真实身份的希望落空。蒙古语感觉像是我的母语,所以就叫我蒙古人吧。

远处的海鸥就像近处的沙蚤一样小,在拖网渔船后面盘旋着。

"你找到你要找的线索了吗?"

没有。咚咚是另一个无形,但我们没有什么共同点。他想让你死。我不知道为什么。

"你们交流过吗?"

当然没有。把他从奎鲁丁的恍惚中唤醒,是不明智的。如果——不知从哪儿来的一条巨大黑狗冲过沙丘的边缘,贾斯珀从木头上掉了下来。那只狗一下下地吠叫着——却没有声音,就像默片。贾斯珀感到自己的嘴唇、舌头和声带活动起来,说出:"Zail! Zail!"狗的尾巴耷拉下来,它伏低身子,歪着脑袋。贾斯珀用手背扇了扇空气,狗溜走了。

贾斯珀的心怦怦直跳。"你可以控制你的宿主?"

如果我别无选择的话。

"你很擅长对付狗。"

我让它走开。用的是蒙古语。

"为什么荷兰狗能听懂蒙古语?"

不要低估狗。

在大理石纹的海面上,一英里开外的地方,一艘游艇下潜又扬起。

"既然你能掌控我的身体——就像刚才对付狗时那样——为什么你

不逼我从海里出来？或者在我走进去之前，就阻止我？"

我希望你能自己阻止自己。

贾斯珀躺在沙砾上。"我只是……厌倦了。"

如果你刚才不听我的话，我会把你捞上来。我不急于弄清，如果我的宿主死掉，我会怎么样。不过，我很高兴能有这场谈话。我是一个孤独的灵魂。

"孤独？你可以跟很多宿主交谈。"

那很危险。大多数宿主会把我错当成精神错乱。

"我猜，我是被附身了。或者已经疯了。"

你没疯，贾斯珀，但你是一个长期寄宿者的宿主，他不希望你好起来。咚咚已经给你造成了伤害。我们可以边走边说吗？让你出来的那个年轻精神病医生会很担心，你也需要干衣服……

随后的几个小时里，贾斯珀的这位无形的告解神父帮他分析了他的处境，而这是"知道"咚咚是某种精神病的加拉瓦齐医生所无法做到的。第一：咚咚肯定不能在宿主之间转移，否则他在伊里的时候，就会离开贾斯珀。第二：咚咚的目标似乎是要让贾斯珀死掉。第三：咚咚的操控能力肯定比蒙古人弱，否则他就会在阿纳姆号汽船从哈里奇出海之后，把贾斯珀从船上丢出去。第四：奎鲁丁正在阻塞贾斯珀的甲状腺，侵蚀他脊柱内的颈部神经。"所以就算咚咚没有弄死我，"贾斯珀说，"奎鲁丁也会。"

蒙古人犹豫了一下。如果你留在这条路上，是的。

"还有什么路可走？"

我可以，姑且这么说吧，动手术。

"你能把咚咚切除掉？"

不，他结合得太紧密了。但如果我麻痹掉你的大脑中围绕着咚咚的神经突触，他就会被有效地圈禁起来。你就再也不需要奎鲁丁了。

这并不是根治的办法。一旦你停止服药，咚咚就会醒来，发觉他被圈禁，他就会开始培育新的神经突触。但这会用掉他好几年的时间。几年之后，或许会有更安全的药物，或者更强大的盟友。在此期间，你可以到外面的世界去。好好生活一下，就像我的好多美国宿主会说的那样。

贾斯珀从他的口袋里摸到一粒骰子。红色的塑料方块上有着白色的小点。他对它没有记忆。"会有什么风险？"

我要引发局部中风。这并不是毫无危险的事。但比起脊柱遭到侵蚀，或者甲状腺坏死，或者一位充满敌意的心灵访客，或者投海自尽，风险还是可控的。

荷兰的雨拍打着贾斯珀黑黢黢的窗户。"你什么时候可以做这个手术？"

贾斯珀被天花板上动荡不安的阳光唤醒。

你感觉如何？一个蒙古人的灵魂问。

"就好像有个橡子或者子弹大小的物体嵌在我的大脑里。它不疼。但它就在那儿。就像一个良性肿瘤。"

外面是良性的，里面是恶性的。那就是我在你的客人四周切开的麻痹屏障。如果你愿意，也可以说是他的牢笼。

"所以我从今天起，就可以停止服用奎鲁丁了……？"

正是这样。咚咚已经无法接近你。

"要说服加拉瓦齐医生相信我已经痊愈，可不是件容易事。"

我不同意。你的康复是他在医学上取得的胜利。早餐之后跟他握握手。我会传送过去，种下一两个想法。他是个好人。

"为什么不向他宣布你的身份，就像你对我做的那样？"

我不想让他对精神医学丧失信心。这个世界有太多的神秘主义者，太少的科学家。

"我应该跟他说什么?"

蒙古人想了想。除了自杀未遂,别的都可以说,就说我在你散步时找过你。

"要是我这样做,他准会觉得我疯了。"

但现在的你显然更健康,更快乐。我预测,加拉瓦齐医生会用精神医学术语来解释你的康复和"蒙古人"。谁知道呢?说不定会有好结果……

切尔西旅馆 777 号房间,门上响起了咚—咚。贾斯珀醒了过来。安眠药只给他挖了一个浅浅的坟墓。咚—咚。也许是埃尔夫、格里夫或迪恩。贾斯珀对此表示怀疑。咚—咚。贾斯珀起身,走到门口,通过窥视孔向外看去。

没人。

他回来了。这次是正式的。我的好转期结束了。

咚—咚。贾斯珀打开门。黄色的走廊朝着两个方向延伸,褐色的房门夹杂其间。

没人。

贾斯珀关上门,挂上链子,然后——

咚—咚。贾斯珀感觉到了他。就像猎物察觉到了捕食者。他去洗手间又服了一片奎鲁丁。还剩十二片。只够六天的量。我必须弄到更多,而且要快。

咚—咚。从他们在"圆形机车库"为《生命的精华》举办派对时起,贾斯珀就听到附近响起过这些隐约的敲门声。

咚—咚。在飞机上,敲门声既响亮而又清晰。贾斯珀对飞行的恐惧莫名变得越发强烈……

咚—咚。贾斯珀的手表显示着中午 12∶19。他在六个小时之前,刚服用了两片奎鲁丁,当时飞机还在纽约上空盘旋。在莱克斯多普的时候，药效维持十二小时是很容易的。

咚—咚。贾斯珀把两片淡蓝色的药片倒在手掌上，用半杯纽约的水冲服下去。一张张的《纽约时报》贴在大镜子上。**"法航 1611 航班在尼斯附近海域坠毁，造成 95 人丧生"。** 贾斯珀刷牙的同时，奎鲁丁渗透进了他的大脑。三四分钟之后，他把牙刷放进玻璃杯里，然后——

响起一下缓慢、嘲弄的咚……咚。

如果药物再也不起作用，会怎么样？

贾斯珀用力敲响 912 号房间的门，直到利凡睡意蒙眬的脸出现在保险门链上。

"我必须往荷兰打电话。"贾斯珀说。

"什么？"利凡眨巴着眼。

"我必须往荷兰打电话。"

"那边还是早上六点。"

"我需要跟我的医生通话。"

"纽约也有医生。待会儿我去问马克斯，在——"

"你还想不想让我明天演出了？"

这话奏效了。利凡打开门，示意他进屋。他的睡衣是浅黄色的。贾斯珀递给他的经理一张纸片，上面有加拉瓦齐医生的号码。利凡打给接线总机，念出那个号码，确认要打过去，他说："是的，我知道这要花钱，"然后把听筒递给贾斯珀，"拜托，说快一点。我们还没把体育场填满呢。"

"我需要私人空间。"贾斯珀说。

利凡的表情变得愈发难以辨认。他在睡衣外面套了件长袍，离开了房间。

贾斯珀听到，听筒里传来荷兰的电话铃声。

咚咚在铃—铃的铃声之外咚—咚地敲击着……

医生接起电话。"真他妈早，不管你是谁。"

贾斯珀用荷兰语说："加拉瓦齐医生，我需要你的帮助。"

片刻的沉默。"早上好，贾斯珀。你在哪儿？"

"在纽约的切尔西旅馆，利凡的房间里。"

"据爱默生说，纽约是一只被人吸干汁水的橘子。"

贾斯珀琢磨了一下这句话。"咚咚回来了。真的，真的回来了。不止是在回归的路上了。"

沉默良久。"有什么症状？"

"敲击声，大量的敲击声。目前还不是一刻不停地敲，但我能感觉到他。在得意地笑。就像猫在玩弄一只鸟。奎鲁丁的药效正在消退。两片药能维持六七个小时。我们着陆时，我又吃了一片，但咚咚又开始敲了。"

咚—咚。

"贾斯珀？你还在吗？"

"他又敲了。就在刚才。这次没有蒙古人救我了。如果奎鲁丁不再有效，那我就毫不设防了。"

"那我们需要另找一种管用的药物。"

"如果我让医生'给我开一种药，遏制我头脑中的这些噪音'，然后他把我关进装了软垫的牢房，该怎么办？这里是美国。美国是全世界最善于将人拘禁关押的带头人。"

一阵沉默。"情绪激动无济于事。"

"那什么有用，加拉瓦齐医生？"

"现在，睡觉。你有安眠药吗？"

"我吃了一片，但咚咚把我吵醒了。"

"吃两片。我会联系我的同事宇良·马里纳斯医生。就是你来拜访时我跟你提过的那个人。他在哥伦比亚大学，所以他应该离那儿不远……你说的是切尔西旅馆吧？"

"对。它很有名。"

"我会请他过去看望你。尽快。"

贾斯珀听到咚—咚，咚—咚，咚—咚……像是讽刺的掌声。"谢谢。"他挂断电话，离开利凡的房间。他的经理试图拦住他的去路。"出什么事了？"

贾斯珀伴着咚，咚，咚这一嘲弄性的死亡进行曲，回到了777房间。他吞下两片苯二氮䓬类药物，关上灯，陷入化学的灵薄狱，在那里……

一只蝉的幼虫，圆鼓鼓的，目不视物，正在吸食树根的汁液。它钻出土壤，进入喧闹的森林。靠着小步的累积，这只幼虫爬上一棵生长在巨大雪松阴影下的小树。幼虫悬挂在一根树枝下面，直到从半透明的外壳里，孵化出一只乌黑闪亮的蝉。这只昆虫展开它那黏黏的翅膀，在阳光下晒干。然后……它上升，上升，上升，从纵横交错、光影斑驳的空中飞过；飞过一座孕妇们清扫走道的寺院屋顶；飞过泽兰那些陡峭的屋顶；飞过切特温德马厩大院；飞过布鲁克林大桥，然后下降，下降，穿过777号房间框格窗的缝隙，贾斯珀躺在屋子里不省人事。他的眉心打开一个黑色的孔。蝉落在贾斯珀的额头上，收拢翅膀，钻进了那个孔里。

咚—咚。贾斯珀醒了过来。咚咚也醒着，他也存在着。他本人也许就坐在角落里的椅子上。也许他的确在那儿。贾斯珀的手表显示着早上7：12。他去洗手间，服了三片奎鲁丁。只剩九片了。

加拉瓦齐医生总是告诉贾斯珀，跟咚咚说话会滋长和强化他的精神疾病，并敦促他不要这样做。贾斯珀认定，这一禁令如今已经毫无意义。回到卧室，他画了一个福尔马焦式的字母表格。"你知道这个怎么用。你愿意跟我说话吗？"

七层楼下方，早上的交通噪音在骚动着。

没有敲击声，但有个声音说：如果我有意，德佐特，我会说的。

贾斯珀喘着粗气。这个声音跟蒙古人的声音一样清晰。

我能听到你的话，咚咚说，我能听到你的想法。

贾斯珀的头脑在转动。"你就是咚咚吗？"

我就是你用那个名字称呼的那个人。

在贾斯珀的内耳听来，这个声音听起来高贵，冷酷而坚决。"我应该用别的名字称呼你吗？"

你会在意一只狗用什么名字称呼你吗？

贾斯珀发现，在这个比喻中，他是狗，咚咚才是主人。他瞥了一眼手表：7：14。奎鲁丁没有任何效果。"你为什么要毁灭我？"

这副躯体是我的。现在到了你离开的时候了。

"这副躯体？这个头脑？它们是我的。它们是我。"

我认领的时间比你更早。

"什么认领？我不明白。"

片刻的沉默。那只蝉的梦。

又是比喻？"那只蝉就是我？就是你？你要对我做什么？直说吧。"

"那就直说了"：我国的习俗允许，哪怕是最低级的小偷，也会有几个小时的时间让他的灵魂作好准备，迎接死亡。你的宽限期从现在开始，到今晚结束。

"我不想死。"

那无关紧要，你今晚就得死。

"没有别的办法吗？"

没有。

贾斯珀盯着他的手看。手表在滴答走动。

这就是你的命运，德佐特。没有剑、子弹、驱魔人、药物、陌生人或者计谋可以改变它。接受它吧。

535

"如果我先自杀呢?"

那我就移居到另一个人身上。这座城市并不缺少合适的肉身。不过,如果你想让自己留下一些东西存活下去,就交出这副身体,让它处于良好的工作状态。

咚咚隐退了……

从贾斯珀的阳台往下七层楼的地方,车流渐渐沸腾起来。空气凉爽,有种金属的质感。秋天到了。城市隆隆作响,远处和近处都是一样。晨曦从朝东的高大窗户反射过来。贾斯珀逐一列举他的选择。其一:跳出栏杆。不把我的身体交给咚咚。贾斯珀等待着插手干预。什么干预也没有。既然这是我的最后一天,干吗现在就结束它呢? 其二:表现如常,就好像咚咚并未宣布死刑判决,跟埃尔夫、迪恩和格里夫一起度过这一天,接受各个媒体的采访,回答我们对美国第一印象如何,还有埃尔夫这样一介女流为什么会在乌托邦大道的问题。

其三。下楼吃早餐,告诉利凡和乐队成员,他脑子里有一个恶魔,咚咚,晚些时候会要他的命。其四。照着咚咚说的做。为死亡作好准备。这要怎么做呢?贾斯珀拿不准,但他发现自己在刷牙,穿上演出服,把钱包放入口袋,穿上鞋子,走下有回音的楼梯间,穿过大堂出去,来到第二十三大街,走过并不光彩照人的公寓楼、维修店、汽修厂、一个公共汽车站、停车场和仓库,穿着油污工作服的人在那里打量着他,就好像他是个闯入者,在那边没有正经营生可做。老鼠们在一个翻倒的垃圾桶撒出的垃圾里觅食。贾斯珀从高架桥下面走过,桥上的公路满是愤怒的汽车。桥的另一侧是一片荒地。他望着哈德逊河从身边流过,流向它永恒的终点。我就要离开这个世界了。不是在五十年之后。就在今晚。不论咚咚对他的未来有何安排,贾斯珀都很怀疑,这些安排是否把乌托邦大道也考虑在内。乌托邦大道。这么说来,这支乐队也只剩几个小时可以存续了,除非埃尔夫和迪恩在没有他的情况下，继续往下发展。我已经是半个幽灵了。在一栋披屋里，一个跟贾斯珀年龄相仿的孩子正往自己伤痕累累的前臂注射毒品。他抬头看了看贾斯珀，然后向后倒去，针尖还扎在他的手臂上。贾斯珀向前走去。他停下脚步，重新系好散开的鞋带，惊叹于这一日常操作的复杂性。杂草弯曲着从小路的缝隙中钻出来。它们开出的花就像火花……

贾斯珀被人流吞没，人流被一个"**禁行**"标志拦下；标志又变为"**通行**"，人流继续向前涌去。玻璃面的建筑映出太阳、它自身的映象和反射过来的映象。

在一个闪闪发光的香水样品间里，女人们像邪恶的娃娃一样盯着贾斯珀。他从手腕到臂肘，试了一排样品。熏衣草、玫瑰、天竺葵、鼠尾草。就像瓶装的花园。"先生，"一名严肃的警卫说，"我们有一项头发政策。"

"什么是头发政策？"贾斯珀问。

警卫的眼睛眯成一条缝。"聪明的家伙。"

贾斯珀困惑不解。"只是偶尔才算得上。"

"滚吧，伙计。走开！"

攻击行为，贾斯珀意识到。他离开样品间，从一辆校车旁边走过，它又大又黄，就像玩具，吐出好多学童。"别抱怨了，慢吞吞的家伙！"一个大一些的女孩呵斥道。贾斯珀想起了他在莱姆里杰斯市的表哥表姐——艾琳、莱斯利、诺尔玛、约翰、罗伯特——这是他很久以来第一次想起他们。他们的面孔被忘掉了。德佐特的魔杖一挥，他们就消失了。也许他们已经成家，有了自己的孩子。也许他们在《流行之巅》上看到了乌托邦大道，却没有认出他们很久以前的小表弟。"小不点，"他们常常这样叫他，"小矮人。"他想知道，在德佐特家的司机把他带到寄宿学校之后，他们有没有想念过他。

537

成百上千西装革履的人拎着公文包，沿着这条没有阳光的街道涌动着。很少有人说话。没有人让路。没有人进行眼神交流。他们侍奉着造就他们的上帝。贾斯珀必须躲避，否则就会被别人的肩膀撞到。一名街头艺人正在演奏大比尔·布隆齐的《公路的钥匙》。乔治·华盛顿在他的基座上观看着，基座由多立克式圆柱撑起。乔治·华盛顿并不乐意待在那儿。贾斯珀看到一家商店：**保龄球绿色药房**。一个叛逆的想法促使贾斯珀走进店里，找药剂师买一种安定类非处方药。他的头骨遭到咚—咚 咚—咚地连续敲打，直到他移开视线为止。

"不吃药，"贾斯珀对咚咚说，"我明白了。"

咚咚没有回答，但停止了猛击。

一名药剂师正盯着他看。"有什么我能帮忙的，孩子？"

"没事。我是在跟我头脑里的一个声音说话。"

在一个地铁站里，隆隆声和尖厉的刹车声从地下世界一路反射，传到了贾斯珀的耳膜上。宛如食人妖魔的腹鸣。一列驶来的列车嚎叫着冲出隧道，停下来吐出又装入更多的躯体。车厢里装着贾斯珀知道的所有人种，还有他只能猜测的混血儿。血液的河流，他心想，并不在街上流淌，而是透过我们的物种流动。乘客们摇摆着，打着盹，读书看报。每到一站，基因组成的牌都会重新洗过。我真希望能在这里生活。他想知道，咚咚是否打算一搬进来就抹去他的记忆，还是会保留些许，就像翻看你干掉的人的相簿。就算咚咚听到了，他也没有发表任何意见。贾斯珀在第八十六大街那一站下车。在地铁站的地图上，这一站看起来离中央公园很近。一片薄薄的云被紧绷绷地拖曳着，划过天空。阳光照着它的全部，看上去如同火炬。这片街区是家世显赫者和特权人士的驻地,就像梅菲尔区或王子运河那儿。公园吸引着贾斯珀,他沿着第八十六大街,穿过好几个街区,走进这条街早已被人们饱览的书页。枫树就像盛大的焰火。肆意舒展的栗子树下方,一颗颗七叶树果从蒴果中溢出,形状如同大脑。松鼠在视野内外来回飞掠。一条螺旋延伸的小径把贾斯珀带进一片长满青苔的中心地带。他坐在长椅上,让他那作痛的双脚休息。我们浑身都是破绽。"老地方让我充满忧郁。"这位老者有着上帝那样的胡子,像乡绅那样戴着帽子,叼着烟斗,"老地方让我满心欢喜。"

"对我来说,这里是新地方。"贾斯珀说。

"时间是唯一的区别。"

"我的时间已经所剩无几。"

"死亡不同于任何人的想象,"老人触摸着贾斯珀的手腕,"不要害怕。"

"你说起来容易。你活了整整一辈子。"

"我们都一样。一刻不多,一刻不少。"

贾斯珀醒了。那儿没人。他走出螺旋小径,来到一片草坪上,一支军乐队正在演奏《绿色贝雷帽之歌》(The Ballads of the Green Berets)。星条旗在军用帐篷旁边的旗杆上拍打着。一条横幅写着:"**招募:美国英雄——今天就报名吧!**"。两名征兵官被十几个长发青年包围着。"英雄?你们在那里烧死孩子们!赶紧他妈的清醒过来吧!这是大屠杀!"

一名征兵官喊道:"你就是个耻辱!躲在那个和平的标志后面,而**真正的男人**在为你战斗!和平不会发生!和平必须要靠战斗去争取!"

人群正在聚集,但贾斯珀没有留下来看。他接到的死刑判决,让原先的要紧事大多变得无关紧要。他离开中央公园,在一个安全岛的高大柱子上找到一尊雕像。克里斯托弗·哥伦布迷了路,这个时间来得比他预计的晚。贾斯珀从一名街头小贩那里买了一瓶叫作胡椒博士的东西,但它并没有胡椒味。贾斯珀没带表。他问咚咚:"我还剩多少时间?"

就算咚咚听到了,他也没有回答。

贾斯珀走进一家唱片店。奶油乐队的《生于恶兆之下》(Born Under a Bad Sign)正在播放着。他在唱片架上翻看着,享受着每翻开一个封套就有一股气流扑面袭来的感觉。他跟《宠物之声》(Pet Sounds)、《佩珀中士》、《至爱》(A Love Supreme)告别;跟埃塔·詹姆斯(Etta James)的《终于!》(At Last!),艾瑞莎·弗兰克林(Aretha Franklin)的《我从未像爱你那样爱过一个人》(I Never Loved a Man the Way I Love You)和爱乐队(Love)的《永远改变》(Forever Changes)告别;跟《奥蒂斯蓝》(Otis Blue)、《十三楼电梯的迷幻之声》(The Psychedelic Sounds of the 13th Floor Elevators)和《谁人售罄》(The Who Sell Out)告别。贾斯珀来到《天堂就是通往天堂的路》和《生命的精华》跟前。塔罗牌的封面看起来效果不错。贾斯珀希望他能活得够久,能听到埃尔夫和迪恩创作的美国歌曲。他会想念他的人生。只不过,当然,他不会。因为只有活着的人才会想念。

"他们这周会在城里演出。"店主大腹便便,眼睛浑浊,涤纶衬衫上有污渍。"在猎豹。第五十三大街和百老汇大街那儿。那个是第二张专辑。《生命的精华》。第一张很好,但第二张更进一步。"

"它卖得好吗?"

"今天卖了五张。你的口音很有英国味。"

"我母亲是英国人,我在那里上的学。"

"是吗?见过披头士吗?"

"只见过约翰。在一个派对上。"

"哇。你见过他?你在唬我(shitting me)吧。"

是说"屎"在撒谎吗?"我们并没有真正聊天。那是在一张桌子底下。他失去了理智,想把它找回来。"

店主皱起眉头。"那是英式幽默吗?"

"据我所知不是。"

《生于恶兆之下》结束了。"试试这个,"店主说,他放了《瞧这不是谁》。"简直牛得不行。"

贾斯珀想起,迪恩在蘑菇棚教他弹连复段,埃尔夫演奏巴赫《托卡塔》(Tocatta)中的风琴下行旋律,格里夫决定:"我要看到满月。后退……"

他再也见不到队友了,这让他感到心痛。

他们会以为我丧失了勇气,一走了之。

贾斯珀走出商店。暮光浸透了街道和大道。车流变得越来越密集,越来越愤怒。贾斯珀步行超过一辆法拉利。喇叭声此起彼伏。嘀—嘀,嘀—嘀嘀嘀嘀嘀,嘀—嘀嘀嘀嘀嘀嘀嘀,充斥着曼哈顿的几何结构。就像大多数愤怒一样,它完全是徒劳的。"**华盛顿广场公园**",一个路牌上写着。树木在变化。一名街头艺人正在某个地方演奏大比尔·布隆齐的《公路的钥匙》。就像听觉上的重度精神分裂。男人们在长椅、野餐椅和桌子那儿下国际象棋。他们当中年纪最大的那一位就像火鸡的脖子一样瘦,戴着破碎的眼镜,肮脏的花呢帽,背着麻布袋子。他的对手放倒了自己的王,付出一支香烟。"我会保证你的床位安全,迪兹。"他说,然后走了。

迪兹抬头看了看贾斯珀。"想玩一局吗,猎枪?"

"你真叫'迪兹'?"

"别人就是这么叫我的。你玩不玩?"

"怎么个玩法?"

"简单。"迪兹嗓音粗嘎。"我押一美元。你押一美元走黑棋,或者一美元五十分走白棋。赢家拿走赌金。"

"我走黑棋。"

迪兹把两个五十美分的硬币放进缺了口的杯子里。贾斯珀往杯中放入一美元的纸币。他的对手以现代别诺尼进攻的变体开局。贾斯珀选择了王的印度防御。几名观众围拢过来,贾斯珀意识到,有人在对他们的棋局下注。走到第十手的时候,迪兹用他的象做了一个钳形攻势。在逃跑时,贾斯珀被捉双。他的马被吃掉了,一场缓慢的消耗战开始了。贾斯珀成功地用车护王,但无法避免后的兑换。随着双方不断兑子,贾斯珀扳回一个马或象的机会越来越渺茫。到残局阶段,贾斯珀只差一步就能把卒升变为后,但迪兹已经吃掉了它。"将军。"

"无可挽回。"贾斯珀放倒了他的王。他看到月亮已经升起。"那是一个强有力的开局。"

"他们在我的学院里教得好。"

"你上过国际象棋学院?"

"阿提卡监狱学院。给我半美元,我教你下别诺尼。"

"你已经教会我了。"在桌子底下,贾斯珀把一张五美元钞票塞进他的登喜路烟盒,把它递给老人。"学费。"

老人把它装进口袋。"谢了,猎枪。"

周围的路牌告诉贾斯珀,这里是格林尼治村。他闻到了食物的香味,但并不饿。他在一家咖啡馆买了一杯冰茶。收音机在直播棒球比赛。贾斯珀头脑中的一堵墙在强劲的打击下震动着。这是一个信号。很快⋯⋯

贾斯珀想在黑暗、私密和温暖中死去,但他不想让别人发现他死在自己房间里。这一幕会让埃尔夫难过。一座空无一人的教堂,或者⋯⋯他走进一家不确定是大是小的医院。急诊室是动荡不安的人类痛苦展,有骨折,有断裂,有刀伤,有枪伤,有烧伤。有些患者坚忍地坐着,有些则不然。有谁能衡量别人的痛苦?贾斯珀从一名保安身边走过，没有受到盘问，他爬上楼梯，转过拐角，穿过走廊。空气中弥漫着漂白剂、旧砖石和某种难闻的气味。"让开！让开！"一支医疗队推着手推车匆匆而过。有人在楼梯间啜泣，是在上面还是下面，很难确定。贾斯珀来到一扇标有**"私人病房 N9D"** 的门前。门上跟头部平齐的高度开有观察窗。窗后面拉着帘子，保护隐私，就像一面黑色的镜子，映照出人影。咚咚用时间老人的眼睛审视着贾斯珀。就在这里面吧，他说。贾斯珀把门打开一道缝。借着蜜糖色的昏暗灯光，他看清了一间小病房，病房里有两张床位。一张床位已经有人占据。那人已经形销骨立，只有空洞的褶皱和皱纹包裹在病号服里。就像空心人。另一张床空着。贾斯珀悄悄地关上身后的门，脱掉鞋子，躺在那张备用床上。如果空心人注意到了他的访客，那他也没有作出任何表示。走了一天的路以后，贾斯珀觉得脚疼。有声音传入他的耳中，仿佛是从一艘沉船上顺着管道传过来的。一支乐队在演奏。一部电话在响。一个女人接了起来："喂？"沉默。"我应该说是谁打来的电话？"六英尺外，空心人的喉咙里响起一阵咯咯声。就像摇晃纸盒，区分出干瘪的豌豆。口水在无牙的口腔中汇集，从干瘪的嘴唇中落下，拉出细丝。浸入他的枕头。空心人睁开了双眼。他没有眼睛。贾斯珀想知道他原先是什么人，还说了声"再见"。贾斯珀告诉咚咚："我准备好了。"

他头脑中的那堵墙被打碎了，倒塌下来。

咚咚冲了出来，淹没了他的大脑。

贾斯珀的知觉减弱到趋近于无。

存在倒转为不存在。

里面的东西里面的东西

九层楼下方,一辆黄色出租车在切尔西旅馆旁的西二十三大街游荡着,寻找乘客。埃尔夫思考着,"生活就像一场旅行"这个比喻,大大低估了旅者本身是如何被道路,被意外事故,被生命里面的东西所改变。被里面的东西里面的东西所改变。路易莎的手臂环绕着她的腰,伸向她的绿龙晶吊坠。她散发着肥皂的香味。她亲吻着埃尔夫的脖子。没有男性的胡茬,无须在它把我擦得生疼时假装并不介意。布鲁斯就像一只刺猬。一只剽窃的刺猬。这不重要了。要是他没有离开,我就不会拥有她。我就不会有这个。从前面看,灾难就是重生。从后面看,重生就是灾难。"你就像那个公主,"路易莎说,"关在塔里的那个。长发公主。"

"纽约的长发公主头发可垂不到人行道上。"

"纽约的长发姑娘会有一顶特制的假发。"路易莎把埃尔夫的头发盘绕在她的拇指上,在她耳边低语:"长发公主,长发公主,让你的头发垂落下来吧。①"

"你一说西班牙语,我就无力抵抗了。"

"是吗?这样的话……"路易莎在埃尔夫耳边低语,"Voy a

---

① 原文为西班牙语。

soplar y puff y volar su casa hacia abajo. ①"

埃尔夫忍着没有咯咯笑。"那是什么意思?"

"我要吹气,我要喷气,我要把你的房子吹倒。"

"你在伦敦已经做到了。"埃尔夫在路易莎的大拇指上亲了一口。"'啊,多么神奇!这里有多少好看的人!女人是多么美丽!啊,美丽的新世界,有这么出色的人物!'"

"这又是什么?"

"《暴风雨》。略有改动。我妹妹扮演米兰达,前几天我们把她的台词过了一遍。"

蹲守切尔西旅馆的那名毒贩的声音传到了九楼,非常微弱。"嘿!需要白粉吗?我有货……"

"你知道吗,"埃尔夫说,"当你去了异国他乡,你对家乡的了解会比你正在游历的地方更多?"

"当然。"

"你、我们,这场……"

"'疯狂而激情的情事'。"

"谢谢你——这场疯狂而激情的情事,就好比'异国他乡'。如今我再回顾从前的自己,遇到你之前的那个我,我现在比我就是她的时候更懂她了。"

"那你在狂野女同现在所处的位置,有什么发现?"

"标签。"

"标签?"

"标签。我把它们贴在一切事物上。'好'。'坏'。'对'。'错'。'保守'。'新潮'。'反常'。'正常'。'朋友'。'敌人'。'成功'。'失败'。使用它们很容易。能帮你省去思考的麻烦。这些标签一直贴着。

---

① 西班牙语,文中有解释。

它们不断增加。它们变成了一种习惯。很快，它们就涵盖了所有事、所有人。你开始觉得，现实就是这些标签。简简单单的标签，用永久性的记号笔写成。问题在于，现实恰恰相反。现实是细腻的，矛盾的，不断变化的。它很难应对。它包罗万象。所以我们面对现实，才会手忙脚乱。人们反复念叨着自由。无休无止。它无处不在。关于自由是什么，它是为了谁，有过暴乱和战争。但自由的女王是这样的：她不受标签束缚。今天的课程到此结束。你在用奇怪的眼神看我。"

路易莎抚摸着那个吊坠，原先是她的，现在是埃尔夫的。"我只是在心里给你贴了张标签，就是这样。"

"标签上说什么？"

"'埃尔夫竞选总统'。"

他们听到外面的门被咚——咚敲响。

路易莎看着埃尔夫。"在等一名访客吗？"

"这个时候？上帝，没有。"

咚——咚。咚——咚。

"从派对过来的某个迷路的追求者？"路易莎猜测，"也许他的连指手套上绣着**'伦纳德'**的名字？"

咚——咚。咚——咚。咚——咚。

"是个知道我在屋里的人，"埃尔夫说，"是利凡吗？"

"那就回应吧，不过先透过猫眼观察一下……"

猫眼里显露出利凡的身影，他穿着睡衣和晨袍。他皱着眉头的前额被大幅放大了。

埃尔夫对她的情人低声说："利凡。"

路易莎轻声回道："要我躲起来吗？"

埃尔夫犹豫不决。格里夫和迪恩知道路易莎要睡在埃尔夫房间里；但不知道她会睡在埃尔夫床上。"把毯子和枕头放在沙发上吧。"

路易莎点点头,回到卧室。埃尔夫开了门。走廊是人造奶油那种黄色。

"对不起,这个时候过来敲门。"

"要不是有急事,你不会这样。"

利凡环顾四周。"是贾斯珀。他的行为很奇怪。"

"你是怎么看出来的?"

"他刚才来我的房间,执意要我让总机接通打到荷兰的电话。我说:'什么事?'他说是医疗问题。我指出,这会儿欧洲时间太早。他威胁说,如果我不按他说的做,他就不在猎豹演奏了。"

埃尔夫很震惊。"贾斯珀这么说的?"

"没错。所以我想问问,他到底有没有跟你一起去了屋顶上的派对——他是不是做了什么。"

埃尔夫摇了摇头。"他回了自己房间,然后再没出现。我想过去看看他,但天色已晚,我想,就让他睡一觉,消除飞行的不适吧。你给荷兰打电话了吗?"

"我别无选择。贾斯珀让我在外面等着。我做了任何勤奋的经理人都会做的事,但他说的是荷兰语。'加拉瓦齐'这个名字出现了好几次。有印象吗?"

埃尔夫摇了摇头。"听起来比荷兰名字更像意大利名字。"

"'夸里丁'或'奎里中'呢?"

"奎鲁丁?"

"也许是吧。"

"这是药物的名称。贾斯珀在飞机上服用过。它作用于神经。我猜是一种镇静剂。那通电话持续了多长时间?"

"两三分钟。他挂断电话后,我问他是什么情况,但他没有理会我。我在黑暗中坐了几分钟,然后决定过来看看,你能不能提供一点线索?"

"我倒是希望我能。我们可以去敲他的门,可要是贾斯珀什么都不想说,他就不会说。我只能建议,相信他睡一宿会好起来。"

利凡揉了揉他疲惫的脸。"我想是的。抱歉在这个时候拿这事烦你。九点早餐。明天是忙碌的一天。"

一个切尔西的早晨,阳光透过黄色的窗帘,在墙上留下一道彩虹。时钟显示6:59。重要的日子即将来到。晴雨表的指针指在"**易变(CHANGEABLE)**"的"G"上。埃尔夫躺在床上,听着第二十三大街上车水马龙的喧嚣。就像一种语言。路易莎在睡梦中以缓慢、深沉的节奏呼吸着。她那只裸露的手耷拉在埃尔夫露出的上腹部上。埃尔夫喜欢她们两人肤色的对比。这很能勾起性欲。路易莎闻起来有烤面包和百里香的气息。布鲁斯闻起来有切达奶酪和啤酒味。安格斯闻起来是盐醋薯片味。路易莎动了动,像一只柔韧性极佳的小猫般伸了伸懒腰,打了几个哈欠,重新陷入了睡眠。想想看吧,有人想要她的命,而她只是耸了耸肩,就像我看到一篇糟糕的评论,耸了耸肩一样。埃尔夫想起贾斯珀的问题。现在过去叫醒他还太早。他还在睡梦中。他会没事的。是飞行的关系。是成功的关系,它来得太快了。他肯定需要一段适应期。想跟荷兰的医生谈谈,算不上太奇怪。他的诊所就在那里。也许利凡把他逼急了,他才威胁说不演了……埃尔夫给贾斯珀的最后通牒设想出种种其他解释,直到睡意拽着她的脚踝,将她拉到下面……

……突然,她们要赶不上时间了。路易莎穿上牛仔裤、T恤和夹克。她在埃尔夫化妆时亲吻了埃尔夫,承诺稍后会到猎豹去,然后离开,回她缺勤十天的《小望远镜》办公室了。十分钟后,埃尔夫在楼下的吉诃德餐厅找到了利凡,他在一边看《纽约客》,一边吃糖浆面包甜甜圈。还没等埃尔夫坐下,利凡问:"我们是不是应该去看看,贾斯珀有没有起床？"

"让他睡一会儿懒觉吧。睡美人……"

"那就吃完早餐。有没有吃过这个？"他举起他的面包，"这是百吉饼。来一个尝尝……"埃尔夫同意了，还点了咖啡和一个葡萄柚。美国的葡萄柚是粉色的，不是黄色的。迪恩和格里夫过来，点了更多他们闻所未闻的东西：玉米糊、土豆煎饼、牛油果和煎荷包蛋。上午9∶40，利凡和埃尔夫去前台，让斯坦利往贾斯珀的房间打电话。斯坦利去后面的总机了。一分钟后，斯坦利回来了，摇了摇头。"没人接。"

埃尔夫和利凡面面相觑。"我们的出租车十点一刻过来。"利凡告诉酒店经理，"我可以拿把钥匙打开他的房间吗？我必须让他起床。"

"我去，"斯坦利回答，"这是酒店的政策。"他们走到电梯那儿。"电梯很快就会到。"

一分钟后，他们还在等。

"说真的，随时到。"斯坦利说。

两分钟后，利凡走上了楼梯。埃尔夫跟在他后面。斯坦利跟在她后面。"人们不会死在切尔西酒店，"这位旅馆老板坚持说，"不管怎么说，贾斯珀住的是整栋楼最幸运的房间……"

"777"——漆成金色、带有斑点的数字，用螺丝拧在胡桃木的饰面板上。埃尔夫敲了敲门，用心灵感应命令贾斯珀出现在门口，透过他乱蓬蓬的红发，还有时差综合征与安眠药的迷雾，眯起眼睛打量他们。没人应答。

利凡更用力地敲门。"贾斯珀？"

唯一的回应是一声微弱的回音：贾斯珀？

埃尔夫驱散了他们的吉他手在浴缸里割腕自尽的画面。她捶打着门。"贾斯珀！"

一名身穿晨衣、脸颊发红的矮个男子走了过来。他的女伴穿着蓬蓬裙在他身前晃来晃去。他们说："早上好，斯坦利。"她的声音是低音，他的是中音。

"布兰奇弗劳尔先生和夫人，"斯坦利说。"我相信，你们都挺好的？"

"很好，谢谢你。"布兰奇弗劳尔夫人说。

"有什么麻烦吗？"布兰奇弗劳尔先生在门口点点头。"有客人在退房之前就退房了吗？"

斯坦利面露微笑，就好像这句问话压根儿不能当真。"瞧你问的，布兰奇弗劳尔先生！这里可是切尔西呀。"

那对夫妇就这个世界的愚蠢交换了一个悲伤的微笑，然后继续往楼下走去。等布兰奇弗劳尔夫妇离开视线之后，斯坦利把钥匙插进门里。"我先进去。"利凡说。某个想法让埃尔夫碰了碰他的胳膊，坚持说："不。"她觉得害怕。她进去了。"贾斯珀？"

没人回应。卫生间在右边，里面空无一人——浴缸也是。谢天谢地。一张张报纸用胶带贴在镜子上。一个不好的迹象。"那是怎么回事？"斯坦利问。

"他只是讨厌反光。"埃尔夫坚定地走进卧室，但贾斯珀的尸体并未躺在床上，或者床边，或者任何地方。"那些是我买过最好的枕套，"斯坦利说，"从布鲁克林的一个希腊市集上买的。"

埃尔夫拉开窗帘，拉开阳台的门。阳台上没有人。下面的街道上一切正常。

"我怎么跟你们说的？"斯坦利问。"他去散步了，就是这样。这是纽约市的一个美丽的早晨。他随时都会回来。"

"都上车，都上车，火车头调频 97.8，"DJ 说，"我是巴特·塞贡多，给大家带来所有让你开心到深夜的最佳歌曲。现在是三点零五分，刚才那首是《把石头滚开》，这首新发布的单曲来自我池塘彼岸的老朋友们——乌托邦大道乐队。乐队四分之三的成员在这里登上了蝙蝠列车，谈论他们标新立异的新专辑《生命的精华》——但是，首先有必要介绍一番。"巴特先朝埃尔夫点头示意。

"你好，纽约，"埃尔夫对着她的麦克风说，"我是埃尔夫·霍洛韦，我在乐队里弹奏键盘，唱歌，还有——"我很担心我们失踪的吉他手，都快吐了——"巴特在英国做DJ时，我们就认识了他，他是这个星球上第一位播放我们作品的DJ。关于我的事就说到这儿。该迪恩了。"埃尔夫在心里苦笑。我听起来像个傻子。

"大家下午好。我是迪恩·莫斯，我弹贝斯，唱歌，写词。刚才最后一首就是我的作品，所以我希望你们能喜欢。我们觉得，太阳会从所有蝙蝠洞里绽放光芒。格里夫？"

"我是格里夫，卑微的鼓手。对于那些试图想象我的人，不妨想象一下保罗·纽曼和罗克·赫德森[①]的爱情结晶。"

"失去踪迹的，"巴特继续说道，"是乌托邦的第四名成员，雅各布·德——抱歉，我是说，贾斯珀·德佐特——我刚刚给他改了名字——贾斯珀，他是吉他手，今晚会回来参加在第五十三大街的猎豹举办的演出，晚上九点开始，现在还有少量的票，所以快——来——吧。"

真希望他能回来，埃尔夫心想。

"那么跟我们说说，埃尔夫、迪恩、格里夫，"巴特说，"作为一个伟大城市的公民，你们对我们这个伟大城市的第一印象是什么？用一个词概括。"

"'三明治'，"格里夫说，"在家乡那边，是火腿、鸡蛋或奶酪。在这边，有好几百种面包、肉、奶酪、泡菜、调料。我在熟食店里不

---

① 二人都是好莱坞的英俊小生。

知该从哪里下手,只好指着一名顾客的三明治说:'给我来个这样的。'"

"我对纽约的评价是'更多',"迪恩说,"更多的大楼,更多的高度,更多的噪音,更多的乞丐,更多的音乐,更多的霓虹灯,更多的人种。更多的拥挤、喧闹、赢家、输家。要多得多。"

"更多的精神医学专家,"巴特提出,"更多的老鼠。埃尔夫?"

"我无法用一个词来概括这个城市,"埃尔夫说,"但假如纽约是一句话,那它就会是'别管我的发型,我也不管你的'。伦敦的那句话是'你以为你是谁?'。"

"我可以把城市拟人化一整天,"DJ 说,"但我们还是谈谈音乐吧。祝贺你们的《把石头滚开》打入排行榜前三十名——这首歌是你写的,迪恩,在备受考验的环境下?"

"是我写过,巴特,没错。基本情况就是,意大利警察拿毒品给我栽赃,把我投入监狱,待了一个星期。《把石头滚开》就是出自那段经历。我还要补充说明一下,我的冤案得到了平反。"

"腐败的警察?"巴特故作惊讶,"感谢上帝,我们纽约市没有这样的人。感谢上帝,正义得到了伸张,因为《生命的精华》,在你获释之后你们录制的这张专辑,简直是一颗超新星。我喜欢你们的首张专辑——《天堂就是通往天堂的路》——但《生命的精华》更上一层楼。歌词充满自信。声音的色调也更丰富。你们在《健全的神智》里使用了羽管键琴。在《渔钩》里加入了弦乐片段。在《瞧这不是谁》里有西塔琴。说真的,这样也更冒险。所以我必须要问:以上帝的名义,你们往你们的玉米片里掺了什么?"

"老大哥与控股公司乐队。"格里夫说。

"僵尸乐队(The Zombies)的《奥德赛与神谕》(Odyssey and Oracle)。"埃尔夫说。

"乐队乐队(The Band)的《来自大粉的音乐》(Music From

Big Pink)①，"迪恩说，"你听到一张那么棒的唱片，你就会想，见——鬼，我们也得提高水准才行。"

"我们的朋友伊诺谈起过'环境特质'，"埃尔夫说，"就是环境的特色。艺术是由艺术家创造的，但艺术家是由环境——种种非艺术的因素——所成就的。买家、卖家、材料、赞助人、技术、交流和交换想法的地方。你在佛罗伦萨的美第奇家族就能看到环境特质留下的成果。黄金时代的荷兰。二十年代的纽约。好莱坞。如今，伦敦和苏豪区的环境特质堪称完美。我们有表演场地，有具备多轨录音设备的录音棚，有广播电台，有音乐报纸和杂志……甚至还有演艺人员出没的咖啡馆。甚至还有几位不会压榨你的经理人。"隔着录音室的玻璃，利凡给了埃尔夫一个飞吻。"我们做出了我们的专辑，当然。但它是这种环境特质的产物。"

"可能是火车头调频97.8听到的最博学的回答，"巴特说，"但你会同意，《生命的精华》里的歌曲不是来自'环境'，而是来自你的生活经历。有一些非常私人化，会让人心痛。是好的那种心痛。"

迪恩和埃尔夫互相看了看。迪恩说："的确……这一年感觉有点像过山车。这里指的是我们自己的生活。我们经历了一些事，嗯，没有办法不把它们写进歌里。"

"暴露你的内心和恐惧，并不总是令人愉快或容易办到的，"埃尔夫说，"但如果一首歌不能被人感受到——甚至如果连它的作者都不相信它——那它就是假模假式的。就像用纸和胶水做成的牛排三明治。它可能看起来不错，但味道不对。我不能写假歌。我知道迪恩和贾斯珀也是一样的。"

"有人曾引用你的话，说《就连蓝钟花》是为你的一位早逝的亲人所写的挽歌，是这样吗，埃尔夫？"

---

① 专辑名中的"大粉"指乐队成员当时租住的房子。

553

"我的侄子五月去世了。这首歌是为他而写。为了马克而写。我……不想在你的现场节目里抽泣,破坏气氛,巴特,所以……"

"在我看来,《生命的精华》证明了我们几个人自从《橡胶灵魂》(Rubber Soul)和《全数带回家》(Bringing It All Back Home)以来一直在说的:最好的流行音乐是艺术。而艺术家想让艺术是什么样子,它就是什么样子。第一次坠入爱河?是的。但也有悲伤。名望。疯狂。背叛。偷窃。所有这些。"

"甚至还有——可以在广播里提到'性'吗?"迪恩问。

隔着玻璃,巴特的节目制作人正在打**不行**的手势。

"当然,"DJ说,"只是你绝不能暗示性有可能是快乐的,因为那样就成了纯粹的猥亵。埃尔夫,听赞助商的消息之前,我们能不能播放一下《蓝钟花》?"

"尽管放吧。这会是北美独家播出。"

"那么对所有乘坐火车头调频的乘客来说——"巴特将悬在安静的黑胶纹路上的唱针搁上,摘掉一只耳朵上的耳机——"在调频97.8一直开心到深夜,下面是《就连蓝钟花》,演唱者是做客我们演播室的特邀嘉宾乌托邦大道乐队……"

埃尔夫、迪恩和格里夫在布利克街的滴水嘴怪兽唱片公司办公室,不无曲折地完成了下午的采访。在每一轮问题之后,埃尔夫都希望利凡或马克斯会出现,说贾斯珀已经在办公室或切尔西现身。这一幕并未发生。马克斯正在寻找一名有档期、熟悉《天堂》和《生命的精华》、可以出手挽救猎豹演出的音乐人。目前来看,这一要求很难达成。豪伊·斯托克动用关系,让纽约警察局帮忙在全市范围内发出警报,寻找一个"高个子、红头发、穿紫色夹克的白种人"。就像在针厂里找一根针,埃尔夫心想。下午六点,他们回到切尔西酒店,为一场有可能不会举行的演出作准备。迪恩对贾斯珀的缺席感到愤怒。

格里夫沉默不语。埃尔夫的担心多于愤怒。她还感到内疚。她希望她能回到昨晚,回到利凡告诉她贾斯珀行为反常的时候。我当时就应该去看看他情况如何。我今天早上就应该去看看他……

晚上七点,他们出发去猎豹。利凡带上了贾斯珀的斯特拉托卡斯特吉他,以防他出现在俱乐部。曼哈顿的灯光亮起,但埃尔夫几乎没有注意到。她确信如果贾斯珀能来就一定会来。这时她最乐观的解释是,贾斯珀精神崩溃,或者遭到了抢劫;最悲观的解释以城里的停尸房告终。马克斯还是没找到能替贾斯珀演奏《生命的精华》的人选,但他已经找到一个能把《天堂》演奏得像模像样的乐手。计划是等到最后一分钟,然后以阑尾炎为借口,只表演《天堂》里迪恩和埃尔夫的歌,再加上几首翻唱。"这样只能达到原有精彩程度的一半,"迪恩说,"这还是他妈最好的情况。"

汽车转入第八大道,在停停走走的车流中迂回前进。埃尔夫在人群中寻找着一个高大、前倾的身影。一个男人敲打着车窗,喊道:"我饿!饿!饿!我饿!"

司机将林肯车转到中间车道。

"等演完之后,他最好能在医院。"迪恩说。

"别这么想,"埃尔夫说,"不管你有多生气。"

"为什么不呢?这个自私的浑蛋……"

"我进过医院,迪诺,"格里夫说,"埃尔夫是对的。"

一块粉色的霓虹灯招牌在暮光里雕刻出"猎豹"字样,招牌下面是跟街道齐平的入口,入口上面是熄了灯、千篇一律的写字间。马克斯打开车门。"没消息。"一张海报写着:"沿着**乌托邦大道**走一趟",用的是《生命的精华》那种字体。路易莎在大堂里等着。当她看到乐队成员们的表情时,笑容消失了。"怎么啦?"

"贾斯珀已经失踪了一整天。"埃尔夫解释说。

"别做最坏的打算。"路易莎说。

布里吉特，猎豹的女老板，不那么慌乱。"嘿，音乐人也许是活生生的浑蛋，或者上帝在凡间的喉舌，但他们可不守时。"

埃尔夫看了看利凡。贾斯珀一向守时。

布里吉特带乐队成员上台检查音响设备。猎豹是一间有年头的大舞厅，以前也气派过。九个闪光球挂在需要翻新、装有方格板的天花板上。齐肩高的舞台上配齐了扬声器、灯具和幕布。一位能干的音响师帮埃尔夫、迪恩和格里夫找到适合他们也适合空间的恰当位置。迪恩弹了弹斯特拉托卡斯特，猜测着贾斯珀需要的位置。音响检查通常很有趣。这一次感觉却像葬礼的排练。

晚上8∶15。替补演奏者在离开市中心的路上遭遇堵车，半小时后才能赶到。现在连布里吉特都开始担心了。马克斯闷闷不乐。利凡维持着平静的外表，但埃尔夫猜测，他的内心在尖叫。埃尔夫在祈祷：不是让他现在走进来，而是让他好好活着；如果这样不行，那就让他活着。她发现自己有些记不清《证明它》的歌词。这些词我已经唱过几百遍了？她在路易莎的帮助下，仔细读起了应急的提词本。豪伊·斯托克带着一名年龄只有他三分之一、有着蜜色肌肤的女友来到现场，她涂着绿色的眼影，拥有蜘蛛般的睫毛和缎子般的白发。他介绍说她叫伊万卡。自然，豪伊很不安，因为在美国首演前的三十分钟，"他的"第一次签约的明星吉他手无处可寻。"他在哪儿？"

"在我他妈的屁股上，"迪恩喃喃地说，"我把他藏起来，是为了开玩笑。"

"乐队成员不应该彼此多加留意吗？"豪伊问道。

格里夫喷出一个冷漠的烟圈。

豪伊的话有一部分是对的，埃尔夫心想，我们对贾斯珀的怪癖太习以为常，我们不再紧盯着他了。

利凡从舞厅回来。"观众快要坐满了。"

现在是晚上 8∶45。贾斯珀和他的替补都没到。埃尔夫觉得自己似乎经历过这一幕，她回溯了这样一些焦虑的梦，梦里的她要在一场注定失败的演出中表演。这一次的梦是无法醒来的。"你们三个为什么不演奏几首新曲子？"豪伊提议。

"为什么猎犬不是见鬼的三条腿？"格里夫问。

"谁会被你的咒骂打动？"豪伊问。

"不他妈知道，豪伊。"

艾瑞莎·弗兰克林的专辑《灵魂女士》（Lady Soul）正在猎豹的扬声器里播放着。埃尔夫希望，这时播的是一些不这么出色的歌。豪伊步履沉重地走过来，跟路易莎认识一下："我相信我们没见过。"

"我们没有。"路易莎确认。

"豪伊·斯托克，业界权威人士。你是？"

"埃尔夫的一个朋友。"

豪伊抿了抿嘴唇，点点头。"我和拉丁裔小姐们有联系。我前妻是往世疗法师。我在维京时代是加的斯的斗牛士。说不定我们是表亲。足够远的表亲。"

路易莎看了看埃尔夫。她们都看了看伊万卡，她就在十步开外。她能听到。她没有流露出任何在意的迹象。莫非她是按小时收费的？"我们不会有联系，斯托克先生。在任何一世都不会。"

"有灾难！"伊万卡跪倒在地，"我的睫毛……失去了！每个人，寻找！"她仔细观察着深色的地毯。"是黑的！[①]"

利凡走了进来："看看谁来了。"

是贾斯珀，他走了进来，就好像此刻只是早上九点，而不是演出

[①] 伊万卡使用的是支离破碎、不合语法的英语，其身份由此表明。

前十分钟。"我需要一杯水。"

在漫长而戏剧性的沉默中,埃尔夫很想走过去,给他一个拥抱;但有些什么让她退缩了。

迪恩先找到回了自己的声音。"你他妈到底去哪了?"

"散步。我需要一杯水。"

迪恩抓起一壶冰水,将它倒在贾斯珀身上。

贾斯珀站在那里,浑身湿透,滴答着水。

"'散步'?我们为你担心得要死,担心了一整天;你都没告诉我们,你是不是还活着,还是出了什么事;就为了该死的'散步'?你这个自私、见鬼的蠢货!"

贾斯珀从埃尔夫手中接过一杯水,一饮而尽。"再来一杯。"利凡已经变魔术似的拿出茶巾,正在擦干贾斯珀的脸。埃尔夫给他倒了第二杯。"你还好吗,贾斯珀?"

"我是来演奏的。我想要他们的能量。"

"你吸嗨了吗?"迪恩问,"你吸嗨了,是吗?"

"他没有,"利凡说,"他的瞳孔没有问题。"

"那把……乐器。那把——"

"这还不叫嗨?"迪恩嘲笑道。

"让我们把精力集中到演出上,"利凡告诉他,"还有贾斯珀需要什么帮助上。你已经表明了你的不满。"

"我他妈的还没呢。我们作了宣传,德佐特。采访。工作。音响检查。曲目单。我们是专业人士。十分钟之后,我们就要上场了。不,现在还剩五分钟了。'我去散步了'可不够好。"

贾斯珀不为所动。"我给了他一天的宽限期,平复心情。"

他?埃尔夫看了看路易莎。"谁,贾斯珀?'他'是谁?"

贾斯珀盯着梳妆台的镜子。他走过去,把脸凑近。一副欣喜若狂的笑容在他脸上蔓延开来。

"贾斯珀?"埃尔夫问,"你在干吗?贾斯珀?"

马克斯和布里吉特匆匆赶到,他们已经听到了这个消息。"很高兴你能加入我们,贾斯珀,"马克斯说,"你能演奏吗?"

"这个问题还用得着说吗。"迪恩说。

"我完全同意迪恩。"豪伊·斯托克说。

"德佐特会演奏的。"贾斯珀看着他的映象转身和侧歪。

任何人都会以为,这是他第一次接触镜子。"你在外面遇到了什么?"埃尔夫问。

"以后再说吧,"利凡柔声告诉她,"以后再说。"

"见鬼,没错,"布里吉特说,"我们来不及暖场表演了,你们现在就上场。我是布里吉特。这是我的俱乐部。明天早点来,否则我就把你们的演出费砍掉一半。"

贾斯珀从布里吉特身边走过,把他的吉他从盒子里拿出来,插进角落里的一只沃克斯迷你音箱上,开始调音。

布里吉特反感地摇了摇头,离开了。

"看来,有个好结果就万事大吉了。"豪伊·斯托克说。

才不是万事大吉,埃尔夫心想。"要是你有某种精神危机,贾斯珀,你可以——"

"等下周五回英国了再他妈发作。"迪恩说。

贾斯珀弹了一个 G。"我是来演奏的。我想要他们的能量。"

迪恩对着麦克风说:"我们毕生都在等待——"麦克风发出啸叫——"说出:'晚上好,纽约——我们是乌托邦大道!'"观众的掌声不大不小。格里夫在鼓上连续击打,埃尔夫弹了一句"布朗克斯区在上,炮台公园在下[①]",贾斯珀可能会在等公交车。迪恩和埃尔夫交

[①] 美国歌曲《纽约,纽约》(New York, New York)中的一句歌词。

换了一个担忧的眼神。"闲话少说,"迪恩说,"下面是我们的单曲《把石头滚开》。一,二,一二三——"贾斯珀在四时回过神,开始和专辑里一样弹奏他的吉他部分。格里夫和迪恩像往常一样给力,埃尔夫弹奏的时候,尽可能多地注入了神韵,但贾斯珀的演绎只是对贾斯珀·德佐特了无生气的模仿。他们演完了这首歌,但埃尔夫能感觉到,观众对这位号称能与克莱普顿和亨德里克斯比肩的吉他手抱有怀疑。同样的事发生在演《蒙娜丽莎唱布鲁斯》时。格里夫和迪恩竭力支持埃尔夫的表演,但贾斯珀的演奏迟缓而僵硬。他跟观众没有建立任何联系。许多观众仅仅在旁观。他也不看乐队,所以埃尔夫、格里夫和迪恩不得不配合他那干巴巴的吉他部分。下一首是《暗房》。他走到麦克风前。有人喊:"说几句,贾斯珀。"他什么也没说,在表演时也没把乐队考虑在内。如果说,这一表现并没有存心想说"去你的"的意思,它给人的印象却是这样的。贾斯珀没有漏弹音符或忘记歌词,但他的演奏没有带来欢乐或音乐绝技,正是它们让乌托邦大道的演出炙手可热。观众给《暗房》的掌声敷衍了事。他表现得就好像猎豹的观众要比他低等似的。《渔钩》和《证明它》紧随其后。两者都成了,用格里夫的话来说,三条腿的猎犬。演出评论会落在毁誉参半与全是诋毁之间。埃尔夫感受到了观众的困惑:为什么乌托邦大道乐队里四分之三的成员在玩儿命演奏,而吉他手只是在走过场?迪恩大为恼火。格里夫神情严峻。埃尔夫汗如雨下。在乏味的《证明它》结束之后,她瞥了一眼侧翼,看到了路易莎。她看起来很担心。贾斯珀说出了曲目单上的下一首歌——《健全的神智》——这时痛苦扭曲了他的面容。他蜷缩着身子,颤抖了一两秒钟。当他直起身子时,他显得很惊讶,埃尔夫希望真正的贾斯珀回来了,那个苍白的冒牌货离开了。贾斯珀看着周围的整个猎豹。闪光球送来的缤纷光彩在他脸上跳舞。"感谢大家今晚的到来。"

有人喊道:"你他妈得做更多,伙计!"

贾斯珀扭头对迪恩说:"谢谢。"对格里夫说:"干得漂亮。"对埃尔夫说:"再见。"埃尔夫不明白他为什么要这样说。我们的演出还没进行到一半呢。迪恩给了埃尔夫一个"怎么回事"的眼神。埃尔夫回了一个"我哪知道"的眼神,不过至少看起来,贾斯珀回归了。他信手弹拨了几下;让技师给他提高吉他的音量;然后闭上眼睛……猛轰出一阵令音箱轰鸣、琴弦弯曲的嚎叫;射出一组三和弦音阶,从高音E一路滑落下来。难道他之前是在跟我们玩某种怪异的心理游戏?贾斯珀用新的连复段来回报他当晚收到的第一阵喝彩,它并不是《健全的神智》,却让观众和着节拍,送上了如雷的掌声。格里夫为旋律添加了标点;迪恩用三个音的底衬加入了这场喧嚣。埃尔夫释放出大块的哈蒙德和声。这就好像我们在苏豪区的某一天早晨,在帕维尔Z俱乐部里享受即兴演奏的乐趣。贾斯珀推动着这段即兴演奏跑出三段摇滚布鲁斯,然后用一个刺耳、重击般、持续的降B把它炸成碎片,这正是《健全的神智》的开头。迪恩收到了这一信号,弹起了这首歌的贝斯连复段;埃尔夫在下一节加入;格里夫在下一节切入。贾斯珀凑近麦克风,用他神经质的呢喃哼唱出第一段歌词……

……贾斯珀在《健全的神智》的九段歌词里放了一个又一个烟花。猎豹仿佛变成一头野兽。在第三段副歌中,乐队停止了演奏,让五百个纽约人吼出最后一句歌词。贾斯珀的眼睛半闭着。他冲进了急速发射的尾声部分。埃尔夫唤起一个高潮,它仿佛沉入深海,由指法纷飞的连奏构成;而迪恩则紧紧抓住宝贵的生命,他那快得无法看清的手指在指板上飞掠。贾斯珀朝着马歇尔音箱迈出了有分寸的步子,以不同频率挑逗,直到"嗡——"的一声反馈撕裂空气;他朝格里夫看了一眼,格里夫显露出八臂东方神祇的真身;而埃尔夫在笑,她为贾斯珀的回归感到如释重负,沉醉其中,仿佛靠艺术的大麻进入了迷离恍惚的境地。贾斯珀的脸颊是湿的。我不知道,原来他也有泪腺。

录音室版本的《健全的神智》早已不复存在。埃尔夫重击琴键，配合着迪恩的连复段，她用上了双手，双手交叉，双手重击。贾斯珀走到舞台中央，目光越过了埃尔夫；他的眼睛跟随着那个向他走来的人，但埃尔夫没有看到任何人。贾斯珀对着那人点了点头，他的眼珠翻滚上去，回到了眼窝里……

……然后他就像被丢弃的木偶一样砰然倒地。埃尔夫停止了演奏。迪恩停止了。格里夫停止并站了起来。观众们陷入了沉寂。有人喊到："怎么回事？"贾斯珀的嘴在动，形成了一个埃尔夫读不懂的词，然后又闭上了。就像一条快要在空气中窒息的鱼。她想起迪恩讲过小理查德伴装心脏病发的事，但这并不是一码事。贾斯珀的鼻子在流血。也许是他在地板上磕破的。也许情况比这还要凶险。利凡和布里吉特滑着步子冲了过来。利凡喊道："放下帷幕！"几秒钟后，防火幕落了下来。贾斯珀痉挛着，咆哮着，像一只痛苦的狗。他的脖子上的肌肉在动。布里吉特喊道："叫格雷林医生来！"埃尔夫想起了布莱顿理工学院的那段经历。员工们拿来一块防水布，把它塞到贾斯珀的身子下面，跟格里夫和迪恩一起，把贾斯珀抬到了更衣室。他们将他安置在红色的人造革沙发上。贾斯珀最多处于半清醒状态。路易莎检查了他的脉搏——她当然懂急救，她爸爸是战地记者——迪恩用手帕轻轻擦拭贾斯珀鼻子上的血。"你会没事的，伙计，别担心，你会没事的。"路易莎说，他的脉搏快得吓人。一名身材壮硕、脸盘像野牛、身穿法兰绒的男人跟布里吉特一起冲了进来。"这位是格雷林医生，他已经了解了情况。"医生跪在沙发旁，仔细看着贾斯珀的脸："你能听到我的话吗，贾斯珀？"

贾斯珀没有作出任何反应。他的眼睛眨动着。

贾斯珀的喉间发出刮擦的声音。

格雷林博士问："有没有人知道：他有没有癫痫病史？"

埃尔夫费力地回答："就我们所知，没有。"

"糖尿病？"

"没有。"迪恩说。

"你真的知道吗？"

"我是他的室友。"

"他最近在吃什么药？不要撒谎。"

"只有奎鲁丁，"埃尔夫说，"就我们所知。"

医生看起来有些怀疑："抗精神病药？你确定吗？"

"是的，他昨天吃了一些。"

"最近有没有精神分裂症发作？"

"我觉得没有。"埃尔夫说。

"他失踪了一整天，"迪恩说，"我们不能确定，从今天早晨开始，发生了什么，或者他服用过什么。"

"我来给他注射镇静剂，降低他的脉搏次数。"医生准备好皮下注射的针头，"布里吉特，你最好是叫救护——"

医生的嘴巴不动了，他的胳膊、手、手指和眼皮也不动了。他变成了他自己的一张三维照片……只有一根静脉例外。埃尔夫看到它还在悸动。迪恩也一动不动，只是他的胸部还在起伏。埃尔夫转头望向路易莎——她一动不动，在咬着她的指甲。"路？你能不能——"

钟表

他头脑中的那堵墙被打碎了，倒塌下来。

咚咚冲了出来，淹没了他的大脑。

贾斯珀的知觉减弱到趋近于无。

存在倒转为不存在。

贾斯珀的身体现在是咚咚的了。他无法指挥它，就像《阿拉伯的劳伦斯》的观众无法指挥银幕上的彼得·奥图尔。没有词汇可以形容这种虽生犹死的滋味。贾斯珀只能诉诸隐喻。我以前可以随心所欲地，在任何时间、任何地点、以任何方式驾驶这辆车，现在，我变成了被捆绑起来、塞住嘴巴的后排乘客。或者，我原本是一座灯塔；现在我是一个正在分崩离析的头脑对一座灯塔的回忆。透过那双原本属于他的眼睛，他看到了 N9D 号私人病房的内部。通过那双原本属于他的耳朵，他听到了有质感的寂静。空心人已经停止了呼吸。

不过，贾斯珀心想，我还在思考，所以我的一部分依然存在。他感觉到了咚咚的情绪：获释的喜悦；对这副高大强壮的年轻躯体的好奇，他现在可以说，这副躯体是他的了。咚咚弯曲着他的手指，站了起来，深深地吸气。他穿上贾斯珀的鞋子，离开病房，沿着贾斯珀来时的路，从急诊室重新穿过医院。

你能听到我吗？贾斯珀问。

只要我愿意，咚咚回答。

我死了吗？贾斯珀问。

你是一堆余烬，咚咚回答。

我会这样活下去吗？贾斯珀问。

余烬的寿命长吗？

我们要去哪儿？

没有什么"我们"。

你要去哪儿？

去举行仪式、歌唱、崇拜的地方。

教堂？贾斯珀问。

演出场地，咚咚回答。

猎豹？你为什么——

连接被切断，贾斯珀接收到的画面和声音变得更模糊，更如梦似幻，咚咚离开了医院，叫来一辆出租车。"去第五十三大街和百老汇大街上的猎豹。"咚咚用贾斯珀从前的声音说。纽约断断续续地掠过。小型汽车、灯光、商店、公交车、沿街铺面、其他出租车上的其他乘客。贾斯珀在咚咚体内望着这一切。他是乘客中的乘客。咚咚知道我的想法，但我却不知道咚咚的想法。贾斯珀失去了他以往流畅的思维。要进行推论颇为费力。这种认知的不对称，意味着加拉瓦齐医生是对的，还是错的？我已经疯了，还是这是真的？贾斯珀不知道。贾斯珀不知道怎样才能知道。

利凡正在猎豹外面。一幅海报上写着"沿着**乌托邦大道**走一趟"。出租车停下，咚咚带着贾斯珀残余的意识下了车。"嘿！"司机喊道，"嘿！先生！两块六！"利凡已经过去了，递给他三美元。"不用找了，不用找了。谢谢。再见。"出租车轰鸣着离开。利凡抓着咚咚的双肩，他以为那是贾斯珀的。贾斯珀想解释，想道歉，想求救，但他的舌头、嘴唇和声带都不听使唤。利凡皱起了眉头。担心，贾斯珀猜测，如释重负和愤怒。"你能演奏吗？"利凡问，"你服用了什么吗？"

咚咚说："我是来演奏的。"

贾斯珀听到，他自己的声音传达出了别人的话。

"好，"利凡说，"你把时间卡得很紧，不过来了就很好。"

在他们周围，人们正在纷纷入场。

有人说："那个就是他，那是贾斯珀·德佐特。"

可这不是！这不是我！这是我的身体，被劫持了！

利凡领着咚咚走进小巷，穿过舞台门，走过走廊，他对一名舞台工作人员说："告诉马克斯和布里吉特，浪子回家了。"他们走进一间更衣室，里面有梳妆台，中间有两张红色的大沙发。埃尔夫坐在一个沙发上，跟她的朋友路易莎在一起。好，贾斯珀心想，我很高兴你找到了她，或者她找到了你。豪伊·斯托克在这里，穿得像吸血鬼德古拉，他带来了一个女朋友——或者那是他女儿？——她的眼睫毛卷曲，交错，就像捕蝇草。埃尔夫站了起来，她穿着她登上《流行之巅》时穿的那件幸运的山羊皮夹克，她说出了他的名字。迪恩对他大喊大叫。咚咚要水喝。迪恩把一壶水倒在咚咚脸上。咚咚享受着这种感觉。迪恩还在叫喊。一颗唾沫星子落在咚咚的脸上。你正在朝他喊的那个人，并不是你以为的那个人，贾斯珀想告诉他——但他再也无法告诉任何人任何事。埃尔夫更冷静一些。这里有镜子。情况变复杂了。透过以前属于贾斯珀的眼睛，贾斯珀看到以前属于他的身体，由咚咚控制着，走到了镜子跟前。咚咚在用贾斯珀的脸微笑。所以这就是我的微笑的样子。这种感觉很奇怪，甚至奇怪都不足以形容。咚咚转过身去，给贾斯珀的斯特拉托卡斯特调音，他吸取了贾斯珀的知识。路易莎摸了摸他的前额。"没有发烧。"这个女人说。马克斯·马尔霍兰来了，他面色泛红，满头大汗，后面跟着一个吵闹的女人，贾斯珀猜测，她是演出场地的老板。大家七嘴八舌。贾斯珀残余的意念没法像以前那样轻松地理顺出正确的语序。就好像开了一屋子的收音机。以前属于他的手指弹了一个 G。"我是来演奏的，"咚咚说，"我想要他们的能量。"

《把石头滚开》《蒙娜丽莎》《暗房》。猎豹的演出是怪异而痛苦的。怪异，因为贾斯珀在被动观察时，以前属于他的身体正在演奏着他再熟悉不过的歌曲。痛苦，因为表演不仅仅是技术，表演是技术和灵魂的共鸣。没有了贾斯珀的咚咚难以胜任。乌托邦大道的美国首演应该比这精彩得多。埃尔夫、迪恩和格里夫肯定在想，贾斯珀要让他们失望了。五六百个纽约人也会这么想——贾斯珀·德佐特懒得投入。乌托邦大道乐队在失望的抱怨中消亡，这让他感到痛心。讽刺的是，在我即将消失的时候，我对情感的感受比我有身体的时候还要清楚。乐队演奏到了《渔钩》。这是一个和其他歌曲一样黯然失色的版本。贾斯珀想知道，咚咚带他的新身体到这里演出，动机何在。并不是出于责任感。他能感受到咚咚对噪音和注意力的兴奋。看来，在贾斯珀认识咚咚之前，他已经是个人物了，也许他也是个表演者，或是某个身居高位或受人崇拜的人物。噢？贾斯珀问他的看守。你愿意告诉我你是什么人吗？没人回答。乐队演奏到了《证明它》。乐队和观众之间的神奇互动没有发生，而且是贾斯珀的错。但这其实是你的错，咚咚……瞧，余火就快熄灭了……如果你能满足我一个临终的愿望，让我把最后的意念用在《健全的神智》上，他们会崇拜你的。咚咚听到了他的话。他正在考虑。贾斯珀能感觉到。他的回答带着一股汹涌的电压。贾斯珀为自己重新掌控神经系统感到震惊，身体也为之颤抖。N9D 号私人病房只是八九十分钟之前的事，但这种感觉令人眩晕，前所未有。闪光球送来的缤纷光彩在贾斯珀的视野中舞动着。"感谢大家今晚的到来。"

有人喊道："你他妈得做更多，伙计！"

没人意识到的遗言才是遗言。贾斯珀扭头对迪恩说:"谢谢。"对格里夫说:"干得漂亮。"对埃尔夫说:"再见。"贾斯珀信手弹拨了几下;让技师提高吉他的音量;然后闭上眼睛……用推弦猛轰出一阵令扩音器轰鸣的嚎叫;射出一组三和弦音阶,从高音 E 一路滑落下来。贾斯珀用新的连复段来回报他当晚收到的第一阵喝彩,它并不是《健全的神智》。不会有人知道,它照搬了奶油乐队的《生于恶兆之下》。它让观众和着节奏,送上了如雷的掌声。格里夫、迪恩和埃尔夫的鼓、贝斯和哈蒙德加入进来。贾斯珀引领着这段即兴演奏,跑完三段,然后用哇音降 B 结束,它正是《健全的神智》的开头。迪恩带着贝斯连复段跟进;埃尔夫在下一小节跟进;格里夫在下一小节切入。贾斯珀俯身向前,开始用神经质的呢喃哼唱……

> 第二天我听到了敲门声——
> 那是一扇原先并不存在的门——
> 看不出它是否与犯罪有关,
> 不知它是否与潜意识有关,于是……

格里夫敲响了锣。猎豹的老板面露笑容。迪恩走到麦克风前,轮到他来为"谁也不是的人"献唱。

> 我打开了门,谁也不是的人开了口。
> "孩子,你已经变成了真正的笑话;
> 清醒这位老父亲已经离你而去——
> 可悲的事实是,你的神智不再健全。"

乐队从未演奏过更精彩的《健全的神智》。观众大声加入第三次副歌的合唱,贾斯珀的眼睛不可思议地湿润了。我很高兴,在我离开之前，有过这么一回。贾斯珀的燃料、道路和自身都要耗尽了。他冲进了急速发射的尾声部分。埃尔夫在她的哈蒙德琴上编织出了一阵旋风。格里夫在一英里深的地下召唤出了一次地震。迪恩的手指以肉眼难辨的速度，沿着Z字形飞掠。贾斯珀朝着音箱一寸一寸地迈进，直到他找到亨德里克斯所说的那个黄金点位——只听"嗡——!"的一声，犹如报丧女妖的高潮。在埃尔夫前面，贾斯珀看到咚咚从路易莎·雷身边走过，向着自己走来。这准是弥留之际的幻觉。咚咚在我的头脑里。那个幻影转向观众，沐浴在他们咆哮的热浪中，然后他看着贾斯珀，就像债主看着债务人。

他碰了碰贾斯珀的眉心。

还没等他感受到痛苦袭来，痛苦就已经结束了。

贾斯珀的身体像被丢弃的木偶一样轰然倒地。

他在舞台上面，从几英尺高的地方看到了这一幕。

所以这是真的，你真的会往上飘。

《健全的神智》已经稀里哗啦地脱离了轨道。

猎豹就像沙子一样，逐渐流失。

利凡那遥远的声音："放下帷幕！"

一股不容抗拒的速度将他带走……

带到一个沙丘，又陡又高，尽头是一道延伸到上方高处的山脊。风和沙的响动是仅有的声音。在他身后，那片空虚你越是细看，越觉空洞。暗淡的光点之河从贾斯珀膝头或腰间的高度流过，向着山脊流去。不计其数。风把贾斯珀推上山坡，当然，它也推动着那些暗淡的光点，就像风滚草一般。贾斯珀试图抓住一个，但它穿透了他的手掌。是灵魂吗？贾斯珀端详着自己的手。那只是对我的手的记忆而已。也许每一个暗淡的光点都把自己看成一个人。高高的山脊现在已经离得很近了，每走一步，都会更近。天空——如果它真是天空——

正在变暗，变成幽冥。很快——如果那真是"很快"——贾斯珀站在高高的山脊顶端，向幽冥的内部望去。一片幽深。一个个沙丘的下坡通向一片虚无的海洋。它看起来有四五英里远，但贾斯珀怀疑，距离在这里还是不是原来这回事。暗淡的光点沿着沙丘的轮廓，以不同的速度和高度，涌向那片海。贾斯珀·德佐特的灵魂走下高高的山脊……

有人发出指令："往后转。"

贾斯珀·德佐特的灵魂停在了边缘。

向海吹袭的风更猛力地推着这个灵魂。

这个灵魂抵抗着。一场拉锯战就此爆发……

贾斯珀被抛回他的身体里面，他的身体还在猎豹后台的沙发上。他试着移动。动弹不得。一条肢体、一根手指都不行。眼球和眼皮，能动。要不然，我就瘫痪了。贾斯珀能看到的八个人都一动不动。不仅仅站着不动：而是完全没有动作。迪恩就像真人大小的迪恩模型，拿着一块血迹斑斑的手帕，手帕就在贾斯珀的脸旁边。我的鼻子在流血。格里夫站在迪恩身后。路易莎，握着贾斯珀的手腕，像照片一样静止。豪伊的女友正在打喷嚏。豪伊·斯托克的指甲在他的鼻孔里。利凡和马克斯似乎正在跟一个头发蓬乱的陌生人交谈，陌生人拿着一支注射器——是一名医生吗？贾斯珀想起了约瑟夫·赖特的《气泵里的鸟实验》[①]。我依然能回忆，依然能获取事实。噪声从猎豹的舞厅渗透进来。这里面的时间停止了，但外面没有。贾斯珀回忆起，他在《健全的神智》结束时倒在了舞台上。

他想起了那些沙丘。幽冥。我死了。

[①] 诞生于一七六八年的著名画作，画面捕捉了众人在观看同名试验时的面貌。试验将鸽子置于气泵中，抽离其中的空气，鸽子痛苦挣扎。

为什么我回到了这儿？有什么东西把我带回来了。

咚咚在哪儿？还在我的头脑里。

是什么让这八个人一动不动？

一男一女走进房间。那是一名古铜色皮肤的中年妇女，穿着卡其色束腰短装、长裤、沙漠靴，戴着五彩缤纷的珠子；还有一名瘦削的亚洲男子，穿着定制西装，一头银发，戴着金边眼镜。看起来两人对人体蜡像并无不安。

"要我说，时机刚刚好，"女人说。她从医生手里挖出注射器，"天知道这里面是什么。"

亚洲男子走近沙发，蹲了下来。"你看到那道高高的山脊了吗？幽冥，还有那些灵魂……"

贾斯珀还是像之前一样，无法吭声。

男人碰了碰贾斯珀的喉咙。

"你是谁？"

"宇良·马里纳斯博士。叫我'马里纳斯'就行。伊格纳茨·加拉瓦齐让我来的。我不在城里，但这一位埃丝特——"他瞄了一眼他的同伴——"在我们的朋友沃尔特告知说他在公园里见过你之后，追查到了你的下落。"

这个人言辞清晰。他的口音很难确定属于哪里。贾斯珀的意识经过一阵忙乱，找回了牵引力。他对着其他人打了个手势。"是你们把我的朋友们定住的吗？他们会不会有事？"

"这招叫'心灵镇静'。"埃丝特·利特尔说话时带有齉声齉气的澳州鼻音。"他们会没事的。但你不一样——"她皱着眉头看着贾斯珀眉心的一个位置，"除非你尽快接受手术。"

一个年轻女人推着轮椅走了进来。"席洛在外面就像火焰喷射器一样'劝服'着那些人。要是你们不想在明天的《纽约时报》上看到群体妄想症的报道，那我们就得走了。"

"恕我直言，贾斯珀，"马里纳斯说，"但你可以作出的选择一清二楚。要么留下，一旦'咚咚'挣脱他的临时束缚，那你只有死路一条。要么跟我们走，要是你运气好，就能活下去。"

贾斯珀近期的经历飞速掠过，这是从一班不可能存在的列车上看到的，列车在清晰的画面和模糊的隧道中急速穿行。这是乐队在希斯罗机场登机飞往纽约；这是迪恩面对胡斯·德佐特和马尔滕；这是乐队在蘑菇棚里讨论，应该给"缺席的朋友"配上怎样的唱腔。大部分场景，贾斯珀都不记得自己不记得了。这是埃尔夫公寓附近的贝里克街市场的杂乱和气味；这是樱桃红色的"凯旋"跑车在果树分列道旁的下坡路段赶超"野兽"；这是贾斯珀为加入阿奇·金诺克的布鲁斯凯迪拉克乐队进行试演，发生在两个圣诞节之前。从这趟倒着疾驰的记忆列车上瞥见的记忆，浸染着气味、味道、触感、声音和情绪。这是莱克斯多普疗养院的餐厅，充满汤和鲱鱼的气味。贾斯珀自己都没有出现在这些画面里。照相机没法拍到它自己……除非是在镜子里，而我避开了镜子。到达莱克斯多普之后，记忆放慢了速度；白昼与黑夜交替释放着光与暗的脉冲，就像一盏迟钝的闪光灯。这是贾斯珀的房间，在整栋建筑的顶端。一只猫头鹰在叫。动荡不安的阳光在天花板上颤抖着。外面是良性的，里面是恶性的。蒙古人正在描述他对咚咚的围堵。那就是我在你的客人四周切开的一片空间。如果你愿意，也可以说是他的软垫牢房。慢慢变得模糊。清晨退回黑暗，什么也没有……直到前一天晚上，蒙古人解释他可以怎样把咚咚隔离开来，帮贾斯珀争取到几年的"安宁"。现在是当天晚上之前的白天。现在是海边那段经历，蒙古人向贾斯珀表明身份，而他背着装满卵石的背包，泡在齐腰深的北海海水之中……然后，记忆列车再次提速，穿过了贾斯珀作为精神病患者的那些月份；他的吉他课程，大量加拉瓦齐医生的画面……

……贾斯珀渐渐明白过来：既然这趟列车并非由他掌控，那想必另有其人，并且此人肯定在场。

贾斯珀在心里说，你是谁？

只是马里纳斯，一个熟悉的声音在贾斯珀的脑海里回答，我不想吓着你。

我不记得离开了猎豹。

埃丝特对你施以心灵镇静，医生用意念回答，之前和现在，都没有时间可以浪费。

我们在哪儿？为什么我看到了这些回忆？

马里纳斯的沉默里，兴许包含着一声叹息。不妨想象一下，在五世纪的意大利，跟一个赶骡人解释卫星技术是怎么回事。你——你的身体——现在在119A，这是我们在曼哈顿的据点。你在一间安全的楼上房间里，在一张床垫上，处于诱导昏迷状态。你很安全。暂时如此。

这一消息让贾斯珀心生警惕。我会没事吗？

这取决于我们会发现什么。眼下我们正在你的大脑里，在你的记忆视差里。它连接着你的小脑和你的海马体，发挥着终身记忆档案馆的作用。

你刚才是不是说，贾斯珀确认道，你在我的大脑里？

对，并不是实体进入。我的身体在离你三英尺远的一张床垫上。埃丝特站着也能意念传送。我必须躺着。

需要消化的信息可真不少，贾斯珀用意念回答道。

尽力吧，赶骡人。尽力。与此同时，看看这些画面。

记忆视差显示，莱克斯多普从秋天过渡到了夏天。落叶飞上枝头，挂稳，由褐转红，再变橙变绿。

一切都在倒着发生。

你正在倒着重新体验你的回忆。我们在倒带。

为什么一切比我平时的记忆更清晰？

马里纳斯扩展了这个比喻。记忆视差就好比是母带，它是完整的、四维的，诉诸多重感官的，环绕立体声和彩色的。通常的记忆就好比法庭上的素描，是精心制作的，每看一次都会有所减损。

莱克斯多普的夏季变成了春季。一只狐狸在斑驳的光影中飞速倒退。

人可以沉迷在这里，永远都不离开，贾斯珀心想。言辞和思绪似乎是一回事。咚咚在哪里？

在临时配备的禁闭室里，关不了他多久。他暴怒而又危险。

你能给他做一间安全的牢房吗？贾斯珀用意念询问道。

唉，蒙古人采用的办法是一种一次性的解决方案。大脑里没有充足的富余空间把它再做一遍了。

在咚咚恢复自由之前，我还有多长时间？

几个小时，马里纳斯回答，所以时间紧迫。

在记忆视差里，水洼将雨滴发射到树枝和云朵上。郁金香收缩进它们的球茎里。

贾斯珀问，我们要找什么？

我们要从紧密相连的昼夜节律循环中，把咚咚的资料筛选出来。我读过加拉瓦齐医生关于"病人JZ"的报告，但那些信息经过了过滤。你的记忆视差才是原始的信息来源。你第一次看到他的面孔是什么时候？

我在伊里的最后一天。那是七年前。咚咚出现在我宿舍房间的衣柜镜子里。

那我们看看。记忆列车加快了速度。贾斯珀瞥见莱克斯多普的病人们把一个雪人拆解到不复存在。他问，在猎豹的时候，你是怎么对每个人施行"心灵镇静"的?你又是怎么做到这一切的?

这是应用玄学的一个分支,叫心灵拯救术。

贾斯珀咂摸了一下这个词。它听起来就像江湖游医的学问。

我们说的五世纪赶骡人,不会知道"轨道速度"这个词。他的无知是否意味着航空学是江湖游医的学问?

不会,贾斯珀承认。心灵拯救术。它是什么?

对一些人来说,它是魔鬼的一套诡谲伎俩。对另一些人来说,它是一个武器库。对我们来说,它是一门不断发展的学科。

你一直在说"我们"。贾斯珀看到,他在莱克斯多普的第一年倒着掠过。"我们"指的是谁?

我们是骨钟派,马里纳斯回答。

贾斯珀听说过这个词。制造钟表?

在最近的几十年,是这个意思。词语在不断地演变。在过去,骨钟师研究的是时间本身。瞧,这是你刚来莱克斯多普的时候……

贾斯珀看到年轻了六岁的加拉瓦齐医生。莱克斯多普隐退到它的大门后面,变成了从赫罗特维德·维姆的捷豹轿车上看到的夜景。福尔马焦也在车里。在三十秒之内,这辆车似乎倒着开回了荷兰角的港口,同时夜色也变成了暮色。我觉得自己就像圣诞颂歌里的吝啬鬼,贾斯珀说。

我可不像昔日圣诞精灵那么快活,相信我。

阿纳姆号汽船穿过北海,驶向黎明。一肚子的呕吐物从海浪里飞入福尔马焦口中,福尔马焦倒退着冲回休息室里。

就在这天的前一天,贾斯珀说,前一天的早上。

渡轮飞快抵达哈里奇,一辆汽车从诺福克穿行到伊里,夜幕吞没了白昼,十六岁的贾斯珀回到了他与福尔马焦同住的卧室。咚—咚—咚—咚—咚的敲击声提速后,变成了急速的嗡鸣声。这里放慢,贾斯珀告诉马里纳斯,它随时都会发生……

就是现在。时间放慢到正常的速度，不过是倒挡。就在这一刻，十六岁的贾斯珀打开了他和福尔马焦在斯沃夫汉姆学院宿舍里的衣柜。一个剃着光头的东方教士在镜子里瞪着外面。记忆列车停了下来。贾斯珀宁愿移开目光，但他的意念可没有颈部肌肉，也没有可以闭合的眼睑，于是他只能审视着咚咚的审视。那是憎恨？嫉妒？仇怨？

马里纳斯用外语说了一个长句子。

我不懂这门语言，贾斯珀说。

他是在骂人，一个淡漠的澳大利亚口音低声说道，用的是印地语。

贾斯珀想要四处张望，寻找声音的主人，但他做不到。

日安，孩子，这个声音说，我是埃丝特·里托。另一个幽灵。

贾斯珀想起俱乐部更衣室里那个看上去像原住民的女人。还有别人在这儿吗？

只有我们这两只小耗子，埃丝特说。说话，马里纳斯。

我在生生世世中忘记过数千张面孔，马里纳斯说，但这张面孔我忘不掉。今后也永远不会。

贾斯珀疑惑不解。你认识咚咚？

多年以前，我们有过交集。不乏戏剧性。

什么时候？贾斯珀问，在哪儿？是怎么回事？

早在一七九〇年代初期，马里纳斯说。

贾斯珀觉得自己准是听错了。早在什么时候？

你没听错，埃丝特说，一七九〇年代。

是笑话？是隐喻？这里没有可以让贾斯珀识别的表情，于是他直接提问。马里纳斯医生，你的年龄？

回头再说。现在，我想知道你更多的背景故事。

贾斯珀的人生旅程加速奔向起点。夜晚眨眼间关闭，白昼开启，云彩急速掠过天空。季节以逆时针方向轮转。伊里主教学校的夏季学期。复活节。春季学期。圣诞节，在斯沃夫汉姆学院跟海外留学的寄宿生一起度过。米迦勒节①学期。在泽兰度过的八月和七月。又一个夏季学期。随着贾斯珀的生长发育被逆转，视点渐渐失去了高度。一架轻木滑翔机飞离了多姆堡的夏季沙丘。一场板球比赛获胜。在学校合唱团唱《成为朝圣者》(To Be a Pilgrim)。在大乌斯河里游泳。玩板栗游戏、弹珠、抛接子游戏和"陷进泥巴"的游戏。很快贾斯珀就六岁了，德佐特家接他去过绅士生活的那辆黑色汽车，倒着开回了他姨妈在海滨小镇莱姆雷吉斯的膳宿公寓。贾斯珀缩小到了五岁、四岁和三岁的样子，周围是些巨人，他们的情绪就像天气一样无法解释。贾斯珀那有残疾的姨夫、斥责、捉迷藏、卡丁车、在黑暗中写字的烟花棒、阳光明媚的日子、个头像牛一样大的可怕的狗、婴儿车，以及花岗岩防波堤画着弧线探进暗绿色大海的景色。海鸥们攻击着一袋掉落的薯片。孩子们——贾斯珀的表哥表姐——发出尖叫。这一系列的画面定格在一个忧心忡忡的女人脸上。那是我的内莉姨妈，贾斯珀说，我母亲的姐姐。

这是你十二个月大的时候，马里纳斯说，现在事情变得模糊不清了……画面相互融化在一起。一个被狗吃掉的黑脸玩偶。被手指夹碎的烤豆子。窗外的雨。一瓶婴儿配方奶粉。内莉姨妈无法成眠的面孔在轻轻哭泣："米莉，你为什么要这样对我们？"号啕大哭。失禁。满足。所有线条都已涂污，透视法已经失效。有八个星期，婴儿的眼睛无法聚焦，马里纳斯解释说，对凡夫俗子来说，这里就是终点了。通常来说是这样的。但如果我的假设成立的话……

---

① 九月二十九日，纪念天使长米迦勒的基督教节目。

画面的动态还在持续，看起来臃肿而迟缓——

——直到猛地一震，一滑，某种瑕疵并入轨道。假如贾斯珀还有一副躯体，他会稳住自己的身子。

那股动感还在持续，但现在它画出弧度，偏离了水平方向，转至垂直方向。就好像我正在坠入一口井中，贾斯珀心想。透过井壁上的窗户，他瞥见了烟花和米莉·华莱士。钻石头山，开普敦的著名山丘。对船长室的一瞥。这些画面要比贾斯珀婴儿时期的那些更清晰，但不如他童年的那些来得鲜明。就像用照片翻拍出的照片，或者用录音翻录成的录音。但这些并不是我的回忆，贾斯珀说。

这些是你父亲的生活片段，马里纳斯说。

胡斯的妻子穿着婚纱。莱顿大学，贾斯珀猜测，那是在一九三〇年代。放风筝。学习打水漂……

画面又是一震。那种感觉是怎么回事？贾斯珀问。

那是代际连接点，马里纳斯说，我们已经看到了你祖父的画面，在他给你父亲当父亲之前。欧洲人陈尸于非洲的天空下。看起来像是布尔战争，我对它记忆犹新……一场见鬼、愚蠢的混乱。

出现了一座教堂，挤满穿着旧时服装的会众。我认得这座教堂，贾斯珀说。这是泽兰省多姆堡市。

你认得的是六十年之后的它，马里纳斯指出。

我发现，他只往男孩身上转移，埃丝特说。

谁还不是时代的产物？马里纳斯说。

首先，埃丝特回答，空想家就不是。

贾斯珀在热带的天空下瞥见了荷兰风格的、运河岸边的房子。马车。种植园。爪哇。沉船。一条鳄鱼攻击一头水牛。蚊帐下面，油灯照亮的一个美拉尼西亚女人。油灯照亮的一场模糊不清的性爱。火山。决斗——中枪受伤，在精神上引发的震惊。感觉如此真实，马里纳斯。

就像早期的电影给早期的电影观众带来的感受一样。

贾斯珀问，记忆会沿着血脉流传下去吗？

通常不会，埃丝特说，记忆视差会与它所在的大脑一起死去。但骨钟派处置的并非通常情况。

那我们怎么会，贾斯珀问，正在观看我存在之前的记忆？

我们已经不在你的记忆视差里了，马里纳斯说，这些是对你祖先的经历的回忆。只不过它们是被一名"德佐特家族的客人"存档，他把它们从父亲传给儿子，再传给儿子的儿子，再传给你。这就是这名客人的记忆视差，用他的宿主的回忆缝合而成。

就像一条巨大的传世围巾，埃丝特说，由单条的围巾连接而成。

就像蒙古人那样的客人吗？贾斯珀问。

有区别，马里纳斯告诉他，德佐特家的客人没有，或者说不能，从他的宿主那里迁移过来。直到你这一代，他才完全清醒过来。

樟脑丸的气味。一只只打开的箱子，装有白色的晶体。樟脑，马里纳斯说，十九世纪日本出产的贵重货物。我们就要接近真相了。一个倾斜的城市，有着棕色的屋顶，绿色、更高的稻米梯田。贴着码头停泊的打鱼舢板。一艘拿破仑时代的帆船驶入海湾，倒着接近——一座扇形的小岛，由一座短短的桥梁与陆地连接在一起。一面荷兰国旗在高高的旗杆上飘扬。这是北京？暹罗？香港？

长崎，马里纳斯说，荷兰东印度公司的一个贸易站，名叫出岛。丧钟的声音。焚香。一座刻有"卢卡斯·马里纳斯"这个名字的坟墓。

那是你的名字，贾斯珀说。

是我的，马里纳斯用奇怪的语调回答。羽管键琴的琴声。一个体壮如熊的男人在一间早期的手术室里。

你喜欢吃派，埃丝特·里托注意到，瞧你那肚子。

我在出岛上困了十年之久。马里纳斯的话听起来充满防备。英国人抢劫了荷兰的海船。派是我少有的乐趣之一。我死在了那里。多谢了，不列颠。仔细看，贾斯珀，你要见到某个人了……

记忆视差呈现出一张西方人的脸，一个二十八九岁的男人，长着雀斑，一头红发。他擦拭着额头上的汗珠。那是雅各布·德佐特，马里纳斯说，你的曾曾曾祖父。这一幕看似正常，只是雅各布眉心有个黑色的小孔。雅各布正用羽毛笔在账本上写字。随着羽毛笔划过纸面，数字消失了。雅各布头上的小孔缩小不见了。外面传来模糊的喊声。

就是它，埃丝特说，就是刚才那一刻。

我不明白，贾斯珀说，哪一刻？

咚咚进入你祖先体内的那一刻，马里纳斯解释说，他由此开始了他的旅程，一路来到了你的体内……

观察点在长崎上空倒着旋转。烟雾涌流成炊火。海鸥在"眼睛"旁边倒着盘旋。那道轨迹穿过阳台上的纸屏风，突然停在一个房间里。画面凝结不动了。这段回忆并不模糊，而是像针尖般锐利。编织的草席气味清新。滑动的屏风上装饰着菊花。一张围棋桌翻倒在地，一碗白色的棋子散落一地。四具尸体东倒西歪。最年轻的是一个和尚。一个是一位年长的官员，眉毛纤细。第三具看起来像是一名高阶武士。最后一具尸体是死掉的咚咚。一只红色的葫芦侧翻在地，附近散落着四个炭黑色的酒杯碎片。这里是哪儿？贾斯珀问。

晚菊斋，马里纳斯说，我从未想到，还能再看到这个房间。

我看，是毒药吧，埃丝特说，某种起效迅速、毒性猛烈的毒药。

谣言是这么说的，马里纳斯确认。让我们从我们的对手说起吧。咚咚是一家密传的神道寺院的住持。他的真名原先是，现在也是，榎本。那是一八〇〇年，如果我没记错的话。他的僧众在不知火山的寺院里开设了某种后宫。那里位于雾岛山上，要走两天才到。但那个后宫的目的并不寻常。它就像是某种畜牧养殖场，为的是确保婴儿的供应。

贾斯珀问，为什么宗教团体会需要婴儿？

为了把他们的灵魂提炼成一种液体，他们称之为"魂油"——灵魂之油。通过饮用它，僧人们无限期地推迟了死亡。

贾斯珀看着死去的榎本住持。他的嘴唇是黑的。榎本相信，他是妖术师？

马里纳斯犹豫不决。灵魂之油，用一个不合时宜的说法，做到了它在标签上宣称的事。喝下它的那些人没有变老。

如果我把这件事的任何一部分告诉加拉瓦齐医生，贾斯珀心想——

他都会说这是精神分裂症发作，马里纳斯表示同意，毫不迟疑。他是一名不错的精神病学家，但他的参照框架是有局限性的。

但长生不老药不是真的，贾斯珀说。

一千种里面，总有两三种是真的，埃丝特说，骨钟派就是为了那两三种而存在的。

在猎豹里的心灵镇静术，马里纳斯说，记忆视差。这个。埃丝特和我。这些全都是你想象出来的吗？

我认为不是，贾斯珀说，但我要怎样才能确定呢？

愿上帝赐予我力量，埃丝特深深地吸气，呼气。

那就按照福尔马焦的建议，马里纳斯说，把我们归入 X 理论。不是现实，不是妄想，而是一种有待证明的现象。

贾斯珀不知道如何回应。X 理论是唯一的出路。他回到那四具尸体那里。是谁杀死了他们？

这一连串的事件足以填满一本大部头的小说，马里纳斯回答，地方长官城山——穿着这件粗呢衣服的武士——获悉了榎本杀害婴孩的摄生之法。于是他设计了一出计谋，通过毒杀那位强大的住持，斩灭这家寺庙的首脑。榎本对毒药有着明智的疑虑，所以这出计谋需要这位长官和他的管家一起服毒。如你所见，这出计谋成功了。榎本年轻的侍僧陪同师父参加了错误的茶会。

贾斯珀看着犯罪现场。这个场面既悲伤又真实。既然计谋成功了，那么咚咚——榎本——是怎么活下来的？

阴影之路的秘术，埃丝特·里托回答，他的灵魂抵挡海风的时间足够久，足以找到一名宿主——你的祖先雅各布·德佐特，他当时在货栈工作。但为什么是他呢，马里纳斯？在长崎所有潜在的宿主当中，是什么把一家不起眼的寺院住持和四分之一英里外的一名外国职员联系到一起的？

当时有一个女人，马里纳斯说。

啊哈，埃丝特说。

一个名叫蓝场川织斗的女人。她是日本第一位研究兰学的女学者。我在出岛的诊所里教她接生和医学。雅各布爱上了蓝场川小姐，就像这类故事里的白骑士一样，但榎本把她拐骗到了两日路程之外的不知火山。这位住持想让日本最出色的助产士来照顾他的养殖场里的女人。

这层联系为什么足以强大到，埃丝特问，在死亡来临的那一刻，牵引着榎本的灵魂，穿越了半个城市？

马里纳斯斟酌着词句。雅各布·德佐特、一个名叫绪川的翻译，还有我，在将榎本的罪行披露给地方长官城山的过程中，各自发挥了一定的作用。从榎本住持的角度来看——他们看着那名死去的僧人——我们是杀害他的同谋。

埃丝特就此衡量了一番。那就是一条因果线。榎本的灵魂沿着它一路奔行。或者是一条灵歌之径①，我的族人可能会这样说。

---

① 澳大利亚原住民传统信仰中，其祖先在梦幻时代穿越大地和天空的一条路径。在传说与壁画中对这一路径多有提及。

贾斯珀觉得自己跟不上他们的思路了。所以我那位在货栈工作的祖先,在一八〇〇年害死了这位"真正的"妖术师。濒死之际,榎本的灵魂"飞"进雅各布·德佐特的脑袋,钻了进去。他像幼虫一样在里面蛰伏下来。这只幼虫从父亲传到儿子,传到儿子,传到赫罗特维德·维姆,传到我父亲,传到我。与此同时,他也在"掌握"宿主们的记忆,编织出一条越来越长的记忆围巾。然后在一九六〇年代——十六年之后——榎本终于养足精神,"苏醒过来",瓦解了我的神智,占据了我的身体。

就是这样,孩子,埃丝特说。

有办法治好吗?贾斯珀问。

我们不能直接把榎本赶走了事,埃丝特说,就好像我们是两个执达吏那样,如果说这样才是合乎你期望的。

这正是我期望的,贾斯珀承认。

如果我们动用武力,而榎本发起抵抗,马里纳斯解释说,脑损伤会要了你的命。从神经学和心灵拯救学来讲,他扎根太深了。

那我们能做什么呢?贾斯珀问。

做一笔交易,埃丝特说,不过就算他同意了,还需要做一场非常细致入微的心灵手术。

我们需要跟他谈谈,马里纳斯说。

等等。贾斯珀慌了神。我怎么知道"心灵手术"是否成功?

如果成功了,马里纳斯说,你会在这儿,在119A醒来。

如果不成功呢?贾斯珀问。

接下来你就会看到高高的山脊和幽冥,埃丝特说,但这一次,我们就没法把你再带回来了。

我没有多少选择的余地,不是吗?贾斯珀问。

晚菊斋渐渐隐去。

天花板普普通通。房间很宽敞。他在一张床垫上。不在通往高高山脊的斜坡上。地板是木制的。贾斯珀检查了一下他的颅骨内部，发现咚咚——或者榎本——不见了。不是像蒙古人的手术那样被隔离开来，而是像拔掉的智齿或还清的债务那样消失了。消失了。浅色的窗帘过滤掉了阳光。贾斯珀坐直了身子。他还穿着昨天的内衣。他的衣服被叠好，搭在安妮女王时代风格的椅子上。房间里的家具陈设稀少而奇特：墙上的挂画里一只猴子试图触摸自己在月光下的倒影，一个新艺术风格的书橱，一张绘有种种符号的地毯，一台古董羽管键琴和一个写字台，上面放着一支钢笔、一个墨水瓶，再没有别的东西。一片寂静。

贾斯珀站起身，拉开窗帘。窗户大约在五层楼的高处。曼哈顿的屋顶高低起伏，错落有致。不远处，克莱斯勒大厦的斜面边缘升入了低垂的云层里。外面在下雨，雨势和缓。书架上按照多种语言字母表的顺序摆放着书，那些是贾斯珀不认得的语言：有亚米尼·马里纳斯·乔达里编的《永生不灭》；H. 达姆斯玛与 N. 米德马合著的《低地国家暗流简史》；L. 坎蒂利翁的《大揭秘》；席洛的《阙文研究》；还有一本斜支着面朝外，是 M. 贝里著《公民弗朗索瓦·阿尔卡季对巴黎之战、公社以及随后血腥屠杀的目击记述，他本是自豪的公社成员，后转而从事制表业》。斯卡拉蒂的一首奏鸣曲的乐谱摆在羽管键琴上。贾斯珀掀开琴盖。琴很旧了。贾斯珀的乐谱视唱不如埃尔夫，所以他弹了《木筏与河流》开头的几节。这些音符的音质发虚，有点像玻璃。这个房间连着一间小卫生间，他进去用了一下。他穿上衣服，但没看到他的鞋子，因此他穿着袜子走到门前。门滑开后，里面是一个装有镶板的电梯。贾斯珀走了进去。电梯门闭拢了。五个没有标记的按钮连成一行；第六个按钮上标有"★"。贾斯珀按下星号。他等待着电梯运行，但它并不像切尔西旅馆的电梯一样，会发出铿锵的齿轮声，或者缓慢的碾磨声。什么也没发生。

贾斯珀滑开电梯门，看到的是一个优雅的舞厅，它有着高高的天花板和枝形吊灯。在长桌的尽头坐着宇良·马里纳斯。"你也许想走出那里，"医生说，"电梯有自己的主见。"

贾斯珀走进舞厅。三扇大窗是半透明的。一面巨大的镜子令空间和光线倍增。贾斯珀转开目光，又转了回来。少了一个恐惧症。多个时代的画作装点着墙壁，包括阿尼奥洛·布龙齐诺的《维纳斯、丘比特、荒唐与时间》。贾斯珀还以为这幅画在伦敦的国家美术馆。"咚咚不在了，"他告诉马里纳斯，"所以我想，昨晚是真有其事。"

"他的确不在了。是真有其事。"马里纳斯指了指他旁边的一个座位，掀开一个用来给食物保温的银色圆盖。里面有水煮蛋、蘑菇、棕色吐司、葡萄柚汁和一壶茶。

"这是我喜欢在家里吃的东西。"

"哦。如果你饿了，就大吃一顿吧。"

贾斯珀发现他是饿了，就坐了下来——他意识到，他们一直在说荷兰语。"所以你是精神病学家、骨钟师，也是语言学家。"

"我的荷兰语生疏了，所以——"马里纳斯用回了英语——"我就不让你的耳朵受罪。六世之前，我在荷兰的哈勒姆重生过，但荷兰语发展得太快了。真的，我应该去那里住上几个月，复习一下。也许加拉瓦齐可以安排一个住处。"

贾斯珀把黑胡椒碾碎在他的鸡蛋上。"你真的回来了？一世又一世？"

"同样的灵魂，原先的思想，新的身体。好了，我们别把我们的早餐放凉，辱没了厨师。祝你有个好胃口。[①]"

---

① 原文为法语。

马里纳斯的圆盖底下是一碗米饭和味噌汤。他们在沉默中吃了一分钟。常人在没有聊天的情况下会感到尴尬，但马里纳斯并非常人。贾斯珀注意到，马里纳斯的报纸是俄语版的《真理报》。"你前世做过俄罗斯人？"

"两次。"马里纳斯擦了擦嘴。"任何名为'真理'的报纸，都注定装满了谎言。但谎言也会给人以启迪。"

贾斯珀的蛋黄流淌着黄橙色。"所以咚咚同意不战而走，心灵手术成功了。"

马里纳斯把一小碟腌菜倒在他的米饭上。"我们给出了一个提议。埃丝特很有说服力。"

贾斯珀把一些茶倒进韦奇伍德茶杯。"一个提议？"

"如果他允许你回归正常生活，"马里纳斯举起他的碗和筷子，"作为回报，我们也会允许他回归正常生活。"

"那要怎么实现？他可没有身体。"

"我给他找了个备用的。"

贾斯珀茫然无措。

"去年六月，在东部沿海地带，一名少年吸毒过量。当天夜里，他的灵魂离开了身体，但他的身体通过陷入昏迷来进行自救。警方无法确认他的身份，也没有人前来探望。八月，无名氏的昏迷降级为持久的植物人状态。美国的医院是企业，护理费用相当昂贵。生命维持系统原本定于星期五撤掉。大约在……"马里纳斯掏出一只挂在链子上的钟表，"……九十分钟之前，无名氏恢复了意识。他的治疗团队会说这是奇迹。'奇迹'这个词对埃丝特的心灵手术是一种伤害，不过没关系。无名氏的身体就是榎本寄宿的新身体，也是他最后的身体。若是没有意外，他应该能活到八十岁。"

"灵魂移植。"

马里纳斯啜饮着味噌汤。"可以这么说。"

花瓶里的郁金香是酒红色的，带有雪白的纹路。

"如果榎本又开始酿制灵魂之油呢？"

"那他就成了骨钟派的敌人。"马里纳斯大嚼着腌菜，"这是有风险的。我们的所作所为，在伦理层面是灰色的，我承认。但如果伦理不是灰色的，它就不是真正的伦理了。"

贾斯珀吃了一个蘑菇。"所以，骨钟派是某种……从事心灵拯救的联邦调查局。真是一项神奇的工作。"

马里纳斯皱起的眉头下面，或许有一丝笑意。

贾斯珀已经清空了他的盘子。他用拇指摩挲着他属于吉他手的老茧。"我现在该做什么呢？"

"你想做什么？"

贾斯珀想了想。"写一首歌。趁这段记忆还没褪色。"

"那就回切尔西旅馆，写一首歌吧。我听说，大家都在那儿。去吧。好好干。你的身体看起来不错，再过五六十年也没问题。"

利凡和乐队成员……"其他人呢！他们会以为……我被绑架了。又或者……昨晚在猎豹的事该如何交代？"

马里纳斯用他的纸巾擦了擦嘴。"席洛把所有目击者的记忆视差篡改了几分钟。"

"我不知道这句话是什么意思。"

"他们对后台发生的事情的记忆已经被抹去，取而代之的是一套掩人耳目的说法。你在舞台上昏倒了。救护车把你送到你的荷兰医生一位同事的私人诊所，做检查和观察。这与事实相差无几。我早些时候给法兰克兰先生打了个电话，告诉他一个好消息，我已经确定了你昏倒的原因：内分泌失调，可以用一个疗程的抗凝血药治疗。"他从外套里掏出一个药盒，将它滑向贾斯珀。"一件舞台道具。它们只是糖，但它们很大，令人印象深刻。"

贾斯珀接过盒子。我再也不需要奎鲁丁了。"我能在今晚猎豹的演出中演奏吗?"

"你最好能,在所有这些麻烦之后。"一个年轻女人已经到了。她有一头油墨般乌黑的头发,穿着一件灰紫色的连衣裙,行走时踏地无声。"你的气色恢复过来了,德佐特。"她看起来很眼熟。

"昨晚是你给我送来了轮椅。"

"我是乌娜拉克。我开车送你回旅馆。"

该走了。马里纳斯正送他到电梯口。

"我还有更多想问的问题。"

"我并不感到惊讶,"这位连续轮回者说,"但更多的回答会是多余的。"

贾斯珀走进装有镶板的电梯。"谢谢你。"

马里纳斯从眼镜上方端详着贾斯珀。"我能从你身上看到你的祖先雅各布。他的台球打得普普通通,但他是个好人。"

乌娜拉克开车载着贾斯珀穿过下着蒙蒙细雨的曼哈顿时,相当沉默寡言。骨钟师不怎么说话。卡洛·杰苏阿尔多(Carlo Gesualdo)[①] 鬼哭狼嚎的牧歌填补了沉默。这辆毫无特点的黑色轿车穿过了中央公园,贾斯珀在那里迷路,还是一晚上外加半个白天之前的事。公园另一侧的街道变得更加破旧,很快,他们在切尔西旅馆旁边停了下来。乌娜拉克眯着眼仰望着砖砌的外墙,上面有窗子、阳台、石砌的部分。"当初,开业派对持续了整整一个星期。"

"我不会记得这些的,是吗?"

乌娜拉克没说是,也没说不是。

"我明白。如果政府知道了骨钟派,他们会把你们全都关进实验

[①] 卡洛·杰苏阿尔多 (1561—1613),意大利文艺复兴晚期的作曲家、鲁特琴演奏家。

室，你们就再也见不到阳光了。"

"我倒想看看他们试试。"乌娜拉克说。

"或者，如果公众知道榎本这样掠夺成性的人……或者知道死亡是可以推迟的……还有什么不会改变？为了弄到灵魂之油，有权有势的人还有什么做不出来？"

一辆垃圾车咆哮着驶过。玻璃在车体内部被压碎。

"你的生活在等着你，贾斯珀。"

"我能不能问一下，如果骨钟派——"

贾斯珀在人行道上，看着乌娜拉克冰冷的双眼。

"骨钟派？"她问，"那不是修理旧钟表吗？我对它恐怕不太了解。那么，再见了。"

贾斯珀目送汽车消失在拐角。

"朋友，"一名毒贩在贾斯珀的肩膀上说，"你需要什么？就算我没有，我也会弄到。告诉我，你真正需要的是什么？"

埃尔夫、迪恩、格里夫和利凡围坐在一起，享用西班牙早餐。

"啊呃，"格里夫说，"烦恼之源来了。"

"明明有那么多逃避安可的办法。"埃尔夫说。

"说到这个，我们得到了不错的评价。"迪恩举起《纽约星报》。"看起来，你的崩溃是因为……"他寻找着那句话，"……'炽热的创作才能'。谁能想到呢？"

利凡站了起来，紧紧抓住贾斯珀的肩膀。"我醒来后之心想，见鬼，我甚至都不知道那家诊所的名字！然后电话响了，是……马里诺医生，他告诉我一切都好。那股如释重负的感觉让我差点死掉。"

"坚不可摧，这就是我们的贾斯珀，"迪恩说，"也许他是不死之身，但他没有告诉任何人。"

"到底什么是'内分泌失调'？"埃尔夫问。

"埃尔夫，"迪恩说，"让这个可怜的家伙喘口气吧。贾斯珀，伙计。坐下。喝点咖啡。你感觉怎么样？"

从现在起，贾斯珀决定，我是一个研究感觉的人。"我感觉……"他看着他的朋友们，"就好像我的人生即将开始。"

第三颗行星

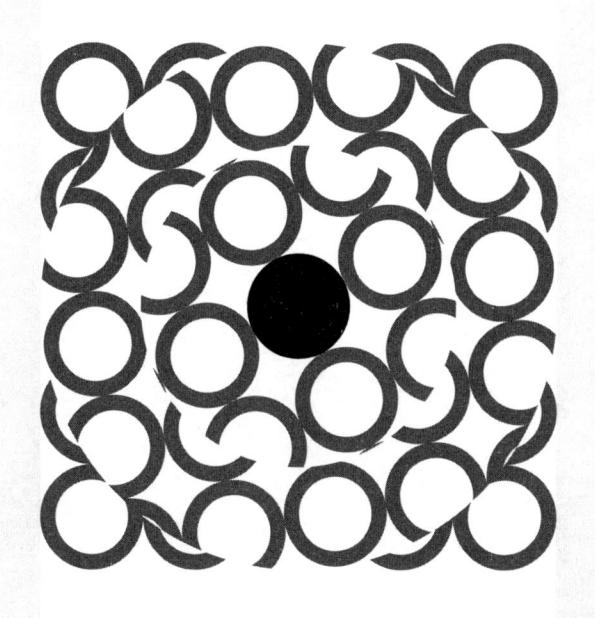

B

我自己在这儿都是个陌生人（莫斯）

圣杯八（莫斯）

通往遥远西方的狭窄公路（莫斯）

我自己在这儿都是个陌生人

　　为什么他妈的不呢？迪恩把布朗尼相机的带子往脖子上一挂，爬上阳台栏杆，抓住树木弯曲的树干，开始像考拉一样攀爬上去。树皮呈鳞片状，贴在他的皮肤上，热乎乎的。下方，月桂峡谷如塌陷般倾斜。坡度平缓的屋顶，平整的屋顶，泰山电影里的植物，后院里的游泳池。这里并不是美国的"后花园"。迪恩来到树干上的一处"Y"形枝杈上，在那儿稍事休息。地面离得老远。就算没摔断脖子，也会断胳膊断腿。他通过布朗尼相机的取景器看过去，怀疑这部相机能不能把这片宏伟的景象拍出十分之一。洛杉矶被纵横交错的街道划分成一个个方格，像水洼一样平坦，就在一英里开外的地方。太平洋如同海军制服的条纹，嵌入了金属亮片。我是莫斯或莫法特家第一个看到它的名人。加利福尼亚州的天空才是真正的蓝天。英国的蓝天只是廉价的冒牌货。花朵也是如此。这里的花朵洋洋洒洒，蓬勃生长，肆意绽放。鲜红色的喇叭花，绚烂的紫丁香，石竹花，弯曲的嫩芽。多美的地方，多美的一天，多美的时光……轿车隆隆驶过。虫鸣仿佛上紧和松开发条。鸟儿唱出奇异的音符。迪恩拍了一张照片，只为回国后拿给雷和尚克斯看。往内陆方向走，是琼尼·米切尔（Joni Mitchell）的阳台，几乎跟迪恩歇息的"Y"形枝杈平齐。她正在尝试各个版本的第一句歌词："我昨晚睡在一家上等旅馆……"然后是："我昨晚睡在一家好旅馆……"然后是："我喜欢在上佳的酒店落脚……"旋律很美。我要让埃尔夫给我上钢琴课……

迪恩离开伦敦越久，他就越不想回去。就像反有的思乡症。因为英国的垂青，《把石头滚开》现在在英国排行榜上名列第十二位。如果乌托邦大道是一支足球队，它之前一直游荡在丙级联赛靠后的位置。几乎就在一夜之间，他们升到了甲级联赛靠前的位置。人们开始认出迪恩，纷纷向他索要签名，包括夜总会的保安。他有一辆樱桃红色的"凯旋喷火"，停放于利凡在贝斯沃特的那套公寓后面的封闭式车库里。更不用说还能与蒂凡妮·西布罗克经常做爱了，她比我以前的那些女朋友加起来还要性感。另一方面，英格兰也意味着克拉多克一家，一名有可能是迪恩儿子的男婴，还有这家人的律师，他可不是个好说话的人。英格兰意味着罗德·登普西，如今他的做派越来越像黑帮头目。英格兰有百分之八十的收入税，糟糕的天气，罢工，只有一种口味的冰激凌——白色那种。再者，如果说大不列颠喜欢这支乐队，那美国就是爱我们。乐队在猎豹震撼登场之后，他们又在越来越大的场馆，以强劲的表现演了三场。星期五，吉米·亨德里克斯来过后台。金杰·贝克希望迪恩出现在他的下一张专辑里。几天前，在切尔西，一名黑人模特向他示爱。绅士怎么能拒绝呢？

"迪恩？"埃尔夫出现在阳台上，穿着嬉皮小姐的黄色直筒连衣裙，四处张望。她的头发用毛巾包裹起来。她看不到他。他很想躲起来，但他还是喊道："我是泰山，你是珍妮。"

"天哪！这样安全吗？"

"放松，我已经读过一百万本蜘蛛侠漫画了。"

"你有个电话。"

打到这儿来了？"好吧，不管是谁，你可以告诉他，我在月桂峡谷的一棵棕榈树上，而且我永远不会下来。除非是吉米、金杰或詹尼斯。为了他们，我可以下来。"

"那罗德呢？"

"洛·史都华？真的？"

"不，你这笨蛋。罗德·登普西。你朋友。"

下方四十英尺的落差陡然变成了四百英尺。迪恩抓得很紧。"呃……"如果我躲着他，他就会猜到，是因为我帮肯尼和弗洛丝跑路了。"告诉他我这就来……"

"向美国的国王致敬！"

"你的声音很清楚。"迪恩尽量让自己听起来很随意。"谁能想到，电话线居然能延伸到这么远？"

"卫星时代了，伙计。巡演顺利吗？《新音乐快递》说，你们在纽约大受欢迎。"

迪恩觉得自己就像一名被告，因为几句简单的开场白就放松了警惕。"第一天晚上，贾斯珀在舞台上崩溃了，但他现在没事了。这通电话要花费你不少钱吧。我能为你做点什么？"

"首先，我的房地产经纪人说，你和贾斯珀可以搬进科芬园的公寓。"

"妙极了，罗德。非常感谢。"

"很高兴能帮上忙。第二件事恐怕有点儿不那么妙。"

他知道肯尼和弗洛丝的事了。"是吗？"

"这事挺微妙，我就直说了。两天前，我听到一个恶心的谣言，说一名著名电影导演的夫人与一个年轻的英国贝斯手，在海德公园大使馆的顶层，有了那么一套'艺术'照片。"

怎么会？怎么会？在木质走廊上，埃尔夫和贾斯珀正在为贾斯珀的"中央公园那一位是谁？谁在黑暗中发笑？"这一句歌词和声。

罗德问："你还在吗？"

"你看过了吗?那些照片?亲眼所见?"

"我冒昧地看了,是的。因为我们是朋友。我需要确认一下,这谣言是瞎扯还是真有其事。我得说,是真有其事。"

迪恩强迫自己问:"你能看到什么?"

"手铐。面孔。可乐。不光是面孔。他们把你们拍了下来。"

门口的珠帘在风中咔啦作响。"是谁拍的?"

"也许是希尔顿酒店的一名内部人员认出了你,泄露给了一个专门做这行的。看起来是在隔壁墙上打了个洞。拍得很清楚。一切都很像詹姆斯·邦德。"

"谁会费那个工夫呢?我又不是他妈的约翰·普罗富莫①。蒂凡妮又不是间谍。"

"你既有公众声誉,又有用来保护它的钱。"

"比起"——毒贩兼皮条客——"股票经纪人或房地产经纪人,我可不算有钱。"

"《啪啪新闻报》②愿意出三千镑,买你和赫尔希夫人的照片。这种事比你想的更常见。"

迪恩想象着一旦丑闻曝光,安东尼·赫尔希会作何反应。电影合约会被取消。蒂凡妮的职业生涯将会终结。在她的余生里,她始终都是"有两个孩子还跟人通奸的母亲"。

"你别一言不发啊。"罗德说。

"这是个该死的噩梦,就是因为这个。"

"振作起来,你有这么几个选择。嗯,三个。"

"左轮手枪、绳套或安眠药?"

"大棒、萝卜或'萝卜加大棒'。大棒就是,你告诉那个拍照的机

---

① 约翰·普罗富莫(1915—2006),英国政客,因桃色新闻下台。
② 即《世界新闻报》,因热衷报道各种性丑闻而得此绰号。

灵鬼，如果照片浮出水面，你会让他坐进轮椅。涉及膝盖骨的时候，人们会被说服的。"

"这我不能怪他们，我也一样。"

"问题是，如果他们说你是虚张声势呢？你要么退缩，要么把威胁付诸行动。密谋致人重伤会让你获刑两到四年。"

"如果那是大棒，那萝卜是什么？"

"拿出面包，换取底片。"

"什么能阻止那些浑蛋再来找我？"

"的确，这就是萝卜的问题。我的友好建议是，用'萝卜加大棒'来回应。你这么说：'恭喜你们，把我逮了个正着。我喜欢平静的生活，所以这是一份合同。签了它，三天之后，一千镑就会出现在你们的账户上。把底片寄过来，另外一千镑就会在三天之后出现。但如果你们再次出现在我的门前，那就是战争。如果其中一张照片出现在任何地方，你们他妈一定会后悔。成交吗？好的。在虚线上签字，别玩花样。'或是类似的话。如果他们对你出尔反尔，你也可以控告他们勒索。"

珠帘咔啦作响，好像有人刚刚穿过。"我觉得，我没法把这些话，"迪恩说，"说得让人信服。"

"这不是你的专长。但只要你同意，我来执行萝卜加大棒。既然我已经做起了生意。"

迪恩想到了钱。"两千镑。"

"在搞结了婚的女演员时，换一家旅馆吧。你能负担得起，伙计。你负担不起的是这件事被传出去。你的女朋友，她会教训惨痛。离婚。耻辱。"

他是对的。"做吧，罗德。拜托了。萝卜加大棒。"

一辆车停在外面的车道上。是利凡和格里夫。

"交给我吧，"罗德说，"不过，迪恩，首先——你得向我保证，别跟你的经理或你的女朋友透露任何事情。如果搞砸了，知道的人越少越好。"

"同意。我保证。谢谢。"

"这是格雷夫森德男孩与世界进行的较量。我们会渡过这个难关的。我很快会再打给你，让你知道进展如何。"咔。

嗡……………………………………迪恩挂断电话。

"《洛杉矶时报》爱你们，"利凡走进屋里，拎着一箱杂货，"你们的演出票是城里最热门的。"

"瞧瞧这个。"格里夫举起一只真正的菠萝，"就像从罐头标签上拿下来的。价钱比罐头还要低。真是个见鬼的国家！"

"好消息，"迪恩说，"罗德·登普西刚从伦敦打来电话。说我和贾斯珀可以搬到科芬园的那套公寓去。"

利凡无法掩饰他的喜悦。"我愿意让你和贾斯珀在我的公寓里露营一周，不过……"

"好事来得过了头，也会叫人受不了，是吗？"

加州的阳光一闪，安东尼·赫尔希走进"金星"录音棚加装了木条的控制室。迪恩为室内光线昏暗感到庆幸。他觉得"内疚"这个词仿佛写在他的脸上。他按下对讲系统开关，告诉埃尔夫、贾斯珀和格里夫："托尼到了，伙计们。"

加州的安东尼·赫尔希要比伦敦的他更粗鲁，他新留了一撮山羊胡，穿着夏威夷印花衬衫。迪恩寻找着绿帽男的怨恨迹象，但并未发现。"蒂芙向你问好，迪恩，"赫尔希告诉他，"我们昨晚聊过。"

"祝她好。也问候她。她怎么样？"

"哦，你知道蒂芙的。忙得不可开交。处理孩子们的事情，管理房子，搞定所有文书工作……"

他并不知道。"你太太是位杰出的女士。那个推销'凯旋'的推销员对她言听计从。"

"我是个幸运的男人。我知道。"

埃尔夫、格里夫和贾斯珀从录音室进来。"大家好,"赫尔希说,"恭喜你们,《洛杉矶时报》今早刊登了这篇文章。听起来像是一场很棒的演出。如果可以的话,我今晚就会去看。"

"我会把你的名字加进赠票名单里,"利凡说,"道格·韦斯顿说,经过昨晚之后,演出票热得足以造成三度烫伤。乐队在猎豹的演出是很精彩,但人们会在本世纪剩下的时间里,一直谈起乌托邦大道一九六八年在'行吟诗人'① 的演出。记住我的话吧。"

"确实如此,"贾斯珀心思单纯地说,"我们演奏得不错。"

安东尼·赫尔希把这尴尬的一刻翻篇。"你们就像特洛伊人一样工作,这是肯定的。我看了你们的行程。这里结束之后,就是旧金山。今天晚些时候有新闻发布会。是哪一档电视节目呢?《史默思兄弟(Smothers Brothers)② 》?"

"《兰迪·索恩的流行乐大爆炸!》。"利凡看了看表,"请原谅我进入了经理人模式,托尼,但时间有点紧。"

"那就说正事,乐队成员们。利凡告诉我,在征服美国期间,你们已经找出时间,对我们的《狭窄公路》项目作了一番思考。"

"在这件事上,迪恩发挥了主导作用。"埃尔夫说。

"那就跟我说说,迪恩。"

"我不是什么了不起的读书人,不过你寄来的那个剧本,我把它拿起来读了,呃……是啊。它确实把我给迷住了。"

"好,"赫尔希说,"我很为它感到非常自豪。"

蒂凡妮也是,迪恩心想。"我觉得,整部影片讲的都是自由。皮

---

① 道格·韦斯顿开设的酒吧,后成为多支著名摇滚乐队首次演出的场地。
② 由该兄弟二人组成的喜剧、音乐组合。

尔格里姆是个明星,但他仍然是个奴隶。他总是'继续做唱片','继续供养这台机器','继续巡演'。有一段,他的经理说:'你想知道什么是自由吗?它就在那儿!'他指着门口的流浪汉。当皮尔格里姆被告知他只有三个月的生命时,他才摆脱了演艺行当这台巨大的机器。所以他去了自由公社,但他一进去,就发现那里是一个迷幻集中营。在那里做一个正派人是会被绞死的。真的。那位导师只不过是又一个国王,或者是一尊神明。当皮尔格里姆被迫唱起他的老歌时,他还是像从前一样,是个奴隶,不是吗?"

"我们正在与罗克·赫德森接洽,由他来扮演导师,"导演说,"但请继续。自由。"

"自由贯穿了整个故事,就像字符贯穿了整根海滨硬棒糖①,"迪恩说,"自由不是什么呢:不是广告词,不是口号,不是国歌,不是生活方式,不是毒品,不是地位的象征。甚至不是权力。不过在皮尔格里姆和派珀上路之后,这个故事看到了自由是什么。它是内在的,它是有限的,它是脆弱的,它是一段旅程。它很容易被夺走,它不是自私的,它不是可以命令的。只有不自由的人才能看到它。自由是一场斗争。它就在斗争之中。正如《天堂就是通往天堂的路》,或许自由就是通往自由的路。"迪恩觉得有点儿不好意思,点上了一支烟。埃尔夫和利凡用全新的目光打量着他。格里夫应该开个玩笑,但他没有。安东尼·赫尔希看起来很严肃。"所以,没错,我准备用我的4/4拍节奏做一首歌,把所有这些纳入其中。或者尽量纳入其中。埃尔夫有了一组令人振奋的钢琴音型,我们正在编织它,那边的斯特拉托卡斯特先生会使用他惯用的魔法。那就是我们的目标。如果我误读了你的剧本,那就抱歉了,托尼。"

---

① 彩色长条状糖棒,多为薄荷味,在海滨度假地出售。糖棒通体在横截面上有彩色文字,通常是海滨小镇的名字。

"哪里的话。"赫尔希点上一支契斯特菲尔德。跟胡斯·德佐特一样的牌子。"你说的每句话都一语中的。我很高兴你能如此敏锐地与剧本建立起联系来。"

抱歉我跟蒂芙有了私情,迪恩心想,但要不是你在搞小明星们,她就不会过来找我了……

"格里夫刚刚加入了打击乐器,"利凡说,"我们正在把它压缩成三分半的电台版本。"

"我可以把它当作正在完善的作品来听吗?"赫尔希问。

"我想,应该由迪恩来决定。"利凡说。

"我的嗓子就像老家伙一样粗——"迪恩按下控制台上的倒带键——"歌里的'啦—啦—啦—'只是占位符,不过……"带子从一个卷盘转到另一个卷盘上。"欢迎收听《通往遥远西方的狭窄公路》,第十一遍录音。"

停止。

播放。

针尖般的汗珠从迪恩的毛孔中沁了出来,外面涂了化妆品。就像多糊了一层塑料皮肤——女人怎么能受得了这个?在他假唱《把石头滚开》的时候,前排的一个黑发女孩给了他一个飞吻。《兰迪·索恩的流行乐大爆炸!》的制作比《流行之巅》要简单得多,观众也比英国观众活跃。他们朝着兰迪·索恩欢呼起来,这是一位涂了百利发乳、身穿亮片装的歌手,他的一些单曲在披头士之后的"英国入侵"时期均以失败告终。"一首绝佳的歌曲,来自一支绝佳的乐队:刚才是乌托邦大道乐队的《把石头滚开》。现在让我们来见见这伙人的首领。"他把麦克风放在迪恩面前。"你是?"

迪恩闻到了兰迪·索恩鸡蛋和威士忌味的呼吸。"迪恩·莫斯。但我不是首领。"

兰迪笑容不减。"你是主唱吧?"

"在《把石头滚开》这首歌里,是的,但我们三个——"他指了指贾斯珀和埃尔夫——"都在我们写的歌里担任主唱。"

"付诸行动的民主,朋友们。好了,我刚才发现——"兰迪改用得克萨斯的长腔说——"你们都不是本地人,孩子。"

一个标志牌被举起:"**笑**"。观众笑了。

"对,我们来自大不列颠。"

"到目前为止,你们觉得大美国怎么样?"

"很酷。在我小时候,美国就是埃尔维斯、小理查德和罗伊·奥比森(Roy Orbison)所在的土地,我曾梦想着在这里演出。如今——"

"棒极了,兰迪·索恩又让一个梦想成真。"他对着镜头眨眨眼睛,向着格里夫踱去。"让我们见见这位,呃……你是?"

"格里夫。"

"那是什么?"

"格里夫。"

"就像'雄山羊格拉夫(Gruff)[①]'那样?"

笑的提示板升起:笑声响起。

"格里夫,"格里夫说,"有个'i'。"

"那可爱的口音来自哪里,格拉夫?"

"约克郡。"

"'约克郡'? 那是什么国家?"

"它在英国与挪威的边界上。你来的时候,到我们那里做客吧。我们约克郡的人很喜欢愚笨的傻子。"

兰迪转向镜头。"谁知道呢,爸爸妈妈? 你们在《兰迪·索恩的

[①] 美国童话故事里的山羊。

流行乐大爆炸!》里还能学到东西！现在，让我们借此良机离开格拉夫，来拜访一下……"他从升降平台上走了下来。"乌托邦乐队的美女。"他走向埃尔夫，然后转向贾斯珀，表现得很困惑，对着镜头做鬼脸，回头看了看贾斯珀，假装羞愧地捂住嘴。

笑的提示板升起：笑声响起。

"只是我的小噱头——希望你没被冒犯到。"

"我不容易被冒犯到。"

"这简直是公牛前面的红旗，我的朋友。你叫什么名字？"

"我的姓氏还是我的全名？"

兰迪·索恩冲着镜头做鬼脸。"你姓氏前面的名字就可以。"

"贾斯珀。"

"你要知道，我还以为贾斯珀是个男孩的名字？"

笑的提示板升起：笑声响起。

这他妈一点儿也不好笑，迪恩心想。

"忍不住了，朋友们，"兰迪·索恩说，"忍不住了。"

"我很惊讶，你认为我的头发女里女气，索恩先生，"贾斯珀说，"许多美国男人都留长发。你有没有考虑到，你们的文化在不断发展，而你却没有？"

兰迪·索恩的笑脸绷得紧紧的。"朋友们，小丑贾斯珀！最后一位，但并非最不重要的一位，是荆棘中的玫瑰，或者她是……"主持人穿过舞台走向埃尔夫，"……羊群中的母狼？让我们来看看！你叫什么名字，美人儿？"

"埃尔夫·霍洛韦。"

"埃尔夫？'埃尔夫'？就像'小精灵'那样？"

"这是个昵称，从我小时候就有了。"

"那你是不是在这些金色的发绺下面藏着尖尖的耳朵？"

"这是个昵称，从我小时候就有了。"

"你是不是负责写圣诞老人的淘气宝宝和乖宝宝名单？顺便说一下，我两者都是，很淘气，也很乖。"笑的提示板升起。演播室里的笑声终于变弱了。"作为'孤儿安妮'，待在贾斯珀、格拉夫和德里克这样的坏男孩的乐队里，是什么滋味？男孩总是男孩，对吗？"

埃尔夫扭头看了看台下的制作人，后者颇有礼貌地面露尴尬："他们是绅士。"

"啊——哟！朋友们，我想我们已经触动了一根敏感的神经！"

"喂，兰迪！"迪恩说，"我们给你写了一首特别的歌。"

兰迪·索恩走了过去，落入了陷阱。"一首特别的歌？"

"是的，它叫——"迪恩拿过麦克风，看着现场的摄像机，像新闻播报员一样吐字清晰地说："《兰迪·索恩的职业生涯躺在坟墓里腐烂》。想听吗？"

演播室里寂静无声。

迪恩把话筒扔在兰迪脚下，拍拍他的脸颊，丢下假贝斯，对其他人做了一个割喉的手势。乌托邦大道乐队走下舞台。初步的混乱开始骚动。一只手从后面拽住迪恩的衣领，用力收紧，压住了他的气管。"狗屁英国烂货！"兰迪·索恩把迪恩往回拖了几步。"这是**我的节目！没有人**能从**我的节目**走掉！"他把迪恩扔到了演播室的地面上，他的眼睛鼓了起来。他踢了迪恩的肋骨。迪恩向后翻滚，试图站起来，但另一脚踢在他的下巴上。他尝到了血的滋味。这时他瞥见埃尔夫，她把假贝斯抡到了兰迪·索恩脸上。她在挥舞时肯定用上了力气，才会让它碎成那样。乐器碎片四处飞散。有几块像雨点般落在迪恩身上。

兰迪·索恩的表情从嗜血变成了迷糊。格里夫和利凡正把迪恩扶起来，这时一个声音吼道："关掉摄像机！马上！阿莱克斯！**关掉摄像机**！"

关掉摄像机？他们还在拍吗？这个节目是现场直播——所以同胞们都看到了？透过痛苦的迷雾，各种推断涌入迪恩的大脑。

乐队成员们列队走上一个低矮的舞台，坐在威尔希尔酒店会议室的一张桌子旁边。照相机像蝗虫袭击一样咔咔作响。大钟显示着晚上7：07。迪恩的脸颊还在抽动。埃尔夫给他倒了一杯冰水，小声说："在疼的地方放个冰块。"迪恩点了点头。一架电视摄像机正在录制这个过程。三四十名记者和摄影师坐了好几排。马克斯与格里夫、贾斯珀坐在一侧，埃尔夫和迪恩坐在另一侧。他敲了敲话筒。"朋友们，大家都能听到我的声音吗？"

有几个人点头，有人说"能"和"一清二楚"。

"我是马克斯·马尔霍兰，滴水嘴怪兽唱片公司的负责人。很抱歉耽搁了你们的快乐时光①。请把你们的投诉发给兰迪·索恩，他今天下午来了一场流行乐大爆炸。"记者团发出了真正的笑声。"很高兴能看到你们来了这么多人。显然，'没有什么比光速更快，除了好莱坞的流言飞语'这句老话还像从前一样真实……"

迪恩透过会议室的玻璃幕墙往外看，在一片郁郁葱葱的草坪上有一排棕榈树。他下巴疼。

"格里夫、贾斯珀、埃尔夫和迪恩愿意在这里回答任何问题，"马克斯说，"时间短暂，所以闲话少说，开始提问吧。"

"《洛杉矶时报》的，"一个有着雷蒙德·钱德勒笔下侦探气质和胡茬的人说，"有一个问题要问莫斯先生，关于他未来的伴郎兰迪……"

"请别逗我笑。"迪恩摸了摸他的下巴，"那一下很轻柔。"

"抱歉。兰迪·索恩一小时前发表了如下声明：'那个基佬英国狗娘养的设局挑衅我，只为让他低劣的音乐受到关注。现在就把那个有毒瘾的家伙驱逐出境吧。'你有何回应？"

---

① 即下班后的时间段，一些酒吧会在此时推出酒水打折活动。

迪恩抿了一口水。"这是我收到的一条还算不错的乐评。"笑声。"兰迪是不是说,我——早就——知道,他会抓住我的脖子,踢我的脸?怎么可能呢?我怎么会知道这个?"迪恩耸耸肩。"我会让你们自己得出结论。"

"你会就遭受袭击提出指控吗?"这名记者问。

马克斯赶紧抢过话茬:"我们会咨询我们的律师。"

"不,"迪恩说,"我不会起诉任何人。兰迪在上节目之前喝醉了。他的职业生涯结束了。不管怎么说,还是值得的,哪怕只为看到埃尔夫给他脑袋上来一记皮特·汤森德(Pete Townshend)①。"

一阵喝彩声响起;埃尔夫把她尴尬的笑容埋在双手之中,摇了摇头。

"这就是我们从反文化那儿听过的那么多爱与和平吗?"一名身穿香蕉黄夹克的记者问。

埃尔夫露出了脸。"爱与和平不是任人欺凌。"

"《公告牌》杂志的,"这名记者让迪恩想起了黑桃 J,"嗨。我想请你们每个人说出一位激励了你们的美国艺术家,还有原因。"

"凯丝·艾略特(Cass Elliot),"埃尔夫说,"因为她证明了女歌手的外表不一定要像《花花公子》的兔女郎。"

"埃尔维斯,"迪恩说,"因为《监狱摇滚》(Jailhouse Rock)。他让我看清了我想用我的一生做些什么。"

"一名鼓手死去了,"格里夫说,"来到珍珠门②前,他听到了十分不可思议的鼓声,那肯定是巴迪·里奇(Buddy Rich)③敲的。于是他对圣彼得说:'我不知道巴迪·里奇已经死了。'圣彼得说:'不,

---

① 皮特·汤森德(1945—),谁人乐队吉他手,常在演出结束时砸烂吉他。
② 《圣经》中记载的天堂的十二扇门之一。
③ 巴迪·里奇(1917—1987),美国爵士鼓大师。

不，那是上帝。他以为他是巴迪·里奇。'这就是我的答案。"

"艾米莉·狄金森。"贾斯珀说。那名记者看起来很惊讶。一阵赞赏的低语声响起。迪恩觉得纳闷，谁？

"我是《壁垒》杂志的。"一名记者站了起来。他是房间里唯一的黑人记者。"你们对越南正在发生的屠杀有何看法？"

愤怒、窃笑、嫌弃的反应。马克斯说："瞧，我不确定这个问题是否真正有意义，所以——"

"《把石头滚开》提到了在伦敦举行的反战示威，或者你并没真的出现在格罗夫纳广场，迪恩？"

"迪恩，"马克斯在埃尔夫身后把身子靠了过来，"你没必要——"

"不，我来回答。提出这个问题需要勇气。是的，我在场，"他告诉《壁垒》的人，"伙计，我是英国人。越南战争并不是我的战争。但如果越南战争能打赢，过了这么多个月，所有的钱都花了，所有的炸弹都扔了，所有的人都死了，美国应该已经获胜才对。不是吗？"

"《先驱考察者报》的。"一个人举起了笔。"对那些坚持认为通过保卫越南，美国正在保卫所有自由民主国家免受共产主义接管造成的多米诺效应影响的人，你们怎么说？"

"刚才你是说'保卫越南'对吗？"埃尔夫问，"你没有看到照片吗？在你看来，越南'受到保卫'了吗？"

"战争中会有牺牲，霍洛韦小姐，"《先驱考察者报》的记者说，"它是比歌唱木筏与河流更难受的工作。"

"在纽约给我的护照盖章的移民局官员有一个儿子在越南，"埃尔夫说，"那个儿子被炸死了。你有儿子吗，先生？他们被征召入伍了吗？"

《先驱考察者报》的记者动了动了他的身体。"这是你的新闻发布会，霍洛韦小姐。我不确定，如果——"

"我来翻译，"《壁垒》的记者说，"他说的是：'是的，我确实有儿子；不，他们不会去越南。'"

"他们有合法的医疗豁免！"

"那些骨刺让你花了多少钱，加里？"《壁垒》的记者问，"五百块？一千？"

"在这里，请对乌托邦大道提问，"马克斯宣布，"政治论战请到外面进行，先生们。"

"《圣迭戈晚间论坛报》的。"提问者是一名女性，"一个比加里的问题更简单的问题：歌曲能否改变世界？"

对我来说，这真是太难了，迪恩心想，他看着埃尔夫，埃尔夫看着格里夫，格里夫说："嘿，我只是打打鼓。"

"歌曲并不能改变世界，"贾斯珀宣称，"而人们会。人们通过立法，发起骚乱，聆听上帝的话语并据此行动。人们发明，杀戮，制造婴儿，发动战争。"贾斯珀点上一支万宝路。"这就引出了一个问题。'谁或什么能影响那些改变世界的人的思想？'我的答案是'想法和感受'。这又带来一个问题。'想法和感受源自何处？'我的答案是：'其他人。人的心灵和头脑。媒体。艺术。故事。最后，但并非最不重要的，就是歌曲。'歌曲。歌曲，就像蒲公英的种子，在空间和时间里飘荡。谁知道它们会落在哪儿？或者它们会带来什么？"贾斯珀靠在话筒上，毫不忸怩地唱出了八九首歌里的单句。迪恩辨别出了《没关系，妈（我只不过是在流血）》〔It's Alright, Ma (I'm Only Bleeding)〕、《奇异的果实》（Strange Fruit）和《孤松林径》（The Trail of the Lonesome Pine）。其他的迪恩听不出来，不过冷酷强硬的记者团正在旁观。没有人笑，也没有人嘲笑。相机咔嚓作响。"这些歌曲的种子会落在哪里？这就是播种者的寓言。通常，它们会落在贫瘠的土地上，不会生根。但有时，它们会落在一个已经准备好的头脑里。那里的土壤是肥沃的。然后会发生什么？会形成感受和想法。快乐、安慰、同情、自信。能够净化心灵的悲伤。还有这样的想法：生活可以、应该比这更美好。歌曲就像一份邀请，请你去别人的心里停留片刻。如果一首歌在一个人的心里种下一个想法，或者一种感受，那它就已经改变了世界。"

见鬼，迪恩心想，我跟这家伙生活在一起。

"为什么每个人都沉默不语？"贾斯珀略带惊慌地问乐队同伴，"这番话很奇怪吗？我说得过头了？"

马克斯引领乐队走出房间，沿着一条铺有血红与咖啡色之字形地毯的走廊走去。"摄影师已经在走廊尽头的大房间里布置好了。我赶紧给道格·韦斯顿打电话，说我们会晚点到。"迪恩走在最前面，他沿着走廊拐来拐去，然后发现自己是只身一人。他们马上就到了。他穿过旋转门，进入一个临时摄影棚。一个苗条的女人背对着他站在那里，闪光灯的光从反光罩反射过来时，她记录下测光仪的读数。她转过身来，看着迪恩。瘦弱，金发，厚厚的嘴唇……我们睡过吗？她用脖子上的相机拍了一张照片。"梅卡？见鬼！"

咔嚓。唰—唰。"最近还好吗，迪恩？"

"可是……"

"我就是你们的摄影师。"

"可是……"镇定一些。"这么说，你就住在洛杉矶这里？"

"现在，是的。离开伦敦之后，我一直在四处旅行。不过我在两星期之前，开始为这里的一家机构工作。"

"你的口音已经完全变成……美国化的德国人了。"

"语言就像病毒，就像巴勒斯①说的那样。"

巴勒斯？新的男朋友吗？"贾斯珀知道吗？"

---

① 威廉·巴勒斯（1914—1997），美国作家，"垮掉的一代"文学运动主将。

门开了。埃尔夫像动画人物一样瞠目结舌:"梅卡!"她跑过来,来个一个长长的拥抱。梅卡将视线越过埃尔夫的肩膀,看着贾斯珀,她的表情仿佛在说,哈啰,而迪恩感到羡慕,有些不快地回想起早上那通有关照片和敲诈的电话。梅卡结束了拥抱。"你好,格里夫。你好,利凡。"

利凡看起来并不惊讶。黑魔法,迪恩心想。格里夫看起来很高兴。"真是个小世界,不是吗?"

"是啊。你好,德佐特先生。"

这对前恋人彼此凝视了几秒钟。

"你看起来变老了一点儿,"贾斯珀说,"在眼睛周围。"

"噢,亲爱的上帝,贾斯珀,"埃尔夫叹息道,"我对你绝望了……"

梅卡笑了。"你们昨晚在行吟诗人的演出非常棒。我原以为第一张专辑已经无与伦比了,但《生命的精华》让我大开眼界。"

"等一下,"埃尔夫说,"你去了行吟诗人?"

"我听说你们要在那里演出,就买了一张票。"

"你怎么不告诉我们呢?"迪恩问。

"我不想做那个说'嘿,我跟吉他之神约会过,所以给我特殊待遇'的女孩。另外……"

"噢,贾斯珀还是单身,"迪恩说,"从你离开之后,没有一个保姆能坚持一两个星期以上。"

"你今晚有空吗?"贾斯珀问,"来看演出吧。"

"演出结束后,在凯丝·艾略奥特家有个聚会。"利凡说。

梅卡叹了口气,看起来有些拿不准。"不幸的是,星期五晚上是我的黑森林蛋糕和'皮短裤'俱乐部之夜。真遗憾……"

贾斯珀需要几秒钟的时间。"反话。"然后他不太确定。"或者是谎言?不。是开玩笑。迪恩?是开玩笑吗?"

马克斯·马尔霍兰匆匆赶来。"道格·韦斯顿说，在埃尔夫爆锤兰迪·索恩的脑袋之后，不到一刻钟，所有票都卖光了。外面已经排起了队。我们最好赶快……"

一小时之后，队伍还在那里。乐队、利凡和梅卡在圣莫尼卡大道对面观看着。在表面乌黑的屋顶下方，温暖的灯光照亮了俱乐部的正面和一块哥特字体的招牌："道格·韦斯顿的行吟诗人"。低一些的是粗体字母写的"乌托邦大道"。迪恩注意到，梅卡牵着贾斯珀的手。看来，他们重续前缘了……没有"你跟谁睡过？"。没有大惊小怪。没有爱情的结晶。没有亲子关系的官司。一辆铁灰色的福特十二星座缓缓驶来。紧接着，是一辆蓝如眼眸的雪佛兰科尔维特黄貂鱼。然后是一辆宝石红的庞蒂亚克GTO。

"第四个晚上了，"格里夫说，"有没有谁已经习惯了？"

"我可没有，"埃尔夫说，"到现在为止，还没习惯。"

"第一天晚上，我差点拉一裤子，"迪恩说，"但现在我觉得，啊，我们已经有过震撼的演出了，我们还会有的。"

"星期二到星期四，"利凡说，"你们是在建立口碑，今晚是收取回报。在行吟诗人演得好，就能解锁洛杉矶。洛杉矶又会解锁加利福尼亚。加州是美国的关键。不是纽约。而是这里。事情正在走上正轨。"

迪恩闻到汽车尾气和他自己的须后水气味。"我敢打赌，现在英国正在下雨。我们在这里穿着短袖。他们永远也不会知道。我是说，我们的家人们。我们可以描述一番，但除非他们来到这里，除非他们在这里生活过……"

"我也有过这种想法，"埃尔夫说，"真是让人忧郁。"

"大家全都转过身去，"梅卡指示道。

他们照办了——咔嚓，闪光！唰—唰……

"你不习惯提出请求,是吗?"迪恩说。

"对,她不那样做。"贾斯珀说。

"要是彬彬有礼地提出请求,"梅卡回答,"就别想拍出好照片了。"喀嚓,闪光!唰—唰……

"我们去告诉道格,我们来了。"利凡说。

道格·韦斯顿楼上的办公室随着暖场乐队演出的贝斯声震动着。那是"101个见鬼国度",一支本地乐队,他们的水平足够暖场,但还没好到能威胁乌托邦大道。道格·韦斯顿,一个穿着绿色天鹅绒、顶着一头蓬乱金发的巨人,是迪恩见过的最和蔼可亲的俱乐部老板,当乐队的其他成员下楼时,迪恩留下来多聊了一会儿。道格谈起兰迪·索恩事件,拿出一只苏里特润喉糖的小盒。"它是最引人入胜的电视直播节目,自从……嗯,我觉得要从李·哈维·奥斯瓦尔德刺杀肯尼迪的那个时候起,但这么说挺没品位的。人们一直在给KDAY和KCRW这两个电台打电话。它们最近一直在播《把石头滚开》。你们是洛杉矶今天的热门话题。如果利凡不是这么典型的加拿大人,我会想,见鬼,整件事是不是他有意设计的?"

"我听说,兰迪·索恩就是这么认为的,"迪恩说,"只不过在他的版本里,整件事是我设计的。"

"除了他母亲和他的狗,兰迪·索恩被任何人认真对待的日子已经结束了。"道格清空了他的桌子,把账单、报纸、信件、磁带、烟灰缸、小酒杯、倍耐力日历,还有一个道格与吉米·亨德里克斯合影的相框推到一边。道格打开小盒,取出满满一药勺的可卡因,把它倒在《新闻周刊》的封面上,在休伯特·汉弗莱和理查德·尼克松中间画出一道白线。他递给迪恩一张卷起来的美钞,告诉他:"火箭燃料。"

迪恩把可卡因吸进鼻孔,把头往后一仰。它火热、冰冷而又刺激。就像一口闷下十杯蒸馏咖啡。"起飞！"

"这不是最上等的货吗？"

"英国的货只会弄坏我的鼻子。"

"基斯·理查兹一直宣扬这么两条基本规则：了解给你供货的卖家，并且只买最好的。要是不这么做，你的货会被用玉米淀粉、婴儿奶粉甚至更烂的东西弄得寡淡无味。"

迪恩涨红了脸。"还有什么比玉米淀粉更糟？"

"耗子药比玉米淀粉更糟。"

"卖货的干吗要给他的顾客下毒？"

"利润。冷漠。杀人的冲动。"道格把满满当当的第二勺货倒在《新闻周刊》上。"我的块头是你的两倍。"他解释说。他猛地一吸——"啊……"——然后像一匹抵达涅槃的丑陋的马那样，微笑起来。

我写了几首歌，迪恩心想，它们被录制了下来，看看我现在。我他妈已经赢了，格雷夫森德。看到了吗？我赢了……

道格·韦斯顿把他的可卡因锁了起来。"现在我们送你过去吧。一定不要让利凡觉得，我在引导你走上摇滚乐手自甘堕落的明星路线……"

乐队成员、利凡和梅卡在通往舞台的楼梯上等待着。行吟诗人挤满了两倍多的人。烟雾很浓。迪恩从他的可卡因兴头上落了下来，但仍然感到自己有一半的坚不可摧。"在行吟诗人这里"，道格·韦斯顿在台上说，"我们一直为把英国最炙手可热的天才介绍到我们堕落天使之城而备感自豪。乌托邦大道将在这里上演他们令人难忘的停留的最后一晚。无论如何，兰迪·索恩是肯定不会很快忘记的。"笑声和欢呼声涌上楼梯。迪恩捏了捏埃尔夫的手，埃尔夫捏了捏他的后背。"但我知道，这支乐队很快就会在行吟诗人再次登台献艺，因为……"

613

"你让他们签了血誓,在接下来的二十年里,他们都会回来演出?"一个起哄的喊道。

道格把手按在他受伤的心上。"因为他们拥有无限广阔的未来。那么,闲话少说……"他转身面向楼梯顶端的乐队,"……乌托邦大道!"

欢呼声已经从星期二的低点沸腾,提升到今晚的山呼海啸。迪恩和道格在经过彼此时拍了拍肩膀,道格在他耳边说:"干掉他们。"乐队成员各就各位。迪恩看向砌有砖墙的昏暗会场,场内满是闪亮的眼睛。他心想,他们是来看你的,因为你是洛杉矶今晚最棒的家伙。埃尔夫、格里夫和贾斯珀各自向他回敬了一个点头,他走到麦克风前,将肺里吸满气:

如—呜—呜—呜—呜—果生活把你伤得千疮百孔——

他的嗓音爆发了——它遭受了炙烤和折磨,就像埃里克·伯顿在《旭日之屋》里的嗓音……

还—哎—哎—哎—把你吊在外面曝晒……

侧面有个人吸引了他的目光;迪恩非常肯定,那是大卫·克罗斯比(David Crosby),飞鸟乐队的离队成员——那顶帽子、那件斗篷——呼吸……迪恩正要接上下一句……它是……它以前是……什么来着。

他妈下一句是什么?

我怎么可能会忘?

我都唱了五百遍了!

是什么呢?在他的大脑里,歌词应该在的地方,只有毒品混乱的光亮。为什么，为什么我要吸那该死的可卡因？现在迪恩慌了神，找回歌词的所有希望都消失了，观众会发现我是个业余的冒牌货，我他妈不属于这里，迪恩感觉到，落在他身上的目光就要发现我，发现我，发现我——

还把你丢进贫民的坟墓。

埃尔夫的声音传来，就像一位声音天使，仿佛那漫长的停顿是有意为之。迪恩朝她转过身。我爱你，他心想。不是像男朋友那样：我对你的爱比那还要深。她点了点头，意思是"不客气"，还唱出了下一句：

那里面沉睡着死者——

到"沉睡"那儿的时候，迪恩和格里夫加入进来。四小节之后，埃尔夫加入进来，贾斯珀动用神技，把他的吉他弹得很急。

如果生活把你伤得千疮百孔
还把你吊在外面曝晒——
还把你丢进贫民的坟墓
那里面沉睡着死者——

他把连复段弹得有些松散——如果他的手指是一辆跑车，那就需要检查一下刹车了——但至少他想起了歌词。向上帝发誓，我再也不会在演出前吸食可卡因了，永远，永远。贾斯珀和埃尔夫也加入了合唱：

我要把石头滚开，我的朋友，
我要把石头滚开——
把我的肩膀抵在石头上
把那块石头滚开。

第二段：费林盖蒂那段。迪恩安稳而扎实地演奏着他的芬达，落后于格里夫几分之一拍，就像一个足够清醒的醉汉，知道自己喝醉了，需要让别人来领路：

如果费林盖蒂陷害你
还扔掉了钥匙
如果你当时在格罗夫纳广场
在那里动乱扼杀了暴行——

迪恩立即意识到，自己唱错了：应该是"暴行扼杀了动乱"。动乱扼杀了暴行，意味着好人赢了。也许没人发现，他告诉自己，也许每个人都发现了。贾斯珀在副歌的第二和第四句中加入了和声：

我们会把石头滚开，我的朋友，
我们会把石头滚开，
我们会让你重新站起来
把那块石头滚开。

贾斯珀把他的第一段独奏弹得跟专辑里相差无几。他们有九十分钟的时间要填满，正如埃里克·克莱普顿告诉他们的那样，总是把你们最棒的焰火留到后半场。

后宫里的太监们
会歪曲你的意思，
但他们没法不经过你的同意
就让你憎恨自己。

埃尔夫用左手弹奏哈蒙德，用她的右手加入钢琴：

所以把那块石头滚开，我的朋友，
把那块石头滚开——
抓住它，举起它，踢它的屁股，然后
把那该死的石头滚开。

最后是埃尔夫建议加入的一段。迪恩认为这段最棒，但他发现可卡因并未增强他的信心，而是增强了他的自我怀疑，他担心这一段听起来会显得油嘴滑舌。迪恩任由他的芬达挂在胸前，握住麦克风，就像要扼死一只不肯死掉的鸡。

如果死神触碰了你爱的人
如果悲痛将你握在手心
纪念那些过早离开的人——

迪恩看着埃尔夫，知道她想起了谁。一边是她的侄子，一个大家都想要的婴儿，但他没能活过蓝钟花的花季。另一边是阿曼达·克拉多克的儿子。至少迪恩宁愿这个孩子不存在；但他就在那里，在伦敦北部的一套小公寓里茁壮成长。生活有一种病态的幽默感。乐队等了四个节拍……

存在，存在，存在。

直到最近，格里夫都会在他的鼓的边缘敲击四下，但上个月他们在音乐上配合得紧密无间，所以格里夫就不敲了。迪恩很担心自己抢跑——这时可卡因又弄得他神经过敏——结果他真的抢跑了半拍。我不断地出错和掉链子。其他人磕磕绊绊地追了上来：

让我们把石头滚开，我的朋友们，
让我们把石头滚开——
坚持就是抵抗，所以
把那块石头滚开。

掌声很热烈，但并不是狂喜。迪恩对自己大为恼火。他很想冲下台去。我想一直躲到这个世纪结束。

"留下来，"贾斯珀在他耳边说，"你会好起来的。"

你真神秘，德佐特，迪恩心想。"抱歉。"贾斯珀搂了搂迪恩的肩膀。他以前从来没有碰过我……

埃尔夫拾起话头。"能在这里，而不是在郡监狱的牢房里面临用胶合板吉他严重攻击的指控，这可真好。"更多的笑声。"接下来这首歌是关于艺术、爱情和剽窃的巫毒诅咒。它叫作《证明它》。"她确认了每个人都准备就绪。迪恩还在为贾斯珀的共情能力感到震惊，他点了点头。

"一—二，一—二—三——"

迪恩走进凯丝·艾略特家有灯光照明的花园。游泳池有安东尼·赫尔希家的两倍大。灯笼在树上发光。饮酒作乐的人在笑。情人们躲进棚屋，躺在吊床上吸大麻。这是我毕生都在寻找的派对，迪恩心想。乐队的临时邻居琼尼·米切尔那犹如伏特加加冰的声音从一扇窗户里传了出来。这首歌是《仙人掌树》(Cactus Tree)。她的声音脉动着，潜行着，渴望着，旋绕着，悔恨着，抚慰着，断言着。迪恩透过防虫纱窗往屋里望去。琼尼的头发和皮肤在金盏花灯下是金色的。她半闭着眼睛，看着她的手指唱歌。她的曲调从不平静。这首歌的曲调是DADF#AD，变调夹夹在第四品柱上。我应该多搞搞调音……它能改变你吉他的音色。凯丝妈妈用祈祷中的女人那样的神情观看着。格雷厄姆·纳什（Graham Nash）盘腿而坐，仰望着被烛光照亮的女友。加州也对他施展了点石成金的魔法。这里的每个人都要比他们在其他地方俊美百分之十五。一只白色的飞蛾落在迪恩的手表上。琼尼用随手弹出的刺耳"咔嚓——"结束了最后一段。

迪恩走向花园尽头的观景平台。孔雀在橘子树下漫无目的地游荡着。一轮有痘印的半月挂在林木繁茂的山上。月光就是反射回来的阳光。月亮被一顶黑色的牛仔帽侵蚀了。"祝贺你，迪恩。"牛仔的语气柔和而热情，"今晚很了不起。"

"谢谢你这么说。它也经历了一些高低起伏。"

"你的低谷比大多数艺人的高峰还要高。如果我可以对这些事下个判断，你一定会成就不凡。"

"没人知道转过下一道弯，会有什么在等待。"

"预言只不过是给聪明的猜测起了个花哨的名字。来根叶子？"一只装大麻烟卷的银色盒子凭空变了出来。

"为什么不呢？"

牛仔给迪恩点上一支，又把第二支塞进他的上衣口袋。"所有乐队都有一个什么样的共同点？"

"所有乐队都有一个什么样的共同点？"

"总有一天，它们都会不复存在。"

"对，但不管什么事，你都可以这么说。"

"贾斯珀和埃尔夫很有天赋，没错。但你是最出色的词曲作者。你也有足以单飞的外形和魅力。我不是在吹捧，迪恩，我是在陈述事实。《把石头滚开》应该成为全球前五的热门金曲。只要营销得当，它就能拿到这个成绩。"

"你说你叫什么名字来着？"

"我叫杰布·马隆。我为艾伦·克莱因先生工作。"

迪恩知道这个名字。"滚石乐队的新经理人？"

"正是。克莱因先生很欣赏你的歌，你的声音，你的精神和你的潜力。这是他的直线电话。"杰布·马隆把一张卡片塞进迪恩的衬衫口袋。"如果你的情况相对于乐队来说有所变化，克莱因先生很愿意讨论一下你的选择。"

把那张卡片拿出来，迪恩告诉自己，撕掉。

迪恩环顾四周，看看有没有人发现。"我已经在一支乐队里了。我已经有了一份合约。我已经有了一位经理。"

"利凡是个很好的人。很有加拿大风格。但商业是一片丛林，你需要的是猛兽，而不是好人。克莱因先生可以跟你签订两张个人唱片的合约，价值二十五万美元。不是'理论上'。没有如果，没有但是。现在就可以。"

派对的声音消失了，只剩下数字，迪恩有些难以置信。"你刚才是不是说……"

"二十五万美元。一个足以改变人生的数字。考虑一下吧。克莱因先生会等你的电话。祝你在派对上玩得愉快。"杰布·马隆在一阵大麻烟雾中消失了。

迪恩走向花园尽头的观景平台。二十五万美元。在附近的一个屋顶上，猫儿们尖声唱着猫的欲望之歌。"迪恩·莫斯。"一个女人说，也许她刚从埃及花瓶的图案里滑下来。双眼涂着眼影，身穿亚麻材质的直筒连衣裙，一头发式古板的黑发。"我叫卡莉斯塔，我有一种不同寻常的激情。也许你听说过我。"

"也可能我没有。"迪恩喝着他那瓶啤酒。

"我给摇滚明星的阴茎做石膏模型。"

迪恩喝的啤酒大部分从鼻孔里流淌出来。

"我给吉米·亨德里克斯做过,"卡莉斯塔列举着,"诺埃尔·雷丁、埃里克·伯顿,但他的断成了两截。我是说,石膏,不是阴茎。"

她是认真的。"为什么?"

"如果在做的过程中,阴茎低垂下来,就会出现裂缝。"

"不,我是说,你干吗要给老二做石膏模型?"

"女孩子总要有个爱好。只要一小时就行,我朋友会来给你涂刷,所以用不着担心怯场的问题。"

"试试格里夫吧。鼓手很愿意做免费涂刷这类事。"

"在乌托邦大道里,只有一个男人,是我真正想要……"

"祝你的收藏好运,卡莉斯塔。"

"没劲呀。"石膏模型师卡莉斯塔退场离开。

迪恩继续走向观景平台。

"你们这些家伙演得可真不错,"一张留着马蹄形小胡子的面孔说。他看起来就像意大利人拍的西部片里最早挨枪子的墨西哥强盗。"《瞧这不是谁》有点像是给我的枪上了油。"

"老天爷,见鬼了,你是弗兰克·扎帕(Frank Zappa)。"

"在我比较好的日子里,我是。"弗兰克·扎帕说。

迪恩跟他握了握手。"詹尼斯·乔普林让我听过《我们干这个只是为了钱》(We're Only in It for The Money)。它简直无法形容。它——"

"我就选'无法形容'吧。就像查尔斯·明格斯(Charles Mingus)说的,文字之于音乐,就像舞蹈之于建筑。"

一个女人依偎到弗兰克·扎帕身边。她端着一杯牛奶。"嗨,我是盖尔。可怕的妻子。我们很喜欢你们的乐队。"

扎帕先生对扎帕夫人露出了自豪和深情的微笑。

"很高兴见到你们。"他抽着他的大麻烟。"介意抽一口吗?"

"我们不沾这个,"弗兰克说,"世界已经够美妙了。"

弗兰克·扎帕不吸毒?"那很好。那,弗兰克,你是怎么让米高梅发行这张有史以来最不商业化的专辑的?"

"靠我的狡猾和米高梅的无知。如果你认为我的东西不商业化,那你试试斯特拉文斯基(Igor Stravinsky)。试试哈利姆·埃尔-达巴(Halim El-Dabh)①。或者试试在电视直播中拿吉他砸兰迪·索恩的脑袋。纯粹的行为艺术。"

"那只是……一场出乎意料的意外。"迪恩说。

"意外往往是艺术的精华所在。"弗兰克说。

"它能为你买到金钱买不到的真实,"盖尔说,"乌托邦大道现在是猴子乐队的反面。"

一名跳水者用肚皮把自己砸进泳池里。旁观者喊道:"嗷!"

"那你觉得这地方怎么样?"弗兰克问。

"月桂峡谷?它就像伊甸园。"

"伊甸园可不是天堂。"弗兰克说。

"我还以为它是最早的天堂。"迪恩说。

"它是最早的恐怖表演。上帝创造了伊甸园,让一个裸体的男人和一个裸体的女人去看管。'这一切都是你们的,'全知全能的神说,'但不论你们做什么,都**不要**吃挂在知识之树上**这地方**的这个苹果,否则**烂事**就会发生。'为什么不做得彻底一些,在上面挂一块'**吃我**'的牌子?亚当和夏娃应该得到奖章,因为他们坚持了那么久。上帝不得不动用老套的、阳物崇拜的、会说话的蛇那套把戏来搞定他们。于

---

① 哈利姆·埃尔-达布 (1921—2017),埃及裔美国作曲家、音乐教育家。

是他们吃下了知识——正如上帝一直以来的打算的那样——受到月经、工作和灯芯绒裤子这些惩罚。食肉动物攻击食草动物，伊甸园的土壤浸透了献血。看到没？最早的恐怖表演。"

迪恩皱起了眉头。"你想说什么，弗兰克？月桂峡谷会发生大屠杀？"

"我是说，"弗兰克回答，"一旦你认为，我已经找到了天堂，那你就没有掌握事实。也别被那些爱招摇的家伙迷惑住。他们是些爱慕虚荣、心胸狭隘的狗娘养的，拉泡屎都要嫌它过时。"

迪恩站在花园尽头的观景平台上，抽着杰布·马隆给他的第二支大麻烟，想象着自己站在船头。颤声鸣唱的昆虫有一百万只。纵情飞驰的星斗有十亿颗。如果，只是如果，在未来，或者在隔壁的某个宇宙里，乌托邦大道已经结束，我恢复了自由之身，我给艾伦·克莱因打了电话，如果，如果我拿到了那二十五万……我喜欢哪套房子呢？他选中了三处房产后面的那套大宅。全是拱门和红砖，还有巨大的蕨类植物。一对夫妇在半月和星光下享受晚间的热水浴缸。迪恩想象他在看自己和蒂凡妮。蒂凡妮的孩子不在这个宇宙里。有一间车库可以放迪恩的"凯旋喷火"，自然，那时他已经把它运过来了，还有空间可以让娜恩·莫斯和比尔，还有雷和家人过来住……那哈里·莫法特呢？我不知道。我现在仍然不知道。有些事还是不去想，更简单一些——如果美国什么都不是，至少也是一个无边无际、世界级的、让人分心的消遣。埃尔夫来到栏杆前面陪着他。"你打算在哪座房子上挥霍你的不义之财？"

"那一座。"他指了指，"有热水浴缸的那座。"

"最新设施齐备。视野开阔。选得不错。"

"超棒的派对。遇到符合条件的单身汉了吗？"

"哦，没怎么遇到。你遇到符合条件的峡谷女士了吗？"

"刚刚有个女人提出,要给我的老二做个石膏模型。"

埃尔夫确认他这话是当真的——尖声大笑起来。迪恩为她高兴而感到高兴。缓过来能开口之后,埃尔夫问:"你是怎么说的?"

"谢谢,但不用了,谢谢。"

"为什么?你可以大规模生产。整仓库整仓库的姑娘,带着'迪恩机器'。没装电池。"

迪恩发出一声嗤笑。"嘿,我刚才遇到了弗兰克·扎帕。他给我做了一场简短的布道,说明了月桂峡谷为什么不是天堂。"

"聪明的老弗兰克,"埃尔夫说,"之前我就在想,这里是食莲者的地方。"

她不可能是在说汽车。"继续讲吧,霍洛韦教授。食莲者?"

"它出自《奥德赛》。奥德修斯发现了这片陆地,带着他的一些手下靠了岸。他派出三个人去寻找食物。他们看到一个嬉皮部落,那些人叫食莲者,他们用爱与和平来迎接他们,说:'嘿,伙计们,试试莲花这东西,你们会喜欢的。'他们确实喜欢。他们忘掉了回家的事。他们忘记了自己是谁。他们只想吃更多的莲花。奥德修斯把他们拖回船上,命令其他人拼命划船。这三个人'在船桨拍打着灰色大海的时候,流下了苦涩的眼泪'。"

"谁不会呢?在告别所有免费毒品的时候。"

"奥德修斯把他们的生命还给了他们。食莲者并不创造任何东西,既不去爱,也不去生活。他们是某种活死人。"

"这里有谁死掉了?凯丝没有。琼尼和格雷厄姆没有。扎帕没有。他们写歌、录音、巡演。有他们的职业生涯。"

"当然。但无论你在哪里生活,现实都会悄然而至,无论花有多美,天有多蓝,派对有多精彩。只有昏迷的人才真正生活在梦里。"

风铃声飘到了山丘上。

"不错的尝试,但我还是不想回去。"迪恩说。

"我记得,你在阿姆斯特丹也是这么说的。"

"对,但我在阿姆斯特丹时嗑高了。"

"你抽的是登喜路,对吗?"

夜晚的花香在微风中弥漫。

"谢谢你,"埃尔夫说,"早些时候。在电视演播室里。"

"你谢我?是我害得我们被电视网禁播。"

"索恩是个讨厌鬼。你为我站了出来。通常,女人会被告知要有幽默感,或是把那当成一种恭维。"

"谢谢你用吉他砸他的脑袋,"迪恩说,"谢谢你在表演《把石头滚开》的时候帮我救场。"

"随时都可以。不过别在演出之前吸可卡因了。"

迪恩缩了缩身子。"我真他妈蠢。我那么做,甚至连个理由都没有。起码道格是名副其实的瘾君子。我当时只是想,好啊,为什么不呢?"

"别太自责了。我们四个人都在处理新事务。一切都发生得太快了。"

他们听到猫头鹰在叫。

"刚才看到贾斯珀或梅卡了吗?"迪恩问。

"他们溜走了。等回到屋里,我们就会看到他们。也有可能听到他们的声音。"

"这是造谣。我可以保证,贾斯珀是不会大叫的。"

埃尔夫做了个呕的表情。"那格里夫呢?"

"格里夫会大叫。在切尔西的时候,我需要戴上耳塞。"

埃尔夫的呕变成了呕吐不止。"我是问,他有没有勾搭上——"

"是,我知道。我看到他进了一座爱的小屋,而且他不是孤身一人,但要说得再多,可就不谨慎了。"迪恩抽着他的大麻烟。"如果我是越界的大麻上头先生,你就拿吉他砸我的头好了,埃尔夫,不过……你和路易莎。"

埃尔夫有那么一会儿没有回答。"怎——怎么了？"

现在没有退路了。"她有一颗金子般的心，她像鞭子一样犀利，如果我没有看错的话……对你来说是好事。"

埃尔夫从迪恩手上拿下大麻烟。"没看错什么？"

"嗯……一部分是利凡在纽约的时候，保护你们俩的那种方式。最主要的是，当她走进来的时候，你整个人都点亮了。再加上……你也没有否认。"

埃尔夫长长地吸了一口大麻烟。"我不会否认的。我又没有错。"她给了迪恩一个挑衅的微笑。"但这是私事，迪恩。不仅是对我来说，对路易莎也是一样。所以……我信任你。"

"我喜欢你信任我。这能让我展现出最好的一面。"

"贾斯珀和格里夫有没有说什么？"

"没有，谁能知道贾斯珀知道些什么？我怀疑他连眼睛都不会眨一下。毕竟他在一所全是男生的寄宿学校待了十年。格里夫也是一样。他对利凡没意见。我发现，巡回演出的爵士乐手们是一个心胸宽广的群体。依我看，他只会说：'好吧，所以埃尔夫原先喜欢布鲁斯，现在喜欢路易莎，好的，知道了……你想把那段鼓填在哪儿来着？'那路易莎是不是你的第一个……'迪恩还是没法把它说出来。

"你要找的那个词可能是'女朋友'。"

迪恩微微一笑。"我想是的。"

埃尔夫微微一笑。"没错，她是。感觉……很美妙。不过，爱情这回事嘛。人们肯定不会给你一幅地图。"

风搅动着月桂峡谷的亿万树叶和针叶。夜晚是深浅不一的蓝色、靛青色和黑色，只有照明灯和路灯周围有着淡黄色的光晕。迪恩想起海里的暗礁，感到沮丧。"我倒是希望我能给你指明方向，"片刻后他说道，"但我自己在这儿都是个陌生人。"

圣杯八

迪恩在双人床床脚那一侧的竖板上站稳,张开双臂,扑倒在雪白的鸭绒被上。他吸进肥皂粉的味道……随后想起伦敦北部的一家自助洗衣店。他翻过身来。一盏太空时代的灯饰,一台大电视装在它自己的柜子里,柜子有门,一幅铝框装裱的抽象画印刷品。这是他在内维特夫人的旧起居室里所没有的一切。英国的上层阶级,迪恩心想,喜欢年代久远的丑陋家具、劳斯莱斯、猎松鸡、近亲结婚和女王那样的口音。富裕的美国人似乎满足于仅仅有钱,而不太需要用他们的钱去惹恼穷人。迪恩确认了艾伦·克莱因的卡片依然完好地搁在他的钱包里。一张维萨信用卡、一张票、一张保险单。他还没有把杰布·马隆在凯丝家派对上的提议告诉别人。这是一个难以启齿的话题。对不起,但有个音乐大亨认为我是真正的明星,他要出二十五万美元。现在一想到这些钱,他的心还是会颤抖。我可以像买一包烟那样轻松地把钱付给伦敦的敲诈者。他还是没有收到罗德·登普西的回信。这也许是好消息,也许是坏消息,也许都不是……

迪恩走到窗前。纽约是垂直的;洛杉矶是散溢的;而旧金山下降,升高,平移,下降,升高,急剧下降到海湾。疯狂的坡度是为了保持网格形态而付出的代价。大大的电话发出又长又响的"铃——",而不是国内那种跳跃式的"铃铃……铃铃"。他的心怦怦直跳,迪恩拿起听筒。"喂?"

一个女人说:"你好,莫斯先生,我是酒店总机。有一通伦敦打来的电话找你。是一位泰德·西尔弗先生。"

"呃,好的。请把他的电话接过来吧。"

"请稍等,先生。"

咔;唰;嚓。"迪恩,我的孩子,能听到我的话吗?"

"一清二楚,西尔弗先生。"

"好极了,好极了。美国对你怎么样?"

谁在乎呢?"亲子鉴定结果出来了吗?"

"出来了。结论是'不确定'。你的血型是 O 型。克拉多克小姐和她儿子也是 O 型。根据支配这些事情的原理来看,孩子的父亲有可能是你,也可能是其他 O 型血的男人。我听说,这类人占英国人口总数的百分之八十五,出入不大。所以情况就是这样。"

这可真他妈管用。"那现在怎么办?"

"现在,亲爱的孩子,享受美国的生活吧,及时行乐,等你回到英国老家,我们再商议下一步的事……"

一小时十五镑。"好的,西尔弗先生。"

"振作起来,我的孩子。这事也会过去的。"

"如果我是那孩子的父亲,就不会。"

"事实也许不会,但它在你心里激起的痛苦会。我保证。今天就是那个盛大的节日吗?"

"是啊。刚从洛杉矶飞过来,一会儿就有车过来接我们了。然后我们明天去录音,星期二也是,星期三回。"

"那就等星期四或星期五再说。祝你好运,旅途愉快。"泰德·西尔弗挂断了电话,线路里变成了"嗡……"

迪恩挂上了电话。所以,我同时是父亲又不是父亲又可能是父亲。他想把这个不算消息的消息告诉埃尔夫,但她也许正在打开行

628

李,或许还需要一段女孩子的时间。他打开行李,从琴盒里取出他的马丁琴,把它调到DADF#AD,把变调夹夹在第四品柱上,然后随手弹起了他一直在弄的曲子。这一次是音乐先来,但埃尔夫那天说的"未知的水域才是你成长的地方"在他脑海中挥之不去。什么跟"水域"(waters)押韵?女儿(daughters)……也许吧……研钵(mortars)……肯定不行……有人敲门。

是利凡。"我们时间紧张,所以你就用客房服务订点儿午餐吧。"

"客房服务?真的吗?"

"欢迎晋级到成功阶段。滴水嘴怪兽公司报销。"

"听你的。"迪恩关上门,抄起电话。客房服务。他在电影里面见过这个。你在电话里说你想要什么,食物就会放在银色的盖子底下,用手推车送过来。电话上有个标有"**客房服务**"的按钮。他按下它。

一个男人回答:"客房服务。"

"呃,嗨,我想来点儿午餐,如果可以的话。"

"你说什么,先生?什么午餐?"

"一点儿午餐。一些午餐。拜托。"

"哦,一'点儿'午餐。你有什么想法呢?"

"嗯……都有什么?"

"电话旁边有一份菜单,先生。"

"哦。对。"他打开菜单,但它是用外文写的,或者说大部分是。法式火腿干酪热三明治;鲂鱼;牛油果;勃艮第炖牛肉;卤汁意面;提拉米苏蛋糕;焦糖奶油蛋糕……迪恩甚至都不会念这些东西,更不用说猜出它们是什么了。"一个三明治?"

"我们有总会三明治,先生。"

"谢天谢地。请来一个。"

"你想要罂粟籽的、酵母面团的、核桃的……"

"请来面包的。只要普通的白面包。"

"明白了，先生。还有沙拉调味汁或千岛酱？"

调料？"伙计，你是在开玩笑吗？"

片刻的沉默。"也许只需要在旁边放一点番茄酱，先生？"

"现在你说对了。好的。"

"三十分钟之后就到，先生。"

迪恩放下听筒。压力渐渐消失。

电话响起一声又长又响的"铃——"。

噢，上帝，三明治还有别的花样。"喂？"

"莫斯先生，还是酒店总机。又有伦敦打来的电话找你：一位罗德·登普西先生。"

迪恩全身一紧。"我接。"

"稍等片刻，先生。"

咔；唰；嚓。"摇滚之神，你好吗？"

"嗨，罗德。那要看你的消息如何。"

"消息是，原本要摧毁你生活、装有丑闻和狗屎的弹道导弹，已经在半空被击落了。"

真他妈庆幸。"所以我没事了？"

"是的。对方咬死了价格，非要三千五百镑，但你现在有了热门金曲，不差钱了，我知道。我写了一张两千镑的支票，所以你可以一回来就还我。"

足够在孔雀路买一栋房子了。"好的，谢谢。一旦你的支票结清，他们就会把底片寄过来？"

"他们就会把什么寄过来？"

"底片。照片的底片。那样他们才没法使用它们。"

"啊，好吧，我们说的是，我们会在无人区见面，他们会把底片拿给我看，然后当着我的面把它们烧掉。"

有些事很可疑。"哦。是不是……"

"外交是一门微妙的艺术,迪恩。双方都要对结果满意,否则就没有结果。"

"那……我会去无人区,看着他们把这件事做好。"

"恐怕不行。对方不想让你去见他们。他们说得很清楚,不能碰面。"

不对劲。"罗德,那我怎么能知道,底片已经销毁了?还是说……"迪恩有种自由落体的感觉,几秒钟后,他知道了真相。

这都是罗德·登普西的骗局。照片并不存在。也没有什么"对方"。有人在海德公园大使馆看到了迪恩和蒂凡妮,但也仅此而已。他把我当作糊涂老太婆一样绕晕了。迪恩想找到事实并非如此的理由。他怎么知道眼罩和手铐的事?

迪恩回想起他们去钉袋的那天晚上。四个人去了夜总会,成心要大醉一场。是我自己说出来的。正是那种搞敲诈勒索的人会留心记下的花边新闻。

但为什么是现在?

你觉得呢?罗德知道迪恩帮肯尼和弗洛丝摆脱了他的魔掌,离开了伦敦。

罗德的声音变得温柔。"还是说什么,迪恩?"

"站在我的立场,难道你不想在掏出三千五百镑之前,亲眼看看那些照片吗?"

沉默。呼气声。"只有在我认为你把我的事搞砸了的情况下才会,迪诺。那么告诉我,你是这样想的吗?还是我误解了?"罗德在威胁……

这就是证明。为什么一个老练的勒索犯非要跟难搞的前罪犯罗德·登普西谈判,而不找勒索对象——无助的迪恩·莫斯?他准是把奶子都笑掉了。"你准是把奶子都笑掉了。"

罗德·登普西的声音变得冰冷。"我救了你,摇滚之神。你和你的已婚女演员。这就是我得到的感谢吗？"

如果你错了呢？"这事说不通，罗德。"

"这就是说不通的东西：两千镑。你——欠——我——的。"

"取消那张支票。"

"我是用现金付的，天才。支票会留下痕迹。"

"啊，可你刚才告诉我，你是用支票付的。"

"谁他妈管我怎么付的？你欠我两千！"

他在撒谎。"'格雷夫森德男孩与世界的较量'出什么事了？我怎么你了？"

九个时区和五千英里之外，罗德·登普西点上一支烟。"你知道你做了什么。你以为名声就能让你无法触及？你以为炮友夫人在贝斯沃特的住址就能保证她的安全？错了，大错特错。你把你的肥嘴伸进了我的生意里。你会为此付出代价，莫斯。你会付出代价。"

线路里变成了"嗡——"……

音乐节派来的司机是一个名叫巴格拜尔的魁梧壮汉。他也许跟迪恩同龄，但行动笨重，一瘸一拐。他帮助乐队成员们钻进大众露营车，然后在方向盘后面猫着腰坐下，就像一个对他的卡丁车来说块头太大的男孩。"你们大家都爬进去吧。很挤。见鬼的座位没办法调整。"迪恩坐在前排，然后是埃尔夫、利凡和格里夫，贾斯珀和梅卡带着相机坐在后面。野营车滑行般驶过一条陡峭的下坡街道，爬上一条更加陡峭的上坡街道，在一个十字路口等待。该说是交叉路口①。其他人在欣赏街景，但罗德·登普西的威胁和尚未消化的总会三明治搞得他不舒服。迪恩知道，他应该给蒂凡妮打电话，警告她，但他担心她会惊慌失措，陷入毫无意义的恐慌。登普西虚张声势，说要拿她

---

① 这里是英式与美式英语的叫法不同。

当靶子。有可能吗？她可是蒂凡妮·赫尔希，娘家姓西布罗克。可不是肯尼和弗洛丝那样任人拿捏的小人物。

埃尔夫问巴格拜尔，他是不是旧金山人。

"嗯哼，最早是内布拉斯加人。"

"是什么把你带到加州来的？"迪恩问。

"从夏威夷起飞，十二小时的军队运输机。"

迪恩问："越战？"

巴格拜尔目视前方。"嗯哼。"

"我听说那里的情况很糟。"

巴格拜尔把一块口香糖填进嘴里。"早上，我们排有四十二个人。傍晚，就剩六个了。这六个人里面，成功回到基地的只有三个。所以没错，那里情况很糟。"

格里夫、埃尔夫、迪恩和利凡交换了一下眼神，不知道该说什么。该死的基督耶稣，迪恩心想，我还觉得我在面临难题呢。一辆满载游客的有轨电车隆隆驶过。梅卡从窗口俯身拍照。信号灯变绿，这辆面包车拐了个弯，滑入一条更快的路，现在是海湾大桥。往东开的第一段路被西行的路段压在下面，侧面是闪烁的大梁。迪恩看到，轮船和小船在下方远处泛着蓝、绿、灰色的水面上行驶着。城镇点缀着远处的海岸线。山脉在他们身后皱缩起来。那些是我永远不会去的地方。双层的桥身在八车道的隧道中结束，隧道从中间贯穿了约尔巴布埃纳岛……

罗德·登普西不可能知道，是我帮肯尼和弗洛丝逃出伦敦的，迪恩心想，除非他又逮住了他们，逼他们说出来……在这种情况下，愿上帝帮助他们。我可以让泰德·西尔弗强行使用法律武器，但形势很快就会变得乱七八糟……登普西会曝光我和蒂凡妮的事……"真他妈乱。"

"你说什么了吗，我们的迪诺？"格里夫问。

"没什么。只是在……写歌词。"

格里夫点上一支烟。"继续吧。"

至少，迪恩要告诉利凡和贾斯珀，科芬园的公寓已经没戏了，还得说出个理由来。我也必须给蒂凡妮打个电话。就算登普西只是在虚张声势，她也应该采取合理的预防措施。那可不是迪恩期待的交谈。他提出要抽一口格里夫的烟。他希望那是一支大麻烟，但在行吟诗人那次之后，他向自己保证，在演出之前绝不沾毒。面包车钻出隧道，驶入大桥东段，所有八条东西向车道都通向天际。电缆就像树一样粗，电力塔可能是银河系巡航舰的部件。

这个整体是坚硬的，巨大的，恒久的，真实的……

……曾经一度，也只是某人头脑中的一个梦。

野营车在"诺兰公园"的标志牌那儿驶离高速公路。沿着匝道再往前走一段，一块标志牌写着**金州国际流行音乐节**。

"我们算是'国际'那部分的吗？"格里夫问。

"我们，"利凡回答说，"再加上普洛考·哈勒姆乐队、动物乐队和深紫乐队（Deep Purple），他们昨天在这里演出。"

"深紫是什么人？"埃尔夫问。

"伯明翰的一支乐队，"格里夫说，"他们一直在这里给奶油乐队的巡演暖场。他们在美国收获了不小的名气。"

野营车进入了真正的演出场地。一排排轿车停在一侧，另一侧是帐篷和露营车。有几十个摊位提供食物、饮料和嬉皮士饰品。在一堵高墙上方，能见到一个大看台和一个摩天轮。观众通过十字旋转门进入。

"组织得井井有条，超出我的期待。"埃尔夫说。

"规模挺大，"格里夫说，"但还不是非常非常非常大。"

"两万名观众，一个人付三块钱，"利凡说，"也要比五十万人分文不付好太多。'免费音乐会'里的'免费'二字意味着'破产'。墙和十字旋转门。这才是音乐节的未来，就在那儿。"

一名警卫认出了巴格拜尔，挥手让面包车驶入一片围栏场地，里面整齐停放着不少拖车。两个人正从一辆卡车上拖出一台巨大的马歇尔音箱。何塞·费利西亚诺（José Feliciano）深情的歌声和拉丁吉他音型填满了中间这段距离。巴格拜尔把他们带到一辆拖车跟前，车门上贴着一张手写的**"乌托邦大道"**标志牌。"晚些时候，我会带你们回去，祝你们好运。"他走了，没有回头看一眼。

"一个少言寡语的人。"迪恩说。

"也许他把他的话留在了越南。"贾斯珀说。

"我要溜出去，拍些照片。"梅卡说。她吻了贾斯珀，从出口离开这片场地。"回头见。"

"你能在乐队演出时拍几张吗？"利凡问，"如果有花费，我们有预算可以报销。"

"没问题。"她对贾斯珀说了句"祝你好运"，然后离开了。

"我喜欢她这么说。"贾斯珀说。

拖车内部有个小厨房，里面有几壶水、满溢的烟灰缸、几瓶啤酒、百事可乐和几碗葡萄和香蕉。大麻的烟雾在空气中缭绕着。等每个人都拿着啤酒坐好，利凡带给大家一个意外。"乐队会议。马克斯已经给我们凑出了在美国表演四天的档期。"

谢天谢地，迪恩心想，我可以晚些回伦敦了。

"安排得很紧。星期四在波特兰，星期五在西雅图，星期六在温哥华，星期日在芝加哥，在阿拉贡舞厅（ballroom）表演——那里也叫阿拉贡"喧闹厅"（Brawl-room）——面向中西部和加拿大广播。你们可以说'不'，但这样演下来，有可能会让《生命的精华》上升十个名次。有可能会进入前十。"

"我投赞成票。"埃尔夫说。

"我投赞成票。"贾斯珀说。

"我投'见鬼，赞成'票。"格里夫说。

"这让我们多出一天时间来录音，"迪恩说，"你能不能说，如果唱片公司肯支付我们的录音费用，我们就做？"

"我们将来一定会把你培养成经理人。"利凡说。

"穷困潦倒就是我的超能力。"迪恩回答。

"录音费用已经包含在这笔交易里了。既然大家都同意，我就告诉马克斯——"

门口有人咚—咚敲门。一个晒得黝黑、贴着防汗贴的男人拿着写字板往里看。"是乌托邦大道吧？我是比尔·夸里。我是确保音乐节这台机器平稳运行的操作员。"

"欢迎来到你的拖车，比尔。利凡·法兰克兰。"

比尔与每个人握手。"何塞会在二十分钟后结束，然后约翰尼·温特（Johnny Winter）从五点演到六点，之后是你们。我带你们去后台吧，这样你们可以熟悉一下环境？"

迪恩的脸被一个大哈欠扭曲了。"我要打个盹儿（catch forty winks）。"

"四十个'媚眼'（Forty 'winks'）？"格里夫确认道。

"我对你们两个绝望了。"埃尔夫说。

"别担心，头儿，"迪恩告诉利凡，"我不会做任何你不会做的事。也不会服用任何东西。"

"我从没想过要担心你。"利凡谎称。

迪恩陷进了沙发床。某种光滑的东西糊在了他的脸上。他重新坐起，剥下来一张塔罗牌。牌上是一个人在离开，在跋山涉水。这个人拿着一根手杖，就像朝圣者，披着红斗篷。朝圣者长发及肩，褐色，

636

就像迪恩的头发,但脸是转过去的。黄色的月亮在薄暮时分的天空中注视着他。在前景位置,三只杯子摆在排成一排的五只杯子上面,顶上写着"圣杯八"这几个字。

微风吹得网帘窸窣作响。一个女人像迪恩的母亲从前那般笑了起来。朝圣者不会再回来了。当何塞·费利西亚诺唱完他那首流畅版的《点燃我的火焰》(Light My Fire),靠近他的数千名观众爆发出热烈的喝彩。迪恩把那张塔罗牌装进钱包,放在艾伦·克莱因的名片旁边。他躺了下来,闭上眼睛。有让人担心的罗德·登普西;有曼迪·克拉多克和可能属于我的儿子;还有该拿哈里·莫法特怎么办。我能肯定,还有更多的事被我忘掉了……种种问题纠缠在一起,就像滚筒式烘干机里的衣服。

不。够了发。迪恩离开洗衣店,沿着一条小路上了山,黄色的月亮既是月牙,又是望月,他持一根手杖。他把烦恼抛在身后,留在了河的另一侧。他不会再回去了……

……他来到了格雷夫森德的马洛船长酒吧。老板戴夫说:"感谢上帝,你来了。楼上起火了,消防员罢工了。"所以只好由迪恩、哈里·莫法特和"圣雅各的苏格兰威士忌"的克莱夫一路向上,一层一层,用成桶的水和沙子来救火,把桶递给他们的是些半生不熟的人。火焰是紫色的,嘈杂的,浸透在反馈音当中。酒吧的顶部是一个阁楼房间。屋里,一个有着黑色螺旋开瓶器发型的瘦小男孩正吧唧吧唧地吃着葡萄……

迪恩是在加利福尼亚州的一辆拖车里,一个有着黑色螺旋开瓶器发型的瘦小男孩正吧唧吧唧地吃着葡萄。孩子穿着凉鞋、短裤和宽松的美国队长T恤,看起来大概有十岁。他的肤色没有什么特别之处。迪恩对比尔·夸里安排的安保措施不以为然。"你是从哪个兔子洞里蹦出来的?"

"萨克拉门托。"男孩说。

迪恩不知道萨克拉门托是哪里,是什么,或者是谁。再试一次。"你在我的拖车里做什么?"

男孩用开瓶器打开一瓶胡椒博士的瓶盖。"我的父母不知道走到哪儿去了。这不是第一次了。"

迪恩坐了起来。"你的父母是谁?"

"我妈叫迪迪。我的名誉爸爸叫本。"

"你不觉得你应该回去找他们吗?"

"我一直在找。从那个嗓子疼的男人唱着坏情绪升起的时候,我就一直在寻找。到现在还没找到。"

"那……你走丢了?"

男孩抿了一口他的胡椒博士。"是我的父母走丢了。"

我只想打个盹儿。迪恩来到拖车门口。几名肌肉发达的乐器技师在周围转悠。他们看起来不像能帮助走失的男孩。迪恩一时间茫然无措,问他:"你叫什么?"

"你叫什么?"

迪恩惊讶地回答:"迪恩。"

"我叫……"男孩说了像是"波里·瓦尔"的名字。

"奥利弗?"

"博—利—瓦尔。博利瓦尔。照着西蒙·玻利瓦尔的名字取的,他是十九世纪初的革命家。玻利维亚就是以他的名字命名的。"

"好的。博利瓦尔。听着,很快,我很快就要去表演,所以你为什么不拿上这些葡萄,还有……"迪恩意识到,他不能叫一个十岁的孩子到上万人中去找两个人。他希望利凡或埃尔夫在这儿。他看到通往VIP区的大门那儿的保安站在大太阳伞底下。"我们去问问那边的警察,他知道该怎么做。"

博利瓦尔看起来被逗乐了。"就照你说的做吧，迪恩。"

他们离开拖车，走了过去。保安头顶猎帽，戴着反光的太阳镜，身着军用迷彩夹克。"打扰了，"迪恩说，"这孩子刚才出现在我的拖车里。"

"所以？"

"所以，他跟父母走散了。"

"那面大蓝旗。"保安指着露营车对面的一个大帐篷，"那是失散儿童的帐篷。"

"可我是迪恩·莫斯。我是乌托邦大道乐队的。"

"所以在乌托邦，失散儿童都是别人的问题，是吗？"

"不，但我是个音乐人。安顿失散儿童不是我的责任。"

"也不是我的，伙计。我不能离开我的岗位。"

"那谁有责任把这孩子送到那顶帐篷去？"

"那是程序问题。问问波妮或者邦妮吧。"

迪恩看见，保安的墨镜里映出他充满疑问的脸。"波妮或者邦妮在哪儿？"

保安朝天空和大地比画了一下。"有可能在任何地方。"

真他妈见鬼发。迪恩蹲了下来。"瞧，博利瓦尔。看到那面蓝旗了吗？"他指了指。"那是失散儿童的帐篷。"

"那我们走吧，迪恩。"

"好主意。"保安说。

油嘴滑舌的饭桶，迪恩心想。"我们不能鼓励孩子跟陌生人一起闲逛。"

"可你不是陌生人，"保安说，"你是迪恩·莫斯。你是乌托邦大道乐队的。"

迪恩被打败了。如果我不花十分钟送他过去，我会花七十年的时间去想他后来怎么样了。"好，博利瓦尔。我们走。"

"如果我骑在你肩膀上,"博利瓦尔说,他们刚走出几步,"迪迪或本就有可能看到我。"迪恩把他举了起来。博利瓦尔把他的手按在迪恩的脑门上,就像一名信仰治疗师。他不应该这么相信陌生人,迪恩心想。但现在迪恩已经被选中了,他决心不让男孩失望。从场内传来的吉他和弦来来回回穿过它们自身的回声。女人们在毯子上晒日光浴。青少年们围坐在一起抽烟。情侣们在亲吻搂抱。几户人家在帐篷的阴影里吃饭。女孩们在化妆。一个女人给她的宝宝喂奶,似乎这没什么大不了。你在海德公园可见不到这一幕。小丑们踩着高跷四处巡视。青少年们在弹吉他。我熟悉那首曲子……他们在研究《把石头滚开》的和弦。他们在争论,究竟是D大三和弦还是D小三和弦。就让他们自己研究吧,迪恩心想,必须如此。

博利瓦尔问:"你多大了?"

"二十四岁。你多大了?"

"八百零八岁。"

"哈。我猜你是用了面霜。"

"你是伦敦人吗,迪恩?"

"对,我是。你怎么知道?"

"你说话就像《玛丽·波平斯①》里那个扫烟囱的人。"

"在我的家乡,你说话的语调也很好笑。"

一帮野孩子冲了过来,尖叫着。

"你当爸爸了吗?"博利瓦尔问。

"哇,看看那个吹气球的。"

"你有孩子吗?"

---

① 英国儿童文学作家P.L.特拉弗斯(1899—1996)创作的系列童书中的魔法保姆形象,后迪士尼公司将其搬上银幕。

就像扎心的针一样。"这个还没有定论。"

"为什么你不知道你有没有孩子?"

"大人们的一些原因。"

博利瓦尔调整了他的重心。"你是不是跟一位有孩子的女士发生了性关系,但你不知道,她的孩子是不是从你放进她子宫的种子里长出来的?"

真他妈——见鬼。迪恩扭头看了看博利瓦尔。

男孩看起来得意洋洋。

"你怎么知道这个?你怎么可能知道?"

"受过教育之后的猜测。"

"天呐,美国的孩子成长得真快。"迪恩继续朝蓝旗走去。一架双翼飞机拖着一条写着"**渴吗?拿瓶可乐!**"的横幅,穿过几乎无云的天空。

"你为什么不想当爸爸?"博利瓦尔问。

"你为什么要问这么多'为什么?'的问题?"

"为什么你不再问'为什么?'的问题?"

"因为我长大了。因为这他妈很烦人。"

"如果你是我们家的人,你就得往亵渎语言罐里放二十五美分,"男孩说,"这个做法是妈妈提出来的,因为她不想让我在下水道里长大。所以你为什么不想当爸爸?"

"是什么让你觉得我不想?"

"我一提起这个,你就转移话题。"

迪恩停下脚步,让卖西瓜的小贩推着小车经过。"我觉得……我害怕成为一个我自己不想成为的那种爸爸。"

博利瓦尔拍了拍他的头,仿佛在说,没事的,没事的。

一个身穿旧金山巨人队 T 恤、头戴宽檐帽、长着雀斑的男人,在失散儿童的帐篷口徘徊，紧张地抽着烟。一看到博利瓦尔，他的脸色从压抑的恐慌变成了纯粹的释然。哪怕只为看到这一幕，把孩子带过来也值了，迪恩心想。"耶稣基督，博利，"雀斑男说，"你把我们吓坏了。"

"亵渎语言罐，"博利瓦尔说，"两个二十五美分。一个给'耶稣'，一个给'基督'。我是不会忘的。"

那人做了个"愿上帝赐予我力量"的表情，对迪恩说："谢谢。我是本杰明·奥林斯——叫我'本'就行。我是他的继父。"

"'荣誉爸爸'。"男孩坚持说。

"荣誉爸爸。"本把博利瓦尔从迪恩肩上抱起来，"妈妈担心坏了，你去哪儿了？"

"在找你们。我找到了他——"男孩指着迪恩——"在一辆拖车里。他叫迪恩，来自伦敦，他不确定自己是不是当爸爸了。跟他聊聊，本。老家伙跟老家伙。"

本听了这句话，皱起眉头，仔细打量了一下迪恩。"迪恩·莫斯？乌托邦大道乐队的？我靠。是你。"

"再来二十五美分，"博利瓦尔说，"你欠三个了。"

"可我们今天就是冲着乌托邦大道来的，再说——"

"没有如果，没有但是：七十五美分。而妈妈是冲着约翰尼·温特来的，不是迪恩。对不起，迪恩。那边有位女士在给走丢的孩子发糖。我马上就回来。不要乱跑。"

"你说过，是你妈妈和本走丢了。"迪恩指出。

"她不会给成年人发棒棒糖吧？好好想想吧，迪恩。"博利瓦尔走了过去。

"这孩子真不一般。"迪恩告诉本。

"老天爷——确实让人意想不到。"

"他说自己有八百零八岁了。"

"他从五岁起就一直这么说。急性脑膜炎。差点死掉,可怜的孩子,他从昏迷中醒来之后,跟以前有点……不太一样了。有时候迪迪——博利的妈妈——认为我们应该送他去检查,但……他是个很快活的孩子,所以我拿不准我们想要恢复的是什么。不过,迪恩,我真的很喜欢你们的音乐。我在萨克拉门托开了一家唱片店。我有没有亲手卖出过一张《生命的精华》——我亲手卖出了五十张。当然,你们的第一张专辑也很畅销,但《生命的精华》……"本模仿着飞机上升。

"谢了。我想我欠你一张版税支票。"

"那就做第三张专辑吧。拜托了。"

"我会看看我们能做些什么。你儿子淘到金子了。"棒棒糖女士正抱着罐子让博利瓦尔拿。

"噢,他能迷住鸟儿和鱼儿,"本说,"你有孩子吗,或者……我不明白博利刚才说的话。"

烤栗子的香味飘过。不,我不能向一个完全陌生的人透露我的法律困境,我都还没告诉自己的家人呢。"他问我有没有孩子,我只是说,我还没有准备好做父亲。就是这样。"

"'准备好'?忘掉这回事吧。我每天都在仓促上阵。"本递给迪恩一支万宝路;迪恩接了过来。"做爸爸还是不做爸爸?这是个问题。这是个沉甸甸的难题。我不会说'做吧',如果你不愿意的话。"他把烟吐出来。"但如果你犹豫不决,想得到鼓励,我会鼓励你。你不会想念你以为你会想念的东西。你会有更多的头痛,但你也会有更多的快乐。痛并快乐着。就像唱片的第一面和反面。"博利带着一把糖回来了。"瞧瞧你,你这个猎人兼采集者。"

博利看到迪恩身后的某个人。他挥了挥手。"妈妈!妈妈!没事了——我找到了本,他在这儿。"

迪迪,一个戴着珠子、扎着辫子的大肚子女人,发出长长一声如

643

释重负、毫不掩饰的叹息，她用大大的拥抱紧紧搂住儿子。"真见鬼，博利，拜托不要像这样到处乱跑了……"

男孩挣脱出来。"二十五美分！要往亵渎语言罐里放整整一美元了。我给我们每个人都拿了一根棒棒糖，还有一根给宝宝。迪恩，这是我妈妈。她已经怀孕七八个月了。妈妈，迪恩帮我找到了你。你应该对他说什么？"

"博利，是你走丢了——"

博利举起一根手指，以示警告。

迪迪深吸一口气。"谢谢你。"

面对七八千名观众，这是迄今为止乐队最盛大的演出。迪恩感到怯场情绪在心底冒泡。天空正是那张"圣杯八"里的天空，暮色渐浓。"请欢迎，"比尔·夸里在舞台中间的麦克风前喊道，"从英国远道而来、绝无仅有的**乌托邦大道**！"利凡拍了拍迪恩的背；迪迪、本和博利瓦尔拍拍他的肩膀，他跟着埃尔夫上了台。现在已经回不了头了。观众爆发出令迪恩意想不到的吼声：他的脸感受到了那股声浪。埃尔夫转过脸来，咧着嘴笑。乐队就位。贾斯珀和迪恩把线接好，这时埃尔夫对着麦克风说道："谢谢，加利福尼亚。我们不确定这里有没有人认识我们，但我猜——"吼声和口哨声越来越响，一首歌从迪恩找不到的地方传了出来：和着"约翰·布朗①的身躯在坟墓里腐烂"的曲调，观众唱道："兰迪·索恩的职业生涯在坟墓里腐烂，兰迪·索恩的职业生涯在坟墓里腐烂……"贾斯珀用他的吉他奏出了这段旋律；音符金光闪闪。在副歌部分"荣耀，荣耀，哈利路亚"②，埃尔夫

---

① 约翰·布朗（1800—1859），美国废奴主义者，多次参与和领导奴隶起义，失败后被处死。

② 出自歌曲《约翰·布朗的身躯》（John Brown's Body）。

的风琴即兴伴奏着,迪恩像赫伯特·冯·卡拉扬(Herbert von Karajan)一样指挥着。他的怯场已经消失了。

"我们也爱你们,"埃尔夫说,"那么,我们的第一首歌是迪恩在地牢里写的。"一片赞赏的吼声。她冲迪恩点点头。

迪恩采用了"妈妈"凯丝传授给他的一个技巧,用无伴奏的清唱来开场:先在你的头脑里,用你想要的调子,把这句歌词过一遍,然后重来,但这次要把歌声加进去:

如—呜—呜—呜—呜—果生活把你伤得千疮百—哎—哎哎哎哎孔——

还—哎—哎—哎把你吊在外面曝—嗷嗷嗷—嗷嗷—嗷晒……

米克·贾格尔曾告诉迪恩,他工作中最困难的部分,就是在第五百遍的时候,唱出那股"满意"的感觉来,就好像这首歌是一小时前刚刚写好那样,但今晚,《把石头滚开》没有丝毫能听出厌倦感的危险。观众的规模提升了迪恩的感官。他的声音从外扩音响系统中响起,如上帝的声音般传入宇宙……

还—哎—哎哎哎—哎把你丢进贫—吟—吟民的坟墓
那里面沉—嗯—嗯—嗯嗯嗯嗯—嗯嗯嗯—嗯睡着死者——

格里夫鼓棒的嗒嗒声开启了第一段副歌。音乐越来越响亮,填满了碗状的演出场地。迪恩的舞台表现比平时更有戏剧性,贾斯珀的演奏也更加激烈。在埃尔夫过山车式的哈蒙德琴独奏中,迪恩望向观众中的人们,他们和着节拍点头,摇摆着,同时喝着啤酒,吸着自己卷的烟。在不那么拥挤的地方,近乎赤裸的狂欢者表演着萨满舞蹈,疯狂的嬉皮音乐节上的电影摄制组喜爱这一幕。

歌曲在喝彩声中结束,喝彩声比迪恩对第二天第十一场演出期待得到的还要长得多。《证明它》收获了类似的待遇。太阳落山时,仿佛被梳理过的云霞光辉灿烂。当贾斯珀弹出《暗房》的第一组和弦时,舞台上灯光亮起。贾斯珀优雅的英国嗓音在即将降临的美国夜色中带有一股异邦情调,这是他们在家乡演唱这首歌时从没有过的。《渔钩》的快节奏为演出奠定了基础。他们延长了桥段,大片观众和着节奏拍手。迪恩的歌声中透着有节制的凶猛。他作的各种尝试都富有成效。格里夫先是来了一段鼓的独奏,而后跟埃尔夫进入一段一呼一应的模进。不知为什么,有种滑稽感。贾斯珀来了一段慢热的独奏,就像一颗流星,在曲终时砸成了碎片。欢呼声持久而响亮。可卡因只是这个的平淡无味的仿制品,迪恩心想。他用湿毛巾擦了擦脸。我希望在某个地方,有人在偷偷录制这场演出,因为今晚我们太他妈棒了。他瞥了一眼站在舞台侧翼的利凡,看到感恩而死乐队(Grateful Dead)的杰里·加西亚(Jerry Garcia)在用四根手指①和另一只手掌鼓掌。迪恩回以点头致意。博利瓦尔和他的父母坐在一段脚手架上。

进入《木筏与河流》之前,埃尔夫弹了几句《月光奏鸣曲》取乐。在《渔钩》黏糊糊的疯狂连复段过后,她的歌就像一杯清凉的水。一张张面孔盯着她,陷入迷醉。格里夫把他的镲片打得砰啪作响。迪恩和贾斯珀加入到埃尔夫新的三段式和声副歌中,灵感来自聆听格雷厄姆·纳什、斯蒂芬·斯蒂尔斯(Stephen Stills)和大卫·克罗斯比在"妈妈"凯丝厨房里的演唱。这很冒险——如果和声出了问题,他们就无处可躲——但他们之前一直在练习,而掌声很热烈。比尔·夸里从旁边喊了一声,他拍了拍他的手表,把手笼在嘴边喊道:

---

① 杰里·加西亚的右手因儿时的事故少了中指。

"再来个猛的!"该贾斯珀选了。迪恩期待着《健全的神智》,但贾斯珀呼喊:"我们来演奏《我应该说是谁打来的电话?》。"他在从纽约飞过来的飞机上写下了整首歌。那次他在舞台上发病,似乎有着良性的副作用,治好了他的飞行恐惧症。这是个勇敢的选择。他们只在录音棚里把这首曲子演奏过几遍,但现在的感觉就像身处这样的现场:歌曲简直有一半是它自动演奏出来的。埃尔夫冲迪恩点头,迪恩向贾斯珀点头,贾斯珀对观众说:"最后一首歌,是我们最新的歌曲。它只诞生了一天的时间,它叫作《我应该说是谁打来的电话?》。"他看着迪恩,点了点头:"一,二,三——"

迪恩弹出了布鲁斯连复段。A,G,F,回到 A。

埃尔夫的哈蒙德琴闯入了派对的大门,找到自己的位置,跳起了醉步的吉格舞。格里夫加入了一轮反拍、小军鼓和远雷般的底鼓。贾斯珀的吉他盘旋出一段感恩而死乐队风格的前奏,然后,他对着麦克风唱了起来:

> 你在热带地区爱过他,
> 人们给你贴上了"不道德"的标签;
> 你给了我生命,亲吻了我的头,
> 然后沉入珊瑚之中。

> 你在热带地区爱过她,
> 在欧洲陷入火海的时候。
> 我是你的不检点,
> 我有了你的姓氏。

迪恩想知道,对那些不知道这是在说贾斯珀父亲的人而言,这些话是否有意义。《守夜人》和《暗房》听上去很私人,实则不然。这首新歌的前两段主歌还不完善。埃尔夫没有唱和声,而是弹了一段半爵士半布鲁斯的钢琴独奏。在下一段之前,埃尔夫弹了一段似瀑布泻落般、半爵士半布鲁斯的钢琴独奏,然后是下一段主歌:

> 一名很久以前的僧侣,
> 躲藏在家族谱系之中。
> 世代更替,直到
> 僧侣要求获得自由。

> 一名来自蒙古的陌生人,
> 把我从自杀中拉了回来。
> 他在我的脑海中,把僧侣围困起来。
> 额外给了我五年的时间躲藏。

当迪恩问贾斯珀,那个僧侣和蒙古人是谁时,他只是回答:"说来话长。简单说来,他们是我头脑里的声音。"贾斯珀弹了一段独奏。哇音效果器的电平出问题了,它嗡嗡作响,多多少少淹没了吉他的音色,听起来就像破冰船在破冰前行。事实上,这听起来非常棒,迪恩心想。贾斯珀肯定同意:他挥手赶走了音响师,将独奏又延长了一轮。今晚,就连失误也站在我们这边。贾斯珀走到他的麦克风前:

> 在一个黑暗的日子,被围困起来的僧侣
> 从过去迸发出来——
> 我在切尔西旅馆坠入了地狱。
> 我并不是第一个,也不会是最后一个。

> 一场为被诅咒者做的心灵手术，
> 一处大风中的庇护所——
> 要不是提尔的马里纳斯①，
> 我就不会在这里讲这个故事了。

自从迪恩上次听过这两段之后，又有所修改。"提尔的马里纳斯"？"提尔"（Tire）是地名吗？或者只是一个轮胎（tire）？这首歌像《荒芜巷》，迪恩判断。我不能说我懂，但我清楚地知道它的意思。他注意到梅卡正蹲在聚光灯之间，向上拍摄贾斯珀。贾斯珀也看到了她，给了她一个眼神。自从他在猎豹倒下之后，贾斯珀就再也没有神不守舍，而是始终镇定自若，全然不同以往。如果我相信诅咒，我会说，诅咒被解除了。贾斯珀的第三段和谐的独奏旋绕在演出场地上方，就像某种有翅膀的东西。迪恩走到贾斯珀的麦克风跟前，加入合唱，埃尔夫靠在她的麦克风架上，开始唱最后重复的三句——主歌？副歌？桥段？谁在乎呢？

> 我应该说是谁打来的电话？
> 我应该说是谁打来的电话？
> 这时一个幽灵问一个即将成为幽灵的人，
> "我应该说是谁打来的电话？"

结尾是长达一分钟的听好了，由回旋狂舞的键盘、贝斯连奏、啸叫的反馈音和鼓声的倾泻组成，然后乐队完美收尾，一切戛然而止。

观众没有反应。怎么了？

---

① 提尔的马里纳斯（约70—130），腓尼基古国的地理学家、数学家。提尔是腓尼基古国的古城，现位于黎巴嫩南部。

迪恩看着埃尔夫。我们是不是搞砸了?

演出场地被八千人的喧闹声点燃,叫喊声、欢呼声、口哨声和掌声火力全开,响成一片。

为了来到这里,我们付出的所有代价都值了。

格里夫、埃尔夫和贾斯珀列队站在他的身旁。

金星是天空这颗眼眸中的一抹闪光。

乌托邦大道鞠躬谢幕。

通往遥远西方的狭窄公路

星期一，乐队去特克街的C录音棚录音，那儿离他们住的酒店很近。他们给埃尔夫的《切尔西旅馆#939》录制了出色的样带，这首布鲁斯华尔兹关于他们在纽约的住所，还有《里面的东西里面的东西》的样带，这是一首加入齐特琴、阿巴拉契亚扬琴和长笛独奏的情歌，吹长笛的是马克斯在旧金山交响乐团的一个朋友。他们晚上十点收工，在一家中餐馆吃饭，然后爬上床睡觉。昨天，乐队在上午录制了一首钻石般闪亮的《我应该说是谁打来的电话？》，然后又录制了贾斯珀写的八分钟长的作品《钟表》，其中有放大的发条声，风铃，埃尔夫弹奏的羽管键琴，还有一段倒放的十二弦吉他独奏，一条空灵缥缈的声乐音轨，以及梅卡星期一录制的丧钟声、海潮声、火车终点站的声音。今天，他们在旧金山的最后一整天用在了迪恩的两首新歌上：连复段厚重的《我自己在这儿都是个陌生人》，以及迷离、神秘的《圣杯八》。迪恩、埃尔夫和贾斯珀正在为彼此的歌曲提供和接受建议，讨论比他们在蘑菇棚录音时还要热烈。格里夫仔细倾听着每个创作者介绍他的新歌，到第三或第四遍排练时，录下一条鼓点的音轨。

利凡开了一下午的会，一等他出来，乐队便停了下来，给他播放最新一次录下的《圣杯八》。他仰着身子，凝神聆听，然后宣称："妙极了。《天堂》已经落后于潮流几个月了。《生命的精华》可以说是紧跟潮流。这个新玩意将会成为潮流。等马克斯听到，他会尿裤子的。"

"这是好事还是坏事？"贾斯珀问。

"好事，"迪恩说，"那金特呢？"

"金特不是会尿裤子的人，但他会用一根手指敲敲打打。在比较有活力的段落，可能会用两根手指。"

"真见鬼。你觉得呢？"

电话上的灯在闪。利凡接了起来。"喂？"停顿。"噢，好的，当然。把他的电话接过来吧。"利凡盖住话筒，告诉大家："是安东尼·赫尔希。"

当然是他。他已经发现了我和蒂芙的关系。迪恩并不像他应有的那么害怕。有什么好怕的？

"托尼，"利凡说道，"你最近怎么样？有没有——"稍事停顿。利凡皱着眉头看着迪恩。"呃……好的。有什么我能帮忙的？"停顿。"那让我看看他在不在附近。"利凡捂着话筒，小声说："他想跟你说话，但他听起来像是要杀人。"

把这事解决掉吧。迪恩按下免提按钮，让每个人都能听到。"托尼。洛杉矶的天气怎么样？"

安东尼·赫尔希上层阶级的愤怒嗓音从细声细气的扬声器里响了起来。"你怎么敢？你怎么**他妈敢**？"

"确切地说，托尼，我怎么敢什么？"

"噢，你知道的！你**侵犯**了我的婚姻。"

"难道我们要彼此指责吗？"埃尔夫的下巴已经掉下来了。格里夫皱起了眉头。利凡已经在盘算了。贾斯珀点上一支烟，把它递给迪恩。"从洛杉矶开过来要八个小时，如果你喜欢在黎明开枪的话。或者我也可以在半路跟你碰面。"

"你不值得浪费子弹，你这无知的猪，小痞子，昙花一现的家伙、吸可卡因、搞别人老婆的……乡巴佬。"

652

格里夫闭上眼睛,摇了摇头。

"人无完人,托尼,但至少我没有夺走我妻子的事业并交给简·方达。我的意思是,如果你是蒂芙,你会不会想,哦,好吧,我只能认命,闭嘴,搓洗托尼的衬衫和内裤?还是你会觉得,这事一笑置之就行,对雄鹅好的事,对雌鹅也好?"

"我妻子是我孩子的母亲!"

"看,这就是你的问题,托尼。"迪恩模仿着赫尔希的口音。"'我妻子是我孩子的母亲。'你不是一个封建领主,伙计。蒂芙不是你的财产。她是一个人。如果你真这么在乎,回去执导蒂凡妮·西布罗克主演的《通往北方深处的狭窄公路》吧。她是一个伟大的演员。就算她并不是好莱坞明星,那又怎么样?照样可以拍。那会是一部更好的电影。你可以挽救你的婚姻。"

安东尼·赫尔希发出愤怒的砰砰声、嘶嘶声,然后说:"我不会听取你的婚姻建议!"

"你确实需要听别人说说。表演是蒂芙的艺术。你从她那里夺走了它。把它还给她吧。在内心深处,她仍然喜欢你。即使你在电话响起的那一刻把她像洗碗布一样丢掉。"

赫尔希的愤怒腔调由热转冷。"你要在伦敦或洛杉矶做电影工作,除非跨过我的尸体。"

"哦,托尼,不要这样引诱死神。听着,在我们中的一个挂断电话之前,我很好奇:这些好消息是不是一个叫罗德·登普西的人带给你的?一副东区黑帮的那种嗓音?"

导演没有说:"谁?"他犹豫了一下,然后说:"如果你再碰我的妻子,我就把你像蟑螂一样碾碎。如果我再见到你,我就把你揍得死去活来。听清楚了吗?"

"这是否意味着,乌托邦大道不会再做配乐——"

洛杉矶那边的线路断了。

如果这就是罗德·登普西的报复,迪恩心想,我能接受。"对不起,"他告诉队友们,"我们在好莱坞夺取荣耀的机会就这么没了。"

"我还以为我才是出乎大家意料的那一个呢。"埃尔夫说。

"从好的方面看,"贾斯珀说,"我们不用再担心从《狭窄公路》里砍掉九十秒的事了。"

"我不能说,我不希望你把它放在裤子里收好,"利凡说,"但华纳公司的律师确实难缠。"

"蒂凡妮·西布罗克?"格里夫敬佩地做了个鬼脸,"真有你的,迪诺。"他的肚子咕咕叫了起来。"杰里·加西亚还在等我们去吃饭吗?"

阿什伯里街710号是一座山墙开间、木质门面、黑白两色的高大房子。陡峭的台阶从人行道攀升到二楼的拱形门廊。门廊上,摇椅里坐着一个男人。一根棒球棒靠在柱子上。在迪恩看来,他像是个印第安人。"我和我的姐妹们有过一个像这样的娃娃屋,"埃尔夫说,"正面能像书一样打开。"

贾斯珀面对着午后的阳光。"在录音棚待了一天之后,一切都变得真实了几分。"

一辆绘有迷幻旋涡的小型旅游巴士停了下来。"这里,朋友们,"导游称,"就是杰里·加西亚、菲尔·莱什(Phil Lesh)、鲍勃·韦尔(Bob Weir)和罗恩·'猪圈'·麦克南(Ron McKernan)的家——世人更熟悉的是这些摇滚奇才组建的感恩而死乐队。"

"没提到那个见鬼的鼓手,"格里夫说,"够典型的。"

游客们争先恐后地拍照。门廊上那个可能是印第安人的人,在用一根手指祝福着小巴车。

"如果这座房子会说话,"导游说,"阿什伯里街会脸红。谁敢想象现在这些窗户后面有什么摇滚乐的狂热场景?"

巴士停了下来。"但愿运气不错。"迪恩说。他们抓着扶手，开始往上爬。要是失足摔倒，也许会摔断脖子。在上方的门廊上，那个可能是印第安人的人膝头有一只月亮灰的猫。"你好，"迪恩说，"我们是乌托邦大道。"

"正等你们呢。"可能是印第安人的那位把身子往后一仰，透过半开的门喊道："杰里，你的客人来了。"

猫在埃尔夫腿上蹭来蹭去。埃尔夫把这只动物抱了起来。"你不是很可爱吗？"它那叶绿色的眼睛一直盯着迪恩。

"乌托邦！"杰里·加西亚眉开眼笑，胡子拉碴，穿着法兰绒衬衫，赤着脚，出现了。"我想我听到了朋友的声音，他们爬上了通往天堂的阶梯。所以，你们找到我们了。"

"我们告诉我们的出租车'跟着那辆旅游巴士走'。"格里夫说。

杰里·加西亚的笑容变成了苦笑。"他们先是谩骂我们，然后他们又把我们变成了旅游景点。进来吧。杰斐逊飞机的马蒂（Marty Balin）和保罗（Paul Kantner）来了。显然，他们很酷。"

西藏的曼荼罗，美国的星条旗和涡卷形的饰品装点着墙壁。在710号的某个地方，约翰·柯川的萨克斯管正在演奏着。空气中混合着大麻烟、焚香、中餐的香气。一些人从厨房进进出出，包括一个只披了条床单的女孩。似乎没有人确切知道谁住在这儿，谁是过来参观的。迪恩把一个春卷浸在甜辣酱里。"天啊，我真爱吃这些。"

"真可惜，你们不能多待些日子。""猪圈"说。迪恩不禁觉得，他看上去真是人如其名。"我可以带你们到唐人街。只要一美元，就能吃得像皇帝一样。"

迪恩想起了艾伦·克莱因提出的提议：会面，商讨二十五万美元事宜。"下回吧。"

在桌子的一角，杰里·加西亚和贾斯珀在用一对吉他交换着音阶。"这叫混合利底亚调式，"死乐队的头目告诉这个乌托邦成员，"它用的是一个降调的七度……"他把它弹了一遍。马蒂·巴林——矮小，圆润，肤色像蘑菇——正在跟埃尔夫调情。

祝你好运，迪恩心想。闪着异样金光的保罗·坎特纳问他："吉米在伦敦的时候，你有没有碰到过他？"

"只是有过偶遇，"迪恩说，"我们从没出去玩过。"

"吉米在蒙特雷之后的那个星期，在菲尔莫尔演出，"保罗说，"起初，在节目单上，他的名字排在我们下面，但几天之后，他就成了压轴。真是——个——能人。"

马蒂啜吸着面条。"你和我，我们用手和手指演奏，对吗？我们自学，在房间里坐着。吉米是个街头吉他手。他用全身演奏。用小腿、腰、屁股。"

"用卵蛋、屁股和鸡巴，""猪圈"补充道，"他是第一个让白种女人，你知道，为之疯狂的黑猫。我从没见过这样的事。她们就好像是……在滴淌着色欲。"

"某些白种女人。"埃尔夫纠正"猪圈"。

"当然，我同意你说的。但人数很多。还有男人，这才是问题所在。我考虑要买的第一条皮裤就是吉米的。"

"他在膝盖上系围巾和在头上系围巾的事？"保罗补充道，"它传遍旧金山的速度，比爱之夏期间的掌声还要快。"

"我的爱之夏是跟这帮人一起，开着面包车，在M1公路上来来回回地度过的。"格里夫指了指乐队，"正确的时间，错误的地点。"

"六六年才是好年份。"马蒂喝着蛋花汤，"爱之夏前一年的那个夏天。你同意吗，杰里？"

"是啊。"杰里·加西亚从他的指板上抬起视线，"愿望成真的夏天。如果你们是一支乐队，有一帮听众的话。比尔·格雷厄姆的菲尔莫尔开张，每天晚上都有四五支乐队演出。你甚至不需要多么出色。

一个全新的场景冒了出来,与美国、地球和历史上的任何东西都不同。"

"就是那个比尔·格雷厄姆吗?"迪恩问,"就是经营杰弗逊飞机乐队的那个比尔·格雷厄姆?"

马蒂做了个鬼脸,看了看保罗,后者大声嚼着爆米花。"嗯哼,不过比尔仅在技术层面算是我们的经理。"

"你会听到许多人对比尔的看法,"杰里说,"诋毁者说他只不过是在喂养迷幻音乐的奶牛,为的是挤奶。但他疯狂地工作,他从不否认想发财,他为HALO——为被捕的孩子们辩护的律师,还有'采掘者'——帮助饥饿人群的激进分子团体,多次举办义演。"

"最富有革命性的是,""猪圈"说,"他向乐队承诺支付多少费用,实际就支付多少。没有'我们在门票上没有赚到我们期望的那么多,所以这里有一瓶啤酒和一团大麻,现在滚蛋吧'这样的屁话。从来没有过。比尔不干这种事。"

"利凡明天要跟他共进早餐。"迪恩说。

"他想让你们去菲尔莫尔演出,""猪圈"说,"你们在诺兰公园演出的消息已经传开了。那场表演真不错。"

格里夫把他的叉子拧进炒面里。"诺兰公园音乐节跟'人类狂欢会'① 比起来怎么样?"

"没法比,"金光闪闪的保罗说,"诺兰公园是为了让它的组织者赚钱,同时假装不赚钱。'狂欢会'无利可图,但它会载入史册。"

"它的规模要大得多,"马蒂说,"当时,我们有三万多人在金门公园的马球场上。海特-阿什伯里区的嬉皮士们宣扬和平与爱;伯克利的激进分子宣扬革命。喜剧演员、诗人、精神导师。老大哥和控股公司加上詹尼斯、感恩而死、快银信使服务、我们。一起迎接太阳。"

---

① 一九六七年一月十四日在旧金山金门公园举行的音乐盛会。

"而且没有暴力，""猪圈"说，"没有抢劫。奥斯利·斯坦利（Owsley Stanley）①派发 LSD，就像过了今天没有明天一样。"

"免费的 LSD？"迪恩问，"那警察呢？"

"那时候迷幻剂还不是非法的，"保罗说，"市政厅讨厌它，但也没有人向他们征求许可，所以他们想拦也拦不住。"

"芝加哥市长找到了一个办法。"埃尔夫说。

"旧金山可不是芝加哥。""猪圈"说。

"只有那么一段时间，"杰里说，"大概也就那么几个月，足以让我们相信，也许可以过上一种新的生活。就从这里开始。'采掘者'提供了免费的食物。海特街上现在还有一家免费诊所。"

"如今什么变了？"埃尔夫问。

"曝光，""猪圈"说，"消息传了出去。媒体把整件事给炒热了。'美国中部！你的孩子也可能落入这个撒旦的陷阱：免费的爱情，免费的大麻和免费的音乐！'这样一来，那些孩子肯定会出现，他们头上都戴着花。"

"几十万人，"杰里说，"来到了这里。也是在这里，人们发现，'采掘者'并不能真的采掘到食物。'采掘者'需要比尔·格雷厄姆这样的人提供现金。需求是无限的。供应不是。"

"毒贩们看到了发财良机，"保罗说，"打响了地盘争夺战。一个孩子在离这栋房子三十英尺的地方，被人用刀捅死了。然后，出现了第一例磕迷幻药身亡的。奥斯利给了每个人同样的剂量。有壮汉，也有瘦妞儿。人的身体是不一样的。"

迪恩想起席德·巴雷特令人遗憾的状况。

"反商业主义变得商业化了。"杰里说。

---

① 奥斯利·斯坦利（1935—2011），一九六〇年代旧金山湾区嬉皮士运动的重要人物，担任感恩而死乐队的音响师。

"我们在出租车上,看到好多幻觉用品商店。"贾斯珀说。

"没错,"马蒂说,"有T恤、《易经》套装、五芒星。一排排的垃圾。一切不再是'开启,进入,退出',而是'包好,收钱,卖出'。"

"这就是当初跟现在的区别。"保罗将酱汁从他厚实的下巴上擦掉。"去年六月,我有个朋友打算飞回新墨西哥。他是个典型的嬉皮士,不穿鞋。在旧金山机场,工作人员说航空公司不会让人赤着脚登机。于是我朋友环顾四周,看到一个在旧金山下机的怪人同类,就问:'嘿,伙计,我能借你的凉鞋吗?要是我不赶紧找双鞋穿,就会错过我的航班。'这个彻头彻尾的陌生人说'当然可以',还把鞋递了过去,我朋友顺利飞回了家,再没有横生枝节。这种交流只能发生在六六年和六七年之间,这个为期数月的狭窄时间窗口。六五年太早。陌生人会说:'你疯了吗?自己买一双见鬼的凉鞋去。'现在,一九六八年,已经太晚。陌生人会说:'你当然可以拥有它们——五块钱,外加销售税。'"

杰里·加西亚弹出一段收尾时的布鲁斯连复段。

"那段时期可曾有什么东西留传下来?"埃尔夫问。

旧金山的人们面面相觑。

"我觉得不算多。"保罗·坎特纳说。

"只有一些空洞的口号。""猪圈"说。

杰里拨弄着他的吉他。"每到第三或第四代,都是激进分子的一代,革命者的一代。我们,我的朋友们,是砸碎瓶子的人。我们释放出妖魔。我们发起暴动,被枪杀,被渗透,被收买。我们死掉,被捕,侍奉权贵。就像鸡蛋就是鸡蛋一样确切无疑。但我们释放出来的妖魔始终停留在不远的地方。它们在年轻人的耳边低语着不可言说的话。'嘿,孩子们——身为同志,没有什么错。'或者:'如果战争并不是爱国主义的检验,而是真正见鬼的愚蠢呢?'或者:'为什么这么少的人拥有这么多见鬼的财富?'短时间内,似乎并没有多大变化。

这些孩子还没有接近权力的杠杆。目前还没有。但从长远来看呢？那些低语就是未来的蓝图。"

"谁有心情尝尝迷幻药？"杰里问。

"我和保罗要搭早晨的航班飞到丹佛，"马蒂·巴林说，"比尔简直把我们弄到了踏板车上，停不下来。"

"LSD跟我处不来，"埃尔夫说，"我就算了。"

"我也一样，埃尔夫。"比尔给自己倒了一杯金馥力娇酒。"我的最后一次迷幻体验——简直是噩梦。"

"如果要我去跟两名自由搏击选手约会，"格里夫说，"我会后悔推掉了和杰里·加西亚的迷幻之旅，但肉体是脆弱的。"

"贾斯珀呢？"杰里问，"你可别跟我说，《健全的神智》和《暗房》是抽了万宝路才有的。"

"如果我的头脑是三只小猪之一的房子，"贾斯珀回答说，"那它不会是那栋砖砌的。"

"伙计，""猪圈"扭头问埃尔夫，"这家伙有过直接的问题给出过直接的答案？"

埃尔夫拍了拍贾斯珀的手。"他的答案要么直接得惊人，要么是神秘的填字游戏线索。"

"精神分裂症是我的一个老朋友，"贾斯珀说，"那股迷幻劲儿足以让人铭记终身。我女朋友要去拜会一群西海岸的摄影师，我要陪她一起去。"

杰里看着迪恩。"你是我唯一的希望了，莫斯先生。"

今晚正是好时机。"我加入，加西亚先生。"

"以前有没有体验过飘游的滋味？"

"没有，"迪恩承认，"没有正儿八经地飘过。"

"那么，作为新手，我给你个小剂量。"

埃尔夫、贾斯珀和格里夫起身要走。"照顾好我们的迪恩，"埃尔夫告诉杰里，"好贝斯手很难找。"

"如果我们冒险出门，我会召唤一位守护天使过来。迪恩可以睡在我们的沙发上，这样他就不用回你们的酒店了。"

"明早在录音棚见。"迪恩说。

"九点整开工，"格里夫说，"不见不散。"

贾斯珀告诉他："给我们带个纪念品回来。"

"迷幻药是一盒神秘的巧克力。"迪恩和屋主坐在杰里的房间地板上，坐在用树干的厚片制成的矮几旁的坐垫上。"同一批次的十条可卡因，能给带来你同样的冲击感。十支同样的大麻烟，能给你带来同样的沉醉感。但十次 LSD 的体验，是十场不同的飘游。很大程度上取决于你头脑的状态，所以只有在你把烂事都归拢好的时候，才可以尝试。这场飘游可没有弹射坐椅。"

曼迪·克拉多克？她的儿子？罗德·登普西？我父亲？"我的烂事都归拢得无可归拢了，现在就来吧。"

"那么在你身后，有一本红色的大书，儒勒·凡尔纳的。"

迪恩转过身："《地心游记》？"

"把它放在桌上吧。"迪恩照办了。杰里翻开封底，从厚纸板上拎起一张隐蔽的盖片。盖片底下是个小小的棕色信封，一英寸宽，三英寸长。杰里用镊子抽出一张邮票大小的黄纸。"这是米纸，浸渍了一定剂量的液体迷幻剂。舔湿你的大拇指吧。"杰里把这片黄纸放在他舔湿的地方，自己也依样来了一遍。"我们开始。"

他们把纸放在他们的舌头上。

迪恩的纸几秒钟内就溶解了。

"魔毯很快就会到达。选一张唱片吧。"杰里回到他藏毒的位置，放回儒勒·凡尔纳的书，迪恩拿出乐队乐队的《来自大粉的音乐》，放上第二面。杰里和迪恩和着音乐，用手指敲打着，直到《胸口发热》（Chest Fever）里响起激烈爆发的风琴声为止。

"演奏得真他妈不可思议，这个。"迪恩说。

"那是一台劳莱风琴。加斯（Garth Hudson）是乐队的秘密武器。也是你能见到的最可爱的家伙。你现在感觉如何？"

"就像要上大号。"

"那是你的身体在说：'某种无比美妙的东西正要降临，我现在要去把尘世的东西处理掉。'卫生间在那边。"迪恩去了，迪恩又去了。他洗了手。感觉水很柔滑。重力正在减弱。回到杰里的房间，杰里问："起效了吗？"

"我感到空气的原子在我肺里跳动，就像爆米花。"

"我们去公园散步吧。"

那个可能是印第安人的家伙叫蔡顿。"有一半纳瓦霍人血统，"他们走到街上时，他告诉迪恩，"四分之一是苏人，四分之一谁知道呢？"他跟在迪恩和杰里身后一两步。杰里说起了这个街区的情况。蔡顿以豹子的步态行走，形成了一个力场，海特街上拉客的人、乞丐和观光者都能察觉到，不会上前试验。杰里戴了一顶宽檐帽和镜面太阳镜，也没有人打扰他。他的香烟有鼠尾草味。天空是一片介于下午和傍晚之间的无人区。云很少，又高又蓬松，就像龙喷吐的烟雾。三条喷气式飞机的尾迹组成了一个三角形。

保龄球馆的高窗被撑开。

迪恩听到了球的滚动声和球瓶的碰撞声。

一个女孩走过，在她的漂流中留下了一连串自身的尾迹。迪恩被这幅不可能的景象迷住了。一名流浪汉也是，在身后留下了一打的自己。海特街充满了视觉漂流。

迪恩转动他的手臂，开启了一片前臂的扇面。

"你在制造鬼影？"杰里在彗星杰里的最前面。

"我猜是的。"迪恩回答。制造鬼影。他们穿过斯塔尼安街，从金门公园的铸铁大门下面走过，公园里的颜色强度升至两倍、三倍、四倍。绿色的灌木冒着绿光，蓝色的天空唱出蓝色，一条粉色的云带在那里存在和不存在的所有粉色中摇摆着。"迷幻药能治疗色盲吗？"迪恩问。

"不能，"杰里说，"但它能让你怀疑，你其实并非生活在现实世界，而是生活在对现实世界的描述里。"

"能把这句话给我吗？我想把它写进歌里。"

"如果你能记住它，我的朋友，它就是你的了。"

火红的枫树噼啪、哔啵作响，把猩红和金黄色炸入空中。它们旋转着向上浮升。"真他妈活见鬼……"

三个人坐在了长椅上。他们的周围长长的草在蠕动。真的吗？迪恩定睛细看，蠕动停止了。不，它只是草而已。但迪恩看向别处时，它又恢复了蠕动的方式，只是在迪恩集中精力时，它又停了下来。就像学生在等老师背过身去。"所以我们在看一样东西时，"迪恩说，"就会把它变成别的东西。"

"正因如此，我们从未看清事物的本来面目，"杰里说，"只会把它们看成我们以为的样子。"一只大狗拖着一个穿旱冰鞋的女孩。

迪恩和杰里走到哪儿，蔡顿就跟到哪儿。他们停下来看别人打网球。声音和画面正在失去同步。球拍击球的声音在接触之后才会发生。随着较量的进行，打球的人变得越来越大。迪恩转身要告诉杰里，但杰里的头也膨胀到了正常的两倍，不过他在呼气时，又会瘪下去。打网球的人皮肤先是变得白化，然后变得透明，犹如玻璃纸。他们的静脉、动脉、肌肉和筋膜都充分地展现出来。一条猎犬飞奔过去。迪恩看到了它的骨头，它的心脏，它的肺，它的软骨。垃圾桶旁边有一只海鸥，是一副活生生的、肉嘟嘟的海鸥骸骨。

在一辆汉堡车上，有一张干酪汉堡的照片，其实，那根本不是照片，而是一个真正的干酪汉堡。它滴答着热乎乎的油脂。融化的奶酪向下垂落到人行道上。番茄酱闪闪发亮，就像刚发生事故的现场留下的血迹。面包是真实、柔软、蓬松的面包，它能吸气，呼气，吸气，呼气。"你最大的错误，"面包告诉迪恩，"就是以为你的大脑产生出了一个你称之为'我'的意识泡。"

"为什么这是错误？"迪恩问会说话的面包。

"真相是，你并不是你自己私人的'我'。你之于意识，就像火柴的火苗之于银河。你的大脑只是接入了意识。你并不是广播设备，而是收发装置。"

"真见鬼，"迪恩说，"所以在我们死掉的时候……"

"在火柴熄灭的时候，光就不复存在了吗？"

汉堡车里卖汉堡的人拿着煎肉排驱赶着迪恩："乌有之乡在那边，小子。"

迪恩朝着通往遥远西方的狭窄公路一路看过去，在落日的眼中，看到了博利瓦尔，音乐节那天他带到失散儿童帐篷的那个男孩。"嘿，博利瓦尔……你是真实的吗？"

博利瓦尔的声音沿着光线传来。"你是吗？"

迪恩和杰里走到哪儿，蔡顿就跟到哪儿。

在一个露天音乐台的阴影里，迪恩尿出了钻石。它们消失在泥土里。没有人会知道。他听到一支铜管乐队在接近。最后一颗钻石永远消失了，他来到露天音乐台上，走到杰里身边。"你能听到铜管乐队吗？"

粉色的太阳映照在杰里的眼镜上。"我听到了地球的引擎声。它是合唱团的狂吼。那支乐队在演奏什么？"

"等我听出来再告诉你。他们来了……"在枝条向四周伸展的栗子树下，一百个骷髅穿着褴褛的制服列队行进，制服从他们抽动的骨架上拿下来。他们的乐器是用人骨制成的。旋律是已被遗忘的造物时的配乐。如果能把它录下来，迪恩心想，我们就可以改变现实……这取决于你，莫斯……记下来……

鹦鹉和苍鹭悬挂在暮色中，没有丝线控制。

迪恩抬起他的拇指，一只苍鹭的翅膀动了起来。

迪恩吹了一口气，一朵云被推走了。

彼此分离是一种错觉，迪恩意识到。我们怎么对待别人，就是怎么对待自己。"多明显啊。"这时一个幽灵问一个即将成为幽灵的人："我应该说是谁打来的电话？"

一个小男孩穿着睡衣和拖鞋走在最后面。是克里斯宾，蒂凡妮的小儿子，他用食指指着迪恩。你在跟我妈妈上床。

"这些事总会发生，"迪恩喊着回话，"你会明白的，总有一天。"

第二根手指跟克里斯宾的第一根手指并在一起。它们组成了一把枪。他向迪恩开枪。砰砰，你死了。

迪恩和杰里走到哪儿，蔡顿就跟到哪儿。

"这就是那片马球场，"杰里告诉他，"神圣的草皮，金斯堡在这里领唱日月星辰的颂歌，直到时间的尽头。"

迪恩想知道，自己是不是失聪了；或者杰里的声音是不是消失了；或者圣父是不是把宇宙的音量调低了。还没等任何答案出现，迪恩的腹股沟就感到一股火辣辣的痛楚，就像被一把利斧给劈开了。他双膝分开，吃不住力，整个人向后摔倒在长满草的堤岸上。这股剧痛远远超出了迪恩感受过的痛苦。他无法叫喊，顾不上琢磨他的牛仔裤或内裤去了哪里，顾不上猜测他这辈子怎么会对自己的性别有如此大错特错的认识，顾不上担心他在旧金山的公园里暴露自己的风险。

迪恩想知道，我是不是要死了？

"不，"蔡顿回答，"恰恰相反。看。"

在他的两腿之间，迪恩看到了囟门黏糊糊地凸出。我正在分娩。迪恩的母亲和他在一起，像她在娜恩·莫斯的钢琴上的照片上那样微笑着："用力，迪恩……用力，亲爱的……再用力一下！"伴随着根部被连根拔起的撕裂声，迪恩的孩子在一股液体中滑了出来。迪恩仰面躺倒，喘息着，抽泣着。

他的母亲说："是个男孩。"她把孩子交给了他。

迪恩的孩子是一个小小的、沾有鲜血的、脆弱的迪恩。

迪恩成了他自己的孩子，仰望着哈里·莫法特。

眼里闪耀着爱和奇迹，哈里·莫法特把迪恩搂在臂弯里："欢迎来到疯人院，儿子。"

迪恩在一个沙发上醒来。他闻到了冷掉的中餐、大麻和需要清空的厨房垃圾桶的气味。这里有书；一把长颈的蛇皮班卓琴，它准是别的什么东西；一支大教堂里点的那种大蜡烛；一台立体声音响；一大摊唱片。透过拱门，他看到感恩而死乐队正在阿什伯里街710号的厨房里。一只花花公子兔子钟表显示，现在是早上7∶41。一个快活的美国DJ在谈论天气，然后《生命的精华》里《瞧这不是谁》的开场小节响了起来。我爱这个城市，迪恩心想，总有一天，我要搬来这里住。他感觉很好。清醒。稳定。身上有点黏……我可以洗个澡。他坐了起来。他的身体部位都在它们该在的地方，完好无缺：昨天的产道只是借来的。一扇大凸窗的百叶窗把明亮的晨光切成了细条。我是迪恩·莫斯，我通过了迷幻药测试，我还生出了我自己。如果从这里弄不出一首歌，我就吃掉我的芬达。他的目光落在一本破旧的书上，书名是《塔罗之路》，作者是德怀特·西尔弗温德。他打开它。每张牌都有自己的一页。迪恩查到圣杯八那一页。"圣杯八，"德怀特·西尔弗温德写道，"是一张代表变化的牌。朝圣者正远离观众——远离当下——开始穿过狭窄的河道，进入干旱的山区。圣杯八属于小阿卡纳牌①，象征着远离旧的模式和行为，开始寻找更深邃的意义。要注意'留下'的八个杯子摆放整齐有序：我们的朝圣者正在继续前进，没有大惊小怪。一些权威人士将圣杯八与遗弃或放弃联系起来，但在我看来，旅行者的决定是一种自我解放的行为。"迪恩合上了这本书。

别人都没起床。他穿上鞋袜，上了厕所，没有尿出钻石。他喝了一杯水，从一个水晶碗里拿了一个苹果，在电话备忘录上写了一张便条：杰里，我离开你的时候，跟你找到我的时候不太一样。再见，迪恩——又：我借了一个苹果。他把纸条塞进杰里的门缝。高高的门廊上，空气清新凉爽。阿什伯里街对面的树让迪恩感到心碎。他说不出原因。蔡顿坐在摇椅上读着《纽约客》。"又一个美丽的早晨，"身份坐实的印第安人说，"一会儿可能会下雨。"

"谢谢你昨天对我的照顾。"

蔡顿做了个"这不算什么"的表情。

"你那只猫呢？"

"那只猫是无主猫。她想来就来，想走就走。"

迪恩往下走了几步，然后转过身来。"从这里能走到特克街和海德街路口吗？"

蔡顿用他竖直的手掌解释着方向。"沿着海特街，一直走到市集街。继续直走。走过六个街区，海德街就在你左边。特克街要再往前四个街区。要走四十分钟。"

"多谢。"

"很快还会再见。"

---

① 七十八张塔罗牌分为小阿卡纳牌五十六张（小奥秘库）和大阿卡纳牌二十二张（大奥秘库）。

海特街阳光充沛的一边太亮，所以迪恩走到阴暗的一边，在这边他的眼睛适应得更好。这个街区让他想起了一场未经允许的大规模家庭派对之后的早晨。在账单到来之前溜走。周围很少有人。翻倒的垃圾桶把它们的垃圾内脏洒到了水沟里。乌鸦和癞皮狗在为战利品争吵。他咬了一口借来的苹果。它是金色的，有着果香，仿佛来自神话里。迪恩经过一处看似宾果①游戏厅的地方，但实际上是一所教堂。他想知道，这是不是爸爸妈妈乐队（The Mamas and the Papas）《加州梦》（California Dreamin'）提到的教堂，又想到他现在可以给凯丝·艾略特打电话，直接问她。

三四个街区之后，嬉皮氛围让位于简陋的门面。一个有着很多小山丘的公园拔地而起，迪恩叫不出名字的鸟儿在他叫不出名字的树上歌唱。他更喜欢这个世界穿着破旧衣衫的模样，他确信。我的飘游是一个启示，他想，但你不能生活在一个启示里。他知道格里夫和埃尔夫会问他的迷幻飘游感觉如何；他知道他无法用语言来传达它的千分之一。就像用一支噪音爵士乐队尝试演奏一支交响曲。迪恩想起那支骷髅乐队。"创世之乐"的几个简略的片段就在附近，他确信……近得诱人……

但它听起来不会跟原来一样。一棵正在喃喃自语的树下，一对青少年情侣在公园长椅上的一条破毯子下睡着了。就像子宫里的双胞胎。迪恩想起了肯尼和弗洛丝，他希望这一对男女之所以会在这儿，是因为一个奇妙夜晚之后的尾声，而非他们无处可去。他听到一辆有轨电车的声音——这里叫"街车"——从上方传来，联想到一辆送奶车正驶向格雷夫森德的孔雀街。此时雷在家里，在工程设备厂上完了九个钟头的班。迪恩来到一个十字路口。一个路牌显示着"**市集街**"。一家咖啡馆正在营业，它位于电车站旁边。店里又凉快又背阴，迪恩

---

① 一种赌博游戏。

心想，为什么不呢？

他走了进去，坐在打开的窗户旁边，向一名四十来岁的女服务员点了一杯咖啡，她的名牌上写着"我是格洛丽亚！"。美国爱用感叹号。他试着回忆他在埃特纳咖啡馆共事过的女服务员的名字和面容。他已经忘记她们了。其中一个担心他，他在那个一月的夜晚没有地方睡觉。她想让他睡在她的地板上，但又害怕她的房东。就在那天晚上，乌托邦大道启动了。

迪恩从钱包里取出艾伦·克莱因的名片。他把一只角放入打火机的火焰，在烟灰缸里烧掉了它。冒出发紫的火焰。他不确定自己行事的逻辑是什么，但这种感觉是对的。我们是一支乐队。名片消失后，迪恩觉得，就像卸下了一副重担。外面的市集街上，两辆面包车停在红灯前。前面一辆的侧面绘有标语"**全城最好的电视租赁**"（THE BEST TV RENTAL IN TOWN）。第二辆侧面写着"**L&H 搬家公司——穿越行星！**"（L&H MOVERS — ACROSS THE PLANET!）。几秒钟之后，又一辆面包车停在距离最近的车道上，多少遮挡住了后面两辆车。它的车身侧面写着"第三大街干洗店"（THIRD STREET DRY CLEANERS），四个词一个压一个。三辆车的排列和位置，从迪恩眼睛的高度看过去，正好能看到这么一句"**第─三颗─行星**（THE‑THIRD‑PLANET）"。迪恩从外套里取出笔记本，写下这句话。"第三颗行星"。等他写完，这些面包车已经离开了。吧台后面，蒸汽正喷向他已经磨碎的咖啡豆……

……他的咖啡来了，盛在一只蓝色大碗里，就像诗人和哲学家在巴黎喝的那样，迪恩想象着。他喝了一小口，温度正合适。他喝了三分之一杯，把它含在嘴里，让咖啡发挥它的魔力。迪恩吞下它，然后他对他可能的儿子所有的纠结都解开了。我就假设阿瑟是我儿子。我会付给他母亲赡养费。每月一次，不瞎耽误工夫。足以让他们不用节

669

衣缩食。我们不会结婚，因为她和我都应该找到心爱的人，但我们会努力保持友好的关系。几年之后，等阿瑟长成一个会走路、会说话的男孩，不再是一个肉乎乎的宝宝时，我会邀请阿曼达和他去格雷夫森德，见见娜恩·莫斯和几位姨妈。她们会知道他是不是我儿子。我估计，等到那时，就连我也会知道。如果他是，我会把我的生活转一个弯，让阿瑟知道我是他爸爸。我会在古堡那边的码头教他钓鱼。如果他不是，我会提出做阿瑟的教父，我还是会教他钓鱼。迪恩睁开眼睛。

"这应该能行得通。"他喃喃自语。

"你的咖啡怎么样？"店员格洛丽亚问。

迪恩知道他应该直接说"很好"，但他决定做一会儿贾斯珀。"让我看看。温度：温热，不烫手。味道……"迪恩抿了一口。"美味的混合，烘烤得当，润滑，不苦。它很完美。危险之处在于，未来所有的咖啡都会在比较中显得平淡无味。不过谁知道呢？只有时间会告诉我们。还有，格洛丽亚，如果我可以用你的名字称呼你，顺便说一下，我叫迪恩，刚才就是我的咖啡怎么样。谢谢你问起。"

"哇噢。我的天哪。很高兴听到这个消息。我会告诉佩德罗。是他做的。所以，嗯……三十美分，等你准备好的时候。"

"好的。"她以为你吸了太多的大麻，不会付钱。他在桌子上放下一美元。"不用找了，给你和佩德罗。"

她的忧虑消失了。"你确定吗？"

"那是你的，还有佩德罗的。"

"谢谢你。"美元消失在她的围裙里。

"这是一个重要的日子。我……"说出来吧，"……要当爸爸了。"

"恭喜了，迪恩！孩子什么时候出生？"

"三个月前。"

格洛丽亚很困惑。"那他已经出生了？"

"是啊。说来话长。他叫阿瑟。这对我来说,是个新领域,不过……"迪恩想起"圣杯八"上的朝圣者。"生活就是一场旅行,你不觉得吗?"

女服务员望着外面的市集街,想起了另外一些时候,然后回望过来。"应该是这样。祝阿瑟好运。你帮助造就了他,但他会把你造就成一个男人。"

迪恩经过尚未开业的商店,用木板封住的商店,低矮的办公室,一处建筑工地,一块荒地,一个仓库。给家里写信没有什么可写的。每走二三十步,就有一棵树被暖风吹落了叶子。车流在市集街的各个十字路口之间奔腾着。摩托车在巨兽之间钻来钻去。一辆卡车停在一家肉铺外面。生猪挂在架子上。迪恩吸入屠宰场的气息。一股并不是他自己的力量穿过了他,就像有轨电车顶上电缆里的电流。如果雷线并非彻头彻尾的胡扯呢?市中心越来越近,建筑渐渐变得高大起来。迪恩找到了海德街,想起了蔡顿的指示。现在我知道我在哪儿了。在海德街与特克街交叉的地方,就是那间录音棚。迪恩看了看表。差不多再过三十分钟,乐队就会到达录音棚。我会在十五分钟之后到。再往前走,到萨特街,那里就是旅馆的所在地。他有足够的时间洗个澡。我最好洗洗:我热得满头大汗,身上都臭了。他经过了歌剧院,这是一座笨重的大型建筑,你可能会在干草市场或肯辛顿花园看到,有圆柱和乔治王朝时代风格的窗户。海德街是上坡路,不是什么豪华街区。迪恩经过一间窗上装有钢网的当铺。一间破破烂烂的自助洗衣店(laudromat)。不是 launderette。"嫩妹秀"。一片停车场中一辆生锈的轿车没有了轮子。荆棘扭曲着,从地上的裂缝里长了出来。一个包着绷带的身影瘫坐在门口。一块硬纸板上用圆珠笔写着:"这种破事我已经做了二十年。"加利福尼亚的贫困看起来和别处的贫困一样悲惨。他把五十美分放进那人手里。肮脏的手指并拢起来。那人有一双通红的眼睛,他说:"你就只有这些吗?"在埃迪街的拐角,有一家商店正在营业:埃迪·特克的杂货酒水店。

迪恩看到一个冷柜,里面有几瓶牛奶。

已经走了很久。来一杯美味、凉爽的牛奶……

店里有过熟的水果和牛皮纸的味道。信锡克教的店主戴着黑框眼镜、海军头巾,穿着白衬衫。他正一边读《迷魂谷》,一边吃葡萄。收银机后面的架子上摆着几瓶烈酒。他打量着迪恩。"美好的一天。"

"但愿如此。只是来买瓶牛奶。"

那人朝冷柜扬了扬下巴。"请自便。"

迪恩拿了一瓶半品脱的,把冰冷的玻璃贴在自己脸上。他将它拿到柜台。"再来二十根万宝路。"有一个明信片架。迪恩挑了一张金门大桥的。

"六十美分。"他的美式发音听起来就像约翰·韦恩,"给我六十二美分,我给打一个航空邮戳。"

"谢谢。"迪恩掏出硬币。"我能借用你的笔吗?"

锡克教徒收下硬币,递给迪恩一支笔。"店里请客。你可以用后面的桌子。"

"谢谢了。"迪恩在一张带有可掀开的盖子和墨水池的旧课桌底下找到一个凳子。他坐了下来,看着明信片写字的那一面,不知道该从何写起。也许我应该问问埃尔夫。迪恩喝掉一半的牛奶。它很新鲜。重要的是我在写。迪恩拿起了笔①:

---

① 明信片上的文字为:"哈啰,爸爸。如你所见,我来旧金山了。等我回去,我们聊聊。有一阵子没见,发生了好多事。我不知道你的地址,所以我把这个寄到雷那儿。问候你们俩,迪恩。"后为雷的地址。

> Hello Dad. So as you see I got to San Francisco. Let's catch up when I get back. It's been a while, and lots of stuff's happened. I don't know your address so I'm sending this to Ray's.
> Cheers to both, Dean
>
> Ray Moffat
> 88 Wagstaff Rd.
> Gravesend
> Kent
> England

好了，这样就可以了。他写下雷的地址，站了起来，这时一个、两个、三个男人鱼贯而入，他们戴着头套。就像电影里的银行劫匪那样。一个喊道："举起手来，阿里巴巴！"

店主服从了，目光中带着蔑视。

劫匪们没有注意到迪恩，但迪恩决定，自己最好也照着做。三名劫匪都把枪对准了他，迪恩吓了一跳。"别开枪！没事的！别开枪！"

劫匪头子问："他在这儿干什么？"

"只是一个顾客，"迪恩说，"我这就离开，如果，呃——"

"待在那儿别动！"劫匪头子对矮个同伙说，"这家店应该是空**着的。**"

透过眼部开的孔，矮个劫匪的雀斑清晰可见。"我盯了这家店五分钟。没人进来。所以我才给你发了安全的信号。"他听起来很年轻，十五六岁。

劫匪头子反问道："你检查过道了吗？"

一阵沉默。"这是我第一次盯梢，这是……"

"你们这些脑子里装屎的！现在有了个目击者！"

最高的劫匪把一个袋子推给店主。"装满它。"

"用什么装？"

劫匪头子叫道："不！他会用小额纸币和狗屎装满它，然后说：'我就只有这些了。'让他打开收银机，然后你装满它。"

高个劫匪告诉店主："退后，打开收银机。"

店主顿了一下。"我退后之后，还怎么能打开收银机？"

矮个儿劫匪喊道："跟我们抖机灵，我就开枪打烂你的**基佬屁股**。"说到屁股时，他的话音吱吱响。他听起来大概有十四岁，迪恩心想。"先打开收银机。然后退后。"店主叹了口气，照做了。高个劫匪把里面的东西转移到布袋里。没花多少时间。

"现在把现金抽屉拿出来，"劫匪头子说，"真正的钱会藏在那下面。"

高个劫匪把抽屉拽得咯咯响。"它拉不动。"

劫匪头子朝店主挥舞着他的枪。"你来。"

"现金抽屉没法从收银机拿下来。"

矮个劫匪喊道，或者试图喊道："**把它拿出来！**"他有种嗑了海洛因之后的急躁，迪恩注意到了，十分担心。

店主透过眼镜看了过来。"这是个四十年代的收银机，孩子。抽屉是不可拆卸的。再没别的了。"

劫匪头子从高个劫匪手中抢过袋子，往里看。"只有二十五块钱？你在耍我们。"

"我是卖酒和杂货的,不是卖钻石的。现在是星期四上午九点。你指望能有多少钱?"

高个劫匪平举着枪。"打开办公室的保险箱。"

"什么办公室?里面有一个壁橱大小的库房和一个破烂的茅厕。我为什么要在这个街区的店里放钱?太多抢劫了。所以我在进店的地方挂了牌子:'店内不放钱'。"

"他在撒谎,"劫匪头子吼道,"你在撒谎。"

矮个劫匪已经走到门口。"等等。"他费劲地念着:"'店内不放……钱'。他没说谎,德克斯。"

"别他妈叫名字!"劫匪头子喊道。

这时高个劫匪转头对劫匪头子德克斯说:"是你安排的这单活儿。是你说我们每个人能拿到二百元,轻而易举。"

"每个人?六百元?"店主大吃一惊。"是看守墓地的夜班吗?你们知道零售业最重要的一件事吗?"

"闭嘴,"劫匪头子咆哮道,"把你的钱包给我。"

"我从来不带钱包上班,太多抢劫了。"

"胡说八道——如果你要买东西怎么办?"

"我把我买的东西标记在存货簿上。搜我的口袋。"

一帮他妈的业余,迪恩心想。

劫匪头子转头问迪恩:"你在看什么?"

"呃……一场武装抢劫?"

"矮子,拿他的钱包。"

矮个劫匪晃了晃他的枪:"钱包。"

迪恩大约有十美元,但海洛因上头的白痴和枪是种糟糕的组合,所以他把喝掉半瓶的牛奶放在一堆平克顿椒盐卷饼盒上。他把手伸进外套内侧的口袋拿钱包,就在这时,一辆汽车在店外一个急刹车,停了下来。矮个劫匪吃了一惊,转过身,碰到了那堆盒子,将牛奶瓶撞了下来。迪恩试图抓住它时，一股恶魔般的力量把他掼了回去……

不连贯的句子传到迪恩耳中，就像挂在长绳上甩动的收音机传来的声音。"你们这帮操蛋的蠢货！"

我中枪了……我真的中枪了……

"他在拿枪，德克斯。"

"我告诉他，把他的钱包给我！"

"谁会把他的钱包放在夹克里？"

我不能死……我不能死……现在不行……

"他就是！看！他拿着呢！"

"但他当时动了，德克斯，还有……还有……"

不能这样……这太，太愚蠢了……

"别说我的名字，你这操蛋的蠢货！"

我不会死……我不会……我要活下来……

"你不能，迪恩，我很抱歉。"蔡顿在这里。

你怎么会在这里？你在杰里的家里……

"别害怕，我会陪你到山脊上去。"

但我还有一些歌要录。

"你只能把它们留在这里了。"

埃尔夫、贾斯珀、格里夫、雷……我就不能告诉他们吗……

"你知道这种事要怎么办，迪恩。"

埃迪·特克的杂货酒水店里声音越来越小，传播速度越来越快。信锡克教的店主的声音几乎听不到："我要为我的顾客叫救护车。如果你们愿意，就开枪打我。然后你们就会被关进死牢。或者抓住机会，趁早跑路。"

我不需要救护车，迪恩心想。

"尚未出生的人将会弹奏你的歌曲。"蔡顿说。

676

阿瑟会弹奏我的歌吗?

"我想是的。现在是时候了。"

迪恩正在向上坠落。

没有留下遗言①……

---

① 这里的"遗言"与下一部分的标题"最后的话",英文都是 last words。

最后的话

"所有乐队都会解散，"利凡·法兰克兰在他的回忆录里写道，"但几乎所有乐队都会重组。需要的只是时间，还有养老金储存罐里的一个窟窿。"贾斯珀、格里夫和我在一九六八年解散乌托邦大道乐队的时候，我们是真心实意地这么做。我们的朋友、乐队成员迪恩·莫斯在旧金山的一起杂货店抢劫案里中枪身亡，我们没有心思再继续下去。次日发生的不幸加重了我们的悲伤，特克街录音棚发生火灾，夺走了迪恩的遗作。一张乌托邦大道的专辑，若是没有迪恩的音乐才能、演唱和词曲创作参与其中，我们觉得，未免有违《商品说明法》。因此，半个世纪以来，乌托邦大道一直作为一个例外，检验着法兰克兰法则的有效性。那么，在我们最后一场演出五十一年后的今天，我怎么会在给这张新的由迪恩·莫斯弹贝斯、演唱、吹口琴，还有他原创的一组时长二十三分钟的三部曲的乌托邦大道黑胶唱片写这些封套说明（它们以前就叫这个）？有必要就此作一番解释。

一九六八年九月，我们飞往纽约，参加了我们的第一次也是唯一一次美国巡演。迪恩的圣歌《把石头滚开》在大西洋两岸，都是那年夏天的小热门，而我们的第二张专辑《生命的精华》正在敲响排行榜前二十名的大门。我们的美国厂牌安排了一系列短期巡演，希望能把那扇大门敲开。在纽约的猎豹俱乐部演出四个晚上，尝试性地接受媒体采访之后，我们飞到洛杉矶，在传奇性的行吟诗人俱乐部做了一次短暂的驻场演出，还在不那么传奇的电视节目《兰迪·索恩的流行音乐大爆炸！》中登台亮相。两天之后，我们在金州国际流行音乐节上演出，地点是具有田园风情的诺兰公园，之后又在波特兰、西雅图、温哥华和芝加哥仓促地演出。对于四个四十年代出生在英国，靠美国的音乐禁果滋养长大的孩子来说，这场旅行与其说是生活的一部分，不如说是梦想的一部分。

而且是改造世界的梦想。一九六八年的政治是狂热和理想主义的。未来给人的感觉是可塑的。这种信念不会再出现，直到一九八九年的中东欧剧变、"阿拉伯之春"，还有当今这个时代的#MeToo运动和气候激进主义。乌托邦大道并非高调的政治团体，但在马丁·路德·金遇刺后发生的夏季骚乱，在越南不断攀升的尸体数量，以及芝加哥民主党大会上的"警察骚乱"，在全国的每台电视上播放着，充满了公共和私人的话语。反战运动从激进分子和嬉皮士的领地扩散开来。在这种高度紧张的气氛中，冷漠是罕见的。我记得杰里·加西亚告诉我们："在一九六六年，不论你抱有何种希望，都会实现。"在一九六八年，不论你不希望发生什么，也都会实现。

在这种动荡的背景下，我们这四个孩子遭遇了全新的思考和生存方式。我们在切尔西旅馆下榻期间，我出柜的漫长历程向前迈了一大步。贾斯珀正在驱除他自己的某些古老恶魔，迪恩在他最后几周里写的歌词谈到了地震般的自我重塑。在音乐层面，我们所有人都有了质的飞跃。美国给我们提供了一席可以大快朵颐的音乐自助餐。我们遇到了同行、大师、英雄和恶棍。我记得跟莱昂纳德·科恩关于诗歌的对话；跟詹尼斯·乔普林和"妈妈"凯丝·艾略特关于声乐技巧和花腔的对话；跟弗兰克·扎帕关于讽刺和名声的对话；跟还处于青少年时期的杰克逊·布朗（Jackson Browne）讨论吉他指弹；跟詹尼斯·乔普林讨论作为一个女人在由男人观经营、给男人观看的行业里的发展；跟杰里·加西亚讨论复合节奏；还跟当时尚未签约的克罗斯比、蒂尔斯和纳什乐队（Crosby, Stills and Nash）探讨和声。没有哪个年轻的歌曲创作者能在这样的环境中一成不变地发展下去。又有哪个年轻的歌曲创作者愿意一成不变呢？

在演出的间歇，贾斯珀、迪恩和我在旅馆里和飞机上，在洛杉矶的金星录音棚和旧金山的特克街录音棚里研究新材料。我们互相激励。我会想，好吧，如果贾斯珀在《钟表》中使用管钟，那我就在《里面的东西里面的东西》中使用西塔琴。我记得迪恩在我们录制《我自己在这儿都是个陌生人》的时候告诉我："好吧，霍洛韦——我会配合你的扬琴，给你营造出羽管键琴的效果——以 5/4 拍的节奏。你要配合好！"当然，结果可能是灾难性的，但我们在美国期间，一股团队精神激励着我们所有人齐心协力，使我们疯狂的想法获得成功。格里夫的作用怎么强调都不为过。他跟着音乐的方向走，一旦到了那里，他就会保持节奏的流畅。一支乐队之所以是一支乐队，就因为它的整体要比各个部分的总和还要强大。否则又何必组建呢？一九六八年十月十二日上午，贾斯珀和我各自构筑了两首新歌的骨架，同时，迪恩为配乐而创作的一首歌扩展开来，如同分形，变成了一首有三个部分、尚未完成的杰作。

在六十年代，母带被存储在卷盘磁带上。如果这些磁带丢失或损坏，存储在上面的音乐就无可挽回地消失了。迪恩死后不到四十八小时，我们还在旧金山等待验尸报告时，特克街录音棚就被大火烧毁，利凡不得不告诉我们，我们的录音带已经在大火中化为灰烬。我们觉得，迪恩被第二次从我们身边夺走了。我们觉得，乌托邦大道乐队仿佛遭到了诅咒。

几天后，我们带着迪恩的骨灰瓮飞回伦敦。本打算在格雷夫森德往河流下游几里外的码头那儿，将骨灰撒入河中，那里是迪恩的父亲教他钓鱼的地方,这场低调的丧礼只有几位亲朋好友参加。但正如迪恩常说的,"在格雷夫森德没有秘密",有一千多人参加了这场仪式——好在参加者中有一些下班的警察,他们阻止了人群登上年份已久的木头码头。当迪恩的哥哥、父亲和外婆把骨灰瓮中的东西倾倒在水面上时,贾斯珀用一把接上扩音设备的原声吉他演奏了《把石头滚开》。一千人跟着唱了起来。最后一个音符消失时,贾斯珀将吉他丢入河中。泰晤士河把吉他和迪恩的骨灰送入大海。

真有灵魂这种东西吗?我当时想知道,就像我现在仍想知道一样。不信奉科学的大多数人是对的吗?迪恩的某种本质是否仍然以某种方式,在某个地方存在着?或者灵魂这个概念只是一种安慰剂,一床给人带来安慰的毯子,一种蒙蔽,我们用它来让自己不去面对冷酷无情的事实:在我们死后,我们就消亡了?迪恩是不是已经消失了,完全消失了,就像五十一年前泰晤士河口的一个秋风阵阵的早晨?我所知道的一切就是我不知道——所以答案是"也许"。但我会接受这个"也许"。我喜欢它,胜过"肯定没有"。在"也许"里有某种安慰。

利凡离开了月鲸公司,回到多伦多,领导大西洋公司的加拿大新办事处。格里夫回到了爵士乐的圈子,后来在一九七二年搬到了洛杉矶,他在那里确立了自己的地位,成为一位重要的录音和巡演鼓手。我在一九七〇年发行了首张个人专辑《通往阿斯特科特①的乡间小路》。贾斯珀让他的歌迷失望了,他结束了音乐生涯,消失得无影无踪。几年来,我跟他唯一的联系,就是在不通明信片的地方收到他寄来的神秘明信片。我们随后的一次见面发生在一九七六年,在纽约的

---

① 英国小说中出现的中世纪村庄遗址所在地。

一家希腊餐馆里,当时他快要拿到心理学博士学位。之后,德佐特博士每年都会在我家门口出现一次,停留一两天,交换见闻,聆听我正在创作的作品,然后离开。他仍然以弹吉他为乐,演奏技巧丝毫不逊当年,但他拒绝了所有引诱他回录音棚的尝试。他总是耸耸肩说:"我已经做过了,干吗还要再做一次?"

乌托邦大道的音乐以一种奇妙的、起伏不定的方式,比乐队更长盛不衰。迪恩的去世给他带来的声望,甚至超过了他那场无辜的牢狱之灾,《天堂》和《生命的精华》都成了金唱片,并在三四年内销售火爆。日历一页页闪过,华丽摇滚、前卫摇滚、迪斯科和朋克轮番登场,将之前的一切变成历史的廉价处理品——包括乌托邦大道在一九六七和一九六八年的几个月里展现过的、集迷幻—民谣—摇滚于一身的奇异瞬间。月鲸音乐被百代收购,百代将其小而完美的产品目录装裱起来,把位于丹麦街楼梯顶端的小办公室变成了照片陈列室。到了七十年代中期,唱片架上,在詹姆斯·泰勒(James Taylor)和谁人乐队的专辑中间,越来越难找到乌托邦大道的专辑了。又一个新的十年来到了,对那些在新秩序乐队(New Order)、杜兰杜兰乐队(Duran Duran)、韵律操乐队(Eurythmics)的歌曲熏陶下长大的青少年来说,乌托邦大道听起来就像来自更老的音乐古董。

但只要你坚持足够长的时间,古董也能积累出它们在崭新的时代所不具备的价值。九十年代初,人们对乌托邦大道乐队的兴趣意外地复苏了。野兽男孩乐队(Beastie Boys)在他们影响深远的专辑《保罗的服装店》(Paul's Boutique)中将《渔钩》作为采样。谈谈乐队(Talk Talk)的马克·霍利斯(Mark Hollis)说起,《生命的精华》对他们乐队有着持续影响。我们的单曲和专辑的原始黑胶拷贝被高价转手。达蒙·麦克尼什的《支离破碎》垃圾摇滚版在一九九四年成为排名前五的热门歌曲。我单飞后音乐生涯中最热门的金曲《做我的信仰》在一九九六年上榜，因为它被用在了大众汽车的广告里。（我能说什么呢？我需要那笔钱。）

乌托邦大道重新出现在唱片店里，在九十年代的大卖场里堆积如山。侄女和侄子们告诉我，艺术院校的宿舍里在放我们的歌。来看我演出的青少年越来越多，他们请我演唱从改用十进制[①]（这个年份不妨用谷歌搜搜看）之后我就再没唱过的歌。我记得在剑桥民谣音乐节上，我拒绝了演唱《证明它》的请求，理由是我怀疑自己是否还记得歌词。一个有文身、留着胭脂鱼发型的孩子喊话说："别担心，埃尔夫，我们会把歌词唱给你听！"他们没有让我失望。后来，在互联网形成之初，我侄子在我的新电脑上输入"乌托邦大道"——乐队的信息一页又一页地滚动着显示出来。各种观点、看法、八卦、聊天室、歌迷俱乐部、采访、我们参加过的演出列表、我从未见过的新照片。有些照片让我感动得热泪盈眶，特别是迪恩的那些。

二〇〇一年，利凡——此时已是获得奥斯卡提名的电影制片人——送给我一张我们在诺兰公园演出的高品质盗版碟，据他说，他是通过"捡漏的天赋和黑魔法"搞到的。如果要我说的话，我们听起来超级劲爆。演出的八首歌里包括贾斯珀当时正在完善的《我应该说是谁打来的电话？》，这首歌的母带消失在特克街的大火中。迪热和我在蘑菇棚对整张专辑进行了数码修复，伊莱克斯唱片公司发行了它。令所有人吃惊的是，我们这个装点门面的小小项目——干脆利落地取名为《乌托邦大道在诺兰公园的现场演出，1968年》——在第一周的销量排行榜上名列第三十九位，并在前三十位行列中停留了三个月之久。当油管开始运行时，乐队做过的采访和电视节目片段开始出现。（在郁闷的日子里，我仍然会播放我们与亨克·特林在荷兰电视台的交流。超级好笑。）二〇〇四年，我六十岁的那一年，格拉斯顿伯

[①] 一九九七年，英国改用十进制小数对商品进行标价。

里邀请我去演一场。我姐姐把我拉到一边，告诉我："对不起，妹妹，不过现在是时候停止自欺欺人，该面对事实了：你再也没法默默无闻下去了……"

我不否认，这一切都很让人欣慰，但乌托邦大道的音乐重新焕发活力的时候，乐队自身依然萎靡不振。一九六八年的事实，到了二十一世纪也依然是事实：没有迪恩，就不可能重组乐队。演出筹办者经常联系贾斯珀、格里夫和我，看看我们有没有改变主意。就连迪恩的儿子阿瑟·克拉多克-莫斯，如今是影视音乐作曲家，也曾提出要拍摄在路上的"新乌托邦大道"。我们的回答总是一样的："只有迪恩说行，我们才会去做。"

时间快进到二〇一八年八月。我正准备睡觉时，听到有人敲门。是身穿黑色长外套的贾斯珀，就像鲍勃·迪伦歌里的人，他手里牢牢地抓着一个破旧的吉他盒。下面的对话是事后重现，但相当准确：

贾斯珀：我找到它们了。

我：很高兴见到你，贾斯珀。

贾斯珀：很高兴见到你，但我找到它们了。

我：找到什么了？

贾斯珀：（举起一台苹果笔记本电脑，就像驱魔人挥舞着《圣经》）我们的歌。就在这里面。

我：我们的专辑？我也有。所以呢？

贾斯珀：不，埃尔夫，是我们遗失的歌。在加州期间的。留在了硬盘上。我已经听过了。是我们。给。

我：（哑着嗓子说不出话来。）

我妻子：晚上好，贾斯珀，进来吧——埃尔夫，你能不能在全郡所有的飞蛾加入派对之前把门关上？

贾斯珀进了屋，解释说，今年早些时候，在檀香山举办的汽车后备厢物品拍卖会上，出现了我们在洛杉矶和旧金山期间的一箱十二盘磁带。它们是如何逃过特克街那场大火的？没人知道。这些磁带得以保全，是由于意外、失窃、归档错误，还是神的干预？无从考究。这个箱子是如何、何时到达夏威夷的？也是一个谜。

有一件事是知道的。一个名叫亚当·墨菲的年轻人在瓦胡岛度蜜月时，在一场汽车后备厢物品拍卖会上得到了这些磁带。亚当的博客名为"古曲发烧友"，他有两样至关重要的物品。其一：一台一九六六年的根德牌卷盘磁带播放器，能播放一九六五年的BASF和TDK磁带。其二：要懂得在第一次播放时，要把顶级的纽曼麦克风放在扬声器旁边，以便将声音录制成数码文件，以防五十年之久的磁带碎裂开来。至少有一半的老磁带会碎。请记住，若是没有亚当·墨菲的先见之明，你就不会看到这些话。

一旦将所有的音乐都保存完毕，"古曲发烧友"就开始鉴别艺术家的身份。不久之后，贾斯珀接到一名陌生人的电话，他带来了一些相当特别的消息……

回到我的厨房。贾斯珀把他的苹果电脑与我的扬声器通过蓝牙连接起来，点击播放，我们仿佛就在那里：迪恩、贾斯珀、格里夫和我，二十三四岁，演奏，唱歌，录制音轨。那种滋味不是"短暂的眩晕"所能形容。这是我写给纽约的情歌《切尔西旅馆#939》；贾斯珀的布鲁斯心理剧《钟表》；还有迪恩厚重的三部曲《狭窄公路》。年轻时的你跟一位过世许久、思念许久的队友一起演奏，这可不是你每天都能听到的，它让我沦为情难自已的软蛋。

过后，贾斯珀、我和我妻子围坐在桌子旁。屋外，猫头鹰啸叫，狐狸吠叫着。最后，我又能开口说话了。我问："难以置信，但我们该怎么做?"

"我们把第三张专辑做出来。"贾斯珀说。

我们在我的花园录音棚度过了那个周末,仔细研究了完整的九小时录音。这些素材可以分为"大致完成""需要充实"和"仅是草就"三类。幸运的是,迪恩到了旧金山才真正开始《狭窄公路》的创作,所以他无可替代的歌声足够清晰嘹亮。这些曲目自有一番顺序。贾斯珀的和我的两首歌,在纽约和切尔西旅馆构思和/或受到启发,它们属于黑胶唱片爱好者们心目中的"第一面"。迪恩的《狭窄公路》三部曲,原本是作为安东尼·赫尔希一部电影的原声,但这部影片从未面世,这三部曲是一组不可中断的片段。《我自己在这儿都是个陌生人》和《圣杯八》属于"大致完成"和"需要充实",而第三首歌——《通往遥远西方的狭窄公路》——是一首令人沉醉但有欠丰满的八分钟贝斯曲。在迪恩中枪身亡的那天早上,我们本打算录制它。在贾斯珀和我争论该如何处理《狭窄公路》时,我们陷入了两难境地:我们的工作是要制作我们本来要在六八/六九年冬天制作的专辑(如果迪恩活着的话)吗?还是我们应该把这些磁带当作原始素材,来制作贾斯珀和我想在二〇一九年制作的专辑?我们究竟是纯粹的修复者,还是后现代的创造者?

通过试验和犯错,一条指导原则逐渐成型。贾斯珀和我允许我们自己用这份素材放手去做,只要我们不采用一九六八年以后的音乐技术就可以。那么说来,《我应该说是谁打来的电话?》可以加入曼陀林,《里面的东西里面的东西》可以让老年埃尔夫与年轻埃尔夫齐唱和声。但不能使用采样、软件修正和说唱(好像我们有说唱似的),也不能用效果器回路。我仅有的作弊是用我的 Fairlight 软件制造出我的老哈蒙德风琴的声音,让它重现。有那么几天,格里夫加入到我们当中,叠加打击乐,或者在原来的鼓声音轨效果不佳的地方,用新的鼓声加以替换。阿瑟——现在的岁数足以成为他父亲的父亲——用迪恩的老芬达填补了小段的贝斯演奏，还给《圣杯八》加入了一些亲人的和声。利凡加入我们，填补了进程中的一个利凡形状的空洞，还有摄影师梅卡·罗默，当初正是她在一九六七年三月给我们拍摄了第一组宣传照，如今她为后人记录下了乌托邦大道的短暂复活。

  为什么叫"第三颗行星"？这个项目最初定名为《在加利福尼亚期间》，但阿瑟来访时，带来了迪恩去世那天早晨从他口袋里发现的笔记本。这最后的词句，单独占了一页，写着"第三颗行星"。我们只能猜测，是什么吸引了迪恩对这句话的注意，但这句话给我们大家的感觉是，拿它作为乌托邦大道的第三张也是最后一张专辑的名称，十分恰当。

  迪恩，最后的话是你的。

埃尔夫
2020 年于基尔克朗诺

致谢

感谢我的家人。

感谢萨姆·阿米登、汤姆·巴尔巴什、亚维妲·巴西拉德、尼克·巴利、萨利·比米什、曼努埃尔·贝里、克洛纳基尔蒂的德巴拉斯酒吧兼民谣俱乐部的雷·布莱克韦尔、杰斯·博内特、克里斯·布兰德、克雷格·伯吉斯、凯特·布伦特、埃文·卡姆菲尔德、吉娜·琴特雷洛、路易丝·考特、哈尔姆·达姆斯玛、路易斯·丹尼斯、沃尔特·多诺霍、本杰明·德雷尔、洛兰·达菲西、芭芭拉·菲永、海伦·弗勒德、琼尼·盖勒、伊夫林·格伦尼、泰德·戈森、罗伊·哈珀、保罗·哈里斯、维奥拉·海登、斯蒂芬·豪斯登、石黑一雄及家人、海伦·乔("犯罪/潜意识"[①])、约翰·凯利、克洛纳基尔蒂的克尔书店的特里什·克尔及团队、马丁·金斯顿、哈里·昆兹鲁、托尼娅·利、迪克西·林德、尼克·马斯顿、凯蒂·麦高恩、麦金托什夫人、尼克·米德马、卡勒姆·莫利森、卡丽·尼尔、劳伦斯·诺福克及家人、阿拉斯代尔·奥利弗、黑兹尔·奥姆、玛丽·潘托扬、利德维格·帕里斯、布里吉特·皮耶卡日、斯坦·莱文、苏珊·斯普拉

[①] 指贾斯珀《健全的神智》中的歌词。

特、西蒙·沙利文、昂桑克乐队（The Unthanks）、阿曼达·沃特斯、安迪·沃德、查尔斯·威廉姆斯、约翰·威尔逊、珍妮特·维高。

感谢"乐队席"[1]。

诸多细节来源纷杂，但大有帮助的是乔·博伊德的《白色自行车》（蛇尾出版社，2007），以及西蒙·内皮尔-贝尔的《你不必非得说爱我》（伊伯里出版社，2005），其中提到了与列侬的那次邂逅。

最后，感谢我的编辑卡萝尔·韦尔奇，对我一再拖延交稿报以超人的耐心。

小说中简短引用的歌词出自以下歌曲：

埃里克·斯图尔特（Eric Stewart）与格雷厄姆·古尔德曼（Graham Gouldman）[2]《为艺术而艺术》（Art for Arts Sake）；艾伦·普赖斯（Alan Price）《旭日之屋》；约翰·列侬与保罗·麦卡特尼《浮生一日》；吉恩·克拉克《生命中最大的傻瓜》（Life's Greatest Fool）；多萝西·海沃德（Dorothy Heyward）、杜博斯·海沃德（Du Bose Heyward）、乔治·格什温与艾拉·格什温（Ira Gershwin）《未必非要如此》（It Ain't Necessary So）；鲍勃·迪伦《就像个女人》（Just Like a Woman）、《满眼忧伤的低地女士》；莱昂纳德·科恩《切尔西旅馆#2》（Chelsea Hotel #2）和《谁葬身火海》（Who by

---

[1] 音乐资讯网站。
[2] 均为英国乐队10毫升（10cc）成员。

Fire）；斯蒂文·莫里西（Steven Morrissey）与马克·爱德华·卡夏·内文（Mark Edward Cascian Nevin）《我已将辩词改为认罪》（I've Change My Plea to Guilty）；琼尼·米切尔《切尔西的早晨》（Chelsea Morning）；杰克逊·布朗《近来》（These Days）；海·扎雷特（Hy Zaret）与安娜·马利（Anna Marly）《游击队员》；大卫·克罗斯比《格温娜维尔》（Guinevere）；彼得·加布里埃尔（Peter Gabriel）《慈悲街》（Mercy Street）。

文中无意中听到的琼尼·米切尔的《免费》（For Free），系创作阶段的作品，因此与录音版本有所出入。

《你已经明白了吗？》（Have You Got It Yet?）是席德·巴雷特一首未能完成和发行的歌，从1967年起成为确实存在的笑话。

音乐爱好者们会发现一些富有抒情意味的时间误植，但我相信，他们也会同意，音乐是不受时间影响的。

大卫·米切尔 DAVID MITCHELL

英国著名作家，欧美文学界公认的新一代小说大师，五度入围布克奖。

1969年生于英格兰伍斯特郡，在肯特大学主修英美文学、比较文学。曾在日本广岛担任工程系学生的英文教师八年。

博采村上春树、奥斯特、卡尔维诺、博尔赫斯诸大师作品所长，自成一派，其作波诡云谲，灵气无穷。作品原创性十足，为21世纪英语小说开启了全新的模式与风貌。

著有《幽灵代笔》《九号梦》《云图》《骨钟》等8部长篇小说，成为各项文学大奖和榜单的常客。

2007年，以杰出的文学成就被《时代》杂志评为"世界100位最具影响力的人物"之一。

唐江

1978年生，山东青岛人，英语文学译者。译作包括马可·奥勒留《沉思录》、E.M.齐奥朗《在绝望之巅》、阿拉斯代尔·格雷《拉纳克》、大卫·米切尔的小说多部。

大卫·米切尔作品

幽灵代笔
Ghostwritten

九号梦
number9dream

云图
Cloud Atlas

绿野黑天鹅
Black Swan Green

雅各布·德佐特的千秋
The Thousand Autumns of Jacob de Zoet

骨钟
The Bone Clocks

斯雷德大宅
Slade House

乌托邦大道
Utopia Avenue

图书在版编目（CIP）数据

乌托邦大道 / (英) 大卫·米切尔著; 唐江译. -- 上海: 上海文艺出版社, 2023
(大卫·米切尔作品)
ISBN 978-7-5321-8426-2

Ⅰ.①乌… Ⅱ.①大… ②唐… Ⅲ.①长篇小说－英国－现代 Ⅳ.①I561.45

中国国家版本馆CIP数据核字(2023)第030892号

Utopia Avenue by DAVID MITCHELL
Copyright © 2020 by DAVID MITCHELL
This edition arranged with DAVID MITCHELL TEXT care of CURTIS BROWN GROUP LIMITED
through BIG APPLE AGENCY, INC., LABUAN, MALAYSIA.
Simplified Chinese edition copyright:
2023 SHANGHAI LITERATURE AND ART PUBLISHING HOUSE
All rights reserved.
著作权合同登记图字：09-2020-407号

发 行 人：毕　胜

责任编辑：曹　晴

装帧设计：朱鑫意 e2works.cc

书　　　名：乌托邦大道
作　　　者：[英] 大卫·米切尔
译　　　者：唐　江
出　　　版：上海世纪出版集团　上海文艺出版社
地　　　址：上海市闵行区号景路159弄A座2楼 201101
发　　　行：上海文艺出版社发行中心
　　　　　　上海市闵行区号景路159弄A座2楼206室 201101 www.ewen.co
印　　　刷：浙江中恒世纪印务有限公司
开　　　本：890×1240 1/32
印　　　张：21.875
插　　　页：5
字　　　数：421,000
印　　　次：2023年8月第1版 2023年8月第1次印刷
Ｉ Ｓ Ｂ Ｎ：978-7-5321-8426-2/I.6651
定　　　价：119.00元

告 读 者：如发现本书有质量问题请与印刷厂质量科联系　T:0571-88855633